大河滩

张树国 ◎ 著

时代出版传媒股份有限公司
安徽文艺出版社

图书在版编目（CIP）数据

大河滩/张树国著. —合肥：安徽文艺出版社，2024.6
ISBN 978-7-5396-7945-7

Ⅰ．①大… Ⅱ．①张… Ⅲ．①长篇小说－中国－当代 Ⅳ．①I247.5

中国国家版本馆 CIP 数据核字（2024）第 025815 号

出 版 人：姚　巍
责任编辑：秦　雯　　　　　　装帧设计：张诚鑫

出版发行：安徽文艺出版社　　www.awpub.com
地　　址：合肥市翡翠路 1118 号　邮政编码：230071
营 销 部：(0551)63533889
印　　制：安徽联众印刷有限公司　(0551)65661327

开本：710×1010　1/16　印张：31　字数：480 千字
版次：2024 年 6 月第 1 版
印次：2024 年 6 月第 1 次印刷
定价：68.00 元

（如发现印装质量问题，影响阅读，请与出版社联系调换）
版权所有，侵权必究

序 大河滩上的树

陈世旭

黄河，华夏民族的摇篮。多少年来，桀骜不驯的黄河东奔西突，给赖以生存的子民留下了悠远宽阔的大河滩，以及大河滩上深厚肥沃的黄天厚土。

"土地是万世根本，世界万物都是土地孕育出来的。"

"黄河故道的土地是迷人的、神圣的、庄严的、壮阔的，孕育着黄河故道人的梦想。"

"黄河故道上有一个村庄叫大刘庄，有一个老中农叫刘洪山，土改时，他一度成为黄河滩上响当当的新闻人物。"

"刘洪山年近半百，大高个，肩宽膀壮，赤红方脸，两道粗粗的眉毛，一条粗布腰带常年系在腰间，一看就知道是个能干的庄稼汉。刘洪山担挑子走路，是黄河滩乡间的一道风景，百多斤重的货物稳稳担在肩上，运足气息，甩开步子，前后平衡，左右照应，一口气可走十里八里。刘洪山的桑木扁担，远远看上去像弯弯的月牙，一前一后吊着两只箩筐，伴随着脚步上下悠悠颤动，走上桥头，桥下水中的倒影就像一座山，和周边的草木相映，犹如一幅泼墨山水画。"

作家张树国让刘洪山带着我们走进了黄河故道大河滩上他的乡亲祖辈繁衍生息的村庄，走进了大河滩上的宏大历史画卷。在四十多万字的庞大篇幅中，作家叙述了将近半个世纪的社会变迁、民生甘苦，以及贯穿其中的各色人等跌宕起伏的命运。《大河滩》中的是是非非、恩恩怨怨、正邪善恶、爱恨情仇，被汹涌的黄河般的时代浪涛裹挟着滚滚流淌。

树国是个实在人。之前我读过他发表在《人民文学》等刊物上的若干中短篇小说，文如其人，质朴平实，如话家常，亲切动人。不惊不乍的从容叙述中，自然流露出对生活的深沉思考。

长篇小说中的主要人物刘洪山，一个完全依靠自身能力种地过日子的老中农，一辈子"丁是丁，卯是卯，只来实的，不来虚的，叫他说假话比杀了他都难"。他的爹、他的爷都是黄河滩上实打实的庄稼汉，认定土里刨食是做人的根本。他坚信农民是土地神圣的主人，爱护土地和耕牛胜似爱护自己的生命；他崇尚劳动，靠一副肩膀两只手从土里刨食，一家人过着温饱有余的生活；他恪守传统的做人美德，怜爱弱小，尊重老人，为人守信，做事公道，是黄河故道上堂堂正正的庄稼汉；他不随波逐流，同心术不正却握有权力的人矛盾激化。当上基层干部后，他把自己的命运跟乡亲们的捆在了一起，村庄的丰收就是自己的荣耀，村庄的失败就是自己的耻辱。他渴望全村乡亲都过上不愁吃穿的温饱生活，遇到再大的困难也不改初衷。身处困境，他坚持种好地、多打粮的信念，想尽一切办法，守护老百姓的饭碗。

与人为善的祖训，是刘洪山做人做事的精神力量。

列夫·托尔斯泰认为："如果善有原因，它就不再是善。如果善有它的结果，那也不能称之为善。善是超乎因果联系的东西。"

刘洪山的精神气质，是大河滩千古崇奉不移的精神气质，是黄河故道最本质的人伦物理，是华夏民族赖以生存，无论经历怎样的磨难、怎样的曲折都始终生生不息的精神源泉。

张树国是大河滩上的树，沉稳笃实，根深叶茂。

《大河滩》也是大河滩上的树，其冠如盖，蔚为大观。

2024年1月2日于岭南

前　言

新中国成立以后，党的过渡时期总路线，是在一个相当长的时期内，逐步实现国家的社会主义工业化，逐步实现对农业、手工业和资本主义工商业的社会主义改造。这条总路线是这个时期党和国家一切工作的指导方针。

土地改革以后，农村经历了互助组、初级社、高级社三个阶段，初步实现了农业合作化。1958年，成立人民公社，下辖生产大队，生产大队下辖生产小队，实行以队为基础的三级管理体制。

土地改革后，农民获得了土地，摆脱了受压迫、受剥削的地位，成为土地的主人。由于生产力水平较低，不少家庭缺乏劳力、大农具和耕畜，以单个家庭为生产单位面临很多困难。成立合作社后，劳动力集中，集体经营，缴公粮、卖余粮由生产队统一完成。从土地改革到成立人民公社，再到20世纪60年代初期这段实施时间不长的包产到户，国家政策处在不断的探索和调整中。三年困难时期给农业生产造成了严重破坏，国民经济和农民生活出现了非常困难的局面。广大乡村干部带领农民群众克服重重困难，坚强地从痛苦中走了出来。

长篇小说《大河滩》力图再现这一历史画卷，所展示的就是这个时期一位农村基层干部曲折的成长历程。小说中的主要人物刘洪山是典型的老中农，在乡村中处在中产地位，他爱护土地和耕牛胜过爱护自己的生命，他崇尚劳动，靠一副肩膀两只手从土里刨食，一家人过着温饱有余的生活。他恪守传统的做人美德，怜爱弱小，尊重老人，为人守信，做事公道，是黄河故道堂堂正正的庄稼汉。土地改革中，刘洪山受到惊吓，生怕失去自己的土地和耕畜，党的团结中农、保护中农财产的政策，给他吃了定心丸，他坚信共产党说话是算数的。为此，缴公粮、卖余粮他都走在了前面，表达了他对党的感恩之情。这样一个完全依靠自身能力种地过日子的老中农，单干成了习惯，对村里成立互助组、初级社、高级社表现出强烈的冷漠和抵触，不愿跟大家"一个锅里搅勺子"，坚持走单干的道路。为此，他受到了严厉的批判。他勉强入社，但不随波逐流，同心术不正的代理社长矛盾激化，最后走向退社，在大刘庄掀起了一场退社风潮。走合作化道路是大趋势，一个老中农是阻挡不了的，他提出了一个叫人难以接受的条件——要当社长。

大刘庄西社举行群众选举，刘洪山真的当了社长，从一个延续千年的小农家庭里走出来的农民，一下子成为高级社的当家人。刘洪山的心智一天天发生着变化，身上的担子给了他从未有过的沉重感。高级社成立后的第一个午季，刘洪山看到一望无际的麦田，看到社员们一张张喜悦的笑脸，看到乡亲们把丰收的麦子送到自己面前，他掉泪了，在黄河故道生活了大半辈子，何时受到过这样的尊重！刘洪山的思想有了一个质的飞跃，小家庭个体观念真正转化为集体主义观念，他把自己的命运跟大刘庄乡亲们的命运捆在了一起，大刘庄的丰收就是自己的荣耀，大刘庄的失败就是自己的耻辱。这种集体主义思想一直延续着，遇到再大的困难刘洪山也不改初衷，他渴望全村乡亲们都过上不愁吃穿的温饱生活。

就这样，刘洪山身处困境，不怕被批挨斗，坚持种好地、多打粮的信念不动摇，并想尽一切办法，保护好老百姓的饭碗。在三年困难时期，大刘庄西队不但没有饿死一个人，而且大灾以后，生产很快得到了恢复。

三年困难时期的教训是沉痛的，大家都在反思，各级政府都在千方百计尽快解决粮食短缺问题，继续探索振兴乡村之路。安徽最早在全国实行的包产到户，就是在当时艰难困苦的条件下摸索出的一条发展农业生产的路子。

包产到户，对刘洪山来说是一个难题，他给社员分了土地，集体的耕畜、大农具和仓库里的余粮以及其他财产仍由生产队统一管理和使用，生产队仍处在一个主导地位。他坚信，共产党是为人民服务的，代表群众利益，土地无论怎样变化，不论是在集体手里，还是在农户手里，农民都是土地神圣的主人，能分得开，也能合起来。刘洪山的想法一年后得到了验证。包产到户责任田中粮食产量大幅度提高，农民生活有了很大改善，集体财产受到保护。

我国大规模的社会主义建设首先是从农村土地改革开始的，农民成了土地的主人，激发了劳动热情，有力地推进了生产力发展，加快了社会主义建设。20世纪60年代初期的包产到户，对我国农业农村的发展进行了新的探索，并产生了广泛而深远的影响。

党的十一届三中全会以后，中国改革开放的号角，也是首先在农村土地改革中吹响的。当下，党中央对新阶段优先发展农业农村、全面推进乡村振兴作出了总体部署。中国式现代化"三农"建设将伴随着中国改革开放的步伐，不断前进，犹如滚滚大河奔流不息。

张树国
2023年12月于合肥

一

土地是万世根本,世界万物都是土地孕育出来的。

黄河故道的土地是迷人的、神圣的、庄严的、壮阔的,孕育着黄河故道人的梦想。

黄河故道上有一个村庄叫大刘庄,有一个老中农叫刘洪山,土改时,他一度成为黄河滩上响当当的新闻人物。

刘洪山年近半百,大高个,肩宽膀壮,赤红方脸,两道粗粗的眉毛,一条粗布腰带常年系在腰间,一看就知道是个能干的庄稼汉。刘洪山担挑子走路,是黄河滩乡间的一道风景,百多斤重的货物稳稳担在肩上,运足气息,甩开步子,前后平衡,左右照应,一口气可走十里八里。刘洪山的桑木扁担,远远看上去像弯弯的月牙,一前一后吊着两只箩筐,伴随着脚步上下悠悠颤动,走上桥头,桥下水中的倒影就像一座山,和周边的草木相映,犹如一幅泼墨山水画。

1950年冬天,百年不遇的寒冷肆虐在黄河故道上,西北风呜呜叫着,就像锐利的刀剑,刺穿棉衣,叫人毛骨悚然,疼痛难忍。凛冽的寒风吹起地上的落叶,卷起黄沙,在空中迷漫,各家各户的门窗都是紧紧关闭着。

这天夜里,一阵唧唧啾啾的独轮车声划破了宁静的夜空。

刘洪山推着独轮车,老贫协主席刘四爷拉梢绳,把一车支前粮食送往黄河镇火车站。一路上,刘洪山担心地问:"四叔,朝鲜这一仗,咱能打赢吗?"

"中国人站起来了！"刘四爷背着绳子，扭头说，"外国人欺负咱中国人一百多年，这一页翻过去了，现在谁怕谁哩！"

"四叔，听说老蒋也要打过来？"刘洪山既担心又痛心地说，"这段日子，还乡团杀害土改干部，抢劫大牲畜和粮食，闹得人心惶惶的。你是大刘庄的贫协主席，大伙信得过你，给老少爷们提个醒，咱得防着点。"

"我不怕。"刘四爷坚定而满怀信心地说，"老蒋的几百万军队都完蛋了，现在是共产党领导，咱老百姓当家做主，腰杆子都是直挺挺的，我不信这些小猫小狗能翻了天！"

刘洪山打起精神，扭动腰身，把稳车把，迈开大步。

火车站灯火通明，到处都是支前送物资的人和车辆。

黄河区区委书记赵玉彪走过来说："两位老哥哥辛苦了，卸下粮食，你们要赶快回去，把全村壮劳力组织起来，保护土改果实——据可靠消息，从芒砀山区下来的还乡团今晚恐怕有行动。"

刘洪山、刘四爷卸下粮食，匆匆忙忙往回赶。

还乡团夜袭了黄河滩的几个村庄。两个土匪闯进刘洪山家，正要牵走大花牛，刘洪山的老伴汪玉兰拿起一把菜刀，要跟还乡团拼命，被打了一枪托，晕倒在地，大花牛被牵走了。

刘洪山一进门，汪玉兰刚刚醒来，咬着牙说："他爹，咱的大花牛被土匪抢走了。"

刘洪山慌忙拉起老伴说："他娘，你没有事吧？"

"我没事，就是头有点疼。"汪玉兰勉强站起来，抚摸着头骂道，"这些挨千刀的！不知咱庄上死人没有，你快到村里看看。"

"四叔正带人一家一户查看。"刘洪山说着拿起铡刀，"这些贼子牵着牲口不会走远，我得追咱家的大花牛去！"

汪玉兰抓住老伴的胳膊说："他爹，坏人手里有枪，你去追，不是去送命吗？"

"不能就这样便宜了这帮畜生。"刘洪山喝了几口酒，扎得头紧脚紧，戴一顶独龙帽,手提一口铡刀,走出门去。他估摸土匪不敢走大路,就顺着黄河故道大堤寻找大花牛。

茫茫深夜,冷风刺骨,残月灰蒙,周围一片漆黑,到处都是荆条、蒿草、沙丘和沟壑。刘洪山心急如焚,浑身冒汗,恨得咬牙切齿,深一脚浅一脚地前行,仔细观察四周的动静。庄稼人失去耕牛,就像塌了半边天,刘洪山说不出地心痛和着急。

1946年正月十五,刘洪山到芒山赶庙会,看到牛行里的一棵紫槐树上拴着一头半大花牛犊,不由得眼前一亮,看看花牛犊的身子,特别是四蹄,心里涌出一阵说不出的喜欢,拿着劲,一拍手说:"这头花牛犊我买下了。"

卖牛人也是不远村庄的,知道刘洪山是黄河滩有名的种田人,乡里乡亲,宽限十天,让他把牛钱结清,过了日子就不等了。

动荡之年,战乱之苦,税赋严重,民不聊生。刘洪山虽然有十几亩耕地,但也是一季不收当年穷,家里没多少积蓄,一下拿不出多少钱来,就千方百计打兑,猪、羊卖了,房前一棵对把粗的楸树卖了,钱还是不够,走了几家亲戚,都是农家小户,谁也拿不出钱来借给他。刘洪山无奈,只好把家里的口粮装上了独轮车。

汪玉兰看刘洪山要卖口粮,忙按住车子,心疼地说:"他爹,买牛我不反对,可你把家里的粮食都卖了,一个春天,青黄不接,咱一家人吃啥呀?"

刘洪山太喜欢这头花牛犊了,说啥也舍不得放手,看着老伴那忧愁的脸,心里也是一阵不好受,最后还是咬咬牙说道:"长水他娘,这头花牛犊是个好骨架,过不了一年就是一头大花牛,拉车、犁田、耙地,咱就不用愁了,到时候,咱还怕没有粮食吗?"

"麦子下来还有好几个月哪!"汪玉兰还是按着粮食不舍得放手。

刘洪山停了一下,咂咂嘴,一咬牙,狠着心拉了女人一把,苦笑着说:"他娘,松手吧,我认准了,再难咱也要买下这头牛,几个月,勒勒裤腰带就过去了。"

刘洪山为买下这头花牛,花光了家底,儿子刘长水读书拿不出学费,只好休学半年。由于父母娇惯，刘长水从小挑食，吃不下糠菜团子野菜汤，小脸瘦得蜡黄。汪玉兰看着孩子一天天消瘦，自己脸上也开始浮肿，嘴上不说，心里暗暗埋怨刘洪山。

阳春三月，河水冰凉，刘洪山下到黄河滩荒水里摸鱼虾，冻得浑身打战，牙齿咬得咯咯响。汪玉兰听说刘洪山下河了，甚是担心，抱着棉袍，一口气跑到河边，看到刘洪山站在膝盖深的水里摸鱼，嘴唇冻得发紫，嘴里咬着一串小鱼，高声喊道："他爹，快上来……"

刘洪山爬上岸来，把一串小鱼递给汪玉兰，笑着说："熬几碗鱼汤，给你娘儿俩补补身子！"

汪玉兰生气地把鱼扔在地上，忙把棉袍披在刘洪山身上，心疼地说："他爹，刚化冻，河水冰凉，你不要命了！"

刘洪山扶扶帽子，抖抖肩膀，笑着说："我力壮，没事。等小花牛长成大花牛，我保证叫你娘儿俩吃上白面馍馍！"

花牛犊在刘洪山眼里心里长大，一年后，确实成了黄河滩少见的犍牛，身躯高大，四条腿如木桩落地，两只眼睛像铜铃，牛角青里发亮，一身油光光的毛发，谁见了都啧啧称赞。大花牛有股子神力，拉车、拉犁、拉耙，一头牛顶两头牛，有劲。大花牛是刘洪山的宝、刘洪山的命，刘洪山不愿叫大花牛受一点委屈。有了大花牛，刘洪山种地有了帮手，粮食也比往年收得多。如今大花牛被土匪抢去，刘洪山岂能善罢甘休？

刘洪山离村庄越来越远，走到黄河故道大堤一个拐弯处，这是一片被当地百姓称作乱坟岗的地方，位置偏僻，坑坑洼洼，荒凉野条。突然他听到远处有动静，忙蹲下来仔细观望，只见前面小树林边有人影晃动，两个人被绑着，蒙了眼，塞了嘴，呜呜地叫着，旁边一棵树上拴着一头牛，那牛好像就是自己的大花牛。只见三个家伙把绑着的人推到坑里，正要填土活埋。

"杀人啦！"刘洪山大吼一声，一个箭步冲了上去，抡起铡刀，朝一个家伙狠狠劈去。那家伙"娘哎"一声倒地，另外两个扔下手里的家伙，落荒而逃。

刘洪山跳到坑里,把那两人身上的绳子解开,眼上蒙的、嘴里塞的布拿掉,担心再来土匪,咋呼一声:"快跑!"

两人翻身爬起来,跳出坑,说了两句感谢的话,朝刘洪山手指的方向跑去。

刘洪山牵着大花牛,扛着铡刀,不敢怠慢,翻过大堤,蹚过文家河,一路小跑地回到家里,才感到身上的衣服汗湿了。

汪玉兰在家里正急得转圈,看到刘洪山铡刀上的血迹,激灵灵打个寒战,惊慌地看着男人说:"他爹,你杀人了?"

刘洪山推推冒着热气的帽子,擦着脸上的汗水,甩掉湿漉漉的鞋子,咬着牙说:"我卸了他一只胳膊,估计那家伙死不了。"接着向老伴简单说了找牛救人的经过。

汪玉兰两腿发麻,忙把铡刀上的血擦掉塞在床下,颤抖着嘴唇说:"他爹,土匪连工作队都敢活埋,你伤了他们的人,他们要来报复咱咋办?你赶快出去躲躲吧!"

"是福不是祸,是祸躲不过。咱不怕他们,共产党早晚要把这些家伙给灭了,谁要敢来,我有铡刀等着他!"刘洪山胆大力壮,并不畏惧,立眉瞪眼地问道,"见到四叔了吗?咱庄上还有啥情况?"

"四叔刚才来过,听说你找牛去了,怕你有闪失,还派人追你去了,可能走岔路了!"汪玉兰咬牙切齿地叹着气说,"听四叔说,土匪抢了唐瘸子家,他家的牛被藏起来了,土匪抢走了几口袋粮食。"

不一会,刘四爷带着几个青年人来到刘洪山家。刘洪山只是说牛是在黄河大堤上找到的,救人的事闭口不提,大刘庄谁也不知道。

黄河区几个村的民兵联合起来,在一个班的解放军的带领下,围剿藏在黄河故道芦苇荡里的土匪,枪声响成一片!

芒砀县公安局局长王大成来到县长办公室汇报抓捕还乡团的情况。

县长沙玉明拍着桌子气愤地说:"还乡团太猖狂了,竟敢活埋土改干部,抢劫老百姓的财物!人抓到了没有?"

王大成高兴地拍着腰里的匣子枪说:"全抓到了!其中一个家伙被铡刀劈断了胳膊,我们顺着血迹在一个老乡家的红薯窖里逮住了他。在当地老百姓的支持下,另外两个在黄河故道芦苇荡被活捉。还逮住两个淮海战役时邱清泉兵团的逃兵。一个土匪头子逃到山东枣庄微山湖,也被当地水上民兵逮住了!"

"太好啦,召开公审大会,依法严惩!"沙县长缓和了一下口气说,"大成同志,人民才是真正的英雄,那位老乡英雄找到了没有?"

"找到了。"王大成笑着说,"根据土匪交代的线索,救人的是个大高个农民,拿着铡刀,牵着大花牛。我们私下调查,这个人是黄河区大刘庄的农民刘洪山,是咱黄河滩上的一条好汉。眼下残匪尚未肃清,为保护他的安全,我们没有声张,也交代他不要说出去。"

"做得对,老百姓救了咱们,咱们一定保护好老百姓的生命财产安全。"沙县长说,"翻身农民的思想觉悟就是高,等土匪彻底消灭了,老百姓安全了,要抓住这个典型好好宣传!"

芒砀县和周边几个县的武装联合起来,对藏匿在黄河故道芦苇荡和芒砀山区的两股土匪进行了拉网式围剿,彻底清除了匪患,巩固了新生的乡村政权。

淮海战役刚刚结束,黄河故道地方黑恶势力惶惶不可终日。大刘庄恶霸地主麻乐行看大势已去,忙着变卖家产,伺机逃脱,就找到唐瘸子卖地。以唐瘸子家的财力,买上十亩八亩地是没有问题的。唐瘸子是个小生意人,消息灵通,他早就听说河北老解放区土改的事,不敢放手去买,只愿付三成钱,不立字据,等以后再说,麻乐行满口答应。麻乐行又找到刘洪山,说只要买他的地,五亩算一亩。这样廉价的土地,对刘洪山来说,简直就是天上掉馒头。

刘洪山找刘四爷商量,刘四爷摇着头说:"洪山,麻乐行家的地再便宜也不能买。"

刘洪山不解地说:"听说麻乐行变卖家产,是为了找儿子去。"

"骗人的鬼话!淮海战役,咱解放军打了个大胜仗,邱清泉都被打死了，麻成子就是个小营长，是死是活麻乐行都不知道，到哪找儿子去？"刘四爷拍着刘洪山的肩膀说，"洪山，你从不雇人干活，自种自吃，现在的地够种了，土地多了你吃不消！"

麻乐行再三找刘洪山卖地，刘洪山一分地也没买。

唐瘸子偷偷给麻乐行送去十块大洋，麻乐行划给了唐瘸子几十亩好地，一没立字据，二没栽地界。几个月后，唐瘸子找麻乐行要钱，退回土地，麻乐行死不认账，唐瘸子是哑巴吃黄连——有苦说不出。

剿匪反霸以后，黄河故道一带土地改革开始了。

土改关系到每一个人的利益，谁也不敢掉以轻心。刘洪山是典型的老中农，按国家土改政策，中农的土地、耕畜、农具原封不动，保护中农现有的利益。虽说如此，刘洪山还是担惊受怕，时常找刘四爷打听消息，生怕土地、耕牛保不住。

刘小黑是刘四爷的堂侄，是个雇农，二十七八岁，单身汉，地无一垄，草房一间。他爹是长工，他从小苦大仇深，在斗地主、挖浮财、搞土改中表现得十分积极。他带领民兵拦截拉车逃跑的麻乐行有功，受到土改工作组的表扬。刘四爷看刘小黑积极能干，土改工作组又信任他，就主动向工作组提出，自己年岁大了，腿脚不便，力不从心，推举刘小黑当大刘庄贫协主席。

刘洪山找到刘四爷，担心地说："四叔，你这样抬举小黑，不知你是咋想的？小黑跟他爹不一样，打小就跟村里一些地痞瞎混，很少看见他下地干活，你把位子让给他，保不准给你老人家脸上抹黑。"

刘四爷想了想说："人是会变的，上级也会管着他，你看他这一阵子工作很积极，工作组也表扬他。叫他试试，不行就换人。"

刘洪山怕话说多了不好，只好摇摇头。

刘小黑当上贫协主席，不但分了麻乐行家最好的一块地，还把麻乐行家一把印尼藤条编制的椅子私自搬回家里，一到家就坐在藤条椅子上，大腿跷在二腿上，打着呼哨，扬扬得意地说："十年河东，十年河西，淘井的吃饭——上来了，贫雇农坐天下，老子也该享享清福喽！"

有一天，刘小黑突然心血来潮，自作主张牵走唐瘸子家的牛充公，要拉到集市上卖钱，还要分唐家的土地。唐瘸子和他的几个儿子都是中农，财产受到保护，跑到土改工作组告了刘小黑一状。土改工作组狠狠批评了刘小黑，刘小黑只好硬着头皮把牛还给唐家。

刘小黑从小养成仇富的心理，看谁家日子过得好，心里就不舒服，闻到谁家院子里有油腥味，就不由得吐一口。划成分的时候，受人挑唆，他向土改工作组反映刘洪山家的土地多、耕畜多、农具多、家底厚，应该划为富农。

刘洪山听说此事，心里害怕，拿着地契和皮尺，找到刘四爷说："四叔，人家的事你不问，我家的事你不能不管，我想叫你把我家的土地量一遍。"

"你有十八亩地，大刘庄谁不知道？"刘四爷看着刘洪山忧愁的脸，知道出事了，疑惑地说，"怎么，有人说你地多？"

"再量一遍，到时候你也可以做个证，我心里就踏实了。"刘洪山说着，拉着刘四爷的手朝地里走去。

刘洪山、刘四爷刚来到地里，就看见唐家爷们几个也在丈量土地。刘四爷摇摇头，感触地说："洪山，看来你们这几户中农信不过土改工作组！"

"四叔，这话冤枉我了。"刘洪山说着跟刘四爷拉起了皮尺，"不是我信不过土改工作组，是有人硬说我家的土地多，要把我划为富农。多了少不了，少了也多不了，按照地契，量一量心里就大白了。"

唐瘸子的老儿子唐六看见刘洪山、刘四爷在量地，骂骂咧咧地走过去说："老子就想当地主、富农，再娶三五个老婆，可惜我没有这么多地！"

刘四爷奇怪地说："土改政策明明白白、清清楚楚，一条一款都在墙上贴着，小六，你说这话是啥意思？"

"啥意思？问你狗侄子去！"唐六阴阳怪气地说，"牵走老子的牛，还要拉到集上去卖，又说我是地主，要分我的财产，真把老子当成一块大肥肉了？"

"小六，黑子不是把牛给你送回家了吗？"刘洪山扯着皮尺说，"咱这几户中农把土地的亩数搞清楚了，大家都有个交代，明明白白，咱们就可以堂堂正正种地啦！"

"这地恐怕种不稳当！"唐六昂着头瞟着刘四爷，挖苦说，"有人就是看咱中农不顺眼。"

刘四爷无话可说，脸憋得通红。

土改工作组重新丈量刘洪山的土地，查看地契，对照文件，刘洪山达不到富农的标准，最后还是把刘洪山划为中农。

汪玉兰抱怨说："他爹，咱不知道跟黑子哪辈子结下冤仇，满村子造谣，硬说咱家土地多，这不是朝死里整咱吗？"

"他就是个泼皮！"刘洪山气愤地说，"黑子看见谁家有饭吃，他都不高兴！"

汪玉兰皱着眉头说："他爹，四叔是个精明人，你叫他帮咱量地，他会不会有啥感觉？别叫他误会咱是冲着他来的。"

刘洪山摇摇头，没有说话。

刘四爷朝刘小黑劈头盖脸一顿骂，还朝他屁股上踹了一脚。刘小黑表面上不敢跟刘四爷争执，其实心里愤愤的，越发骄横。在一次村民大会上，他指着刘洪山说："刘洪山家的地按人口平分，就是比贫雇农多，是漏划的富农分子！"

刘洪山不由得打了个寒噤，脑袋嗡嗡响，大声争辩说："我的地四叔量过了，土改工作组也量过了，黑的就是黑的，白的就是白的，真的假不了，假的也成不了真，共产党做事是有分寸的，不是你刘小黑说了算！"

"我是贫协主席，说你是黑的你就是黑的，说你是富农你就是富农。"刘小黑冷笑着说，"刘洪山，你别高兴得太早，咱骑驴看唱本——走着瞧，别犯在我手里！"

路遥知马力，日久见人心。刘洪山始终想不明白，刘小黑是跟在他爹屁股后面扯牛绳长大的苦孩子，想当年刘大川过年吃不上饺子，村里不少人家接济他爷儿俩，自己也给他父子送过粮食，他知恩不报也就罢了，反而成了仇人。对于刘小黑这样一个人，刘洪山本不想在这么多人面前跟他发生争执，更不愿意得罪他，没想到刘小黑竟是这样不依不饶、咄咄逼人。刘洪山憋得满脸通红,积压在心中的火气一下子冲上来,朝刘小黑跟前走了两步,大声说:"刘小黑,按人均土地我是比大家多两亩,划我为中农,是共产党的政策,我会按地亩数缴公粮。你不要欺人太甚,我刘洪山不是被吓大的,谁奸谁忠,谁恶谁善,大刘庄的老少爷们都看得清清楚楚。你现在也分到土地了,我倒要看看你刘小黑每年能给国家缴多少粮食。"

刘小黑恶狠狠地瞪着眼,还要说什么。

"住口!"坐在一旁的刘四爷看不下去了,猛地站起来,冲着刘小黑发火说,"黑子,刘洪山的中农成分是土改工作组和群众代表划定的,是符合国家土改政策的。唐家父子人均土地比刘洪山的还多,也是中农,这都是板上钉钉的事,谁也改变不了,你为啥要节外生枝?"

"你爷儿俩,一个唱红脸,一个唱白脸,骗鬼呢?"唐六站起来,撇着嘴说,"刘老头,不是你在背后给他撑腰,他小子敢这么猖狂?"

唐家兄弟几个和唐姓族人也都站起来起哄。

刘四爷急吼吼地说:"他是他,我是我,你不要扯在一起。"

刘洪山走到唐六跟前说:"小六,你也不要冲着四叔来。说话要凭良心,有实据,四叔在咱两家的成分划分上还是公道的。"

"拉倒吧!"唐六龇着牙说,"刘洪山,黑子这样整你,想把你打趴下,你咋还替刘老头子说话?"

刘洪山笑着说:"六子,我是认理不认人。"

富农、中农一字之差,却天壤之别,一个是斗争对象,一个是团结对象。几个月来,刘洪山吃不好睡不好,心里似十五只吊桶打水——七上八下。

土改工作组临走前把大刘庄划定成分的最后结果张贴在公告栏上,刘四爷来到刘洪山家,笑着说:"洪山,这下你大可放心了吧,你的地、你的牛、你的农具还是你的,谁也动不了。黑小子是个愣头青,啥也不懂,工作组狠狠批评了他,还要撤掉他的贫协主席,他也认错了,你就放开手脚该咋干咋干吧!"说着,从怀里掏出一瓶地瓜酒,诙谐地说,"来,咱爷儿俩喝两口,四叔给你压压惊!"

刘洪山满脸堆笑，抓住刘四爷递过来的酒瓶，咕咚咕咚喝了几口，心里一阵说不出的畅快，好长时间没有这样畅快过，满怀信心地说："共产党说话算话，我打心眼里服气！"刘洪山突然转过话题说，"四叔，听广播上说，朝鲜战场急需物资，区里动员大家继续捐粮捐款，我还有几十斤黄豆，捐了吧！"

"不妥，"刘四爷摇摇头说，"那不是你留的种子吗？"

"有啥不妥的？"刘洪山摆摆手说，"地种啥收啥，我改种红薯了，支援志愿军打仗是大事！"

刘四爷点点头说："共产党是为老百姓打天下的，咱不支持谁支持？实话告诉你，我来找你也有这个意思！"刘四爷说着，哈哈笑了。

刘洪山高兴地说："只要咱老百姓的日子安稳了，咱有土地，有耕牛，有力气，就能过上好日子，也有好粮食卖给国家。"

县政府宣传干事李明、王亮来到大刘庄，采访刘洪山刀劈还乡团的事。

刘小黑带着二人朝刘洪山家走来，老远就扯起嗓门喊起来："刘洪山，县里来人了，调查你的，你要好好交代问题！"

李明拉了刘小黑一把说："刘小黑同志，什么好好交代？你弄错了，我们是来采访英雄的，不是来办案的。"三个人说着，走进门来。

刘洪山和汪玉兰看到刘小黑后面跟着两个生人，不由得一阵紧张，不知发生了什么事。

李明微笑着走过来握住刘洪山的手说："大叔，我们是县政府的，是沙玉明县长派我们来的。一是来看望看望你；二是来找你拉拉家常谈谈心，听你说说心里话。"

刘洪山听说是县长大人派来的，不知出了什么大事，心里暗暗敲鼓，什么事惊动了县长？难道说又是土改的事？一阵说不出的惶恐，额头上沁出了一层薄汗，慌忙搬来两只板凳让客人坐下。汪玉兰提着一只茶壶放在案上，瞟了一眼刘小黑。刘小黑扬扬得意地歪坐在拖车上，两眼滴溜溜地看着刘洪山，一只手托住下巴，冷冷地笑着。

刘洪山紧锁着眉头，掏出旱烟袋，好长时间才挖了一锅烟，划了几根火柴才把烟点着，猛吸了一口，很不自然地笑着，试探着说："公家同志，老话说无事不登三宝殿，沙县长派你们来我家，一定是找我有事，竹筒倒豆子，有啥话就直说吧！"

李明看着两个老人的举动，心想着他们一定产生了误解，不由得扫了刘小黑一眼，忙说道："大叔，是这样的，你刀劈还乡团，救了两个土改工作队队员的命，还夺回了耕牛，为剿匪反霸立了大功，为全县人民做出了榜样。沙县长说你是个了不起的大英雄，要在全县宣传你的英雄事迹！"李明激动地说，"我们今天来，就是想叫你说说当时的情况，你是怎样冒着生命危险救人的。"

刘洪山猛然一愣，不由得松了一口气，万万没有想到这两个人竟是为这件事而来，连县长都知道了，看来这事瞒不住了。他不由得把烟袋从嘴里抽出来，很不自然地笑了笑，显得有些不好意思，不停地摆着手说："公家同志，我是个农民，一个种地的老百姓，我的心思就是种好地多打粮食，不是啥英雄，沙县长高看我了。我的大花牛被坏人抢去了，咱不能装孬种，拼上命也得把牛抢回来。我去找我的牛，碰上还乡团活埋人，还能见死不救吗？土改干部没有事，我的大花牛也找到了，这事就算过去了，还是别提了吧！"

"哎，还有这事，我咋不知道？"刘小黑吃惊地问，"好你个刘洪山，这么大的事为啥不跟我汇报？一直瞒到现在，你想干什么？你眼里还有没有我这个贫协主席？"

王亮向刘小黑摆摆手，叫他不要说话，朝刘洪山跟前拉拉板凳说："大叔，您老不用担心，更不要害怕，人民政府会保护你的。再说，黄河故道的土匪已经被彻底剿灭了。"

刘洪山还是摇摇头、摆摆手，笑着说："公家同志，我不担心，也没啥怕的，现在是新社会了，要是好人怕坏人，还叫太平世界吗？"刘洪山深深吸了一口烟说，"听说剿匪时有解放军战士受伤，他们才是大英雄，应该去宣传他们！"

李明笑着坚持说："大叔，您老不要谦虚了。解放军是人民的子弟兵，剿匪反霸、保护人民生命财产安全是他们的职责。你一个农民，在生死关头，敢于跟坏人拼命，救了土改干部，夺回耕牛，就是了不起的英雄，是值得我们学习的。"

刘洪山还是一个劲地说："我真的是去找牛的，英雄这个名号我一个老农民担不起！"

"你还算识相。"刘小黑在一旁伸伸舌头，歪着嘴说，"刘洪山，说你是英雄，谁也不会信，你一个老中农没有这样的觉悟。你是为了你家的大花牛才冲上去的，救了土改工作队队员，你是搂草打兔子——碰巧了。那天没吓着你吧？"

"刘小黑同志，你这是什么话？"李明瞪了刘小黑一眼，批评说，"什么搂草打兔子？奇谈怪论！你作为一个村干部，这样对待一个老英雄，有失公允，大刘庄的老百姓也不会赞成，希望你端正态度！"

刘小黑头拧着，红着脸，脖子抻了抻，哈哈两句，抬起脚走到了一边去。

县里来人采访刘洪山，消息像一阵风很快传了出去，院子里一下子拥进来不少人。贫协委员李二良瞪着刘小黑说："刘黑蛋，还乡团要是把你小子绑去活埋，你准吓得屙一裤子！"

"李二良，你敢侮辱革命干部，胆子不小，"刘小黑一扬胳膊说，"我撤了你的贫协委员。"

"呸！"马大妮朝刘小黑吐了一口，撇着嘴说，"洋什么蛋？手里有点权，就会吓唬老百姓。"

民兵大全跷起大拇指说："洪山叔刀劈还乡团，为咱大刘庄人长了志气，了不起！"

李明看到这个场面，忙站起来说："乡亲们，都回去吧，我们是来找刘洪山同志谈心的。"

李明看到群众都退到门外，脸色一下子沉下来，严肃地对刘小黑说："刘小黑同志，你都看到了，群众对你是有意见的，希望你能正确对待群众，正确对待刘洪山同志的英雄行为。"

刘小黑看李明一脸不高兴，忙抱拳说："耽误你们的正事，对不住了，我在办公室等你们。"说着甩手走了。

李明、王亮这样引导，那样启发，说得口干舌燥，刘洪山还是一口咬定他是去找牛的，说啥也不愿当英雄。

汪玉兰看两个小同志一再追问刘洪山，便掂起茶壶加点水，笑着说："两位公家同志，你们劝洪山当英雄，谢谢你们的好意，本来这事不是俺女人家插嘴的，他爹就是这个脾气，直来直去，是啥说啥，你们别难为他了。不瞒你们，那天夜里，土匪来抢俺的大花牛，我拿着菜刀，跟土匪拼命，还挨了一枪托子！"汪玉兰说着不由得笑起来。

李明站起来，跷起大拇指，哈哈笑着说："大婶，你是巾帼不让须眉，敢于跟坏人坏事做斗争，也了不起！"

王亮也感慨地笑着说："你是个女英雄！"

由于刘洪山一再坚持说去找牛的，不愿当英雄，李明、王亮不好再说什么，只好到贫协办公室找刘小黑。

刘小黑信口开河，编派一大堆刘洪山的不是。

李明直摇头，不客气地说："刘小黑同志，看来你对刘洪山意见很大，我不知这是为了什么，是你个人原因，还是工作原因，我们没时间了解这些问题。可我觉得，你作为一个村干部，这样会影响群众之间的团结。团结中农是党的政策，希望你能正确对待，不要有个人偏见。刘洪山不愿当英雄，他的心是真诚的、善良的、朴实的。不管怎么说，刘洪山还是做了一件天大的好事，沙县长很重视，希望你能善待刘洪山！"

刘小黑不以为然地说："我们贫雇农可不这样看。现在是贫雇农的天下，团结中农干什么？土改时就该把中农的土地也分了！"

李明生气地说："刘小黑同志，刘洪山当不当英雄暂且不论，我郑重地告诉你，你的这种对待中农的思想是违背党的土改政策的，也是非常危险的，希望你能好好学习，认真落实党的政策，处理好贫雇农和中农的关系！"

王亮也在一旁插话说："刘小黑同志，我们刚才也看到了，在大刘庄，刘洪山比你的人缘好！"

刘小黑还是不服气地摇摇头。

二

　　李明、王亮走后，大刘庄一时议论纷纷。有人说刘洪山傻，有粉不朝脸上搽，说不定还有啥奖励呢；有人说刘洪山胆子小，怕坏人报复他，有意躲避；也有人说刘洪山是个直肠子，说话做事不会拐弯。可刘洪山到底咋想的，谁也猜不透。

　　"洪山，这件事就发生在咱爷儿俩到黄河镇火车站送粮的那天夜里，你怎么连我都瞒着？信不过你四叔？"刘四爷来到刘洪山家，一脸不高兴，责怪说，"你为消灭还乡团立了大功，一庄子人都为你高兴，县长要表扬你，这是多大的荣誉，你为啥不接受？"

　　刘洪山正在给大花牛拌草，忙着给四爷搬板凳，极不自然地笑着说："四叔，不是瞒着你，我是怕给您老添心事，也是怕说出去，一村子人害怕。说句真心话，县长的表扬我可担不起，我是去找大花牛的，碰到坏人杀好人，咱不能装孬种吧？我要不是一铡刀撂倒一个，不但救不了人，牛找不回来，我也得被活埋，弄不好咱一村子人都得跟着遭殃。况且当时上面的人也不叫我说出去。这件事过去就完了，您老也就别说啥了。咱是个农民，种好地是正经，想那些事干啥哩！"

　　"这就是你刘洪山，一点弯子也不拐。"刘四爷嘿嘿笑着说，"这帮龟孙儿给灭了，咱们以后就不担惊受怕了，可以安安稳稳过日子了。来，咱爷儿俩喝一盅！"说着从怀里拿出一瓶酒来，"不管咋说，你做了一件大善事，为咱大刘庄人长脸了，四叔给你庆贺庆贺！"

"酒，我有，还要您老拿酒？"刘洪山高兴地说，"四叔，土改你分了十多亩好地，那可是清一色的沙土好地，种好了，你家一年到头都有馒头吃了。"

"过去没有地，过日子，是个愁；现在有了地，过日子，还是个愁。"刘四爷说话时感到鼻子酸溜溜的，嗓子也有点沙哑，"洪山，你说我一无牲畜，二无农具，三无银两，两手空空，我真不知道怎么摆弄这十几亩地，我真怕种不好，对不起共产党！"

汪玉兰把两只酒杯和一盘花生放在案上说："四叔，牲口俺有，农具俺有，您老有啥干不了的活，洪山会帮你的！"

刘洪山斟上酒，递给刘四爷，又抓一把花生放在刘四爷跟前，笑着说："四叔，你放心好了，咱大刘庄的土地，土质差不多，只是个别地块碱性有点大。我咋种，你咋种，没有牲口、农具，用我的。不瞒你说，麦种我都给准备了，保证叫你饿不着！"

刘四爷端着酒杯，高兴地说："洪山，有你这话四叔就放心了。我一辈子也结交了不少朋友，只有咱爷们最对脾气。我是老贫农，你是老中农，咱这也叫中农、贫农联起手，地里有，家里也有，我想着咱的日子能过好！"

"农民图个啥？就图个安稳过日子。"刘洪山自饮一杯，突然皱起眉头，不由得叹了一口气说，"四叔，我心里一直有话想跟你说。你贫协主席干得好好的，大刘庄人都赞成你，从淮海战役到抗美援朝，你跑前跑后，筹粮筹款，哪个不支持你？赵玉彪书记还表扬过你，土改的时候，大家也都信服你，你为啥把贫协主席的位子让给了刘小黑？不会是因为你们是叔伯侄子的关系吧？"

"我肠子都悔青了，"刘四爷放下酒杯，脸一阵涨红，叹口气说，"现在说啥都晚了，没地方买后悔药去。我原以为这孩子从小受苦，他爹也是个老实人，按工作组的话说，叫根红苗正，刘小黑斗地主、搞土改比谁都积极，抓麻乐行立了功，土改工作组还表扬他。我想着他年轻，腿脚快，能为大家办点事。没想到这东西一当干部就变成了另一个人,先把一块最好的地弄到手,又不好好种,整天东游西逛,骗吃骗喝。就说你救土改工作队队员吧,他不但不在上级面前说一句好话,还说你思想落后,讲了一大堆你的不是,这样下去以后谁还能信他?我听说,黑子被县里来的人训了一顿,他还不服气,人家走后,他还骂人家,你说这是个什么东西!"刘四爷朝刘洪山胳膊上拍了一下,面带羞愧地说,"洪山,我知道你心里憋屈,别朝心里去,我给你赔不是。俺门里出个这样的货,家门不幸啊!"

"土改分地时他死死咬着我,多次丈量我的地,事情过去了,我也没有朝心里去,你说咱要相信共产党,我也是这样想的。"刘洪山忧心地说,"四叔,我是担心,一个村庄,上千口人,没个好的当家人不成啊!"

"这话说到根子上了。四叔年纪大,走不了回头路了,挑不起大梁了。"刘四爷放下酒杯,眼泪汪汪的,接过刘洪山的烟袋,深深吸了一口说,"洪山,过去村里的保长是专门为上面办差的,欺负老百姓,没干什么好事。现在是新社会,村干部要为老百姓干事。我看豆腐坊范玉堂的丫头彩玉倒是个苗子,识文断字,人又勤快,办事也利落,咱要扶一把,说不定以后能成事。听说这丫头在跟你家长水谈恋爱。"

刘洪山摆摆手,摇着头说:"一个丫头片子,成不了事,她爹范玉堂是个什么人你不是不知道。"

"土改工作组走了,赵玉彪书记临时联系咱村的工作,以后上级还会派来新干部。"刘四爷吧嗒吧嗒吸着烟说,"洪山,你不愿当英雄,这事我看还没有完,不但县长重视,黄河区赵书记也很重视,听说区里还专门召开会议,要拿你做榜样呢,说不定过两天还会有人来找你。"

刘洪山无奈地说:"谁来找我,我都是那句话。"

县长沙玉明听了李明、王亮的采访汇报,哈哈笑了半天,说:"看来这个刘洪山还真不是一般人物,有个性。他不愿当英雄,我就是要叫他当一回!不管他当时咋想的,从死人坑里救出两个土改干部、夺回耕牛就是了不起。你俩如实写材料,送到县广播站,连播三遍!"沙玉明说着话,脸色一下子阴沉下来，若有所思地说，"你们刚才讲大刘庄的贫协主席刘小黑对中农的态度，恐怕不是个别现象，这个问题应该引起我们的高度重视！"

芒砀县广播站播出了《刘洪山刀劈还乡团》的报道，引起强烈反响，黄河区政府代表县里敲锣打鼓地奖励给刘洪山一头毛驴。

刘洪山牵着毛驴来到刘四爷家，说道："四叔，我家有一头驴了，你没有牲口，这头驴送给你吧，它不但能成你种地的帮手，还能拉磨、积攒肥料，这样你就能少受点累。"

刘四爷摆摆手说："洪山，这可是你用生命换来的奖励，你送给我，不合适。"

"四叔，政府奖给我就是我的了，我送给你，这是咱爷儿俩的情分，你一不是党员，二不是干部，不算犯错误。"刘洪山把毛驴拴在树上说，"叫你女婿满仓来找我，我教他怎么喂毛驴！"

刘四爷抓着毛驴的耳朵，双目含泪，喃喃自语说："没有想到，我刘四混穷一辈子，如今不但有了地，还有了牲口，这以后的日子错不了！"

土改后的第一年，大刘庄的农业生产有了较好的收成，大多数农户都能吃饱肚子，粮食还稍有节余。

刘洪山的儿子刘长水在县城读书，刘洪山每个星期给儿子送两次干粮。有一次，刘长水叫他爹多送点，刘洪山奇怪地说："儿子，爹送的东西足够你吃的了，为啥还要多送？"

刘长水红了脸，抓抓头皮，低着头，不好意思地笑着，支支吾吾地说："爹，月娥家里没人送吃的，钱也花光了，天天哭，怪可怜的，恐怕要退学了。"

麻月娥是地主麻乐行的闺女，麻乐行土改时被镇压了，她娘上了吊，家里没人了。麻月娥一直住在学校，不敢回家。大刘庄还有十几家麻姓，虽说是同一个祖宗，但多数是穷人，麻乐行根本看不起他们，土改前就没有多少走动，土改后更无来往，所以现在无人接济麻月娥。

刘洪山看着儿子，沉闷了半天说："麻乐行是个地主，仗着儿子是国民党军官，干了不少缺德的事，不但贩卖军火，还逼死过人，大刘庄没人不恨他，他被枪毙，死得不冤；他女人吸大烟，土改后没大烟吸了，自杀也是她自找的。只是苦了月娥这孩子！"刘洪山看了儿子一眼，心里一番说不出的滋味，叹着气说，"孩子，爹知道你心善，但月娥是地主的闺女，她哥又是国民党军官，是受管制人员，咱要给她送吃的，爹供得起，可学校会怎么看你？"

刘长水不以为然地说："她爹是她爹，她是她，月娥又没干坏事，她有什么罪？"

刘洪山一时很为难，看着儿子那张祈求的脸，咂咂嘴，从怀里拿出准备在路上自己吃的几个馍馍，递到儿子手里，又放下一些钱，拍拍儿子的肩膀，转身走了。

在学校外一个小树林里，麻月娥吃着馍馍，眼含热泪，抽噎着说："长水，谢谢你和大叔，以后不要给我吃的了，过两天我就退学了！"

"月娥，不能啊，还有几个月就要毕业了。"刘长水扯了一下麻月娥的衣角，着急地说，"不要担心，保证饿不着你，俺家有的是粮食，俺爹娘也不是那小气人，有我吃的就有你吃的。俺爹每次送饭，都会多带些馍馍来。再说，咱班里其他同学也会帮助你的！"

"俺家成分不好，我不能连累你和大叔，也不能连累其他同学。"麻月娥泪流满腮，哽咽着说，"书没法读下去了，我已经跟老师说过了！"

刘长水看麻月娥哭得像个泪人似的，心里一阵说不出的难受，不知怎么劝说麻月娥。

麻月娥抹着眼泪，深深地看了一眼刘长水，从书包里拿出一支钢笔，递到刘长水手里说："长水，这支笔是我爹从徐州府给我买的，我用不着了，送给你吧！"

刘长水小心地把笔接过来，看了看，也想送一件礼物给麻月娥，摸摸身上，什么也没有，显得有点难为情。

"别找了，你的心俺知道！"麻月娥脸上泛起一片红云，忙挎着书包走了。

刘长水拿着那支笔，痴呆呆地站在那里，一直看着麻月娥走出小树林！

麻月娥退学回到大刘庄，白天没敢进村，躲在文家河边一个小树林里闷声哭泣，天黑了才顺着河边小路来到家门口。一看外门贴上了封条，她知道这个院子已不属于自家了，转悠了半天，无处可依，只好来到打麦场边的柴草院，在两间草房里铺上柴草，把自己从学校带回来的铺盖卷打开。走了一天的路，她两眼发涩，两腿发酸，筋骨疼痛，又渴又饿，想喝口水也无处可寻，就躺在草铺上想休息一会，刚刚躺下，长工麻牛走了进来。

麻牛不是本地人，鲁西南战役后来到大刘庄，白天要饭，晚上睡在麻乐行家场院草窝里。麻乐行看他二十来岁，戴着一顶破草帽，遮住半个脸面，五大三粗，黑乎乎的，有股子力气，地里正缺少劳力，想留下他干活。问他是哪里人，他只说是山东的，名字叫小牛，爹娘死于战火，自己出来逃荒要饭，如果收下他干活，他不要工钱，给饭吃就行，愿随主人家姓。麻乐行觉得捡了个便宜，高兴地说："我姓麻，你就叫麻牛吧，牛能干活，好好给我家干活，管你吃饱饭。"麻牛成了麻乐行家的长工，他的来历谁也不知道，麻乐行也懒得追问。麻牛默默干活吃饭，见人不说话，很少跟村里人来往。麻乐行被镇压以后，麻牛没有走，就在麻家柴草院住下来，靠打短工和讨饭为生。土改时，有人要把麻牛赶走，一个土改工作组成员说，他是地主家的长工，真正的无产阶级，苦大仇深，要解放出来。不但把麻牛留下，还分给他一份土地，仍然让他住在柴草院，算是大刘庄的一户人家。

麻牛看到麻家大小姐落魄到这个地步，心里一阵窃喜，跑到自己住的小屋，从锅里拿出一块热红薯说："月娥，饿坏了吧，趁热吃吧！"

麻月娥看是麻牛，没有多想，也没问什么，就接过红薯，狼吞虎咽地吃着。

"老爷死了，老夫人也死了，你哥也没有音信，那帮人不但分了你家的土地，把家里的东西也一抢而空，这叫什么世道！"麻牛看着麻月娥吃红薯的样子，不由得眨眨眼睛，假意关心地说，"月娥，老爷待我像亲儿子一样，我忘不了老爷的大恩大德。我哪里也不去，就看着你家大院，说不定你哥哪天还会带兵打回来,到时候再跟那帮人算账。我来保护你,你以后就叫我哥哥吧!"

麻月娥只是哭,也不说话。

二更天了,可怜的月娥,单纯的姑娘,涉世不深,轻信了麻牛。她没有防备,走了一天的路,太疲倦了,歪下就睡着了。麻月娥睡得很沉,脸上满是泪痕。这个洁白得像冰雪一样的姑娘遭到了麻牛的强暴,没有多少喊叫和抗争,等麻月娥清醒过来,一切都晚了。麻月娥瞪着两只血红的眼睛,顺手抓起一根木棍,狠狠地打在了麻牛头上,麻牛扑通倒在地上装死。麻月娥以为自己杀了人,吓得浑身打战,不知所措,嘴唇都咬出了血。

一会,麻牛醒来,露出一副凶相,威吓说:"你要敢说出去,我就弄死你!"

可怜的姑娘,眼泪像断了线的珠子,洒落在胸前,叫天天不应,叫地地不灵,号啕大哭起来。

麻月娥把自己关在屋里,哭了好几天,又不敢声张。地主子女,改造对象,八亲断路,神鬼不沾,无依无靠,她多次被麻牛糟蹋,也只有忍气吞声,将苦水朝肚里咽。几个月后,麻月娥发现自己怀孕了,自杀未遂,万般无奈,就稀里糊涂跟麻牛过了。

看到麻月娥的遭遇,刘长水痛心疾首,本想把麻牛暴打一顿,又看到麻月娥的肚子,长叹一声,无处发作,生米煮成熟饭,无法挽回,只有暗暗同情麻月娥。没过多久,芒砀县公安局局长王大成带着从山东济宁来的两个公安,把麻牛逮走了。原来,麻牛的真名叫李大昌,是鲁西南一带有名的悍匪,身上有多条人命案,解放军剿匪,他漏网藏匿在大刘庄。不用说,麻牛回去吃了枪子。麻月娥当时已经怀孕好几个月,感到没脸见人,就割腕自杀,幸亏被马大妮发现,及时送到医院抢救,才保住了性命。麻月娥要把孩子做掉,医生看月份较大,怕有生命危险,不敢引产。

马大妮劝说道:"月娥,孩子没有罪,生下来吧,以后也是你的亲人。"几个月后,麻月娥生下一个女孩,取名草妮。麻月娥带着孩子过活,头上戴着土匪婆子、地主崽子的帽子，人前人后抬不起头来，想嫁人，却无枝可依。刘小黑是个单身汉，对麻月娥垂涎三尺，半夜翻过墙去，想对麻月娥无礼。麻月娥虽到如此地步，也不愿委身于刘小黑，双手握住一把剪刀，顶在自己的脖子上，刘小黑要是硬来，就以死相拼。刘小黑怕闹出人命，只好作罢。麻月娥怕刘小黑再来纠缠，多次想到工作组那里告刘小黑，可走到半路又返回，夜里睡觉害怕，就找来几根木棍死死顶住门。刘小黑看好事不成，于是事事刁难麻月娥，麻月娥不敢抗争，只有暗暗哭泣。刘长水看麻月娥娘儿俩可怜，曾偷偷给麻月娥送过一小口袋粮食和其他用品。

刘长水毕业后，回家参加劳动，空闲时间，常跟几个同学在黄河区体育场打篮球。

这天下午，刘长水正在打球，一个球友跑过来说："长水，你媳妇范彩玉找你来了。"

刘长水、范彩玉、麻月娥都是同学，麻月娥喜欢刘长水，麻乐行极力反对，还狠狠扇了闺女一巴掌。刘洪山也不愿攀麻乐行家这门亲，劝说儿子少跟麻家来往。刘长水对麻月娥万般情意，麻月娥对刘长水一往情深，但世事变迁，人情冷暖，不遂人愿，两个人没有走到一起，这是命运的安排。范彩玉跟刘长水两家隔河相望，两人从小一块长大，又是同学，范彩玉一直追着刘长水不放。大刘庄土改，范玉堂家的土地多，加上老婆身体不好，就把闺女范彩玉留在家里务农了。范彩玉心里惦记着刘长水，人在农村，心在城里，有事没事就朝县城学校跑，生怕刘长水背后长茄子——生外心。

范彩玉人高马大，圆溜溜的身条，银盆大脸，黑里透红，明亮亮的一双大眼，火辣辣的，心直口快，做事泼辣，出力干活，干净利索，在黄河滩也是少见的姑娘。刘长水的母亲汪玉兰很喜欢范彩玉，她常笑着说："农家娃娶媳妇就要娶彩玉这样的姑娘，能干活，能生养，会过日子。"刘洪山跟范彩玉的爹范玉堂有过节儿，心里烦，不认可这门婚事，常常给儿子泼冷水，加上中间有个麻月娥，以致刘长水和范彩玉的婚姻一波三折，久久不能如愿。

刘长水听到有人喊他，扔了球，跑过来说："彩玉，你怎么来了？"

范彩玉退学后不久就加入了共青团，参加妇女民兵队，剿匪反霸时上过战场，很受黄河区领导注意。有一次民兵训练打靶，范彩玉获第一名，受到区委书记赵玉彪的表扬，被作为青年干部重点培养。

范彩玉红着脸把一包豆腐干放到刘长水手里，高兴地说："区政府要我代理大刘庄的村主任，我特来向你报喜的，高兴不高兴呀？"

"你一个黄毛丫头，啥都不懂，还能当村主任？"刘长水笑笑，不以为然地说，"人家拿你当猴耍吧？"

"你敢小看我？"范彩玉嘴噘着，生气地说，"刘胡兰十五岁就是共产党员，我比她还大三岁呢！"

"你跟刘小黑谁的权力大？"

"贫协会要在村委会的领导下工作！"

"那个黑驴蛋能服你管？"

"你怕我干不了？"

"那家伙可不是省油的灯，黑白两道。"

"有区政府给我撑腰，有大刘庄乡亲们的支持，三道我也不怕！"

刘长水拉住范彩玉的手，笑着说："彩玉，你进步，我高兴，我支持你，给你打个下手。"刘长水说着，脸色一下子沉重起来，沉闷了半天，脸上一阵潮红，低声慢悠悠地说，"彩玉，月娥退学时眼都哭肿了，怪叫人难受的，回到家，又受麻牛的害。她没啥亲人，母女两个无依无靠。你当了村干部，手里有权了，说话算数了，能帮就帮帮她！"

"她活该，她爹作恶多端，她娘吸大烟，她哥是国民党军官，一家都是敌对分子。"范彩玉看着刘长水责怪说，"你是不是心疼她？喝了她的迷魂药了？我看你的阶级路线有问题。"

"什么阶级路线有问题？扯得太远了吧！"刘长水一甩手，不高兴地说，"好歹咱们也是同学一场，人家落难了，咱总不能落井下石吧！"

"村里做事是有规矩的，分给她两间房子，还分地给她，也算对得起她了，我看你是咸吃萝卜淡操心！"范彩玉看刘长水不高兴，忙转过话题说,"好啦,别的话不说了,我今天来找你还有一件事,也是赵玉彪书记的意思,想叫你回家劝劝你爹。"

刘长水有点紧张地说:"我爹出啥事了?"

"他救了土改工作队,夺回了耕牛,沙县长说他是个大英雄,赵书记也想抓住这个典型宣传教育群众,多次找他谈话,他就是不松口,说啥也不干,硬说是去找自家的牛时碰上的。你说你爹傻不傻?咋这样死脑筋?"范彩玉又是摆手又是瞪眼,好像发生了多大事似的。

"这就是俺爹,他老人家一辈子就是这个脾气,丁是丁,卯是卯,只来实的,不来虚的,叫他说假话比杀了他都难!"刘长水一点也不感到奇怪,哈哈笑着说,"老头子说的是真话,他就是去找俺家大花牛的,俺娘也是这样说的。"

"你就是一根直肠子。"范彩玉一肚子不高兴,甩开刘长水的手说,"长水,你的书读到哪里去了?越读越糊涂,我看你的学白上了,一根筋,跟你爹一样思想落后!"

刘长水抓着头皮,木着脸,看了范彩玉一眼,不解地说:"范主任,你现在可是村干部了,跟社员说话要注意分寸,不要乱扣帽子。俺爹说实话怎么就思想落后了?难道说假话思想才进步?你这是什么逻辑?"

"县里拿他做典型,是沙县长亲自安排的,在全县宣传,多光彩的事!你也毕业了,大小是个知识分子,你爹要是给沙县长提出条件,沙县长说不定能给你在县城安排个合适的工作,老头子就是不配合,真是榆木疙瘩脑袋!"

"男子汉大丈夫不吃嗟来之食。"刘长水苦笑着,指点着范彩玉说,"彩玉同志,范主任,我看这事拉倒吧,人各有志,牛不喝水不能强按头,你就别难为我爹了!"

范彩玉仍然坚持说:"救土改工作队队员总是事实吧?保护耕牛也是真的吧?你娘叫土匪砸了一枪托子你知道吧?事实都明摆着,怎么说都不过分,你爹不为他自己,也要为咱俩想想吧!"

"看来你把这件事看得很重!"刘长水打个哈哈,不想再跟范彩玉争执下去，无可奈何地说，"好，好，范主任，为了你的面子，为了你的前途，也为了我自己，我劝俺爹当英雄好汉可以了吧！"

"好好跟你爹说！"范彩玉说着大步走了。

刘长水看着范彩玉离去的身影，摇摇头，歪歪嘴，捏一块豆腐干放在嘴里，慢慢嚼着，小声咕哝说："图虚名而得实祸！"

刘长水虽然答应了范彩玉，可见到爹娘，根本不敢提这件事。区里来人找刘洪山谈话，叫他到区里做报告，刘洪山还是一口咬定是去找牛的，没啥好说的，范彩玉气得嘴噘得能拴头驴。

这件事前前后后说了一年多，刘洪山始终没有松口。他就是这样一个人，一辈子不沾谁，不靠谁，从没想过走捷径，精心地饲养牲口、耕作土地，凭着两个肩膀两只手过日子！

"勤劳持家、俭以养德、与人为善"这个祖训，是刘洪山做人做事的精神力量，他的爹、他的爷都是黄河滩实打实的庄稼汉，土里刨食是做人的根本。刘洪山的肩上常常搭着鞭杆子，十几亩耕地，全靠他跟女人汪玉兰耕种。儿子刘长水刚下学堂，喂不了牲口，扶不住犁，耙不了地，收打扬场更是外行。刘洪山每日里教儿子种地，一边教还一边唠叨说："水儿，别怪爹啰唆，你在学校读书本识字，这一点你比爹强，要说种地，你还是个生瓜蛋子，要当农民还要读好庄稼经，种地过日子也是一篇大文章。有文化能劳动才是好样的，好好劳动就有饭吃，饿死的都是泼皮懒汉。"

刘长水抓挠着头皮，苦笑着说："爹，看来这土里刨食也不容易，我恐怕不是种地的料！"

庄稼活看起来简单，但要真正做一手好活，非一日之功。刘洪山看见儿子迟迟不上手，干活轻飘飘，拙手笨脚的样子，用鞭杆子指着刘长水训斥道："庄稼人的根本就是种地，祖祖辈辈就是这样，学不会种地，你就在黄河滩做不了人！"

汪玉兰心疼儿子，见刘洪山数落刘长水，心疼地护着说："他爹，一日磨不出两手茧，一晌练不出铁打的肩，心急吃不了热豆腐。长水这拿笔杆的手，你叫他扶犁、耩地，能中吗？"

"再好的土地也不会自己长出粮来的。"刘洪山恨铁不成钢，叹口气说，"我看他的心就不在土地上，成天围着范家丫头打转转，哪像个大老爷们！"

汪玉兰拍着身上的土，笑着说："你自己就是一头牛，还想叫儿子也变成牛！"

"男人靠啥立脚？就是劳动。"刘洪山发狠地说，"是我刘洪山的儿子，就得好好劳动，出力流汗，做黄河滩上的老黄牛！"

刘长水回乡当了农民，自然也想做一个真正的劳动者，不想老是在爹的指挥棒下干活，他觉得一个男人就应该有血气，撑起一片天。这天，刘长水一个人在田里锄地，一不小心锄掉了好几棵麦苗，不知是心疼，还是怕被爹看见，忙把锄掉的麦苗拾起来装进口袋里，装着没事一样。无巧不成书，也该刘长水丢人，没想到未婚妻范彩玉扛着锄头走过来，全看见了，咯咯笑着，挖苦说："长水同志，干农活可不像你在纸上写字，看你锄的地像猫拉屎似的，叫人笑掉大牙，要叫你爹看见，非揍你三鞋底不可。"

刘长水见范彩玉奚落他，红着脸，苦歪歪地笑笑，不服气地说："范主任，你别门缝里看人。俗话说，庄稼活不用学，人家咋着咱咋着。你不就比我多扛两年锄头吗？有啥了不起，竟敢嘲笑我？有朝一日，我会超过你的！"

范彩玉咂咂嘴，笑着从刘长水口袋里掏出麦苗说："你看看，这是啥？不知害羞，还人家咋着你咋着，说得多轻巧。你把草和庄稼一块都消灭了，这叫敌我不分，阶级阵线模糊。你得谦虚点，拜我为师，好好跟我学学！"范彩玉放下锄头，"来来，看好喽，我教你怎么锄地。"

范彩玉满面春风，兴高采烈，满头丰密的秀发在阳光下闪亮，摇晃着圆溜溜的身段，伸出细长的胳膊，两脚站稳，前躬后蹬，显得分外灵活，一只手把锄把攥在手里，探身朝前一扔，另一只手按住锄杠，缓缓拉过来，动作有力，轻便自如，锄头经过的麦垄里，闪出一条松软的土花带。

范彩玉是个纯情的乡村姑娘，一种梦想在激励着她，她想用她熟练的庄稼活,唤起刘长水的劳动热情和对她的爱。

"拉倒吧,别在我面前显摆了。"刘长水并不领这个情,说着一把从范彩玉手里夺过麦苗,推了她一下说,"去去,要锄地到你家地里锄去,我又没请你帮工,别在这里碍我的眼,耽误我干活!"说着又锄起地来。

"看你个小心眼,还男子汉大丈夫呢,说你一句就受不了?"范彩玉哈哈笑着,并不生气,弓着腰,朝刘长水跟前凑凑说,"长水,求你个事呗,我想明天去趟县城,给村里买点优良玉米种,给大家分分,你也去,赶着你家的毛驴车咋样?"

"拉倒吧,"刘长水停下手中的锄头,摆摆手说,"俺家今年不种玉米,我又不是你家的长工,各种各的地,帮你拉种子,你开工钱吗?我没有这个义务,城里的不去,毛驴车的没有!"

"去也得去,不去也得去,这是村里的决定,你敢违抗?"范彩玉看刘长水瞪着眼,上前走了两步,顿了一下,莞尔一笑,脸上飘来一片红云,小声说,"公私兼顾,不光是买种子,我想咱俩去照张相!"

"照相?"刘长水看着范彩玉,歪着头,伸出一个小指,刮着脸,伸伸舌头,开玩笑说,"着急了?"

"胡吣,谁着急了?你爱去不去!"范彩玉生气了,踢起一个土坷垃,扬起一片尘土,脸一红,扛起锄头,转身走了。

刘长水一见范彩玉生气了,忙追了几步,大声说道:"我明天赶着毛驴车在村口等你!"

三

谷雨过后，下了一场春雨，正是小麦拔节的时候。

一天下午，刘洪山正在地里给小麦施最后一遍肥，范玉堂担着豆腐挑子路过地头，把担子放下来，叉着腰，看了看乌油油的麦苗，笑呵呵地走过来。

范玉堂五十多岁，瘦高个，是大刘庄开豆腐坊的小生意人，心眼多，为人精明，能说会道，善于经营，人称"小算盘"。范家有两样传家宝，一是南山缸，二是红石磨。南山缸是用芒山脚下的特殊土壤烧成的，保鲜功能好，盛豆浆能保持原汁原味；红石磨是用芒砀山脉磨山的一种特殊砂岩石打磨而成的，质地优良，纹理清晰，磨牙细小，石沟浅显，磨出的豆腐细腻滑嫩，做出的豆腐干筋道绵软，加上祖传的手艺，范家豆腐在黄河滩远近闻名。范家豆腐传承到范玉堂这一辈，名声受到影响，不是豆腐的质量差了，而是人品和豆制品有了差距。范玉堂喜欢打小算盘，过于世故，远近不分，亲疏不顾，斤斤计较，失去名节，说嘴耍秤杆成了他做人的小把戏，十五两豆腐他能称出一斤来[①]，秤杆还高高翘着，不知瞒哄了多少人。范玉堂玩秤杆的手段很高明，就像杂技团变戏法一样，一般人是看不出来的。范玉堂称豆腐时，大拇指和食指捏住秤毫，半个手掌压住秤头，左手掌握住秤杆，十五两豆腐放在一斤的星上，松手时，眼疾手快，伸出中指，朝系着秤砣的绳上使劲一弹，秤杆会高高

---

① 当时一斤为十六两。

地把秤砣撅起，瞬间收秤，谁也不会注意。

有一天傍晚，刘洪山下地回来，碰见刚买了豆腐的三奶奶，托了托豆腐问："老婶子，几斤豆腐？"

"二斤。"三奶奶笑着说，"一个庄的邻居，玉堂还能短俺的秤？"

刘洪山托着豆腐走到范玉堂面前："玉堂，再称称。"

范玉堂不高兴地说："咋啦？我坑谁也不能坑老婶子！"

刘洪山把豆腐放在秤盘里说："咱叫豆腐说话。"

"称就称，看你姓刘的有啥话说。"范玉堂又玩起秤上的把戏。

范玉堂正想收秤，刘洪山一把抓住说："你这一手，能瞒住老婶子，瞒不住我刘洪山。"

范玉堂抓住秤杆不放。

刘洪山笑着说："玉堂，怕现原形？"

范玉堂脸憋得通红，没好气地说："豆腐是水货，离开秤盘就折秤……"

刘洪山一把夺过秤说："好，折去二两，看看还有多少！"刘洪山左手扶住秤杆，右手提起秤毫，平平稳稳只有一斤半豆腐，"看到了吧，还有啥话可说？"

范玉堂满脸通红，急忙夺过秤来，将豆腐倒进筐里，把钱还给三奶奶，挑起担子就走，嘟囔说："不卖了……"

三奶奶是个孬脾气，追上去骂道："玉堂，你个孬龟孙儿，你咋谁都坑？你爹、你爷比你小子规矩多啦！"

几个过路人看到这个场面，七嘴八舌，说范玉堂是个奸商。

刘洪山在大庭广众之下揭穿了范玉堂的老底，等于撕破他的脸皮，恼得范玉堂摔头找不到硬地，从此两人产生了过节儿，一见面，不是你掐我，就是我掐你。范玉堂每次见到刘洪山就气呼呼地说："姓刘的，有种别买我的豆腐！"

刘洪山并不生气，总是笑着说："豆腐是豆腐，范玉堂是范玉堂，我可没把你跟豆腐扯到一起。我看中的是你范家豆腐，吃的是你范家祖传的手艺，不是你范玉堂。"

范玉堂没好气地说:"豆腐离开秤盘子我就不认账,爱买不买,爱吃不吃!"

刘洪山呵呵笑着,不在乎地说:"玉堂,十五两豆腐我也吃,我认的就是这一口,破不了我的财,也发不了你的家!"

两个老人的过节儿,也影响到孩子。范彩玉噘着嘴,抱怨刘长水说:"长水,你爹为啥老是恶心我爹?"

"你爹的秤有问题,短斤少两,一村子人都知道。"刘长水看范彩玉小嘴噘着,满脸通红,就挤挤眼睛,开玩笑说,"彩玉,要想给你爹挽回脸面,我给你说个办法,你回去在你爹的秤砣底下粘个小铁片,要不了几个月,我敢保证人家都会说你爹的好话。"

范彩玉那时还小,不知是计,果真趁她爹不在,就在秤砣下粘个小铁片。

范玉堂出去卖豆腐回来,左算不对,右算还是少了几斤豆腐,这才发现秤砣上的铁片,知道是闺女彩玉干的,脱了鞋就打。范彩玉的娘急忙拦住说:"彩玉都十几岁了,你这个当爹的,哪有这样打闺女的?"

范彩玉方知上了刘长水的当,见到刘长水一阵穷追不舍,一直追到小河边,扭住刘长水的耳朵好大一会不松手,直到刘长水双手抱着头苦苦求饶才算完。

刘洪山一直不同意儿子跟范玉堂的闺女来往,总认为范家理料不出好闺女。这是刘洪山的传统偏见,把对大人的不满转嫁到孩子身上。一棵树结的果子有甜有酸,一个娘生的孩子有忠有奸,实际上范彩玉还是很优秀的,她的相貌、身材、能力是黄河滩一般乡村妇女不能相比的。她有上进心,敢作敢为,干啥都想跑在前面。她当干部以后的所作所为,是因为那个时代扭曲了她的性格,也使她付出沉重的代价,这是后话了。

范彩玉跟刘长水谈恋爱,范玉堂自觉门不当户不对,也不愿闺女跟刘长水来往,怕闺女进了刘家的门受气。范玉堂心里的疙瘩解不开,总想出口恶气,给刘洪山难堪。土改时,看机会来了,他便无事生非,制造事端,说刘洪山的土地多家底厚,应该被划为富农,没收他的财产。范玉堂拿着几斤豆腐给刘小黑送礼,里外挑拨,说什么刘洪山根本看不起刘小黑,要把刘小黑拉下马,撺掇刘小黑整治刘洪山。刘小黑信以为真,千方百计挤对刘洪山,不但没有得逞，还受到工作组的批评，差点没把贫协主席的帽子弄掉，就心生怨恨，见到范玉堂骂道："狗特务，你的情报有误，搞得老子里外不是人。"

范玉堂见刘小黑发火，怕刘小黑把自己出卖了，又送了一些豆腐给他。

刘小黑吃着豆腐嘲笑说："小算盘，你用几块烂豆腐就想堵住老子的嘴，见鬼去吧。哪天见到刘洪山，老子就给你掀个底朝天，叫刘洪山好好收拾你！"

范玉堂本来就怵刘洪山，心里害怕，想息事宁人，又买了一只烧鸡和一瓶烧酒，才堵住刘小黑的嘴。

从刘小黑家出来，范玉堂打了自己两个嘴巴，不知是心疼烧鸡和酒，还是怕刘小黑真把他卖了。

范玉堂还有个兄弟叫范明堂，过去在徐州、商丘一线倒腾小买卖，干不了庄稼活。土改后，范明堂把土地扔给了哥哥，带着老婆孩子跟朋友闯关东去了。范玉堂一下子有了二十多亩土地，算大刘庄土地最多的人家，长期被挑子压弯的腰也挺直了。

范玉堂看着麦子，昂着头神经兮兮地走到刘洪山跟前，得意地说："洪山，看你这麦子整齐，苗子也壮，说你是个种田能手一点不假。如今俺老范家也有地了，比你家还多好几亩，实话告诉你，我还要买大骡子大马，范家的门台不低你老刘家一等了吧？"

"你的地？"刘洪山看看范玉堂得意扬扬的样子，忍不住哈哈笑了，挖苦说，"范玉堂，我问你，你的地是你爷留给你的，还是你爹留给你的？你走东串西卖豆腐能糊住你一家的嘴就不错了，你自己可买一分地了？我刘洪山的地是一辈一辈人用血汗换来的，每一把土都能挤出俺刘家人的汗水。你现在有地了，你是把别人家的孩子抱到你家，那地跟你亲吗？"

范玉堂拍着胸口，理直气壮地说："十年河东转河西，莫笑穷人穿破衣。改朝换代了，地是共产党分给我的，我不丢人，你别不服气！"

"亏你有脸说。"刘洪山咂咂嘴说，"玉堂，土地是共产党分给你的，这话一点毛病也没有。我问你，共产党打天下死了多少人？土改时有多少干部被还乡团害了？你知道吗？你得到的是土地吗？那是共产党的血！你还记得豫东战役吗？有个解放军伤员喝了你家一碗豆腐脑，你还收了人家钱，丢人啊！淮海战役、抗美援朝，你捐了多少钱粮？如今你分了地，人要知恩图报，你要直起腰杆，做个堂堂正正的人，好好种地，多打粮食，多缴粮食，报效国家。可你仰着一张脸，扬扬得意，跑到我这里来比高低，你咋不知丑……"

范玉堂红着脸说："老子以后不做豆腐了，一样能种出比你这更好的庄稼，气死你！"

刘洪山冷笑说："看来你志气不小，你是会犁耕耙拉，还是会摇耧撒种？二十四节气恐怕都说不清，你还有脸跟我说种地，你会种地吗？种地不是你卖豆腐，耍耍秤杆子钱就来啦！"

范玉堂一听刘洪山又揭他的短，气急败坏地说："姓刘的，别隔着门缝看人！"

刘洪山看着范玉堂气呼呼地走去，大声说："姓范的，送你一句话，种地不像你说的那么容易！"

刘洪山的话没错，果真没多久，范玉堂就叫闺女范彩玉跟刘洪山借牛，实际上是想叫刘洪山帮他家犁地。

刘洪山想到范玉堂的样子，一阵不舒服，绷着脸说："彩玉，不是大叔驳你面子，要借牛叫你爹来，你来没用。你爹要是不会犁地撒种，只要他来请我，我保证好好教教他。"

范彩玉自以为是村主任，又跟刘长水有这层关系，一定能借到牲口，万万没想到刘洪山是这个态度，一时羞得满脸通红，走也不是，站也不是，两眼泪汪汪地看着一旁的刘长水。

刘长水忙上前说："爹，不就是犁几亩地吗？咱的牛闲着也是闲着，你就叫彩玉牵走吧。"说着就去解牛绳。

"住手！"刘洪山咋呼一声说，"这个家是你当还是我当？范玉堂不来，我的牛谁也别想牵走。"

范彩玉哭着跑了。刘长水瞪了爹一眼说："守财奴！"说着就追范彩玉去了。

刘洪山笑笑说："范玉堂呀范玉堂，死要面子活受罪，到时候地里打不出粮食，看你还显摆不显摆！"

汪玉兰端着簸箕走出来埋怨说："老东西，你就拉硬弓吧，牛使使能咋的？彩玉可是咱没过门的儿媳妇！"

"拉倒吧！"刘洪山摆摆手说，"他娘，你别糊涂，我可没认这儿媳妇，我就要看看他范玉堂咋着来求我！"

吃过晚饭，刘长水趁爹到刘四爷家串门去了，跟范彩玉约好，就把牲口偷偷牵到地里。范玉堂很少使唤牲口，三个人折腾半天才把大花牛套上，范玉堂扶犁，范彩玉领着牲口，刘长水跟在范彩玉后面，大花牛不听使唤，范玉堂又缺乏经验，深一犁浅一犁，歪歪斜斜。不一会，范彩玉没抓住缰绳，大花牛拉着空犁划着地面跑了，三个人正在后面追，只听"吁"的一声，大花牛停了下来，原来刘洪山站在了大花牛的前面。刘长水一见爹来了，吓得直朝后退。范玉堂走过来不好意思地苦笑着说："亲家，叫你看笑话了，犁地看起来简单，真干起来，啥都不听使唤。"

"吃里爬外的东西！"刘洪山看了一眼缩在后面的儿子，叹了一口气，扯起缰绳，扶起犁子，夺过范玉堂手中的鞭子，朝空中打了个响鞭说，"玉堂，犁地跟你做豆腐一样，这里面有很多门道，你可看好喽！"刘洪山扯住缰绳，扶稳犁把，"哈嚓"一声，大花牛一使劲，很快闪出一条不深不浅笔直的墒沟。

范玉堂小跑似的跟在后面，范彩玉、刘长水弯着腰笑。

范玉堂带着一家人整日里干活，累得腰酸腿疼，心里有说不出的烦恼，把土地扔给老婆孩子，又做起豆腐来。

麦收以后，看人家都种玉米，麻月娥也想种玉米，可家里没有玉米种，村里统计玉米种时麻月娥不知道，眼看要过播种的季节了，麻月娥十分着急。刘洪山下地干活，路过麻月娥家的地头，不由得皱皱眉头，回到家里对儿子说："长水，麻月娥家的地还在晾着，恐怕是没有种子。咱家还剩些玉米种，你给麻月娥送去吧。你问问她，要没有人帮她种，我去给她把玉米种了。"

刘长水扛着玉米种来到麻月娥家，见麻月娥正在捣碓，说道："月娥，这是玉米种，是俺爹叫我送来的。人家的玉米都要出苗了，你家地还空着，是没有种子吧？"

"我都要急死了，谢谢你和大叔。"麻月娥忙把种子接过来说，"长水，听说你天天跟大叔学习种地，好稀罕啊，学会了吗？"

"俺爹的水平，我这一辈子恐怕也赶不上。"刘长水抓着头皮笑着说，"我是万万没有想到，麻家大小姐如今也成了个农家婆喽！"

麻月娥脸一寒，眼里不由得泪汪汪的，哽咽着说："这是我的命！"

刘长水一看麻月娥难过，轻轻朝自己嘴上打了一下说："你看我这张嘴！"

"我没有怪你的意思。长水，你跟彩玉啥时候结婚？"麻月娥红着脸问道。

"结婚？"刘长水寒着脸说，"俺爹看不上范玉堂，也看不上他闺女，这婚一时半会结不了！"

麻月娥眨着湿漉漉的眼皮，瞭瞭四周，小声说："别挑三拣四了，人家彩玉可是一直盯着你，她对你是真心的！"

"你都看出来了？"刘长水不由得讪笑着说，"她常常用豆腐换我的心，不知为啥，我咋越吃这豆腐越没有味道了！"

"别这山望着那山高，彩玉真的很适合你，再说人家现在是村干部，比你进步。"麻月娥羞答答地说，"你赶快走吧，在俺家时间长了不好！"

刘长水走了几步，扭头说："月娥，玉米有人帮你种吗？"

"我去找广胜大爷！"

"李广胜以前给你家当过大领，是种地把式，我放心了。"

刘长水给麻月娥送玉米种，被王高发现了。王高是刘小黑的酒肉朋友，也是刘小黑的眼线，他马上报告给刘小黑，添油加醋地说："刘主席，你天天打麻月娥的主意，我看你是狗咬猪尿泡——空欢喜，麻月娥的窝被刘长水占了。"

刘小黑瞪着眼说："你小子看见的？"

"刘长水给麻月娥送一袋玉米种，我正好路过，两个人有说有笑，亲热得很哩！"王高又挑拨说，"听说他俩在学校就是相好，咱还不信，这回我是真信了。"

"刘长水这小子敢从老子嘴里夺食，看我怎么收拾他！"

刘小黑急吼吼地找到范彩玉，没头没脑地说："范彩玉，你嫁给我吧！"

"放什么狗屁！"范彩玉拾起一块砖头朝刘小黑砸去，"癞蛤蟆还想吃天鹅肉，你那熊样，滚到一边去！"

刘小黑忙躲开砖头，跳到一边说："你还想着刘长水是不是？他可上了那土匪婆子的床了！"

"你胡吣什么！"范彩玉又抓起一块砖头，举在手里说，"快说，你小子看到什么了？"

刘小黑挑拨说："王高亲眼看见的，刘长水扛着一口袋粮食亲自送到麻月娥家里，两个人有说有笑的，那个亲热劲不能说了！"刘小黑说着，嘴巴又咂了三下，口水都流出来了。

范彩玉把砖头扔到了一边，飞快地跑了。

刘小黑哈哈大笑说："有好戏看喽！"

范彩玉一口气跑到刘长水家，见刘长水不在，又跑到地里，看见刘长水正在给红薯翻秧，恶狠狠地上去抓住刘长水的胳膊说："姓刘的，你能啊，长本事了，开始打野食了！"

刘长水使劲拽开胳膊，吃惊地说："彩玉，你是咋啦？疯了？"

"你还装！"范彩玉上前推了刘长水一把说，"我问你，上麻月娥家干啥去了？"

"我说天塌了，你就为这件事发疯？"刘长水笑着说，"是我爹叫我给麻月娥家送点玉米种，广胜大爷帮她种的，不信你到她地里看看就明白了。彩玉，咱们是同学，她有困难，咱去帮帮她，这有啥大惊小怪的？"

"就这么简单？"范彩玉仍揪住刘长水不放，"你说的都是实话？"

"你要不信，走，咱一块去问问俺爹是不是这回事！"刘长水嗔怪说，"彩玉，一点屁事，别一惊一乍的好不好？你再这样会把我吓出病来，我要有个好歹，你到哪再找我这样的好郎君？"

范彩玉摇晃着刘长水的手说："我信你这一回，以后可不许到麻月娥家去了，她是土匪婆子，劳动改造对象，叫人家知道了影响不好。"

"彩玉，俺爹这人表面上厉害，实际上心善，看见谁家有难处就想帮谁，俺娘也是这样！"刘长水深情地说，"月娥家没种子，你是村主任，她要来找你，你能看着不管吗？"

"我担心的不是这个，"范彩玉点着刘长水的心口窝说，"我是说你这里不能再有别人！"

刘长水拍拍胸口，哈哈笑着说："我这里很专一，清清亮亮的，只有一个姓范的。"

麦收以后，天气一天天变得炎热，晚上总是闷闷的。

麻月娥种完玉米，心里高兴，吃过晚饭，冲了个凉水澡，坐在院子里乘凉。刘小黑推开柴门走进来，麻月娥吓了一跳，忙扣上领口的扣子，慌张地说："刘主席，黑更半夜的，你来俺家干啥？"

刘小黑听说刘长水进了麻月娥家，自己又遭到范彩玉一顿臭骂，心里一阵急躁躁的，发誓要把麻月娥弄到手。他也想玩点小恩小惠的把戏，就跑到城里买了一条纱巾回来，天黑就奔麻月娥家去。看麻月娥穿着小褂正在院子里乘凉，刘小黑急忙拿出这条纱巾，放到麻月娥手里说："我今天去了县城，专门给你买的，瞧瞧，好看不？"

麻月娥吓得哆嗦了一下，忙把纱巾扔给刘小黑说："我凭啥要你的东西？你赶快走吧！"

"我可是老贫农、贫协主席，你一个土匪婆子能嫁给我，算你掉到福窝里去了，以后再没有人敢欺负你，你打着灯笼也找不到这样的好事。"刘小黑看着麻月娥双手抱着肩，直朝后退，哆哆嗦嗦的样子，就把纱巾团成疙瘩，这个手倒到那个手，吓唬说，"你一个土匪婆、小寡妇，还敢跟我讨价还价，不怕我整死你？"

"我死也不会嫁给你，你赶快走！"麻月娥瞪着猩红的眼，指着门外说，"你再不走，我就喊人了！"

"喊人？喊啊！"刘小黑上去抱住麻月娥，又是抓又是扯。

麻月娥狠狠咬了一口刘小黑的手腕子，刘小黑护疼，只好松开，甩手打了麻月娥一巴掌，麻月娥嘴角冒血，跟跄倒退。

草妮大哭起来，高声喊着妈妈。

刘小黑怕事情闹大，临走时指着麻月娥，发狠说："早晚有一天叫你爬到老子床上去！"

麻月娥抱着草妮，母女俩整整哭了一夜。

两个多月过去了，这天，范玉堂担着豆腐挑子遛乡回来，不觉路过刘洪山的玉米地，看着像大牛角一样的玉米，心里暗暗佩服，自语道："不服不行，这老东西，种地真有两把刷子啊！"

刘洪山头顶着一块毛巾，正在玉米地里收拾下面的干叶。范玉堂琢磨了半天，提提精神，笑嘻嘻地走上前来跟刘洪山打招呼说："亲家，在咱这黄河故道，我南北跑了几十里，没有比得上你家这庄稼的，你给它啥吃了，长这么好？"

刘洪山站起来，扯下头上的汗巾擦着汗说："玉堂，你叫我啥？"

范玉堂不好意思地笑着说："亲家啊，大刘庄谁不知道你家长水和我闺女彩玉的事？"

刘洪山摇摇头说："老刘家可不敢跟你范家攀亲家……"

"洪山，一辈是一辈，现在的年轻人跟咱不一样，兴自由了。你说怪不怪，我家彩玉偏偏看上你家长水，长水看彩玉也是这里好那里也好。彩玉大小也是个干部了，听说长水也要进村班子，你看看，两个孩子撕扯不开了。听说人家都照了相了，咱两家大人还蒙在鼓里，我看你就不要拉硬弓了！"范玉堂很不自然地笑着说,"俺闺女自然看好你家长水,那是你刘家的福气,天南地北打着灯笼找去吧,看看哪家的闺女能比彩玉强?你两口子做梦也会笑醒哩。你儿子哪怕是个驴粪蛋、臭狗屎,俺老两口也认了。咱俩过去的那点过节儿都过去了,看在两个孩子的面上,我也不跟你这个老家伙计较了。"范玉堂看刘洪山绷着脸不说话,又朝前走了一步,"话又说回来,我现在是新中农,虽说家大业大,但在大家眼里跟贫雇农一样,是依靠的对象,你是老中农,是团结的对象,依靠的对象和团结的对象哪个更亲?当然是依靠的对象亲,现在你和我比起来,总还差那么一点点。现在村里开始搞互助组了,自由结合,咱两家又是这样的亲戚,你说咱两家要是互助了,结合了,就算两家合成了一家,你也就成了依靠的对象,说不定以后还能当个干部啥的,占了大便宜,你一个精明人咋就想不明白呢?"

"鸷鸟不同群,驴马不同槽!"刘洪山摆摆手说,"咱俩不是一路人,井水不犯河水,做你的买卖去吧,我还要干活,没工夫跟你磨牙闲扯!"

"我闺女彩玉现在是党员干部了,在全区都有名气,赵玉彪书记都高看彩玉一眼,你说俺闺女啥样的婆家找不到,非要赖着你刘家不成?别不知好歹!"范玉堂急忙担起挑子,气冲冲地走了。

刘洪山看着范玉堂摇摆着挑子走去,冷笑着说:"老小子,看你烧的,还想爬到我头上拉屎,见鬼去吧!"

刘洪山心情不悦地回到家,看儿子正在哼着小曲洗衣服,气不打一处来,腾地一脚把洗衣盆踢出好远,水洒了一地,骂道:"兔崽子,谁叫你去跟范家丫头照相的?自古儿女婚都是父母之命、媒妁之言,你胆子不小,翻天了!你眼里还有爹娘吗?"

水溅了刘长水一脸一身,他一阵惊恐,抹了一把脸上的水,大声争辩说:"现在是新社会了,新《婚姻法》明确规定,自由恋爱,婚姻自主,跟谁结婚是我个人的事,你管不着。"

"我管不着?"刘洪山顺手抓起拌草棍要打刘长水,刘长水打个趔趄,双手抱头跑到一边去。汪玉兰慌慌张张走过来拦住说:"他爹,你发啥疯?"说着夺下刘洪山手里的拌草棍，扔到一边，不由得叹了一口气，又转过脸对着儿子数落起来，"长水，这么大的事，事前应该跟爹娘说一声。按理说，你俩照相就是定亲，是要过礼的，你这样自作主张，瞒着爹娘，草率了事，四邻知道会笑话咱刘家不懂礼数，难怪你爹生气。"

"过什么礼？那都是老套套。"刘长水难为情地说，"跟你们说，你们会同意吗？这事反正就这样了。"

"照了也白照，这门亲我不认！"刘洪山说着掏出烟袋，蹲在一边气哼哼地抽起烟来！

刘长水看爹娘生气，也觉得这事做得有点唐突，不由得抓着头皮，小声嘀咕道："干脆把我关在笼子里算了！"

汪玉兰看刘洪山还在生气，摊开两手，无可奈何地说："老头子，儿大不由爹，女大不由娘，我看咱就来个瞎子放驴——随他们去吧！"

"想得美，"刘洪山磕着烟锅，瞟了儿子一眼说，"只要我还有一口气，范家丫头就别想进刘家的门！"

土改以后，很多贫雇农没有牲口，缺乏农具，耕作粗糙，种子杂乱，肥料不足，粮食产量很低。政府鼓励农民成立生产互助组，自由结合，进出自由，取长补短，组长由组员选举产生。

刘四爷找到三奶奶说："三嫂，咱两家，加上李二良、马大妮、李广胜、大全，还有剃头匠麻小毛，要能把刘洪山拉进来，那就最好不过了。"

"洪山，人家可是大户，愿意跟咱一个锅里搅勺子吗？"三奶奶担心地说，"互助组动员会他都没有参加。老四，你俩不是有交情吗？说说看，看洪山啥意思。"

刘四爷沉思片刻说："我说说看，不过咱也得找个好说话的时候。"

这天，刘四爷的闺女秀兰来到刘洪山家说："洪山哥、玉兰嫂子，俺爹晚上要请你一家三口吃饭。"

说罢，还没有等刘洪山回话，秀兰就急忙转身走了。

汪玉兰正在纳鞋底，忙站起来，走到正在给大花牛梳毛的刘洪山跟前说："他爹，四叔这是啥意思？不年不节的，吃哪门子饭？"

刘洪山伸伸腰，推推帽子，若有所思地说："我估摸着，四叔这是叫咱上他们的船呢。村里大喇叭天天宣传，上面号召成立互助组，四叔最积极，还有三婶子，他们联系了七八家一个组，你看，找上门了。"

"你不是说谁的组都不参加吗？"汪玉兰为难地说，"他爹，四叔的饭能吃吗？"

"吃，吃，别人家的饭不吃，四叔的饭要吃。"刘洪山拍着大花牛说，"老伙计，这顿饭冲我来的，也是冲你来的！"

大花牛昂起头，甩甩耳朵，好像明白主人的意思。

当天晚上，刘洪山一家三口带着不少酒菜来到刘四爷家。

刘四爷一看刘洪山带来的东西，不高兴地说："洪山，我叫你一家三口吃顿饭，你带的东西比我准备的还多，你这是看不起你四叔！"

刘洪山摆摆手，笑着说："四叔说啥呢？咱爷们分啥你的我的？有酒就喝，有肉就吃，大家在一块就图个热闹！"

不一会，三奶奶、马大妮、李二良都各自端着一碗菜走进来。三奶奶大声说："秀兰，再添几双筷子！"

大家说说笑笑围着大桌子坐下，刘四爷端起酒杯说："来来，咱们大家先敬洪山一杯！"

"慢，慢，"刘洪山慌忙站起来，伸出两只手朝前推着说，"四叔、三婶，这不合礼节，您二老是长辈，先敬你们才是！"刘洪山端起酒杯高高举起来，"咱黄河滩喝酒的规矩，敬一个，端两个！"

刘长水急忙站起来走到刘四爷跟前说："四爷爷，我替俺爹给您老端两个！"

"洪山，你可要弄明白了，我才是这个饭桌上的主人，你可不能喧宾夺主！"刘四爷高兴地说，"话有千言，一切都在酒里，大家一起干了！"刘四爷说着，一杯酒倒进了嘴里，呵呵笑起来。

秀兰把一盆黄花菜炖大肉端上来，冒着热气，香喷喷的。李二良流着口水，忙拿起筷子，急吼吼地说："来来，趁热吃……"说着夹起一块肥肉塞在嘴里，烫得直翻舌头，嘴里呼哧呼哧冒白气。

三奶奶指点着李二良哈哈笑着说："二良就是个吃货！"

刘长水夹起一块肉，放在三奶奶碗里说："您老人家也来一块。"

三奶奶笑着说："长水懂事，是个孝顺孩子。"

刘四爷想说什么，伸伸脖子，没有张开嘴，只好又端起杯子。

酒喝到七成，刘洪山语重心长地说："今天酒喝得痛快、高兴，古语说'万事皆有姻缘'，话也要说个明白。四叔不愿把话说开，我直说了吧。你们几家成立互助组我双手赞成，为你们高兴，这样大家就互相有个帮手了，地也就好种了。以后你们有啥困难我也可以搭把手，入互助组就不要考虑我了，俺一家一户种地习惯了！"

屋里一下子静下来，大家都屏住呼吸，你看着我，我看着你。

刘四爷愣怔了一下，脸上露出难为之色，便对三奶奶说："三嫂，洪山愿意帮咱，又不愿加入互助组。俗话说，强迫不成买卖，捆绑不成夫妻。人各有志，咱不能叫洪山为难，话说到这里就打住吧！"

三奶奶脸色有些不好看，不由得叹口气说："成立互助组，自由结合，也跟闺女找婆家一样，要门当户对。"

汪玉兰脸上有些挂不住，忙夹起一块肉放在三奶奶碗中，说："三婶子，你是长辈，我跟长水他爹从没把您老当外人看。你要有啥事，只要你张嘴，俺没二话。"

刘洪山给三奶奶斟上酒说："老婶子，洪山是个啥人你是知道的，你要有啥难为的事，啥时叫我我啥时到。"

三奶奶有些不好意思，老眼里不由得流下泪来，深情地说："你们两口子这些年也没少帮我，我心里都记着。我老了，糊涂了，不会说话，别放在心上。"

刘四爷忙又端起杯子说："说来说去，都是为了种好地，过上好日子。来来，咱大家一起干了吧！"

刘四爷牵头成立了大刘庄第一个互助组。

在成立互助组的过程中，一般农户总想拉一些牲口、农具配套齐全又有生产经验的农户合作。刘洪山不加入互助组，唐家爷们和其他中农户也不愿加入互助组，少数条件较差的农户和泼妇懒汉很难找到合作对象，而已经成立的互助组也存在这样那样的矛盾和问题。范彩玉感到脸上没有面子，犹豫半日，还是找到刘长水说："长水，区政府动员大家成立互助组，虽说是个人意愿，可我是村主任，你是村委员，咱们也要带个头不是？你爹怎么连这点道理都不懂，一点面子不给我，我怎么去做别人的工作？你要好好劝劝你爹，现在是新社会，要人人有饭吃，有衣穿，有房住，别光想着自己！"

"我也觉得成立互助组是好事，就现在的生产条件、劳动力水平，一般农户单打独斗，是很难把地种好的。几户成立一个生产组，劳动力互补，有利于生产。一个篱笆三根桩，一个好汉三个帮，就是这个道理。我是大力支持你的，你都看到了，我是跑东家跑西家，没少牵线搭桥。"刘长水摊开两只手，难为情地说，"可我做不了俺爹的主，俺爹单干惯了，不愿跟别人一个锅里搅勺子。"

范彩玉皱着眉头，不耐烦地说："你也是个大老爷们，别像个软皮蛋似的，你就不能跟你爹说句硬话？！"

刘长水抓着头皮，苦笑着说："硬话可以说，磕头我也愿意，可我爹软硬不吃，油盐不进。刘四爷、三奶奶面子大吧？请俺爹喝酒，他都没给面子，我去跟他说，不是嘴上抹石灰——白说吗？"

范彩玉联系几家条件较差的农户，自任组长，成立了大刘庄第二个互助组。

范玉堂知道了闺女跟刘长水照了相，以为彩玉跟长水的婚事就算板上钉钉了，两家这样的亲戚，还有啥说的？刘洪山一定会参加进来。就凭刘洪山种地的本事，还有大花牛，地一定能种好，粮食打得多，自己就能安安稳稳做豆腐卖豆腐了，离发家的日子也就不远了。没有想到，刘洪山谁的组也不加入，范玉堂一肚子如意算盘彻底泡汤，心里有说不出的烦恼，跟闺女发脾气说："彩玉，这就是你找的好婆家，姓刘的打心眼里看不起姓范的。依我看，咱这个互助组一群穷光蛋，要啥没啥，两头驴中还有一头老掉牙的，干不出啥名堂。我实话告诉你，要入互助组你去入，反正我不干。入了组不是给东家干活，就是给西家干活，咱家的豆腐还做不做？零花钱哪里来？"

"我是村主任，连你的工作都做不通，我还当啥村主任？"范彩玉摇摇头，摆摆手说，"就光想着你那点蝇头小利。闺女不强迫你，你不参加就算了，我跟妹妹和娘加入互助组，到秋季你的那份地要是见不到粮食，没谁管你，你就天天吃豆腐渣吧！"范彩玉说着扑哧笑了。

范玉堂犟不过闺女，也只有唉声叹气的份了。

麻月娥人单力薄，很想加入互助组，但问谁谁摇头，就一个人坐在地头上抹泪。

刘长水下地回来，看见麻月娥坐在那里掉泪，走上前问道："月娥，你加入了哪个组？"

麻月娥摇摇头不说话。

刘长水叹口气，同情地说："我去找刘四爷，你挂在他那个组吧！"

"四爷爷能听你的？"麻月娥仰起头来，泪水流下来，委屈地说，"土匪婆子，地主崽子，狗屎一堆，谁能看得起俺！"

"别这样说，你等我的信儿吧。"刘长水扭头走了。

刘长水找到刘四爷说："四爷爷，月娥没有互助组要，您老德高望重，顾全大局，让她挂到你们组吧，一个女人带个孩子，也怪难的。"

刘四爷笑着说："长水，这事你爹也跟我打过招呼，你又来说情，看来我老头子再不同意也不行了。这样吧，就挂在我们组。你跟李广胜打个招呼，他的地跟麻月娥的地靠边，犁、耙、种就一块干了。"

刘长水买了一瓶酒和一包点心，来到李广胜家说了这件事。

"长水，过去我是麻家的长工，月娥这孩子是我看着长大的。跟她爹娘不一样，这孩子从小就心善，那年你大娘有病，月娥瞒着她爹娘给俺送来几个鸡蛋，我帮帮她算不了大事。"李广胜为难地说，"但是我帮月娥种玉米，刘小黑都要开会斗我，我要再去帮她，黑子知道了，又该找我的麻烦了。"

刘长水走近一步说："月娥现在是个农民，成立互助组是上级的号召，就是叫大家互相帮助，把生产搞上去。现在麻月娥是你们组的，谁要再说闲话，你就说是村里同意的，刘四爷安排的。大刘庄现在的当家人是范彩玉，不是他刘小黑。"

"你这么一说，我就放心了。"李广胜笑笑，伸手拿起酒说，"大侄子，点心大爷留下，酒拿回去给你爹喝，洪山好这一口，我一辈子没喝过酒！"

"拿来就是给你喝的，你尝尝，小烧锅，味道不错。"刘长水说着走了。

四

在麻月娥家的地里，李广胜站在耙上，一手扯住缰绳，一手拿着鞭子，赶着两头牲口耙地。

"广胜大爷，"麻月娥听说李广胜给她耙地，忙提着茶壶跑到地里看，感激地流下泪说，"又劳累您老人家了！"

李广胜摇晃着鞭杆子说："这点活在我手里不算啥。长水叫我帮帮你，他要不说，我还真不敢来帮你！"

麻月娥深情地朝四周看着，看见刘长水远远地站在一棵树下，正朝这里张望。麻月娥心里不由得一热，高兴地说："广胜大爷，我中午来给您老人家送饭吃！"

李广胜稳稳地站在耙上，拉住缰绳，摇晃着手里的鞭子说："孩子，不用了，这点活要不了一上午，几袋烟的工夫就耙完了！"

刘长水远远地看着李广胜耙地，心里喜滋滋的，看见麻月娥也来到地里，不由得放下心来。他正要回去，不知谁在后面朝他屁股踢了一脚，转脸一看，范彩玉瞪着两眼站在身后。

"咦唏，"刘长水拍拍屁股说，"明枪易躲，暗箭难防，吓我一跳。范主任，你啥时候来的？"

范彩玉用手指指李广胜和麻月娥，撇着嘴说："我来看看你导演的好戏！"

"我导演的什么戏？"刘长水一本正经地说，"麻月娥加入刘四爷的互助组，广胜大爷给麻月娥耙地，是互相帮助，这不是你在动员大会上说的嘛！"

"你一个大男人，傻站在这里发什么愣？咋不去帮助帮助？"范彩玉说着要扭刘长水的耳朵。

"我没有参加他们互助组，没这个责任，"刘长水打个趔趄，歪歪身子，讪笑着说，"我要是干活，也只能到你家地里干活，麻月娥家的地我可不敢去。"

范彩玉扯住刘长水的手说："正好，我家的地正该撒粪，快跟我干活去！"

刘长水后退着说："你还真要我帮你家干活？"

范彩玉又朝那边看了一眼说："我看你不去干活手心发痒。"

"拉倒吧，俺家的活我都不想干。你叫我给你家打短工，中午管饭吗？"刘长水摇着头说。

"管饭。"

"有酒有肉吗？"

"没有，窝头咸菜。"

"我可没胃口。"

这时，大路上，只见刘洪山赶着大花牛拉着拖车走来。

范彩玉扯住刘长水的手，急匆匆地躲到一边去了。

黄河区干部牛友亮作为区派干部，联系大刘庄的工作。这天晚上，他把刘小黑叫到办公室，批评说："小黑老弟，不是我批评你，你看看，好多互助组都成立起来了，你的那个组没有几户，还是散的，各干各的，形不成合力，远远落在其他组后面，如果上面来检查，你作为村干部有何脸面？"

刘小黑挠着头皮说："黄河区规定，加入互助组是自愿的，人家不来，你叫我有啥办法？你要能下个命令就好了，我看哪个敢不加入！"

"下命令？"牛友亮摇摇头摆摆手说，"你小子想叫我犯错误？上面一再强调，成立互助组是自愿结合，我要下了命令，有人反映给赵书记，我不是给自己找不痛快吗？"

"现在没加入互助组的，不是老中农就是新中农，"刘小黑瞪着眼说，"你想叫我把他们拉进来？"

"你要能把唐家和刘洪山弄到你这个组来，一定是最强的互助组，区里肯定会表扬你！"牛友亮用手指敲着桌子说，"这些新老中农户，家底厚，土地多，牲口多，种地有经验，管理有水平，把他们攥到手里，腰杆才能挺起来，你才是真正的大刘庄第一互助组！"

"唐家那一窝王八羔子不好吃，好像跟我有了仇。尤其那个唐六，就是个刺儿头，三句话说不好就动手，谁都不敢碰他。"刘小黑脸上露出难为之色，不由得攥攥拳头说，"刘洪山脾气大，头难剃，土改时跟我有过节儿，没给过我好脸色，叫他加入我的组，不好办，也做不到！"

"这不好办，那做不到，"牛友亮拍着桌子说，"你搞土改斗地主的那股劲头哪去了？作为村里贫协主席，落实党的政策，团结动员群众，总要发挥作用嘛，不然的话，大家都在互助组，你是个光杆司令，你这个贫协主席当得还有滋味吗？我看你辞职算了！"

刘小黑头摇了三摇，晃了三晃，丧拉个脸，没有说话。

几个月过去了，大刘庄大部分农户加入了互助组。

成立了互助组，大家的热情很高，冬闲变成冬忙，积攒了不少肥料，刚一闪春，各互助组就忙着给小麦施肥。

春三月，百草萌发，乍暖还寒，河里的水还是透凉的。

刘洪山挽起裤腿，在黄河水里捞水草。

刘小黑嬉皮笑脸地走过来说："洪山大哥，冰凉的水，你捞这玩意干啥？不怕得关节炎？"

刘洪山虽说对刘小黑有成见，见面也不想搭理他，可刘小黑毕竟是贫协主席，也不想跟他僵持下去。见刘小黑主动同自己打招呼，刘洪山也就直起腰来，抓起一把水草，抖着上面的水珠说："水草可是好东西，不但能喂牲口，沤一沤还能做肥料，秋季就是一地好庄稼。"刘洪山说着，把一抱水草扔到岸上说，"小黑，你也下来捞水草。你那块地虽说是块好地，但缺少肥料,地力不足,草沤肥好得很,保证你能多打粮食。"

"我可不敢下这凉水。"刘小黑说着撇撇嘴,摇着头,朝前凑凑说,"洪山大哥,上级叫咱搞互助组,你加入我的互助组咋样?我不会亏待你的。"

"我是中农,你是贫农,我是老百姓,你是村干部,你进步,我落后,你跟我搞互助不合适,弄不好会影响你积极的。要是拖了你的后腿,上级会批评你,你就不怕犯错误?"刘洪山瞟了刘小黑一眼,一边说着,一边薅水草。

"洪山哥还在生我的气?"刘小黑眼珠转转,停了一下说,"土改时,我说你家土地多,是范玉堂告诉我的,他说你家的土地够划富农的。他还送我烧鸡、豆腐,叫我到土改工作组那里揭发你。我年轻,上了这老小子的当了,这事你不能怪我!"

"小黑,你说的也好,范玉堂说的也罢,这事早已板上钉钉,都过去了,我谁也不怪。"刘洪山又向岸上扔了一把水草说,"节气不等人,人误地一时,地误人一年,眼下最当紧的是备耕,农时一天也耽误不得。"

刘小黑还是步步紧逼说:"你还是对我有意见,要不然,为啥不愿加入我的互助组?光想着自己发家致富,不管贫雇农的死活,对政府提倡成立互助组有看法!"

刘洪山"哦"了一声,猛然抬起头来,看着刘小黑阴阳怪气的脸,暗暗骂道:黑小子在这等着我呢!

刘小黑朝水边走了一步,大声威吓说:"刘洪山,我跟你明说了吧,加入互助组,就是革命的;不加入互助组,就是反动的。两条路,你走哪一条?"

"政府保护中农的利益,还奖励我一头驴,我打心眼里感谢共产党和人民政府。大喇叭里说得明明白白,互助组自愿加入,进退自由,难道说你没听见?"刘洪山手里拿着一把草,走上岸来,冷笑一声说,"黑小子,你别给我插圈设套,我不会上你的当。我刘洪山就是加入互助组,也不会加入你领导的互助组。我一辈子不想占别人的巧,别人也别想在我这里捞便宜,我干多多吃,干少少吃,没有粮食,我饿死也不会到你家门上要饭。我的地都是自己种。土改前,我是个单干户;土改后,我还是个单干户。我说过,我不想跟别人一个锅里搅勺子，你别在我这里费口舌了。"

刘小黑气呼呼地咬着牙说："刘洪山，我今天找你加入互助组，是给你面子，抬举你，你要敬酒不吃吃罚酒，我就对不起你了，我现在就正式通知你，跟我到黄河区走一趟。"

刘洪山走上岸来，疑惑地问："去黄河区干什么？"

"到了区里你就知道了，走吧！"刘小黑催促说。

"到哪里我也不怕。"刘洪山穿好衣裳，跟在刘小黑后面朝黄河区走去。

走到半路，刘小黑又威吓说："刘洪山，你可要想好了，现在回头还来得及，实话告诉你，到了区里没有你好果子吃。我最后再问你一句话，加入不加入互助组？"

刘洪山气愤地说："加入怎样？不加入又怎样？"

"加入，现在就回去，我不再追究。"刘小黑指点着刘洪山说，"不加入，就送你到学习班，过大堂，那滋味可不好受。"

"刘黑子，你小子给我听好了，别说进学习班，就是蹲监坐牢，老子也不含糊！"刘洪山说着怒气冲冲地朝前走去。

刘小黑本来想用这一招吓唬一下刘洪山，没有想到弄假成真，话赶话，互不示弱，没有退路，二人咋咋呼呼来到黄河区大院。刘小黑叫刘洪山在门口等着，自己走进黄河区区委书记赵玉彪的办公室。赵玉彪正在看报纸，见刘小黑走来，问道："小黑同志，找我有什么事？"

刘小黑一本正经地说："大刘庄大部分农民都加入了互助组，刘洪山带领几户老中农跟区政府唱对台戏，思想顽固不化，影响很坏，我想请赵书记当面批评批评他，实在不行办他的学习班。"

"刘洪山？"赵玉彪突然瞪大眼睛，急忙站起来，吃惊地问，"哪个刘洪山？是一口铡刀救了土改干部的刘洪山吗？"

"就是他，他一贯思想落后，跟互助组唱对台戏……"刘小黑还要说下去。

赵玉彪质问道："小黑同志，这是你的意见，还是村班子的意见？范彩玉同志知道吗？"

刘小黑支支吾吾没有说话。

赵玉彪摆摆手说："刘小黑同志,你说他反对互助组,有什么证据?"

刘小黑争辩说："不加入互助组就是证据,他说不跟贫雇农一个锅里搅勺子,这不是搞分裂吗?"

"胡闹!"赵玉彪拍着桌子说,"党的政策,加入互助组依靠群众自发自愿,不是行政命令。你不顾青红皂白把人带来学习,是严重违背党的政策的行为,你要向刘洪山道歉,写出书面检查!"赵玉彪说着走出办公室,"我要见见这个刘洪山!"

赵玉彪走到刘洪山跟前,面色惭愧地说:"老英雄,我代表黄河区政府向你道歉,刘小黑的做法是错误的,我已经批评了他。"赵玉彪又对刘小黑说,"你要向刘洪山认错,把他安全地送回家!"

"不过堂了?"刘洪山冷笑着说,"什么老英雄,我就是你们手里的猴子,想怎么耍就怎么耍!"

这时,牛友亮骑着车子气喘吁吁地过来,看见赵玉彪正在跟刘洪山讲话,红着脸,尴尬地说:"赵书记,这完全是刘小黑的个人行为,村班子不知道,我也是刚刚听说,就跑来了!"牛友亮弓着腰对刘洪山说,"对不住了,我代表村班子向你道歉!"

"整整耽误我半天的活!"刘洪山一甩袖子,气呼呼地走了几步,回头说,"吃饱撑的。"

赵玉彪看刘洪山走了,心里一阵说不出的愧疚,脸色沉重起来,批评牛友亮:"友亮同志,你作为分管大刘庄工作的区干部,要切实负起责任,首先抓好村班子的思想建设,对中农,一要团结,二要善待,他们种地有经验,要发挥示范作用,不能强迫加入互助组。你们大刘庄是怎么搞的?"

刘小黑看赵玉彪批评牛友亮,小声争辩说:"赵书记,现在是贫雇农坐天下,刘洪山思想落后,抵制加入互助组……"

"不要再说了!"牛友亮推了刘小黑一把,转脸对赵玉彪说,"赵书记,我们一定要好好总结经验教训!"

"成事不足，败事有余。"回去的路上，牛友亮狠狠朝刘小黑屁股上踢了一脚，训斥道，"你小子胆子不小，把刘洪山带到区委来，还敢跟赵书记顶嘴，你这不是找抽吗？贫协主席是不是不想干了？你对刘洪山有意见，要讲究方式方法，不能拿政策开玩笑。你这一闹腾，赵书记会对大刘庄有看法，我就不好做工作了，你小子想叫我好看吗？"

"你刚才在赵书记面前不是把自己择干净了吗？"刘小黑心怀不满，歪着嘴说，"我一个血溜溜老贫农怕个屁，我不会放过刘洪山！"

"做什么事先动动脑子。"牛友亮拍了一下刘小黑的肩膀，跨上自行车走了。

"还不都是你下的套？"刘小黑朝前吐了一口，骂道，"老小子，滑头！"

刘洪山背着一捆水草回到家，扑通一声摔在地上，脸色难看，也不说话，不住地叹气。

汪玉兰和儿子刘长水听说刘小黑把刘洪山带到区里去了，不知发生了什么事，正在家里急得团团转，汪玉兰忙上前问："他爹，区里没咋着你吧？"

刘洪山没有说话，扑通坐在地上，掏出烟袋，挖了一锅。刘长水忙给爹点上烟，劝道："爹，我猜是为入互助组的事，村子里议论很多，叫唤啥的都有。咱干脆加入彩玉这个组算了，省得牛友亮和黑小子老在背后算计你。"

汪玉兰说："他爹，彩玉不敢跟你说，她叫我劝劝你，入了算了，入了干净，大家在一块干活，热热闹闹也不错！"

"都给我住口！"刘洪山猛地站起来说，"老子就喜欢单打独斗，谁的船我也不上！"

这天，大刘庄召开第一届村民选举大会，正式选举范彩玉为大刘庄的村主任。

牛友亮微笑着握住范彩玉的手说："彩玉同志，你当村主任，可是我极力推荐的，我喜欢你这种性格，也欣赏你的能力。你是咱黄河区经过群众选举出来的第一个女村主任，我一定会在工作上、生活上大力支持你的，你会大有前途。"

牛友亮那双令人生畏的眼睛盯着范彩玉，紧紧握住范彩玉的手不放，身子微微朝前探了探，口鼻里散发出撩人的气息。

范彩玉有些紧张，感到牛友亮的手潮乎乎的，似乎有一股热流蹿到了自己身上，骤然有一种麻沙沙的感觉，脸上不觉泛出红晕。女孩家自然的反应令范彩玉一阵心神不安，不由得挪动着步子，使劲抽回手来。

牛友亮也觉得自己有些失态，忙掩饰说："大刘庄的互助组还要不断加强和巩固，我主要从全局上指导，具体的工作可全仰仗你这位村主任了。"

"牛干事，我会加倍努力工作的。"范彩玉似乎从一种窘境中摆脱出来，沉思了一下说，"大刘庄一些较富裕的户，他们有牲口，有农具，有种地经验，可一个也没有加入互助组，我心里一直有个疙瘩，村里是不是采取点措施？"

牛友亮担忧地摇摇头说："唐家单干思想根深蒂固，很难说服；那个刘洪山不是个省油的灯，他是县里关注的人物，赵玉彪书记都敬他三分，如果咱们采取强硬措施，刘洪山也不会买账，激化矛盾会出问题，他要告到县里、区里，这个责任我可负不起！"

范彩玉皱着眉头说："我再找长水谈谈！"

牛友亮摇摇头，不屑一顾地笑笑说："刘长水就是个书呆子，大事做不来，小事不想做，一瓶子不满，半瓶子晃荡，做不了他爹的主，弄不好还会扯你的后腿！"

范彩玉心里不由得咯噔一下，刘长水没有得罪牛友亮，他为啥这样说？就算是这样，也不是你一个下派干部应该说的话。范彩玉脸上写着问号，瞟了牛友亮一眼，红着脸，没有说话。

"看人一定要有自己的眼光，既要看到现在，也要想到将来。"牛友亮走到范彩玉跟前，轻轻拍了她一下肩膀说，"彩玉同志，我比你经的事多，说的都是肺腑之言，都是为你好！"说着，微笑着走了。

范彩玉感到牛友亮的话莫名其妙，好生奇怪，自己接触的领导也不少，从未听到过这样叫她费解的话，不知是何用意。看着牛友亮离去的身影，范彩玉不由得理了一下前额的头发,蹙着眉头,微微叹了一口气。

刘小黑强行拉刘洪山入社,受到黄河区领导的严厉批评,他自言自语地骂道:牛友亮,老小子,挖个坑叫老子跳,老子跳进去了,你老小子又在充好人,什么东西!刘小黑看着"刘小黑互助组"的招牌,心里一阵烦躁,伸手拽下来,扔到一边去了,又上去踩了一脚。

这时,王高哈哈笑着走过来说:"刘组长,对着招牌发泄,这招牌得罪你了?"

"去他大爷的!"刘小黑气呼呼地说,"搞什么互助组?散伙,谁想咋着谁咋着!王高,你也滚一边去吧!"

王高得意地说:"俺老王家开着狗肉锅,见天都有进项,老子根本没把那几亩地放在眼里,俺爷们是看你的面子才加入你的互助组的。咋的,不想玩了?"

刘小黑扬扬手说:"一边去,别烦我。"

"我看范彩玉当村主任你心里一准不舒坦吧?"王高看着刘小黑气呼呼的脸,撇着嘴说,"散伙就散伙,俺父子也懒得种地,就叫那块地留给狗拉屎算了。你要不种地,没有粮食,靠啥活着?你不还要找女人吗?没有粮食,哪个女人愿意跟你?你就打一辈子光棍儿吧。"

"老子是副主任,还能没有饭吃?保证比你小子吃得好!"刘小黑拍着胸口,晃晃肩膀,扬长而去。

"副主任有个屁用!"王高看着刘小黑走路的样子,歪着嘴骂道,"狗东西,跟老子耍什么横,我看你吃屎也找不到热的。"

天气晴朗,阳气上升,空气暖洋洋的。万物复苏,百草生发,田野绿油油的。

刘洪山正在麦田里锄草,额头上渗出汗珠,盘算着今年的收成。

刘小黑嬉皮笑脸地走过来说:"洪山大哥,老英雄,上次送你去黄河区委,是我没学好党的政策,错怪你了,你大人不计小人过。"

刘洪山一边锄草一边说:"我相信,共产党说话是算数的,政府是讲理的，种地打粮我心里更踏实了。"

刘小黑翻翻眼，哼着鼻子，抓挠着头皮说："你跟唐家爷们都是中农户，你们愿意单干，这也是政策允许的，我劝你们加入互助组也是好意，既然你不愿意，我这个当干部的也不能强人所难不是？你也知道，我种地是个外行，这几亩好地在我手里也没用，打不出多少粮食。您老是个种地行家，干脆我把地卖给你算了，我还当无产阶级，里外一个人，一人吃饱全家不饿，出门饿不死小板凳。"

刘洪山心里一跳，看了刘小黑一眼，不知这小子又放什么烟幕弹，小心谨慎地说："小黑，你是个村干部，说话做事都有人看着你，你可要想好了。"看着刘小黑似笑非笑的样子，刘洪山继续说，"这可是土改分给你的地，你要把土地卖了，对得起共产党吗？对得起你地下的爹娘吗？你爹累死累活一辈子，就想着给你买几亩地，盼着你能活出个人样，有吃有喝，娶个媳妇，过一家人家。你现在不光有了土地，还当上干部，你爹地下也会高兴的，你应该珍惜土地、种好土地、多打粮食。这地到你手里才两年多，你就想卖了，一个农民没有了土地喝西北风？你也老大不小了，好好种地过日子，不会种地就老老实实学。打牌赌博你都能学会，种地咋学不会？难道说你就不想娶媳妇了，一个人打光棍儿下去？"

刘小黑满脸通红，摇着头苦笑着说："娶什么？我一辈子就一个人过了。你要愿意买我这块地，明天就量给你，价钱你定，反正这地也是白捡来的。"

刘洪山万万没有想到一个翻身农民的儿子竟能说出这样的话来，心里不由得一阵隐隐作痛，没好气地说："刘小黑，你一个村干部带头卖地，区里会同意？村里会同意？范家丫头现在可是村主任了，权力比你大，她能看着叫你卖地？"

刘小黑拍着胸膛说："地分给我就是我的，我有自主权，想卖就卖，天王老子也管不着。范彩玉算什么东西？一个丫头片子，老子瞧不上她！"

刘洪山手指点着刘小黑说："黑小子，人家还是个闺女，嘴上积点德。"

刘小黑龇牙咧嘴地笑着说："好你个老家伙，还说不同意这门亲，范彩玉还没过门，你就护着她，她借牛你不借，又反对你儿跟她谈恋爱。范玉堂那老东西人前人后没少败坏你，说你跟贫雇农不是一条心，老抠门一个，大天白日借不来干灯。你不加入我的互助组也就算了，范彩玉的那个组你也不愿意加入，他父女说你思想落后，是个老顽固。"刘小黑看刘洪山要发火，忙摆摆手，转过话题，"闲话不说了，地是买还是不买，给句痛快话。"

　　土改后买卖土地，刘洪山心里没有想过，一时把握不准，思来想去，多有不妥，自己要是真买下这块地，一准有人说刘洪山占了刘小黑的便宜，弄不好会有麻烦。他犹豫一下，便摆摆手说道："小黑，咱不说买卖土地的事，这事先搁下。我是说，人这一辈子，就怕懒，只要不懒，就能端上饭碗，有饭吃，有衣穿。古语说，要想日子过得好，能睡晚能起早。土地来之不易，是咱庄户人的根基，我劝你还是好好耕种，多打粮食，这才是一条正道。"

　　"拉倒吧，"刘小黑不屑一顾地摆着手说，"好好种也种不出花来，庄稼在我地里，它就不长。我不听你跟我瞎叨叨，狗有狗福，猫有猫道，我刘小黑天生就是吃百家饭的，我是吃了秤砣——铁了心，卖地！"

　　刘洪山看刘小黑卖地心切，心里不由得暗暗敲鼓，也许这小子说的是真心话。他想了想，说道："小黑，你要真想卖地，到县里、区里问问，看政策允许不允许。"

　　"问个屁！"刘小黑昂着头。

　　"你不问，这地恐怕出不了手。"

　　"好，好，我去问。"刘小黑两个手指朝空中捻出响声，咧咧嘴，"啧"的一声笑了，走了几步，又转回来说，"洪山大哥，家里断粮了，你能借给我点粮食吗？"

　　刘洪山摆摆手，没好气地说："小黑，我说呢，你在这里绕来绕去，原来是为了借粮食。一个大男人，村干部，守着几亩好地，还要伸手借粮，丢人不丢人？我一年的粮食，也就够我一年吃的，没有多余的粮，不借。"

　　"人家都说你抠门，铁公鸡一毛不拔，我还不信，这回我信了。大刘庄谁不知道，你刘洪山吃陈粮烧陈柴，家里养着大花牛，好地十几亩，你说没有粮食，骗鬼呢！"刘小黑耍赖说，"我是个老贫农，土改积极分子，大小还是个副主任，牛友亮有事都找我商量，你敢小瞧我？你要不借粮，我就带着缺粮户到你家吃大户去。现在没有地主、富农吃了，我只有吃你这个老中农了！"

"你个黑东西还想讹人咋的？别人怕你，我刘洪山可不吃你这一套，不信你来试试！"刘洪山知道刘小黑在耍赖皮，嘴上是这样说，却萌发恻隐之心。早就听人说，刘小黑厚着脸皮到处伸手，看来真要断粮了。不看活的，还得看死的，他爹临死也没有吃上饱饭，又看看刘小黑那个无赖、可怜的样子，刘洪山叹口气说道："小黑，话我给你说明，我可没说要买你的地，看你游手好闲、好吃懒做，一粒粮食也不该借给你。我是看你死去爹的面上，借你一点，新粮下来还有段日子，你小子可要省着点吃！"

"谢谢洪山大哥，我就知道你这个老中农还是有思想觉悟的，同情贫雇农，大大的好人。"刘小黑高兴地跳个圈，摇晃着身子，小跑似的走了。

刘洪山看着刘小黑那得意忘形的样子，没好气地说："刘家门里咋出个这样的货！"

刘洪山扛着锄头，走在田间的小路上，抬眼望去，看到一望无际的庄稼，春风吹来，绿光耀眼，心里有说不出的畅快。自己在黄河滩上活了大半辈子了，还没有看到像今年这样好的庄稼，大刘庄人有好面馍馍吃喽！

刘洪山走到一个岔路口，看到了刘小黑要卖的那块地，不由自主地走了过去。土改前，这是麻家的一块地，当年麻乐行买下这块地，还请风水先生看过，是想给自己百年之后做坟地用的，世事难料，谁也没想到这块地会落到刘小黑手里。看着稀稀拉拉的麦子，跟大面积的庄稼很不相称，麦苗像山羊胡子似的，麦垄里长满蒿草。刘洪山摇着头，心里隐隐作痛，暗暗惋惜，自语道："这可是大刘庄最好的一块地啊！"

刘四爷正在邻近地里干活，看见刘洪山站在刘小黑的地头上张望着，心中疑惑，便走过来说："洪山，你看看黑子这麦子，别说跟你家的比了，谁家的他也比不上。这块好地放在他手里白糟蹋了，我说他几回，他还不高兴，真叫人寒心啊！"

"这小子游手好闲，懒散惯了，当了干部，不知自己几斤几两了。"刘洪山看着刘四爷难过的样子，说，"四叔，黑子的爹死后，你对黑子有一百成，现在连你的话也不听了，他还能听谁的？日久天长，能有好结果吗？"刘洪山推推帽子说，"一步跟不上，步步跟不上。地没有整好，下种时误了季节，一个冬天连一遍粪也没上过。他自己没有吃的，庄稼也没有吃的，这样下去，能有好收成吗？"

刘四爷气愤地说："黑子的爹大川虽说没多大能耐，可出力干活没的说，为人也憨厚老实，你说咋就生出这么个东西？我看那个姓牛的也没朝好路上引他，总画个圈子叫他跳，带你到区里，姓牛的也脱不了干系。黑子香臭不分，好歹不知，自己领的互助组散架不说，还成天给彩玉丫头使绊子，庄子里闲话很多。今天到这家吃一顿，明天到那家吃一顿。前天我蒸了一锅馍，他连吃带拿，足足弄走了一大半，俺闺女气得直跺脚，你说这叫什么事！"

"他刚才还来找我借粮。"

"你借给他了？"

"不能看着他挨饿吧。"

"他可没少腌臜你。"

"腌臜我是小事，我不跟他一般见识。现在土改了，家家户户都有了土地，日子也一天天好起来，可一个村干部不好好种地，没饭吃，传扬出去，人家会怎么看咱大刘庄人？"刘洪山望着大片的庄稼说，"四叔，咱只要把心思用在种地上，黄河滩要不了几年就会变个样儿！"

刘四爷感触地说："都有你的干劲，大刘庄不愁没好日子过。"

"咱庄稼人靠的就是一副肩膀两只手，多打粮食才能立得住站得稳！"刘洪山语重心长地说，"四叔，你还记得吗？支援淮海战役那阵子，你为筹不到粮食急得头上直冒汗，你知道那是为啥吗？就是因为大面积土地不在农民手里。现在家家户户都有土地，要是再遇到为国家筹粮的事，你还会发愁吗？"

"是啊，这话说到点子上了，抗美援朝咱大刘庄捐赠的物资不比谁少。"刘四爷又看着刘小黑的麦子说，"这块地要是搁到你手里，才能真正成为咱庄稼人的宝贝！"

刘洪山看着刘四爷叹息的样子，朝跟前凑凑，小声说："四叔，就在刚才，刘小黑缠着我要把这块地卖给我……"

"哦！"刘四爷惊愕地说，"洪山，你说小黑要卖这块地？"

"看样子他是铁了心的。"

"洪山，你答应他了？"

"没有。"刘洪山摇摇头说，"买地这事我得听你老人家的意见。"

刘四爷沉思片刻，沉重地说："洪山，现在的形势，依我看，买牲口买农具，哪怕是买高头大马都没有说的，但买地就不简单了，咱的眼光可要放远点。地主、富农为啥被打倒？就是因为他们占有太多的土地，靠地租过日子。现在，土地要是随便买卖，要不了几年，还会出现地主、富农……"刘四爷笑着说，"洪山，你不是想当地主吧？"

"土改前，你就叫我不要买麻乐行的地，我听了你的话。"刘洪山扛起锄头说，"你看得透，也想得远，我不会走那条路的。"

"小黑那东西人品不好，现在没人管他，我的话他只当耳旁风，跟社会上不三不四的人学了不少坏毛病。你别看他平时大大咧咧、吊儿郎当，一切都不在乎的样子，实际上一肚子鬼吹灯。"刘四爷担心地说，"他表面上给你说好话，暗地里下刀子，到时候你地还没有到手，他说不定就会跑到区里告你想当地主，你可不要上他的当。"

刘洪山、刘四爷正在说话时，唐六脖子上挂着鞭杆子，牵着一头黑母牛走过来说："你们两个神神秘秘地说啥哩？"

刘洪山上前抓抓黑母牛的耳朵说："六子，这是头下崽的好母牛，当年你爹买它的时候，卖了几百斤麦子。"

"这头牛一直是俺爹的宝贝，分家时归我了，不瞒你，它现在又怀上了。"唐六瞟了一眼刘小黑的庄稼，突然拉下脸说，"黑小子还想叫我拉着黑牛入他那个组，见鬼去吧，你看他那麦子长得那样，大刘庄人的脸面都叫这小子丢尽了。"

刘四爷也上前一步说:"你们唐家兄弟人多,合起来就是一个组!"

"就算合起来,肉烂也是烂在唐家锅里。"唐六看着刘四爷,撇撇嘴说,"四老爷子,我说话你别生气,黑小子可是你侄子,成天骗吃骗喝的。那天还想叫我请他吃饭,我的饭可不好吃。黑子到处伸手,你就不怕丢老刘家人的脸面?!"

刘四爷被唐六说得脸通红,没好气地说:"他是他,我是我,你别把我跟他扯到一起,我没有这个侄子!"

刘洪山说:"六子,黑子怎么又惹着你了?"

"他要真惹我,我非扇他不可!"唐六说着,拉着牛走了。

刘四爷指点着唐六说:"你也不是啥好东西!"

刘小黑从刘洪山家借几十斤粮食,拿出一半,换了几瓶酒,剩下的全部磨成面粉,天天蒸馒头吃,四处嚷嚷刘洪山借给他粮食,是有意巴结他,拉干部下水,还要买他的地,想当地主。

刘洪山跳到黄河也洗不清了。

五

土改以后，买卖土地是最敏感的话题，也是各级政府最关心的大事。

刘小黑一放出风，大刘庄就议论纷纷，有人说刘洪山想当富农、地主，走剥削阶级的老路。

牛友亮找刘小黑谈话，问他到底是怎么回事。

刘小黑有意说："刘洪山早就看中我的地，三天两头到我地里转悠，非要买我的地不可。为讨好我，还主动借给我粮食，我不借，他硬把粮食给我送来。他别有用心，想当地主、富农，学麻财主，骑在贫雇农头上作威作福，喝穷人的血。咱要开贫雇农大会，好好批斗他！"

对于刘小黑的话，牛友亮虽然半信半疑，但心里还是有几分得意。这是一个打压刘家父子的机会，削减刘长水在范彩玉心中的位置，拉近他跟范彩玉的距离，这个问题不解决，想夺取范彩玉的欢心是不可能的。牛友亮没有直接找刘洪山，而是匆匆忙忙找到范彩玉说："彩玉同志，刘小黑说刘洪山要买地，为讨好他，还主动借给他粮食，有这事吗？"

范彩玉大吃一惊，忙摆摆手说："刘洪山借给刘小黑粮食不假，刘小黑断粮也是真的，他东家吃一顿，西家吃一顿，搞得四邻很烦。他死皮赖脸地求人家，刘洪山可怜他才借点粮食给他。要说买他的地，这话恐怕不靠谱，我从没有听长水说过他爹买地的事。要说他家能吃饱肚子，多少有点余粮，我信；要说有多余的钱买地，不可能。"

牛友亮严肃地说:"彩玉同志,不能感情用事,我知道你跟长水的关系,但公事公办,不能带有个人色彩。这也是对你好,不然的话,人家会把你跟刘家扯在一起,给你的前途带来负面影响。你再了解一下情况,村里必定有议论,传到区里也不好。"

刘洪山到底想不想买地,范彩玉也拿不准,心里不由得有几分着急。她约刘长水来到文家河边,一脸严肃,审问起刘长水来:"长水,你一定跟我说实话,你爹是不是要买刘小黑的地?"

"买地?"刘长水丈二和尚摸不着头脑,惊奇地说,"哪有的事?我爹要买地,我咋不知道?准是刘小黑恶心我爹,造谣。"

"无风不起浪,村里都议论开了。牛干事也知道这件事,他还找我谈话,叫我引起重视。你装什么蒜?"范彩玉撇撇嘴说,"你爹是不是想当地主?以后你还想不想叫我进你家?"

"这、这……"刘长水急得抓耳挠腮,半天不说话。

"叫你爹赶快打消买地的念头,讲明利害。买牲口可以,买大农具也可以,就是不能买地,买地犯了大忌,这个道理一定跟你爹说清楚,别到时候猪八戒照镜子——自找难堪!"范彩玉看着刘长水为难的样子,大声说,"男子汉大丈夫,说话做事利索点,哼哼唧唧的你能干什么!"

"好啦,好啦,别听风就是雨,刘小黑的话,就是个屁,你也相信?我敢肯定老头子没买地。"刘长水说着,一甩胳膊大步朝家走去。

刘洪山收工回来,拿起筷子就要吃饭,一看儿子不在,问道:"他娘,长水呢?"

汪玉兰把一盘鸡蛋炒蒜苗放在案上说:"跟彩玉出去了。"

"这个东西!"刘洪山把筷子又放回案上说,"范玉堂的麦子我也看了,缺苗断垄不说,那地整得也不板实,肥力不够,分蘖不多,麦秆细小,小满前要是刮几场干热风,麦子非吊死不可,不减产才怪哩!"

"年前你不是给长水说了吗?叫玉堂用石磙轧轧!"

"我是白搭一口气,范玉堂根本没动!"

"玉堂忙着卖豆腐，整天遛乡。彩玉是个干部，工作忙，会议多，顾不上地里的活，你就不能帮着用碌子轧轧？"汪玉兰抱怨说，"你两个老东西斗气，他拉不下脸来求你，你还在这里拉硬弓，你就不能看在咱儿面上拉他一下？范家要是粮食不够吃，咱儿能看着彩玉饿肚子？到时候还不得从家里挖粮食！"

"我压根就不同意这门亲！"刘洪山放下筷子，掏出了烟袋，慢慢挖着。

汪玉兰埋怨说："你个老东西，又说丧气话。两个孩子像狗皮膏药粘在一起，揭不开啦，你不认也得认。彩玉可是村里干部，比长水有出息！"

刘洪山冷冷一笑，说："我看不见得，到时候有她作难的一天。"

在儿女婚姻大事上，刘洪山也不是一条道走到黑的人。看儿子跟范家丫头是铁了心地好，老太婆也站在儿子一边，自己也不想做个恶人，只是碍于脸面，在人前不愿改口罢了，嘴上说不认，心里也认了。刘洪山一看刘长水成天朝范家跑，心思不在种地上，气又不打一处来，心情烦躁，吧嗒吧嗒吸起烟来。

"爹，"刘长水气冲冲地从外边跑回来说，"你想买刘小黑的地，有这事吗？"

刘洪山一见儿子兴师问罪的样子，本来就烦躁的心情像添加了一把火，他瞪着眼说："咋的？买地犯法吗？"

"哟嗬，你还真想当地主？"刘长水惊得眼珠子直翻，大口大口地喘着粗气。

"农民没有一个不想当地主的，就看你有没有这个能耐！"刘洪山用烟袋指着儿子说。

刘长水以为爹真要买地，头脑蒙了一下，急吼吼地说："爹，你这是剥削阶级思想！"

"这些混账话又是范家丫头教你的？"刘洪山当当敲着桌子说，"农民想过好日子就是剥削阶级思想？种地多打粮食就是思想落后？像刘小黑混成个穷光蛋就光荣？"

"这事跟彩玉没关系，买卖土地，政策不允许，咱不要没事找事。"刘长水在饭桌前转着圈子。

"长水，这话听谁说的？"汪玉兰端着几个馍馍走过来说，"刘小黑到咱家来，只说借点粮食，没跟你爹说卖地的事。"

"刘小黑亲口跟牛干事说的，他说俺爹要买他的地，想当地主。"刘长水一边说话一边看着爹的脸色。

刘洪山的脸憋得通红，拍着桌子大声说："叫四叔说准了，这个黑东西果真倒打一耙！"

刘长水从橱柜里拿出瓶酒，倒上一杯，蹲在爹跟前，缓和着口气说："爹，咱地种得好，粮食收得多，馒头比人家白，不知有多少人家眼红。有人走咱家门口过，都吸吸鼻子，想闻闻咱家厨房的味道。咱要是再买地，大刘庄还不得炸锅？枪打出头鸟，咱说啥也不能买地！"

汪玉兰大声说："土改前，麻乐行要卖地，五亩折成一亩，你爹都没有买，现在怎么会买刘小黑的地？你咋看不出来，这是刘黑子故意造谣整你爹的！"

"这个狗东西太恶毒了，我饶不了他。"刘长水端起酒杯，一仰脖子干了。

大家的麦子都割完了，麻月娥还有半亩多麦子在地里站着，下午突然转了风向，西北天有黑云朝着这边飞来，说不定很快有一场暴雨。麻月娥拿着镰刀，一个人在地里割麦子，手磨出了血，也来不及包扎，看看天要下雨，急得哭起来！

刘洪山、刘长水父子垛好麦子，往上面盖上几张芦席。

刘洪山松了一口气，坐下来，掏出烟袋说："下雨也不怕了。"

汪玉兰挎着半篮子麦穗，急慌慌从地里走来说："他爹，地里只有月娥的麦子没有割完，我拾麦子路过她家的麦地，孩子正哭着，你爷儿俩去搭把手吧。"

"爹，咱不能不管啊！"刘长水抓起一把镰刀就要走。

"长水,你去喊上二良、大妮,还有大全,"刘洪山急忙把烟袋别在腰里说,"我去套车!"

赶在雨来之前,大家把麻月娥的麦子收割干净并垛起来。其他人都走了,刘长水留下来,麻月娥端着一碗热茶递给刘长水说:"长水,看把你累的,喝口水吧!"

刘长水擦着脸上的汗水,着急地说:"麦秸垛一漏雨要发热发霉的,我还得给你找几张席子盖上。"说着,一路跑去。

伴随着风声,雨点噼噼啪啪落下来。

刘长水背着几张芦席飞奔着朝麻月娥家跑去。

范彩玉正在院子里收拾绳条上晒干的衣服,忽然看到一个人背着芦席从门前大路上跑去,看样子好像是刘长水,又一时拿不准,便扔下手里的衣服,急忙追了出来,一直追到麻月娥家门口。范彩玉躲在一个墙角,朝麻月娥家张望,那人把席子放下来,果真是刘长水。只见麻月娥搬来一条凳子,刘长水站在上面,把几张席子盖在了麦秸垛上。

雨越来越紧了,麻月娥拿来一张雨布披在了刘长水的身上说:"长水,雨要下大了,快到屋里躲躲吧!"

刘长水看看天,又看看麻月娥那张感激不尽的脸,眉头不由得皱了一下,说:"我要回去了!"说着,把身上的雨布扯下来,扔给了麻月娥,大步朝外跑去。

大雨点哗哗啦啦地掉下来,刘长水淋成了落汤鸡,刚刚拐到一个巷口,被人一把拉进了一个大车屋里。

刘长水擦了一把脸上的雨水,惊奇地说:"彩玉,你怎么在这里?"

范彩玉的身上也是湿漉漉的,她使劲地推了一把刘长水,说:"你爹是个大英雄,你也是个大英雄!"

"这话怎么讲?"刘长水好像明白了,吃惊地说,"你都看见了,咋不去搭把手?你这村主任可不够格。"

"搭把手?你比兔子跑得都快,我撵都撵不上!"范彩玉又推了刘长水一把,"我要伸手了,不是搅了你英雄救美的好戏!"

"彩玉同志,范主任,说话不要这样刻薄好不好?天要下雨了,月娥家的麦子没收完,俺爹,还有二良、大妮和大全都去了,别管麦子是谁家的,总不能看着麦子叫大雨泡了吧!"刘长水揪着被雨水打湿贴在身上的衣服说。

"我只看见你,他们人呢?"范彩玉不依不饶地说,"月娥叫你进屋,你咋不进去?"

"这话你都听见了?你的耳朵真好使,千里眼,顺风耳。"刘长水的脸一下子变得通红,难为情地说,"她一个寡妇家的,屋子我能进吗?"

"你要进去就好了!"范彩玉伸手脱下刘长水身上的汗褂,拧拧水,又披在刘长水的身上,伸手点着刘长水的脑瓜说,"以后再好好表现啊!"

刘长水为自己没有进麻月娥的屋子而暗暗庆幸,真要进去,八张嘴也说不清了。

缴够公粮,还要卖余粮,翻身后的农民大多数能完成粮食征购任务。

麻月娥用土车推着粮食来到黄河区粮站,没想到粮食检验不合格,还要晒两个太阳,心里一阵紧张,害怕影响大刘庄的卖粮任务。

范彩玉一直在粮站,批评麻月娥说:"卖给国家的粮食,一丝一毫不能马虎,你把没晒干的粮食推来,这不是叫大刘庄好看吗?"

麻月娥吓得咬着手指,战战兢兢地说:"彩玉,是我错了,我回去再晒。"说着,推起粮食要走。

"站住,"范彩玉拦住麻月娥的车子说,"麻月娥,我还要警告你,你再叫刘长水给你干活,会毁了他的前程。"

麻月娥低下头,委屈地说:"我从没有叫他给我干活。那天割麦子,二良、大妮、大全也在,洪山大叔帮我拉回家的,长水盖好麦子,冒着雨走的。彩玉,你别多心,长水是爱着你的!"

"地主子女、土匪家属,都叫你占全了,别忘了你的身份。"范彩玉训斥说,"好好劳动改造,夹起尾巴做人,才是你的出路,别的想多了会害了你!"

"彩玉，你的话俺记住了。"麻月娥推起车子刚刚走了几步，范彩玉又追上说："你家的粮食晒干要两天时间，会影响大刘庄的卖粮进度，你把这麦子送到我家，换上俺家的麦子，告诉俺娘，就说是我安排的。"

麻月娥感激地点点头。

牛友亮看到范彩玉训斥麻月娥，知道又是为刘长水帮助麻月娥割麦子的事，看麻月娥走了，对范彩玉说："彩玉同志，对麻月娥这样的人，一不能客气，二不能手软，特别像卖余粮这样的大事，要密切关注她的行为，切不可大意。"

范彩玉跟刘长水、麻月娥之间的事，不想叫别人说三道四，评头论足，不高兴地说："牛干事，我还没有发现麻月娥有什么反常行为，她在刘四爷这个组，大家帮她抢收麦子是正常的，麦子没晒干也是正常的。"

"刘长水帮麻月娥干活，表面上看无可厚非，实际上饱含着对改造对象的同情，你是一个共产党员，可要站稳阶级立场啊！"牛友亮看着范彩玉通红的脸说，"彩玉同志，包括你的个人问题，都要站在一个革命者的高度上来处理！"

范彩玉心里很不舒服，不由得瞟了牛友亮一眼，寒着脸说："牛干事，你放心，我会处理好的。"

大刘庄粮食虽然丰收，但少数农民惜粮不售，卖粮迟缓，尤其一些新老中农户，不但屯粮不卖，还参与粮食黑市倒卖，并四处散布谣言，给粮食征购设置障碍。村干部分户包干，要求谁完不成任务，就严肃处理。范彩玉做事大刀阔斧，不讲情面，为完成粮食征购任务，采取强硬措施，在各个路口设置路卡，防止粮食流入黑市，将少数抗粮抗税者送到区学习班。唐家兄弟是大刘庄粮食最多的农户，联合其他唐姓族人，抱成一团，跟范彩玉对抗，甚至放出话来，要跟范彩玉死磕到底！范彩玉毫不示弱，采取分化瓦解、各个击破的办法，最后只剩唐四、唐五、唐六三兄弟没完成卖粮任务。非常时期采取非常手段，范彩玉把唐四、唐五、唐六送到区学习班。唐六大骂管理人员，绝食闹事，砸烂门窗，毁坏学习班财物，惹恼了几个看守的民兵。民兵让三兄弟太阳底下罚站。三伏天，热气袭人，唐四、唐五支撑不住，先妥协了，唐六也没撑多久，最后还是老老实实卖了粮食。唐家跟范家从此也结下仇怨，一有机会，唐家兄弟就会给范彩玉使绊子出难题。

1954年，国家考虑农民的困难，粮食征购任务虽说比往年有所减少，但个别农户还是交不起。三奶奶家人口多，家底薄，劳力弱，好不容易打下粮食，考虑到一家老小吃饭，只愿意卖一半。

牛友亮带着督粮员上门做工作，催促三奶奶卖粮。三奶奶脾气坏，三句话说不好，大吵大闹，一口吐沫吐在了牛友亮的脸上。督粮员大为恼火，要立马送她到学习班学习。刘四爷出来担保，给三奶奶三天期限，再不卖粮，就治她抗粮抗税罪。

三奶奶指着牛友亮吼道："就是下油锅，老娘也不卖！"

牛友亮走后，三奶奶冲着刘四爷说："老四，你充啥大尾巴狼？看他们能把我咋的！"

刘四爷也有些生三奶奶的气，可看到一窝老小，想到三嫂一辈子吃苦，心里一阵说不出的同情和难过，想了想说："三嫂，压压火，牛友亮是国家干部，他找上门，也是为了工作，你不该吐人家，这是你的错。谁不心疼粮食？我也心疼，俺闺女秀兰朝外拉粮食，心疼得直掉泪。但这国税公粮，自古有之，我看你还是卖粮吧，不然，彩玉也会找上门来，拖不掉的。"

"我就在家等着他们！"三奶奶说着，气鼓鼓地忙活去了。

刘四爷叹了一口气，倒背起双手无奈地走了。

三天过去了，三奶奶不见牛友亮上门，范彩玉也没有来，心里不安起来，走到粮食囤前，抓起一把麦子，捏一粒放在嘴里，咯嘣咬碎麦粒，满口新麦清香味，眼里不由得流下泪来。多少年来，哪见过这么多的粮食？哪见过这么饱满的麦子？为种好几亩麦子，一家老小出了多少力，流了多少汗，吃了多少苦，求过多少人？麦子刚刚装到粮食囤里，就要拉出去卖掉，三奶奶着实舍不得。想到四弟多年的体贴照顾，他说的那些话，那祈求的眼神，三奶奶心里泛起层层波澜。

三奶奶的男人刘三宝跟刘四爷是亲叔伯兄弟。三宝死得早，撇下孤儿寡母，刘四爷老伴半路上也去世了，留下一个闺女。两家墙靠墙、院连院住着，各自过着清贫孤苦的生活。早年间，曾有人撮合他们两家合一家，刘四爷碍于脸面，没有答应。三奶奶看老四不答应，心里虽说难受，但也觉得跟叔伯兄弟过日子，人家会笑话。两家没有走到一起，可两家的关系一直很密切。谁家做点好吃的，先盛一碗隔着墙递过去。刘四爷父女的衣服，三奶奶拿去缝缝补补，床上的铺盖，洗洗浆浆。村里虽说有闲话，两个老人却也不理会，时间一长，闲言碎语慢慢散去。三奶奶时刻想着四兄弟的好处，刘四爷处处关心三嫂一家人的生活。他看到三嫂跟工作组吵架，心里十分着急，吃不好睡不着，眼看三天期限到了，怕三奶奶吃亏，就去找牛友亮说情。牛友亮笑着说："区粮站来了通知，三奶奶的粮食不用卖了，你通知她，学习班不去了，没事了。"

"为啥？"刘四爷不解地问。

牛友亮没好气地说："还能为啥？还不是看她是个老贫农，寡妇熬儿不容易，给减免了！你要叫老太婆心里明白，工作组是关心她、爱护她的，不要动不动就要泼骂大街！"

刘四爷一颗悬着的心总算放下来了，回家的路上，心里暗暗敲鼓，怎么也想不明白，看当时牛友亮咬牙切齿的狠劲，怎么会放过三嫂一家？到底怎么减免的，刘四爷心里仍是个谜。不管咋说，谢天谢地，这一关总算过去了，便来到三奶奶家说："三嫂，牛友亮说你家的粮食不用卖了，学习班也不用去了。"

"有这样的好事？"三奶奶说啥也不信，"衣服我都准备好了，正打算进学习班呢。"

刘四爷琢磨着说："牛友亮说，工作组给上面做了工作，给你减免了！"

三奶奶还是摇着头不信："难道是观音娘娘下凡显灵了？"

三奶奶的粮食是刘洪山代卖的。

那天，刘洪山赶着毛驴车从粮站卖粮回来，听说三奶奶为了卖粮食跟工作组发生争吵的事，不由得一阵唉声叹气，暗暗为三奶奶担忧。

汪玉兰担心地说："长水他爹,三婶要是进了学习班,就她那个火暴脾气,非吃大亏不可,我真替她捏把汗哩!"

"三婶穷怕了,也饿怕了,一辈子哪见过这么多粮食?收到囤里咋舍得拿出来?那些年,她跟三叔过日子,就一年干二年净,过年也吃不上白面饺子。三叔不在了,她孤儿寡母,不知吃了多少苦,要不是四叔接济她,也许熬不到今天!"刘洪山深深吸了几口烟,沉闷了一阵说,"他娘,三婶一家三代人,老的老,小的小,过日子不易啊,咱替三婶把粮食卖了吧!"

汪玉兰心疼地说:"咱家今年的粮食是有结余,我还打算留着给长水办喜事用,两个孩子也老大不小了,不能再拖了!"

"救急要紧,咱不能看着三婶进去吧。"刘洪山摆摆手说,"办喜事不急,往后再说。"

后半夜,更深夜静,天上稀稀拉拉几颗星星,西南风卷着热气,一阵阵扑来。

刘洪山装上粮食,光着膀子,推着独轮车,汪玉兰在前面拉着,顺着一条乡间道路走去。

一路上,夫妻俩说着闲话。

"长水他爹,咱家卖粮为啥不按人头?足足比人家多了一半。"

"咱是中农,土地比一般农户多,粮食收得多,多卖点也是应该的,共产党对咱不薄,咱也得有所表示不是?"

"快走吧,天不早了。"

"走起来哟!"刘洪山喊了一声,驾稳车子,汪玉兰拉紧梢绳,独轮车吱吱扭扭飞奔起来。

黄河区粮站为保证粮食收购,方便农民卖粮,二十四小时挑灯夜战,农民随时都可以去粮站卖粮。

粮站收购员赵亮惊奇地说:"刘洪山,你下午刚卖过粮食,还多了几斤,怎么又来了?"

刘洪山擦着头上的汗,微笑着说:"赵亮同志,这是俺村刘王氏家的粮食,户主年纪大了,我帮她送来的!"

赵亮拿起大刘庄卖粮的花名册看了看,捏几粒麦子放在嘴里嚼嚼,又摊在手里,借着灯光看看小麦的成色,籽粒浑圆饱满,像一粒粒黄灿灿的珍珠,跟刘洪山下午卖的麦子一模一样。大刘庄卖的小麦,没有第二家是这样的,赵亮心里一阵犯嘀咕,不解地摇摇头,笑着说:"刘洪山,这麦子真是刘王氏家的?"

"不会假。"刘洪山把麦子放在磅秤上,"天不早了,过秤吧!"

"好了,大刘庄午季粮食征购任务全部完成!"赵亮开张条子,递给刘洪山,拍拍他的肩膀,跷起大拇指,激动地说,"刘洪山同志,你心里明,我心里也明,你是咱黄河滩第一大善人!"

刘洪山替三奶奶卖粮这件事,大刘庄谁也不知道,大家都认为是牛友亮给她家申请减免的。范彩玉问牛友亮可是真的,牛友亮含糊其词,微笑着,不正面回答,范彩玉也认为是牛友亮做了工作。

黄河故道乡村,互助组成立不到两年,黄河区政府就号召创办初级社,当地老百姓称为小社。小社的规模比互助组大得多,一般由几个互助组合并而成,加入小社的政策也比较宽松,村里协调,自愿报名,入退自由。刘四爷所在的互助组跟其他几个互助组合成一个小社,号称大刘庄第一社,刘四爷认为自己上了年纪,推举李二良当第一社的社长。

刘洪山下地回来,突然对汪玉兰说:"长水他娘,咱家那片高坡地沙土层厚,遇到干旱容易起沙,我想栽上桃树。"

"我看不成。"汪玉兰奇怪地说,"他爹,我看你是越老越糊涂了,人家都忙着入社,你怎么还要栽桃树?"

"谁想入谁入,跟咱没有关系。"刘洪山挖一锅烟,点火吸着说,"桃三杏四梨五年,小枣当年能换钱。树行里还可以点花生、种黄豆、撒芝麻,栽红薯也行!"

"栽果树是长远打算,"汪玉兰忧虑地说,"要我看,咱种一季是一季,别到时候花了力气白吃苦!"

刘洪山不以为然地摇摇头。

1955年，正月十五刚过，刘洪山推着土车到丰县苗木场买来叫五月红的桃树苗，栽在了几亩高坡地上。

刘长水把这事告诉了范彩玉。

范彩玉噘着嘴，冷笑着说："看来你爹想一辈子走单干的老路！"

刘长水看范彩玉不高兴，心里也是一种说不出的滋味，不知道爹这一步是走对了，还是走错了，不由得说："彩玉，你别不高兴，爹说桃树三年就能挂果了，到时候咱就有桃子吃了。"

"你就知道吃。"范彩玉扬起手说，"现在大趋势，创办合作社，引导群众走集体化道路，恐怕等不到吃桃子了。"

"不会吧！"刘长水抓着头皮说，"国家对拥有土地的农业政策还是宽松的。"

"栽什么桃树？你干脆拔掉算了！"范彩玉一甩手说。

"拔了？"刘长水吃惊地说，"俺爹会扒了我的皮！"

刘洪山给新栽的小桃树浇水施肥，整整忙了一天，回到家里已是满天星星了。

汪玉兰炒了一盘腊肉蒜苗，炖了一盆黄花菜和干豆角，端上案说："他爹，忙活了一天，我看你有点乏了，喝口吧！"

刘长水忙拿出酒和杯子，斟上酒说："爹，桃树再快也得三四年长大，我看还是顾眼前，改种别的吧。"

刘洪山瞪着眼说："你又听到什么浑话了？"

刘长水小心地说："你看看，人家都参加初级社，咱孤零零地栽了几亩桃树，多扎人眼呀！再说，桃树长大了，也会影响周边地里的庄稼，人家对咱会有意见的。"

汪玉兰把一双筷子递给刘洪山说："他爹，我也听到不少人说闲话。"

刘洪山喝下一杯酒，若有所思地说："不用担心，事先我都算过了，桃树帽子不大，周边我留出一丈多远，树就是挂果了，也不影响周边种地，谁能说啥？"

刘长水摆摆手说："爹，我不是这个意思。你看看，先是互助组，现在是初级社，以后咋样，谁也说不准。彩玉也不同意咱栽树！"

"你想吃饭吗？"刘洪山把筷子摔在桌上说，"不想吃就给我滚一边去。"

刘长水很委屈，抓起一个馍馍，跑到自己屋里去了。

"老东西，一提人家闺女你就急眼，好像人家欠你似的，有话不能慢慢说？"汪玉兰说着，拿着一只碗，拨了一些菜，朝儿子住的东屋走去。

李广胜下午在地里干活，傍晚收工时，一把铁锨忘在地里了。

天下着毛毛细雨，李广胜摸黑到地里寻找铁锨，路过刘洪山家的地头，看到有人在拔桃树苗，心里一阵奇怪，树栽上没几天，怎么就拔了？不由得喊了一声："谁在拔树？"

两个拔树的人，刹那间跑得无影无踪。

李广胜急忙蹲下来，看跑走的人的身影，有一个好像是王高，另一个跑在前面没有看清。

李广胜本想天亮就把这件事告诉刘洪山，谁知半夜里有人从墙外扔来一块砖头，他心里害怕，一直没敢说出去。

天刚蒙蒙亮，刘洪山就挎着粪箕一边拾粪，一边看他新栽上的桃树，来到地里，大吃一惊，几亩桃树给拔得乱七八糟，稀稀拉拉没剩下几棵了。刘洪山以为是儿子赌气干的，一口气跑回家，不管三七二十一，就要打儿子。

刘长水委屈地说："爹，我是你儿子，你也不想想，你不发话，我怎么会拔树苗？"

刘洪山愣怔一下，看来是冤枉儿子了，看着儿子抱着头蹲在地上，心里一阵阵说不出的滋味，在院子里不停地转着圈子。他掏出烟袋吸了两口，又啪啪把烟灰磕掉，一团烟叶暗火，冒着缕缕青烟，在地上被风吹动着。

汪玉兰掩山芋干，扯下头巾打着身上的尘土说："他爹，枪打露头鸟，遭人暗算了，生气也没有用。自打你栽上桃树，我心里就不踏实，说来事就来事了。叫我看，拔就拔了，省得碍人家的眼！"

刘长水站起来说："爹，我估摸着，这事有可能是黑小子干的，我找他去。"刘长水说着要走。

汪玉兰上前拦住说："你找他说啥？没有证据，他会承认？不是找气生吗？"

刘洪山不住地叹气，在院子里转着圈子，便走进牛屋，牵出大花牛。

汪玉兰慌忙问："他爹，你这是干啥去？"

"把地翻起来，等着栽春红薯。"刘洪山说着，扛起犁子，牵着牲口，下地去了。

汪玉兰含着眼泪说："儿子，去，到地里帮帮你爹，他装着一肚子气哪！"

村里人听说刘洪山新栽上的树苗夜里被人拔了，都跑来看热闹。

范彩玉跑到地里看父子俩犁地，走上前说："叔，要不要报案？"

"我认了，"刘洪山没好气地说，"就算报案，树苗也长不上了。"

这天，刘洪山正在挑红薯沟，范玉堂担着挑子颤颤悠悠地走过来，张口就说："洪山，桃树肯定是那个黑家伙干的，大刘庄别人干不出来！"

"咱没有证据！"

"一定是冲你没加入初级社来的。"

"我为啥要入社？"

"不入社人家会说你思想落后。"

"这话是不是你家丫头说的？"

"这话还要谁说吗？"

"你的豆腐坊入社了吗？"

"豆腐坊是祖传的手艺，入不了。"

"有人要跟你学做豆腐，为啥不传你的手艺？"

"我不能砸我自己的饭碗，更不能出卖老祖宗。"范玉堂好像悟出刘洪山说这话的用意，"你入不入社跟我没关系，怎么扯到俺范家豆腐上来了？"

"大刘庄做豆腐，你是一家独有，手艺都在你脑子里，你要不开口，谁也学不去。你祖传的不仅仅是豆腐手艺，更是你老范家活命的根，根要是没有了，还能活命吗？"刘洪山昂起头说，"俺祖宗传给我的就是'劳动'二字，只要好好劳动，刘家就不会断了烟火。我怕入了社，有力没处使，打不出粮食，要饿肚子的。"

"我不传做豆腐的手艺，我想的是一家独有；你不愿加入初级社，是想凭着自己的手艺吃饱穿暖。话叫你这么一说，还真是这个理。"范玉堂扬起手说，"这些年，我跑遍黄河滩村村寨寨，像你这样出力干活的找不出几个，你要过不好日子，玉皇大帝都不愿意。"

刘洪山没好气地说："以后少叫你丫头给人扣帽子！"

范玉堂担起挑子，走了几步，又扭回头，苦笑着说："洪山，我头上也有大妮扣的帽子，说我是个小奸商！"

李二良当上初级社社长，干活性子急，做事毛糙，不顾情面，动不动就发毛，他叫刘四爷的女婿王满仓犁地，王满仓不敢不去。王满仓没干过这种活，掌握不了犁地的要领，犁沟歪歪扭扭不说，深一犁浅一犁，中间还有没过犁的生茬地。李二良看后，顿时火冒三丈，不管三七二十一，夺过鞭子朝王满仓的身上甩了过去，鞭子打在了王满仓的脖子上，出现一道血淋淋的伤痕。王满仓不敢反抗，两手捂住脖子，扔下活计，哭哭啼啼回家去了。

三奶奶是寡妇熬儿，刘四爷是寡汉条熬闺女。秀兰的娘死的时候秀兰才八岁，刘四爷再没有续弦，父女俩相依为命，吃尽千辛万苦把闺女拉扯大。秀兰看爹可怜，要守着爹过一辈子，就招了一个上门女婿。黄河故道乡村青年做上门女婿，多是残疾或者家境不好的才走这一步的。王满仓是个孤儿，吃百家饭长大，大字不识一个，虽说没有什么残疾，但就是人太老实，是个闷葫芦，做事没眼力，见人不说话，干庄稼活也是个二把刀，刘四爷和闺女秀兰平时也都让着他，生怕他受了委屈。王满仓挨了李二良一鞭子，回到家里倒头大睡，不吃不喝。

秀兰心疼男人，抱怨说："爹，满仓不会犁地，二良哥硬赶着鸭子上架，这不是欺负老实人吗？"

刘四爷是个爱面子的人，本想去找李二良，但满仓是自己的上门女婿，又怕人家说自己护短，难以张口，看到满仓脖子上的伤痕，不住地唉声叹气，心疼得一口气堵在胸窝出不来。

六

秋高气爽，天上飘着几片云彩。

刘洪山和老伴汪玉兰在红薯地里翻秧，汪玉兰说："老头子，红薯收上来，咱也打点粉，做几套粉丝，长水要是结婚也能用得着！"

"我算过账了，一亩红薯，打粉做出的粉丝，比做成红薯干要多卖一半的钱，就是多花费一些工夫。"刘洪山站起来，伸伸腰，打着凉棚，四下看了看，不由得说，"今年的秋庄稼，各社差别不小，卖秋粮怕又要闹包子。"

汪玉兰扯起一把红薯秧说："他爹，咱是单干户，七不扯八不连，这不是咱操心的事，话说多了惹人烦。"

刘洪山一屁股坐在红薯秧上，掏出烟袋说："最近我看四叔那个组有点不对劲。"

汪玉兰扯下头巾擦着脸说："人心拢到一块不易啊！"

这时，刘四爷扛着锄头悠悠走过来说："洪山，你这红薯长势叫人眼馋哩，我都想退社了。"

刘洪山不相信刘四爷说的是真心话，看着他那忧愁的脸色，知道他一定遇到啥难事了。刘洪山微笑着说："四叔，在咱大刘庄，谁人不知，哪家不晓，互助组你是第一个，初级社你也是第一个，区里还给你戴过大红花，你怎么会退社？你们十几家一个小社，你还当着副社长和会计，李二良有干劲，为人正派，就是脾气躁，说话办事粗糙些，也不是啥大毛病，有您老在后面掌着舵。我看了几块地，你们社里的秋庄稼有八成，不错了。"

"李二良能干活不假，人品我也没话说。"刘四爷叹口气说，"当社长光自己能干活不成，还要会盘算，把人心拢住，带着大家一起干，众人拾柴火焰高。他做事鲁莽，说话冲死牛，今天跟这家吵，明天跟那家骂，三句话说不好就动粗，成立初级社不到一年，就打了几架。大家不是不信他，而是怕他，他再这样下去，俺们这个社非散架不可！"

"二良这个人是要有个人敲打着，您老是长辈，二良也是你看着长大的，啥话都能说，慢慢就上路了。"刘洪山说着，看了一眼刘四爷的脸色，不由得朝四下看看，"其他几个社也好不到哪去，人心拢不住，一切都是白瞎。就说玉堂那个社吧，他成天遛乡卖豆腐，不愿下地干活，说大话，唱高调，人家都跟他学，也不好好干活，听长水说，彩玉那丫头把她爹的秤给摔了！"

"这事我也听说了。"刘四爷扒开几棵红薯秧看着说，"玉堂要跟彩玉分家，现在父女俩闹得不搭腔。"

刘洪山伸出两个指头，从刘四爷扒开的红薯秧下扒掉一层土，露出一块粉红色的红薯说："四叔，这一棵红薯起码能结五斤，你看看，一点虫眼都没有。等收成了，我想拿出一半来打粉，到时候我也给你送点红薯粉丝。"

刘四爷叹口气说："洪山，看到你这么好的收成，我看还是单干好！"

刘洪山心里咯噔一下，看着刘四爷一脸忧伤，忙拿出烟袋，挖了一锅，递给刘四爷，语重心长地说："四叔，有啥难处，你说出来，咱一块想办法。你现在想单干，恐怕干不得。"

汪玉兰提着茶壶，倒了一碗水，递给刘四爷说："四叔，喝口茶吧。都说你们社的秋庄稼也不错！"

刘四爷接过茶碗，喝了一口，说道："我觉得互助组比初级社好，既独立又有帮助，大家都比着干，谁也不偷懒，互相谦让着，几好搁一好，各家的粮食收得也不少，可以说大刘庄没有挨饿的，不少人家还有余粮。你看现在，人多了，捆不到一起，心就乱了，什么事也干不好！"刘四爷回味着过去的岁月说,"成立初级社,目的是多打粮食,大家都有饭吃,过好日子;要是人心拢不起来了,还不如各干各的。"

刘洪山笑着说:"四叔,要我说嘛,你们这个社的条件不错,一套牲口,农具也全,地也基本上连着,便于耕种,还靠着文家河,天旱了,浇地也方便。再说你们社又是大刘庄办得最早的,区里还支持你们社农具、种子。您老可是名声在外,要是这样散了,大家不会同意,跟上级不好交代,您老的脸上也挂不住,我看你们还是朝前走走再说!"

"我也不想散,你说的这些话我都想过,现在就是缺个好社长,我要再年轻十岁,社长也到不了他二良手上。"刘四爷说着,心里一阵难过,眼泪汪汪地看着刘洪山。

刘洪山看着老人渴望的脸色,心里一下子明白了刘四爷的来意,语重心长地说:"四叔,我知道您老人家的心,看得起我刘洪山,我刘洪山都记在心里,啥时候也不会忘记您老对我的好。你们社有事,可以找我商量,牲口不够可以到我家牵,但要我加入初级社,您老就免开尊口。"刘洪山也听说满仓挨打的事,知道老头子心里还憋着气,便安慰说,"满仓是个好孩子,干活不惜力,为人实诚,安安稳稳跟你爷儿俩过日子。我知道你心疼女婿,哪天你叫满仓来找我,种地使唤牲口,我教他几手,看以后谁还敢小瞧他。"

刘四爷高兴了,哈哈笑着说:"你要能收下满仓这个徒弟,教他学会种地的本事,我叫兰子给你买酒喝。"

"今天怎么又碰到你俩了?难怪大刘庄的人都说,四老头子一打闪,离刘洪山不远,两个人好得像穿一条裤子,又在叽咕啥哩?谈论什么国家大事?"唐六牵着他的黑母牛,脖子上挂着鞭子,又哼哼哈哈地走过来,嬉皮笑脸地说道,"日子过得好不好,到地里一看就知道了。"

"穿一条裤子?"刘四爷指着唐六说,"你小子说我俩在捣鬼?"

"这话我可没说。"唐六笑着说,"我是说您老跟大英雄关系好,好得就像一个人!"

"大家都在一块种地过日子,啥叫穿一条裤子?好说不好听,你小子说话总是酸溜溜的，听了叫人不舒服。"刘洪山走过来说，"老六，我看你兄弟几个种的是清一色的玉米，玉米穗整齐，今年的秋粮在大刘庄一定能挂个头牌！"

"看你这红薯的长势，也是大刘庄的头牌。"唐六昂着头，瞟了刘四爷一眼说，"咱们老中农，一群落后分子，就是比他们老贫农种地有办法。不瞒你们，今年的玉米要是收好了，够我吃两年的。刘小黑打我的主意，叫我入他那个破社，被我顶了回去。前不久，姓范的丫头还想劝我入社，老子就没有搭她这个茬。叫我跟他们一个锅里搅勺子，太阳得从西边出！"

刘四爷不高兴地说："老六，打什么花花哨？别隔着门缝看人，把人都看扁了。大家在一块种地过日子，谁也不容易，能互相帮衬点就帮衬点。洪山虽没有入社，可没少帮助大家，不像有些人成天尾巴翘着，有啥了不起！"

唐六咂咂嘴说："刘洪山是帮你们干了不少活，大家也都看见了，到头来还是个团结对象。你的好侄子刘黑蛋还把他送到区里学习，几亩果树也被人拔了，是哪个瘪犊子干的，不用说，大家也能猜个八九不离十。四老头你不要朝我瞪眼，不是我干的，肯定也不是您老人家干的。有人天天算计中农，就是想叫中农给他们当长工，我唐六不上这个当。老子也不想跟谁搞团结互助，跟你们这帮人瞎掺和，你吃一口他抓一把，就没有俺的好日子过了。"

刘四爷气得满脸通红，一步走到唐六跟前，指着他的鼻子说："我们贫雇农没哪个把洪山当外人看，也没有人另眼看你，是你自己心里有鬼，话到你嘴里，舌尖一挑，放不了好屁。我跟洪山清清白白，你不要挑拨离间，满嘴喷粪。"

唐六龇着牙，还想说什么，刘洪山摆摆手说："老六，贫农也好，中农也罢，说来说去，都是农民。农民就是种地的，大家互相帮衬点也是应该的。共产党搞土改，开始是互助组，现在入小社，就是要叫大家都有饭吃。"

"有饭吃？"唐六牵着牛，走了几步，又扭回头，瞪着刘四爷说，"饭有稠有稀，馍有黑有白，有的人是四个碟子八个碗，有的人是黑窝头就菜汤，那滋味能一样吗？"

刘四爷大声说："你小子天天吃龙肉也没人巴结你！"

刘洪山拉拉刘四爷说："老六就这个货，满嘴跑火车，胡言乱语，说话没轻没重，没老没少，不要跟他一般见识。"

"他就是一个搅屎棍！"刘四爷气呼呼地走了。

范彩玉正式当选为大刘庄的村主任以后，总是拉着刘长水跟她一块做事，生怕刘长水离开她的视线。刘长水觉得自己像个跟屁虫，面子上不好看，怕人家说闲话，常常借故遛圈。

黄河区要求各村庄把村里的人口、土地、劳力、牲畜以及大农具报上来。范彩玉把这些活交给了刘长水，刘长水磨蹭了半天，懒洋洋地填写了几张表格，趴在桌子上装睡。

范彩玉回到办公室，拿起表格一看，顿时气得满脸通红，把表格摔在桌子上说："错了好几户！成天懒洋洋的样子，想什么呢？"

"谁在瞎叫唤，搅了我的好梦？"刘长水打着哈欠，伸着懒腰站起来说，"哦，是范主任，你官不大，脾气一天天见长。我不是你的使唤丫头，想咋折腾就咋折腾，你再跟我瞪眼，我就不伺候了！"刘长水说着要走。

"想跑，没门儿，上了套就得把活干好。"范彩玉使劲地把刘长水按在板凳上，"老老实实把表给我填好！"

"老子不干！"刘长水又趴在桌子上装睡。

"哎嗨，想耍赖？"范彩玉轻轻抚摸着刘长水的头，嘴唇贴在他耳边小声说，"我的小相公，上面催着要呢，这活就得你干，就算是帮帮我好吧？你要甩手不干，我真找不到人了。你要填好了，我奖励你两个鸡蛋。"

刘长水抬起头，伸出手，急忙地说："拿出来！"

"看你这点出息！"范彩玉从口袋里掏出两个热乎乎的鸡蛋，放在刘长水手上，"给你加点料。"

刘长水笑着从抽屉里拿出几张表格递给范彩玉，说："你手里是废表格，这才是的！"

范彩玉把表格拿在手里，看到表格字迹工整，准确无误，不由得推了刘长水一膀子，笑着说："好你个刘长水，你敢耍我！"

刘长水打个趔趄，笑着说："活我不能白干！"

"两个鸡蛋，你就投降了？"范彩玉咯咯笑着说，"经不住糖衣炮弹的袭击，你肯定是个叛徒！"

"这叫看菜下碟！"刘长水笑着说，"以后家里有啥好吃的，继续拿！"

范彩玉歪着头说："长水，我问你，麻月娥要给你送鸡蛋，你吃不吃？"

"麻月娥的糖衣炮弹，我可不敢吃！"刘长水摇摇头说。

"要把鸡蛋送到你嘴边呢？"范彩玉紧紧盯住刘长水的眼睛说。

"我就咬着牙，闭上嘴，黑着脸！"刘长水做出坚贞不屈的样子说，"只有范小姐送来的鸡蛋才是革命的，吃到嘴里，甜在心里，有滋有味！"说着把一个剥好的鸡蛋塞到了嘴里！

"你还算有良心！"范彩玉情不自禁地抱着刘长水的头，贴在自己的胸前，眼含热泪说，"你能知道我的心就好了！"

范彩玉自己进步，也拉着刘长水进步，每次开会回来，首先给刘长水上政治课，什么土地改革、集体农庄、学习苏联……说的都是国家大事。刘长水听着很新鲜，也很激动，过一阵子，闷头想想，一阵茫然。当下黄河故道千疮百孔，风沙弥漫，灾害频发，生产力低下，一副肩膀两只手，刀耕火种，"种一偏坡，收一箩箩"。上千口人的村庄，找不到几个识字人。集体农庄，楼上楼下，电灯电话，也只能是一个遥远的梦想。

范彩玉是个十分自信的人，从她身上散发出来的气息，是热情的、奔放的、高涨的、激进的。虽说是黄河滩长大的姑娘，可她对农民的理解是浅显的、偏激的，她对她爹和刘洪山不参加互助组、初级社极为不满，只看到他们思想滞后的一面，对农民的思想根源、价值追求难以理解，总是以浅显的理念看待一切。

范玉堂两口子对闺女跟刘长水的婚事一直悬着心，自从范彩玉当上干部，想问也问不了。范玉堂晚上做豆腐，白天在黄河故道沿线村庄叫卖，他的叫卖声很特别，只有三句话："豆腐哟豆腐，范家哟豆腐，哟哟哦豆腐。"

范彩玉有时跟爹开玩笑说:"爹,你就不能喊点别的?就这老三句,多难听。"

"胡扯!"范玉堂朝闺女瞪着眼说,"你爷爷、你老爷爷传给我的就是这老三句,一个字不能改,一个音也不能错,这就是咱范家豆腐的招牌啊!"

范玉堂这话不假,各个村庄的百姓一听到这三句喊声,就知道范家豆腐进村了。

范玉堂走在田间的道路上,看到老黄河滩一望无际的庄稼,心里也是痒痒的,不由得盘算着,自己这些年省吃俭用,积攒的钱算算也够卖一匹骡子了。骡子这畜生是个好东西,能拉脚,也能治地。没多久,范玉堂果真拉回家一匹大青骡子。

这匹大青骡子,是范玉堂在一个偏远的村庄卖豆腐,以一头毛驴的价钱从一家要入初级社的中农户手里买来的。骡子的主人为啥这样贱卖?范玉堂没敢多问,生怕买卖做不成,急急忙忙把大青骡子拉回家。

范彩玉笑着说:"爹,有大青骡子给你做帮手,你是不是就能好好种地,不卖豆腐了?"

"地照样种,豆腐照样卖!"范玉堂兴奋地说,"无粮心慌,不卖豆腐没钱。你可不要小看我这豆腐挑子,养活了咱范家多少代人。咱们家也要有个分工,我卖豆腐,你娘做饭,你两个妹妹喂牲口种地,你好好当你的干部,想怎么疯就怎么疯!"

范彩玉兴奋地说:"社里正缺少牲口,有这头骡子就不愁了。"

"想得美!"范玉堂抓着大青骡子的耳朵说,"我的宝贝可不是谁想使就能使,我要收钱的。"

范彩玉笑着说:"难怪村里人喊你'小算盘',你的算盘打得就是精!"

"吃亏的事爹不会干的。"范玉堂又拿起一把刷子,给大青骡子梳着毛说,"吃不穷,穿不穷,算计不到一世穷!"

范玉堂每次卖豆腐回到家,就拉着大青骡子满村子转悠,见人就说:"看看俺家的大青骡子,大刘庄独一无二,谁能比得上!"

这天晌午,范玉堂拉着大青骡子路过唐六家门口,大青骡子嘀嘀叫了几声,引得唐六家的毛驴也跟着嗷嗷叫起来。唐六正在吃饭,听到门外牲口的叫声,端着饭碗从家里出来,看见范玉堂得意的样子,咋呼道:"姓范的,你在我门前显摆啥?惊得我家毛驴都不好好吃草了。滚一边去!"

唐六的媳妇刁婵梅摇晃着身子走出来说:"哎哟嗨,我说今天一大早门前就有喜鹊叫呢,原来是范大老爷。彩玉做了大刘庄的女皇,你就是咱大刘庄的太上皇了,有钱有势。"刁婵梅咋呼起来,"都快来看看啊,这匹大青骡子一下子就盖了大刘庄,范家富得流油了,就要超过麻财主了!"刁婵梅咯咯笑着,把手帕朝前一摆,喷着吐沫星子说,"小心刘黑子把你拉到刑场上,扒你的皮,抽你的筋,再给你吃个花生豆!"

"简直是个泼妇!"范玉堂瞪了唐六两口子几眼,拉起大青骡子走了,小声骂着,"两个狗男女。"

范玉堂觉得晦气,无心转悠,走到一个岔路口,正打算回家,抬头看见刘洪山牵着大花牛下地回来,忙打招呼说:"洪山,看看我的大青骡子跟你的大花牛哪个有劲?"

刘洪山看着大青骡子,四蹄粗壮,毛色光亮,屁股宽大,两膀厚实,是匹好骡子,高兴地说:"玉堂,看来是我小瞧你了,没有想到你能买匹大骡子。骡子我没喂过,你懂吗?"

"好喂,小时候见我表舅喂过骡子,跟喂驴差不多,只要骡棚干净,有草有料,没问题!"范玉堂说着大话,"明年我还打算再买头牛,咱两家要是合作了,成立一个社,可就是两犋牲口了,你当社长,把庄稼种得好好的,就叫大刘庄的人眼红去吧!"

刘洪山看着范玉堂得意的样子,微笑着说:"玉堂,你要能再买两顷地那就更好了,别说在大刘庄,在咱这百里黄河故道,你就是头牌老大了!"

"那也说不准,十年河东,十年河西。"范玉堂高昂着头说,"洪山,要说种地,我不是你的对手;要论做生意赚钱,你恐怕还要向我学习。"

范彩玉的大妹妹范彩莲跑来说:"爹,我到处找你,你拉着大青骡子到处溜达啥？俺娘说，豆子泡好了，再不磨就发酸起沫了！"

范玉堂拉起大青骡子，昂着头，哼着小曲走了。

刘洪山看着范玉堂一摇一摆走路的样子，不由得说道："烧啥哩！"

唐五赶着牲口跟在刘洪山的后面，见范玉堂牵着骡子走路的样子，不由得咂咂嘴说："洪山哥，人家范玉堂是不鸣则已，一鸣惊人，成了咱大刘庄的大户，比你还高一头，咱不服不行啊！"

"看他那个样子，我就来气。"刘洪山看着唐五的一牛一驴说，"老五，你这牛跟驴配套，虽说劲小点，可咱黄河滩土质松软，阻力小，犁、耙都没问题。你爷儿几个合起来有两三犋牲口，地也种得不赖，要说大户，你唐家才算大户呢！"

唐五抓抓头皮，皱着眉头说："要说粮食，这两年收成是不错，但统购统销，卖得太多，范彩玉还给俺爷儿几个加码，说老实话，我看见范彩玉就浑身发怵！"

"国税公粮，该卖还得卖。咱农民有吃有喝了，城里的人也得有吃有喝，国家手里要是没有粮食那可不得了！"刘洪山牵着牲口走了两步，又扭回头说，"老五，共产党对咱中农不薄，咱这几户收的粮食最多，家底也比人家厚实，咱要不带头多卖点粮食，说得过去吗？"

唐五"哦"了一声，傻站了半天。

范彩玉从区里参加粮食征购会议回来，就劝范玉堂说："爹，你别觉得买匹骡子就不用下地干活了，算盘打错了。牲口再好也得靠人使唤，我看豆腐别做了，在家好好种地算了。农民还是以种地为本，咱家的粮食要是收少了，我怕卖了粮食，就不够咱吃的了，大青骡子一年消耗的草料也不少，你的小算盘要好好打一打！"

"不打算盘我心里也有数。"范玉堂摆摆手，不高兴地说，"咱老范家开豆腐坊，从你老太爷的老太爷就开始了，到我已经是第八代了，咱范家豆腐可是祖传的手艺、看家的本领，难道说到我这一辈就完了？我对不起老祖宗。"范玉堂的话越说越多，"你爷爷死的时候我才十五岁，就挑着担子四处跑，算起来也有四十多年了，你打听打听，在咱这百里黄河滩，谁不认识我范玉堂？一盘红石磨，一口南山缸，就是咱范家传家立业的宝贝。做豆腐虽是小本生意，没有发家，但也没有饿着。你娘生下你没有奶，就是靠着豆汁把你养活大的，这些难道你都忘了？爹怕老祖宗留下的手艺失传，就把你当小子，你十岁我就教你做豆腐，你现在长大了，当上干部了，是不是看不起你爹这个卖豆腐的？"

范彩玉摆摆手，摇摇头，跺着脚说："爹，你说哪里去了，我不是这个意思。过去咱家没有地，没有牲口，做豆腐是为了养家糊口，我小时候也担挑子卖过豆腐，这我都记在心里。可现在不一样了，时代变了，是新社会了，人民当家做主，土改家家分了地，现在搞合作社，大家都在轰轰烈烈搞农业生产，你还去做生意赚钱，我是怕影响不好！"

"胡诌八扯！"范玉堂气愤地说，"什么影响不好？我一点也不觉得丢人！咱这几十里黄河滩，谁家没吃过咱范家的豆腐？早几天，区里食堂还买了我十斤豆腐，吃食堂的人可都是国家干部，他们也觉得咱范家豆腐好吃。新社会旧社会，七十二行少哪一行都不成。"范玉堂转过话题说，"爹一辈子卖豆腐，几十年了，也算是走南闯北的人。你看看咱黄河滩几家大地主，哪一家是真靠土地发家的？周家寨的大地主周老八，在徐州、南京都有大生意。城南的汪家，在商丘、开封都有店铺。就说咱大刘庄的麻乐行吧，在县城还有两个铺面，他儿子解放前还做军火生意。就咱这几亩河滩地，能吃饱肚子就不错了，还能咋？不是你爹卖豆腐，咱能买下这匹大骡？做梦去吧！"

"爹，看来你志气不小，还想发大财，当个大财主。"范彩玉瞪着眼，咂咂嘴，讽刺说，"你不想想，人民当家做主，什么周老八、城南王、麻乐行，一个个都成了刀下鬼，万贯家产一扫而空。共产党是叫人人有饭吃，大家都能过上好日子，不是一家富百家穷。"

闺女是党员干部，见多识广，思想觉悟高，范玉堂也觉得自己的话说多了，便讪笑着说："爹就是这么一说，爹没想当地主，也没指望买豆腐能建房置地。爹就想把日子活得活泛点，有饭吃，再有点零花钱，逢年过节，你，还有你的两个妹妹也能添件新衣服。再说，你们都大了，总要出门嫁人吧？爹能挣点钱，还不是想叫你姊妹出嫁时能风光点！"

范彩玉看着爹满是皱纹的脸，心里不由得一阵阵痛起来，鼻子酸溜溜的，眼圈也红了。想想爹这一辈子，担着豆腐挑子，行走在黄河故道上，风打头雨打脸，不知吃了多少苦，受过多少累，一天也不舍得休息，赚几个小钱是多么不容易！范彩玉忙拿过爹的烟袋，装上烟，递到爹的手上，划着火柴，给爹点烟，深情地说："爹，闺女知道你一辈子吃了不少苦，也受了不少外人的气。你现在年纪大了，腿脚也没有年轻时灵光了，成天在外边跑，我也不放心。我看咱还是把主要心思用在土地上，我是村干部，事情多，经常开会，地里活，你跟妹妹多担着点，娘的腿脚不便，干不了地里活！"

范玉堂吸着烟，看着闺女，眼里泪汪汪的。

范彩玉跟牛友亮说起她爹做豆腐的事，牛友亮倒不以为然，两眼盯着范彩玉，似笑非笑地说："彩玉同志，对乡村小工商业者，党的政策还是支持的。就是在过去革命战争时期，共产党也是保护小工商业者利益的，现在当然也要保护，发展经济没有工商业怎么行呢？你范家豆腐在黄河滩有名，我就喜欢吃。区里食堂也常买你家的豆腐，大家都说范家豆腐好吃，吃起来有味道。你们范家豆腐传承了多少代人，不容易，老人家要做就做下去，卖豆腐算不了啥大事，以后有什么变化再说嘛！"

牛友亮一番热气腾腾的话，叫范彩玉感激不尽，心里热乎乎的，但一看到牛友亮看自己的眼神，心里又有几分不自在，不敢正眼跟牛友亮对视，脸扭到一边，看着树上的一只小鸟说："我怕粮食歉收，还要缴公粮卖余粮，老百姓负担重。"

"负担轻重也不在乎老人家一个人，告诉你爹，我支持他卖豆腐！"牛友亮瞟着范彩玉，向前靠近一步，笑着小声说，"你们家的事，只要我牛友亮能帮忙的，没话说。"

范彩玉慢慢扭过脸来，疑惑地看了牛友亮一眼。

牛友亮看着范彩玉的表情，忙从口袋里掏出一块手表，递给范彩玉说:"彩玉,你作为大刘庄的一把手,常常出门开会,没个时间怎么行?我送你一块手表。"

范彩玉忙把手表放回牛友亮手里,推托说:"这么贵重的东西,我不能要!"

"我能来大刘庄工作,跟你搭班子,这是咱们的缘分。你对我帮助很大,我十分感激,这是我的一点心意。"牛友亮说着,又把手表塞到范彩玉手里。

范彩玉满脸通红,忙把手表放在会议桌上,大步走出门外,扭头说:"牛干事,没有别的事,我先走了,谢谢你!"

牛友亮站在门口,眯起眼睛,看着范彩玉走去,嘴角不由得抖动着。

芒砀县为推动农业快速发展,鼓励农民合作经营,培养农业生产劳动模范,奖励粮食生产较好的互助组、初级社和单干农户。

范玉堂不再天天做豆腐,农忙时在地里干活,农闲时做豆腐,虽说没有赚多少,但一家的花销还是够的。豆腐渣是家畜家禽的好饲料,大刘庄谁家的猪也没有他家的猪肥。

这天,范玉堂多做了一些豆腐,怕在附近卖不完,想走走远路,就担着挑子,翻过老黄河大堤,越过陇海铁路,走过利民河石桥,来到一个叫大花楼的村庄。一进村,范玉堂就扯起嗓门喊道:"豆腐哟豆腐,范家哟豆腐,哟哟哦豆腐!"很多人围拢过来,有用钱买的,也有拿黄豆、鸡蛋换的,范玉堂没动窝,一担豆腐几袋烟工夫就卖得干干净净。

范玉堂感触地说:"过去一担豆腐转悠几个庄子才能卖完,今天碰上运气,还是大花楼人富裕!"

一个老奶奶端着一碗豆腐,自豪地说:"卖豆腐的,不瞒你说,俺大花楼没有一个光棍儿汉,闺女都不愿嫁出去!"

范玉堂笑着说:"看得出来。老人家,你们这里主要靠啥收入?"

老奶奶自豪地说:"俺这里是个粮食窝,人均五亩地,庄稼一年两季,一麦一豆,麦子留着吃饭,黄豆卖钱。你要买黄豆,就到俺大花楼来!"

一个老头吸着旱烟走过来，高兴地说：“土改以后，俺大花楼的粮食产量翻了俩个儿，家家都有余粮！”

范玉堂很高兴，收拾好挑子，颤颤悠悠地担着，走到大花楼村外，站在一个高坡上，手搭凉棚四下望去。

大花楼一带原是一片湖泊地，地域广阔，土质半沙半淤，是芒砀县重要的小麦产区，算得上一块商品粮基地，清一色的麦田，一眼望不到边。在一条水渠边，有一块麦田，麦子长势喜人，超过周边的麦子。路边停放十几辆自行车，麦田里站着不少人观看，看情况是来参观小麦长势的。

范玉堂担起挑子走过来，问站在路旁的人：“你们这些人看啥呀？”

一个挎着黄色军包、戴着眼镜的年轻人说：“老乡，沙县长带领县里的同志参观麦子，你也过来看看，大花楼劳动模范的麦子长得就是好啊！”

"看上去是不错。"范玉堂放下担子，走进麦田，蹲下来，用手扒扒麦垄，看看麦秆，捏捏麦穗，不由得摇摇头，似笑非笑地说，"种这样的麦子，就能当劳动模范吗？"

戴眼镜的年轻人疑惑地看着范玉堂，严肃地说：“老乡，你是哪个村的？沙县长都夸这家麦子长得好，听你这话音，你好像不服气？”

范玉堂微笑着摆摆手，慢慢地担起挑子，走了几步，扭回头，不以为然地说：“这麦子长得是不错，但人外有人，天外有天，俺黄河滩更有一番美景，这麦子要是见了我们村的麦子得喊大爷！”

年轻人厉声问道：“你是什么人，怎么乱说话？”

范玉堂一看惹麻烦了，打了一下自己的嘴巴，心里害怕，急忙抓住扁担前后的吊绳，大步走开，头上的帽子掉了也顾不上拾了，只想赶快走开。

年轻人上前抓住扁担，范玉堂想走没走掉。

"放开人家！"沙玉明县长走过来，拾起帽子，弹弹泥土，给范玉堂戴上，温和地说，"老乡，对不起，冒犯你了。你刚才讲的话我都听到了，你是哪个村的？"

范玉堂一看这个人温和面善，说话中听，松了一口气，稳稳身子，扶扶帽子说:"黄河区大刘庄的。我叫范玉堂,是个卖豆腐的,俺闺女范彩玉是村主任。"

沙玉明朝豆腐挑子看看,笑着说:"你们村有比这还好的麦子?"

"百闻不如一见,你看看不就知道了?"范玉堂直起腰,担着挑子,一阵风走去。

七

晌午，西南风紧一阵慢一阵地刮着，气温有点高，天气有点热。

吃过午饭，刘洪山续草，刘长水铡草。刘洪山续草很快，刘长水按铡很吃力，铡头乱晃，跟不上续草的节奏，速度越来越慢。刘洪山眼瞪着儿子，刘长水有些紧张，不由得手忙脚乱，满头大汗。

汪玉兰心疼儿子，把一块毛巾递给刘长水说："孩子，我来吧，这样的活你干不了。"

刘洪山摆摆手制止说："他娘，你别惯着他，就叫他铡。农民就得有个农民的样子，一个男子汉，肩不能挑，手不能提，连草都铡不了，还叫农民吗？"

"爹，"刘长水小声咕哝说，"铡刀不快，该磨磨了。"

"不是铡刀不快，是你劲没使到点子上！"刘洪山掐着草抽去一部分，又续在铡口里说，"来，再试试。"

刘长水无奈地说："这草铡得也太细了！"

"细，铡草就要细，牛吃了才能上膘。"刘洪山看着儿子说，"牛也是有灵性的，你别看它不会说话，心里明白着呢，你不好好伺候它，它就不好好给你干活。"

汪玉兰见儿子手上磨出血泡，心疼得埋怨起来："老头子，孩子手上都磨出血泡了，你数落得没完没了，谁干活能像你？我来铡。"汪玉兰推了儿子一下，两腿站稳，把锄头抬得老高，挺住手腕，使劲一按，一条线下来，就像快刀切冬瓜一样，干净利落。

"看看你娘这活干的，你还说锄刀不快。"刘洪山还是说个不停，"长水，我看你整天跟范家丫头瞎混，耽误农活不说，也办不了啥好事。"

"别说了，快续草吧。"汪玉兰抱怨说，"我说他爹，你跟范玉堂不对付，别老扯到彩玉身上，人家闺女哪点不好？"

"村里有区干部、工作组，哪轮到一个丫头跟着瞎喳喳？她懂个啥？"刘洪山突然停下手中的草说，"女孩家要学会过日子，做针线活，整天疯疯癫癫地跑来跑去，像什么？就不怕人家笑话！"

"爹，这话说差了。"刘长水争辩说，"女同志也能搞好工作，土改工作队里就有很多女同志。怪不得彩玉说你思想落后，我看你就是重男轻女，用老眼光看人。"

刘洪山就怕谁说他思想落后，他把手里的草朝地上一放，大声说："长水，你小子敢说我思想落后？你问问沙县长敢不敢说我落后。我地种得好，粮食收得多，大刘庄卖粮我是头一份，我哪里落后啦？"

"老东西，越说越上劲了，拿县长吓唬人，姓沙的认得咱是老几？"汪玉兰笑着说，"我看彩玉不赖，高高大大，性子直，说话嗓门大，走路快，下地干活，顶个大男人，我喜欢这闺女。"

刘洪山站起来，拿起烟袋，挖着烟，看着儿子说："不赖也别想进刘家的门！"

这时，刘秀兰气喘吁吁地跑来说："洪山大哥，你家麦田里来了好多人，俺爹叫你赶快过去看看是弄啥的。"

刘洪山吃惊地说："秀兰，别着急，慢慢说，咋回事？"

刘秀兰急吼吼地说："听说是县里来了什么参观团，十几口子，有人还背着照相机啥的，你快去看看吧！"

汪玉兰放下锄刀，催促道："他爹，别吸了，快去吧，说不定又有啥事。"

刘洪山、刘长水直奔村外麦田而去。

刘洪山一出村就看到十几个人站在自家麦田上，指手画脚地说着什么，老远就咋呼说："你们要干什么？别踩坏了麦子！"

沙玉明呵呵笑着走过来说："老哥哥，这是你种的麦子？"

黄河区区委书记赵玉彪忙向前介绍说："老刘，这是咱县里沙玉明县长。"

"哦！"刘洪山吃了一惊，随后便讪笑着说，"你是来看我的麦子的？"

沙玉明把手伸过来，要跟刘洪山握手，刘洪山伸出手又急忙抽回来。沙玉明点点头，笑着说："老哥哥，听说你的麦子长得好，我们就跑来了，不见不知道，见了吓一跳，果真名不虚传。想不到老河滩能长出这么好的麦子，这是我见到的最好的麦子了。"沙玉明兴奋地指着麦田说，"把你的经验说出来，叫我们见识见识！"

"经验？"刘洪山慢慢伸出一双手，展现在沙玉明面前，老茧一层摞一层，足有铜钱厚，双手布满纵横沟壑，长满疙瘩小刺。

沙玉明双手抓住刘洪山的手，看了又看，舍不得松开。

"沙县长，你看到了吧？我刚才不敢跟你握手，是怕伤了你。"刘洪山说着，扑通坐在地上，脱掉鞋子，举起一双脚，老茧像贴上的一层厚厚的榆树皮，"你知道我的麦子为啥长得好了吧！"

沙玉明抚摸着刘洪山的脚，不停地咂着嘴，高声喊道："记者同志，把这双手和这双脚照下来，登在报纸上。"沙玉明双手把刘洪山扶起来说，"你没参加初级社？"

刘洪山摇摇头，笑着说："社里长不出这么好的麦子，土改后，我一直是单干户！"

沙玉明唏嘘一声，不由得呼了一口气，望着黄澄澄的麦田，根深垄厚，筷子一样粗的麦秸，深有感触地说："如果咱黄河滩的麦田都像这样，那该有多好啊！"

"那不可能！"刘洪山抓着几个麦穗说，"沙县长，实话告诉你，这麦子，不光长在地里，也长在我心里。庄稼也是有灵性的，你真心实意对待它，它也真心实意对待你！"

"老哥哥，你这话说到我心里去了。如果入社的社员能拧成一股绳，劲使在一起，汗流在一起，庄稼也会种得像你的一样好！"沙玉明看着前来围观的群众喊道，"范彩玉同志来了吗？"

"沙县长，我叫范彩玉，大刘庄的村主任。"范彩玉急忙走到沙玉明跟前，转过脸，指着随后而来的牛友亮说，"这是俺大刘庄的蹲点干部牛友亮同志。"

牛友亮想上前跟沙玉明握手，被赵玉彪扯了一下。

沙玉明握住范彩玉的手，又看了牛友亮一眼，高兴地说："范彩玉、牛友亮同志，你们是大刘庄的主要领导，看到这样好的庄稼，我打心里高兴。你们村评过劳动模范吗？"

范彩玉脸一红，不好意思地说："沙县长，评过，没评出来，贫雇农条件不够，中农群众不敢评。"

"谁说中农不能评劳模？哪个文件也没有这样的规定。"沙玉明面向群众大声说，"我们提倡劳动致富、劳动光荣，我看刘洪山同志就是一个呱呱叫的劳动模范，他的一双手一双脚和这地里的麦子就说明了问题嘛！"

刘洪山红着脸说："沙县长，你高抬我了。"

"在凶恶的敌人面前，你敢于拼命，举一把铡刀就冲了上去，救了土改工作队的干部，保护了耕牛，是个英雄；搞农业生产，你吃苦耐劳，种出这么好的庄稼，了不起啊！"沙玉明又上前握住刘洪山的手，语重心长地说，"老刘啊，新中国是在经历一百多年的战乱后诞生的。共产党领导人民站起来了，农民有了土地，当家做主，眼下的农村，百废待兴，就缺少像你这样既能干又懂技术的劳动者。你给全县人民做出了榜样，我们都要向你学习，我现在说你是劳动模范，你愿意不愿意？"

刘洪山有些不好意思地搓着手，嘿嘿笑着说："沙县长，你要说我够格，这个我愿意！"

"好啊！"沙玉明向大家招招手，郑重地说，"五一劳动节，咱县要召开劳模大会，我现在就代表芒砀县人民政府，邀请大刘庄农民刘洪山同志参加劳模大会！"

麦田里响起一片热烈的掌声。

临走时，沙玉明握着刘洪山的手说："老哥哥，到时候我要亲自派人来接你参加县劳模大会，你可要给我面子啊！"

沙玉明走后，在地头上，赵玉彪召集大刘庄村干部开了一个短暂的会议，安排了几项工作，最后对牛友亮强调说："友亮同志，作为蹲点干部，你责任重大，沙县长的话你都听明白了，要积极做好群众工作，树立好刘洪山这个典型，抓住机遇，推动大刘庄生产发展。"

牛友亮连连点头说："赵书记，请放心，我跟彩玉同志一定会统一大家的思想，干出点名堂来报答沙县长和您的关怀。"

范彩玉表决心说："我们一定做出成绩，请赵书记看我们的行动吧！"

一直蹲在后面的刘小黑站起来想说什么，被牛友亮一个眼神给阻止了。

范彩玉回到办公室，对随后跟来的刘长水说："长水，你听明白沙玉明县长说话的意思了吗？"

"宣布俺爹是劳模，大家都听到了，"刘长水看着范彩玉变化的脸色说，"还有啥意思？"

"沙县长的意思，是想叫你爹加入合作社！"范彩玉推了一把刘长水说，"打马过桥，趁热打铁，赶紧做做你爹的工作。"

刘长水为难地说："俺爹种地过日子，喜欢千里走单骑，单刀赴会，老头子铁了心单干，沙县长说话的意思俺爹未必听明白。"

范彩玉咕哝说："你真无用！"

刘小黑听到要上报刘洪山为县劳动模范，心里猫爪似的难受，急慌慌地找到牛友亮说："牛干事，你是区里派驻大刘庄的蹲点干部，为啥不拦住这事？"

"沙县长都发话了，还有区委赵书记。"牛友亮摊开两手，苦笑着说，"当时那种情况，我怎么拦？我敢拦吗？"

刘小黑拉下脸说："叫刘洪山当劳模，我们这些贫雇农的脸朝哪里放？"

"赵书记安排了，上报县劳动模范，还要走程序，村里还要开会研究，广泛听取群众意见，你作为村班子成员，还可以说话嘛。"牛友亮小声说，"你到村里找些人，特别是刘四爷，你想办法争取他，他要说不同意，会影响一大片，到时候我们也有不报的理由。"

刘四爷正在喂驴，看见刘小黑走来，问道："黑子，找我有事？"

刘小黑急躁躁地说："四叔，刘洪山是个老中农，他反对成立互助组、初级社，你还请他喝酒，他连您老的面子都不给，成天围着自己的一亩三分地转，跟咱贫雇农不是一路人，叫他当劳模，人家外村的会笑话咱大刘庄，笑话贫雇农。您老德高望重，得出来说句公道话。"

刘四爷摆摆手，不高兴地说："黑子，刘洪山的庄稼长得好，谁不服都不行。沙县长叫他当劳模，不是随便说的，是有道理的。你作为村里的干部，脸上也有光，我不明白，你为啥要反对呢？"

刘小黑咬牙切齿地说："沙玉明是官僚主义，劳模是群众大会选举产生的，他怎么一口就定了调呢？他眼里到底有没有咱贫雇农？"

刘四爷想了想说："区委赵书记、牛组长当时也在场，他们也表示支持嘛！"

"赵书记不了解实际情况，牛组长有话不好说，我今天找你，就是他叫我来的。"刘小黑朝刘四爷身边凑凑说，"四叔，要是选你当劳模，大家都没有意见！"

"胡闹！"刘四爷瞪着眼说，"小黑，这是县长定了的事，我看你小子就不要节外生枝了，不要给姓牛的当枪使，别人咋说咱管不着，反正我赞成。"

刘小黑一见跟刘四爷说不通，就气呼呼地说道："我不能看着刘洪山骑到我头上，我非把他拉下马不可！"

刘四爷气愤地说："我看你就是个浑球。"

一向贫穷落后的大刘庄，突然出现一个县劳动模范，又是县长亲自定的，整个村庄沸腾了，不少人跑到刘洪山家表示祝贺。

吃过晚饭，刘四爷带着三奶奶、李二良和马大妮来到刘洪山家，老头子高兴地说："洪山，沙县长说的话我们可都听到了！"

沙县长说了好多话，刘洪山不知刘四爷指的是哪一句，忙着给刘四爷搬个凳子说："四叔，沙县长高看我了。"

"我说的不是这个。"刘四爷摆摆手说，"沙县长说，黄河滩的麦子都像你家的麦子就好了！"

"沙县长是干大事的人，想得大，干得也大，咱就是一个土里刨食的农民。"刘洪山似乎明白了刘四爷说话的用意，把手里的烟袋递给刘四爷，说，"四叔，你跟二良领导的社，麦子长得也不赖。我帮你算计了，缴了公粮，卖了余粮，人均还有小麦一百多斤，再加上秋粮，你们的日子比哪年都好，要说劳动模范，你和二良也是劳动模范！"

三奶奶着急地说："老四，说话别拐弯抹角了，你今天带我们来，是不是想叫洪山加入我们的社？"

刘四爷红着脸说："就看洪山的心情了！"

刘洪山吸着烟，半天没说话。

"洪山，你就来个竹筒倒豆子——有话直说了吧！"三奶奶看着汪玉兰说，"侄媳妇，你们要能加入咱大刘庄第一社，咱们社的庄稼也能闹个全县第一。到那时，咱都是劳动模范，都能到县里开大会，那该有多热闹啊！"

汪玉兰微笑着看着自家男人。刘洪山慢慢把烟袋从嘴里抽出来，一字一句地说道："四叔，三婶子、二良、大妮也来了，我的心思没有变，还是那句话，这个社我不能入。"

大家你看我，我看你，谁也不说话了。

刘小黑向牛友亮汇报说："四老头带着他们社的人跑到刘洪山家里，叫他加入合作社，被刘洪山轰出来了，大家都窝着一肚子火呢！"

牛友亮眼珠子转了转，拍拍刘小黑的肩膀说："真是这样，你说这个社里人还会同意刘洪山当劳动模范吗？你再到其他社里听听意见嘛！"

"还是你的点子多。"刘小黑拍了一下屁股说，"我马上就去做工作，看她范彩玉怎么办。"

这天晚上，刘四爷又来到刘洪山家，两个人就着一盘花生米、两个咸鸭蛋，喝了半夜酒，谁也不再提加入初级社的事！

刘四爷走后，刘洪山把着烟袋，歪在床上，一点睡意也没有，叶子烟吸了一锅又一锅，整个屋子烟雾缭绕。

汪玉兰把一碗油茶端到刘洪山跟前说："长水他爹，从互助组到初级社，咱都不入他们的群，四叔跟你说了半夜话，入社的事，一句话都没说，我看他心里憋着气哩！"

刘洪山在床前脚踏板上磕磕烟锅说："这世道变得越来越叫人看不懂了！"

汪玉兰把茶碗朝刘洪山跟前推推说："彩玉经常到区里、县里开会，知道得多，她说这样的日子也不会长久，恐怕还得变！"

"长也好，短也罢，咱一个农民只能顾眼前！"刘洪山端起碗喝了一口说，"收到囤里才是粮食！"

刘洪山当劳模，范彩玉非常高兴，感到脸上有光彩，按照黄河区的要求，拉着刘长水帮她写刘洪山的劳模上报材料。

刘长水不解地说："县长都宣布过了，还写啥材料？"

范彩玉摊开一张纸说："这你就不懂了吧。县里领导发了话，那只是个提议，具体实施还要走程序，开群众代表会，通过了，再上报区里批准，这是组织原则，马虎不得！"

大刘庄村班子会上，研究上报刘洪山劳动模范的事，刘小黑还是公然反对，理直气壮地说："刘洪山是老中农，思想落后，私心严重，光想着自己吃饱饭，还想当地主，跟贫雇农不是一条心，很多群众有意见，凭啥能当劳模？"

村委员马大妮突然站起来说："黑子，洪山叔当劳模是板上钉钉的事，你咋又站出来反对？"

刘小黑昂着头说："我压根就不同意，这事只有范彩玉最积极。"

"刘小黑，刘洪山当劳模是沙县长提议的，赵书记、牛干事也是同意的，区里开会还专门研究了这件事，没有不同意见，昨天群众代表会上，也是超过半数票通过,你还有啥话可说?"范彩玉气愤地说,"你敢跟沙县长对抗吗?你有胆量到区政府说明你的理由吗?"

刘小黑不停地抓着头皮,还是坚持说:"刘洪山一心想着单干,自己吃饱不管别人的死活,就是思想有问题,打击土改积极分子,反对村干部,又反对你跟他儿子的婚事,这样一个思想反动的人,能当劳动模范吗?范彩玉,你别不知好歹,我可向着你说话,咱们一起向区政府反映,就说贫雇农意见大,把刘洪山拉下马来!"

"刘小黑,你别瞎胡扯,我跟长水的事跟刘洪山当劳模是两回事,你不要黄瓜茄子扯在一起!"范彩玉撇撇嘴说,"你作为一个村干部,整天在街上晃悠,二亩地都种不好,到处伸手要饭吃。那天,沙县长要是看了你的麦子,说不定当场就把你的贫协主席撸了,你还有脸说别人,枉披一张人皮,你是老鸹落在猪身上——光看人家黑。刘小黑,告诉你,我可都调查清楚了,是你缠着刘洪山要把你的地卖给他的,他不愿意买,你还威胁他;你扛着贫协主席的旗子强迫刘洪山借给你粮食,还说什么要组织群众吃大户。你知道不知道,你这种行为叫以权谋私,欺压百姓,敲诈勒索,跟党的政策背道而驰!要说有问题,我看你的问题更严重!"

"范彩玉,你、你、你血口喷人,包庇刘洪山,我要告你去!"刘小黑说着,气急败坏地走了。

范彩玉跟牛友亮汇报工作时,说刘小黑反对刘洪山参加劳模会,村班子意见有分歧。

牛友亮一脸严肃,停了一会说:"刘小黑代表少数人的意见,不足为奇,他的这种狭隘的农民观念,严重影响贫农和中农的团结,我会找他谈话的,对严重影响团结中农的做法,必须加以纠正。现在是发展农业生产的关键时期,鼓励农民种好地多打粮的政策方针一点不能动摇,农业发展了,我们才有前进的基础。"

听了牛友亮的一番话,范彩玉心里有说不出的欣慰,看来牛友亮还是有水平的。

刘小黑不死心，又来找牛友亮说这件事。

"刘小黑同志，我看你就是一条道走到黑的人。生米已经煮成了熟饭，一切无可挽回，你也不想想，我要再出来反对，就是跟区、跟县不一致，他们就会对我有看法，我不能站在领导的对立面，那样一点好处都没有，你小子明白吗？做事要灵活多变，看风使舵，桌面上我还要考虑大局，支持范彩玉的工作。"牛友亮拍着刘小黑的肩膀说，"老弟，识时务者为俊杰，什么事不要一味地顶下去，范彩玉真要把她说你的那些话兜出去，你不但脸面全无，恐怕还会惹来麻烦。"

刘小黑肚子憋得一鼓一鼓的。

范玉堂听说刘洪山当上县劳模，还是沙县长亲自定的，群众代表会也通过了，心里暗暗称奇，装上一碗刚压出来的豆腐，双手捧着，兴致勃勃地来到刘洪山家，老远咪，就亮开嗓子叫门。

"玉堂，送货上门了？"刘洪山说着掏出钱来递给范玉堂。

"咱两家啥关系，你还给我钱？"范玉堂摆摆手，把豆腐放在案板上，哈哈笑着说，"洪山，我一直忙着卖豆腐，听说你的劳模是县长亲自定的？"

"不服气？"刘洪山说着把钱硬塞到范玉堂的口袋里，"你要不收钱就把豆腐端回去！"

"你看看，你看看，你还真把我当外人了！"范玉堂从口袋里掏出钱，气呼呼地甩在案上说，"洪山，我范玉堂虽说心眼小，但也不缺这几角钱，别狗咬吕洞宾——不识好人心。你真以为我的豆腐卖不出去了，送货上门？实话告诉你吧，沙县长能来看你的麦子，可是我把他从大花楼引来的，我可帮你说了一大堆好话，你能当上劳模也有我的一份功劳，你就该请我喝一盅才是。"

"你为啥不把沙县长领到你麦地里看看？说不定你也能成为劳模。"刘洪山冷笑着，摆摆手说，"玉堂，别在我跟前卖好了，我不领你的情！"

"好心当成驴肝肺了，"范玉堂气得跺着脚说，"看来我是自作多情，热脸贴了冷屁股！"

汪玉兰端着一瓢鸡蛋走过来说："玉堂，他就这个脾气，别跟他一般见识，豆腐俺收下，别生气了。彩玉的娘身体不好，鸡蛋你拿回去，我抽空去看看她。"汪玉兰说着，把一瓢鸡蛋放在范玉堂手上。

范玉堂接过鸡蛋，一脸尴尬，瞪了刘洪山一眼，气呼呼地走了。

"老头子，你今天过分了，"汪玉兰抱怨说，"玉堂来给咱送豆腐，好歹都是他的一份心意，你就不会说句好听的话？"

刘洪山指着门外说："你看他那个德行，向我摆好来了，有本事他也干出个样子！"

"伸手不打送礼的。"汪玉兰叹口气说，"看咱儿子和彩玉的面，你也得对玉堂客气点，这往后的日子长着呢，你跟玉堂这样针尖对麦芒，四邻看笑话！"

刘洪山大声说："我刘洪山堂堂正正做人，老老实实种地，凭着一副肩膀两只手吃饭，我就是看不惯别人给我耍心眼！"

"你好了吧！"汪玉兰咕哝着，做饭去了。

范玉堂回到家，气哼哼地说："这个刘洪山真不知好歹！"

范彩玉的娘走出来说："你去送豆腐，洪山两口子说啥了？"

"我看这门亲成不了。"范玉堂掏出烟袋啪啪磕着说，"不是我向沙县长推荐，哪有他刘洪山的劳动模范！"

范彩玉笑着从屋里走出来说："爹，你一碗豆腐换人家一瓢鸡蛋，你赚大了，咋还不高兴？"

"都是你个死丫头找的好婆家！"范玉堂吸了一口烟，发狠地说，"干脆和他家散了，看他刘洪山丢不丢人！"

"她爹，胡咧咧啥哩？"范彩玉的娘看看鸡蛋说，"洪山两口子都是干活过日子的人，长水这孩子也是知书达理的，有啥不好？"

范彩玉的大妹妹范彩莲笑着说："爹，我看长水哥也不错！"

三妹彩凤还小，拍着巴掌唱起来："捡黑的，捡白的，最后捡个没皮的。"

"去去，滚一边去，"范彩玉朝两个妹妹扬扬手，转脸对爹说，"爹，刘叔给你甩脸子啦？"

"哪是甩脸子？他就是不能看见我，一看见我就像我欠他两吊钱似的。"范玉堂收拾着豆腐挑子说，"老子卖豆腐，不比他矮半截！"

"刘叔这个人外冷内热。"范彩玉笑着说，"别看他表面对你甩脸子，心里还是念你的好。"

范彩玉的娘甩着围裙说："两个老冤家。"

天上飘着几朵白云，阳光普照大地。

一辆挂彩的马车驶进大刘庄，一群孩子闹哄哄地跟在后面跑。赶马车的是个三十多岁的人，中等身材，穿一身带着补丁的旧军装，上衣口袋插着一支钢笔，腰板挺直，肩膀宽厚，浓眉毛大眼睛，黑红的脸膛带着微笑，不停地跟围观的人打着招呼，一看就知道是个从部队转业的干部。他叫陈敬德，是县政府办公室行政科科长，奉县长之命，来接刘洪山到县里参加劳模大会。马车上插着一面红旗，两旁有一对标语，左边是"欢迎劳模"，右边是"劳动光荣"。马车行走到刘洪山家门口停住了。

范彩玉、牛友亮、刘小黑等人站在大门口迎接！

县长沙玉明视察刘洪山的麦田以后，县报刊登了刘洪山的照片，黄河区广播站也播出了刘洪山种田的事迹，刘洪山一时又成了黄河滩上受人关注的人物。大刘庄不少人见了刘洪山，没有了辈分，改了称呼，不是叫刘劳模，就是叫刘英雄。刘洪山感到身上像背了一个沉重的包袱，心里有说不出的烦躁，想回到往日安静的生活，却无论如何都安静不下来。昨天接到通知，要他做好准备，明天县里派车来接他到县里参加劳模大会。夜里，刘洪山躺在床上翻来覆去，怎么也睡不着，天快亮了，打了个盹，突然看到有人拿着一朵大红花戴在他的胸前，把他拉拉扯扯拽上车，马车一阵飞奔，他差点没从车上摔下来。刘洪山醒来，感到身上汗津津的。

汪玉兰早早做好了饭，见刘洪山醒来，忙把饭端到案上说："长水他爹，今天你要进城，早做准备，赶快吃饭吧。"

刘洪山伸伸懒腰，拿起烟袋，慢慢挖着，并不着急。

刘长水高兴地说:"爹,这一回你可要名满黄河滩了!"

"天不说自高,地不说自厚!"刘洪山深深地看着刘长水,语气沉重地说,"儿子,你现在也长大了,该知道轻重了,为人处世,心眼要正,走路要稳,自己该做什么就做什么,心里要有杆秤,不能看着别人的舌头打滚!"说着端着一筐草朝牛屋走去。

吃过早饭,汪玉兰拿着一身新衣服,叫刘洪山换上。

刘洪山拍打着身上的尘土,笑着说:"看你慌的,又不是去相亲,换衣服干啥?"

"老东西,还想好事!"汪玉兰开玩笑说,"你灰头土脸的,能出门吗?"

"大叔,县里同志来接你了。"范彩玉走进门来,高兴地说,"你给咱大刘庄人脸上增了光,区里还派来了锣鼓队欢送你!"

刘洪山摇摇头说:"咱又不是啥大人物,不就是去开个会吗?搞这么大动静做啥哩!"

"这个会可不是一般的会。"范彩玉看着刘洪山的衣服,咯咯笑着说,"叔,你现在就是咱黄河滩的大人物!"

刘长水站在一旁,咂咂嘴说:"你别说,俺爹这一换衣服,看上去像个乡村干部!"

汪玉兰朝后退了两步,双手合在一起,放在腹部,眯着眼看着刘洪山,微微笑着说:"你爹年轻的时候,出力干活就在黄河滩上有名!"

范彩玉上前抱住汪玉兰的一只胳膊,摇晃着说:"婶,听俺娘说,婶做闺女的时候,也是咱黄河滩上的一枝花。"

汪玉兰笑着说:"这闺女,拿我说笑呢!"

刘长水看着范彩玉,开玩笑说:"彩玉同志,还有人说你也是黄河滩上一枝花,我咋看不出来呢?"

范彩玉红着脸说:"那是你的眼有毛病!"

一家人都笑起来。

刘洪山换好衣服走出门几步，又转身走到西屋看看，见大花牛还在吃草，咋呼说："长水，这两天不要出门了，把大花牛和黑驴看好喽，夜里别忘了上草。"

"爹，放心走吧！"刘长水说着，从母亲手里接过一袋烟丝，装在刘洪山的口袋里。

马车停在了大门口，陈敬德跑过来，不管三七二十一，上去抱住刘洪山，转了一个圈儿，眼泪唰唰掉下来，本来想说什么，嘴张了几张，没有说出口。

陈敬德的举动让刘洪山感到吃惊，他浑身一阵麻沙沙的，围观的群众也惊得直吐舌头。

牛友亮看到这一幕，也感到有些不解，不由得说："老八路见了咱农民就是亲！"

陈敬德把刘洪山放下来，紧紧握住刘洪山的手，激动地说："刘洪山同志，见到你我太激动、太高兴、太亲切了，我代表沙县长来接你去县里参加劳模大会！"说着，啪，立正，行了一个军礼。

刘洪山也觉得这位公家同志很特别，心里有说不出的激动，忙说："陈同志，老远跑来接我，叫你受累了。你是国家干部，我一个老农民担当不起啊！"

牛友亮笑着插话说："刘洪山同志，你是咱黄河故道人的骄傲，你是咱黄河区的光荣，大刘庄人都在欢送你，用八抬大轿抬你也不为过呀！"

大刘庄像过年一样热闹，男男女女都出来给刘洪山送行。刘四爷从人群里挤上来说："洪山，你是土改后咱大刘庄第一个劳动模范，给大刘庄人长脸了，告诉沙县长，就说咱农民的日子越过越红火！"

三奶奶用毛巾包着两个白面馒头，递给刘洪山说："大侄子，这个带上，叫沙县长看看，咱黄河滩的馒头白不白！"

陈敬德赶着马车，锣鼓队在前面开路，有意在大刘庄绕了一大圈儿。

刘洪山胸前戴着大红花，坐在车上，看到道路两旁这么多人送他，心里有说不出的激动,眼含泪花,不由得掏出烟袋举在手里摇着,烟荷包吊在烟杆上不停地转圈,算是跟乡亲们打个招呼。

刘小黑一再要求代表大刘庄把刘洪山送到城里,范彩玉不同意,刘长水也不放心。牛友亮想了想说:"刘小黑同志一向跟老刘不和,他今天能有这个态度,还是积极的,这次去县城,受受教育,也许能缓和跟刘洪山的关系。"

牛友亮这样说,范彩玉没有再坚持。

刘小黑兴奋极了,他也弄一条红布带挂在脖子上,扬扬得意地坐在了马车上,直朝前来送行的人抱拳拱手,不知道的还以为他也是劳动模范呢!

马车徐徐驶出大刘庄,刘小黑似笑非笑地挖苦说:"大刘庄上千号人,贫雇农占大多数,没有想到叫你一个老中农捡了个大便宜。"

"你说我捡便宜?"刘洪山看着刘小黑阴阳怪气的脸,不高兴地说,"你也捡个叫我看看!"

陈敬德赶着马车,疑惑地看了刘小黑一眼,不解地说:"刘小黑同志,你这是什么态度?大刘庄出个劳动模范,你作为大刘庄的干部,应该感到光荣才是!"

刘小黑歪歪嘴说:"我跟他开玩笑的。"

刘洪山也笑着说:"天上掉个大馒头,偏偏落在我怀里,我是有福的人哪!"

陈敬德微微笑着,扬起鞭子朝空中一甩打了个响鞭,马车顺着一条乡村大路跑去。

刘洪山看着陈敬德甩鞭子的样子,不由得吃惊地说:"陈同志,看你这鞭子甩得倒像个赶车的把式!"

陈敬德很兴奋,哈哈笑着说:"老刘啊,好眼力!不瞒你说,抗战那会儿,八路军为反'扫荡',部队分散在敌后组成武工队,联合地方抗日武装,广泛开展游击战争,我在武工队就是个赶大车的。有一次我赶着马车给根据地送粮食,敌人开着汽车在后面追赶,硬是被我甩掉了!"

刘小黑瞪着眼,吃惊地说:"那要追上怎么办?"

"追上？"陈敬德自豪地说，"我腰里别着两颗手榴弹，就跟敌人同归于尽！"

刘小黑咦唏了一声。

刘洪山感慨地说："陈同志，这个天下是你们用命换来的，不易啊！"

"打仗还要靠老百姓支持呀，没有老百姓，一事无成！"陈敬德说着，"嘚嘚""喔喔"叫了几声，又朝空中甩了一鞭子。

马车在黄河区政府前停留一下，带上另一个村的劳模，又上路了。行至半道，只见刘长水骑着毛驴抄小路追赶过来，神色紧张地说："爹，不好啦，大花牛卧在地上起不来，病倒了。"

陈敬德"吁"了一声，扯住了缰绳，马车停下来。

刘洪山从车上跳下来，迟疑一下，说："陈同志，对不住了，大花牛病了，我得回去。你给沙县长带个话，谢谢他，俺不能参加劳模会了。"说着把大红花从脖子上拿下来，还有两个馒头，放在车上说，"让刘主席去吧，他是村干部。"说着，爷儿俩牵着毛驴，急匆匆地回去了。

陈敬德喊了几声也没喊住，惋惜地说："你看看，你看看……"

刘洪山、刘长水赶到家，汪玉兰正急得转圈子。

大花牛卧在地上，四条腿不停地抖动着，肚子圆鼓鼓的，头伸着，眼瞪着，大口大口喘气。

汪玉兰吓得直跺脚，不住地念叨说："这咋好？这咋好？……"

刘洪山伸出两个指头，弹弹大花牛鼓胀的肚皮，又趴在上边仔细听听，叹口气说："长水他娘，你刚才可给它饮水了？"

汪玉兰害怕地说："一大盆刷锅水，我看稠糊糊的，没舍得倒掉，就饮牛了！"

刘洪山瞪了汪玉兰一眼说："今天的草对胃口，我多上了一些，大花牛食草过量，不能马上饮水，一饮水，肚子胀气不通，恐怕是打结了。"

"牲口胀气，我也听说过。"刘长水担心地说，"爹，不怕吧？"

"撑炸了胃，麻烦就大了。"刘洪山着急地说，"他娘，快把那瓶豆油加

105

热，给大花牛灌下去！"

一会，刘洪山掰开牛嘴，汪玉兰把一碗温豆油给大花牛灌下肚去。

刘长水还是担心地说："爹，你这土办法，不知管用不管用？"

"管用不管用，就看它的命了。"刘洪山急得掉下泪来。

"我来啦！"随着一声喊叫，刘四爷端着一碗汤药走了过来。

大花牛生病，刘四爷是最早知道的，估摸着大花牛是得了胀鼓症，就急急忙忙把李二良叫来，拿出一个药方，叫李二良赶快到镇上抓药。一会工夫，李二良回来，刘四爷煎好药，就急匆匆地送来了。看刘洪山一家三口正在着急，他忙说道："洪山，我有个治牛胀鼓症的方子，放了多少年了，一直没有用过，我叫二良抓了药，熬好送来了，快快给大花牛灌下去！"

刘洪山疑惑地说："四叔，以前没听你说过，这方子哪来的？"

"说来话长，二十年前的午收，我到河北给大地主周老八家打短工割麦子，他家的一头大黄牛就得了胀鼓症，请个老兽医，开了个药方，叫我去抓药，半道上我把方子抄了一份，一直保留着，就是这个方子，没有想到，二十年后派上用场了。"刘四爷责怪说，"洪山，参加劳模会是多大的事啊，你不该半道回来，说不定沙县长还等着接见你呢！"

刘洪山摇摇头，不以为然地说："四叔，咱是个农民，你说啥东西对咱最重要？一是土地，二是牲口。大花牛要是有个好歹，会毁了我半个家当，你说是开会重要还是保牛重要？"

"看来是我见识短了。"刘四爷苦笑了一下，若有所思地说，"洪山，你说得对，没有了耕牛和土地，也就没有你这个劳动模范。"刘四爷好像不太高兴，说着倒背起手，走出门去。

汪玉兰走过来说："他爹，四叔咋走了？"

刘洪山叹口气说："四叔把劳模会看得太重了！"

刘洪山一直守在大花牛身边，看着大花牛的动静，心疼得说不出是个啥滋味。

窗外忽然起了风，吹得树叶唰唰啦啦作响。

过了几袋烟工夫，大花牛突然昂昂头，开始倒沫了。

刘洪山咕噜一声站起来，哈哈笑着说："老伙计，这一场，你可把我吓得不轻！"

刘长水听到爹跟大花牛说话，急忙跑出来喊道："爹，大花牛咋样啦？"

刘洪山把烟袋插在腰里，抓抓大花牛的耳朵说："以后不能贪吃贪喝啦！"笑着对汪玉兰说，"他娘，我也饿了，下碗面条去。"

"面条早擀好了，就等下锅了！"汪玉兰说着去锅屋了。

刘长水高兴得在院子里跳圈，喊道："娘，我也来一碗，打两个鸡蛋！"

刘洪山没有参加劳模大会，县长沙玉明非常惋惜，本来是想叫与会人员看看刘洪山的手和脚，这项议程落空，沙玉明在大会上专门介绍了刘洪山的麦子长势情况，会场上还挂着一张麦田的大照片。

两天后，县里派人专门给刘洪山送来一张奖状和一条毛毯。

八

　　1956年秋收以后，高级社开始成立了。

　　芒砀县召开全县农业合作化会议，动员全县机关干部下乡蹲点，各乡村由单干户、互助组、初级社转为高级社。

　　会议散了以后，县长沙玉明把陈敬德叫到办公室，说："小陈，我看了县直机关报名的册子，你要到黄河区大刘庄蹲点？"

　　陈敬德满怀深情，自信地点点头说："土改时我在那一带工作过，是那里的老百姓给我新的生命，我的心留在了黄河滩！"

　　"你心里装着农民，没有忘本，好，有志气，我支持！"沙玉明深有感触地说，"农民养育了我们，土地革命、抗日战争、解放战争、剿匪反霸到抗美援朝，没有农民的支持和帮助，我们的革命是不可能取得成功的，是我们回报农民的时候了。土改以后，百废待兴，农民虽然分得了土地，但由于生产力低下，农民又缺少文化，面临很多困难，如不加以引导和调整，就会造成严重的两极分化，有些农民还会把分到手上的土地卖掉，衣食失去保障，那是谁也不愿意看到的。我们共产党人就是要叫每一个农民都能吃饱肚子，我们办高级社就是出于这样一种考虑，带领农民走集体化道路，走共同富裕的道路，这是前人没有走过的路，要在探索中前进，我们肩上的担子重啊！"

　　陈敬德笑着说："老首长，参加革命以前我就是个农民，参加了革命，就跟着你一直在山沟里打游击，始终跟农民在一起，新中国成立后，我又回到农村搞土改，睡惯了农民的炕头，吃惯了家常便饭，你现在叫我整天蹲在机关里，我还真不习惯，闻不到泥土味我就不自在，我还是觉得在农村才能有所作为。马上要成立高级社了，对我来说，也是个学习的好机会！"

沙玉明很高兴，拍拍陈敬德的肩膀说："小陈，你有这个信心我很欣慰。今天会议的精神你都听到了，成立高级社并不是一件轻松的事，农村已经出现不同程度的分化，思想上难以统一，障碍很多，困难不少，工作中会出现意想不到的问题，弄不好会出乱子，你要有思想准备。到大刘庄工作，先做调查研究，跟农民交朋友，这是毛主席教给我们的工作方法，实事求是，具体问题具体分析，做艰苦细致的群众工作，在实践中寻求真理，不要操之过急，要水到渠成。"

陈敬德皱皱眉头说："老首长，我在你面前不敢讲假话，这一段时间，我调查过好几个村庄，大刘庄的情况我多少也知道一些，互助组和初级社还有好多地方没有真正办起来，就是办起来，也存在很多问题，农民意见很大，人心不齐，粮食生产没有得到很好的发展，特别是统购统销，事前没有做好细致的群众工作，有的干部粗糙蛮横，加大了干部和群众之间的矛盾，马上又要转入高级社，而且是越大越好，这步子是不是……"

"你的担心我理解，我也有这样的担心，农民有意见我也清楚，可咱们都是共产党员，要讲组织纪律，对上级的政策，我们要在实践中学习，发现问题，解决问题。"沙玉明看着陈敬德，拍拍他的肩膀说，"敬德，你上次去大刘庄，跟他说了你的事吗？"

"当时有很多人，我没好意思说，我想找个合适机会再告诉他！"陈敬德想了想说，"前不久，我跟黄河区的干部牛友亮交流过，这一年多，他在大刘庄蹲点，向我介绍了不少情况。刘洪山是个典型的老中农户，是个种田能手，在农民中有很大的影响。他不愿意当英雄，叫他当劳模又没来参加会议，他一不参加互助组，二不入初级社，他的脑海里只有他的十几亩耕地和牲口。村里有些贫雇农对他有些意见，特别是一个叫刘小黑的贫协主席，对他成见很深，说他自私自利，思想顽固落后，跟贫雇农不是一条心。村主任是个姑娘，是刘洪山未过门的儿媳妇，据说也是个不饶人的角色，风风火火，干工作有些粗暴！"

"看来大刘庄的情况有些复杂，你要有思想准备。"沙玉明点燃一支烟，若有所思地说，"像刘洪山这样的中农，在农村不是少数，这几年农村又出现一些新中农，他们的一些想法跟一般农户比起来，已经拉开了差距。一开始，我跟你的想法一样，也认为他们自私自利，思想落后，是走集体化道路的障碍。我调查过十几个村庄，也在农民家住过，了解了一些事情，我们不能下这样的结论，更不能把刘洪山所代表的新老中农推到我们的对立面。战争年代，解放区搞土改，就出现过问题，侵犯了中农和小商业者的利益，给农村造成一定程度的混乱，是个教训。当时，主管陕北地方工作的习仲勋同志发现问题，专门做过调查研究，一切从实际出发，专门给中央写了调查报告，受到党中央毛主席的高度重视，及时纠正了土地改革中的错误。刘少奇同志根据中国农村的现实情况，在河北西柏坡主持制定了新的土地法大纲。新中国成立后搞土改，不少地区也存在侵犯中农利益的情况，特别是一些干部，思想认识模糊，政策把握不准，工作有偏差，总认为现在是贫雇农的天下，一切都应该掌握在贫雇农手里，这种想法要加以改变。像刘洪山这样的农民，他们跟地主、富农有着本质的区别。地主、富农自己不劳动，或者少劳动，主要靠长工、短工或者佃户养活他们，走的是剥削这条路，所以我们要打倒他们，没收他们的财产，把土地分给农民。中农主要靠他们自己的劳动，自给自足，没有雇工，或者极少雇工，他们的财富主要是他们自己用劳动换来的，所以党的政策是团结他们，在特殊的条件下还要依靠他们。他们跟贫雇农的主要差别，一是土地和牲畜，二是劳动力素质。贫雇农没有多少土地和牲畜，只靠给别人干活，缺少经营管理土地的经验。中农比较务实能干，又有一定的生产和经营的经验，在农民中很有影响力，可以说是农村先进生产力的代表，中国农民的脊梁。"沙玉明喝了一口水，又说，"如果我们能把中农的积极性调动起来，跟贫雇农一起走集体化道路，就是一项了不起的改革成果！"

陈敬德吃惊地看着沙玉明，心里不停地敲鼓，小心翼翼地说："沙县长，没有想到你对中农评价这样高！"

"战争时期，有不少支前的粮食就是中农提供的，我跟黄河区的赵玉彪书记沟通过，他有同样的看法。就说刘洪山吧，淮海战役、抗美援朝，他都捐过粮食。县粮食局内部简报说，大刘庄一个叫刘洪山的农民多卖了二百多斤小麦，收粮员感到奇怪，再三追问，他还是不说，实际上是大刘庄一家贫困户卖不起粮，他代卖的，还不愿说出去。这是他做人的品德，你能说他的思想是落后的？还听说他把区里奖励给他的一头毛驴送给了没有牲畜的农户，这是他的善举，说明他跟一般贫雇农有着同样的情怀！"沙玉明笑笑说，"我知道有的同志不是这样看中农的，说他们思想落后，喜欢走单干的路子。这是时代造成的，怪不了他们，因为他们还没有看到走集体化道路的好处。我们一定要有清醒的认识，树立正确的思想。在当今生产条件下，忽视中农的作用，是会吃大亏的。"

陈敬德附和着说："依靠贫雇农和团结中农的政策不矛盾吗？"

沙玉明摆摆手说："好了，我说得够多了，我还要提醒你，刘洪山加入高级社是困难的，过激了会出差错，你要做细致的思想工作！"

陈敬德还是担心地说："我都预料到了，互助组、初级社他都不参加，现在叫他带着土地、耕牛和大型农具加入高级社，思想上肯定想不通。"

沙玉明心情沉重地说："一个把土地、牲畜看成自己的生命和希望的人，是不会轻易交到别人手里的！刘洪山是个好人，我们要理解他、尊重他，给他一些时间；简单粗暴，行政命令，会适得其反。"

"对，刘洪山是个好人！"陈敬德满怀信心地说，"老首长，你放心，我一定做好刘洪山的思想工作，走集体化这条路！"

陈敬德离开沙县长办公室时，沙玉明又关心地说："小陈，你下乡蹲点，时间较长，要做好你媳妇叶丽红的工作，她可有点小脾气。"

"谢谢老首长的关心，"陈敬德红着脸说，"开始她不同意我下乡，最后还是被我说通了！"

"你们也老大不小了，该要个孩子了，"沙玉明拍着陈敬德的肩膀说，"有时间就回来看看，多关心关心她！"

成立高级社的消息，很快传到了大刘庄。

刘洪山正在往收完庄稼的地里运肥，刘长水走过来说："爹，你听说了吗？要成立高级社了。"

"啊，"刘洪山直起腰说，"高级社是个啥？"

"高级社就是把互助组、初级社合并成大社，家家户户都要加入。"刘长水看着爹的脸色说，"各家的土地、耕牛、大农具等等，都要归大队，政府给适当的折价！"

刘洪山看看天，不由得叹口气，无奈地说："天要刮风下雨，咱也拦不住，走一步看一步吧！"

刘小黑听说要成立高级社，急急忙忙跑到王高家里，大声吼道："王高，拿酒来，老子要来个一醉方休！"

王高跑出来说："刘副主任，啥事把你高兴成这样？"

"要成立高级社了，我看他刘洪山这回还朝哪里跑！"刘小黑坐在凳子上，一条腿跷在另一条凳子上说，"老子就要当高级社的社长了，到时候给你小子弄个副社长干干，还不快拿酒去。"

王高拿起肉叉就要捞肉，他爹王四朵急忙夺过叉子说："一边去，我来吧！"王四朵很不情愿地捞起一个狗肚子和两片肺叶放在了案上。

刘小黑看了看，撇着嘴说："王四朵，你也太小气了，捞条狗腿来，老子今天要好好过过狗肉瘾！"

王四朵拉着脸说："凑合着吃吧，我明天去赶集，狗腿早叫人家定过了！"

"什么定过了？"刘小黑说着呼地站起来，自己动手从锅里捞出一条狗腿，冲着王四朵说，"不想叫你儿子当副社长了？"

王四朵解下围裙，扔到地上，气呼呼地蹲一边吸烟去了。

王高拿着一瓶酒走过来说："别搭理他，咱兄弟俩来个一醉方休！"

范彩玉从区里开会回来，一进家门，范玉堂便忙迎上说："彩玉，是不是要成立高级社了？"

"爹的耳朵好灵，"范彩玉拉个凳子坐下来说，"这一回我看他唐家爷们还能耍什么猴！"

"要叫唐家爷们入社恐怕不容易。"范玉堂担心地说，"闺女，你可要悠着点，咱范家在大刘庄是单门独户，势单力薄，唐家人多势大，得罪不起！"

"爹，你放心吧！"范彩玉站起来说，"县里给大刘庄派来了工作组，听赵玉彪书记说，组长是个老八路，思想觉悟高，工作能力强，我看唐家翻不了天！"

大刘庄是个古老的村庄，庄子大，人口多，主要人口是刘姓、唐姓和麻姓三族。过去，三大家族中，麻姓因有地主麻乐行，位居老大；唐家因唐瘸子有三个如狼似虎的儿子，位居第二；刘家虽人口众多，多是一些老实平庸之辈，没有顶门立户的能人，只能位居第三。十年河东，十年河西，乾坤逆转。土改以后，麻乐行伏法，其他麻姓再无出头之人，唐家占据了上风。唐瘸子有三个闺女和三个儿子，三个闺女都出嫁离开了大刘庄，三个儿子也相继娶了媳妇，是一个大家庭，加上叔伯兄弟远亲近门，有二百多口人。土改前，唐瘸子有百亩良田、几犋牲口，土改时如果不分家，不是地主也是富农。唐瘸子不光种地，还经营生意，走京下卫，大江南北、黄河两岸都跑过，是个有见识的人。他早就听说过北方解放区土改的事，豫东战役解放军全歼欧寿年兵团，他就知道老蒋大势已去，兔子尾巴长不了。淮海战役前他就关了镇上的店铺，卖了几十亩土地，还卖了两头牲口，又把家里的土地、牲口和农具一分为四。大刘庄土改划成分，唐瘸子和三个儿子都成了中农户。从土改、粮食统购统销到成立互助组、初级社，唐家父子依仗人多势众、家产雄厚，一直跟村干部对着干，行为做事高人一头。范彩玉当干部，唐家爷们根本没把她放在眼里，大事小事跟范彩玉顶着来，搞得范彩玉十分头疼。

唐瘸子善于分析形势，提前闻到气息，一听说要成立高级社，就感到大事不妙，忙把三个儿子叫来商量家事。刁婵梅跟在唐六屁股后面进来了，唐六看爹的脸色不高兴，便朝刁婵梅摆摆手说："老爷们说话，你一个老娘们掺和进来做啥？回家睡觉去。"

刁婵梅捏着嗓子说："你们说话，我碍你们啥事嘛。"说着拉个板凳坐在门口，"我给你们望风！"

"一点家教也没有，"唐瘸子一甩手说，"把门关上！"

刁婵梅伸手咣叽一声把门带上，嘟嘟囔囔地走了，走了几步，又轻手轻脚地回来，贴在门旁，听屋里人说话。

"六子，不能这样惯她。"唐瘸子指点着门外，拉着脸说，"你女人舌头长，事情要是传出去，咱爷们几个都没好果子吃！"

唐六不耐烦地说："爹，你有啥话就说吧，她就是这个货色，跟老娘们生什么气！"

趴在门旁的刁婵梅暗暗骂道："该死的老东西，老娘早晚弄死你！"便蹑手蹑脚地回家去了。

唐瘸子掏出烟袋，拿在手里说："你们兄弟几个给我听好了，我看高级社跟互助组、初级社大不一样，土地、耕牛、大农具通通归大堆，土地是没法卖了，再便宜也没人敢要。你们兄弟三个要想法子赶快把牲口处理掉，再晚就来不及了。"

唐六抓着头皮，不以为然地说："爹，别是吓唬人的吧？过去他们不是说中农的土地、牲口、财产一律不动吗？咱家可是老牌的中农，我看他们谁敢动！"

"你懂个屁，那是老皇历了！"唐瘸子瞪着眼，摇晃着烟袋说，"爹是走南闯北的人，我不会看错。好汉不吃眼前亏，晚动不如早动，能出手的快快出手，咱不能看着叫这帮穷小子共了产，要早做打算。"

"姓范的丫头要来牵我的牛，我一刀捅了她！"唐六咬牙切齿地说。

唐四摆摆手说："我说小六，你就是个火暴脾气，做事不知深浅，现在是什么形势？可不能胡来。范家丫头不好惹，她早就对咱爷们有意见，她能不找咱的麻烦就是万福了。她掌握着民兵，咱要跟她斗，就是鸡蛋碰石头，要吃大亏的！"

"范彩玉有啥了不起？"唐六咬着牙说，"早晚叫她人财两空，丢人现眼！"

"作死的东西！"唐瘸子指点着唐六骂道，"熊孩子，我看你是活够了，姓范的丫头是母夜叉、孙二娘，你小子不是她的对手！"

"小六，听爹的话，咱不能胡来！"唐五急吼吼地看着爹说，"爹，牲口有人买吗？"

"咱分头去卖，贱卖，换点黄金白银放在家里稳当！"唐瘸子指着唐六说，"小六，这件事要偷偷进行，一定叫你女人把嘴巴闭上！"

唐五胆小没敢动，唐瘸子和唐四、唐六半夜里各自拉着牲口外出，分头到各村转悠。爷儿仨跑了一天，夜里都把牛牵回来了，一头也没有卖掉；第二天又跑一天，还是没卖出去；第三天又想出去，民兵已经把住了路口，出不去了！

范彩玉召集村民开会，唐家爷们只有唐五参加。范彩玉心里犯嘀咕，散会后拉住刁婵梅说："六嫂，四哥、六哥还有你老公爹哪去了？"

"一大早就牵着牲口出去了，"刁婵梅一不小心说漏了嘴，慌忙改口说，"牲口有毛病，老六找人瞧去了。"

范彩玉心里不踏实，找来民兵刘三娃，偷偷到唐家看看情况。三娃回来说，唐瘸子和唐四、唐六的牲口都不在牛屋里。范彩玉不由得警觉起来，夜里就派民兵在村外路口把守，首先堵住了唐瘸子。

在成立高级社前夕，黄河故道一带不少村庄都发生了廉价买卖和宰杀耕牛的情况。县政府紧急通知各村工作组和村干部，坚决保护耕牛和大农具，一旦发现问题，坚决制止。

"老子杀了吃牛肉，也不能便宜姓范的。"唐六牙咬得咯咯响，当天晚上就把一头半大的牛给宰了，锅里的牛肉还没有煮熟，范彩玉就带着民兵闯进来，把唐六送到黄河区政府，又把唐家爷们四家的牲口集中起来看管饲养。

唐瘸子看大势去也，不敢继续违抗，找到范彩玉，表示愿意加入高级社。

唐六在区里蹲一天，区政府考虑当时唐六还没有入高级社，耕牛还属于他个人的财产，就批评教育一番，把他放了回来。

唐六心里一直窝着气，总想给范彩玉点颜色看看。

有一天，唐六下地回来，正碰上范玉堂担着豆腐出村，他捧起一把土撒在了豆腐上，拔腿就跑！

一担豆腐全毁了，范玉堂扔下挑子，蹦起来大骂，一口气跑到村委会门口，刚想进去，心里不由得咯噔一下，停住了步子。想到唐六被送到区里，唐家牲口被牵走，范玉堂暗暗埋怨起闺女来。这事搁在谁的身上都难以平静，再说唐六是个火暴脾气，自私自利，受到打击，恶气不出，做点出格的事也情有可原。如果把唐六告了，闺女一定不跟他算完，范、唐两家的仇怨会越结越深，说不定还会闹出什么大乱子来，只会给闺女带来更大的麻烦。

范玉堂正在犹豫不定，民兵三娃从院子里出来，看到范玉堂脸色难看，气喘吁吁的样子，打招呼说："玉堂大爷，有事找大姐吗？"

范玉堂急忙摇摇头，摆摆手说："没事，我路过这里。"范玉堂没作停留，走到村口，眼含着泪，担起挑子回家去了。

三娃扛着一捆红纸回到村部，见到范彩玉说："大姐，刚才玉堂大爷来了，我看他好像有啥事。"

"人呢？"范彩玉看看大门口，"俺爹咋没进来？"

"大爷走了。"三娃把纸放下来说，"我把长水哥叫来写标语。"

"你去吧，标语一定要写好，我先回家看看。"范彩玉说着，大步走出门外。

范玉堂把一担豆腐放在院子里，心疼地抹着眼泪。

范彩玉的娘看着被毁坏的豆腐，气愤地说："这个唐六，欺负人欺负到家了，她爹，咱不能跟他算完！"

"拉倒吧，"范玉堂摇摇头，叹口气说，"不算完，又能咋？"

"爹，出啥事了？"范彩玉大步走进来。

"没啥事，没啥事。"范玉堂慌忙站起来，扯起一块布把毁坏的豆腐盖起来。

范彩玉感到奇怪，一步走到豆腐挑跟前，掀开布一看，瞪着眼说："爹，你不是出去卖豆腐吗？这豆腐上的土是谁撒的？"

范玉堂摆摆手说："没事没事，是我不小心撒上去的，你事情多，忙去吧。"

"不对！"范彩玉看着爹难看的脸色，着急地说，"爹，这到底是咋回事？"

范玉堂不由得叹口气，抱着头蹲在了地上。

"你爹叫人欺负了。"范彩玉的娘走过来，抱怨说，"一担刚做好的豆腐，你爹挑着还没有出庄，全叫唐六那狗小子给毁了，造孽啊！"

"作死的东西！"范彩玉说着转身朝外走，"我叫三娃带人把唐六抓来，真是翻了天了！"

"别惹事了！"范玉堂急忙站起来，上前抓住闺女的胳膊说，"孩子，不能抓人，这事爹认了，一担豆腐能叫唐家出口恶气，值得！"

范彩玉甩开爹的手，气愤地说："对他客气，他能在你头上拉屎！"

范玉堂可怜兮兮地说："闺女，听爹这一回，算了吧！"

范彩玉看着爹那唯唯诺诺的样子，心里一阵说不出的滋味。

牛友亮、刘长水正在写宣传高级社的标语，看范彩玉走来，牛友亮急忙拿起毛笔，唰唰写下"办好高级社，走集体化道路"，提起笔，高傲地说："范主任，看看我跟长水的字哪个好看？"

范彩玉惊讶地看着说："牛干事的毛笔字就是大气！"

刘长水拿着毛笔从一旁走过来，瞟了一眼，微微笑着说："我跟牛干事的字不是一个风格，他是干部字，我是艺术字。"

范彩玉笑着说："长水，啥艺术字？你咋一点不谦虚？分明是牛干事写得好嘛！"

"好啦，"牛友亮把毛笔扔在桌子上，"我在大刘庄的工作到此结束，接到区里通知，过两天县里的陈敬德就要来了！"牛友亮早把东西收拾好，提起身边的公文包说，"我要走了！"

"那我送送你。"范彩玉伸手要帮着牛友亮提包。

"还是我自己来吧！"牛友亮忙按住范彩玉的手。

范彩玉像被蝎子蜇了一下，一撤身子，把手抽了回来，不由得脸颊绯红。

在场人都向牛友亮拱拱手！

两个人走到村口，范彩玉极不自然地说："牛干事，感谢你一年来对大刘庄工作的关心和支持。"说着，脸一红，掏出一封信递给牛友亮，"这封信还给你吧，谢谢你的厚爱，我不能改变我的初衷，长水对我很好，俺俩从小一块长大，又是同学，有点矛盾不算啥！"

"不要再说了，我都明白了，看来是我自作多情，这封信你自己处理吧！"牛友亮脸色一寒，头也没抬，匆匆走了几步，又回头说，"我是不会轻易放弃的。"说着，跨上了自行车。

范彩玉拿着那封信，看着牛友亮离去，呆呆地站了一阵，心里七上八下的。

牛友亮三十多岁，出身于县城小商人之家，淮海战役结束后参加工作，先在县工商所任职，后来调到黄河区任宣传干事。两年前，牛友亮的媳妇死于产后风，他一直没有续弦。来到大刘庄以后，他对范彩玉一往情深，看刘长水整天跟范彩玉在一起，心生嫉妒，多次在范彩玉面前挑刘长水的毛病，想提高自己在范彩玉心中的地位。有一次牛友亮看到刘长水跟范彩玉吵架，觉得是个机会，就给范彩玉写一封求爱信。范彩玉接到这封信，心里害怕，不知如何处理，就告诉了父母。范玉堂心里倒是有些活动，牛友亮是个国家干部，比刘长水有出息，闺女嫁给他肯定吃不了亏，唯一的缺点是二婚，还带着个孩子，要是闺女同意，范玉堂是不会反对的。

范彩玉的母亲拉着脸说："玉堂，咱可不能打糊涂主意。长水是咱看着长大的，知根知底，洪山两口子干活过日子谁能比？在咱黄河滩你找去吧！"

范玉堂龇着牙说："老东西，你急啥眼？你我说的都不算，这事还得咱闺女拿章程。"

范彩玉的大妹妹范彩莲撇着嘴说："姐，你可要想好了，一步走错你会后悔一辈子。长水哥哪点不好？有文化，识大理，人正派。你别这山望着那山高，一进门就给人家当后娘，你就心甘情愿？我看姓牛的不是什么好玩意，说话挤眉弄眼，驴粪蛋子表面光，明知道你跟长水哥好，还中间插一杠子！"

范彩玉脸通红，摆摆手说："你们都不要说了，我谁都不嫁！"

范彩玉的母亲还是担忧地说："这事可不能叫长水知道。"

"没有不透风的墙，纸里包不住火。"范彩莲着急地说，"姐，你可要拿定主意！"

牛友亮的求爱信并没有点燃范彩玉的热情，一个堂堂大村的村主任，黄河滩上的花木兰是不会轻易给人家当后娘的。可牛友亮毕竟是个国家干部，又在大刘庄蹲点，关系难以处理，每次看见牛友亮看她的眼神，范彩玉心里总是不自在，又不知如何摆脱。刘长水也是村班子成员，参加村班子会议，开始并没有在意，后来发现牛友亮看范彩玉的眼神，心里总觉得酸溜溜的。

有一次，散会以后，刘长水跟范彩玉开玩笑说："范主任，你发现没有？"

范彩玉吃惊地问："发现什么？"

"我发现牛友亮看你的眼神情意绵绵的，是不是在打你的主意？"刘长水酸溜溜地笑着说，"这下坏事了，我刘长水遇到情敌啦！"

"神经病！"范彩玉故作生气地说，"我咋没看出来？"

"你没看出来是我的福气，你要看出来了，我还真要防着点。"刘长水傻笑着说，"你可是朵开放的狗尾巴花，哪个男人不眼馋？"

"再胡吣，我可恼了！"范彩玉气呼呼地走了。

牛友亮走后，范彩玉找几个人来，打扫原是麻财主家的院子，收拾房屋，添置一些简单的家具，准备迎接县工作组的到来。

陈敬德走马上任来到大刘庄，召开的第一个会议，并不是成立高级社，而是总结大刘庄互助组和初级社的经验教训。

当天晚上，陈敬德正在屋里整理材料，刘小黑带着一瓶酒和一包狗肉笑眯眯地走进来。

陈敬德看着刘小黑送来的东西，微笑着说："刘副主任，你这是干什么？共产党人不兴来这个！"

"陈组长，咱俩是第二次见面，也算是老朋友了，你来大刘庄，我最高兴了。我这个人讲交情，对朋友总要有所表示，这是我的一点心意，你一定得收下！"刘小黑热情地说，"以后有啥事你尽管安排，我刘小黑没有二话，愿做你的开路先锋！"说着急慌慌地走了。

陈敬德拿着酒肉追到门外，刘小黑已消失在夜色里。陈敬德喊了一声，没有回音，站在那里，愣了半天。

三娃慌慌张张地跑来找范彩玉说："大姐，这个姓陈的不是什么好干部，一来就收礼！"

"收礼？"范彩玉惊愕地问，"谁给他送礼？是不是刘小黑？"

"傍晚我在代销店买盐，看见刘小黑买酒，还提着一包东西，我就悄悄跟着他。果然不假，是给姓陈的送礼，刘小黑出来时手里空着。"三娃神秘地说，"姓陈的好像还送他到大门口！"

"糖衣炮弹。"范彩玉冷笑着说，"听说还是个老八路，我倒要看看陈敬德是真八路还是假八路！"

第二天一大早，范彩玉就来到村部，召集几个民兵贴标语。

"标语不少了，不要贴了，能省就省点，咱们大刘庄现在还不富裕。"陈敬德把范彩玉叫到办公室，指着桌上的酒肉说，"彩玉同志，这是昨晚一个人送来的，你拿去处理吧！"

"是刘小黑送来的吧？"范彩玉哈哈笑着，直率地说，"我就想看你怎么处理这件事哩！"

"我要是吃了喝了，小尾巴可就被你抓到手里喽！"陈敬德大笑说，"彩玉同志，我喜欢你这种直率的性格！"

"你是老八路，沙县长身边的人，来俺大刘庄工作，我有责任保护你，不能看着你犯错误是不是？"范彩玉看看桌上的酒肉，拿起来闻闻说，"好香，送给村里的'五保户'吧，他们平时吃顿肉不容易！"范彩玉喊来三娃，耳语了几句，三娃拿着酒肉出去了。

"陈组长，高级社的牌子啥时候挂起来？"范彩玉着急地说，"我看有的村都挂起来了！"

"我还要再了解一下老百姓的想法，早晚不在乎这几天！"陈敬德若有所思地说，"老百姓的思想工作是个细活，急不得的！"

几天过去了，陈敬德还没有发话挂牌。

刘小黑一心想当社长，陈敬德来了几天，还没有提高级社挂牌的事，刘小黑急得抓耳挠腮，对范彩玉说："上级派姓陈的来成立高级社，他却迟迟不动，东家走西家串，找这个拉呱，找那个扯淡，葫芦里卖的啥药？"

"没有调查就没有发言权，这话可是毛主席说的。陈组长是老八路，发扬革命传统，来大刘庄先了解情况，然后再开展工作，没有毛病。"范彩玉翻了一眼刘小黑说，"刘小黑，你急什么？是急着想当社长吗？"

刘小黑哈哈笑着说："黄河区成立高级社的方案正在征求意见，难道说这事你不知道？据说大刘庄要成立两个高级社，一个东社，一个西社，东社的社长没人跟你争，西社的社长，除了我刘小黑，大刘庄还能找出第二个人吗？"

范彩玉撇着嘴说："看来你小子是等不及了！"

"不是我着急，形势不等人嘛，河北几个村的高级社都成立起来了。"刘小黑看看四周说，"陈敬德磨磨蹭蹭，对成立高级社不积极，思想肯定有问题。我在区里听牛友亮说，谁走得慢谁就是右倾保守主义！"

"刘小黑，你知道啥叫右倾保守主义吗？"范彩玉挖苦说，"你别高兴得太早，高级社社长不是任命的，也不是你想当就能当的，要发扬民主，经过社员大会选举，你能保证西社的人都投你的票？"

刘小黑拍拍胸膛说："哪个敢不投我的票，我看他思想有问题。我根红苗正，土改积极分子，堂堂副村主任，干革命不含糊！"

范彩玉指点着刘小黑说："土改时你比谁都积极，斗地主分田地，你的确有成绩，不然刘四爷怎么会把贫协主席的位子让给你呢？可分了地，你却不好好劳动，还要政府救济，赖着脸皮四处借粮，挑起贫农跟中农的矛盾，你这号人要当上社长，怎么带着大家搞生产？怎么团结群众？"

刘小黑眼一瞪，指着范彩玉凶巴巴地说："你一个黄毛丫头，敢小瞧我，在大刘庄我的资格比你老！"

站在远处的刘长水高声喊道："彩玉，区里来了放映队，晚上一块去看电影。"

范彩玉装着没听见。

刘小黑挤挤眼笑着说："'杨宗保'叫你呢，你要不想跟他去，我陪你看电影。"

"呸，我牵条狗做伴，也不会叫你跟着。"范彩玉冲了刘小黑一句，一阵风走了。

九

陈敬德吃过早饭，朝刘洪山家走去。

刘洪山家的农家院在大刘庄一般农户中算是上等的，三间堂屋，虽是土墙木结构，但底座有两层石片，房檐有三层青砖，两边屋山头上还有两排小瓦打边，屋脊上盖着脊瓦，两边山头上各有一只砖雕的鸽子。这在一般农户眼里已经是上等房屋了，两边各有两间厢房，前门是一间过道，有两扇漆黑的大门。院子里长着枣树、杏树和石榴树，靠墙脚还有一个梅豆架。院子里摆放着各种农具，整整齐齐，干净利落，一眼看上去就知道是个种田过日子的殷实人家。刘洪山右手拿着锤子，左手拿着一个木钉，正在修理拖车。拖车全是木质构造，着地的是两块长条厚实木板，两头翘着，就像东北雪地上的爬犁，前后有两根大约一米长的方木条连着，两块木板两头各有一根立柱，约两尺高，上端有四根方木条连着，形成一个立体四方框架，拖车斜吊角还有两根固定支架。拖车的结构虽说简单，但很实用，什么路都能走，农民下地干活，牲口拉着拖车，上面可以放犁子放耙，还可以拉庄稼和柴草，到粮站卖粮食也可以用拖车拉。刘洪山有着紫红色的脸膛、宽厚的嘴巴，头发已经花白，一双深邃的眼睛炯炯有神，显得聪明、温厚和自信。从他那粗糙的手和满脸的褶皱以及脖颈上暴出的青筋，陈敬德深深感到，这个农民饱经风霜，神韵非常，他的人生一定是在艰苦的劳动中度过的。这个人很像自己的亲生父亲，不光是他脸上的表情和手里的动作，他身上还散发着一种裹着泥土的天然亲情，有着催人奋进的魅力。陈敬德顿时感到一股热流滚遍全身，上前紧走几步，打招呼说："老刘，还认识我吗？"

刘洪山只忙于干活，没注意周边的动静，听到喊声才抬起头来，仔细看看，吃惊地说："你不是那个赶马车来接我的陈同志吗？"

"你眼光不错，是我，我叫陈敬德，来大刘庄工作的，今天特来看看你这位劳动模范！"陈敬德看着刘洪山手里的木钉说，"好节省啊，咋不用铁钉？这玩意钉下去，结实吗？"

刘洪山用锤子敲着拖车笑着说："你看看，这拖车连一根铁钉你也找不到。我用了七八年了，修修补补，再用三五年都没有问题。农民过日子，能省就省。"

陈敬德微微笑着点点头，来到饲养室，大花牛和毛驴正在吃草，他从槽里抓起一把草，放在鼻子上闻闻，喷香。饲养室干干净净，一点怪味也闻不到。大花牛用的是石槽，小毛驴用的是木槽，生人进来，并没有引起它们的注意，只是一个劲地吃着草料。陈敬德摸着大花牛的角，大花牛甩甩耳朵，显得有些不高兴，好像在说，什么人，不要捣乱，看不见我在用餐？仍旧吃着草料。陈敬德想到，刘洪山没去参加县劳模大会，就是因为这头大花牛生病了，看上去，这的确是一头难得的大花牛。陈敬德伸手抓抓毛驴的耳朵，毛驴不客气地打了个响鼻儿，带着一股草料味喷在了陈敬德的脸上。陈敬德倒退了一步，几乎靠在了刘洪山的身上。刘洪山走上前来，抓了一把饲料撒在木槽里，毛驴昂昂头，掀动着上嘴唇，吃得有滋有味。

陈敬德看着大花牛感慨地说："老刘，这是你从土匪手里夺回来的牛吧？"

刘洪山把半筐淘好的草倒在石槽里说："大花牛命不该死，要不然就成了土匪锅里的肉了。"

陈敬德赞美说："老刘，你这大花牛看上去喜人哩。从土改到现在，我跑过不少村庄，也看到不少牲口，能赶上你这头牛的不多，一定是你干活的好帮手。"

"犁耕耙拉全靠它啦！大花牛拉犁，腿脚慢了还跟不上哩，拉一车粪，它可以独拱，遇上斜坡，一撅屁股就上去了！"刘洪山说起大花牛很自豪，他拍拍牛角说，"农民要想把地种好，没有牲口是不成的。"

"你说得对，耕牛就是咱农民的宝贝嘛！"陈敬德连连点头，不由得问道，"老刘，咱大刘庄像你这样有一犋牲口的农户有多少？"

"唐家兄弟仨各有一犋牲口，其他户一般只有一头牲口，要是干重活就只有相互配套了。这几年，村里的互助组和初级社的牲口就是相互配套使用的。"

"你是劳动模范，农具齐全，又有一犋牲口，没人找你搞互助吗？"陈敬德咧着嘴试探地问。

"实话告诉你，我不想跟他们搅和在一起。"刘洪山不动声色地说。

"为啥呢？"

"鸡多不下蛋，和尚多了没水吃。"

"你家有多少地？"

"土改时，工作队几次测量过，不瞒你，十八亩三分地，不过我的地跟他们的不同，起码要多收三成！"

陈敬德跷起大拇指说："种地你确实是个行家，沙县长一看你的麦子就认准了你，他说你是个实实在在的劳动模范！"

刘洪山看着陈敬德，嘿嘿笑着，深沉地说："人对地啥样，地对人啥样，一粒粮食就是一粒汗珠子啊！"

"你这话算说到咱种田人的根子上了，'谁知盘中餐，粒粒皆辛苦'嘛！"陈敬德在刘洪山的院子里看了半天，又问道，"老刘，你对农村的现行政策有啥想法吗？"

刘洪山心里不由得咯噔一下，琢磨着这位下乡干部的话，不知陈敬德问这话的意思，说不定是来摸底的，不知怎么回答才合适，一时又找不到合适的言语，摸起锤子想继续干活，又觉得不妥，就把锤子放下了，搬来一条凳子，叫陈敬德坐下，又挖了一锅烟递给了陈敬德。看着这位大人的脸色，刘洪山知道不说话不行了，便说道："老陈，我是个农民，农民最需要的就是耕牛和土地，这两样我都有了，有了这两样就有日子过。现在家家户户分了地，加起来牲口也不算少，只要好好劳动，一心扑在土地上，就都有日子过。"

陈敬德琢磨着这位老农民的话，心里一阵着急，这并不是自己急于听到的话，便进一步说："各家各户的情况不同，有的日子并没有过好，听说你们大刘庄还有缺粮户？"

"这话不假。土改，地是按人头分的，肥田和薄田也是一样搭配的。有些缺粮户，他们缺的不是粮食，缺的是劳动，是汗水，是技术，不好好劳动，又没有经验，挨饿是一定的。"刘洪山又想拿起锤子干活。

陈敬德进一步说："要是把大家都组织起来，由集体搞经营，也许能改变这种情况！"

刘洪山的眉毛不由得抖动了一下，拿起的锤子又放下来，嘴唇微微动着，没有答话。

陈敬德注意到了这位老中农的脸色变化，从他说话总是躲闪着，可以看出他担忧的心理，要是马上提出叫他加入高级社，拿不准他会是一个什么样的态度，弄不好会跟自己吵起来，那就不好收场了。心急喝不了热稀饭，陈敬德暗暗克制自己，提醒自己说话不能太急，要徐徐图之，心里一下子变得谨慎起来。他吸着刘洪山给他的烟袋，可能吸得过猛，只觉喉咙里一阵发痒，控制不住地咳嗽起来。

刘洪山笑着说："我的烟劲大，你可能吸不习惯！"

"你这叶子好冲，烟瘾小了，还真拿不住。"陈敬德拍拍胸口，又把烟嘴含在嘴里，吸了几口说，"打仗那会儿，我们吃住在老乡家里，都是抽这个。当时沙县长虽说是武工队队长，抽的也是老烟袋，有时候连烟叶也没有了，搓搓树叶子也能吸几口！"陈敬德说着站起来，把烟袋还给刘洪山，"我还要转转，哪天再来看你，找个机会，我还要跟你喝两盅。"陈敬德说着走出门去。

汪玉兰一直坐在屋里做针线活，有时候停下针线听外边的人说话。汪玉兰是个有主见的女人，刘洪山置办这些家产，汪玉兰是出了大力的。过日子，汪玉兰是把好手，邻里关系也处得好，谁家的婆媳之间发生矛盾，两口子打架闹气，街坊邻里争吵，都会来找汪玉兰说个公道。汪玉兰向理不向人，把道理说明了，叫当事人各让三分，两边的气很快就烟消云散了。这几年，村里成立互助组、初级社，有人想拉刘洪山加入，不好直接找刘洪山，先去做汪玉兰的工作，希望汪玉兰能说动刘洪山。汪玉兰总是笑着说："乡亲们在一块过日子，谁家有难处，帮一下拉一把也是应该的，俺家的牛、农具你们想用，开口就是了。"汪玉兰很少说伤人的话，说出话来叫人觉得舒服，化解了不少矛盾和误会。汪玉兰最近听儿子说，不少村开始成立高级社了，心里有说不出的担忧，她知道刘洪山的脾气，恐怕难过这个坎。看到陈敬德走出家门，她便放下手中的活计，走出来说："长水他爹，这个陈组长一直在套你的话，我在屋里替你捏把汗哩！"

刘洪山叹口气，使劲地敲了一下木钉说："没有云彩不会下雨，我看他还有话没说出来！"

汪玉兰忧心地说："互助组、初级社虽说叫人闹心，但土地、牲畜还在咱家手里，不知这高级社是个啥来头？听说土地、牲口和大农具都要归大队，想单干恐怕也干不成了！"

刘洪山自信地说："只要不收咱的地，不牵咱的牛，咱啥话也不说！"

汪玉兰叹了一声说："恐怕由不得咱了！"

陈敬德从刘洪山家出来，心里很不平静，自己有许多想说的话没有说出来。刘洪山态度模糊，从他的言谈中，陈敬德已经意识到刘洪山不愿意加入高级社。陈敬德事前早已做了功课，有这个思想准备，刘洪山家的门槛一次是踏不进来的。万事开头难，头三脚难踢，成立高级社是事关全局的大事，阻力不在贫雇农，主要矛盾是老中农和新中农。土改解决了地主、富农占有土地的问题，那是一场残酷的阶级斗争。在新形势下，要把贫雇农和中农的利益捆在一起，共同走一条新路，这是一场改善生产关系的革命，是思想和利益的交锋。这条新路前人没走过，是摸着石头过河，处理不好就会出大问题，如果激化乡村农民之间的矛盾，生产力的发展也会受到极大的影响，削弱土地改革的成果，陈敬德的心情一阵阵沉重起来。

陈敬德向刘四爷家走来。

陈敬德听牛友亮说过，刘四爷是个贫农，小时候读过几年私塾，也算是大刘庄的文化人，新中国成立前，家里只有少量的土地，一贫如洗。新中国成立后，刘四爷当过大刘庄贫协主席，在淮海战役、抗美援朝中是拥军模范，成立互助组、初级社时表现积极，现在要成立高级社了，他的思想一定也是积极的，可以把他作为一面旗帜，影响大刘庄的群众。陈敬德看到刘四爷的农家小院，跟刘洪山家没有可比之处，堂屋是两间低矮的草房，东边也是两间草房，西边还有一间简易的厨房，一个三四尺高的土墙小院，看样子有年头了，墙头上长着蒿草，还有一些星星点点的苔藓，外门是用碎杂木夹起来的。家里没有一样大农具，只看到一个生锈的木铁结合的铧犁，看上去好长时间没有犁地了，两把铁锨竖在墙边，倒有几只肥大的山羊和一群鸡鸭圈在院子里，还有一个柴草垛，已经拽掉一个大窝子，不用说是做饭烧掉了。刘四爷正在劈柴，听到有脚步声过来，还以为是闺女秀兰下地回来了，说道："兰子，咱家的毛驴叫二良牵着干活去了，到你洪山哥家牵驴去，磨点粮食，缸里没面了！"

"老人家，"陈敬德走过来，"我是陈敬德，大刘庄的蹲点干部。上次我来接刘洪山到县城开劳模会，见过你，今天特来看看你老人家！"

"可惜了，一庄子人都为他可惜！"刘四爷把手里的斧子扔到一边，忙着找烟袋说，"洪山没去成，都是为了他的那头大花牛啊！"

"你是大刘庄第一个成立互助组和初级社的农民，家家都能吃饱饭，你给大刘庄树立了榜样！"陈敬德自己找个板凳坐下来，递给刘四爷一根烟说，"马上就要成立高级社了，把全村的老百姓组织在一起，走集体化道路，不知您老怎么看？"

"初级社都没有办好，又要办高级社，我看这事玄乎，是不是太急了？"刘四爷把陈敬德给他的那支烟夹在耳朵上，拿起烟袋来说，"村里几个小社，有进的，有退的，也有散的，乱哄哄的，人多了不好管哪。"

"办高级社，贫雇农首先要积极响应，我今天来，就是想听听你的意见。"

"土改分给我的地都在那里，一分也没少，你们想要可以随时来拿，我没有二话。这地本来就不是我的，拿去了，我也不心疼！"刘四爷点着烟，深深吸了一口。

"您老误会了，我不是这个意思。成立了高级社，土地是集体的，你也有一份，只是大家一块搞生产，平均分配粮食，大家都有饭吃。苏联就是这样搞的，听说人家的集体农庄办得很好，咱们要跟人家学习。"陈敬德进一步解释说。

刘四爷半天没吭气，脸上也没有露出多少表情，只是嘴角微微动了动，显得很淡然。沉闷了一阵，看陈敬德老是看着他，他顺口说道："人随王法草随风，我是一介草民，没有啥主见，也说不出个道道儿来，上级说咋走，俺们跟着走就是了！"

"刘四爷，我们的事业要首先争取人民群众的支持，没有老百姓的支持是办不成事的。"陈敬德还是希望刘四爷能有个明确的态度。

刘四爷不想再跟陈敬德说下去，人生阅历告诉他，言多必失，祸从口出。他勉强地笑着说："陈组长，你容我想想，等你哪天有空，我再向你汇报！"

话说到这里，陈敬德感到很难堪，这分明是撵自己走，看来再说下去也说不出个所以然来，只好客套几句离开了刘四爷的家。

刘四爷笑眯眯地把他送到门外。

陈敬德走访刘四爷，做了一件一厢情愿的事，原以为这个人受了一辈子苦，又是互助组、初级社的带头人，能说出一番支持办高级社的话，没有想到刘四爷竟是不冷不热的态度，好像还有一肚子怨气，只是不愿意在自己面前表现罢了。由此看来，对于成立高级社，贫雇农也不是铁板一块，那些已经走在前面的新中农户会是什么情况？陈敬德心里越发没有底了，农民土改时的心态已经发生了很大变化。

黄河区强力推动各村成立高级社,各驻村工作组大刀阔斧地开展工作,形势发展很快,没用多少时间,不少村庄已经搭起了高级社的台子,大刘庄再不动起来,恐怕就要拖全区的后腿了。

陈敬德再也沉不住气了,召集大刘庄干部和群众代表连续开了几个会议,统一大家的思想,根据大刘庄的人口、土地、耕牛和农户分布情况,划分两个高级社,即东社和西社。东社社长范彩玉,西社社长刘小黑,社长是工作组临时指定的,实际上是召集人,等农民全部入社后,再召开社员大会重新选举社长。

唐六对范彩玉有意见,恶气不出,就搞了一场恶作剧。他见范玉堂并没把他怎么样,以为范彩玉真的怕他,越发扬扬得意,肆意妄为!

东社,虽然农民都已入社,但唐家三兄弟意见很大,在公开的场合下跟陈敬德、范彩玉叫板,说他们做事不公。唐六两口子,不出工干活,还怪话连篇。唐门族人也跟着起横,谣言四起,摩擦不断,很不稳定,一时间乱哄哄的。

范彩玉要组织社员开会批斗唐家三兄弟。

陈敬德摆摆手说:"彩玉同志,不要心急嘛,像唐六这样的人,各个村庄都有,叫他们马上热爱集体,积极劳动,也不现实,思想得有个转换过程。"

范彩玉很有意见,不赞成陈敬德的看法,没好气地说道:"陈组长,驴不走磨不转,不能这样迁就他,不给他三鞭子,叫他吃点苦头,他会越来越蹬鼻子上脸!"

陈敬德还是摇摇头。

西社,刘洪山、刘四爷、三奶奶家没有入社。

在范彩玉看来,东社的不稳定跟西社刘洪山不入社有关,凡事都有个比较,刘洪山又是个有影响的人物,他的一举一动都会给大刘庄带来影响。范彩玉催促刘长水说:"长水,高级社都成立一个多月了,你家还是单干户,不光影响西社,东社也不稳定,唐家就一口咬住你爹,搞得陈组长也很被动。老头子到底想干什么?刘小黑几次要带民兵牵你家的牛,都被陈组长拦住了。陈组长之所以这样做,是看你爹是个劳动模范,在剿匪反霸中立过功，给他留个面子，是想叫他主动自愿加入高级社，大家脸上都好看。可你爹就像没有事一样，成天围着自己的一亩三分地打转转。你是村里干部，陈组长也很看重你，你也要有所长进，做做你爹的思想工作，赶快把老头子拉进高级社里来。"

刘长水抓着头皮说："彩玉，你是东社的社长，西社的事你还是少插手！"

"我不是替你着急嘛，别不知好歹！"范彩玉攥着拳头，急吼吼地说，"陈组长很想找你爹再谈谈，不知为什么，迟迟没有去，也许他有难言之隐。咱们要赶快行动起来，做出点成绩。你不也想加入共产党吗？就你这点觉悟，组织上怎么考察你？"

刘长水急得满头冒汗，不停地转着圈子，搓着手说："你急我也急，我也想做出个样子，叫陈组长看看。我什么话都说了，可老头子就是油盐不进，三句话说不好，就要跟我翻脸，他是爹，我是儿，你说我有啥办法！"

范彩玉用手指点着刘长水说："不是我说你，长水，在大刘庄你是有文化的人，你怎么就想不明白？你看现在是啥形势，你觉得你爹这样僵持下去会有好结果吗？"

刘长水低着头，叹口气说："我爹对黑子代理社长有意见，尿不到一个壶里。他不愿意跟他们搅和在一起，就是想单干，种自己的地，喂自己的牲口，他就是这样一个人，认准的事八头牛也拉不回来。你是社长，你脸大，嗓门也大，又会说话，你去跟他理论理论，看看你可能说服我爹。"

范彩玉嘴噘着，没好气地说："他要是我爹，我早跟他蹦起来了！"

刘长水摇摇头，苦笑着说："我爹不是你爹，你哪知道我爹的厉害。我要跟他蹦，把他惹急了，他会一脚把我踢出去！"

范彩玉禁不住扑哧笑了出来，说道："看看你那个窝囊样，踢出去更好，踢出去你就自由了。你干脆跟你爹分家，搬到我家住，看他们两个落后分子能怎么样！"

"到你家住？"刘长水龇着牙，歪歪嘴说，"你想叫我倒插门？"

"都在一个村子住着,中间不就隔一条小河吗?一抬腿就跨过去了,什么倒插门?多难听,你年纪不大,思想还这么陈旧。"范彩玉白了刘长水一眼,不由得笑了,推推刘长水说,"就是倒插门,有什么不好?一个女婿半个儿,正好我爹没有儿子,你来了,半个儿就变成一个儿了,我爹一定会高兴的。"

"你爹是高兴了,我爹要是没有了儿子,你家的日子能过安稳喽?我爹不跟你爹拼命才怪呢!"刘长水歪着头,"不要打这样的馊主意,倒插门,不可能。"

"什么馊主意?"范彩玉瞪着眼说,"这一招说不定能治住你爹!"

"见鬼去吧!"刘长水摇摇头,质问范彩玉说,"这一招要是不灵呢?"

"我也把你一脚踢出去!"范彩玉头歪在一边,捂着嘴,想笑却没有笑出来。

刘长水白了范彩玉一眼,摊开两手,长长出了一口气,故意说:"我刘长水这下完蛋了,鸡也飞了,蛋也打了,老鼠跑进风箱里——两头受气,我出家当和尚去算了!"

"你想当和尚?"范彩玉笑着拉住刘长水的手说,"为了不叫你当和尚,走,我跟你一块去见见你爹,我倒想领教领教他的厉害!"

刘长水心里暗暗发笑,好你个范彩玉,不知天高地厚,别看你是未过门的媳妇,什么代理社长,我爹可不吃你这一套,不弄你个倒栽葱、嘴啃泥,你不知刘洪山是俺爹。

陈敬德到来,虽然没把话挑明,但刘洪山心里明如镜,看来这个姓陈的不是一般人物,抱着葫芦不开瓢,打外围战,画个圈,等我自己跳进去,你就好好等着吧!我也等着你来要我的地牵我的牛,到时候我会跟你理论理论的。只要你陈敬德能说服我,别说地和牛,就是要我刘洪山的脑袋,我都砍给你,就怕你没有这个金刚钻。

一大早,刘四爷来找刘洪山说:"洪山,这件事你要拿主意了!"

"没主意。"天气晴朗,雾气慢慢散去,刘洪山看着初升的太阳说，"走，咱爷儿俩出去转转。"

"转啥转？"刘四爷着急地说，"你这样拉弓下去也不是个事啊！"

刘洪山笑着说："四叔，我就等着姓陈的上门来找我呢！"

"要转你自己转去。"刘四爷叹口气，倒背着手走了。

刘洪山看着刘四爷走去，不由得说："四叔啊四叔，您老咋也沉不住气了？"

刘洪山没等来陈敬德，却等来了刘长水和范彩玉。

刘洪山脸一寒，不说话，继续忙他手里的活。

刘长水畏畏缩缩地走到刘洪山的跟前，小声说："爹，大刘庄就剩下咱跟四爷爷和三奶奶几户了，别挺了，最后高级社还是要入的……"

刘洪山把手里的草筐朝地上一扔，大声说："住口！我不想听什么高级社、初级社。"

范彩玉红着脸走过来说："大叔，你就听长水说说嘛，入高级社好处可多着呢！"

刘洪山一看范彩玉就气不打一处来，摆摆手说："范家丫头，我知道你是东社社长，我要入也是入西社，你操哪门子心？我现在还是单干户，不归你管吧？我一不欠国家的粮款，二不犯王法，没有罪吧？要耍你社长的威风，你到东社耍去，我这里可不是你指手画脚的地方。"

范彩玉羞得满脸通红，使劲地喊了一声："大叔！"

汪玉兰急忙从屋里走出来说："他爹，有你这样跟闺女说话的吗？真是越老越糊涂了，彩玉还不是为咱这个家好！"说着，拉住彩玉的手到屋里去了。

"彩玉她也是好意！"刘长水还是试探着说，"爹，陈敬德开过多次会了，大会宣传小会讲，他也亲自到咱家来过，算给足你面子了，西社几百口人都在看着你，你怎么连口都不松一下？这样别着是要吃苦头的！"

刘洪山朝屋里看一眼，再看看刘长水可怜兮兮的样子，耐着性子说："儿啊，不是爹不松口，爹不能松这个口。你知道你爹置办这些地、买这头大花牛有多不容易吗？说一声归公就归公啦？就是归公也得找个好人管着是不是？你叫我把地和牲口交给刘小黑这号人去管，这不是睁着眼朝火坑里跳吗？说破天我也不答应！"

"刘小黑这个社长只是临时的，也不过就是个召集人，以后还要社员正式选举，说不定我能当社长呢，你怕啥呀？"刘长水左三右四说个没完。

"拉倒吧！"刘洪山摆摆手说，"你一个学生娃娃，胎毛未干，你懂个屁！简直不知天高地厚，你要是当了社长，老子更不放心。"

"范彩玉都能当社长，我怎么就不能？她还能比我强到哪去？你也太小看人了！"刘长水不服气地说。

刘洪山摆着手说："你跟她，一个在席上，一个在苇子上，成不了大器。别在我跟前胡咧咧，该干啥去干啥去！"

刘长水一看说不通，急得一阵抓耳挠腮，说话也就失去了分寸，没轻没重地说道："爹，难怪人家都说你思想落后，顽固不化，我看你就是一条道走到黑！"

一句话激恼了刘洪山，他甩手一巴掌朝刘长水脸上扇去，骂道："兔崽子，教训起老子来了！我落后，我顽固，我养你这么大，在你眼里就是个这？我是为了谁？没良心的东西！"

刘长水一歪身子，没打着，朝后退着步子，一时火性上升，跟爹叫起板来，大声吼道："啥都是为了我，我才不领你的情呢！"

刘洪山顺手拿起拌草棍，举在手里说："我听你小子再说一遍！"

刘长水一看刘洪山还要揍他，也耍起横来，不顾一切地赌气说："你不入高级社，我自己也要入，我去入村东社。"

刘洪山气急了，骂道："忤逆不孝的东西，你给我滚！"

"滚就滚！"刘长水说完就往外走，走了几步又回来，冲进西屋。

"你想干什么？"刘洪山咋呼道。

"就算分家，我也该有头驴吧，我拉驴入东社去！"刘长水说着就去解缰绳。

汪玉兰、范彩玉一直在屋里听爷儿俩吵架，听到这慌忙跑出来，汪玉兰上去抓住儿子的胳膊说："儿啊，你真的要走？"

刘洪山上前摆摆手说："别拉他，让他滚，滚得远远的！"

刘长水愣一下，看了范彩玉一眼。范彩玉躲在汪玉兰的背后，脸上露出鼓动的神色，还伸出一个大拇指，朝上竖着。刘长水一咬牙，牵着毛驴，一蹶一蹶地走出门外。

范彩玉勾着头，立着身，小步快跑，追赶刘长水去了。

汪玉兰一把没抓住儿子，扑通坐在地上哭起来，一边哭一边喊："老东西，你把儿子逼走了！"

刘洪山拉起汪玉兰，大声说："号啥号？滚就滚了吧，滚了干净！"

汪玉兰抱怨说："他爹，你就是个犟死牛，你就听孩子的一次不行吗？这下好了，儿子走了，媳妇也不会进咱的家门，你说这以后的日子咋过？"

"他上不了天！"刘洪山冷笑着说，"日子该咋过咋过，你等着看，有他哭着回家的时候！"

刘长水牵走了毛驴，加入了村东社。

刘长水跟家庭决裂，在大刘庄掀起一场不小的风波，成为人们茶前饭后议论的话题。

刘小黑扬扬得意，讽刺挖苦说："这一下好了，刘洪山这个顽固不化的老中农真成了孤家寡人了！"

唐六冲着刘小黑喊道："黑驴蛋，什么孤家寡人？这叫舍不得孩子套不住狼！"

王高挤巴着眼说："刘长水另立山头，独树一帜！"

剃头匠麻小毛发表高见说："用俺们的行话说，剃头的挑子——一头热，儿子革了老子的命。"

在一个巷子口，刘长水被刘四爷和三奶奶堵住了。

"不怕小偷上墙，就怕家贼难防。"三奶奶指着刘长水的鼻子骂道，"你个小龟孙，翅膀根硬了，想丢下你爹娘另攀高枝了，爹娘拉扯你容易吗？你这个吃里爬外不孝的东西！"

刘四爷也指着刘长水，寒心地说："长水呀长水，你吃了谁的迷魂药了，给人当枪使？你这一横炮，是想要你爹的命！"

刘长水被骂得一头雾水，炸蹶子蹿了。

三奶奶拍着巴掌说："老四，你成天在洪山门口转来转去的，你是想干啥哩？有话就说，有屁就放，抱着葫芦不开瓢，一庄子人可都看着咱三家哩，时间长了，总得揭锅吧？"

刘四爷不住地叹气说："三嫂，你也别心急，洪山不动，咱也不动，就看洪山下一步怎么走！"

刘长水凭年轻人的一时冲动，忍气出走，原以为是个壮举，没有想到这么多人奚落他，心里很不是滋味，拉着苦歪歪的脸，对范彩玉说："彩玉，这事是不是做差了？不然怎么会有这么多人讽刺挖苦我？我简直成了众矢之的，里外不是人。我看还是把驴牵回去吧，要不然会把我爹气死的！"

刘长水跟家庭决裂，范彩玉最高兴，好像刘长水给她出了一口气，同时也显示了自己在刘长水心目中的位置，激发了她对刘长水的感情。刘长水突然提出要回去，范彩玉一肚子不高兴，推了刘长水一把，说："长水，说啥呢！开弓没有回头箭，你要是真回去了，就你爹那个脾气，未必让你进门，别人更笑话你。既然走出这个门，就一走到底！"

刘长水抓着头皮，为难地说："我住哪里？吃哪里？"

"一不做，二不休，"范彩玉笑着说，"干脆住到我家里。"

"住你家？"刘长水摇摇头苦笑着说，"拉倒吧，我真成了吃鞋筐子饭的了，你不怕人家笑话，我还怕呢！"

范彩玉红着脸，情意绵绵地开玩笑说："我敲锣打鼓放鞭炮，再请一班唢呐，吹上三天三夜，把你娶到俺家，一天云彩都散了。到时候我给你生个小长水，咱抱着孩子进你家门，看你爹认不认孙子。"

刘长水羞得脸通红，双手捂住脸，苦笑着说："你干脆杀了我吧！"

范彩玉看看四周没有人，猛地抱住刘长水的脸，放肆地舔了一舌头。

刘长水没躲开，感到腮帮上潮湿湿的，散发出一股蒜味，忙吐了一口，掏出手帕在脸上被舔过的地方使劲地擦着。

范彩玉看了有些恼火，眉头一蹙，不由得朝刘长水屁股上踢了一脚，气愤地说："一个大男人，一点血性也没有——"

刘长水离家出走，范彩玉挨了她爹娘一顿臭骂，范玉堂拧眉瞪眼地说："死妮子，你没过门，要是把长水带回家来住，就是你爹你娘老脸不要，刘洪山也不会跟我们善罢甘休。他会说长水跟他翻脸是我挑唆的，要跟我拼命的，这个老家伙是个大炮筒子，他还不得一炮轰死我？我可惹不起他！"

范彩玉的母亲也数落闺女说："彩玉，就是倒插门，也得有个说法，三媒六证。你要把长水不明不白地带来算个啥？大刘庄的人会戳烂咱的脊梁骨！"

范彩玉咯咯笑着说："看你两个老鬼说的，好像天塌地陷似的，有啥大不了的？说不好我也搬出去，我们俩找房子自己住，看谁还敢说啥！"

彩莲咯咯笑着说："爹，俺姐想嫁人了，你也一棍子把她打出去算了！"

范彩玉的娘扯下头巾，打了一下彩莲说："死妮子，你还嫌这个家乱得不够咋的？"

范玉堂跺着脚大声吼道："反了，反了，都反了……"

刘长水牵着毛驴加入村东社，陈敬德并不赞成，狠狠批评了刘长水和范彩玉。范彩玉觉得很委屈，噘着嘴不说话。

陈敬德严肃地说："刘长水同志跟家庭决裂，加入村东社，表面上看起来是件好事，实际上很不妥当，这种所谓的叛逆是不会叫人同情的，反而会招人耻笑。革命战争时期，一些地主资本家的子女离家出走参加革命，是跟反动剥削阶级决裂，寻求光明之路。刘洪山是剥削阶级吗？他是咱大刘庄第一个劳动模范，也是黄河滩响当当的人物，沙县长对他评价很高！中国人讲究孝道，仁、义、礼、智、信，妻贤夫祸少，子孝父心宽，家和万事兴，你们俩这样做是违背社会伦理道德的，给大刘庄带来很不好的影响。做子女的，要体谅父母，不要动不动就跟父母闹气。老刘不愿入社，说明他思想有顾虑，不等于以后不入社，牛不喝水不能强按头，你们这一招，生效了吗？不但没有好的效果，还成了全村人的笑柄。"

范彩玉红着脸说:"陈组长,你说得对,是我们考虑不周,太幼稚、太冲动了!"

刘长水委屈地说:"陈组长,你说咋办?俺听你的。"

陈敬德脸色平复下来,笑着说:"咱们都好好想想,怎么下这个台阶!"

十

　　1957年春天,黄河区还有少数钉子户没有加入高级社,区委召开会议,研究解决办法,区领导分别下到各村做工作。

　　黄河区区委书记赵玉彪来到大刘庄,听过陈敬德的汇报后,赵玉彪说:"走,咱们一块去看看这个刘洪山,看他可给我这个区委书记面子!"

　　刘洪山正赶着大花牛朝地里拉肥料。

　　赵玉彪微笑着走上前说:"老哥哥,麦子还没有收,就开始准备夏种的肥料了?"

　　刘洪山一边卸肥料一边说:"古语说,凡事预则立,不预则废。万事求个'早'字!"

　　赵玉彪也拿起铁锨,从车上朝下铲肥料说:"看样子,你是不打算入社了?"

　　刘洪山停下手中的活计说:"你这么大的官,是来给我下命令的?"

　　赵玉彪笑着说:"不是下命令,是动员你入社,愿意给我这个区委书记面子吗?"

　　"给你面子,就没有我的日子过了!"刘洪山没好气地说,"你下命令好了!"

　　赵玉彪哈哈笑着说:"老刘,对你我们是不会下命令的,我们有耐心,还是希望你能心甘情愿地加入!"

"要是心甘情愿，话就不要再说了，我今天活重，对不起了！"刘洪山卸完肥料，扯起缰绳，赶起大车走了。

赵玉彪一脸尴尬，头摇得像只货郎鼓。

陈敬德苦笑着说："赵书记，你看看，他就这个态度，软硬不吃，油盐不进。你要发个话，我们就强行解决刘洪山的问题。"

赵玉彪摆摆手说："看来这个刘洪山的确是块难啃的骨头，他是个有影响的农民，你一定要想办法劝他入社。沙县长多次在会议上强调，要本着农民自愿的原则，多做说服工作，决不能搞强迫命令一刀切。再耐心等一段时间，最多麦收后，大刘庄东、西两个社，一户不能少！"

陈敬德去了县城，来到沙玉明办公室，不由得唉声叹气。沙玉明笑着说："小陈，碰钉子了？"

陈敬德苦着脸说："黄河区赵玉彪书记亲自出马，还帮他干活，刘洪山还是不给面子，我又不好对他采取强硬措施。他儿子为劝他入社，跟他闹分家，在村里影响很不好。我今天来，是想叫你给他写封信。"

"我写信？"沙玉明微笑着说，"我的信也不是灵丹妙药，我以前就跟你说过，像刘洪山这样的中农户，是不会轻易把自己的命运交到别人手里的。我看你的功夫还没到家，再加把劲，一定把他拉到集体化道路上来。"

"你是一县之长，对刘洪山有知遇之恩，你的信不是灵丹妙药，也能消炎止痛。"陈敬德笑着说，"我是没法子才来找你的，你不会叫我白跑一趟吧！"

"那好吧，既然你认为能消炎止痛，我就开个方子！"沙玉明写好信，装在信封里，递给陈敬德说，"中农入社难，是个普遍现象，从各地反映的情况来看，不少中农户即使人入社了，心也没有入，一有风吹草动就会出现反复。希望你能创造出经验来！"

陈敬德走出沙县长办公室，天色已经很晚了，大街上，路灯下，往来行人很多。从东关到西关，好长一段路程，陈敬德步履匆匆地来到家门口，门敲了许久，媳妇叶丽红才慢悠悠地出来开门，脸色一寒，嘟囔说："你还知道进这个家？"

"对不起，工作太忙，冷落你了。"陈敬德把外衣挂在衣架上说，"我饿了，还有吃的吗？"

"街上到处都是饭馆，家里有啥好吃的？"叶丽红很不情愿地拿着一把挂面，到厨房去了。

陈敬德以为自己很少回来，媳妇一定是生气了，觉得对不住媳妇，吃了一碗面条，洗洗脚，坐在床上说："丽红，咱们早点休息！"

叶丽红顺手拿起一个手提包说："你睡吧，我要值夜班！"

"叫别人代个班不行吗？"陈敬德下了床说，"我给你们院长老徐挂个电话！"

"拉倒吧！"叶丽红带上门咯噔噔地走了！

陈敬德抓着头皮傻站了半天！

陈敬德从县城回来，就直奔刘洪山家来了。一进门，刘洪山老两口正要吃晚饭，陈敬德笑着说："来得早不如来得巧，还能添双筷子吗？"说着，从提包里拿出一瓶酒放在了案上。

"酒，我家里有！"刘洪山拉一个凳子放在案前说，"老陈，你今天不来，我也打算找你。"

汪玉兰有点紧张，慌忙说："他爹，你招呼着陈组长，我再炒两个菜去！"说着朝厨房去了。

陈敬德摆摆手说："老嫂子，桌上的菜够了，不要忙活了！"

刘洪山不冷不热地说："老陈，你是国家干部，能到老百姓家吃饭也不易了。"

"老百姓家的饭我可没少吃，打游击那些年，天天都是在老乡家吃饭，老乡吃啥我吃啥，从不挑食！"陈敬德端起酒杯说，"来，我敬你一杯！"

刘洪山没端酒杯，摆摆手说："老陈，酒要喝个明白，话要说个清楚。你一个工作组组长，在老百姓眼里是个大官，突然跑到我家吃饭，还带来酒，我心里空落落的，一点底都没有。老话说，无事不登三宝殿。你一定有话对我说，话挑明了，你说咋喝咱咋喝！"

陈敬德显得有些不好意思，只好慢慢地把酒杯放在了案上，很不自然地笑着说："老哥哥，你的为人，我今天算是见识了。不瞒你说，我刚刚从县城回来，这酒是沙县长叫我带来的，他说叫我代表他陪你喝两盅！"

刘洪山急忙拿起酒瓶，仔细看了看，这是一瓶当地产的六十度地瓜老白干，看了一会，便把酒轻轻放在案上说："沙县长召开的会，我没有参加，他没生我的气吧？"

"没有，就觉得你没去太可惜了，与会代表也都想见见你。"陈敬德看着刘洪山变化的脸色，"沙县长可惦记你啦，他还叫我给你带封信。"说着，把信拿出来放在刘洪山跟前。

刘洪山拿起信，正反看看，笑着说："我不识字，你念给我听听！"刘洪山又对着厨房喊道，"他娘，你也来听听，听沙县长都说了啥！"

汪玉兰端着一盘炒好的鸡蛋放在案上说："还有个菜没炒呢！"

"听完再炒不迟！"

汪玉兰搬个小板凳，远远坐着。

陈敬德拿起信念起来："刘洪山同志，你是黄河滩的英雄，又是劳动模范，我非常敬佩你。你有丰富的种地经验，你有吃苦耐劳的精神，在群众中有很大的影响力。希望你能加入高级社，为发展农业生产多做贡献，叫大刘庄人都有饭吃，有衣服穿，有房子住……"

刘洪山脸色突然一变，摆着手，没好气地说："老陈，不要朝下念了，你的来意我全明白了。你不是来陪我喝酒的，你是来给我送皇王圣旨的，我是一介草民，担待不起啊！"刘洪山大声对汪玉兰说，"老太婆，拿咱的酒去，我今天要跟这个钦差大臣见个高低！"

汪玉兰气愤地说："他爹，你这是干啥嘛！"

"快去拿酒！"刘洪山甩着手说。

陈敬德满脸通红，如坐针毡！

陈敬德酒喝高了，跟跟跄跄地走了。

汪玉兰抱怨说："老头子，陈敬德是工作组组长，人家巴结还巴结不上来，你这是唱的哪一出？喝出个好歹来咋办？有话好言好语跟人家说嘛！"

"我刘洪山一辈子堂堂正正，别给我来这一套，把县长搬出来我就怕了？"刘洪山看着老伴忧心忡忡的样子，缓和着口气说，"敢跟我刘洪山喝酒他就得有这个量。陈敬德要是个好干部，他会明白我的心；他要真记恨我，我也不怕，我要的就是一口气！"

汪玉兰咬着牙说："一辈子，就是个犟！"

更深夜静，刘洪山看着大花牛吃草，想起沙县长的那封信，眼里不由得泪汪汪。大花牛吃饱了，就卧在地上反刍倒沫。刘洪山一手架着烟袋，一手拿着一把刷子给大花牛挠痒痒。刘洪山风雨一生，饱受磨难，什么事情都明明白白，他知道胳膊是拧不过大腿的，只是不甘心而已。刘洪山抚摸着大花牛，痛苦地说："老伙计，你都看见了，也听见了，十二道金牌都来了，我一个种地的有啥法啊？……小黑驴一走，你连个伴也没有了，我跟你做做伴，到时候我要真留不住你，你到社里的大槽上也许能碰上个对脾气的，一起拉拉呱、蹭蹭痒……他们要是亏待你，我一定把你牵回来……你要是吃不惯大槽的草，忍着点……"刘洪山抓着大花牛的耳朵，豆大的泪珠滚落下来！

大花牛两只大眼看着刘洪山，似乎听懂了主人的话，昂起头来，朝刘洪山身上蹭蹭，又伸出舌条舔着鼻孔，意思是叫主人放心。

汪玉兰抱着棉袍从堂屋走来，一边给刘洪山披上袍子，一边心痛地说："他爹，都半夜了，歇着去吧，天明还有一大堆活呢！"

刘洪山从嘴里抽出烟袋说："睡不着啊，你歇着吧，我再陪大花牛一会。"

春去夏来，小满一过，就到芒种了。

天气晴朗，阳光普照，黄河滩又迎来一个丰收年。

刘洪山头上顶着毛巾，扎着腰带，挥起镰刀，割起麦来。汪玉兰随后捆着麦子，捆起一个，用手掂掂说："他爹，麦个子好沉啊！"

刘洪山擦着汗说："他娘，咱买大花牛的时候我就说过，一年到头叫你娘儿俩吃上白面馍馍，这话叫我说准了吧？你看看，咱这十多亩麦子，少说也够咱吃二年的。"刘洪山说着又弯腰割起麦子来。

"来年能不能吃上，难说哩！"

"别操心了，走一步算一步吧！"

陈敬德拿着镰刀，不声不响地来到地里，帮刘洪山割麦。

刘洪山看着陈敬德割麦的样子说："老陈，我可没请你来帮我干活，你一个国家干部帮我割麦子，我可担当不起。"

"我是不请自来，我一个老八路，给你打打短工不行吗？"陈敬德微笑着说。

刘洪山咂咂嘴说："一辈子，我的地都是自己种自己收，从没有雇过人，你给我割麦子，我不成了剥削阶级了？"

陈敬德哈哈笑着说："互帮互助嘛，我中午还想到你家吃大馒头呢，这样算公平了吧！"陈敬德挥舞着镰刀，"老刘，人多力量大，就说你这十几亩麦子吧，根深垄厚，你们老夫妻俩啥时候能割完呀？我看要把你老两口累坏的。要是大家都来帮帮手，很快就割完了！"

"当干部的就是会说话，听了叫人心里热乎乎的。"刘洪山扬起镰刀说，"老陈，我老两口干活，老两口吃饭，要是都来割麦，都来吃饭，几天工夫就把粮食吃完了，你说是不是这个理？"

"老刘，你这话说出一个道理，所以入了社，要教育大家都好好劳动，团结得就像一家人一样。就像沙县长说的，心往一处想，劲往一处使，把粮食生产搞上去。如果大刘庄的几百亩麦子都长得像你这麦子一样，大家就天天都有好面馍馍吃喽。"

"人心能像你说的就好了！"刘洪山说着话，手打着凉棚四下看看，周围的不少地块麦子都收割完了，自己的麦子根深垄厚，耐旱抗倒伏，穗穗颗粒饱满，晚熟了两天。

这时，刘四爷、三奶奶、李二良，还有马大妮也来到刘洪山麦地里，帮刘洪山割麦子。三奶奶看汪玉兰捆麦子，也帮着一起捆起来。

汪玉兰感激地说："三婶，您老一把年纪，咋也来了？我和他爹能忙过来，您老歇着去吧！"

三奶奶哈哈笑着说："俺以前没少用你家的牲口，麦子也是洪山帮着播种的，我帮你捆麦子还不是应该的？你别看我年岁大，手脚还是有劲哩。"

刘洪山看到刘四爷、三奶奶、李二良、马大妮来帮着收麦子，直起腰来，摊开两手说："看来中午一锅馒头还不够吃的！"

大家都哈哈笑起来，一会割了一大片。

刘洪山割了一阵，直起腰，手搭凉棚，四下看看，突然看到自家麦田地那边有两个人头在晃动，是一男一女，好像也是在割麦子，仔细看看，那个男的留着小平头，女的留着齐耳发。他不由得唏嘘一声："臭小子。"刘洪山看见刘长水和范彩玉，心里突然像吹来一股清风，一阵说不出的畅快，装作不知道，又弯腰割起麦来。割了一阵，他高兴地喊着汪玉兰说："长水他娘，回家做饭吧，多蒸馍馍，多炒几盘菜，把那只老公鸡也杀了吧！"

汪玉兰打着手势看看太阳说："他爹，天还早呢，急啥哩？"

刘洪山催说道："老陈、四叔、二良、大妮，还有三婶帮咱割麦子，中午咱得管饭。"

陈敬德手里拿着一把麦子，直起腰来，实际上他早看到刘长水和范彩玉也来割麦子，只是不说就是了。听刘洪山半晌午就催汪玉兰去做饭，他心里一阵喜滋滋的，说话也就放开了："老刘，你要相信群众的觉悟。苏联老大哥已经有了成功的经验，人家的集体农庄办得红红火火，都实现机械化了，老百姓都是楼上楼下电灯电话。"

刘洪山疑惑地说："老陈，你给我放句实话，是不是一定要每户都入社？"

"合作化是社会主义发展方向，是带动千家万户走共同富裕的道路，怎么能漏一户呢？"陈敬德若有所思地说，"老刘啊，这些天我一直琢磨一个问题，你说土地改革没几年，上级为啥要办互助组、初级社、高级社？我经过一番调查研究，悟出来了。分开单干，就现在这样的生产条件，农民的劳动素质，要不了几年，还会出现新地主、新富农，大批农民到手的土地会再失去，有的农民想卖地就是个信号，农村形势会变得更为复杂，会出现几家欢乐几家愁的局面。这不是我们共产党人的初衷。共产党是叫每一户农民都富裕起来，只有走集体化道路才能解决这个问题，人人有活干，家家有饭吃。老刘，你说是不是这个道理？"

刘洪山微微点着头说："共产党的心胸就是大啊！"

陈敬德一阵欣喜，微笑着说："老哥哥，想明白了？"

刘洪山想了想说："入了社要是不如意，还能退吗？"

"退？"陈敬德愣怔了一下，便哈哈笑着说，"老刘啊，你还没有入，咋就想着退呢？"

刘四爷在一旁插话说："上面的想法都是好的，想叫老百姓都能吃饱饭也是真的，不然土改就不会把土地分给农民，可人心不齐啊，各有各的小算盘。这几年你恐怕也看到了，一样的地，不一样的收成，一样的人，不一样的想法，把人心拢到一股绳上，难啊！"

"这话实在！"陈敬德深情地说，"四爷，您老是大刘庄第一个成立互助组的人，也是第一个成立初级社的人。现在成立高级社，你却没有加入，看来你是担心人心不齐啊！"

"陈组长，我老太婆也是这样想的，洪山不加入，我们也不加入……"三奶奶一边捆着麦子一边说个没完。

汪玉兰提着水壶走来说："陈组长，你是大干部，说话有准儿，劝劝俺儿子长水，跟他爹拌几句嘴，就跑到东社蹲着，前后也有些日子了，外人看着算个啥嘛，四邻都笑话俺！"

"老嫂子，不用担心，你的儿子就是你的儿子，孙猴子跳不出如来佛的手心，放心吧！"陈敬德说着朝那边点点头。

汪玉兰直起腰来看看那边两个割麦的年轻人，吃惊地说："你说那是长水、彩玉？"汪玉兰说着，提起茶壶朝那边走去。

陈敬德感叹地说："母子连心啊！"

刘洪山割了一会麦子，看陈敬德脸上淌汗了，把烟袋递过去说："老陈,歇歇,喝口水,吸袋烟!"

陈敬德接过烟袋,擦了一把汗说:"午收过后就该缴公粮卖余粮了,各社的指标已经下来了。"

刘洪山拍拍胸口说:"老陈,这个你放心,国税公粮,历朝历代都是一样的。我刘洪山的粮食,晒干扬净,一两不少卖给国家!"

"老刘啊,都像你这样卖公粮,政府的日子就好过了,城里人也不愁没有饭吃了!"陈敬德感慨地说,"这两年,一到午秋两季粮食征购,干群关系就紧张,打架闹事,还出过人命,甚至闹到区政府、县政府。沙县长吃不好饭,睡不好觉,一天就跑过好几个村庄,四处灭火,也处理了一些干部!"

"国税公粮,不能不缴。"刘洪山同情地说,"看来沙县长也不容易,几十万人的一个大县,得操多少心啊!"刘洪山说着抓起一把沙土,"土改按人头分地,政府按亩抽红,还是合情合理的,你拿不出来,那是你的问题,打架闹事不应该!"

陈敬德苦笑着说:"还有人指名道姓骂沙县长。"

"那叫没良心!"刘洪山不平地说,"沙县长没把粮食扛到自己家,又不是地主老财,挨骂受气岂不冤枉!"

陈敬德深有体会地说:"这就是四老爷子说的人心啊!"

刘洪山心情沉重地说:"四叔是过来人,人心要是散了,一切都是白瞎。"

吃过晚饭,陈敬德给刘小黑交办卖余粮的事,听说刘洪山卖粮回来了,要去刘家看看。

刘小黑不耐烦地说:"陈组长,你一回一回地朝刘洪山家里跑,刘洪山给脸不要脸,你越客气他越拿劲。干脆我带着民兵,把他的牛牵来就完了!"

"不许乱来!"陈敬德批评刘小黑说,"当干部要耐心做群众工作,你急什么?西社要是出了问题,我撤了你的代理社长。"陈敬德说着,大步朝刘洪山家走去。

刘小黑虽然恨得牙根发痒,但屈于陈敬德的压力,也不敢轻举妄动。

晚风徐徐吹着,天上稀稀拉拉几颗星星,黄河滩上,夜风徐徐,还带有几分凉意。

刘洪山跟刘四爷两个人膀靠膀走出村庄,来到黄河故道一片沙丘上。刘四爷指着一明一亮断断续续的河床,若有所思地说:"洪山,黄河改道整整一百年了,你说这一百年里,咱黄河故道人,咱的老祖宗,过的是啥日子?祖祖辈辈在沙窝里刨食,累死饿死不说,还年年打仗,兵荒马乱,谁过过一天安稳的日子?"

刘洪山寒心地说:"四叔,我虽然有十多亩地,但过日子也是提心吊胆,庄稼成熟的时候,没敢在家里睡过觉。我夜里看庄稼,被土匪绑在树上,眼看着几亩玉米被抢了去!"

"洪山,共产党来了,天下才太平了。"刘四爷深情地说,"黄河改道,留下这一方水土,现在共产党把土地分给农民,咱们成了这黄河故道的主人,老百姓真正过上平安的日子。你知道,成立互助组、初级社,我都是大刘庄第一个加入的,我是打心眼里感谢共产党。你说,现在成立高级社,我为啥不积极,有时候还给陈组长泼凉水?就是想跟你做个伴,等着你一起入社,三嫂子也是这样想的。谁都知道你的地比我们多,还有牲口和农具,你要加入,肯定是吃亏了。对你来说,这还不是主要的,你是怕大家合在一起,地种不好,日子过不好。可话又说回来,我们不能因为这些担心,就跟政府闹别扭。新社会跟大清朝不一样,也跟民国不一样,共产党是想叫天下的穷人都有饭吃,有衣穿,有房子住。咱中国的历史上没有哪个朝代是这样的,这是天大的道理。我看咱三家也别扛着啦,咱憋了这几个月的屎拉到自己裤裆里算了!"

"四叔,你是个有文化的人,想得比我远,看得也比我清楚,我刘洪山也不是个不明事理的人,这一阵子我想了很多,你今天不说这件事,我也会找你和三婶的。"刘洪山满怀深情地说,"陈组长一次次来我家,这样说那样劝,我对他说了不少难听的话,他一次火也没发过,总是笑脸跟我说话,现在想起来,我觉得对不住他。"

"那你还担心啥?"

"我担心刘小黑这个东西把西社带到茄棵里去！"

"刘小黑不改邪归正，他也立不住，听说陈敬德对他也很有意见！"

刘洪山、刘四爷正走着，突然发现后面跟着一个人，刘洪山喊道："谁呀？"

"陈敬德。"陈敬德走过来说，"屋里闷热，睡不着，出来凉凉风，没有想到碰到你们老哥儿俩！"

"你一定是为我们三家没入社睡不着吧？"刘洪山掏出烟袋递给陈敬德说，"实话告诉你，我跟四叔也正在说入社的事！"

陈敬德笑着说："全想明白啦？"

刘洪山看着一望无际的原野说："出水才见两腿泥！"

刘洪山、刘四爷、三奶奶全都加入高级社。

刘小黑在王高家吃狗肉，一阵狂笑，发狠地说："刘洪山呀刘洪山，你转了八圈子，总算掉进我窑里了，看我以后怎么收拾你！"

"别高兴得太早，"王四朵用叉子敲着锅沿，冷笑着说，"刘洪山入了社，对你黑子，是福是祸，还要骑驴看唱本——走着瞧！"

王高拍拍刘小黑的肩膀说："只要你大权在握，我再当上副社长，刘洪山再能也跳不出咱兄弟的手心。"

"咱老王家老坟里就没那风水。"王四朵拿根筷子敲着王高的脑瓜说，"小子，大天白日，别做美梦！"

入社的当天夜里，刘洪山带着儿子刘长水来到野外。

太阳落山了，半边月亮从东山爬上来。

田野里，刘长水高一脚浅一脚地跟在刘洪山的后面，很不情愿地说道："爹，咱家的几块地在哪里、大致多少亩我都知道，入了社土地就是集体的了，咱也不用操心费神了，你跟我说这些还有啥用啊？"

"胡扯，农民不操心土地还操心啥？地是啥？地是咱农民的根本！你给我记住了，啥时候也不能丢掉这个根本，不给你做个交代，我以后见了你爷爷没法交代！"刘洪山扯了刘长水一把，指着脚下的一块地说，"孩子，这是咱家最早的一块地,总共是二亩八分三厘,算起来在咱刘家手里也有四代人了,是你太爷在光绪年间用你太奶奶的嫁妆换的。"

刘长水唏嘘一声说:"太奶奶的嫁妆,她能愿意?"

"你太奶奶生了你爷爷,人口多了,光靠你太爷给别人家干活挣不够吃的,就想着买地,买地没有钱,就东拼西凑。家里的东西能卖的都卖了,钱还是不够,你太奶奶就叫你太爷把嫁妆拉出去卖了。你爷爷活着的时候,最看重的就是这二亩八分三厘地!"刘洪山说着又朝前走了一阵,来到一片河滩地说,"这块地是三亩三分,这原是洪水冲过的荒地,你爷爷奶奶带着一家人干了一个冬天,手刨脚扒开出来的。你爷爷和你奶奶的手指盖都扒掉了,鲜血流出来,用布缠上手继续挖,这块地养了两年多才能种庄稼!"

刘长水心里一阵感动,蹲下来,捧起一把土,放在面前闻着,似乎闻到了爷爷奶奶的血汗味,只觉得鼻子酸溜溜的,眼里噙着泪花,深情地说:"爹,老祖宗也太不容易了!"

"容易?咱家哪块地都来得不易!就说咱家的那块麦地吧,那是经我的手买的,当时你姐姐十五岁,你才五岁,我跟着人家的车队到海州推盐,往返一趟二百多里,我整整跑了半年多,光独轮车就推毁三辆。你娘看我一个人累,硬要跟着我跑一趟,回来病了一个多月,到秋季买下这块地!"刘洪山说着,擦擦眼泪,"孩子,爹本不该跟你说这些,要不是土地入了公,爹一辈子也不会跟你说这些事,眼看这地保不住了,你说爹心里⋯⋯"

刘长水哽咽着说:"爹,您老想开些吧!"

这以后,刘长水每天晚上给爹洗脚,给爹点烟。娘做好饭,爹不回来,刘长水从来不先吃,等爹回来,家里家外帮着爹娘干了不少活!

刘洪山入社后,范彩玉注意到了刘长水的变化,她眯着眼看着刘长水说:"听说你学会了烙馍擀面条,每天给老头子洗脚,成个孝顺儿子了?"

"擀面条不难,学会了自己想吃也方便不是。"刘长水挖苦说,"听彩莲说,你擀的面条像豆芽似的,真的假的?"

"那是杂面,没筋骨,像豆芽就不错了,别听彩莲瞎说,她还不如我呢。"范彩玉突然瞪着大眼说,"怎么,你嫌弃我不会做饭?"

刘长水讪笑着说:"你不会做饭没关系,将来我做给你吃不就完了?"

"你有这个心就好!"范彩玉扑哧笑了。

十一

刘洪山在社里干活,成了大家关注的对象。锄地的时候,人家锄一垄,他锄两垄,人家担两个半筐,他的筐总是满满的,跟在他的后面走路,你得跑着走。

汪玉兰看着心疼,劝说道:"他爹,人家干多少咱干多少,人家拿多少工分咱拿多少工分。你这样拼命干活,跟你在一块做活的人都说太累,跟不上趟,工分也没多拿,你出力不落好,积极个啥哩!"

刘洪山不高兴地说:"干活就要有干活的样子,多年养成的习惯,改不了。你看你们那些妇女,挤在一堆,嘻嘻哈哈,东扯葫芦西扯瓢,张家长李家短,像个干活的样子吗?"

汪玉兰笑着说:"过去单干,一家一户过日子,在地里干活,半天也找不到说话的,现在大呼隆干活,能不扯闲话吗?你还别说,谁家有个啥事,一庄子人很快就知道了。"

刘洪山叹口气说:"大家的心思都用在种地上就好了。"

麻月娥加入高级社,成了西社的社员,能跟大家一块干活,心里宽慰了许多。歇息的时候,妇女们坐在一起说笑,麻月娥远远坐着,听老娘们说一些家长里短的笑话,也抿着嘴跟着笑。

锄谷子,一人分三垄地,谁锄完谁收工。麻月娥锄地慢,大多数人都下班了,她还没有锄完,身上的衣服全汗透了,头发也粘在脸上脖子上,一阵口干舌燥。离谷子地不远处是一块人头深的高粱地，麻月娥放下锄头走了进去，正想蹲下解手，哪想到刘小黑也在不远处解手，一声咕咕叫，从一旁猫着腰走过来。麻月娥"娘哎"一声，提着裤子就跑。刘小黑在后面狂笑说："你个土匪婆子，跑啥跑？早晚叫你跑到老子床上去。"

麻月娥气喘吁吁地跑出高粱地，来到自己锄地的地方，一看，刘洪山正在帮她锄剩下的谷子。她激动地说："大叔，叫你受累了！"

刘洪山锄着地说："月娥，回去吧，我也就一袋烟工夫！"

刘小黑正朝这边走来，突然看见刘洪山在锄地，一扭头，又钻到高粱地里去了。

麻月娥扭回头看了看，扛起锄头，小声咕哝一句，急匆匆地回家去了。

麻月娥在地里干活，再也没有富贵人家小姐那种高贵的气质，一对水灵灵的眼睛变得有些呆痴，衣着也不讲究，头上顶着一块老蓝布，活脱儿一个农村妇女的样子。她很少正面看人，走路总是左顾右盼，生怕碰到了什么。麻月娥最怕见到刘小黑，一看见刘小黑就像老鼠见到猫一样，周身筋骨发麻，牙齿嗒嗒敲着，想找个去处躲开。西社组织男女劳力朝地里挑肥，刘小黑有意朝麻月娥筐里多放几锨。麻月娥明知道刘小黑在欺负她，也不敢吭气，用上吃奶的力气挑起两筐粪，一下子从肩膀麻到了脚跟，顿时腿上的肌肉也绷紧了，豆大的汗珠子从额头上滚落下来，满脸涨得通红，一对眼珠子几乎要从眼窝里蹦出来，两只脚搓着地朝前走了几步，心里说不出的恐慌。突然她觉得两眼冒黑花，两腿支撑不住，一屁股坐在了地上，粪洒落一地。

刘小黑走过来训斥道："地主崽子，土匪婆子，不好好干活，还想偷懒，把粪给我捧起来！"

麻月娥羞愧难当，委屈地哭起来。

刘长水看到这个场景，忍耐不住，挑子一撂，气愤地说："刘社长，你不是欺负人吗？"

刘小黑冲着刘长水吼道："刘长水，你胆子不小，敢袒护坏分子，麻月娥给你啥好处了？"

"放屁!"刘长水一个箭步冲到刘小黑面前,攥着拳头说,"你小子再敢胡吣一句?"

刘小黑伸手抓住刘长水的衣领,两个人就要动手。

李二良、马大妮几个人跑过来,把两个人拉住了。

刘长水是学校篮球运动员,跟体育老师学过几套拳脚,真要动起手来,非把刘小黑揍扁不可。

李二良把麻月娥的两筐粪装满,伸手把刘小黑拽过来说:"黑社长,你是个大男人,这两筐粪你挑起来试试,你要能挑起来走百步,我李二良跪下来给你磕三个响头!"

"老子今天就担给你看看!"刘小黑咬着牙好不容易把两筐粪担起来,一步一步朝前挪,刚走上一个半坡,两脚打滑,站立不住,一屁股摔在地上,四脚朝天。

社员们都哈哈大笑起来!

范彩玉知道了这件事,噘着嘴,挖苦刘长水说:"狗改不了吃屎,老毛病又犯了,听说你今天演了一出打抱不平的好戏,还要跟黑家伙动手?"

"那一担粪,别说麻月娥担不动,我担起来都吃力。刘小黑自己担起来,走了几十步就摔了挑子,叫麻月娥挑这么重的担子,不是欺负人吗?"

"麻月娥是地主子女,劳动改造是应该的,你这样怜香惜玉,社员们会怎么看你?"

"神经过敏,无聊!"

"你凶什么?我是怕你影响不好!"

"对成分不好的人,难道就该当牲口使?"

"我不是这个意思。"

"你就是个小心眼。"

夜里下了一场大雨,黄河滩个别地块由于地势低洼,容易积水,大刘庄西社几十亩黄豆地发生内涝。

天刚放亮，刘洪山就喊着刘四爷和李二良来到豆田里清沟沥水。

雨过天晴，太阳一丈多高了，刘小黑扛着锄头带着一群社员轰轰隆隆来到地里，看到刘洪山几个人正在排水，脸一下子拉下来，龇牙咧嘴地说："我没派你们放水，充啥积极？还有四叔、李二良，你们都跟在刘洪山后面，想干什么？"

刘洪山着急地说："黑社长，昨天夜里下了大雨，豆地里出现内涝，要赶快放出去。黄豆不比别的庄稼，怕水渍，泡一两天就完了，结不了角了，要赶快叫大家清沟放水！"

刘四爷指着刘小黑说："黑子，种地可不是闹着玩的！你误地一时，地误你一年，你懂不懂？要是不懂，就听洪山的，种地他是行家，走的路比你过的桥多，你要好好跟他学着点！"

在众人面前，对刘四爷的批评，刘小黑很反感，头摇得像货郎鼓，不屑一顾地说："你想叫我向落后分子学习？笑话，什么种地行家？我看你们是假积极，有意给社里找麻烦，发泄对高级社的不满，充什么大尾巴狼！我是大刘庄西社的社长，干什么活都得听我指挥，今天要给玉米锄草，黄豆淹死不要你们负责。"

"玉米除草早点晚点不要紧，再说，刚下过雨，地里能下去脚吗？"刘洪山朝前走了一步说，"小黑，赶快叫大家回去拿铁锨，耽搁不得呀！"

"你是社长，还是我是社长？"刘小黑凶狠地说，"你们不听指挥，目无领导，单干思想在作怪，跟高级社唱对台戏，制造混乱，我到陈组长那里告你们去！"

刘四爷一股子火气上来，气哼哼地骂道："你个王八羔子，是说话还是放屁？你叫大家说说，今天是该锄地还是该放水？"

"黑子，狗屁不懂，当什么社长？只能瞎指挥！"李二良一步走到刘小黑跟前说，"你小子把社长让给我吧，保证干得比你强。"

"李二良，我警告你，你跟刘洪山穿一条裤子，还想夺权，没门儿，我刘小黑也不是泥捏的，你们都给我好好等着……"刘小黑说着气呼呼地走了。

马大妮走过来说："二良，有种，把黑子撂倒，你来干。"

李二良抓着头皮，笑着说："我就是吓唬吓唬他，真叫我干，我还不干呢！"

刘四爷站在那里，气得嘴唇发青。

大部分社员回家拿来铁锨，跟刘洪山一起清沟沥水，整整干了一个上午，水都清完了，也没有见刘小黑的影子。

刘洪山带着一身泥水回到家里，汪玉兰端上饭菜说："洗洗手，先吃饭！"

刘洪山把铁锨放到一边，扑通坐下来。

汪玉兰把半瓶酒和一只杯子放到案上说："他爹，在水里泡了半天，喝两口吧。"

刘洪山叹了一口气，拿起烟袋，挖了起来。

"别吸了，吃饭吧！"汪玉兰看着老伴疲惫的样子，抱怨说，"你跟那个黑东西闹什么心？你还以为是种咱家的地呢？人家是社长，手里有权，说干啥，你就得干啥，人家说打狗，你别撵鸡。你跟领导闹别扭，能有个好吗？你一辈子都没有清闲过，如今入了社，不该你操的心就一边待着去！"

刘洪山放下烟袋，拿起酒瓶，咬开瓶盖说："长水呢？他可有两天不进家门啦！"

"东社重新选举社长，彩玉选上了，这丫头心劲大，听长水说，这一阵子又是规划，又是制度，还办啥学习班，给长水安排了一大堆的活，黑天白日加班，长水吃住都在办公室。他叫你不要担心他，干完这一阵子就回来。再说，他把驴牵到东社里去，也算半个东社的人，彩玉会轻易叫他回来吗？咱儿的心叫这丫头给拴得死死的。"汪玉兰担心地说，"一个是社长，一个是会计，唱起二人转，整天黏糊在一起，没有事也得有事，咱就等着媳妇、孙子一块进家门吧！"

刘洪山气得把酒瓶一放，站起来说："这个兔崽子就是不让人省心！他真的加入东社啦？土地在西社，他就是西社的人，我把他叫回来！"

汪玉兰摆摆手说："他爹，你就别多事了。听长水说，他当东社的会计，是陈组长同意的。"

刘洪山慢慢坐下来，端起酒杯，一仰脖子闷了一口，不由得拍了拍胸口。

汪玉兰把一双筷子递到刘洪山手里说："他爹，叫我看，选个日子，把玉堂两口子叫来，好好商量商量，把婚事办了，一天云彩也就散了。"

刘洪山把筷子放在桌上说："我一看见范玉堂就来气，懒得搭理他！"

汪玉兰把一盘花生米放在案上说："亲家亲家，哪有不见面的亲家？这事我做主了！"

刘洪山不由得笑着说："你呀你，哪辈子没当过老婆婆！"

刘四爷端着饭碗走过来。

"他娘，再拿个酒杯来。"刘洪山给刘四爷让个座，"四叔，今天的事你都看到了，咱是出力不讨好，刘小黑还说咱反对高级社，真是有理说不清。"刘洪山给四爷斟上酒说，"我看这个姓陈的昏头了，怎么叫小黑一人管事？四叔，您老是贫农，当过贫协主席、互助组组长、初级社社长，有说话权，你找陈敬德说说，这样下去不行啊！"

"我找过陈敬德，叫他对黑子管严点，他说刘小黑本质是好的，革命热情是高的，有问题也是认识问题。我看这家伙也是个糊涂蛋！"刘四爷端起酒杯说，"洪山，你是种地行家，大家都信服你，你要愿意出来挑这个头，我舍着老脸找姓陈的说说去！"

"拉倒吧！"刘洪山摆摆手，叹着气说，"四叔，我是中农，人前矮半截，说是团结的对象，实际上在有些人眼里是思想改造的对象。陈敬德三番五次找我入社，还把区里赵书记请来做我的工作，你说他们心里会咋想我？小黑恨我就不说了，他现在可是陈敬德跟前的红人，你保举我不是自找难堪吗？再说，我也没当过干部，我只能管好我自己，把活干好。"刘洪山想了一下又说，"你去保举二良给小黑拉拉帮套，也许能好些。"

刘四爷摇摇头说："两头叫驴拴在一个槽上，不咬得你死我活才怪呢！"

157

这时，刘长水突然进了家门，看爹正在跟刘四爷喝酒，拉下脸说："爹、四爷爷，你俩还有心思喝酒？刘小黑找陈敬德告状，说你俩不服从领导，自由主义，还想单干，破坏高级社。"

刘四爷把酒杯蹾在案上，气呼呼地骂道："这个黑东西，来个恶人先告状！"

刘洪山忙问儿子："陈组长咋说的？"

"陈组长问明情况，反而把刘小黑训斥一顿！"刘长水坐下来，捏几个花生米填在嘴里，劝说道，"爹、四爷爷，咱既然入社了，就别多管闲事了，黑子恨透你们了！"

"管闲事？"刘洪山用筷子敲着案子说，"黄豆被水浸泡两天，就会颗粒无收，一季不收当年穷。你看现在干啥都是一窝蜂，有干的，有看的，还有耍奸偷懒的，广播上天天说要搞增产节约运动，这样下去能增产吗？"

"天塌下来大家扛，咱家的粮食也够吃一两年的，你怕啥？"刘长水转过脸来看着刘四爷说，"您老今年的麦子收成也不错，怕啥哩！"

"卖了余粮，剩下不多了。"刘四爷叹口气说，"你家卖的粮食最多！"

"只要咱有好收成，多卖点粮食是应该的。"刘洪山端着酒杯，忧愁地说，"今年收成好，不等于明年收成好，说不好今年秋季就得减产，打不出粮食，坐吃山空，要受穷的。"

刘四爷揪心地说："要叫黑子这样折腾下去，非受穷不可！"

刘长水笑着说："四爷爷，刘小黑可是你侄子，他干不好，您老也没有脸面是不是？"

刘四爷满脸通红，用手指敲着桌子说："我以前说话，他好歹还能听，现在他一句话也听不进去，我也懒得说了！"

刘洪山从墙上摘下一把烟叶说："四叔，这是我托人买的南阳烟，您老尝尝！"

刘四爷接过烟叶说："长水，你一定要把你爹种地持家的本事学到手。"

刘长水苦笑着说："俺爹种地的本事我恐怕是学不到手喽！"

"有志气才能成事，"刘洪山指点着儿子说，"不是学不到手，是你小子的心思不在种地上。"

黄河区书记赵玉彪带领区里干部和部分高级社的社长来大刘庄检查工作。

刘小黑趁陈敬德不在家，到隔壁村借来几头牛，拴在了打麦场上，很招人眼。赵玉彪一看西社的牲口几乎比东社多了一半，问刘小黑："刘社长，这些牛真是你们社的吗？"

"是啊，西社的牛就是多，生产也搞得好！"刘小黑转着眼珠说，"大刘庄西社是咱黄河区搞得最好的，我们还要好上加好，好了更好！"

"好个屁！"李二良大步走过来，当场揭穿说，"赵书记，这牛都是我们西社花钱从外边租来充数，哄骗领导的！"

刘小黑咬着牙说："李二良，不要胡说，这牛就是西社的。"

范彩玉站在一旁笑着说："刘社长，刚成立高级社时，西社的牲口比东社还少两头，这才几个月，怎么一下子多了三四头，还是个顶个大牛？好稀罕哟！"

刘小黑争辩说："刚买的，刚买的。"

"刘社长，我一进村就看出来了，纸里包不住火，说大话、说假话是站不住脚的，社员们也不会拥护你。"赵玉彪走上前来，郑重地说，"我们办高级社干什么？是带领社员们走集体化道路，搞好生产，叫社员们吃饱穿暖，过上新的生活，老百姓才能真正信任我们。你搞这些欺上瞒下的花架子，老百姓哪个信服你？"

刘小黑见露了马脚，满脸通红，搪塞说："赵书记，我借几头牛来，也是想叫领导看了高兴，没有想到，我好心办了错事，以后一定改正！"

赵玉彪上前拍拍刘小黑的肩膀说："要实事求是，相信群众，有事多跟社员商量……"

地主麻乐行家原来的柴火院，有一排宽敞的房子，是用来放柴草和大型农具的，现在房子两边各摆一排牛槽，成了两个社的饲养室。隔壁还有两间草房，是放太平车用的，门已改朝外，现在是麻乐行的闺女麻月娥住着。

麻月娥挎着篮子朝家里走去，篮子里有两只母鸡，一进村口，就看到刘洪山挎着粪箕走来，忙招呼说："大叔，您老拾粪咪？"

刘洪山点点头说："月娥，买了两只鸡？"

麻月娥看看鸡说："跟俺舅爷要的，舅爷说明年开春就能下蛋了。"

刘洪山看着麻月娥面目清瘦的样子说："家里粮食够吃吗？"

"还有一百多斤红薯干和几十斤粮食，窖里还有些红薯，俺娘儿俩节省点吃，够了。"麻月娥说着，鼻子一阵酸，眼圈红了。

"要准备过冬了，房子要是漏风漏雨，就叫你广胜大爷帮你换换草！"刘洪山走了几步，回过头说，"要有啥事，就跟叔说一声。"

麻月娥点着头，眼里含着泪，看着刘洪山朝饲养室走去。

老饲养员李广胜是河南太康人。1938年6月，蒋介石为阻挡日军沿陇海线西进，威胁郑州、武汉，掘开了黄河花园口，虽然暂时挡住了日军西进，但也给豫东、皖北的百姓带来灭顶的灾难。黄河水冲到太康县，墙倒屋塌，人畜遭殃，李广胜带着媳妇五姐一路要饭来到大刘庄，住在村里一间废弃的大车屋里，给地主麻乐行家当长工。新中国成立后，有人劝他回老家，李广胜苦笑着说："哪里黄土不埋人？只要你们不赶我走，我就死在大刘庄了。"李广胜一辈子无儿无女，老两口相依为命。陈敬德看他诚恳老实，安排他当西社的饲养员。还有一个饲养员叫王高，是刘小黑安排的，陈敬德本来不想同意，又怕驳了刘小黑面子，就勉强答应了。

王高也是个外来户，鲁西南羊山集战役时，一家三口从山东金乡县跑过来的，半路上王高的娘得病死了。他爹王四朵是个屠狗的，王高从小就跟着爹赶集卖狗肉，跟街面上一些小混混儿在一起，学了不少坏习惯。王高父子主要靠屠狗为生，土改分的地，连一棵庄稼也没有种过，杂草丛生，一直在那里荒着，工作组找过他，要收回他的地，他就栽上树。

王四朵对儿子说："狗小子，树长大了，爹也该死了，你就刨树给我做口棺材。"

"咦唏,"王高咧着嘴挖苦说,"你死了,还想睡棺材?想得美,我最多给你一张芦席,卷起来扔到大堤上,叫狗把你啃了,也算给被你杀死的狗报仇雪恨了!"

王四朵笑着骂道:"王八羔子,你再去吃狗肉,连老子也一块吃了。"

王高父子俩,无老无少,多少年就是打打闹闹,王高三十多了,连个媳妇也没有娶上。刘小黑当了干部,王高巴结刘小黑,隔三岔五给刘小黑送个狗肚子什么的。刘小黑把王高看成知己,两个人常在一起厮混,喝酒打牌,偷鸡摸狗,干了不少缺德事。王高依仗刘小黑的权势,扬扬得意,不把李广胜放在眼里,脏活累活都是李广胜的,他当了甩手掌柜,李广胜不敢得罪王高,只有忍气吞声。

李广胜正在筛草,看见刘洪山走过来,笑着说:"洪山兄弟,又来看你的大花牛?有我喂着,你放心,我不会叫大花牛吃亏的,再说,地里活全靠它领套呢!"

"这话我信!"刘洪山走进饲养室,槽前没有大花牛,皱着眉头说,"广胜哥,该喂牲口了,大花牛哪去了?"

"听说利民河修大桥,区里抽调各社的车辆和牲口拉石头,刘社长和王高去了,天不亮就走了,说下午才能回来,我正着急哎。"李广胜担心地说,"用大车拉石头是个重活,路途远,不好走,时间长,我叫王高带上草料,他嫌麻烦,不愿意带。他有刘小黑撑腰,我说话没用,牲口路上不吃草料,会累坏的。"

刘洪山心疼起来,大声说:"干这么重的活,一天下来,不带草料,这不是要牲口的命吗?"说着看到东社石槽上拴着自家的小黑驴,就走了过去。

小黑驴退到石槽一边不吃草,刘洪山不由得朝石槽里抓了一把,顿时涨红了脸,大吼道:"这是谁放的草?"

唐四噙着烟袋笑不滋滋地走过来说:"刘模范,是我,咋的?有何指教?"

刘洪山抓起一把草看着说:"老四,亏你以前还喂过牲口,你看看,这草足足有拃把长，牲口能吃吗？"

"细草没有了，只有这粗的了，吃不吃就这一堆，碍你啥事啦？"唐四歪着头说，"我说老模范，那边是村西社，这边是村东社，这头驴过去是你家的不假，现在入了村东社，就是东社的了，你还操哪门子心？"

刘洪山朝前走了一步，啪啪拍着石槽说："老四，东社的牲口有一大半都是你唐家的，过去你爹喂牛可不像你，你这不是糟践牲口吗？"

唐四不耐烦了，龇牙咧嘴地说："姓刘的，你一不是党员干部，二不是贫农代表，跟我一样是个老中农，落后分子，改造的对象。刘小黑说你思想落后，三天两头给你小鞋穿，你不也得受着？范玉堂的骡子也是我喂，他都没说啥，你来到这里充啥好人哩？你要看我不顺眼，你找范家丫头告我的状，看她能把我唐老四咋的？"

李广胜笑着走过来说："老四，你们东社的草铡得是粗，驴这畜生吃草比牛还讲究，越细越碎越好！"

"李广胜，你充啥好人？"唐四手指着李广胜的鼻子说，"你不就是个扛长工的吗？比屠狗的王高还低一等，这里还有你说话的份吗？王高熊你，你连个屁也不敢放，在我跟前充啥好人？一边站着去！"

李广胜嘴里咕哝着，筛草去了。

唐五牵着大青骡子下地回来，一直在门外站着，这时走进来说："四哥，少说两句吧，范社长要是知道你这样喂牲口，她也不会饶你的。"唐五说着，忙转过脸，假意说，"洪山哥也在这里，别跟俺哥一般见识，这两天孩子有病，老四心情不好，您老担待点！"

刘洪山手里拿着拌草棍，当当敲着石槽说："你哥儿俩都在这里，咱过去是单干户，把牲口当成宝贝，现在入了社，牲口还是咱的宝贝。想想看，社里要是打不出粮食，大家都得跟着挨饿，你唐家的日子也不会好过！"

唐四心里不服气，还要跟刘洪山理论，唐五推了唐四一把说："四哥，天不早了，赶快给牲口上草吧！"

刘洪山憋着一肚子气从饲养室里出来，又想到地里转转，刚来到村口，便看见王高赶着大车哟嗨哟嗨走来。

刘小黑跟在大车的后边,腋下还夹着个酒瓶子,看见刘洪山走来,抓起酒瓶,一仰脖子喝光了瓶里的酒,甩手把酒瓶扔了,冷冷一笑,便跳上车,夺过王高手里的鞭子,唰啦一鞭子打在大花牛身上。大花牛负疼,猛一用力,大车出了辙沟,差点撞到路边的一棵槐树上。

"狗东西,往哪里走!"刘小黑扬起鞭子又要打大花牛。

刘洪山气得浑身哆嗦,猛走几步,上前抓住大花牛的缰绳,大声吼道:"住手!"大车停住了。

刘小黑从车上跳下来,用鞭子指着刘洪山说:"刘洪山,你想干什么?"

刘洪山用手抚摸着大花牛,见大花牛通身是水,心疼得几乎掉下泪来,骂道:"狗东西,牛拉了一天车,你看都累成啥样啦!你不但一点不心疼,还左一鞭右一鞭,你想打死我的大花牛吗?"

刘小黑气势汹汹地说:"什么?你的大花牛?你喊它一声,看它答应不答应!"

"你!"刘洪山手指着刘小黑,气愤地说,"你就是个混蛋!"

刘小黑用鞭杆子敲着大车说:"我在给社里干活,你拦我的车,就是破坏生产,破坏高级社!"刘小黑扬起鞭子,又狠狠抽了大花牛一鞭,大花牛身上立时起了一道鞭痕。

刘洪山一阵恼怒,伸手夺过刘小黑手中的鞭子,大声吼道:"哪有你这样赶大车的?"

刘小黑跳下车,恶狠狠地抓住刘洪山的胳膊,推推搡搡,几乎把刘洪山推倒,手高高举着,要打刘洪山!

刘四爷正在地头干活,急忙跑过来,照着刘小黑的屁股劈腚一脚,骂道:"狗日的,屁大点官,你想干什么?欺负老百姓!"

刘四爷是刘家的长辈,踢了刘小黑一脚,刘小黑正要发作,一看是刘四爷,便松了手,假意捂着屁股说:"刘洪山拦大车,还动手打人!"

刘四爷涨红着脸说:"我都看到了,是你小子先动的手,你是在赶大车吗？要不是洪山抓住缰绳，非翻车不可！"

李二良也在地里干活，看到这边吵架，扛着铁锨小跑过来，大声吼道："黑狗蛋，我也看见了，是你小子先动的手！你要再敢动洪山哥一个指头，我一铁锨劈了你！"说着朝刘小黑跟前凑了凑。

刘小黑知道李二良是个愣头青，性子暴躁，弄不好真敢给自己一家伙，不由得退了几步，气急败坏地说："你们几个都是一伙的，一群落后分子。"

刘洪山还要跟刘小黑理论，刘四爷拉住说："洪山，黑子就是个畜生，犯不着跟他一般见识。走，去我家，我还有半瓶老烧呢！"说着把刘洪山拉走了。

只听刘小黑喊叫说："刘洪山，你想变天，没门儿！"

刘长水正在村部宣传栏张贴高级社有关规定，民兵三娃气喘吁吁地跑来说："长水哥，出大事了，刘小黑把洪山叔打了。"

"你说什么？"刘长水大吃一惊，把手里的糨糊盆摔在地上，"俺爹没事吧？"

"洪山叔叫刘四爷拉走了。"三娃手指着村口说，"刘黑子还在那里骂呢。"

"这个狗东西！"刘长水顺手拿起一根木棍朝外走去。

范彩玉在办公室听见了外边的说话声，慌忙跑出来，上前一把拉住刘长水说："长水，你干啥去？"

"刘小黑欺负我爹！"刘长水攥着木棍说，"看我把老小子的头揍扁了！"

范彩玉劝说道："你把他打死了，你也活不成，不值得。这事找陈组长，他自有公断！"

"我不能跟这小子算完！"刘长水挣着还要走，范彩玉说啥不让，叫道："三娃，把你长水哥手里的木棍拿一边去。"

三娃走过来，夺过刘长水手里的木棍说："长水哥，先听彩玉姐的。"

范彩玉看着三娃说："到底咋回事！"

三娃把事情的经过说了一遍。

范彩玉皱皱眉头，不由得抱怨说："刘叔也是的，你走你的路，他赶他的车，多这个事干吗？"

这时，两个社员拉拉扯扯、骂骂咧咧地走过来，老远就喊："范社长，你给评评理！"

范彩玉一看，唐五像个凶神似的，使劲地拽着刘七走来，嘴里还大骂不止。

唐五在饲养室没看见自家的黑驴，一问才知道被刘七牵去拉磨了。早该喂驴了，可刘七还没有回来，唐五心情不快地离开饲养室，看见刘洪山正在跟刘小黑发生争执，就怒气冲冲地找刘七来了。

刘七狼狈不堪，一身都是面粉，像从面缸里滚出来一般，大口大口喘着粗气。

"你们俩这是唱的哪一出？"范彩玉把唐五、刘七分到两边说，"有啥话不能好好说，这样打打闹闹像什么话！"

刘七跺着脚，气急败坏地说："我牵驴拉磨是经过社里批准的，磨还没有推完，唐五就来卸驴，这不是欺负人吗？"

唐五咬着牙，指点着刘七说："睁开你的狗眼看看，太阳都大西南了，早过了卸磨时间，驴也该喂了，你不卸磨，你想累死我的驴不成？你的良心叫狗吃了！"

刘七指点着唐五，撇着嘴说："范社长，你听听，现在是高级社了，还说是他家的驴。"说着蹦起来，"你个老中农，落后分子，朗朗乾坤，太平世界，你欺负贫雇农，想翻天吗？"

"不要乱说话！"范彩玉扯了一下刘七，批评说，"七叔，社里同意你用驴拉磨没有错，但过了晌午，时间一到，牲口该喂还得喂。人还要吃饭吧，你过时不卸磨，过分使用畜力，这是你的错！"又转过脸对唐五说，"老五，你爱护牲口是好的，牲口是咱社里的宝贝，大家都要爱护牲口，但你说牲口是你家的就不对了，入了高级社，应该是集体的。七叔过时不卸磨，你有意见可以到社里反映，也可以跟我说，你私自卸驴，这不是找气生吗？"

唐五不服气地说："刘黑子打大花牛三鞭子，刘洪山跟他干了一架，我今天对刘七还是客气的。你看天都到啥时候了，他还赶着毛驴嘚喔嘚喔地在磨道里转，这不是要累死牲口吗？换作小六的脾气，非揍扁他不可。"

刘七跺着脚不买账，吐着吐沫星子说："你个老中农，坏分子，欺负老贫农，你是个大坏蛋。"

"我欺负老贫农？"唐五冷笑着说，"我说刘老七，当年你老小子混得吃上顿没下顿，裤子露出半个腚，提着只破瓦罐，东家门口站，西家门口靠，哭哭啼啼到我家要饭。老子可怜你，给你两个馍馍，还给你半罐子汤，你又是磕头又是作揖，高兴得屁颠儿屁颠儿地跑了，你咋不说我是大坏蛋？"

一番话把刘七噎得直伸脖子，脸憋得通红，咕咕哝哝说不出话来。

"现在有碗饭吃了，就想上天了，了不起了，骑到我脖子上拉屎拉尿？你望望你那个熊样子，在我唐五眼里你就是个屁！"唐五伸胳膊撸袖子，怒气冲冲地指着刘七说，"姓刘的，驴不会说话，驴要会说话，非骂你八辈子祖宗不可！"

刘七一看唐五朝前靠，就顺手抓起一块半截砖说："怎么，你还想打人？"

"好啦，谁都不要动，谁再动我就叫民兵把谁抓起来！"范彩玉一手推一个，"都回家吧，听候处理！"

二人悻悻地走了！

十二

刘长水站在那里,依然怒气未消,看着唐五跟刘七吵架,嘴里不停地咕哝着。

范彩玉看着刘长水,不知他在咕哝什么,忙走过来说:"长水,看到没有?唐五是受你爹的影响,才来找刘七算账的!"

"什么受我爹的影响?简直是胡扯!"刘长水大声说,"我看唐五保护牲口没有什么错,只是方法有点欠缺。唐五说毛驴是他的,从道理上讲也是通的。唐五是社员吗?是社员,集体的财产就有他一份,他监督刘七推磨,没有错。可恶的是这个刘七,自私自利,该卸磨不卸磨,这不是损害集体吗?应该狠狠批评教育!"

"唐家兄弟入社本来就很勉强,心里一直窝着气,一碰到火星就炸,陈组长也反复跟我说,对中农户要善待,弯子要慢慢转。我平时对唐家父子还是客气的,今天你都看到了,他把谁放在眼里?跟刘七的矛盾只是个开始,以后这样的事恐怕还要发生。"范彩玉皱皱眉头说,"刘七这样的人,在社里有的是,贪占蝇头小利是这些人的本性,偷一棵庄稼,拿人家一个鸡蛋,都会高兴半天,贫穷养成的习惯,一时也改变不了。陈组长说,对待农民的缺点,要批评教育,做说服工作,要是过于严厉,会伤他们的自尊心。陈组长还说贫雇农跟中农对立下去,不利于社里稳定。"

"彩玉,你左一个陈组长,右一个陈组长,好像他的话就是圣旨,你自己长着脑袋干什么用的？就不能有点自己的想法？咱村里有些人就是贱皮，恶性难改，三天不打，上房揭瓦，你给他个笑脸，他能跑到你头上拉屎撒尿，你客气是他的福气，该玩真的就要玩真的，有啥好客气的？"刘长水拉着架子还要走。

范彩玉又上前拉住说："你还想干什么？"

刘长水怒气未消地说："黑小子打了我爹，我不能装孬种，我要跟他掰掰手腕。"

"你一去，说不好要动手，打架总不是好事。"范彩玉摆摆手说，"你老老实实干你的活，哪里也不要去，我去找刘小黑。"

刘小黑在众人面前挨了刘四爷一脚，又受到李二良的威吓，总觉得丢了面子，想出口恶气，又不知从何处下手。回到办公室，他对王高下命令说："你小子今天连个屁也没有放，去、去，回家拿个狗肚子来，老子要喝两口，败败火。"

王高不敢不去，跑到家，看爹不在，就拿了一个狗肚子来。刘小黑吃饱喝足，两腿朝办公桌上一放，摆摆手说："王高，滚蛋吧，老子要眯瞪一会！"

刘小黑正在蒙眬之中，只听范彩玉在门外高声喊道："刘小黑，滚出来！"

刘小黑一歪身子，差点摔在地上，忙站住说："把老子吓了一跳，范社长找我啥事？"

范彩玉一步跨进门来，质问道："在刘洪山眼前，你用鞭子猛抽大花牛，你这不是有意挑事吗？你不知道大花牛是他的心肝宝贝？"

"我就是挑事，就是给他刘洪山上点眼药，我不信了，我一个堂堂社长斗不过一个老中农！"刘小黑冷笑着说，"哎哟哟，我说范彩玉，你是东社的社长，跑到西社来，你的手伸得太长了。"

"我今天就要问问西社的事，"范彩玉气愤地说，"什么贫农、中农，入了高级社，都是社员，你小子不要狗眼看人低。"

"刘洪山思想就是反动！"刘小黑用脚后跟敲着桌子腿说，"我说姓范的，你还没嫁过去，就向着刘洪山了？你想清楚，那老家伙可还没认你！"

"胡呲！"范彩玉呸了一口说，"刘小黑，我警告你，刘洪山不是个省油的灯，他儿子也不是个吃素的，不是我拦着，非叫你身上掉层皮不可。"

刘小黑猛踢了一下屁股下的板凳，拍着胸口，昂着头说："我就要打击一下刘洪山的嚣张气焰！"

范彩玉抓起旁边的一把扫帚，敲打着桌子说道："你小子作吧，狠劲地作，早晚会闯大祸。"

刘小黑也拍着桌子，咬着牙说："我不信刘洪山能翻天！"

"有你难受的那一天！"范彩玉说着气呼呼地走了。

刘四爷把刘洪山拉回自己家里，看刘洪山还是一脸怒气，劝说道："洪山，消消气，气伤了身子不值得。黑子就是个畜生，跟他讲不出个理来！"刘四爷把烟袋递给刘洪山说，"你尝尝我的叶子烟，是我宅基地里栽的烟叶，都是梢子上的，用炭火烤的，还拌了麻油呢！"

刘洪山接过来，深深吸了一口，两道白烟从鼻孔里蹿出来，不由得咳嗽一声说："四叔，我也不是全跟小黑生气。您老人家都看到了，入社后，干活不像干活，养牛不像养牛，庄稼苗子小了，牲口瘦了，这样下去，西社非打饥荒不可！"

"你说的这些，我也担着心。我也向陈组长反映过，他总说慢慢来，要磨合磨合，急不得。他经常不在村里，一个会接一个会，找他说句话都难。"刘四爷叹气说，"我虽说是个长辈，但人微言轻，说多了不好，小黑没有人敢管他，我要说他几句，他还跟我瞪眼。"

"咱们庄户人的日子要靠自己过，一年四季，土里刨食，春种秋收，夏耕冬藏，都在咱心里装着，用不了跟谁请示。陈敬德是国家干部，吃的是供应粮，说不定哪一天拍拍屁股走了，咱们呢？咱能走出黄河滩吗？"刘洪山忧心地说，"咱西队几百张嘴，人人要吃饭，这可不是闹着玩的，我不相信您老就能坐得住。"

刘四爷看着刘洪山痛苦的脸色，疑惑地说："洪山，你有啥打算？"

"咱不能一棵树上吊死！"刘洪山沉闷一阵，磕着烟袋说，"四叔，今天你也看到了，小黑哪是打牛，明明是打我的脸！我这个老中农在刘小黑眼里就是个坏人，不是你早一步赶到，我俩恐怕要闹个你死我活。我没法在社里干了，再干下去，非把我气死不可，我想退社。"

"退社？"刘四爷激灵灵打个寒战，半天没有说出话来，不住地摇头叹气，颤抖着从外孙子写过的作业本上撕下一张纸，捏着烟叶，卷成一个喇叭筒状，含在嘴里。他掂量出刘洪山这句话的分量，不由得说："洪山，开弓没有回头箭，上了船再下来恐怕难了！"

"我上姓陈的当了。"刘洪山沉闷一阵说，"我的地、我的牲口都在那里，我只要把大花牛牵回来就完了，陈敬德亲口说的，入退自由嘛！"

"洪山，你迷糊了，你也不看看眼下的形势。你入社自由了吗？"刘四爷若有所思地说，"你入社影响一大片，你退社也会影响一大片。想退社的不光是你，不瞒你，我都想退，三嫂也找过我，二良、大妮他们对黑子的意见也很大，都想退，问题是能退得了吗？"

刘洪山还是赌着气说："说啥也不能这样窝窝囊囊地活下去！"

"消消气。"刘四爷说着从床头拿出半瓶老酒。

刘洪山、刘四爷喝着老酒，抽着烟袋，坐了好久好久。

汪玉兰正在家里着急，看刘洪山垂头丧气地回来，忙说："他爹，你又跟黑子吵架啦？"

刘洪山痛苦地说："咱家大花牛早晚死在这个狗东西手里！"

汪玉兰冲了一碗鸡蛋茶递到刘洪山手里，说："咱不知道哪辈子跟刘小黑结下的冤仇。他现在是社长，一手遮天，看谁都不顺眼，你这样跟他吵，以后还有咱的好吗？"

"我不信他能把我吃了！"刘洪山把碗放在桌上，掏出烟袋说，"不是四叔拦着，我定要跟他见个高低！"

汪玉兰担心地说："他爹，在大刘庄，咱们虽说都姓刘，但要是论起辈分远近亲疏来，刘小黑跟四叔的门子比咱近。土改的时候，他为啥把贫协主席的位子让给了刘小黑？人家还是亲，心眼里不会向着咱。"

"我看四叔不是那样的人！"刘洪山想了想，又说，"他要真是向着刘小黑，就不会等着咱入社了。"

"四叔摽着你，三婶也跟着起哄，人心隔肚皮，人家到底是啥心思，咱也猜不透。"汪玉兰叹口气说，"你光想着过顺心的日子，可人家就是不让你顺心，咱还能咋的？跟谁说理去？"

刘洪山把烟袋扔到桌上，咕咚咕咚喝了几口茶，说："黑子不叫我顺心，他的心也别想顺溜了！"

"唐五为驴卸磨的事跟刘七打闹到社里，就在刚才，听说两家的娘们又撕打半天，彩玉叫来民兵才给镇住！"汪玉兰抓一把花生放在刘洪山的跟前说，"他爹，你说这是咋的啦？人咋一个个变成这样？要是一家一户过日子也没有这些事！"

刘洪山端起茶碗，喝了一口说："过的是社里的日子，打的是自己的算盘，肚子里都有自己的小九九，吵架闹气那是一定的。这恐怕是个开始，好戏还在后面哩！"

这时，刘长水扛着半口袋粮食回到家里，呼地朝地上一扔，气呼呼地说："爹，刘小黑没咋着你吧？"

"没你的事。"刘洪山把碗放在案上说，"以后再有这种事你也不要管，走得远远的，爹有办法对付他。"

"狗东西，欺负到咱头上来，不是彩玉拦着，我非扒他的皮不可。"刘长水倒了一碗水，咕咚咕咚喝了几口说，"爹，你以后离这小子远着点！"

"天灾人祸来到跟前，躲是躲不过去的！"刘洪山看着口袋说，"东社开始分粮了？"

"入了高级社，干的闲的、穷的富的、地痞懒汉，分的东西都是一样。"

汪玉兰抖动着口袋，抓出一把小麦，放在鼻子上闻闻，生气地说："长水，你看看，小麦发霉了，有的还发了芽，能吃吗？好好的粮食，糟践了！"

"东社打场时，雨来得突然，没来得及躲起来，一场麦子几千斤就成这样了。我不想要,彩玉硬叫我背来,说是分给我的工分粮。"刘长水不在乎地说,"咱家还有粮食,这点芽子麦就当饲料吧!"

"今年是可以当饲料,明年呢?后年呢?"刘洪山指着口袋说,"这样折腾下去,到时候恐怕连芽子麦也吃不上!"

陈敬德在区里参加高级社座谈会,对大刘庄两个社的情况做了重点发言,受到区领导的一致好评,认为大刘庄两个高级社虽说成立得晚一些,但相对比较稳定。他万万没有想到,回到办公室,屁股还没有挨板凳,范彩玉就找上门来,汇报当下发生的事情。

陈敬德皱着眉头说:"彩玉同志,办高级社,从黄河区的情况来看,大刘庄总体上还算稳定的,这次会上区里表扬了我们,还推荐我到县里参加高级社座谈会。"陈敬德把发言材料递给范彩玉,严肃地说,"大刘庄说什么也不能出事,要积极做好社员的思想稳定工作,人心稳,才能有利于生产嘛!你的处理也是恰当的,我再找刘小黑谈谈,总体要求,干部和社员的关系、社员和社员的关系要正常起来,团结起来,干部要爱护社员,社员要爱社如家。"

第二天早晨,刘洪山担着挑子到井边打水,看到饲养员李广胜也在挑水,说道:"广胜大哥,大花牛拉一天车,出了很多汗,没事吧?"

"刘小黑、王高这两个小子做事太没规矩,哪有这样使唤牲口的?"李广胜放下担子说,"昨天我看大花牛出汗太多,怕它生病,我在牛屋生了一堆火,用干草在牛身上搓了半天。我不敢给它饮凉水,就烧了一锅温水,撒上麸皮,分几次给它喝,一夜我也没敢睡,它总算缓过劲了。"李广胜向四周看看,叹口气,委屈地说,"我忙活了一夜,人家还说我冒充积极。洪山,我是出力不讨好啊。"

"王高说什么?"刘洪山放下担子问。

李广胜两手拖着扁担,看刘洪山生气的样子,摆摆手,担心地说:"洪山,我知道你心疼大花牛,别问了,王高跟刘小黑是一个鼻孔出气,我得罪不起!"

刘洪山看李广胜要走,忙从口袋里掏出一包搓碎了的烟叶,递到李广胜手里："叫老哥哥你受累了，以后大花牛有啥事，给我带个话！"

刘洪山站在井台上，看着李广胜担着两桶水颤颤悠悠地走去，心里宽慰了许多。

李广胜、王高各赶着牲口犁地，地中间是唐家的坟地，唐瘸子爹娘的坟头边上长着一棵小树，过犁有些碍事，王高龇着牙说："老李头，你看这棵树咋办？"

李广胜走过来看了看说："坟上的树是有灵性的，外人不好乱动。你把犁铧头提起来，闪过去就完了！"

这时刘小黑走来，发狠地说："树，给它砍掉。"

李广胜摆摆手说："刘社长，不能砍，这是唐家坟上的树，砍了不吉利。你是不是跟唐家爷们打个招呼，叫他们自己处理？"

"去他个蛋！"刘小黑甩开鞭子，王高扶住犁耙，深深地犁了过去，坟上的土塌下一块，树歪倒在了一边，树根还连着。刘小黑拿起镢头，三下五除二，把树刨了下来，扔到一边去了！

"惹祸了！"李广胜不由得叹口气。

唐瘸子听说这件事，慌慌张张跑过来，跪在爹娘的坟前大哭不止。唐六正在另一块地里干活，远远看见爹在坟上哭泣，扛着铁锨飞奔过来，跟刘小黑、王高三句话没说就动起手来，唐六敌不过二人，被打得鼻青脸肿。唐五、唐四，还有几个唐姓的年轻人听说了这事，手里拿着家伙什，纷纷赶来。刘小黑、王高见大事不好，撒腿跑了。

唐瘸子哭着对儿子说："挖掉坟上的树，就等于刨了咱唐家的祖坟，你爷爷奶奶地下也不得安宁。"

唐瘸子的叔伯侄子唐二愣举着一把镢头说："老爷子，只要您老发话，俺哥儿几个把这两个小子大卸八块！"

唐瘸子看六儿被打成这样，心里有说不出的疼痛，看看眼前几个唐门的小子真要动起手来，恐怕要出人命，心里一阵害怕，忙摆摆手，擦着眼泪说："现在不是以前了，你们谁都不要动，我找范社长去。"

唐五摆摆手说："咱们大家都听爹的。老六，先忍着点，出了人命就不好收拾了。"

唐六怀里抱着铁锨，用手指刮着嘴角上的血迹，恶狠狠地说："狗日的黑子，老子不会跟你善罢甘休！"

唐五知道老六的为人，难以劝阻，估摸着还会有大事发生，琢磨了半天，来找刘洪山，试探着说："洪山大哥，刘小黑不是个东西，咱们两家中农都叫他打遍了，他还到处造谣，毁咱两家的名声，这口气你能咽下去？"

刘洪山知道唐五找他的用意，想了想说："老五，我跟刘小黑的恩怨是摆在桌面上的，当面锣对面鼓，我不会打他的黑枪，也不会告他的状。你们兄弟几个是打不过他，还是骂不过他？千万不要背后下手。"

"六子的牙都被黑子打掉了，吃了大亏，就他那个脾气，这事不能算完。"唐五抓抓头皮说，"俺爹怕事情闹大，拦住了。洪山大哥，你是场面上的人，你得出来说话，不能再叫刘小黑这样横行霸道下去了！"

刘洪山苦笑着说："老五，你跟我说这些解决不了问题，我的情况你是知道的。你干脆直接去找陈组长，有理说理，有冤申冤，他会有个说法的。"

唐瘸子找到范彩玉，跪在地上不起，哭得鼻涕一把泪两行。范彩玉使劲拉起唐瘸子说："瘸子大爷，您老跪着折我的寿，站起来，我带你一块去找陈组长。"

范彩玉带着唐瘸子走到工作组办公室外，就听到陈敬德在跟刘小黑谈话。

范彩玉对唐瘸子说："瘸子大爷，你先回去，叫六哥好好养伤，你放心，这件事陈组长会秉公处理的。"

刘小黑跟唐六打架，早有人报告给陈敬德。陈敬德很快就把刘小黑找来，拍着桌子说："刘社长，刨农民坟前的树，要征求人家的同意，你怎能随意砍掉？"

刘小黑争辩说："唐瘸子是老中农，坟上的树犁影响种庄稼，我刨掉有什么错？"

"你还有理了？"陈敬德气得满脸通红，猛地站起来说，"为什么还要打架？而且是两个打一个，把唐六打得满脸是伤，你这是什么行为？"

"唐六骂人太难听，就欠揍！"刘小黑不服气地说，"我们贫雇农决不能对老中农客气！"

陈敬德站起来，又使劲拍着桌子，大声吼道："再不认错，我撤了你的代理社长！"

刘小黑头上像一盆冷水泼下来，不由得打个哆嗦，再不敢争辩，低着头，委屈地说："陈组长，你说咋办？我听你的。"

"有这个态度就好。"陈敬德缓和了一下口气说，"无论怎么说，打人是错误的，要是给对方造成较大的伤害，不但要付医疗费，还要承担法律责任。两条意见，一是向唐家赔礼道歉，二是把树栽上。"

一直在外边站着的范彩玉走进来说："唐家是东社的社员，我是社长，赔礼的事我来吧，刘社长负责把树栽上就行了！"

刘小黑憋得肚子一鼓一鼓的，咬着牙走出了会议室。

没过多久的一个晚上，刘小黑在王高家喝得醉醺醺的，晃晃悠悠地走在回家的路上，路过一片小树林，被人拖进去按倒，一阵拳打脚踢，等刘小黑清醒过来，人都跑远了。

刘长水回家吃饭时说："刘小黑头脸发青，他说晚上喝多了酒，撞到树上了。八成他是被人打了，这小子还不敢承认。"

唐家爷们真的出手了，刘洪山心中之话没有说出来，便对刘长水说："长水，你跟着范家丫头，也没少得罪人，以后晚上少出门。"

"背地里下黑手，一般人干不出来，这事我看……"

刘长水正想说下去，刘洪山摆摆手说："没证据不要胡猜疑，善恶都有报应，早一天晚一天，谁作恶治谁的罪！"

刘小黑遭人暗算，怀疑是刘洪山和唐家合伙叫人干的，偷偷跑到黄河区找牛友亮告状。牛友亮见到陈敬德说了此事，陈敬德摇摇头说："刘洪山对刘小黑有意见不假，两个人吵过，甚至还动过手，但暗箭伤人，他绝不会参与此事，这不是他的性格。"

牛友亮疑惑地说："你说会是谁呢？"

"我正在暗中调查。"陈敬德小声说，"我怀疑是唐六所为！"

"通知派出所，把他们一块抓起来审审。"牛友亮鼓动说，"对没有学习改造好的老中农，要强加管制！"

陈敬德严肃地说："没有确切的证据，乱抓人不好，再说刘小黑没有太大的伤，他那天又是在王高家喝醉了酒。这事还是不声张为好，等有了线索再说。"

牛友亮甩手走了。

陈敬德看着牛友亮走去，小声自语说："给我设套，你还不到火候！"

这天，刘洪山带着一些炒好的花生来到闺女刘红梅家走亲戚。

刘红梅婆家也是中农，老公爹张西阳是个老实人，受了委屈，从不跟人争吵，一个人坐在那里生闷气。入高级社，张西阳千不愿意万不情愿，眼看着带犊的母牛被人牵走，几乎疼疯，好几天不吃不喝。

张西阳正在家里编筐，见刘洪山走来，忙站起来说："亲家，你咋有闲空来走闺女？"

"心里不畅快，出来转转，过来看看外孙。"刘洪山说着走进牛屋，不但没见到牛，连石槽也不见了，房梁上吊着一只盛饲料的笆斗，拿下来看看，里面还有一些牲口没有吃完的饲料，抓起一把放在鼻子上闻闻，还有一股香味儿，不由得叹口气说，"亲家，入了社，你还留个念想？"

张西阳声音沙哑地说："那头母牛还是你帮着买的，怀着崽入了社，到社里不到两个月就生下小牛犊。母牛太瘦，没有奶，小牛犊也是皮包着骨头！"张西阳眼里泪汪汪的。

"我的大花牛到了社里也是一天天见瘦，草料不好，活又重，我们那个社长没轻没重地用鞭子狠狠抽它。牛不会说话，它心里的苦只有我能看出来！"刘洪山叹着气说，"亲家，你想过退社吗？"

张西阳愣怔了一下说："退社？"

刘洪山看着张西阳那惊恐的脸色，小声说："我听说有不少村的社员都想退社，你社里啥情况？"

张西阳伸头看看，忙把大门关起来，小声说："粮食统购时就抓起来好几个人，一关就是好几天。我大哥脾气躁，跟工作组吵了几句嘴，被斗了一天，吃了大亏。现在入了高级社，经常开会，你说哪个还敢动这心思？"

刘红梅扛着锄头收工回来，吃惊地说："爹，不年不节的，你咋来了？"

"入社了，不像以前干活了，闲着没事，我来看看。天还没到晌午就收工了？"

"社长不在，干一阵活，大家都散了！"刘红梅说着把锄头放下来说，"大呼隆干活，磨皮挠痒的，哪个好好干？都抱着锄头站在那里闲磕牙，比单干时清闲多了，也不要起早睡晚了，看来还是入社好！"

"刘大姐（黄河故道一带，婆家长辈称过门的媳妇为大姐，娘家人称嫁出去的闺女为老某，比如婆家姓张，就称老张），你爹来咱家一趟不易，杀只鸡，我打酒去。"张西阳提着空瓶子出去了。

刘红梅给爹搬个凳子，说道："爹，咱家的大花牛入了社没事吧？它可是你的命根子。"

刘洪山摇摇头，唉声叹气，没说话。

"爹，你就想开点吧，你脾气不好，别跟他们顶着，黑子那家伙不是个啥好东西。"刘红梅给爹倒了一杯水，"听说你跟黑子干了一架，我正想去看看，俺兄弟长水干啥去了？"

"这事都传到你庄上来了？"刘洪山叹口气说，"大刘庄西社早晚叫黑子领落蛋！"

"俺们社的社长李大才跟黑子是姨老表，也不是啥好东西，一天到晚喝酒、喊口号，还多吃多占，俺这个社也快叫他领打锅了！"刘红梅发狠地说，"他小子快作到头了，听说工作组要撤他的社长，叫社员重新选举，老小子成天吓得像狗熊似的。"

"我想退社！"刘洪山冷不丁说了一句。

"我也想叫他爷爷退社，他儿子一个月才回家一趟，老头子胆小怕事，不敢出头，成天生闷气！"刘红梅说着拿起切菜刀，从笼子里抓出一只鸡。

"老张，这年景，养只鸡也不易，别杀了，留着下蛋吧。"刘洪山摆摆手说。

"两头牛都牵走了，猪羊也牵走了，大车没了，犁和耙也拉走了，一只鸡算啥！"刘红梅扬起菜刀说，"小鸡小鸡你别怪，客来到，你是菜！"说着，对着鸡脖子，手起刀落，那只鸡打几个扑棱，伸伸腿，洒了一摊血，到阴间报到去了。

刘洪山跟老亲家没喝几杯酒，就都眼泪汪汪的。

刘红梅端着面条放在案上说："爹，长水跟彩玉啥时候办喜事？日子定了吗？"

"没日子，等着吧！"刘洪山端起杯子对着张西阳说，"今天不说这事，老亲家，来，咱干了这杯酒！"

"等等，等到哪天是个头！"刘红梅有些生气，埋怨说，"爹，跟你说也白说，哪天我跟俺娘说去。彩玉像个小疯子似的，成天在外跑，你们就放心？"

张西阳也笑着说："他外爷，孩子大了，该办就办了吧！"

刘洪山摇摇头，叹口气说："儿大不由爹，这不是着急的事。"

刘洪山这次走闺女不是平常的亲戚走动，这段时间他去了很多地方，连平时很少走动的亲戚都去了，每次回到家里总是闷闷不乐的。

没过几天，刘红梅走了趟娘家，见爹不在家，问娘爹哪去了。汪玉兰心烦意乱地说："整天跑东跑西的，回来就发脾气，谁知道你爹想啥哩！"

刘红梅担心地说："俺爹想退社，你知道这事吗？"

"你爹主意大，他想干啥，谁也拦不住。"汪玉兰抓住闺女的手说，"孩子，你今天别走了，劝劝你爹！"

"爹也不一定听我的，他想干啥就干啥吧！"刘红梅看兄弟刘长水进了家门，忙说道，"长水，啥时候娶彩玉进门？"

"姐，你来了。"刘长水苦笑着说，"这事你得去问问彩玉！"

"看你那个出息样,一个大男人,连点血性都没有!"刘红梅笑着说,"看来这喜糖一时半会还吃不上!"

娘儿三个正在说话,刘洪山走了进来。

十三

大花牛成了刘洪山的一块心病，他听说河北大郭庄死了一头正在干活的耕牛，心里蹿出说不出的烦躁，不由得朝饲养室走去。

饲养员李广胜跟李二良到夏邑买草去了，王高在饲养室值班。他懒得伺候牲口，该喂牛了，就随便弄了一筐草，也不淘洗，就倒在了牛槽里，牛吃不吃好像跟他没有关系。他靠在床上，大腿搭在二腿上，叼着香烟，哼着小曲，好不自在。

刘洪山走进饲养室，王高急忙坐起来，似笑非笑地说："洪山哥，又来看大花牛了？"

刘洪山走到大花牛槽前，抓起一把草，放在鼻子上闻闻，一股酸味扑鼻而来。他一下子拉下脸来，气愤地说："王高，草都发酸了，牛能吃吗？"

王高淡然一笑，搪塞说："洪山哥，这两天下雨，没铡新草，这是以前剩下的，有点捂了，不喂没有草料了。"

"牛吃发霉的草要生病的，你连淘都没有淘，就倒槽里了？"刘洪山把草放在王高脸前，"王高，你闻闻，都啥味了？"

王高用手扇扇鼻子，后退着，毫不在意地说："这是畜生，不是人，有啥大不了的！"王高说着又端起一筐草朝石槽里倒。

"牛跟人一样，也讲究干净！"刘洪山夺过王高手里的筐，使劲地摔在了地上，指着槽前的牲口说，"你小子不是喂牲口，你是糟践牲口！这样喂下去,牲口非生病不可!你没听说大郭庄有头牛吃了发霉的草死了吗?"

王高看刘洪山说个没完,就大大地不高兴了,脸一拉,冲着刘洪山发起火来:"刘洪山,你大喊大叫的,吓唬谁哩!以为我怕你?这是社里的牛,不是你家的牛,老子想咋喂咋喂,你是铁路的巡警——管不了我这一段,该上哪去上哪去,走走!"

"老子今天就要管管这事!"刘洪山一阵恼怒,把石槽里的草全部掐出来,一不小心,一把草撒在了王高的脸上。

王高使劲推了一把刘洪山说:"有种你把牛牵走!"

"我是社员,社里的牛也是我的牛,你以为我不敢牵?我不能看着叫你们这些败家子把大花牛给毁了!"刘洪山一股子火气冲来,就去解牛缰绳。

王高一看刘洪山真要牵牛,害怕了,忙上前说好话:"洪山哥,您老真生气啦,我跟你说着玩的!"

"谁跟你说着玩?我要退社!"刘洪山解下牛绳,从墙上摘下鞭子,冲着王高吼道,"闪开!"

王高惊慌地退到一边。

刘洪山牵着大花牛朝家里走去,一路上骂个不停:"崽卖爷田不心疼,败家子,丧良心啊!"

王高在后面跟着,高声喊叫:"大家都来看啊,刘洪山把大花牛牵走了,退社喽!"

王高一声喊叫不要紧,社员们被惊动了,纷纷跑出来看热闹。

刘小黑正在跟几个年轻人打牌,有人跑来报告,说刘洪山要退社,把大花牛都牵走了。

刘小黑把手里的牌甩在地上,一阵哇哇大叫,牙齿咬得咯咯响,带着几个民兵追上来,拦住了刘洪山的去路,吼道:"刘洪山,胆大包天,你想干什么?"

刘洪山一手牵着大花牛,一手扬着手里的鞭子说:"黑小子,走开,我要退社了!"

"退社？想得美！"刘小黑上去夺刘洪山手里的牛缰绳，另一个民兵来夺刘洪山手里的鞭子。

刘洪山哪能愿意？拉开架势，扬起手中的鞭子，朝空中一甩，唰啦一声打了个响鞭，冲着刘小黑大声说："谁要拦我退社，我的鞭子就抽在谁的身上！老子要是再跟着你们这帮败家子胡闹下去，非喝西北风不可！"

刘小黑声嘶力竭地喊叫起来："刘洪山破坏高级社，给我绑起来！"

"我看你们哪个敢动！"刘洪山摇着鞭子说。

民兵中有刘家门的晚辈，知道刘洪山的脾气，互相扯扯袖子挤挤眼，畏畏缩缩不敢上前。

刘洪山使劲地抓住牛缰绳不松手，冲着刘小黑说："一个社被你搞得乱七八糟，地里的草比庄稼还深，能打出粮食吗？一头大肥牛折腾得就剩骨头架子了，还能干活吗？你个败家子，到底是谁破坏高级社？"

围观的人七嘴八舌。

"咱们也牵牲口去。"

"我早想退社了。"

"退社要蹲学习班。"

"黑社长也够厉害的。"

"王高是他跟前的一条哈巴狗。"

……

"谁朝后退，我就收拾谁。"刘小黑怂恿着民兵，气急败坏地说，"咱们贫雇农还斗不了一个老中农？都给我上。"

几个民兵在刘小黑的威吓下动手了，有的拽牛尾巴，有的抱牛脖子，拼命争夺，眼看牛就要被他们夺去。刘洪山被逼到了死角，没了退路，眼红得要冒出血来，牙咬得咯咯响，大叫一声，猛然扬起手中的鞭子……

正在这时，刘长水一个箭步冲上来，紧紧抱住爹的胳膊，使劲夺过鞭子，抱怨说："爹，你要干什么呀？"

见刘长水来了，刘小黑一帮人松了手。

刘洪山扬起巴掌狠狠朝刘长水脸上打去，骂道："没出息的东西，闪开！"说着拉起大花牛要走。

刘长水脸上暴起五个红指印，他不顾疼痛，死死抱住爹的胳膊，说啥也不松手。

刘长水是村东社的会计，大小是个干部，刘小黑等人不再强行，威胁刘长水说："刘会计，这事就交给你了，把牛送回去两拉倒，要不送到社里，连你一块收拾！"

刘洪山一脚把儿子踹开，骂道："滚开！天塌下来，老子顶着！"

刘长水从小就怕爹，看爹那怒火万丈的样子，不敢再坚持下去，两手一松，眼睁睁看着爹把大花牛拉走了。

刘四爷正在家里喂羊，闺女秀兰风风火火跑来说："爹，出大事了，洪山哥跟刘小黑干起来了！"

"为啥？"

"洪山哥要退社！"

"人在哪？"

"前门口。"

刘四爷一路跑来，看到刘洪山已经把大花牛牵走了，刘长水正在唉声叹气，忙说："长水，你爹真退社了？"

"你看，牛都牵走了。"刘长水一手捂着脸，一手指着爹走去的方向说，"四爷爷，您老没看见，我要晚到一步，非闹出人命不可，你看看，俺爹这回要有大麻烦了！"

"这一天迟早要来的。"刘四爷拍着刘长水的肩膀说，"孩子，别怪你爹，退就退了，天塌不下来。"刘四爷说着，倒背着手回家去了。

刘长水痴呆呆地看着刘四爷走去，不知老爷子这话的意思。

刘洪山退社成了大刘庄群体退社的导火索，一些本来就不愿入社的老中农、新中农和一些较宽裕的温饱户，你呼我喊，蜂拥而动，如风卷残云一般，牵牛的、拉驴的、搬农具的，社里的财产几乎一扫而光。

这场风波从村西社蔓延到村东社。

饲养员唐四看见刘洪山牵走大花牛，高兴得直跳圈子，感到时机来了，慌慌张张地跑回家，告诉几个兄弟和唐家亲近门，大家你呼我叫，一窝蜂地来到饲养室。

东社饲养室也乱成一锅粥。

唐家三兄弟各人牵着原是自家的牲口，拉着拖车，装上犁耙，吆喝着，大摇大摆地朝家里走去。唐六眉飞色舞，哈哈大笑，摇晃着鞭子，在空中唰唰甩着，看样子早就等着这一天到来似的。

范彩玉正带着东社的民兵小队训练，小木匠魏宝气喘吁吁地跑来报告，说唐家兄弟带领几十口人，拉走了牲口和农具，要退社了。

范彩玉大吃一惊，顿时冒了一头汗，带领一帮年轻人追赶过去。

唐家三兄弟看见范彩玉带着民兵追来，仍旧不理不睬，骂骂咧咧，牵着牛拉着车，扬扬得意地朝前走。还有一些唐姓人，各自拿着原是自家入社的农具，嗷嗷叫地跟着。唐三没东西可拿，背着一捆麦草跟在后面。

"站住！"范彩玉大喝一声拦住去路，民兵把唐家三兄弟包围起来。

唐六瞪着大眼，蹦起来吼道："刘老头都退社了，我们也要退，姓范的你想干什么？谁敢拦路老子就跟谁拼命！"

"哎嗨，你还真翻了天啦！"范彩玉把手一挥，喊道，"动手，集体的牲畜，拉回去！"

几个民兵上去拽住牛尾巴，一个朝前拉，几个朝后拽，大黑牛疼痛，四条腿扒出几个坑。唐六一使劲把牛鼻子绳拽掉了，扑通一声，四脚朝天，摔倒在地。大黑牛流着鼻血尥起蹶子蹿了。唐六恼羞成怒，猛地爬起来，不管三七二十一，拿起一块半截砖朝民兵狠狠砸了过去，正砸在民兵刘三娃的头上，三娃当场倒地，血头血脸，晕了过去。这边，唐五牵着黑驴跑，两个民兵在后边追，一个民兵上去一枪托子打折一条驴腿，黑驴四脚落地，唐五喊叫一声，扑向一个民兵，二人撕打起来。唐四正赶着牛拉着拖车走在前面，回头见两个兄弟跟人打起来，急忙转身回来，扬起鞭子，恶狠狠地抽了过去，恰巧打在了民兵麻二强的脖颈和耳朵上,流一脖子血。麻二强的爹麻四友在一旁看热闹,看儿子流血了,也不顾一切地冲上去,拦腰抱住了唐四,两个人滚在了一处。其他姓唐的人,手里拿着家伙,也轰隆一下围拢上来,眼看就要动手。

民兵手里虽然有枪,但没有范彩玉的命令,谁也不敢开枪。范彩玉一看事态严重,再发展下去。会出人命的。她拿过一个民兵手里的步枪,压上子弹,朝空中放了一枪,才把场面镇住。民兵围拢上来,把唐氏三兄弟捆绑起来,几个人抬着受伤的刘三娃、麻二强朝医院跑去。

大刘庄退社造成严重的流血事件,工作组组长陈敬德正在县里开高级社座谈会,接到黄河区紧急通知,立即赶了回来。

黄河区召开紧急会议,临时抽调干部,协助陈敬德处理退社事件。

大刘庄经过这场风波,如死一般地宁静,家家关门闭户,只有少数人躲在墙角,或者隔着门缝,伸头缩脑,探听消息。

唐瘸子看三个儿子被带走,如热锅上的蚂蚁一般,跑到唐六家说:"小六家的,快看看去,民兵把他哥儿仨都送哪去了?"

刁婵梅正在倚着门框嗑瓜子,没好气地骂道:"老东西,都是你养的好儿子,挨枪子儿才好呢!"

唐瘸子指着刁婵梅,懊恼地说:"早知道你是个泼货,我就该把你卖到窑子里!"

"滚!"刁婵梅朝唐瘸子脸上吐了一口,骂道,"你个老爬灰头!"

唐瘸子被吐了一脸瓜子壳,伸出巴掌要打刁婵梅,刁婵梅顺手拿起擀面杖,恶狠狠地说:"老狗,你敢动,我就打烂你的脑壳!"

唐瘸子毕竟老了,抵挡不过刁婵梅,一阵气急败坏,无可奈何,也只得灰溜溜地走了。

刘四爷在刘洪山家门口来回走了几趟,也没敲门进去,心里乱糟糟的,不知见了刘洪山说啥,一阵唉声叹气,就悻悻地回来了。他刚刚走到自家门口,三奶奶正在等他,慌慌张张地问:"老四,见着洪山了?"

刘四爷难过地摇摇头。

三奶奶拍着巴掌说:"老天爷,这事闹大了,唐家兄弟又打伤了人,彩玉这丫头还动了枪!"

刘四爷昂昂头,看看天,叹口气说:"三嫂,咱几家入社才一个多月就出了事。这一阵子我就看着洪山的苗头不对,他一会到这村,一会到那村,不知道的还以为他是走亲戚串朋友,实际上他是去看人家的高级社,我最担心的事还是来了!"

"来了就来了。"三奶奶拍着手,急吼吼地说,"老四,洪山出了这事,一定会有大麻烦,咱不能做缩头乌龟,你得想想办法。洪山要为这事进去了,西社真就毁了,一点指望也没有了。这些年人家也没少帮咱,人要讲良心,咱拼上老命也要去保他。"

刘四爷看看周围,小声说:"三嫂,你去找大妮他们,我去找二良和其他人,咱都按手印,人多势众,给刘洪山担保!"

三奶奶担心地说:"姓陈的会给咱面子吗?"

"姓陈的?"刘四爷哼了一声,气愤地说,"大刘庄出了这么大的事,他是蹲点干部,我就不信他能在清水里待着。"

三奶奶愣怔一下,急躁躁地说:"照你这样说,长水、彩玉两个孩子也有麻烦?"

"不是麻烦,是大麻烦!"刘四爷倒背着手,一瘸一瘸地走了。

范彩玉安排民兵把唐家三兄弟送到黄河区政府关押起来,便急匆匆跑到黄河区医院看望受伤的民兵。民兵刘三娃头上缠着纱布,挂着吊瓶,已经从昏迷中苏醒过来,医生说虽没有生命危险,但出现头晕、恶心和呕吐等症状,脑损伤严重,需要一段时间治疗。麻二强的脖颈上也缠着纱布,他爹麻四友正蹲在地上唉声叹气。范彩玉买了一些补品,又安慰一番,方才离去。

范彩玉站在饲养室大院里,脸色惨白,嘴唇发青,心情沮丧,痴痴地看着空空的大院,两眼不由得模糊了,泪流满面。村东社饲养室除了刘长水牵来的一头黑驴外,社里的所有财产被哄抢一空,连一把木锨也没留下,整个场院一片狼藉。范彩玉脑子像炸了一样,嗡嗡响,一肚子火气不知朝哪里发泄。

唐家三兄弟加入高级社以后，心里不服气，一直想闹事，范彩玉也有所觉察，只是没有想到来得这样快，会大动干戈，造成流血事件，一发不可收拾，引起大多数人退社。一向在全区工作先进的大刘庄东社，仅仅一个时辰，就分崩离析，土崩瓦解，一败涂地。范彩玉脸面丢尽不说，更不知该如何向上级交代，怎么处理眼前的问题，感到束手无策。范彩玉正在难为之际，突然感到肩上一沉，一件衣服披在了身上，扭头一看，是刘长水苦笑着站在身后。

刘洪山把大花牛牵回家以后，刘长水在家里一直做他爹的工作，想把大花牛尽快牵回去。哪知道爹软硬不吃、油盐不进，刘长水磨破嘴皮也没说通。

汪玉兰扯扯儿子说："长水，你爹正在气头上，你现在叫他把牛牵回去，不是找挨骂吗？"

刘长水急吼吼地说："娘，高级社，不是互助组，也不是初级社，爹这一闹，你看看，整个大刘庄都乱了套，俺爹要倒大霉的！"

"儿啊，你一个小孩家，没经过大事，看把你吓的。你爹走到这一步，也是被刘小黑他们逼的，就你爹这个脾气，能眼睁睁看着大花牛被他们给毁了？"汪玉兰咬牙切齿，指着门外说，"你爹今天不闹，明天也要闹，不拼一场，别说你爹，你娘我也不死心。是福是祸，既然你爹走了这一步，就没啥后悔的，大不了我也陪着你爹蹲大牢去！"

刘长水瞪着两眼，好像一下子不认识这个生他养他的老娘了，心里不由得翻起层层热浪，鼻子一酸，眼里流下泪来，上前抓住老娘的手说："娘，不要再说了，你儿子也不是尿包软蛋，天塌下来，儿子跟二老一起承担！"

汪玉兰用袖子擦着刘长水的眼泪，心疼地说："这才是爹娘的好儿子！"

刘长水走进西屋，看看爹正在给大花牛上草料，慢慢退了出来。

汪玉兰对儿子说："长水，你还在家里干啥？还不快去东社看看，听说彩玉把唐家兄弟抓起来送走了。"

刘长水出门不远，就碰上了三奶奶朝他家走来，三奶奶忙说："长水，你爹没事吧？"

"大花牛牵回家，俺爹高兴着呢，正在给大花牛拌草料。"刘长水苦着脸，担忧地说，"三奶奶，你是老人，见世面多，你看这事咋办？"

三奶奶气呼呼地说："你爹一辈子好强，眼里进不了沙子，他今天走到这一步，也是叫刘小黑这个龟孙羔子逼得没有路走了。我看闹一场也好，就要叫那些当官的看看，老百姓不是好捏的。那年为了粮食，我把工作组骂了一顿，咋着我了？最后还不是给我免了！"

"你说那年卖粮食……"刘长水心里不由得一动，想说什么，又急忙咽了回去，忙转过话题说，"三奶奶，高级社不会就这样散了，这是大势所趋，谁也改变不了。俺爹一时气急，退了社，过几天，等爹气消了，大花牛还是要牵回去的！"

"那也得有个说法，不能稀里糊涂了事！"三奶奶走了几步说，"我找你娘说话去！"

刘长水跑到东社办公室，一个人也没有看到，看到范彩玉的外衣扔在桌子上，就拿起来搭在胳膊上，急匆匆地朝饲养室走来。见范彩玉在那里傻站着，看她身上衣裳单薄，刘长水就把外衣披在了她的身上。

范彩玉不见刘长水便罢，见了刘长水，如火上浇油，怒火冲天，一把拽下肩上的衣服，狠狠地扔在地上，扬起巴掌朝刘长水脸上甩了过去。刘长水猛地后退了一步，范彩玉巴掌落空，还要扑上去再来一巴掌，刘长水顺手抓起一把扫帚，遮住了自己。

范彩玉指着空荡荡的院子，声嘶力竭地说："刘长水，睁开你的狗眼看看，都是你爹干的好事，要不是他带头退社，村东社也不会跟着起哄，唐家兄弟也不会对民兵下毒手！这下好啦，集体财产被抢光不说，还伤了人，你叫我怎么办？"范彩玉眼里射出两道热烈的火焰，恨不得一口把刘长水吃了。

刘长水把手里的扫帚扔到一边，苦笑着，把地上的衣服捡起来，拍拍衣服上的泥土，抱怨说："范社长，君子动口不动手，好男不跟女斗，难道你还想吃了我不成？别以为我怕你。他们退社你朝我发什么疯？再说，村东社的事就是村东社的事，唐家兄弟闹事那是早晚的事，你怎么能扯到我爹的身上？又不是我爹叫唐家兄弟退社的，你埋怨我爹，岂不冤枉！"

"没有你爹带头退社，唐家兄弟打死也不敢退！"范彩玉气得脸色煞白，手指着刘长水的脑门，一口咬定说，"你爹就是罪魁祸首，他要是在村东社，我早就把他抓起来了！"

"姓范的，你这话就说差了，最近一个时期，不少村庄都发生了退社事件，社员干部打架斗殴有的是，也跟我爹有关系？"在刘长水看来，儿子怎么跟爹吵，那是父子之间的事，作为未过门的儿媳，这样说未来的公爹，是对老人有失尊重，刘长水显然不高兴了，心里一阵阵说不出地懊恼。范彩玉你也太放肆了，你打我骂我，我不怪你，你不该迁怒于我的老爹。刘长水霎时变得怒不可遏，指着范彩玉说："你作为一个社长、共产党员，说话要负责任，不要胡说八道，满嘴喷粪！我爹退社自有他退社的苦衷，刘小黑怎么对我爹的你不是不知道，我爹也是被他狗小子给逼急了，无奈才走了这一步。"刘长水的话越说越多，"唐家爷们对你有意见也不是一天两天了，范、唐两家结梁子，从粮食统购统销就开始了，大刘庄谁不知道？唐家爷们就是个火药桶，早晚要爆炸的，他三兄弟一直在寻找机会报复你，就是我爹不退社，他们也会闹起来。叫我看，这场流血事件，也不能光怪社员，是你们两个社的工作出了问题，什么事情都急于求成，一步登天，方式方法不对，出问题那是一定的。你这样迁怒于人，推卸责任，是想掩盖你工作中的失误！"

"你是不是对我也有意见？你想落井下石，看我的笑话是不是？"范彩玉一时情绪失控，咬牙切齿，两眼通红，一步跨到刘长水跟前，夺过刘长水手里的衣服又扔在地上说，"刘长水，我告诉你，还轮不到你来教训我，别以为少了你这四两棉花纺不成线！以后你是你，我是我，我不想再见到你，滚，滚得远远的！"

范彩玉一番绝情话令刘长水毛骨悚然，浑身起鸡皮疙瘩。刘长水虽然曾钟情于麻月娥，但对范彩玉的感情还是很深的，两人孩提时就在一起，多少年来，花前月下，柳巷河边，山盟海誓，一个非你不娶，一个非你不嫁，私订终身。刘洪山对这门婚事不满意，儿子跟爹翻了脸，一气之下牵着毛驴跟着彩玉入了村东社。刘长水在村东社当会计，里里外外帮范彩玉打理，两个人对问题的看法发生了分歧，常发生口角，争得面红耳赤，但很少说伤害对方的话，事情过去也就烟消云散。东社发生这样的事情，刘长水万万没有想到范彩玉会把满腔的恶气撒到自己身上，心里感到天大的委屈，难以接受。刘长水毕竟是男儿，多少受父母性格的熏陶，看着范彩玉如此蛮横无理，心里不由得生出一股火气，牙一咬，脚一跺，耍起横来，冷笑一声，大声说道："姓范的，男子汉大丈夫岂能为情所困？我刘长水也没有卖给你，我也不是你的奴仆，别以为你当个破社长有啥了不起，在我眼里你就是个屁，你还真把自己当成救世主了？告诉你，眼下的社会，谁离开谁不能活？你无情，别怪我无义，咱大路朝天，各走一边，老子也要退社了！"刘长水说着大步朝饲养室走去，要去拉驴。

范彩玉急眼了，一股怒气冲来，顺手抓起一块半截砖，举在手里，瞪着一双要吃人的眼睛，恶狠狠地说："你敢？"

刘长水一看范彩玉要跟他拼命，走了几步便站住了，看着她那双猩红的泪眼，心一下子软下来，想想范彩玉一个女人这些年为村里吃了不少苦，又碰到退社伤人这样的事，也真难为她了，自己再僵持下去，恐怕两败俱伤。他不由得叹口气，退着步子，自嘲地说："好男不跟女斗，恶狼也惧鬼三分，我怕你，我怕你……"刘长水双手抱着头蹲在地上，直喘粗气。

一直在墙头外观望的范玉堂慌慌张张地走过来。

唐家三兄弟退社，范玉堂也急吼吼来到饲养室，趁着乱哄哄，就悄悄把自家的大青骡子的绳子解开，朝大青骡子屁股上打了一拳。大青骡子叫了一声跑出了饲养室，范玉堂在后面远远跟着，见大青骡子进了家门，不由得"嘚喔"一声笑了，自言自语道："畜生也知道回家好。"

范玉堂把大青骡子拴在院子里的柱子上，嘴里哼着小曲，拍拍大青骡子的脖子说："宝贝儿，回来了，回来好，老范给你弄好吃的！"说着，搬来一个木槽放在大青骡子跟前，把一瓢黑豆放在里面，高兴地说，"吃吧，吃吧，看你馋的，慢点，慢点……"

范彩玉的娘双手端着簸箕走过来说："死老头子，你这是咋的啦？咱闺女当社长，人家退社也就罢了，你跟着起啥哄？你这不是给咱闺女添乱吗？"

二闺女范彩莲正在淘粮食，也站起来，撩起围裙擦着手说："俺爹，你别高兴得太早，叫我看，你咋牵来的还咋送回去！"

彩玉的娘气愤地埋怨道："咱闺女要是出了事，你个老东西也好不了！"

"呀，呀，"范玉堂愣怔一下，不由得拍拍脑袋，后悔地说，"你看我真是老糊涂了，这事做差了，要是被人抓住把柄，彩玉还怎么去说别人？我这不是给闺女挖坑吗？"

"爹，我看你是聪明反被聪明误。"彩莲指着爹笑着说，"看我姐可能饶了你！"

范彩玉的娘说："她爹，你别磨蹭了，骡子咋牵回来的咋着牵回去。"

范玉堂叹了一口气，慢悠悠地把大青骡子牵出来，想送回社里去，走进一条胡同，又犹豫起来，走走退退，退退走走，还是舍不得把大青骡子牵回社里。

"玉堂，你也退社了？"不知三奶奶从哪里走过来说。

"我没退社。"范玉堂一阵紧张，忙解释说，"老婶子，大青骡子是自己跑回家的，这不，我正要把它送到社里去！"

"睁眼说瞎话，大路不走，你走这胡同干啥？"三奶奶指点着范玉堂笑着说，"玉堂，退就退呗，又不是啥丢人的事，装啥装？你那点小心眼还能瞒住人？"三奶奶走了几步，回头说，"洪山都把牛牵回家了，俺没有牲口，我到社里拿俺家的扬场锨去！"

范玉堂看着三奶奶走去，叹了几口气，就把大青骡子拴到离自家不远的一棵树上，拐了几个弯子来到饲养室看动静，恰巧看见闺女正在跟刘长水吵架。

范玉堂夺下范彩玉手里的砖头，扔在一边，数落闺女说："彩玉，发哪门子疯？这事怪不了长水，都是他爹那个老东西惹的祸。长水为入社都跟他爹闹翻了，你不是不知道，这几年他也没少帮你，你这样对他发火，岂不冤枉了长水？"

范彩玉看了一眼蹲在地上生闷气的刘长水，也觉得自己有些过分，便把衣服拾起来，拍打了一下衣服上的草，搭在胳膊上，不由得扫了一眼牲口棚，吃惊地说："爹，咱家的大青骡子也不见了，是不是叫你牵回家了？"

范玉堂脸色一寒，摆摆手，急忙搪塞说："你这孩子，咋能这样想你爹？爹能拆闺女的台吗？大青骡子不是我牵回去的，是它自己跑回家的。"范玉堂看着闺女难看的脸色，停了一下，便试探着说，"彩玉，你看看，连大青骡子都不想入社，牲口也知道社里的伙食不好，草料不如咱家的草料香。话又说回来，咱是新中农，地也不少，还有一匹大青骡子，咱还开着豆腐坊，谁家的日子也不比咱强。不是看你当社长，你爹也不想入社，人心不齐，整天乱哄哄的，搞不好。你成天累死累活不说，还得罪人，唐家的人恨不得把咱吃了，这样下去没个好。叫我看，趁这个乱劲，干脆，一不做，二不休，你也来个顺水推舟，要散伙都散伙吧。你这社长也别当了，女孩家家，出头露面，人家笑话。跟爹回家，过日子咱不怕，要是闹出人命来，就不好收拾啦！"

范彩玉看着爹那阴阳多变的脸，朝爹跟前走了一步，噘着嘴，冷笑着说："俺亲爹呀，人家闹事也就罢了，你也火上浇油，趁火打劫，落井下石，是不是想叫我把你也抓起来？"

范玉堂打了个趔趄，后退着步子，赔着笑脸说："你这孩子，咋跟爹说话呢？爹也就这么一说，看把你张狂的，要把爹吃了似的。你当社长，爹感到脸上有光，在咱这黄河滩，谁不夸我范玉堂养个好闺女？咱的大青骡子都是你当家管着，爹一百个放心！"

范彩玉瞪着眼放低声音说："我要是不当社长，你是不是也退社？想造反？"

范玉堂咧着嘴自嘲地说："爹一辈子胆小怕事，树叶掉下来都怕砸着头，走路怕踩死蚂蚁，点灯怕烧死飞蛾，给我八个胆，爹也不敢！"

范玉堂话没落地，一个民兵跑来说："范社长，陈组长回来了！"

范彩玉愣怔一下，急忙理理头发，走了几步，又回过头来，见刘长水还蹲在地上生闷气，仍没好气地说："姓刘的，你不是男子汉吗？装什么蒜？说你两句就受不了,看你这点出息!"范彩玉看着牲口棚,缓和着口气说,"这样吧,这两天反正也没人喂牲口,你先把驴牵回家吧。"

范玉堂看闺女走了,刘长水还蹲在那里,走过来,满脸赔笑地说:"长水,孩子,消消气,彩玉就这个脾气,你不是不知道,别跟她一般见识,社里发生这么大的事,她心里急火啊!"

刘长水站起来,摆摆手说:"范大爷,啥话也别说了,你家的这尊神我不伺候了。"说着朝牲口屋走去。

范玉堂咂着嘴,无聊地站了半天。

十四

大刘庄会议室，陈敬德、牛友亮、马正、王元，还有区里两个干事，都拉着脸坐在那里。

范彩玉急慌慌地走进来，双手按住桌子，歪着身子，朝前拉拉板凳，半个屁股坐下来，红着脸，难为情地说："陈组长、牛主任……"

"不要解释了，"陈敬德满脸通红，啪啪拍着桌子说，"范彩玉同志，我离开两天，没想到大刘庄出这么大的事情，你太叫我失望了，你辜负了黄河区委对你的培养和信任，你这个社长干脆别干了，写辞职报告吧！"

范彩玉像当头一棒，头脑不由得蒙了一下，全身顿时感到麻沙沙的。这是她自当干部以来受到的最严厉的批评，一阵百感交集，再也控制不住自己，抱着头趴在桌子上哭起来！

牛友亮是作为黄河区代表前来大刘庄协助陈敬德处理退社事件的，看到范彩玉这个样子，他心里一阵窃喜，看你范彩玉怎么过这一关，不由得站起来，严厉地说："范彩玉同志，你这是干什么吗？我在大刘庄工作期间，从未发生过这样的事件，看来是你工作出了问题。你要知道，群体退社是一起极为恶劣的政治事件，影响很坏，县、区领导都非常气愤。我作为区代表，前来督察处理这件事，你作为社长要负主要责任，对领导的批评，你这个态度是很不好的，难道说你还有什么委屈不成？"

范彩玉慢慢抬起头来，泪流满面，抽噎着说："我愿意接受任何处分，辞去社长职务！"

牛友亮还想说什么，陈敬德扯了一下他的袖子，把他拉回座位上，缓和口气说："范彩玉同志，要正确对待这件事，不要有什么过激的想法。辞职的事以后再说，你回去先写一个事件经过的汇报材料，明天开会研究！"

范彩玉揉着眼睛，踉踉跄跄地走出会议室。

这时，只见刘小黑气喘吁吁地跑来，看见范彩玉哭着离开会议室，也不由得吓了一跳，哆哆嗦嗦地走进会议室。

刘洪山牵走大花牛以后，西社也是一片混乱，刘小黑站在大路上，敲着铜锣喊叫着："牵走牲口的，都给我牵回来，谁退社就送谁到区里学习。"喊了几声，看不到动静，气恼地把铜锣摔在地上。

刘小黑急匆匆地跑到饲养室，上去抓住王高的领口，问刘洪山牵走大花牛是怎么回事。王高一看事情闹大了，不敢隐瞒真情，就把刘洪山来到饲养室的事情说了出来。刘小黑恼羞成怒，甩手给王高一巴掌，骂道："你咋不拦住他？"

王高捂住脸，结结巴巴地说："我、我敢拦吗？你带着民兵不也没拦住吗？你朝我发什么疯？老子不干了！"王高说着，气呼呼地要走。

刘小黑也觉得下手太重，忙上去抚摸着王高的脸，安慰说："好啦，好啦，看你那个熊样！"转脸看看四周，小声说，"我是有意放刘洪山走的，咱要抓住这个机会，狠狠整整刘洪山父子，不然，老子的江山坐不稳当。"刘小黑拉着王高的一只胳膊说，"走，到你家喝一杯去。"

王高苦歪歪地晃着肩膀，委屈地说："你不知道陈敬德回来了？到时候整不了刘洪山，把你整掉了。"

一顿饭工夫，刘小黑拉丧着脸走出会议室，嘴里咕哝着，拧着脖子，悻悻而去。

陈敬德、牛友亮、马正、王元等人继续开会，牛友亮谈了自己的处理意见，陈敬德也讲了自己的看法，争论了半天，没有结果，上报区政府裁定。

牛友亮临走时对陈敬德说："敬德同志，区里态度是明确的，你不能无原则地护短，一定要严肃处理，我明天还来吗？"

陈敬德看牛友亮兴师问罪的样子，不由得暗暗发笑，板着脸说："你是区里领导，来与不来，自己决定。我是希望你能来，我来大刘庄工作这些日子，在调查研究中发现，你在大刘庄工作期间还有一些遗留问题，希望能一并解决。"

"什么遗留问题？"牛友亮脸一寒，马上紧张起来。

"多方面的遗留问题。"陈敬德微笑着说，"咱一定要抓住这个解决问题的机会，消除影响，统一大刘庄社员的思想。"

牛友亮哼了一声，很不高兴地走了。他本来想趁此机会给范彩玉施加压力，使范彩玉屈服，挽回被她拒绝而丢掉的面子，重新撬开范彩玉的爱情之门，万万没有想到被陈敬德将了一军，肚子里像塞进一块石头，一种沉重的压迫感叫他喘不过气来，后悔自己不该来大刘庄。他搜肠刮肚，千般寻思，想不到自己在大刘庄还有什么遗留问题没有解决，难道说陈敬德是故意这样说的？有意放个空炮，吓唬人的？不管怎么说，自己在大刘庄工作一年多，也难免没有差错，真要有什么问题牵扯到自己，小辫子抓在陈敬德手里，岂不是引火烧身？陈敬德是县里下派干部，背后有县长沙玉明，把我拉下马，不是什么大事。牛友亮回去以后给区委书记赵玉彪做了简单汇报，再也不来大刘庄了。

刘长水牵着毛驴，走出饲养室，心里难过急了，像霜打的茄子，耷拉着脑袋不敢见人，转来转去，不知朝哪里走，在小河边碰到正在拾粪的刘四爷。刘四爷见刘长水垂头丧气的样子，问道："长水，你也退社了？"

刘长水耷拉着脑袋不说话。

"不是四爷爷说你，你爹是啥人？你爹是咱黄河滩上响当当的庄稼把式，是县里看重的人物，种地过日子没人比，你闹啥分家？还牵走了黑驴，加入东社。你知不知道你爹、娘有多难过？"刘四爷说着抓抓毛驴耳朵，叹口气说，"你看看，这头驴都瘦成一把骨头了，你爹要是见了，能心疼死。快牵回家吧，跟你爹说句软话，洪山一辈子好强！"

刘长水眼泪汪汪地说："四爷爷，我知道俺爹不容易，他心疼牲口，我也心疼。互助组、初级社他不入，我啥话也不说，高级社就不一样了。你说俺爹这一闹惹出多大麻烦，整个大刘庄一下子塌了架，乱成了一锅粥，上级会轻饶他吗？"

"你爹要退社，人家就朝他头上扣帽子，说他思想落后，这是天大的冤枉。别人不知你爹的心，你四爷爷是知根知底的。你爹是想用退社警告那些在台上的人，高级社要这样办下去，要不了多久，不用大家退，自己就散了。"刘四爷心情沉重地说，"实话告诉你，你爹退社的想法我早就知道。"

刘长水吃惊地说："四爷爷，你说这话我就想不通了，你明知道俺爹要退社，为啥不劝住他？难道你也想看俺爹的笑话？"

"傻孩子，这是啥话！"刘四爷微笑着说，"你爹跟我说起这件事的时候，我想劝又不想劝。想劝，我是怕你爹挨整；不想劝，我是想叫你爹跟陈敬德、刘小黑他们干一场，依我看，不跟这帮人斗上几个回合，这高级社办不稳当。"

刘长水瞪着眼，不解地看着刘四爷，埋怨说："四爷爷，我今天一下子不认识你了，这就是您老想看到的结果？你也太世故了，简直就是一个大阴谋家，难道说你就不怕他们把我爹关起来？"

"陈敬德真要把一个剿匪大英雄、劳动模范关起来，他在大刘庄的日子恐怕也到头了！"刘四爷若有所思地说，"孩子，好好照顾你爹，不要再惹你爹生气，叫你娘给你爹调调胃口，我想洪山最后还是会加入高级社的！"

刘长水看着刘四爷走去，不停地摇着头，似乎还没有弄明白老爷子的话，拉着驴磨蹭一会，感到自己的肚子饿了，小毛驴也该吃草了，想来想去，无处可去，只好无精打采地走进家里，把驴拴在槽上。

刘洪山端着一盆草木灰，正在给大花牛垫脚，见刘长水耷拉个脑袋牵着驴走来，忙放下盆，把淘好的一筐草倒在木槽里说："看看，这驴都瘦成一张皮了，再叫他们喂几天，别说拉磨了，恐怕连捆干柴也拖不动了，还口口声声说我思想落后，破坏高级社，我今天就要造造他们的反！"刘洪山抓了一把饲料撒在木槽里说，"长水，你想明白了就好，不要再喝范家丫头的迷魂汤了！"

"儿子喝点迷魂汤不要紧，大不了这个会计不干。爹，你等着吧，有你好看的那一天！"刘长水抱着头蹲在地上，抽抽噎噎地哭起来。

"人活一口气，树活一张皮，爹的这条老命就豁出去了。"刘洪山告诫儿子说，"爹的腰就是折断，也不会向他们低头！"

"别说了，你爷儿俩都过来吃饭吧。"汪玉兰拉起刘长水朝锅屋走去，刘洪山也走过来。

一家三口坐在桌前，汪玉兰把一碗面条放在刘长水跟前，又盛上一碗递给刘洪山。刘洪山把碗端在手里，一会又放下来，拿起烟袋，慢慢挖着烟说："你娘儿俩先吃，我吸袋烟！"

刘长水一边吃饭，一边掉泪。汪玉兰看着心疼，剥一个鸡蛋放在刘长水碗里说："孩子，咱啥也不想了，跟你爹好好下地种庄稼！"

刘长水还是哭着吃着，泪珠子都掉碗里了！

刘洪山见儿子哭得伤心，心里一阵说不出的滋味，把面条推到刘长水跟前，按按烟窝，划着火，大口大口吸起来，过了一会，慢慢地说："孩子，不要担心爹，爹一辈子在黄河滩啥阵势没见过？爹的骨头硬着哩。我倒要看看他们能把我咋样！"

刘洪山把大花牛牵回家，他的思想是复杂的、多变的。世事沧桑，天道回转，人的生存空间发生了巨大变化。在人生的道路上，刘洪山走出了无可选择的一步，在另一个天地里，刘洪山还没有看到他想看到的希望，一个个无情打击使他难以立脚，刚刚变化的心智使他产生了怀疑和动摇，总以为这样走下去是不会有一个好结果的。牵回大花牛，并不是一时冲动之举，在他的心里已经谋划很久，只是没找到适当的时机罢了。人在困境之中，总想回头寻找失去的东西，明知无法改变当下的事实，刘洪山还想做最后一搏，这是人的天性，哪怕碰得头破血流也在所不惜。在刘洪山看来，人生在世，什么东西都放弃了，苟活人世，无非行尸走肉，没有任何意义。作为一个农民，在世事面前能有什么作为呢？刘小黑等人的无知和霸道行为，把大刘庄西社搞得乌烟瘴气，会给大刘庄几百号人带来意想不到的灾难。刘洪山天性不愿任人宰割，无奈之下，也只能用自己的牺牲来唤醒大刘庄巴掌大的一片天地！

刘长水年轻，没经过世面，碰到大事，六神无主。老爹爹退社，刘长水感到爹捅破了天，心里急得如热锅上的蚂蚁一般，害怕更大的打击会降临到吃了一辈子苦的爹爹身上，作为儿子，不知如何分担父母的痛苦，何去何从，心中茫然。范彩玉的反常行为叫他痛苦万分，又难以割舍。四爷的话像一枚炽热的火球在他心里滚来滚去，又像一窝乱麻塞进了他的心窝，怎么也理不出个头绪来。刘长水哭泣一阵，慢慢抬起头来，看看爹那饱经风霜日渐消瘦的脸，心里一阵说不出的难受。不能再去逼爹爹了，纵有千言万语，万语千言，也说不出一个字。自己吃饱了，看看驴也吃饱了，他慢慢地走过去，还想把驴牵到社里去。

刘洪山见儿子牵驴，猛地站起来，拦住说："长水，你牵驴回来就是为了吃草料？今天咱爷儿俩打开窗户说亮话，要牵走，我不拦你，你得拿草料钱。"

汪玉兰慌忙走过来说："正好好的，你爷儿俩又是弄啥哩？"

这时，刘四爷提着一只小口袋走来，看爷儿俩又在生气，忙说："洪山，别怪孩子，这时候，谁心里也不好过。"转脸对刘长水说，"长水，你先出去转转，我跟你爹说说话。"

刘长水又把毛驴拴在槽上，无精打采地走出了门。

刘四爷走到牛屋看看大花牛，抓抓牛角，把口袋里炒好的黑豆倒出来，心疼地说："大花牛瘦多了，既然回家了，就叫它好好享几天福吧！"

"还叫您老操心。"刘洪山走过来，抓起黑豆放在鼻子上闻闻，说道，"四叔，你说我今天这事做得是不是过了？"

"过了？"刘四爷又抓一把黑豆撒在小毛驴槽里，看看刘洪山，掏出烟袋深深地挖着，说，"洪山，你是不是后悔了？"

"后悔？"刘洪山摇着头说，"四叔，你是知道我的，我一辈子做事没有后悔过，我既然走出这一步，哪怕是跳进火坑，我也不会皱皱眉、眨眨眼！"

刘四爷哈哈笑着说:"这就是你刘洪山!"

刘洪山深有感触地说:"四叔,你是知道的,我这个人一辈子认理不认人。咱黄河滩以前不知过了多少队伍,奉系的、直系的、皖系的、冯玉祥的,还有老蒋的,没有比共产党的军队爱护老百姓的,我是打心眼里服气,淮海战役、抗美援朝,我拿出粮食支援前线,也是心甘情愿的,从没后悔过!"

汪玉兰端着一瓢炒好的花生走过来说:"四叔,长水他爹这回把天戳了个大窟窿,您老当过干部,又是群众代表,能说上话,你要帮帮洪山。"

"长水他娘,洪山做了就做了。不瞒你说,我的几样小农具也叫闺女秀兰拿回来了,我也想退社,三嫂也把她家的扬场锨拿回家了。就是要给黑子和工作组这帮人一个下马威,高级社要是这样办下去,迟早要砸锅的。"

刘洪山叹口气说:"他们还说我思想落后,我咽不下这口气。"

刘四爷深有感触地说:"共产党为啥把土地分给农民?就是想叫老百姓过上好日子。现在的日子不安稳,心里憋屈,眼看要饿肚子,咱就不能蹦跶几下,攥攥拳头跺跺脚?难道说这就犯了天条?"

汪玉兰还是担心地说:"他们会不会把洪山抓起来?唐家兄弟几个都送到区里去了,到那里还有好果子吃吗?"

"抓起来我也不怕,就是想争这口气!"刘洪山深深吸了几口烟说,"我就不信了,靠劳动吃饭还有罪了?!"

刘四爷站起来,冷笑着说:"就看他陈敬德怎么收这个场!"

刘洪山语重心长地说:"四叔,我知道你的心,你是不想叫西社就这样散掉,真要散了,咱大刘庄会更糟糕。我跟你说句掏心窝子的话,只要他陈敬德给咱一个公道,能叫我刘洪山心服口服,不要人说,我还会把大花牛牵到社里去的!"

刘四爷使劲拍拍刘洪山的肩膀,欣慰地走了。

早晨,雾气朦胧。

刘洪山挎着粪箕走出门来。起早拾粪是他多年养成的习惯,无论是寒冬腊月,还是炎热的夏季,这个习惯都没有改变。

太阳露出半个脸，缕缕晨雾散去，天色逐渐清晰起来。

陈敬德站在一个岔路口，好像是在等什么人。

刘洪山看见了陈敬德，转身要走，陈敬德走过来说："老刘，听说你一年四季早晨起来拾粪，开始我还不信，今天眼见为实了。"

"习惯了！"刘洪山知道陈敬德是在这里等他的，停住了脚步，脸色一寒，不由得说道，"老陈，看来你是专门来堵我的，我也把话给你亮明了，社里我是没法干了，我退社了，我跟你没话说了！"

陈敬德微笑着，心情沉重地说："老哥哥，高级社没办好，我们有错，你不经过社里同意就把牛牵走，造成这么大的影响，你也有错，一句话——咱们都有错。"

刘洪山气愤地说："刘小黑骂我思想反动，你不会也说我思想反动吧？"

"你是我的好大哥，我怎么会说你思想反动呢？"陈敬德摆摆手说，"刘小黑的话只能代表他自己，我已经狠狠批评了他，区里还要处分他！"

"这么说，你是同意我退社了？"

"我要同意你退社，就没有当初了。"陈敬德扬扬手，看着地里的庄稼，忧愁地说，"老哥哥，你看看，大刘庄两天都没人干活了，这样下去怎么得了？全村上千口人要吃饭啊！"

"我一大早就起来拾粪，你怎么说没有人干活？"

"大刘庄能有几个刘洪山啊！"陈敬德长长地出了一口气，突然抓住刘洪山的手说，"老哥哥，你说我该怎么办啊？"

"怎么办？"刘洪山冷笑着说，"你恐怕早就想好了主意，你忙活了几个月，出现今天这样子，你能善罢甘休？沙县长能放过你？无论对社员还是对上级恐怕都要有个说法，我是想好了，退社是我挑的头，我会把脖子洗干净等着你！"刘洪山抖抖肩上的粪筐，大步走了。

陈敬德追了几步也没追上，不由得讪笑说："真是个老倔头！"

地主麻乐行家的大院坐落在村中的一块高地上，前面是一口水塘，连着文家河，周边有几棵合抱粗的老榆树，砖瓦门楼，红漆大门，看上去很气派。

土改后，这个大院收归村集体所有，如今成了工作组的驻地，东西厢房分别是村东社和村西社的办公场所，正房客厅是两家合用的会议室，客厅两厢分别是陈敬德和其他组员的卧室兼办公室。陈敬德正在主持召开两个社的干部会议。他声色俱厉，传达区委指示，唐氏三兄弟的退社造成流血事件，问题是严重的，影响是恶劣的，决定召开全村社员大会，批斗唐氏三兄弟，县报派记者前来做专题采访。区政府根据沙县长的指示，对刘洪山的处理也提出要求，刘洪山土改时救过工作队队员的命，又是黄河故道有名的种田能手、劳动模范，出于对高级社个别干部的不满，因牛草发霉跟饲养员发生口角，一气之下牵回原属于自己家的耕牛，情有可原，从轻发落，作为批评教育对象参加陪斗。

刘小黑瞪着眼还想说什么，陈敬德摆摆手叫他住嘴，刘小黑脖子拧着，憋得满脸通红。

这时，刘长水和范彩玉才松了一口气。

散会以后，陈敬德把范彩玉和刘长水留下来。范彩玉掏出一张纸，放在陈敬德的办公桌上，眼里含着泪，难为情地说："陈组长，大刘庄给全区脸上抹了黑，我愿承担一切责任，这是我的辞职报告，你另请高明吧！"

"要说责任，我才是第一责任人，首先检查的应该是我。"陈敬德心情沉重地说，"彩玉同志，看来你对我的批评还耿耿于怀，那天区政府的同志在场，我是故意说给他们听的，希望你能理解我的良苦用心。赵玉彪书记也不会同意你辞职，我更不能同意了，党培养个干部不容易，培养个女干部更不容易。你的工作还是有成绩的，出了问题不可怕，关键是我们要好好总结经验教训，变被动为主动，一定把高级社办好！"陈敬德把辞职报告拿起来放在范彩玉手里，笑着说，"我那天的话收回，你的辞职报告也收回吧！"

范彩玉不好意思地笑了笑，心里宽慰了许多，满腹的委屈也随之散去，擦着眼泪说："陈组长，谢谢领导对我的宽容和信任，我一定把东社的事情办好！"

"引导农民走合作化的道路，是不能动摇的，有再大的困难和风险都要走下去，这一点，我们要坚定信心。"陈敬德坚定地说，"大刘庄无论是互助组还是初级社，都是全区的典型，也是沙县长最关注的村庄之一，这杆旗子不能倒。唐家兄弟退社伤人，他们是有政治目的的，要依法处理，教育群众，团结多数，孤立少数。刘洪山的做法跟唐家兄弟有着本质的区别，我们要积极团结他。我初步找他谈了谈，他对社里的工作意见很大，好多问题只能以后来解决。当务之急，是尽快把高级社重新运作起来，恢复生产，一分一秒不能耽搁。区里给我们三天时间，叫刘洪山把牵回家的耕牛送回社里，过去的事情既往不咎；如果再僵持下去，会给入社的群众带来严重的影响，也会影响农业生产，我们要充分认识到这一点。"

刘长水耷拉着脑袋，没有说话。

范彩玉向陈敬德保证道："请陈组长放心，我跟长水一定做好刘洪山的思想工作，完成领导交办的各项任务。"

刘长水离开会场，一个人小跑似的朝前走。

范彩玉追上去，一把抓住刘长水的衣服说："长水，狗撵兔子似的，你跑啥？"

刘长水横了范彩玉一眼，寒着脸，没好气地说："范大社长，你拉住我干啥？我是你什么人？咱俩还有关系吗？"

范彩玉不由得愣怔一下，随后满脸赔笑说："小心眼，你还真生我的气啦？"

"你是你，我是我，驴马不同槽，井水不犯河水，我生你啥气？大路朝天，各走一边，咱俩没瓜葛了！"刘长水头一拧，大步走去。

"你给我站住！"范彩玉紧跑几步，抓住刘长水的衣服说，"你还越说越蹬鼻子上脸了，你想一跑了之，没那么容易！"

"我跟你爹把话也说明了，你老范家这尊神我从此不伺候了！"刘长水使劲挣了几下也没挣掉，气恼地说，"俺爹落后，我也落后；俺爹有罪，我也有罪。你现在红得发紫，马上要上天了，你再这样抓着我，会拖你后腿的。范家大小姐，尊敬的范社长，得饶人处且饶人，你还是松手吧！"

范彩玉死死抓住刘长水的衣服，说啥也不松手，眼泪哗啦流下来，抽噎着说："好你个没良心的刘长水，这么多年，我范彩玉对你怎么样，你心里应该有本账，现在人家用枪顶在屁股上了，你一点也不心疼我，我都快急疯了！"

刘长水这个人，说起来也好笑，就是不能看见范彩玉流眼泪，一看见范彩玉流眼泪心里就发慌。他不由得扯扯范彩玉的手，笑着说："彩玉，你别哭，你一哭，我这点男子汉气就跑光了！"

"我就是个屁，你说放就放了？"范彩玉朝刘长水胳膊上掐了一下，咬着牙根说，"你就知道气我，你要把我气死了，看你到哪再找这样好的媳妇去！"

刘长水擦着范彩玉的眼泪，朝范彩玉的脸上吹了一口，小声说："我的小姑奶奶，你爹俺爹都不省心，他俩的心事都是一样的，可想想两家老人也怪可怜，咱作为儿女对不起他们的养育之恩，这一关咱过不去。我看咱俩都辞职算了，你帮着你爹做豆腐，我帮俺爹喂牲口、种地，咱两家的日子不会比谁差！"

"你又说泄气话，刚才陈组长的话你都忘了？"范彩玉哭着说，"你以为辞职就能了事？做梦去吧，那样事情会更糟。"

刘长水拐进一片小树林，范彩玉跟在后面，好一阵谁也不说话。

刘长水撅断一根柳条，使劲地拧，把树皮拧下来，抽出一根像粉条一样的枝条说："彩玉，陈组长的话是故意吓人的，你也别太当真。我看咱不能着急，俗话说，欲速则不达，给爹一点时间，也叫他老人家好好想想！"

"你还有心玩这个！"范彩玉伸手夺过刘长水手里的枝条扔了出去，抱怨说，"咱能等，人家工作组不能等。就是陈组长能等，区里、县里也不能等。你别忘了，陈组长是带着'尚方宝剑'来的，是沙县长安排的，区委赵书记也发了话，不是闹着玩的。刘小黑、王高这些人早把告状信写到县里去了，还四处造谣，煽风点火，唯恐事情闹得不大。咱没有退路，只能朝前走。三天时间是区里定的，你爹再不把牛牵回社里，矛盾就升级了，你想过后果吗？"

刘长水抓挠着头皮说："俺爹正在火头上，我怕……"

"就你软弱无能，胆小怕事。叫你爹参加陪斗，已经是法外开恩了，咱是社里的干部，要没有个态度，不积极争取，就是害了你爹！"范彩玉看着刘长水架着腰后退，一副唯唯诺诺的样子，气又不打一处来，话越说越多，语气越来越重，"你爹是农村小资产阶级的典型代表，走单干的道路是他们的阶级本性所决定的。新中国成立以后，他们这样的人思想没有得到很好的改造，对社会主义缺乏感情，对高级社不能接受，一心要走私有化的道路，才造成今天退社的恶果。陈组长叫我们要抓住这个机会，好好给你爹洗洗脑子。"

刘长水有点不耐烦了，歪歪嘴，挖苦说："彩玉同志，你真是长学问了，像个政治家，看来我是小看你了，你从哪里学来的这一套上纲上线的理论？"

范彩玉看刘长水讽刺她，又怕刘长水发毛，忙推了刘长水一把说："这不是我的理论，这是工作组说的，文件上讲的，喇叭上播的。陈敬德念文件的时候，你的耳朵塞驴毛啦？！"

"看来你胸有成竹了。"刘长水不想再跟范彩玉争吵，无奈地说，"走吧，用你的理论去跟我爹理论理论去！"

范彩玉说："你是他儿子，你要走在前面，我在一旁配合你！"

刘长水苦笑着说："亲爱的范社长，上一回你就配合得很好，我刘长水一下成了大刘庄忤逆不孝的儿子。这一回你再配合一下，我恐怕就成恶贯满盈、千夫所指的大坏蛋了！"

范彩玉朝刘长水胳膊上打了一下，咯咯笑着说："在大刘庄，只要范彩玉不嫌弃你，你就是个香瓜蛋！"

这时，麻月娥背着孩子正在朝饲养室的方向走去，看见刘长水和范彩玉走来，脸一寒，拐到另一条路上去了。

刘长水向前几步问道："月娥，背着孩子去哪里？"

范彩玉拽了刘长水一把，小声责怪道："你多什么事？"

麻月娥看刘长水问她，停下来说："俺有一把桑木叉子在社里，听说退社了，我去拿回来！"

范彩玉走上来训斥说："月娥，你一个地主子女也要退社？"

麻月娥打了个寒战，身子不由得摇晃了一下，孩子哭起来。她忙把孩子朝上背背，哄哄孩子，扭过半个脸，小心地说："不是说大家都退社了吗？"

"胡说！"范彩玉瞪着眼说，"麻月娥，我警告你，你不要听风就是雨，要好好改造思想，老老实实接受贫雇农监督，才是唯一的出路！"

麻月娥嘴张着，没有说话，看了一眼刘长水，背着孩子，转身回去了。

刘长水看着麻月娥母女那孤弱的身影，心里一阵酸溜溜的，朝前跟了一步，便停下来，看着范彩玉那凶狠的样子，不由得埋怨说："彩玉，你也太过分了，她爹有罪，她娘有罪，她哥有罪，她一个学生有什么罪？一个女人，带个孩子，孤儿寡母，也不容易，你这样咄咄逼人，太没有人情味了！"

"你说啥呢？"范彩玉狠狠地瞪着刘长水说，"麻月娥是什么人？我怎么对她客气？对她客气就是丧失阶级立场，你的革命警惕性哪去了？你别看麻月娥表面上唯唯诺诺，她心里怎么想的，你知道吗？"

"有这么严重吗？"刘长水不以为然地说，"就事论事，咱不要动不动就上纲上线好不好？"

范彩玉借题发挥起来，理直气壮地说道："长水，这回你知道你爹退社的严重性了吧？连麻月娥这样的人都受了影响，她也嚷嚷着要退社，工作组要是知道，非狠狠批斗她不可！"

"你是不是要向工作组汇报？"刘长水黑着脸，逼问范彩玉。

"看把你吓的，就你怜香惜玉。"范彩玉使劲拽了刘长水一把说，"不跟你废话了，走吧，做你爹的思想工作去！"

刘长水一百个不情愿，明知会碰钉子，但也只得听从范彩玉的指挥，硬着头皮朝家里走去。

十五

刘洪山正在给牲口拌草，只听门外响起咚咚的脚步声，随后刘长水和范彩玉走进门来了。

刘洪山看到两个人疑神疑鬼的样子，用拌草棍当当敲着石槽说："看这架势，你们俩是来问罪的吧？陈敬德对我是杀是剐还是下油锅？"

刘长水想朝后退，范彩玉使劲推了他一把，他只好硬着头皮说："爹，陈组长发了很大的火，区委还有处理决定，唐家兄弟挑动社员退社，还打伤了人，触犯了法律，造成恶劣的影响，已经给关起来了，要依法惩处。没把你抓起来，是因为区里看你是个劳动模范，给你留点面子，不深追究了，可问题的性质还是严重的。我看你别硬撑着了，我受牵连没关系，我是你儿子，可彩玉也跟着受牵连，写检查不说，工作组还要撤她的社长。现在大家都在看着你，你能不能听小辈一句劝？"

"哎嗨，"刘洪山把脚一跺，大声说，"我姓刘，她姓范，我怎么会牵连她？胡说八道！东社唐家兄弟退社跟我有啥关系？我退社自有我的道理，不要把我跟唐家扯到一起。"

刘长水吓唬说："爹，你的理再多，也是小理，大趋势是走集体化道路，你再坚持也是瞎子点灯——白费蜡。有人说你是小资产阶级思想，小农经济，自私自利，跟社会主义唱反调！"

"放屁！"刘洪山指着牲口说，"你看看大花牛，还有这头驴，都瘦成啥样子了？犁不了地，拉不了磨，种不了田，老百姓饿肚子，他们唱的这是什么调？"

范彩玉缩在背后说："大叔，你跟我们说这些没有用，咱们得听上级的，上级叫咱入社，咱就得无条件服从。社里牛喂得肥瘦，庄稼种得好坏，那是社里的事，有社干部和工作组负责，不是咱一个农民能管的。"

"古人还知道天下兴亡，匹夫有责。土地有我的一份，牛也有我的一份，我为啥就不能管管？"刘洪山把手里的拌草棍扔到一边说，"我是个种地的，种地有种地人的规矩，庄稼长不好，牛喂不好，你叫我看水流舟，装瞎装聋，我做不到，我就是这样一个人。"

"爹，你有意见可以提，陈组长这个人还是愿意听社员讲话的。"

"我跟你四爷爷话少说了吗？他们听了吗？全当了耳旁风。刘小黑倒打一耙，说我们破坏高级社，岂有此理！"

"那咱也不能掀社里的摊子！"

"我是拿回我自己的饭碗！"

范彩玉看父子俩话要说崩，就朝前走一步，大着胆子说："叔，咱也别争了，区里给咱三天时间考虑，把牲口牵到社里，退社的事一笔勾销，要不然问题的性质就升级了，到时候就不好办了。我和长水都是为你好，为这个家好，听小辈一句劝没有错！"

"我走了这一步，就没想着回头，他们该咋办咋办，就是砍我的脑袋我也不会把牛牵回去！"刘洪山看了一眼范彩玉，冷笑着说，"范家丫头，你别嫌大叔说话不中听，这是在我家，不是在你范家老院，这里没有你说话的份。别说你没过门，就是过了门，这个家也轮不到你当！"

范彩玉脸憋得红一块白一块，站也不是，走也不是，羞愧地蹲在地上，抽抽噎噎地哭起来。

"老头子，你就会胡八扯！"汪玉兰朝刘洪山吵了几句，伸手拉起范彩玉说，"孩子，你叔就是个死拧筋，一条道走到黑，你越跟他说他越来劲，你要给他个梯子他能上天。你先回去，再跟陈组长说说好话，宽限几天，等你叔生完了气，咱就把牛给社里送去！"

范彩玉哭哭啼啼地走了，刘长水也跟着跑了出去。

"他爹，你这是干啥呀？跟两个孩子闹啥气？彩玉能登门来求你，那也是叫人逼得没办法，咱做老人的，不能太叫孩子作难。"汪玉兰挖了一锅烟，递给刘洪山说，"这样来来往往拉锯，也不是个办法，人在屋檐下，不得不低头，胳膊是拧不过大腿的。"

"一大早，那个姓陈的已经跟我照过面了。"刘洪山接过烟袋说，"我就要看看，他们能把我刘洪山怎样！"

"你要犟起来，八头牛也拉不回来，一辈子改不了你这臭脾气！"汪玉兰说着忙活去了。

唐瘸子的三个儿子被抓起来以后，四处找人说情。他打听到一家远房亲戚跟牛友亮沾点关系，就找到这家亲戚，晚上带着几瓶酒和几只鸡去给牛友亮送礼。

牛友亮到门外看看，回来说："你们两个来我家，可有人看到？"

唐瘸子慌忙说："天黑我们才来的，又是个阴天，一个人也没有见到，你放心好了。"

"你的三个儿子，退社不说，还打伤了人，造成流血事件，县里、区里都很恼火，眼下是什么形势，这不是找死吗？"牛友亮见唐瘸子满眼泪水，连连点头，便板起脸说，"区里对这件事有明确态度，我虽说是个办公室主任，但也不便说话，我心里有数就是了。你去找找范彩玉，她是东社的社长，只要她到区里说话，这件事就有回旋的余地，起码能缓解。你给她带个话，就说我叫你去找的。"

唐瘸子点头如同鸡啄米，可怜兮兮地说："牛社长，咱是不远的亲戚，俺家的事就指望你了，你最好能给范家丫头写个条子，我见她也好说话。"

"写什么条子！"牛友亮脸色一变，摆摆手说，"你们赶快回吧，千万不要叫人看见。"

唐瘸子从区里回来，没有停留，背着半口袋黄豆，拐弯抹角来到范玉堂家。

范玉堂正在做豆腐，见唐瘸子背着东西走来，不由得一阵紧张，两只手在围裙上擦着，小心地说："瘸子大哥，黑灯瞎火的，你咋到俺家来了？找彩玉有事吗？"

唐瘸子哆哆嗦嗦地说："玉堂大兄弟，远亲不如近邻，唐、范两家多少代人都在一个村里住着，俺爷们以前有对不住范家的地方，还望你能高抬贵手，跟彩玉社长说说，放几个孩子一马！"

范玉堂为难地说："瘸子大哥，咱们都是街坊邻居，老少几代人，一无怨二无仇，咱们啥话都好说。彩玉是个党员干部，她得听上级的。听说明天要开斗争会，这也是区里定的，这件事，彩玉做不了主。"

"我去了区政府，是牛友亮主任叫我来的。"唐瘸子头一下子昂起来，临走时软中带硬说，"玉堂，做人不要把事做绝了，给别人留条路也就是给自己留条路，俺三个儿子的死活，就看你闺女了！"

"这是咋说哩！这是咋说哩！"范玉堂追到门外。

彩莲提着半袋黄豆走出来说："爹，咱不能收人家的黄豆！"

范玉堂笑着说："二丫头，你紧张啥？不就半袋黄豆吗？"

彩莲咕哝说："你就是财迷，看俺姐回来咋说你。"

范玉堂提提黄豆，足足有二十斤，不由得微笑着，这是闺女当干部以来第一次收到的"礼物"！

为筹备明天的会议，范彩玉一直忙到深夜才回家，一家人还在等她。范彩玉呼呼啦啦吃了一碗面条，才发现桌前放着半口袋黄豆，忙说："爹，咋回事？这是谁送来的？"

范玉堂不敢瞒着闺女，只好说了实话。

范彩玉啪啪拍着桌子说："爹，谁叫你收他家的东西？你这不是叫我犯错误吗？"

范玉堂神神道道地说："彩玉，这个唐瘸子咱可不能小看他，他说是牛友亮主任叫他来找你的，难道说他跟牛友亮沾亲带故？不然的话，他也不敢这样说！"

范彩玉想了半天，也想不到唐瘸子跟牛友亮有啥关系，便说道："办唐家三兄弟学习班是区里定的，开批斗会也是区里定的，牛友亮是办公室主任，他应该知道，要放人他有这个权力，找我干什么？想叫我去说情，他再充好人，我范彩玉不会跳进他的圈子。赶快把黄豆送走，我看着心烦！"

彩莲抱怨说："我说给人家送回去，爹还舍不得。"

"半袋子黄豆有啥了不起？我正好做豆腐。"范玉堂笑着，不以为然地说。

"一粒豆子也不能要。以后谁再收人家的东西，别怪我翻脸。"范彩玉对妹妹说，"彩莲，你现在就把黄豆送到饲养室，交给广胜大爷，叫他打个收条。"

"广胜大爷是西社的饲养员，"彩莲不情愿说，"黑更半夜的，再说广胜大爷又不识字，咋着打收条？"

范彩玉拿着笔，从墙上撕下半张纸，写了收条递给彩莲说："我刚从饲养室回来，广胜大爷还没有休息，你叫他按个手印就可以了，告诉他，黄豆打成饲料，给两个社的牲口吃。"

范玉堂摇晃着脑袋，只好和二闺女彩莲扛着黄豆朝饲养室走去。

东社打麦场上临时搭建了一个平台，平台后方放一张长条桌子。中间坐着陈敬德，两边坐着工作组其他成员，范彩玉坐在东头，刘小黑坐在西头，后面一排还坐着几个社员代表，刘长水坐在范彩玉后面。一个县报记者，脖子上挂着照相机，台上台下跑来跑去照相。会场里坐满了社员，闹嚷嚷一片。

刘小黑非常活跃，不停地摆着手，吆喝着维持秩序，看人员到齐了，大声喊道："欢迎陈敬德组长讲话！"

陈敬德面色严肃，站在座位上，拿起广播话筒宣布："批斗大会现在开始，把唐四、唐五、唐六带上来！"

在一片口号声中，唐家三兄弟被押上台。刘洪山也被带到台上一角，蹲在那里陪斗。

刘洪山看到这个场面，跟土改时斗地主麻乐行的阵势差不多，表面虽不惊，但心里还是咚咚敲鼓，额头上渗出一层汗。在刘洪山看来，唐家兄弟是中农，唐六虽说是个刺儿头，但过去也没干过多大坏事，农民打架斗殴不是多大事，这样下去能解决问题吗？刘洪山朝台上看了一眼，站起来，对着陈敬德大声问道："陈组长，唐家兄弟是中农，你们不团结他们啦？"

陈敬德转脸看了看刘洪山说："老刘，现在不是你发表意见的时候，你有意见等散了会再说，咱俩可以单谈，我会给你说话机会的。唐家三兄弟的问题，不仅仅是退社，他们在粮食统购统销时就煽动群众闹事，入社前宰杀耕牛，暗箭伤人，这次又造成严重的流血事件，其中一个民兵还受了重伤。他们兄弟的所作所为，不是一般社员之间的内部矛盾问题，已经违规违法，影响很坏！"

刘七因卸磨拉驴一直对唐五怀恨在心，这次总算有了解恨的机会，他拿着两块砖头送到台上，高声喊道："黑社长，唐五不老实，欺负贫雇农，是个坏家伙，叫他跪砖头！"

刘小黑把一块砖头放在唐五的头上，唐五一摇头，砖头摔在了地上，差点砸着刘小黑的脚。

陈敬德朝刘小黑摆摆手，刘小黑无趣地退到一边。

唐氏三兄弟被抓，参与退社的人害怕，把牵回家的牲口、拿回家的农具，又悄悄送回社里，来参加批斗会，心里也没有着落，生怕连累了自己。让大家上台揭发批判，大家心里多有忌讳，尽管刘小黑拉这个扯那个，但大家直朝后撤屁股，不愿上场。

陈敬德扬起手喊道："刘社长，请你上台发言。"

刘小黑一蹦蹿上台，指着唐家兄弟，声嘶力竭地说："你们三个大坏蛋，以前搞破坏，现在还搞破坏，反动透顶……"

唐六不服气，嘟嘟囔囔地说："老子以前没搞过破坏……"

刘小黑朝唐六屁股上踢了一脚，骂道："不老实，你娶了地主家的丫鬟做老婆，就是跟地主穿一条裤子。"

"地主穿的是绫罗绸缎，我穿的是粗布麻线，怎么是一条裤子？丫鬟咋啦？丫鬟也是贫苦出身，我为啥不能娶？她又不是你二姨！"唐六跺着脚，咬着牙，用膀子撞刘小黑。

会场下一阵哄堂大笑。

刘小黑一跺脚，撕破嗓子喊道："打倒坏分子唐家坏蛋！"

台下人群里，一个叫刘大喜的小声骂道："狗东西，唐家坏蛋，姓唐的都是坏蛋！"

唐六还想争辩，被一个民兵捣了一枪托子："老实点！"

唐六的女人刁婵梅坐在一个角落，听见刘小黑说她，恨得牙根痒痒。唐五的女人王大美扯扯刁婵梅的衣襟小声说："老六家的，那个黑东西说你呢！"

刁婵梅咬着牙骂道："该死的刘小黑，老娘扎个草人咒死你！"

王大美担心地说："小声点，刘小黑心狠手辣，要知道你骂他，还不整死你？！"

陈敬德叫大家接着发言，范彩玉拿着写好的稿子走到前台，咳嗽一声就念起来："各位领导、社员同志们，农业合作化运动已经取得关键性胜利，在大好形势下，反动分子并不死心，大搞破坏活动，以唐六……"范彩玉对着喇叭筒念了半天，一多半的话都是从材料上、报纸上抄的，她虽然嗓门很高，中间还举了几次拳头喊口号，但发言完了，台上台下只有几个人鼓掌。范彩玉觉得没面子，心里有些紧张，以为自己的发言没抓住要害，会后可能会受到工作组的批评。一会儿，县报记者向她要发言稿，并说她的发言有理论有高度，抓住了要害。范彩玉高兴了，又来到前台，举着拳头高呼："坚决走合作化道路，谁搞破坏活动，我们就把他打倒在地，再踏上一只脚！"

唐六动了动身子，民兵又给他一枪托子，喊道："还不老实！"

"再踏上一只脚，也不怕闪了你的腰！"范彩玉放开嗓门喊口号时，刘长水坐在后面暗暗发狠，不由得小声叽咕道，"喊，再喊，大声喊，最好把嗓子喊破，喊出血！"

刘小黑指着刘洪山的鼻子说："刘洪山，老实点，退社是你挑头的，今天没斗你算便宜你了，你这个老中农跟高级社作对，反动透顶！"

"黑子，我不是被你吓大的。"刘洪山冷笑一声说，"我靠劳动吃饭，拿回我的饭碗子，怎么反动了？你小子靠啥吃饭？我本来不想再提这件事，现在我不得不说，你借我的几十斤粮食，两年都不还，你游手好闲，吃喝赌博，就不反动？"刘洪山越说越气，"是你口口声声要卖地给我，我说不买，你还说要带人到我家吃饭，不冤枉你吧？"

大庭广众之下，刘小黑被刘洪山说得十分狼狈，握着拳头要动手，陈敬德制止说："刘小黑，不要转移斗争目标，今天是斗唐家三兄弟……你欠刘洪山的粮食要还上。"

刘小黑白白眼，退在了后边。

刘洪山看到几个民兵用枪托子不停地捣唐家兄弟的屁股，禁不住站起来大声说："陈组长，你干脆也把我拉到前面，我牵回了牛，退了社，也该挨枪托子。"

刘洪山的话，引起会场一片喊叫声。

唐六的老婆刁婵梅在台下大声喊道："杀人不过头点地，你们这样不是作践人嘛！"

唐五的女人王大美使劲拽了刁婵梅一把，小声说："老六家的，快闭嘴，你这不是找死吗？"

王高歪着嘴说："刘老头子胆子太大，敢跟工作组叫板！"

"叫板？人不惧死，就会有天胆！"刘四爷冲着王高发起火来，"不是你小子用发霉的草喂牛，刘洪山也不会退社，今天应该把你拉到台上批斗。"

王高满脸通红，伸伸舌头，退缩到后边去了。

李广胜小声说："四叔，你是有文化的人，又是大刘庄的长辈，该出来为洪山说句话。"

刘四爷苦笑着说："广胜，你不知道，我也退社了！"

三奶奶跺跺脚说："我也该上去陪斗！"

马大妮抱住三奶奶说："您老安生点吧，别添乱了！"

陈敬德一看会场要乱，忙训斥几个打人的民兵说："谁叫你们打人的？滚下去！"

会场慢慢安静下来。

麻月娥抱着草妮坐在会场外边的一棵树下，胆战心惊地看着批斗会的情景。

王高被刘四爷训斥一顿，正不知朝哪里发火，突然看见麻月娥，走过来吓唬说："你个土匪婆子怎么坐在这里？参加退社没有？"

"俺啥也没干。"麻月娥心里害怕，紧紧地护着孩子，两眼直勾勾地看着王高。

"你要不老实，也拉你到台上批斗！"王高吓唬说，"你要好好听刘社长的话！"

麻月娥点着头，母女俩缩成一团。

这时，李二良提着裤子从场边茅房出来，看到王高在吓唬麻月娥，走过来说："王高，你小子狗戴帽子充人，吓唬人家孤儿寡母干啥？作死的东西！"

"碍你啥事！"王高不敢跟李二良争执，咕哝一句，一撅屁股跑了。

李二良寒着脸，一扬胳膊说："麻月娥，你开什么会？赶快抱孩子走吧！"

麻月娥抱起孩子，慌慌张张地走了。

蹲在台下一角的范玉堂显得很得意，喷喷说着风凉话："刘洪山呀刘洪山，处处压着我一头，今天还嗷嗷叫跟工作组叫板，你也太不知天高地厚了！"

刘四爷拍拍范玉堂的肩膀说："玉堂，风凉话别人能说你不能说。洪山不是你的亲家吗？他为啥退社，你没好好琢磨琢磨？几百口子弄在一堆，大呼隆干活，没个章程，活能干出个名堂吗？"

范玉堂歪着身子，吓唬说："老爷子，你说落后话要是叫工作组听见，也把你拉到台上去！"

"我活了一辈子，快入土的人了，还不知道挨斗是啥滋味咪！"刘四爷冷笑一声，转过话头说，"玉堂，听说你也把骡子拉回家去了？"

范玉堂忙去捂刘四爷的嘴，打着手势，小声说："四叔，这话可不能乱说，骡子是自己跑回家去的，我很快就送回社里了，要不信，你问问三婶。"

刘四爷哈哈笑着说："玉堂啊玉堂，你小子比泥鳅还滑，难怪洪山看不起你！"

范玉堂摇晃着脑袋，拿着一块砖，到一边坐着去了。

批斗会散了以后，唐氏三兄弟被送到区政府学习班去了。

刘洪山正要走，陈敬德喊住他："老刘，别急，你停一会再走！"

台上只剩下刘洪山和陈敬德两个人。

陈敬德微笑着说："老刘，陪斗的滋味不好受吧？"

"我不觉得丢人！"刘洪山掏出烟袋挖着说，"你为啥不把我送到学习班学习？"

陈敬德看看四周无人，突然抓住刘洪山的一只手说："老哥哥，你有意见可以跟工作组提，跟我吵，跟我闹，甚至骂我几句，这都没关系……你知道这是为什么吗？"

刘洪山疑惑地说："难道你手下留情了？"

陈敬德对着刘洪山的耳朵小声说："我就是土改时你救的那两个人中的一个，我的这条命是你救的！"

刘洪山吃惊地看看陈敬德，想想当时的情景，不由得点着头说："那天夜里，我要晚到一步，你就到土地爷那里报到去了。天黑我没看清你的脸，你这一说，我还真想起来了，你说话的声音有点像。你小子有种，是个老八路，五花大绑，塞着嘴还呜呜叫大骂，不怕死，是咱黄河滩上的一条好汉！"

"什么有点像？就是我！当时我问你是谁，你就是不说；我问你朝哪里走，你说翻过大堤一直跑，二里地就是村庄了。"陈敬德摇晃着刘洪山的手说，"来到大刘庄我一直没跟你说，是怕群众议论这件事，不利于开展工作。我今天实在控制不住了，希望你以后也不要把这事说出去，天知地知我知你知，我陈敬德一辈子也不会忘记你的救命之恩！"

刘洪山抽出手，点着烟，翻了陈敬德一眼，深深吸了一口说："老陈，这么说来，你今天放我一马，是开了后门了？话说在前面，我可不领你的情，该咋办就咋办！"

"共产党办事是讲原则的。"陈敬德不由得笑了笑，马上又严肃地说，"功是功，过是过，你的问题性质还是严重的，今天叫你参加陪斗，受点委屈，是想给你个警醒，也是给社员一个交代。高级社必须入，合作化这条路必须走，单干这条路走不通，你把牛送到社里，还是个好社员，咱俩还是好朋友！"

刘长水和范彩玉走了一阵，远远看见刘洪山还在台上跟陈敬德说话，以为刘洪山在跟陈组长发脾气，慌慌张张又跑回来。刘长水站在台下喊："爹……"

范彩玉走到台上说："大叔，陈组长对咱够宽容的了，你就想开了吧！"

"范家丫头，你到一边站着，我跟陈组长说话，你插啥嘴？"刘洪山脸一寒，不客气地说，"老陈，别怪我刘洪山说话难听，我看你们这样瞎折腾下去是不想活了！"

陈敬德一愣神，忙说："老刘，你说这话是什么意思？"

"啥意思，你不懂？"刘洪山在鞋底上磕磕烟锅说，"大刘庄老老少少上千号人，要吃饭穿衣有房子住，不是闹着玩的。要是牛死了，地荒了，打不出粮食来，你叫他们喝西北风去！"

刘长水直朝爹摆手，急得眼泪都下来了，惊慌地说："爹，你又在胡说啥呢？"

"老刘，你担心这事，我们也担心这事，这说明咱们的想法都是一样的，都是为了社员能吃饱饭！我在城里参加高级社座谈会，大家发言也说到这个问题，我们成立高级社的目的就是想叫每一个人都能吃上饭、穿上衣、有房子住。"陈敬德满怀信心地说，"你放心，我们是不会叫老百姓饿肚子的！"

"大话谁不会说？"刘洪山还是摇着头说，"老百姓没饭吃，可以到河滩里挖野菜填肚子；城里大街上一不长粮食，二不长野菜，他们怎么活？工人没饭吃，能造出枪炮吗？当兵的没饭吃，能打胜仗吗？淮海战役要是没有这么多老百姓送粮食，你们能打过老蒋吗？"

范彩玉急得直跺脚。

陈敬德深情地看着刘洪山，鼻子不由得酸溜溜的，眼睛好像潮湿了。他朝前走了一步，拿过刘洪山的烟袋，深深挖了一锅，点着火，使劲吸了一口，两股浓烟从鼻孔里冒出来！

刘洪山看着陈敬德吸烟的样子，微微笑了笑，问道："劲咋样？"

"劲足，过瘾！"陈敬德大口大口吸着烟，过了一会，便语重心长地说，"老刘啊，你的话我记住了。不过你放心，只要我陈敬德在大刘庄蹲点，牛死不了，地也荒不了，问题没有你说的那么严重！"

"我放心不了！"刘洪山一把抓住陈敬德的手，沉重地说，"老陈，打下江山不容易，坐江山更难啊，你们要珍惜啊！眼下社里这种情况，你真能放心？"

陈敬德激动地说："老哥哥，共产党有能力为人民打天下，也有能力带着人民走一条共同富裕的大道！"

刘长水再也吃不住劲了，一下子蹿上台来，扯住刘洪山的手说："爹，走吧，陈组长还有工作呢！"

刘洪山只好跟着儿子走了。

范彩玉走过来，红着脸说："陈组长，对不起，刘洪山真是个老顽固！"

陈敬德摇摇头，又摆摆手，若有所思地说："范社长，话不要这样说，老刘说的话很深刻，他的话是发自肺腑的，我们提醒他，他也在提醒我们，他的心是好的、善良的，也是可信的。他想的不光是他自己，也包括大刘庄的社员，他的话叫我想起过去很多事，叫我更加明白打江山难，坐江山更难的道理。高级社不但要办，还要办得更好，办出成绩，叫社员看到希望，得到实惠。你们东、西两个社，一定要把社员团结起来，管好牲口，种好庄稼。社员为啥对我们有意见？是我们思想上不重视，工作上没做好，管理上出了漏洞。

我们要好好总结经验教训，改正我们工作中的缺点，提高工作效率，把社员的劳动热情调动起来。老刘的工作我们一起做，一定把他拉到集体化道路上来！"

范彩玉听了陈组长一番话，心里一阵麻沙沙的，不由得看着刘洪山跟刘长水离去的背影，脑子里突然产生许多遐想。

陈敬德看着范彩玉发呆的样子说："范社长，唐家三兄弟送到了学习班，不是单纯地惩罚他们，目的是加强思想教育，使他们回到正确的道路上来。你要去安慰他们的家属，不要把矛盾扩大化，不要上纲上线，不要牵扯太多。今天会场上的情绪你也看出来了，人心不在我们这边。一定要争取群众的理解和支持，多为老百姓做些好事，这也是我们党的光荣传统。"

范彩玉不住地点着头。

刘洪山回到家里，像一捆干柴扑通倒在了床上，饭不吃，茶不想，唉声叹气。家里人谁也不敢去劝他，汪玉兰一碗面条热了好几遍，刘洪山也没有吃一口。

刘红梅听说爹被拉去陪斗，带着几个鸡蛋来看爹。刘洪山一句话也不说，除了吸烟就是哭，汪玉兰也哭，刘红梅也哭，一家人哭成一团。老刘家一辈一辈，在黄河滩上土里刨食过日子，哪丢过这样的人？

刘红梅见兄弟刘长水从门外走来，一股怒气冲来，扬起巴掌要打。刘长水吓得双手抱着头说："俺姐，别动手，这事不怪我！"

刘红梅巴掌扬了扬，没有打下来，指点着刘长水说："咱爹遭这一出，都是那个黑东西捣鬼，你咋不揍他？你还算个男人吗？"

刘长水后退几步，不敢跟姐说话。

汪玉兰摆着手说："大妮子，你别火上浇油了！"

刘红梅气呼呼地说："长水，你给我听好了，哪个再欺负咱爹，你再装屄，我非扇你不可！"

天黑了，刘红梅的丈夫张正堂牵着毛驴来接媳妇回家，还给老岳父带来两瓶酒，刘洪山才爬起来，跟女婿说了几句话。刘洪山把女婿、闺女送到门外，嘱咐说："孩子，别担心，爹一辈子沟沟坎坎经得多了，这一回不会倒下，我还要好好地活着，把腰杆挺起来活！"

刘红梅含着眼泪说："这就是俺爹！"

十六

夜，深沉的夜，没有月亮，几颗稀疏的星星发出暗淡的光。晚风轻轻吹着，带来几分凉意。

范彩玉和刘长水来到文家河边。

文家河是黄河故道上的一条支流，穿过大刘庄，把村庄分成东西两部分，中间有一座小石桥把两边连在一起，枯水时节或遇到干旱，两边可以从河底走过。这条河流有近百年的历史，见证了大刘庄的历史变迁。文家河两岸盖满高高低低的草房，如遇较大洪水，就会漫堤，两岸的住户会遭水淹。文家河两岸长满树丛，两排柳树斜长在河堤上，柳枝扫着河面，到了夏季可以坐在柳树枝上洗脚。刘、范两家，一家河东，一家河西，隔河相望。刘长水跟范彩玉年幼的时候，常常各自坐在岸边柳树枝上隔河说话，河水照出两个人的身影。水柳伴随两个人的成长，枝繁叶茂，郁郁葱葱，河水孕育着两个人的理想，憧憬着美好的未来。

范彩玉、刘长水顺着河边走去，不多一会就走到了村外。范彩玉哭了，抽抽噎噎的，刘长水把身上的外衣脱下来，披在范彩玉身上。范彩玉倒在刘长水怀里，使劲抓着刘长水胸前的衣服，一摇一晃地说："长水，陈组长表面上是对你爹客气，实际上是考验我们，给我们压力，我心里乱急了，你说咋办吧？"

"彩玉，我长这么大，没见爹哭过，爹今天哭得很伤心，不是我姐夫来，我爹还不知哭到啥时候。俗话说，男儿有泪不轻弹，我爹这是真伤心了……"刘长水擦着眼泪，一字一句地说，"我今天也跟你说说俺家的事。俺爹这一辈子，心里只有两件事，一是土地，二是牲口。俺家的牲口你都看见了，可俺家的地到底是多少你还不知道，我今天也就跟你实说了吧。入社前的一天夜里，爹带着我去看俺家的地，加起来一共十八亩三分三厘地，哪年哪月哪天，买谁家的地，中间人是谁，多少，爹都给我说得明明白白，每一个字我都记得清清楚楚。爹说俺家以前很穷，爷爷、太爷都逃过荒要过饭。我本来还有一个小姑，那年才八岁，就饿死在逃荒跑反的路上。刘家几代人积攒这点家业不容易，每一寸土地都渗透着俺刘家人的心血和汗水，现在一下充了公，几代人的心血付诸流水，爹的心情可想而知。"

范彩玉不以为然地说："入社又不是哪一家，俺家不也有二十多亩地，比你家还多呢，俺爹还不是照样入社！"

刘长水苦笑着说："彩玉，俺爹跟你爹不一样，俺家的地跟你家的地也不一样。俺家的地是刘家老辈人用血汗换来的，你们家的地是土改时分的。用俺爹的话说，你家的地是抱来的孩子。爹说，农民没有土地，就像冬天地里的田鼠没有了窝，不是冻死，就是饿死。"

范彩玉不耐烦地说："新社会了，形势变了，老百姓也得跟着变，不管是自己生的还是抱的孩子，通通归大队。这就是眼前的形势，大势所趋，谁也改变不了。枪打出头鸟，谁出头，谁就会倒大霉，今天的批斗会只是个开始！"

刘长水无奈地说："你说的这些道理我都懂，我也没说不做爹的思想工作，我是说，别逼得太急，把他老人家气出病来，麻烦可就大了！我姐姐今天来，就没给我好脸色，一巴掌差点没有扇到我脸上。你知道我姐姐的脾气比俺爹还大，我从小就怕姐姐，我要把爹气病了，姐姐会一巴掌扇死我！"

"就你的顾虑多。"范彩玉还是逼着刘长水不放，"你说了一大堆，还是不愿意做你爹的思想工作。这样吧，牛可以晚两天，就说大花牛有病，叫你爹养几天也好，你先把地契送到社里，也算给工作组一个交代！"

刘长水无奈地说："我没有见过俺家的地契，刚入社时，俺爹就没有拿出来，不知藏到哪里，俺娘也许知道。"

范彩玉一下子从刘长水怀里抬起头来，狠狠地说："私藏地契就是藏变天账，那可是定时炸弹，以后查出来，麻烦大了。问问你娘知道不。"

刘长水摇着头说："我爹只要不开口，我娘是不会说的。"

"工作组只给三天时间，已经过去两天了，没有时间了，咱俩干部不当事小，你爹要是真被抓起来事大！"范彩玉推推刘长水说，"要不然喊几个民兵把牛拉走算了！"

"拉倒吧！"刘长水推了范彩玉一把，"这一招太损了，亏你想得出来，我爹犟得很，到时候出了人命咋办？"

范彩玉生气地说："这样不行，那样不管，到底咋办，总得想个法子。"

刘长水还是耐着性子说："彩玉，我看陈敬德不像个恶人，他一直对俺爹很客气，好像还很佩服俺爹，你能不能再跟他说说，多给爹点时间？"

"要说你说去，我没那个脸。"范彩玉说着，一下子火气上来，心态失去了平衡，说话没有了轻重，"我范彩玉算倒八辈子霉，咋就看上你这个尿包软蛋！"

刘长水心中烦躁，一听范彩玉又说绝情话，脸上一阵火辣辣的，男子汉的脾气又上来了，不由得大声说："你积极，我落后，你有脸，我没脸，俺刘家拖了你范家的后腿。我看这些天，你是左挑鼻子右挑眼，好像是我欠你的，你要有话就直说吧，姓刘的不会黏着你！"

气氛一下子紧张起来，双方都听到了对方的呼吸声。

"好你个刘长水，有种，我范彩玉再多说一句就不是人，从此咱俩一刀两断，各走各的路吧！"范彩玉说着，从口袋里掏出跟刘长水的合影，"姓刘的，你给我看好了。"嚓嚓撕了，甩手扔到河里，大步朝村里走去。

刘长水站在河边，望着照片碎片随着流水慢慢漂走，不由得长长出了一口气！

汪玉兰看闺女、女婿走了，儿子也出去了，老头子还在抽闷烟，就把女婿带来的酒打开一瓶，又抓了两把花生，放在刘洪山面前，苦笑着说："他爹，常言说，酒能浇愁，一醉方休，我今天就陪你喝一盅。咱一个农民，在人家眼里就是一棵草、一片树叶，再抗下去不会有好结果的。为了孩子，能舍就舍去吧！"

"一家一户，日子过得好好的，说归大队就归大队了，几百口人在一口锅里吃饭，还叫刘小黑这号人当干部，能不败家吗？"

"天塌下来又不是砸咱一家！人到啥时讲啥时，不能跟命犟。"

"我刘洪山一辈子没占过谁一分巧，墙上一块砖、房上一片瓦，都是我出力流汗挣来的。他们吃了现成饭不说，还说我思想落后，还有天理吗？！"

"你看唐家三兄弟，在学习班还不知道蹲到啥时候。"汪玉兰用牙咬开瓶盖，拿起一只酒杯说，"他爹，彩玉那闺女要强，要是为这事跟长水散了，咱可就人财两空了！"

刘洪山刚刚端起酒杯，刘长水气呼呼地走进来，把手里的衣服扔在地上，抓起酒瓶咕咚咕咚喝了一气儿，又是拍桌子又是摔板凳，脸憋得通红，自言自语地赌气说："一刀两断就一刀两断，有啥了不起，谁怕谁哩！"说着，蹲在地上直喘粗气。

汪玉兰见儿子这样，一阵惊慌，扯了一下刘长水的胳膊说："儿啊，咋的啦？彩玉都说啥啦？"

刘长水瞪着眼，咬着牙，摆摆手，发狠地说："刘、范两家，从此再无瓜葛！"

"散了好，早散早清静。你一不瞎二不瘸，识文断字，还怕找不到媳妇？你急啥眼？没出息的东西！"刘洪山数落着儿子说，"当年她爹范玉堂没少用豆腐巴结麻乐行，还想着把闺女送给麻乐行的儿子做媳妇。麻乐行不但不领情，还把他送来的豆腐扔了出去。范玉堂就是个没骨头的货。土改时，他挑拨刘小黑，硬说咱家的地多，心术不正，落井下石，跟这样的人家结亲，你不嫌丢人爹还嫌丢人！"

"他爹，这都是过去的事啦，你在孩子面前还提那些陈芝麻烂谷子的事干啥？现在说这些话还有意思吗？"汪玉兰说着，拾起地上的衣服披在刘长水身上，担忧地说，"长水，彩玉真要跟你分手？"

刘长水瞪着两只通红的眼看着爹，喘着粗气说："爹，互助组、初级社你不愿入，我从没逼过你，一切都听你的。高级社跟初级社不同，必须入，谁顶着谁倒霉。你闹这一出，一个村子都炸了锅，什么陪斗，跟真斗有啥区别？你朝火坑里跳，我们都得跟着你跳。彩玉跟我散伙我不怨她，散就散了吧，谁离开谁不能活？可你撞到南墙也不回头，你叫儿子以后在大刘庄咋做人？"

"照你这样说，爹给你丢人了？"刘洪山一股子火气上来，猛然站起，一脚朝刘长水身上踢过去，骂道，"滚蛋！"

刘长水一歪身子跑出门外。

刘洪山手指着门外骂道："畜生，有种一辈子别回来！"

"长水，长水！"汪玉兰追到门外，看不到儿子的影子了，便朝刘洪山发起火来，"这样两头逼孩子，要是把儿子逼出个好歹来，我跟你个老东西没完！"

刘洪山深更半夜把儿子赶出家门，自觉过分了，心里隐隐作痛，只觉得一阵头晕目眩，扑通坐在了地上！

汪玉兰惊恐万分，慌忙把刘洪山扶起来说："他爹，你这是咋了？"

一会儿，刘洪山慢慢站住说："我没有事。"

汪玉兰忙倒了一碗茶递给刘洪山说："你要再气出病来，咱这个家可咋办呀！"

刘洪山喝了一口水，坐在一个木墩上，慢慢掏出烟袋，深深地挖着。

汪玉兰给刘洪山点着烟说："他爹，我知道你心里难受，咱这个家最不容易的就是你。你还记得吗？那年，咱到海州推盐，回来走到黄口，你上火，起了一嘴燎泡，嘴也肿了，我也累得走不动了。你拿着二斤盐，换了几个鸡蛋、二两香油，冲了两碗鸡蛋茶败火。天刚亮，肿开始消了，你又要走，我也只能强撑着赶路。三十多里路，半夜才到家，两个孩子一直在家等着咱，眼泡子都哭肿了……"汪玉兰泪水不干，说不下去了。

刘洪山端起茶递给汪玉兰说："那年咱买了几亩地，第二年又买了一头驴，日子才慢慢好起来！"

汪玉兰擦擦眼泪说："他爹，闺女走了，儿子也大了，咱也老了，你的头发都花白了，我的手脚也不如以前了，逞不了强了。这几年，今天这样，明天那样，万般皆是命，半点不由人，能退一步就退一步吧！"

突然有人敲门，汪玉兰以为是刘长水回来了，忙去开门，却见范玉堂提着篮子走进来。

范玉堂是在闺女范彩玉的苦苦哀求下来到刘洪山家的。

范彩玉一气之下，咬着牙撕了照片，跟刘长水在河边赌气分手后，回家的路上就后悔了，不由得扇了一下自己的嘴巴，想回去，又怕刘长水再说难听话，自己没有脸面。她知道刘长水性格软弱，平时就怕爹，硬逼着他做老人的工作实在是难为他，万一把他逼急了，弄出个好歹来，到时候后悔也来不及了。回到家，她行不安坐不宁，在院子里直转圈子，眼里含着泪，实在放心不下，央求爹到刘家看看长水回家没有。

"刘洪山刚刚陪过斗，心里不服，一准在家骂人哩，又是深更半夜的，你叫我去见他，这不是拿我的热脸去贴人家的冷屁股吗？"范玉堂摇头不愿意去，"丫头，在饲养室你像个活阎王似的，还要打长水。我就说这事怪不了长水，他能当他爹的家吗？他要能当他爹的家，刘洪山就不是刘洪山了。你动不动就拿长水出什么气？狗急了跳墙，兔子急了咬人，你真把刘长水当成尿包软蛋了，你错了！"

"在大刘庄，我不找他，你说去找谁？"范彩玉瞪着两只眼坚持说，"一个大男人黏黏糊糊的，瞻前顾后，前怕狼后怕虎，你叫我咋办？"

"那天在饲养室，长水可对我说了，不愿伺候你这尊神了，爹就觉得脸上挂不住，不是你惹恼了他，他也不会说出这样绝情的话来。事不过三，你要再不改改你那臭脾气，长水真要离你而去，我看你怎么办！"范玉堂看着闺女委屈的样子，停了一阵说，"我跟刘洪山虽然有过节儿，可爹佩服他的为人，佩服他一身种地的本事。一个县长能在这么多人面前夸一个老农民，我长这么大还是第一次听说过。长水虽没有他爹种田的本事，可他一表人才，老实诚恳，心眼好，有学问，我跟你娘都觉得长水这孩子不错。爹在黄河滩跑了几十年，像长水这样的孩子不多见，你不能老用你那社长的脾气对待他！"

范彩玉听了爹一番高论，扑哧笑了，忙擦着眼泪说："俺爹，我还是第一次听你这样夸他父子，下次刘叔再摔你的秤，看你还夸他不夸他。"

"你这孩子，没大没小的，你也敢刮你爹的脸皮！"范玉堂也笑着说，"你以前从家里偷多少豆腐干送给长水，你当爹是傻子？"

"你爷儿俩，一个半斤一个八两，都不叫人省心！"范彩玉的母亲提着篮子从里间出来说，"老头子，别磨牙了，快去看看吧。洪山挨斗，心里憋屈，咱理应看看他。再说，一个女婿半个儿，长水也是咱的孩子！"

范玉堂无奈，看看篮子里的东西，提着走出门外。

刘洪山一见范玉堂，脸一下子拉下来说："姓范的，深更半夜，你跑到我家想干什么？来看我的笑话？在批斗会上还没有看够，又到家里来作践我。告诉你范玉堂，我堂堂正正做人，走得正，站得直，我牵回我的牛走的是大路，不是偷偷摸摸。陪唐家兄弟挨斗，我不觉得屈，我也没感到丢人，你看到大刘庄有人笑话我啦？"

范玉堂从篮子里拿出豆腐干和一瓶老烧酒，咧着嘴说："看你的笑话？我闲着没事，蹲到南墙根晒太阳去，要不是闺女逼我来，我才懒得登你家的门呢！"

刘洪山冷笑着说："你那丫头有本事，在批斗会场上真是威风啊，嗓门大得喊破天！"

范玉堂苦笑着说："她是社长，唐家三兄弟又是东社的，你也看到了，陈敬德坐在上边，还有区里干部，县里还派来记者，她不积极能给人家交差吗？"

"你家丫头好能耐，她到底给长水灌的啥迷魂汤？把他搞得服服帖帖，顺着她的指挥棒转圈。我那没出息的儿子，宁愿不要爹娘，也得跟着你闺女跑，我算白养个儿子！"刘洪山看着范玉堂那阴阳多变的脸色说，"你闺女跟我儿子自然散了伙，那就是两拉倒了，割袍断义了，你又跑来干啥？你爷儿俩到底打的什么坏主意？"

"洪山，你多心啦，两个孩子拌几句嘴，年轻人都有个脾气，话轻话重的，说出去过一会就完了，大风刮走了。"范玉堂把篮子放到刘洪山跟前说，"你看看，是丫头叫我来看看你，咱两家还是好亲戚！"

"你是猫哭耗子充善人。"刘洪山越说越气，朝篮子上踢了一脚，"你送来的不是酒，是毒药，咋着拿来的，咋着拿回去！回去告诉你闺女，刘家不认这门亲，你爷儿俩少管刘家的事，咱两家从此井水不犯河水，你走吧！"

范玉堂十分尴尬，脸上挂不住，本想一走了之，又怕回去跟闺女无法交代，就摊开两手，看着汪玉兰说："长水的娘，你看看，我这好心被当成驴肝肺了！"

汪玉兰走过来，提起篮子放在范玉堂手里说："玉堂，老头子挨了批，还在气头上，说的都是气话，别放在心上，担待点。你先回吧，孩子的事以后再说。"

范玉堂走了两步，又回头问："长水呢？"

刘洪山一摆手，大声说："姓范的，你一会老的，一会小的，有完没完！"

范玉堂走到门外，咕哝着说："你这个老家伙，不见棺材不掉泪，非叫工作组给你上大刑不可。"

后半夜，月色朦胧，雾气沉沉，夜风吹来，树上的枯叶不时地飘落下来。

刘洪山、汪玉兰离开家门，相互搀扶着，走出村庄，朝田野里走去。

刘洪山、汪玉兰来到爹、娘的坟前，磕了三个头，刘洪山哭着说："爹、娘，儿子不肖，家业保不住了，不是儿子无能，是这个世道变了，跟着共产党走，也许以后有个好前程！"说着从怀里掏出几张纸，颤颤抖抖地放在地上，"土地入了社，这几张纸也没有用了，二老看着，我把它们烧了，就算当纸钱了，在阴曹地府二老也有钱花了。"刘洪山颤抖着手划着火柴，茫茫的河滩上，突然冒出一缕火苗，映着刘洪山、汪玉兰那流满泪水的脸。

老两口回到家，汪玉兰不由得一愣，像是想起什么，惊慌地说："他爹，我觉得咱这事做得有点不对劲。"

"地契都烧了，这社不入也得入了，还有啥不对劲的？"

"地契烧了不假，到时候陈组长要地契咋办？"

"哦！"刘洪山抚摸着脑袋，也感到烧了地契不妥，不由得叹口气说，"烧了地契，问心无愧，那就叫老天爷做证吧！"

范玉堂遭到刘洪山一顿数落，又羞愧又恼怒，一进家门，就把篮子朝地上狠狠一摔，冲着范彩玉大声喊道："死丫头，我说不去，你偏叫去，看看，我被刘洪山两口子给赶出来了，要是传出去，你爹这回丢人丢大了。"

范彩玉忙说："爹，看见长水了？"

"看那老两口的样子，长水肯定没回家！"范玉堂摇摇头，叹口气说。

范彩玉的母亲担心地说："你看看，这事闹的。彩玉，你到底跟长水说啥话啦？"

"照片叫我撕了，扔到文家河里去了，我跟他一刀两断了……"范彩玉说着把脸扭到一边去。

老两口你看我，我看你，都傻眼了。娘走到闺女面前，用手点着范彩玉的额头，咬着牙说："死妮子，我说你啥好呢！"

"一刀两断！丫头你厉害，真不愧是大干部！"范玉堂歪着头埋怨说，"彩玉，你都一刀两断了，还叫我去丢人现眼，你这不是活生生坑你爹吗？"

"我说的是气话，还不是想激激他，劝劝他爹？"范彩玉急得直掉眼泪，"哪知道他半夜三更不回家！"

"哎嗨！这下好了！"范玉堂突然打起花腔说，"逼走了薛平贵，你这个王宝钏就到黄河滩上挖野菜去吧！"

"俺爹，你胡说啥呢！"范彩玉不停地走动着，如热锅上的蚂蚁一般。

"你爷儿俩还在磨牙！"范彩玉娘看看门外黑洞洞的天，急得跺着脚说，"还不快找找去，深更半夜的，长水要有个三长两短，丫头，你就死去吧！"

范玉堂提着马灯，陪着闺女先到社里办公室、饲养室，又在村里村外找了一圈，连刘长水的人影也没找到。

"爹，你回去吧，我到那边再去看看。"范彩玉说着，一个人朝文家河边大步走去。

范玉堂傻呆呆地站着，看着闺女远去的身影，叹口气说："自作自受！"

这一夜，两个家庭，双方老人，谁也没合眼，怀着不同的心境苦熬这漫长的黑夜。他们渴望黎明，又害怕黎明的到来。祸兮福所倚，福兮祸所伏，命运的安排把他们推到十字路口，刘洪山的忧伤，范玉堂的担心，犹如空中的雪花、柳絮和浮云，伴随着这漫长的黑夜，任其飘行。

月牙从云雾中露出来，天色一片淡然，稀稀拉拉闪着几颗星星。

范彩玉一口气跑到文家河边，来到两人吵架的地方，岸边空荡荡的，几棵水柳，下垂的枝条扫着水面，在夜风中轻轻摇摆着。河边原有两块并起的砖头，那是范彩玉跟刘长水常坐的地方，现在少了一块，留下一个长方形的印记，剩下的另一块砖，范彩玉用手摸了摸，冰凉冰凉的，一点热气也感觉不到。范彩玉心里一阵说不出的失落和恐慌，就像一只失群的孤雁，不由得发出一声哀鸣。她顺着河边走，两眼紧紧盯着水面，生怕看到了什么，最终看到的还是自己发抖的倒影。

刘长水加入村东社，为帮范彩玉搞好社里的工作，确实花费不少心血，除做好社里的账目外，还帮她打理不少社里其他事务。有时工作忙，需要加班，他就临时在办公室搭个床铺。夜里，两个人坐在棉油灯下整理账目，下半夜了，范彩玉也不舍得离开，有时陪刘长水熬到天明。天凉了，范彩玉把自己准备结婚用的棉被抱来给刘长水盖，刘长水不忍心，不愿要，说不到盖新被子的时候。范彩玉笑着嗔怪说："你要不盖，我也睡在办公室，看你盖不盖！"刘长水没办法，只好收下来，抓抓头皮说："到时候，再叫俺娘给缝床新被子！"范彩玉咯咯笑着说："一床新被子，两个旧相好！"刘长水跟范彩玉的感情是真挚的、火热的、甜蜜的，谁也离不开谁。刘洪山入社以后，两个家庭的关系也慢慢和缓了。范彩玉当上高级社社长，是黄河区几十个村庄唯一的女社长，区政府对范彩玉十分重视和信任，希望她能建立全区高级社的典型。范彩玉无比兴奋，干工作大刀阔斧，总是走在前面，多次受到区里表扬。她做梦也没有想到，一场退社使社里整个工作完全陷于瘫痪，叫她束手无策，不知所措，眼不流泪心流泪。更令她不安的是，她跟刘长水的感情出现了裂痕，走到了分道扬镳的边缘。事业和爱情痛苦地折磨着范彩玉，她哭着想着，想着哭着，四处奔波寻找，但一个人影也没见到。范彩玉疲惫不堪，一脸憔悴，身上头上披上一层露水，发出一声近乎绝望的哀鸣："刘长水，你在哪里啊！"

刘长水夜里出走，范玉堂找上门来，更增加了刘洪山、汪玉兰对儿子的担心。汪玉兰像经线似的，一会院里一会院外。下半夜了，还不见儿子回来，她更加惶恐不安，带着哭腔说："他爹，入秋夜里凉，孩子穿着单衣，能在哪里过夜？咱还是出去找找吧！"

"找啥找！"刘洪山仍然赌气说，"他已经不是小孩子了，我倒要看看他能出啥洋相。"刘洪山嘴上是这样说，心里还是把攥着，不停地吸着叶子烟，一夜没有合眼。

芦花公鸡叫了几声，天要亮了。

突然传来咚咚的敲门声，刘洪山、汪玉兰都站起来，听听声音，刘洪山说："不像长水敲门！"

"黑子来牵牛啦？"

"他没这个胆！"

"工作组派民兵来抓你的？"

"你不要出去，我去开门！"刘洪山推推头上的帽子，扎扎腰带，提提精神，咳嗽一声，大步走去，哗啦打开两扇大门。

范彩玉红着脸，挎着一篮鸡蛋，羞答答地站在门外。

刘洪山脸一寒，正想关门，汪玉兰快步走过来，推了刘洪山一把，上前拉住范彩玉说："孩子，进来，别理你叔，他折腾一夜，中邪了！"

范彩玉焦虑地问道："婶，长水呢？"

汪玉兰大吃一惊，忙说："他昨夜跟他爹拌了几句嘴就跑出门了，俺以为找你去了,你没见长水?"

范彩玉一下子吓傻了,手里的篮子差点没掉在地上,急忙说:"昨晚俺俩在河边吵了几句嘴,我先走了,怕他出事,我叫我爹来家里看看。爹回去说,没见长水。我找了他一夜,连个人影也没见到,我担心他想不开,河里、井里我都看了!"范彩玉说着,蹲在地上抽抽噎噎地哭起来。

汪玉兰只觉头蒙了一下,几乎摔倒,刘洪山急忙抱住汪玉兰。

一会,汪玉兰醒来,哭着骂道:"老头子,这都是你造的孽啊……儿子没了,我也不活了!"

刘洪山这下着了急,头上顿时冒出一层汗,不由得打着转转,不顾一切地咋呼起来:"赶快喊人找呀!"

东邻西舍听说刘长水夜里失踪,一下来了不少人,刘四爷、三奶奶、李二良、马大妮也张罗大家四处寻找。

"我没死!"刘洪山家大门口的草垛里突然传出声音,草垛动了几下,只见刘长水从草垛里钻出来,"我没死,找啥找!"

昨天夜里,刘长水离开家,转悠一大圈,来到范彩玉家门前,见屋子里亮着灯,从窗户里看到范彩玉在抹泪,妹妹彩莲指手画脚地跟姐姐说着什么,忽然听范彩玉大声说:"滚,用不着你来教训我!"范彩莲咣当一声带上门,气呼呼地回堂屋去了。

刘长水心里一阵蹊跷,不知姊妹俩为啥发生口角,彩莲走后,看见范彩玉趴在床上,传来微弱的哭泣声。刘长水心里着急,本想敲门,又觉无趣,空惆怅相见无由,几次伸手都收了回来。他慢悠悠地来到两人时常约会的文家河边,呆呆地坐了一阵,数着天上微弱的星星,暗自垂泪。夜风吹来,他不由得打个寒噤。刘长水抖抖身子,伸手抓起屁股下的砖头,使劲扔进河里,顿时泛起一片浪花,惊飞了河边树上几只夜宿的麻雀。刘长水沿文家河走了一阵,又往村里走,不知不觉走到麻月娥家门口。

麻月娥家的小院子,是用树枝和玉米秸架起来的,朦胧的月光下,院子里的一切都看得清清楚楚,房屋里还亮着微弱的灯光,麻月娥还没有休息,坐在灯光下给草妮纳鞋底。透过门缝，看到麻月娥，刘长水不由得思绪万千，千般愁怨闯进了心里。他想到跟麻月娥一块读书的时光，仿佛看到麻月娥在小树林吃馍的样子，一手遮住脸，大口大口朝嘴里塞，不停地伸着脖子，叫人看了又想笑，又想哭，又觉得趣味无穷。

　　自打范彩玉退学之后，刘长水跟麻月娥的接触也多起来，除学习上相互帮助外，还关心对方的生活。那是一个星期天，刘长水患了重感冒，起不了床，口干舌燥，同学们都回家了，只有自己一个人还留在宿舍里，心里有说不出的孤独。这时，宿舍门突然被人推开一扇。"喝茶喽！"只见麻月娥捧着一碗鸡蛋茶轻脚碎步地走来，慢慢把茶碗放在刘长水手上。他一手按住床沿，半个屁股坐在床边上，微探着身子，看着刘长水一口一口喝下去，小嘴里不停地说："老年人说，喝碗鸡蛋茶，发发汗败败火，感冒就好了！"刘长水不停地舔着嘴唇，这是记事以来他吃到的最香最甜的东西了，每每回味着鸡蛋茶的味道，心里总是美滋滋的。刘长水问麻月娥鸡蛋茶哪来的，麻月娥告诉他，上街买来鸡蛋和麻油，借用看大门师傅的锅灶自己亲手做的。刘长水深情地看着麻月娥：中等身材，细溜溜的腰身，一对水灵灵的眼睛，一张瓜子脸，两条乌黝黝的辫子，眉宇间光亮闪闪，说话间嘴唇两边显出两只浅浅的酒窝，话语中一种淡淡清香迎面而来，带着温情和梦想。麻月娥聪明好学，是班里的尖子。刘长水特别喜欢看麻月娥读书的样子，一个人坐在桌前，手里拿着一支笔，顶住下巴，两只大眼忽闪着，嘴角微微颤动着，两只辫子搭在胸前，看上去就像一幅画。麻月娥见刘长水一直看她，羞得脸颊绯红，嗔怪说："别看了，赶快捂上被子，汗出来就好了。"麻月娥说着，拉起被子，盖在了刘长水的头上，轻轻离开男生宿舍。

　　岁月多变幻，天涯安身处。再看看眼前的麻月娥，这个草舍院，想到她的遭遇，一个女人最难以承受的屈辱和打击都压在了麻月娥身上，刘长水的心情越发沉重起来，眼睛也不由得湿润了，禁不住轻轻喊了一声"月娥"，两颗泪珠滚落下来……

　　更深夜静，麻月娥纳着鞋底，忽然窗前刮来一股风，她感觉两耳一热，似乎听到一个声音，不由得两手一动，针尖扎在手上，忙把手指伸进嘴里吮着。她站起来，轻轻打开门，看到篱笆墙外有个人影，心里一动，不由得喊了一声："谁？"

刘长水没有想到会惊动麻月娥，本想赶快离开，但被麻月娥发现了，只好答应着："月娥，是我。"

"长水！"麻月娥大吃一惊，愣怔一下，本想回屋关门，但两只腿好像不听使唤，停了片刻，便朝篱笆门走来，蒙蒙眬眬看见了刘长水眼里的泪光。麻月娥的心不由得咚咚跳着，她使劲地按住胸口，好大一会才说："天这么晚了，找我有事吗？"

"这两天村里有点乱，我出来巡夜，正好路过你家门口，看你还亮着灯！"刘长水抹了一把眼睛，伸伸脖子，望着天空。

麻月娥精明聪慧，刘长水手里一没有提灯，二没有防身的东西，看看他的举动，知道刘长水在说假话，抬头看看院子外边，周围静悄悄的，看看天空，行云如水。麻月娥朝前靠了靠，小声说："进来吗？"说着要去开门。

"不啦，你休息吧！"刘长水摆摆手，依依不舍地慢慢离去。

刘长水的到来，给麻月娥带来一丝温暖和安慰。她站在院子里看着刘长水离开的身影，一下子趴在篱笆上，眼泪扑簌簌地掉下来。

刘长水离开麻月娥家，再无处可去，只好回到自家门口，又不敢敲门，就一头钻进门前草垛里，打个窝子，蜷着腿，睡着了，直到家门口的吵闹声把他从睡梦中惊醒。

范彩玉大步走过来，拍打着刘长水身上的草，嗔怪说："你睡觉挺会找地方，一家人可都一夜没合眼，你咋不到猪窝里睡一夜！"

刘长水不好意思地抓着头皮说："我怕猪啃我的屁股。"

范彩玉朝刘长水肩上打一拳，扑哧笑了。

"草窝好啊，是睡觉的好地方，穷人的孩子哪个没睡过草窝？我跟你爹小时候都滚过草窝。"刘四爷笑着打趣说，"长水，草没扎着你吧？"

"草窝里暖和着呢！"刘长水摇晃着头上的草屑，看了一眼范彩玉，讪笑着说,"我还做了一个美梦,正在跟范大小姐拜堂成亲,刚要进洞房,俺爹一声咋呼,把我惊醒了,一场美事泡了汤!"

范彩玉羞得满脸通红,使劲推了刘长水一把说:"美死你吧!"

三奶奶大声说:"长水的娘,赶快给这两个孩子把喜事办了吧,省得长水再去滚草窝!"

在场的人都笑起来。

十七

大刘庄工作组组长陈敬德，组员王元、马正朝刘洪山家里走来，老远就看到一群人在刘洪山家门口闹闹嚷嚷，不知发生什么事。陈敬德惊奇地说："什么事这么高兴？"

刘洪山不好意思地说："陈组长，叫你看笑话了！"

陈敬德笑着说："一家人都在，咱正好开个家庭会议。"

刘洪山看看来人的阵势，不高兴地说："陈组长，你要斗我开大会斗，到打麦场去。在我的小院里开我的斗争会，这恐怕不合适吧？在这个院里可是我说了算！"

"我们今天是专门来跟你座谈的，你有什么想法，都可以说出来，问题摆在桌面上，我们洗耳恭听。只要你说得对，对大刘庄办好高级社有益处，我们就听你的！"陈敬德看看周围的人，笑着说，"四爷、三奶奶、二良、大妮，你们也进来，一块听听吧！"

一大早，陈敬德找上家门，刘洪山虽然有些意外，但并没有惊慌，他知道陈敬德早晚会找上门的。刘洪山一辈子不知跟多少乡绅、保长打过交道，吃过他们的亏，也跟他们周旋过、斗争过，他不知道陈敬德到底是个什么样的人物，虽然他救过陈敬德的命，但那也不过是顺水人情。既然你找上门来，我也得摸摸你的底牌，同道则行，不同道则避，刘洪山寻思着对策。

大家都各自找个坐处。三奶奶没处坐，想坐在地上，汪玉兰急忙把纺棉花坐的铺垫拿过来，放在三奶奶跟前说："三婶，地上凉，你坐这上面吧！"

三奶奶也没客气，一盘腿坐在了铺垫上，气呼呼地看着陈敬德说："姓陈的，你今天要是批斗洪山，我可要第一个说话！"

陈敬德早就听说大刘庄有个不讲理的老太太，看来就是这个三奶奶了，便来到三奶奶跟前笑着说："老人家误会了，我今天来，一是看看老刘，二是跟大家拉拉家常，不是什么批斗会，是思想交流会，拉呱会！"

"洪山的为人俺信得过，谁要再朝他身上泼脏水，我要打抱不平！"三奶奶还是不依不饶地说，"我们都参加退社了，你要治罪就治我们大家的罪，不要把屎盆子都扣在洪山一个人头上！"

刘洪山看陈敬德说话笑模悠悠的样子，不像是来找碴的，心里便放松了三分，拿起烟袋大口大口吸起来。

陈敬德一点不着急，看着刘洪山一袋烟吸完，还是耐心地等着。

刘四爷有点着急了，对刘洪山说："洪山，陈组长和两个小同志都来了，你有啥心里话就说说吧。"

刘洪山觉得自己有些过了，抽出嘴里的烟袋，慢悠悠地说："陈组长，你真想听？"

"真想听，我来就是听你讲心里话的！"陈敬德诚恳地说，"老刘啊，实话告诉你，我家也是中农，跟你家的地差不多，也是一牛一驴。我爹对入高级社也想不通，俺爷儿俩也吵过，他还用他的长烟袋杆敲我的脑袋。"陈敬德说着笑起来。

陈敬德的话就像一根银针扎在了刘洪山的百会穴上，他从头到脚一下子感到轻松了许多，防备的心理开始松懈了。他把烟袋慢慢在鞋底上磕着，试探着说："老陈，你爹是咋想的？"

陈敬德心情沉重地说："可怜天下父母心，做父母的哪个不为儿孙着想？爹一辈子就我一个儿子，看我是个国家干部，怕影响我的前程，无奈之下才加入高级社。可他身在曹营心在汉，还是窝一肚子气，思想上转不过弯来，半夜里跑到俺爷爷的坟上哭，两天都没吃饭，把俺娘吓坏了，半夜叫人跑到县城找我！"

"这话我信。"刘洪山看着陈敬德那湿漉漉的眼睛，心里不由得一阵感叹，慢慢说道，"不用说，你家的地都是你祖辈用血汗换来的，庄户人置几亩地不容易啊，割了你爹身上的肉，他能不心疼吗？我跟你爹都是一身牛粪味的种田人，土地是啥？土地是命，是万年根本，种地人没了土地，也就没有了根本，还有命吗？"刘洪山说着眼圈红了。

"俺爹也是这样说的，他还带着我去看俺家的地，说了不少过去的事，眼都哭肿了！"陈敬德声音沙哑地说，"老刘啊，我理解我爹，我爹是多么不容易。我也劝我爹，入了高级社，土地归集体所有，每个社员都有一份，大家在一块劳动，一块分粮，走共同富裕的道路！"

三奶奶笑着说："姓陈的，俺只说你是个官宦人家的公子哥儿，没想到你爹也是个种地的，你也是个农家娃。"

陈敬德笑着说："三奶奶，参加革命以前，我就是个农家娃，种地的。打仗那些年，也是常常跟老百姓在一起，吃农家饭，穿农家衣，睡农家炕，除了身上多个家伙以外，我跟农民没两样，现在来到咱大刘庄也还是个种地的。可我是个共产党员，我是想带着大家一块种地，走人人能吃饱穿暖的路子！"

刘洪山感叹地说："共产党的队伍是好样的。"

陈敬德从刘洪山手里拿过烟袋，深深挖着，若有所思地说道："我十八岁那年，八路军小分队南下侦察，在俺村里住过两天，队长就住在俺家。我在他的影响下参加了八路军，走的时候，我没敢跟爹娘打招呼。俺爹骑着毛驴追了我几十里，要我回去。队长知道我是个独子，也劝我回去，但我说啥也不走。爹没办法，临走时含着眼泪对我说：'儿啊，当兵不要祸害老百姓，跟着共产党好好干。'爹的话一直在我心里！"陈敬德吸了几口烟，擦着眼泪说，"老刘，你知道队长是谁吗？他就是沙玉明沙县长。"

刘洪山"哦"了一声，不由得推推头上的帽子说："看来你碰到真神了！"

"抗战时期，我一直跟着沙队长在鲁南一带打游击。解放战争，我还参加过鲁西南战役，战场离咱这里不远，就是金乡县羊山集战役。后来参加了淮海战役，沙队长受了伤，我也受了伤，我就跟他一块留下来搞地方工作。"陈敬德深情地看着大家说，"共产党是为穷人打天下的，红军、八路军、解放军，大部分都是农民，没有农民的支持就不可能取得胜利。共产党所做的一切都是为人民谋生存、谋幸福。党把天下的穷人都组织起来，走一条共同致富之路，这就是我们今天办高级社的目的！"

刘四爷深有感触地说："陈组长，你说的话是这个理。可自打进入高级社，我们的日子过得并不好。洪山走出这一步，还不是为了庄稼人能过好日子！"

三奶奶插嘴说："人活在世上，三件事：一是吃，二是穿，三是人情礼节！"

刘洪山苦笑着，慢悠悠地说："要是这样混下去，有吃有穿有房子住，那是做梦！"

"老刘，入了高级社，发展集体经济，大家共同富裕，这不更好吗？"陈敬德朝刘洪山身边凑凑说，"老首长派我下乡，叫我自己选地方，我哪里也不去，我就选了大刘庄，话说白了，我就是冲着你这个劳动模范来的！"

刘洪山深深看了陈敬德一眼，笑了笑说："你选错了地方，后悔了吧？"

"不后悔！"陈敬德满怀信心地说，"只要大刘庄的老百姓不撵我，我是不会走的。"

刘洪山想了想说道："老陈，高级社到底谁说了算？"

陈敬德想了想说："往大处说共产党说了算，人民政府说了算，具体说社干部说了算，再往下说，干部也要听取社员意见，社员提得对，就按社员说的办，大家商量着来，民主决策，共同管理好高级社！"

"这样当然好！"刘洪山又摇摇头，不以为然地说，"自古以来，说书唱戏，都是老百姓听当官的，哪有当官的听老百姓的？官帽子一戴到头上，大权在手，他还听谁的？"

陈敬德眉头一皱，不由得说："你是说刘小黑吧？"

三奶奶急吼吼地抢话说："不能叫这个黑东西再祸害下去了！"

汪玉兰扯了一下三奶奶的衣襟。

"黑子就是个吃喝赌博、游手好闲的家伙，我见了就想揍他！"李二良站起来，攥攥拳头。

陈敬德朝大家摆摆手。

坐在后面的马大妮用脚尖踢了一下李二良的屁股。

提起刘小黑，刘洪山气不打一处来，大声说道："陈组长，看来你今天说话绕来转去，还是来劝我入社的。叫刘小黑这样的人当社长，你还想吃饱饭？喝西北风吧！"

"老刘，我们的干部在管理上出了问题，社员们意见很大，是我这个组长的责任，我首先要向社员们承认错误！"陈敬德语重心长地说，"老哥哥，办好高级社关系到国家大政方针能否在农村贯彻落实，关系到大刘庄走一条什么样的路，咱大刘庄总不能落在人家后面吧！"

刘洪山半天没说话，站起来，给大花牛添了草，撒了一把饲料，又走到大车跟前，使劲拍了一下，长长出了一口气，转过身来，一字一句地说："看来单干这条道是走不下去了，我刘洪山只有随大队了。不过，我有个条件！"

陈敬德一直跟在刘洪山的后边，来到石槽前，摸摸牛耳朵，抓一把石槽里的草，放在鼻子上闻闻，不由得说："香！好香！"刘洪山拍大车，他也拍大车，他仔细观察着刘洪山的一举一动，见刘洪山同意入社，心里有说不出的高兴，忙说："老刘，有啥话你就直来直去，干脆利落！"

刘洪山两只眼紧紧盯着陈敬德说："你会同意吗？"

陈敬德爽快地说："只要在我的权力范围内，你说吧。"

刘洪山一下子打起精神，满脸涨红，看了看刘四爷和三奶奶，又看看周围其他人，大声说道："我要当社长！"

在场人都不由得"啊"了一声。

陈敬德一下子愣住了，万万没有想到刘洪山会提出这样严肃的问题，一时不知如何回答。

工作组成员王元冷笑了一声，歪着嘴说："刘洪山，过分了！"

马正也小声说："刘老汉想要权！"

刘长水和范彩玉站在一旁，一直没敢说话，见老头子同意入高级社，正高兴着，忽然听到刘洪山要当社长，刘长水急了，再也憋不住了，大声说道："爹，你又说啥哩！"

范彩玉也小声插话说："叔，你这不是给陈组长出难题吗？"

陈敬德忙向刘长水、范彩玉和王元、马正摆摆手，不叫他们插嘴，想了想，笑眯眯地对刘洪山说："老刘，你想当社长是好的，可你一不是党员，二不是村里干部，三不是贫雇农代表……再说，你退社的事，影响很大，可以说满城风雨，在全县都出了名，连沙县长都知道了，还专门打电话给我了解情况。没批斗你是看你是个劳动模范，就眼前这个情况，你还想当社长，有这个可能吗？再说，社员也不会选你，你还是安安稳稳当个社员吧，你种地喂牲口有经验，社里可以请你当顾问嘛！"

刘洪山摇摇头说："当顾问没有权，说话不作数……谁说不是党员、村干部、贫雇农代表就不能当社长？上级有这样的规定吗？"

陈敬德摊开手，笑着说："这倒没有。"

王元忍不住，又插嘴说："老爷子，别异想天开了，社员不会选你的！"

刘长水劝说道："爹，陈组长对咱已经够宽容了，咱就老老实实做个社员，跟大伙一块种地，当干部的事别想！"

"古人还有毛遂自荐、千金买骨。"刘洪山看着陈敬德，坚持说，"我的要求不算高！"

坐在一旁的刘四爷突然站起来说："陈组长，我是个老贫农，上半辈子没过过一天温饱的日子，土改后我才有了自己的土地，一家老小能吃饱饭。我对共产党有一万个感激，共产党如果需要我这把老骨头，我会毫不犹豫地把我这把老骨头舍去！"刘四爷眼里含着泪说，"共产党胸怀宽阔，心系天下，想叫每一个老百姓都能过上好日子。你陈敬德放着城里的福不享，抛家舍业，跑到俺这个穷河滩来，还不是为了俺老百姓？老陈，我说的话没错吧？"

"老爷子，我从参加革命那天起，就把一颗心给了党，给了人民！"陈敬德激动地说，"我到大刘庄来，就是想为这里的老百姓做点事！"

"你们说高级社这条路好，我们也相信，我们也愿意跟着走。老话说，好马配好鞍，鸟无头不飞，办高级社没个好带头人不行啊！"刘四爷打起精神，伸手拉了刘洪山一把说，"洪山是个老中农，可他也是个大好人。共产党的干部队伍中，不也有很多地主、资本家的子女吗？你刚才说，你家也是中农，你这个中农子弟，不也当了很大的官吗？"

陈敬德深情地看着刘四爷，暗暗佩服这个有见识的老农民，他代表的贫雇农是一个群体。站在刘洪山一边，再看着刘洪山倔强的样子，看来不答应是不成了，如果再出现反复，问题就复杂了。再说刘洪山的要求也没什么违规的地方，退社也是事出有因，同意刘洪山参加选举，自己要承担一定的责任。他看看跟来的同志，犹豫了一下说："刘小黑的社长只是个临时代理，没经过社员大会选举，新社长要经过社员大会选举产生，老刘，要是大家不选你，咋办？"

"不选我？"刘洪山拍着胸口，自信地说，"他们就是不想有饭吃、有衣穿、有房子住！"

陈敬德一下子站起来说："看来你很自信……好，那就由社员做主吧！"
刘洪山第二次加入高级社。
大刘庄退社事件发生以后，出现一阵少有的平静。
范彩玉很快收回了所有的耕畜和大农具，两个受伤的民兵也已康复回家。唐家兄弟唐五、唐四被提前放了出来，唐六由于不承认错误，仍然在学习班学习。

唐五出来的当天晚上就来到刘洪山家，口袋里还装着一瓶酒，来到刘洪山跟前就要磕头，被刘洪山一把抓住了。

唐五感激地说："洪山哥，没想到，你跟着陪斗，还为俺兄弟说话，俺兄弟以前有对不住的地方，你多包涵！"唐五说着，眼泪汪汪的。

"老五，这几年大刘庄不少人对你兄弟有看法，我也有好多心里话想跟你说。咱们是中农,共产党对咱不薄,咱们家里多少都有些底子,日子比人家过得好些,也不要高人一头,看不起他们,都是乡里乡亲的,在一块过日子,都不容易。就说你爹土改前跑南跑北,还伤了腿,给你兄弟挣这些家业,也不容易。"刘洪山挖一锅烟递给唐五说,"这些年,彩玉这丫头做事莽撞,有些事不过脑子,叫你兄弟吃了不少苦头,陈组长也批评过她,你也知道,她跟长水有这层关系,你兄弟多担待点!"

"这几天在学习班学习,对我触动很大,我这次才真正感到共产党还是爱护我们中农的。老六一时转不过弯,叫他多学习几天也好。"唐五临走时说,"洪山哥,您老以后有啥事,喊一声,俺兄弟没二话!"

刘洪山从墙上摘下一把烟叶说:"老五,这是我托人买的南阳烟,四叔也说这叶子味道好,给你一把。我喝你的酒,你吸我的烟,这也叫礼尚往来吧!"

唐五接过烟叶,擦着眼泪走了。

唐五走后不久,刘小黑来到刘洪山家。

刘小黑听说刘洪山要参加社长选举,如热锅上的蚂蚁一般,忽然感到权力受到了威胁。夜里他跟王高把从麻乐行家搬来的一把藤条椅子送给了牛友亮。牛友亮看到这把椅子,两手抚摸着,爱不释手地说道:"这椅子肯定是一对,你看这把椅子背后雕刻着一条龙,肯定还有一把凤椅。"

"只有这一把,那一把不知道在哪里。"刘小黑眼珠一转,拍着胸口说,"牛主任,我刘小黑一辈子不忘你的大恩,你放心,那把凤椅我一定想办法给你找到。"

牛友亮拍着刘小黑,点点头说:"不要担心,社长还是你的。"

"听说刘洪山这老东西要参加选举,陈敬德还同意了。"刘小黑急吼吼地说,"这不是跟你唱对台戏吗?"

"你放心,刘洪山退社影响这么大,他当不了社长,不过你也不能大意!"牛友亮对着刘小黑的耳朵叽咕几句。

回来的路上,王高问刘小黑:"牛区长跟你说的啥?"刘小黑摆摆手说：“以后跟你说。你小子见过麻乐行家那把椅子吗？"

"没见过。"王高灵机一动说，"问问麻月娥不就知道了？"

刘小黑带着王高闯进麻月娥家，叫她把凤椅交出来。

麻月娥紧张地说："啥凤椅？我不知道。"

"别装糊涂了，你们家的东西你敢说不知道？那可是浮财，你敢隐瞒，我就送你坐大牢。"刘小黑威吓说。

麻月娥还是摇着头，一口咬定她不知道。

麻月娥家确实有一对龙凤宝椅，是她爷爷在杭州做生意时用二十块大洋从一个破产的华侨商人手里买的。龙凤椅是用印尼藤条编制而成的，做工精致美观，雕着龙凤图案，弹性十足，坐在上面冬暖夏凉，十分珍贵，在北方更是一宝了，麻乐行也只是逢年过节、接待客人时才搬出来坐坐。牛友亮早就听说麻乐行有一对宝贝藤椅，只是没有得手。关于那把凤椅的下落，无人知晓，麻月娥也不知道。麻牛被抓起来的时候对着麻月娥高喊："东山上有高楼，王母娘娘上楼来。"大家都以为麻牛瞎胡叫，麻月娥也没有在意，她只想着叫麻牛快死。

刘小黑不甘心，屋里屋外翻腾了半天，啥也没有找到，气急败坏地朝门上跺了一脚，临走时威吓说："麻月娥，你个土匪婆子，好好给我想想，我还会来找你的。"

出门离麻月娥家不远，王高对着刘小黑的耳根说："没有找到椅子，我看到麻月娥家的篱笆墙下有两只老母鸡。"

刘小黑指点着王高微笑着说："小心叫麻月娥逮住你。"

第二天一大早，麻月娥起来开鸡窝门，发现两只老母鸡不见了，只见篱笆墙被人掏个洞。她围着院子找了一圈，一根鸡毛也没有找到，心疼地哭起来。鸡被人偷走，麻月娥猜是刘小黑、王高干的，但一没有证据，二不敢声张，只能暗暗叫苦。

刘小黑提着一瓶酒和一只烧鸡，没等刘洪山说话，就把烧鸡摊在案板上，拿来两只碗，把酒倒上说："洪山哥，你能重新参加高级社，咱大刘庄谁最高兴？当然我这个社长最高兴。兄弟以前说了错话，做了错事，惹得洪山哥生气，你大人不记小人过，兄弟向你赔不是来了！"

刘洪山没有想到刘小黑这时会找上门来，看他那阴晴不定的脸色，摆摆手说："刘社长，前几天你还口口声声要整死我，我正准备挨你一刀，你今天突然请我喝酒，这是何意？"

"先干为敬。"刘小黑端起酒碗咕咚一口喝进肚子说，"洪山哥，我是真心希望你支持我当社长，你来当大刘庄西社的顾问，当个副社长也没有问题！"

"你当社长？"刘洪山冷笑一声，不客气地说，"拉倒吧，我就是当顾问，也不会当你刘小黑的顾问。再说，西社要重新选举，谁能保证你当社长？"

"你要放弃选举，咱啥事都好商量。"刘小黑端起另一碗酒说，"洪山哥，兄弟敬你一碗，我刘小黑不会亏待你，饲养室和社里仓库都归你管，这总行了吧？"

刘洪山双手推开酒碗，郑重地说："刘小黑，你这碗酒买不了我的心，你就是给我送头牛来，我刘洪山也要参加选举。明人不做暗事，话说白了，我参加选举，就是冲着你刘小黑来的！"

刘小黑脸一变，把一碗酒摔在了地上，啪啪拍着桌子，威吓说："刘洪山，我警告你，别敬酒不吃吃罚酒，我刘小黑当社长是区里早就定了的，不是谁想搬就能搬动的。我是老贫农、土改积极分子、贫协主席、代理社长，你跟我争，你也太不知天高地厚了！我今天来，是看在咱刘家爷们兄弟的分上，跟你打个招呼，是给你脸，别给脸不要脸。别忘了，你退社的事还没有完，你要再乱说乱动，我马上开会批斗你！"

刘小黑以为这一招会把刘洪山吓住，没有想到刘洪山突然镇定下来，冷笑着说："刘小黑，你还有啥本事都使出来吧，我接招就是了。你小子别忘了，你代理社长的帽子不是你爹你爷留给你的，也不是你花钱买的，是老百姓给你的。既然是给你的，就能要回来，因为你干的那些事太叫大家失望了，老百姓要摘你的乌纱帽！"

　　刘小黑一看这一招不灵，脸一寒，唰唰朝自己脸上打了几巴掌，扑通跪下来，一阵号啕大哭，上前抓住刘洪山的手，可怜巴巴地说："洪山哥，我刘小黑是个苦孩子，也是你看着长大的，你别跟我一般见识，你要可怜可怜我。土改前我就没吃饱过，成天受人欺负，我就是想当干部，就是想着能吃饱饭，能活出个人样来。你要跟我争这个社长，我可一点活路也没有了！"

　　"男人膝下有黄金，我刘洪山可担待不起。"刘洪山一把把刘小黑拉起来说，"你要是个男人就站起来说话，你要想活出个人样来，就做一个堂堂正正的人。"

　　刘小黑本想用半文钱不值的眼泪，搞一场不可告人的政治把戏，换取刘洪山的信任和同情，达到保住乌纱帽的目的。眼见美梦落空了，他一骨碌爬起来，走出去几步，又转身回来，把放在桌上的酒和烧鸡拿走了。

　　"长水他爹，刘小黑一会风一会雨的，又是哭又是闹，这是唱的哪一出？这个东西可什么事都能干出来！"汪玉兰担心地说，"你就别凑这个热闹了，管他谁当社长，饿不死别人也饿不死咱！"

　　"他有千条计，我有老主意！"刘洪山哈哈笑着说，"长水他娘，你还别说，我以前真小看这个黑小子了。今天他到咱家唱了一出红白脸，最后又给我演了一场苦肉计，看来他的身后还有人托着！"刘洪山说着，忽然心里钻出一阵说不出的烦躁，在屋里不停地走动着。

　　刘小黑在刘洪山家碰了钉子，心中恼怒，在村子里转了几圈，只觉得口干舌燥，便朝王高家走去。

　　王高正在灌肠子，王四朵站在灶台前煮卤肉，看见刘小黑走来，急忙用叉子从锅里挑出一只鸡说："土匪婆子的鸡煮好了，拿走吧！"

　　"号叫啥？不怕人家听见？"刘小黑瞪了王四朵一眼，撕下一只鸡腿，啃了几口说，"再捞块狗肉。"

　　王四朵敲着锅沿说："狗肉还不熟。"

　　"拿酒来。"刘小黑伸出一只手说。

王四朵很不情愿地从灶台后拿出一个酒瓶，刘小黑伸手夺了过去，摇摇只有二两了，一仰脖子喝干了，把瓶子扔在地上说："小气鬼，再拿一瓶来！"

王四朵盖上锅盖说："没有了，就这半瓶了。"

"老子不信你家没有酒！"刘小黑到房间里转了一圈，从床底下扒出来一瓶高粱大曲，摇晃着说，"想不到你还藏着一瓶好酒，今天老子要喝个痛快。"

王四朵心疼地唏嘘两声，当啷一声把叉子扔在了灶台上。

王高看爹有点不高兴，站起来摆摆手说："刘社长，刘四爷是个要紧人物，你抓住了他，就抓住了一大片。"

"老头子一直看我不顺眼，就没给过我好脸色。"

"刘四爷是做给别人看的，你还当真了？"王高撕下一个鸡翅膀，啃着说，"亲不亲，血缘分，打断骨头连着筋。你是他侄子，胳膊肘还能往外拐？快去吧，夜长梦多，千万不能叫刘洪山占了先。"

刘小黑把酒夹在腋下，出了王家大门。

王四朵看刘小黑把一瓶好酒拿走了，哼嗨两声，拿起叉子敲着锅沿骂道："黑小子，一年到头白吃白喝，下次他小子再来，我给他下点泻药。"

"老牙狗，你要把黑子泻死了，狗肉你还卖个屁！"王高看看门外，小声说，"咱得想法子从他身上捞点好处。"

"捞个屁。"王四朵气呼呼地说，"要叫我看，这一回选举社长，黑子是剃头匠拍巴掌——完蛋！"

"老子的饲养员不干了，除了多拿几个工分，啥意思也没有。"王高甩手把鸡骨头扔到门外，"等黑家伙真正当上社长，说不定给老子弄个副社长干干，一瓶酒算个熊。"

王四朵龇着牙，用叉子指点着王高，挖苦说："做你的春秋大梦！"

刘小黑来到刘四爷家，把酒放在桌上，跪下来哭着说："四叔，刘洪山虽然也姓刘，可跟咱早出五服了，你跟俺爹可是一个爷爷的，我可是你的亲侄子。侄子当社长，你就是咱大刘庄的老爷子，哪个敢不孝敬你！"

"呸！不成器的东西，你太叫我失望了！"刘四爷朝黑子身上踹了一脚，"土改时，我把贫协主席让给你，只说你能好好做人，多为大刘庄干点好事。你看看，这些年你都干了些什么？我都替你脸红，老刘家八辈子的脸都叫你丢尽了！刘洪山退社，还不是你造的孽！"

刘小黑耷拉着脑袋不说话。

刘四爷气呼呼地说："黑子，我问你，上次你跟王高赶着大车到利民河修桥工地拉石头，水利上是有钱的，钱你没有交上来，哪去了？"

刘小黑结结巴巴地说："钱叫我和王高花了，再说，我跟王高也在工地上搬石头，应该有工钱。"

"你们用的是社里的车、社里的牛，回来还照样记工分，这钱应该交到社里，你俩把钱私分了，这是什么行为？"刘四爷点着刘小黑的脑袋瓜说，"你这叫以权谋私，贪污公款。"

刘小黑抱住刘四爷的腿，战战兢兢地说："四叔，钱都花光了，您老千万不能说出去，马上要选举了，你要说出去，你侄子真就完了。"

"你呀你，我说你啥好呢？"刘四爷叹口气，无奈地说，"这样吧，钱不算多，我先替你垫上，你打个欠条给我，年底分红从你和王高身上扣。"

刘小黑连连给刘四爷磕头，可怜兮兮地说："四叔，这选社长的事，您老还要操心啊！"

"黑子，你能不能当社长，众人心里都有一杆秤，我看你还是好好想想以后怎么做人吧！"刘四爷把刘小黑拉起来，把一瓶酒塞在他怀里，推到门外说，"人在做，天在看，路是自己走出来的，我救不了你！"

刘小黑连滚带爬跑到门外，咬着牙小声骂道："这个老东西，早晚我也把你收拾了！"

十八

刘小黑为社长选举四处奔走,他不敢找陈敬德,就去找王元,还把一枚从麻乐行手上撸下来的玉扳指送给王元,叫王元帮他把刘洪山拉下来。王元不敢把玉扳指戴在手上,就用绳子系在裤腰带上,拍着胸口说:"刘洪山退社影响这样坏,社员也不敢选他,再说区里也不会同意。陈组长同意他参加选举,也不过是权宜之计,社长还是你这个黑头的,你就放一百个心吧!"

刘小黑还是不敢大意,几乎走遍了每一户人家,恐吓加哄骗,说什么他当社长是区里早就定了的,选不选他是阶级立场问题。不少农户还真叫他唬住了,答应投他的票。但到底能不能当选,人心隔肚皮,刘小黑心里还是没有底,就跟王高一起写了一封举报信,寄到县里。

刘小黑四处活动,陈敬德都看在眼里,牛友亮也打来电话,提出一定要选出政治上可靠的人当社长,最好是贫雇农代表,虽说没有提刘小黑的名字,但他的意思陈敬德感觉到了。看来大刘庄西社将面临一场不寻常的选举,陈敬德心里一阵说不出的惆怅。他把大刘庄的社员一个个排排队,到底谁能当社长?刘四爷年纪大了;李二良做事粗鲁莽撞,做个副手还可以,绝对不是一把手的料;马大妮,憨乎乎的,还有两个孩子缠身,不适宜当社长;大全太年轻,压不住台面……陈敬德也曾想到刘长水,可又舍不得叫刘长水当社长,刘长水是个知识分子,以后还有其他用场……陈敬德找刘小黑谈话说:"小黑同志,你出身好,年轻力壮,又干了一段时间的代理社长,按理说大刘庄西社的社长非你莫属。可眼下的形势你也看到了，不少社员对你很有意见，你要认真地反省自己，接受社员的监督，实实在在为社里办事，重新换取大家对你的信任。"

刘小黑拍着胸口说："请陈组长放心，我一定当好这个社长。"

"你误会我的话了。"陈敬德摆摆手说，"小黑同志，你能不能当选，还要看选举的票数，你要有思想准备。假如你落选了，也希望你能正确对待，服从新社长的领导！"

刘小黑发狠地说："刘洪山这个老中农要夺权，霸占土改的胜利果实，思想反动透顶。社员的眼睛是雪亮的，我们贫雇农绝不会叫他的诡计得逞！"

陈敬德严肃地说："刘小黑同志，说话要讲原则，不要乱扣帽子，乱打棍子。刘洪山是不是反动透顶，不是你说了算。你说社员的眼睛是雪亮的，这话没有错，咱们要相信群众，依靠群众，耐心等待选举结果！"

这天晚上，范彩玉约刘长水来到文家河边。刘长水拍着范彩玉的肩膀说："范大社长，你今天把我约到小河边，我咋连一点过去的感觉也没有，只觉得冷飕飕的、凉丝丝的？"

"吃了果子忘了树，我叫你感觉感觉。"范彩玉说着，朝刘长水胳膊上使劲掐了一下，撇着嘴说，"有感觉了吗？"

"好狠心的女人。"刘长水拽开范彩玉的胳膊说，"想干啥？是不是又要配合我干什么大事？"

"长水，明天就要选举了，你还是劝劝你爹别丢这个人了，俺爹也不去凑热闹了！"

"你想叫俺爹放弃选举？"

"明天黄河区组织部门的领导到会，东社还要派代表参加选举大会，多大的事啊！"范彩玉咂咂嘴说，"俺爹一听说你爹要参加选举，还跟我伸手击掌，说他要从东社转到西社。明天肯定是一场大笑话，现在放弃还来得及，何必叫两个老人去丢人现眼？"

"我也觉得俺爹选不上。"刘长水叹口气说，"那天你也在场，陈敬德同意俺爹参加选举，他才答应入社的。你现在叫他放弃，你说俺爹会干吗？他的脾气你是领教过的，我是不敢说，要不然你再去劝劝俺爹，来个三拉房？"

"什么三拉房？油嘴滑舌。"范彩玉理理额前的头发，想了想说，"咱去找找刘四爷，或者是三奶奶，叫他们劝劝你爹！"

"拉倒吧！"刘长水摇摇头说，"刘四爷、三奶奶巴不得我爹当社长呢，互助组、初级社的时候，两个老人可没少在我爹身上花工夫，你想叫他们劝我爹放弃，门儿都没有！"

"走，"范彩玉伸手抓住刘长水的手说，"咱们再去问问陈组长，掏掏他的底，他理想的社长到底是谁！"

工作组办公室亮着灯光，陈敬德、王元、马正和李二良正在打扑克，李二良脸上贴了几张白纸条，王元头上顶着一块砖头，吵吵嚷嚷玩得正高兴。

范彩玉、刘长水走来，范彩玉咯咯笑着，顺手拿起一块砖头说："王元，一块砖太轻了，我再给你加一块！"

王元龇着牙，摆摆手说："一个梁山伯，一个祝英台，还不好好找个没人的地方谈恋爱，拉拉手，亲亲嘴，那多惬意，跑到这里捣什么乱？快走！"

马正催促说："王元，快出牌！"

陈敬德看看范彩玉、刘长水，把牌一拢说："今天就到这里，以后有时间再玩！"

王元头一歪，砖头掉在了地上，开玩笑说："范社长，大晚上的，你小两口也不想叫陈组长休息，安的什么心！"

"下次我陪你打，叫你顶三块砖头。"范彩玉轻轻朝王元身上拍了一下说，"星期天也不回家，你媳妇跟人家跑了！"

马正哈哈笑着说："王元的媳妇还在老丈母娘肚子里，跑不了！"

三个人没玩尽兴，依依不舍地离开了办公室。

陈敬德叫范彩玉、刘长水坐下，微笑着说："我知道你俩找我干什么。"

"啊？"范彩玉瞪着两眼看着陈敬德说，"你是神仙，能掐会算？"

陈敬德端起缸子，喝了一口水说："你们是为刘洪山参加选举的事来的吧？"

刘长水红着脸说："陈组长，俺爹给你找麻烦了，入社就入社，又给你出个大难题，我跟彩玉总觉得对不住你。今天来找你，是想叫你再劝劝俺爹，让他别跟着凑热闹了！"

陈敬德微笑着说："你俩都是这样想的？"

范彩玉拿起水瓶给陈敬德缸子里添着水说："退社闹得满城风雨，大刘庄恶名在外，刘洪山要是再参加社长选举，岂不滑稽？真成了黄河滩上的特大新闻了。我跟长水商量过了，取消刘洪山的候选人资格，也省得外人看咱大刘庄的笑话！"

陈敬德沉默了一会，说："你们说的这些，我都想到了。我也跟赵玉彪书记汇报了，他光笑没表态，一切叫我来定；我给沙县长打电话，他说天意不可违，民意不可欺，就再没有下文了。我也只能硬着头皮朝前走，就是一锅夹生饭咱们也要吃下去，要把刘洪山的候选人资格拿下来，我还怕事情出现反复，到时候就被动了。"

范彩玉拉着脸说："明天可要选举了，俺家的老爷子也要跟着凑热闹，他口口声声说刘洪山要是选上社长，他就从东社转到西社，我都叫俺爹气晕了。"

"看来你爹也是个人物。"陈敬德笑着站起来说，"好歹明天有好几个候选人，刘洪山选不上，他也就没话说了，咱们还要从维护高级社的大局出发！"

大刘庄西社召开全体社员大会，选举新社长。

选举大会仍设在打麦场上，会场上方横拉着一个大条幅"大刘庄西社社长选举大会"，两边挂着标语，左边是"人民当家做主"，右边是"走合作化道路"。

会场上坐着陈敬德、黄河区组织干事张国亮、东社社长范彩玉，刘长水也坐在范彩玉身边，还有工作组和黄河区其他成员。

刘小黑没有坐在主席台上，他的位子空着，他在下面走来走去，四处散烟，满脸带笑，跟大家打着招呼。

社员们都很兴奋，提前到齐了，黑压压挤满了会场，东社也有不少社员前来看热闹。

刘洪山头上戴着一顶独龙帽，上身穿着羊皮坎肩，一根布带紧紧地系在腰间，脚脖子用布条系着，脚上蹬着胶底布鞋，面色红润，精神饱满，就像一个要出征的战士。他左肩扛着枣木犁，右肩扛着梨木耧，驴枷板子套在脖子上，劲足足地走上会场。

看到刘洪山这身装备，全会场一阵哄笑。有人说："刘洪山把驴枷板子都套上了，想当驴呀！"

刘四爷笑哈哈地说："刘洪山就是咱大刘庄的一头大叫驴！"

三奶奶也走过来说："咱庄稼人要想过上好日子，就得跟着洪山干！"

马大妮对着几个妇女说："姐妹们，两个老人的话都听到了，咱们要想过上好日子，就得选个能人、好人当社长。"

李二良的媳妇抱着孩子摆摆手说："大妮，俺们心里都亮堂着呢。"

刘长水站起来吃惊地说："老头子怎么连俺家的看家宝都带来了？"

范彩玉看到刘洪山这身打扮，转脸瞟了刘长水一眼，捂着嘴笑，小声说："烧包！"

王四朵扯扯李广胜的衣服说："老李头，看准了，想好了再投。"

李广胜看看王四朵，不知这话是啥意思，小心翼翼地说："小黑找过我。"

王四朵哼了一声摇摇头。

王高走过来说："刘小黑是内定的，投票就是做做样子。"

李二良捣了一下王高，瞪着眼说："黑子算个什么熊玩意？你再胡咧咧，小心我揍你。"

王高龇着牙说："二良，吓唬谁哩？老子这一票想给谁就给谁，这是老子的权利。"

李二良伸出一个指头，点着王高的脑瓜说："刘小黑没少吃你家的狗肉吧？他要当上社长，天天到你家吃狗肉，能把你的狗肉锅吃垮！"

王高打了一下李二良的手，撇着嘴说："你小子也是候选人，就不想叫我投你一票？"

"老子祖坟地里还没有冒青烟！"李二良说着朝刘四爷走去。

陈敬德看人到得差不多了，跟黄河区组织干事张国亮打个招呼，站起来大声说："社员同志们，成立高级社，走集体化道路，是我们前进的方向。俗话说，鸟无头不飞，要想火车跑得快，就得车头带。今天是个特殊的日子，你们要行使作为一个公民的权利，选出自己信得过的当家人，带领大家搞好生产，共同富裕起来，建设社会主义新农村！"随后，陈敬德叫候选人讲话。

刘小黑第一个蹦上台，大声说："我刘小黑是个血溜溜的老贫农，土改时，我第一个站出来斗地主分田地，成立高级社我又是第一个加入，我的革命热情高如天。谁要想从我们贫雇农手里夺走政权，比登天还难，我要跟反动分子玩命到底……"

张国亮站起来摆摆手，郑重地说："刘小黑同志，请注意你的讲话，我们召开的是选举大会，不是玩命会！"

刘小黑腰一弓蹦下台去了。

其他候选人都摆摆手不愿说话。

陈敬德向刘洪山招招手，笑着说："老刘，该你出场了！"

刘洪山两脚站稳，提提精神，红着脸说："大刘庄西社的老少爷们，早几天，我要退社，给大刘庄带来麻烦，也连累了乡亲们，我在这里给大家赔礼了！"说着向会场鞠了一躬，便扯起嗓门说，"今天我带来的这些东西，都是俺老刘家的传家宝。枣木犁是我爷爷置办的，梨木耧是我爹置办的，驴枷板子是我亲手用榆木做的。入社时，我有私心，还想着单干，就藏起来了，今天我把这几个宝贝带来了。老少爷们要选我当社长，只要大家跟着我干，我保证，人家吃稀的，我叫大家吃干的，人家吃黑馍，我叫大家吃白馍！"

"闪开，闪开喽！"正在这时，只见范玉堂用土车推着南山缸和红石磨唧唧啾啾走来，一进场就大声咋呼说，"西社的老少爷们，都听好了，只要洪山当社长，我就从村东社转入村西社，天天做豆腐，只收成本钱，保证再不短斤少两！"

会场上一阵哄堂大笑。

陈敬德上门召开家庭座谈会，刘洪山重新加入高级社，范彩玉说不出地高兴，心里的一块石头总算落了地。一会她听到刘洪山要当社长，心一下子提到了嗓子眼，脸上不由得冒出一层汗。她听到陈敬德同意刘洪山参加选举，又觉得不可思议，荒唐可笑，回到家气呼呼地对爹说："刘老头子魔怔了，入社就入社，还要当社长，说出去叫人笑掉大牙！"

"你说啥？"范玉堂正在舀水洗磨，忙把水瓢扔回缸里，眼珠转了转，随后便哈哈大笑说，"彩玉，你是说刘洪山要当西社的社长？"

"异想天开！"范彩玉撇撇嘴说，"他要能选上社长，黄河的水都得倒流！"

"陈组长同意刘洪山当候选人？"范玉堂歪着头问。

范彩玉苦笑着说："我看是陈组长怕老头子变卦，有意给他个枝枝扛着，耍他玩呢，老头子还当真了。你看着吧，老头子这一出闹的，会成为黄河滩上一个天大的笑话！"

"哦，哦……"范玉堂叫了两声，撩起围裙慢慢地擦着手，歪着脑袋琢磨了一阵，不由得拍了一下巴掌，看着闺女说，"彩玉，敢跟爹打个赌吗？刘洪山要是选上社长，我就从东社转入西社；要是选不上，我还在东社！"范玉堂扬起手说，"到时候你可不要拦着我！"

"爹，你嫌东社不好，怕闺女干不好这个社长？"范彩玉歪着头说。

"不是，不是，俺闺女当社长，爹是一百个赞成！"范玉堂打着手势说，"刘洪山是个种地的行家，爹到了西社，跟他学学种地的本事，我还想当劳动模范呢！"

"好，好！"范彩玉撇撇嘴，不屑一顾地说，"刘叔要能选上，你就另攀高枝，我保证不拦你，不过大青骡子你不能牵走！"

范彩玉的娘从锅屋里走出来说："彩玉她爹，你去凑啥热闹？不怕人家笑话！"

"老娘们懂个啥！"范玉堂兴奋地说，"到时候你可要夫唱妻随，跟我入西社。"

"你个老东西，听风就是雨！"范彩玉的娘说着回锅屋里去了。

"我看，你咋着去的咋着回来！"范彩玉咯咯笑着。

"你敢跟我打手击掌吗？"范玉堂伸出巴掌，昂着头说。

二丫头彩莲鼓动说："姐，叫咱爹也丢丢人。"

"好！"范彩玉笑哈哈地走到爹跟前，朝爹手掌上轻轻拍了一下。

彩莲拍着巴掌笑着说："这一回有好戏看喽！"

"我丢人？"范玉堂拍了一下大腿说，"那咱就骑驴看唱本——走着瞧！"

村东社群众代表小木匠魏宝开玩笑说："小算盘，你要从东社转到西社，范社长批准了吗？"

"鸟择良木而栖，我要投明主喽！"范玉堂笑着说，"现在是新社会了，我有自主权。再说刘洪山的儿子刘长水入村东社，范彩玉的爹入村西社，这叫礼尚往来，乡亲们说是不是？"

又一阵哄堂大笑。

范玉堂看见陈敬德正对着他笑，高声说："陈组长，你不会反对吧？"

陈敬德挥挥手说："好，不反对！"

范彩玉看着爹说话的样子，捂着嘴笑。

刘长水在一旁苦笑着说："这两个老头子都疯了！"

刘洪山走过来摆摆手说："玉堂，你横插一杠子，想干啥？我们社不欢迎你，你走吧！"

"陈组长都同意了，你还没当上社长，说了不算！"范玉堂放下车子，扬扬得意地说，"你刘洪山是大元帅，李二良肯定是先锋，我范玉堂给你当个押粮官总可以吧！"

陈敬德宣布选举投票开始，并强调说，如果不同意候选人，还可以弃权或者选举他人。

一盆黄豆放在那里，旁边摆着一排空碗，空碗下面贴着刘洪山、刘小黑、刘四爷、李二良、马大妮的名字。

社员排队按顺序投票。李广胜跟在王高的后面，看王高把豆粒丢在刘小黑碗里，一粒黄豆在手里捻来捻去，犹豫不定。后面有人推他一把，叫他快点，李广胜不由得歪歪身子，一转脸看见刘小黑正看着他，就抖动着手把黄豆丢在了刘小黑碗里，随机假装提鞋子，猛一伸手，把投进去的豆粒又拿出来，一转身，手从背后把那粒黄豆丢在了刘洪山碗里，心里说不出地紧张，冒出一头汗，弓着腰到一边去了。

范彩玉歪着身子，扭过脸来，扯扯刘长水的袖子说："长水，你看到了吗？"

刘长水不解地问："看到啥？没注意。"

范彩玉捂住嘴角小声说："不可思议，好新鲜，真想不到，老李头还会耍把戏！"

"什么把戏？"刘长水吃惊地看看会场。

"不跟你说了。"范彩玉转过身来，看着投票的社员，突然两手按住桌面，惊奇地站起来。

大会选举结果，只有十几粒黄豆丢在刘小黑碗里，刘四爷碗里有几粒，李二良、马大妮碗里空着，其余的黄豆都丢在刘洪山碗里喽！

陈敬德坐在台上，看着乡亲们把一粒粒黄豆丢在刘洪山碗里，一会搓手，一会挠头皮，激动得眼圈都红了。

刘小黑恼怒得甩头找不到硬地，骂骂咧咧，一炮蹶子蹿了！

陈敬德跟张国亮耳语几句，站起来大声宣布："刘洪山当选大刘庄西社社长。"

黄河区组织干事张国亮第一个站起来带头鼓掌！

会场上轰隆一声，大家都站起来，巴掌声响了一阵又一阵！

最后，请新社长讲话。

刘洪山脸色涨得通红，脑门上冒出一层热汗，不由得朝上推推帽子，稳稳地站住脚跟，一字一句地说：“大刘庄西社的老少爷们，你们信我刘洪山，我刘洪山也信你们。入了社，小家变成大家，只要劲使在一起，汗洒在一起，好好劳动，就有饭吃，有衣穿，有房子住，过上好日子！”

刘洪山是个老中农，典型的小农经营者，坚守着老祖宗留下的生存空间，从土改到高级社，他的人生空间被日益瓦解，心理防线一天天崩溃，最终从单一的家庭作业转为集体化生产。

几年来，刘洪山不知多少次被噩梦惊醒，旧时代形成的心智随着时空的不断变换而变换，饱受着人生的折磨和苦难，经历了暴风雨般的冲刷和洗礼，苦苦寻找新的生存空间。入社、退社，闹得沸沸扬扬，几乎掉进难以自拔的泥潭，似乎看不到人生的光明和希望。万万没有想到，忽如一夜春风来，时代给他选择了一条洒满阳光的道路，他当上了大刘庄高级社的社长，成了由几百号农民组成的大家庭的当家人，命运完全掌握在自己的手中。

选举大会结束以后，黄河区组织干事张国亮十分感慨地说："老陈啊，咱们都把形势估计错了。我们天天跟农民打交道，总以为熟悉农村，了解农民，实际上我们只是看到了农村生活的表面。农民虽然没有多少文化，但他们有自己的眼光和见解，今天的选举，给我们做组织工作的同志上了生动的一课。这是一个极为典型的案例，我要实打实地向区委汇报，总结经验教训，否则我们就会远远落在群众后面！"

"说得好啊，国亮同志！"陈敬德也深有感触地说，"我今天才真正理解沙县长对我说过的话。你回去告诉区领导，请他们放心，大刘庄工作组一定支持刘洪山的工作，把大刘庄的高级社办好，把生产搞上去！"

张国亮又担忧地说："敬德同志，我在区里就听说刘小黑这个人，他的行为令人担忧，他不但有强烈的权力欲望，而且有很深的偏见，特别是对中农的态度，跟党的政策是相违背的，这样下去，是很危险的。可他是贫协干部，又是土改积极分子，还当了一阵子代理社长，有一定的影响力，现在突然落选，说不定会做出什么糊涂事来。敬德同志，你要心中有数！"张国亮抓住陈敬德的手说，"你是老八路，是出生入死、久经考验的共产党员，又是沙县长培养的干部,我相信你有能力解决好大刘庄的问题。"

陈敬德若有所思地说:"刘小黑落选也在意料之中,考虑到他的实际情况,不能把他一脚踢到门外,我想给他保留个副社长的位子。我们再多多帮帮他,使他在实践中得到锻炼,人总是会变的嘛!"

张国亮摇晃着陈敬德的手,高兴地说:"英雄所见略同,咱俩想到一块去了,就这样办,我回去跟区委赵玉彪书记详细汇报。"

刘洪山当选社长,范彩玉备受刺激,原以为是场闹剧,没有想到成为活生生的现实。她自己一向工作积极,又是党员、村主任、代理社长,很受上级信任,但是在选举东社社长时,票数也只是刚刚过半。现在一个热衷单干,带头退社,闹得满城风雨的老中农几乎全票当选,其中的奥妙在这个阅历简单的农村姑娘心中一直是个谜团。

刘长水虽说反对爹当候选人,可他的内心世界还是赞成爹的,爹的当选是在情理之中的,这一点他是从刘四爷、三奶奶身上看到的。这两位老人的人生阅历,是大刘庄老百姓的历史写照,饱含着穷人对温饱生活的渴望,他们对刘洪山这样一个对土地执着、为人温厚的人当然是不会错过的。刘长水看到范彩玉那呆若木鸡的样子,不由得扯扯她的衣袖,咂咂嘴、挤挤眼,面带几分嘲讽地说:"尊敬的范社长,可爱的范家大小姐,黄河滩上的花木兰,大破天门的穆桂英,你今天算是长见识了吧!"

"落后,西社的社员太落后了,一个个都像喝了迷魂汤,豆粒子直朝你爹的碗里放。那个李广胜,一个逃荒要饭的老贫农,老实得不能再老实的人,我看他明明把豆粒丢在刘小黑碗里,玩了几个动作,像要把戏似的,又把豆粒拿出来放在你爹的碗里!"范彩玉头摇得像个货郎鼓,长吁短叹地说,"真是不可思议。"

"彩玉同志,今天你要明白一个道理,农民自有农民的哲学。你别看他们不认识几个字,也讲不出多少通天的道理,可他们心里都有一杆秤!"刘长水若有所思地说,"农民最讲眼前,最讲实际,看重的是土地和粮食。我爹就是个土地神、粮食王。"

"我不跟你说了，你也是个落后分子！"范彩玉说着兴冲冲地走了。

范彩玉一到家，范玉堂哈哈笑着说："丫头，咋样，知道你爹厉害了吧？啥是眼光？这就是眼光。一口吐沫一颗钉，打手击掌，一言为定，你可不能反悔哟！"

范彩玉咯咯笑着说："俺爹，我今天好像不认识你了，你咋知道刘叔一定能选上？"

范玉堂摇头晃脑，咂着嘴，神神秘秘地说："生姜还是老的辣。爹走南闯北，也算老江湖了，吃的盐比你吃的粮食多，这里面的学问，哪能是你一个黄毛丫头知道的？"

彩莲一边晾衣服一边说："姐，咱爹是谁？黄河滩有名的小算盘、小诸葛，一算一个准！"

大家都哈哈笑起来。

范彩玉对刘洪山当社长虽然感到意外，可心里还是高兴的，刘洪山毕竟是她未来的公爹，是一个实实在在的庄稼人，比刘小黑当选强一万倍，以后两个社合作起来也方便。跟爹打赌的话难以收回，她只好同意爹从东社转到西社，土地按人头也划给了西社。

刘小黑落选，气吐了血，一肚子毒气没处出，见到王高，甩手一巴掌，骂道："狗东西，叫你爷们做工作，看紧点，老子最后就落个这！"

王高感到脸上火辣辣的，一手捂住脸，恼怒地说："没有俺爷们帮你拉票，你恐怕连这十几票也没有，你小子没有人气，能怪谁！"

"好啦，不说这事了。"刘小黑看王高生气，上去摸摸王高的头说，"我刘小黑不能这样输给刘洪山，我不能看着他这个社长当稳当了，你看这事下一步咋办？"

王高仍捂着脸，没好气地说："你当不当社长关我屁事，老子不伺候你小子了。"说着要走。

"嗨嗨，"刘小黑一把拉住王高说，"你小子还真生我的气了，没有我刘小黑当权，你爷俩的日子也不会好过。别忘了，你是个外来户，刘洪山会把你父子赶出大刘庄。"

王高站住了,不停地揪着耳朵说:"你下台,根子在姓陈的身上,他要不同意刘洪山当候选人,刘洪山就没有戏了。你写信到县里告他,就说他拉拢中农,打击贫农,把一个退社的落后分子整上台。"

"好!"刘小黑使劲拍了一下王高的肩膀说,"还是你小子鬼点子多!"

十九

刘洪山当上社长不久,在村庄周围给社员划分了自留地。

陈敬德跟着县里考察团到外地参观学习,回来路过县城,听说沙县长要调走,就到县政府看他。

沙玉明见到陈敬德说:"小陈,全县成立高级社的工作已经基本完成。我明天就到专区报到了,你有什么打算?跟我去专区,还是继续留在大刘庄?"

陈敬德感激地说:"谢谢老首长的关心,我想继续留在大刘庄。成立高级社并不是万事大吉,农村百废待兴,还有很多工作要做!"

"好吧!"沙玉明点燃一支烟说,"刘洪山是个能人,退社闹得满城风雨,最后却被选上社长,这足以说明这个人有深厚的底气,从中也能看出他在大刘庄人心中的分量。我们要相信群众,相信刘洪山,大刘庄一定会有一个新的变化!"

临走时,沙玉明拍拍陈敬德的肩膀说:"小陈,听秘书说,叶丽红跟你闹了点小别扭?"

"她选错了人,我恐怕也选错了人。"陈敬德不由得叹了一口气。

"你不常回来,她对你有点意见也是正常的,两口子嘛!"沙玉明关心地说,"小陈,不行先回到县里工作一段时间,以后下乡的机会还多着呢!"

陈敬德坚定地说:"不把大刘庄搞出个样子,我是不会回来的。"

陈敬德回到大刘庄,屁股还没有挨板凳,刘小黑就怒气冲冲地跑来向他告状，说刘洪山私分集体耕地，走私有化道路。

陈敬德只觉得头脑一阵嗡嗡响，不由得暗暗埋怨刘洪山：老刘啊老刘，你怎么又给我来个想不到！陈敬德和刘小黑一起气呼呼地找到刘洪山说："老刘，你刚当上社长，掌大权了是不是？你就目空一切，干了一件叫我想不到的事，你的胆子也太大了！"

"给社员划分自留地是上面的政策，你走前也说过，有错吗？"刘洪山看到陈敬德吃惊的样子，以为上面又来了什么新精神，心里也有些紧张。

"刚刚有精神，你着啥急？"陈敬德担心地说，"给农民划分自留地是件大事，要好好研究研究，咱大刘庄不挑这个头，等人家都搞起来看看情况再说嘛！"

"万事总得有个挑头的，既然社员选我当社长，我就得当这个家！"刘洪山笑着对陈敬德说，"古人说，将在外，君命有所不受。你不在家，我们不能闲着。我征求社员的意见了，多数人都同意。四叔是个文化人，看得远，他说社员手里有块自留地就好比冬天有件小棉袄！老陈，季节不等人，自留地分到手，社员好耕种，要是时间晚了，会耽误一年！"刘洪山拿出一张表说，"西社土地一千五百亩，按百分之五折算，人均一分二厘自留地，有啥问题吗？"

"问题大得很！"刘小黑龇牙咧嘴地说，"刘洪山，你这是变相搞单干，我们绝不能答应。"

刘洪山争辩说："大刘庄西社，百分之九十五的地都在集体手里，怎么能说是单干呢？"

"分就分了吧，上级怪罪下来我担着！"陈敬德摇摇头，苦笑着说，"刘社长，分自留地没有错，县里也有文件了。我的意思是，你要先安排社里生产才对，先集体后个人嘛，分自留地是下一步棋！"

"陈组长，实话告诉你，自打你同意我参加社长选举，我就跟刘四爷、李二良、马大妮几个人合计了两天，一年的生产安排我都有数了，划分自留地我是放在后面考虑的！"刘洪山拍拍胸口，自信地说，"西社要是弄砸了锅，你砍我的脑袋！"

陈敬德打了个愣怔，看着刘洪山，半天说不出话来。

刘小黑虽然挂个副社长，心里却愤愤不平，继续写信告状，大刘庄风波又起。

县里接到大刘庄刘小黑的来信，就派来了调查组，调查刘洪山当社长的事。调查组找了很多社员谈话，刘小黑列举了刘洪山的很多罪状，还说工作组包庇刘洪山。陈敬德虽然做了很多解释工作，但退社问题的性质是严重的，调查组组长左广鹏找刘洪山谈话说："刘洪山，你退社影响很坏，有人举报你入社是假的，动机不纯，身在曹营心在汉，人入社，心没有入社，当社长是为了走私有化道路。"

刘洪山心里不服，强压住火气说："我人入社了，土地、耕牛、农具都入社了，你这话从何说起？"

"既然都入了社，为啥你的地契没有交上来？"

"烧了。"

"谁能证明你烧了地契？"

"半夜里烧的，老太婆能证明！"

"你老婆证明不算数！"

"那只有苍天做证了！"

"苍天怎么做证？苍天在哪里？"

"苍天在这里！"刘洪山拍着胸口说，"一个人有了良心，也就有了苍天！"

"你这是歪理。"左广鹏脸一寒，思考了一下，郑重地说，"你最好主动提出辞职，大刘庄西社重新选举社长！"

"我这个社长不是我自封的，是几百口人选出来的，你叫我辞职，你问问西社的老百姓愿意吗？"刘洪山气得满脸通红，大声说，"你手里掌握大权，干脆把我铐起来带走算了。"

左广鹏威吓说："你这是对抗组织调查。"

"你作为国家干部，不能朝好人头上乱扣帽子，上面还有管住你的人吧？"刘洪山涨红着脸说，"刘小黑会写信告状，我也会写信告状，咱俩一路到沙玉明那里说理去，你敢去吗？"

左广鹏气得脸发绿，没好气地说："刘洪山你就是个老顽固，等着受处分吧！"

"我把脖子洗干净，等着你来下刀子！"刘洪山怒气冲冲地走了。

左广鹏要求区里重新组建大刘庄西社的班子。

区委书记赵玉彪微笑着，不紧不慢地说："左组长，冷静一下，看来你对刘洪山还不太了解，不是你表面看到的那样。既然你坚持意见，县组织部直接下个文，我们执行就是了。"

左广鹏厉声说："一个小小高级社，你叫县组织部下文，不是开玩笑吗？"

赵玉彪微笑着摊开两手说："你不下文，那也只能依法办事了。刘洪山是社员选举的，选举权在老百姓手里，你说了不算，我说了也不算。"

左广鹏憋得满脸通红，半天说不出话来。

刘洪山继续当社长。

沙玉明调到专区工作去了，新来的县委书记杜德雨听了调查组一面之词的汇报，气得直拍桌子，不是看在老战友沙玉明的面上，他非给陈敬德组织处理不可。于是杜德雨把陈敬德调离大刘庄，回到黄河区政府协助工作，大刘庄重新派来工作组。

刘洪山总觉得对不住陈敬德。晚上，刘洪山叫儿子刘长水把陈敬德叫到家里，汪玉兰做了几个菜，他端起酒杯说："老陈，看来是我连累了你，对不住了。来，我敬你一杯，给你赔罪！"

"刘社长，千万不要这样说，社员的心是向着你的，我也不认为我有什么错。我们有些干部，为了自己的面子，滥用手中的权力，不惜损害国家利益和人民利益。赵玉彪书记不敢坚持太多，他保了你保不了我。区组织干事张国亮还专门给县里组织部门写了书面报告，申明态度，他不但受到了批评，也被调离了。既然组织这样安排，我服从组织决定，我没有多少话要对你说，大刘庄西社在你手里，我走了放心！"陈敬德干了一杯酒，眼圈红了，心情沉重地说，"家里给我带来口信，俺爹病了，我要回家看看！"

刘洪山从墙上摘下一把烟叶，递到陈敬德手里说："烟叶给你爹带上，过几天，我叫长水去看看！"

"烟叶我收下，让长水看我爹就不必了。"陈敬德把烟叶夹在胳膊下说，"我要走了，这时候在你这里喝酒不合适。"陈敬德一口菜没吃，就匆匆离去。

陈敬德刚刚离去，范玉堂端着一碗豆腐走进来说："洪山，听彩玉说，陈组长到你家来了，叫我给你送碗豆腐。"范玉堂四下看看，疑惑地说，"怎么，陈组长没来？"

"来了，有事走了。"刘洪山说着，把范玉堂碗里的豆腐倒出来，把一碗红烧肉倒在碗里，递给范玉堂说，"端回家给孩子吃吧，一碗豆腐换一碗红烧肉，你不吃亏！"

"洪山，看来你还是看不起我。我今天就不走了，有酒有菜，我也要喝两盅。"范玉堂一点也不客气，坐下来自斟一杯酒，端起来一仰脖子喝了下去，说道，"听说陈组长要调走，黑子上蹿下跳，要夺你的权呢，你可要小心点。"

范玉堂话音没落，刘四爷夹着一瓶酒走进来说："玉堂，你们都放心，黑子也不过是阴沟里的泥鳅——翻不了大浪！"

刘长水搬个板凳，叫刘四爷坐在桌前，说："四爷爷，你可不能小看刘小黑，他的胃口大着哩，一封举报信就把陈组长赶走了，这事还小吗？"

"黑小子被我骂了一顿，这个东西竟敢跟我翻脸。"刘四爷喝了一杯酒说，"洪山，下午李二良来找我，他想找几个年轻人揍黑子一顿，我怕出事，压下了。"

"这件事，你们都不要插手。刘小黑不是要闹吗？就叫他闹，他能闹翻天才好呢。你们不要担心我，我什么也不怕，是块钢就不怕在火里炼，刘小黑告恶状，早在我预料之中。"刘洪山坐在刘四爷身边，给刘四爷斟上酒说，"四叔，咱社里的晚秋作物，底肥不足，要想高产，还得施一遍肥，灌一遍水。特别是红薯，每一根红薯根上要撒一大把草木灰，一能防虫，二能发个，保证到时候红薯又大又光滑。我的活多，分不开身，您老也是咱班子的人，常到饲养室看看。"

"你想叫我当监督员？"刘四爷拍拍胸口说，"放心吧，社里的牲口要是掉一两肉，你狠狠罚你四叔！"

"王高的饲养员被我撤了，"刘洪山把一盘菜朝刘四爷跟前推推说，"您老看谁合适？"

刘四爷想了想说："就叫三嫂的儿子大孩顶上，这孩子实诚，能干活，也叫广胜好好教教他整地喂牲口。"

范玉堂插嘴说："洪山，我卖豆腐到了好多地方，我看到有的村庄在沙丘上栽梨树，特别是河北的几个村子，都连成片了，几年就能挂果！"

"玉堂，看来你不光脑子里装着豆腐，心里也开始想社里的事了。"刘洪山把一盘花生米推到范玉堂面前说，"沙滩上栽果树，土改前我就想过这事，我的桃树要不是叫人毁了，明年就能结果了。我已经安排二良打听梨树苗，咱西社有好几个大沙丘，先栽上几十亩，还能起到固沙作用。"

"到哪山唱哪山的曲，我现在是西社的社员，当然关心西社喽！"范玉堂吱了一声，又深深喝下一杯酒，捏一粒花生米扔在嘴里说，"好长时间都没今天喝得畅快！"

刘四爷高兴地说："酥梨可是咱黄河故道的特产，大明朝的时候就是贡品。老河湾几个村庄上的梨园，一年的收入还真不少，就是管理起来麻烦些！"

"一亩园等于三亩田嘛！"刘洪山满怀信心地说，"咱要派人到果区学习技术，没有技术是管不好梨园的。"

刘长水端着一盘刚炒好的豆腐放到案上说："听说县里要在黄河故道北区建果园场，正在做规划呢！"

这时，范彩玉一溜风地走过来说："明天区里要开社长会，我来跟叔说一声！"

刘四爷看着范彩玉笑着说："彩玉，啥时候喊爹？"

范彩玉红着脸说："四爷爷，俺爹不是在这里嘛！"

刘长水打个哈哈，嬉皮笑脸地说："四爷爷说的是俺爹！"

"你的八抬大轿还没进俺家门，我能改口吗？"范彩玉推了刘长水一把说，"你着啥急！"

汪玉兰端着一盆鸡蛋汤走来说："闺女，来，喝碗鸡蛋汤！"

范彩玉朝刘长水白白眼噘噘嘴，走上前来，把汪玉兰手里的汤盆接了过来。

牛友亮作为临时负责人，来到大刘庄接替陈敬德的工作。

范彩玉虽然不愿意见牛友亮，但没有办法，也只得给牛友亮汇报工作。

牛友亮仍然痴迷迷地看着范彩玉说："范社长，山不转水转，我牛友亮又回来了。"

范彩玉红着脸，很不自然地说："牛主任，公事是公事，个人是个人，你来大刘庄指导工作，我们还是欢迎的。"

牛友亮微笑着说："彩玉同志，你一定要密切配合我的工作噢。"

范彩玉很不情愿地点点头。

范彩玉心情不好，脸拉着，不愿跟人说话。

刘长水奇怪地说："彩玉，牛主任来了，我看你情绪不高，有啥心事？"

范彩玉没好气地说："区里这么多干部，派谁来不好，为啥派他来？不知赵书记咋想的。"

刘长水也担忧地说："听说刘小黑一直跟他有联系，恐怕来者不善。"

"牛友亮外宽内忌，嘴里一套，心里一套，一肚子弯弯绕，我就不愿意跟这种人打交道。回家告诉你爹要注意点，姓牛的不是什么好鸟。"范彩玉扯了一下刘长水，紧紧盯着他的脸，一本正经地说，"长水，以后你不要离开我的视线。"

刘长水奇怪地说："彩玉，你今天这是咋啦？难道说姓牛的给你出难题了？"

"我说的话你一定要记住。"范彩玉转身走了。

刘长水咂着嘴，看着范彩玉走去，一头雾水，心里七上八下的。

大刘庄东、西两社召开联席会议，牛友亮指点着说："我对大刘庄太了解了，你们各自心里的小九九我心里都明白。区里这次派我来，主要解决大刘庄存在的问题，有人对粮食统购统销不满，对高级社有抵触情绪，甚至带头退社，一心想着单干，必须加强学习，统一思想。"

刘洪山说："牛主任，社员劳累一天，晚上再组织学习，会影响明天干活！"

"学习是压倒一切的任务。"牛友亮批评刘洪山说，"大刘庄出现这么多问题，你脱不了干系。你要带头学习，好好改造思想，思想问题不解决，是办不好高级社的。"

"我有问题你治我的罪，何必把一个庄子的人绑在一起？"刘洪山坚持说，"牛主任，眼下正是秋收秋种大忙季节，社员从太阳出干到太阳落，太累了，晚上的学习，朝后推推吧？"

"这事没商量，"牛友亮摆摆手说，"晚上学习，一个人都不能缺席！"

刘洪山无奈，只好每天组织学习，自己又不识字，只有喊着儿子来帮忙。刘长水先是读文件，文件读完了，接着念报纸，报纸念完了，叫大家讨论。一天晚上，会场里突然传出几道呼噜声，刘长水装作没听见，还是继续读报纸。这时，牛友亮突然走过来，拉出几个睡大觉的，当场训斥说："你们这几个人，明天干活，不记工分！"

大刘庄东、西两个社凡是靠近路边的墙上都贴上标语，做了十几个宣传栏，花费好大一笔钱。

刘洪山拿着一大摞发票找牛友亮说："牛主任，这些都是为学习花费的钱，社里没有这笔开支，你能不能到区里报销？"

"自己想办法。"牛友亮没好气地说，"你找我要钱，我找谁要钱？没有钱就卖粮食！"

"卖粮食？"刘洪山摇摇头说，"粮食都卖了，社员吃什么？要是断了粮，你能解决吗？"

牛友亮气呼呼地摆着手说："不要跟我讲价钱！"

前后学习了半个多月，老百姓学累了，牛友亮也觉得无趣，每天晚上也不来检查了，参加学习的人越来越少，最后刘长水也不来了。

牛友亮抓学习是为了应付差事，上面抓了一阵，他就抓一阵，上面松了，他就不问了。

牛友亮一来，刘小黑像狗皮膏药一样贴了上去，经常给牛友亮送汇报材料，咬牙切齿地说："陈敬德家也是老中农，跟刘洪山穿一条裤子，把刘洪山拉上马，支持他搞单干。现在他滚蛋了，刘洪山没有了靠山，就看你的了！"

牛友亮说："总要抓准几个问题才好下手，刘长水有啥问题没有？"

"他爹把地契藏起来了，他知情不报，这是不是问题？"刘小黑抓着头皮说，"他常常帮土匪婆子干活，勾勾搭搭，我批评他，他还要打我，这是不是问题？"

牛友亮突然瞪大眼睛说："你是说刘长水跟麻月娥有不正当的男女关系？"

"那还有假？我跟王高可是亲眼见的。"刘小黑扬起手说，"刘长水在学校就跟麻月娥有关系。"

牛友亮心里一阵暗暗高兴，不由得说："这一条太重要了。"

刘小黑想给牛友亮送点礼，就四处借钱，走了几家，一分钱也没借到。他突然想到送给王元的玉扳指，找到王元说："王干事，不好意思，我的玉扳指让你玩几天，该还我了。"

王元是陈敬德带来的人，陈敬德被调走，自己也感到灰溜溜的，牛友亮根本没把他当回事，有时开会也不通知他，他成天垂头丧气，无所事事。刘小黑找他要玉扳指，他又不敢不给，只好把玉扳指从裤腰带上解下来，扔给了刘小黑。刘小黑双手接住玉扳指，扬长而去。

王元恼得牙根疼，骂道："真不是个东西。"

刘小黑把玉扳指送给牛友亮说:"牛主任,这可是麻财主的传家宝贝,听说能换一头牛。"

"真的假的?"牛友亮把玉扳指放在太阳光下,斜着眼看着,见玉扳指透亮,发着绿光,暗暗高兴,转过脸来,却摇摇头说,"真假难说,先放在这里吧,以后找个人鉴定一下。"随手扔在了桌子上。

刘小黑走出门来,小声骂道:"老滑头。"

牛友亮叫范彩玉汇报工作,总是安排在晚上。范彩玉意识到牛友亮的用心,叫上刘长水在门外等着她。

刘长水很不情愿,抱怨说:"范大社长,你给领导汇报工作,光明正大,我一个大男人跟在女人的屁股后面,像个尾巴似的,人家知道了会笑话我!"

"笑话你?谁笑话你?总比老婆被人偷去好吧!"范彩玉抓住刘长水的手说,"这也叫妻唱夫随嘛!"

"是夫唱妻随!"刘长水没有办法,也只得跟着范彩玉走,想想这叫啥事,便气愤地说,"我有个同学在区里搞宣传,他说牛友亮好像县里有人,连赵玉彪都高看他一眼!"

范彩玉感慨地说:"人家陈组长才是正人君子,做人做事规规矩矩。俺爹赶集卖豆腐路过陈家庄,见过陈组长,陈组长嘱咐俺爹叫我防着点姓牛的,你说你不跟着我行吗?"

刘长水没好气地说:"牛友亮表面温和,内心肮脏。昨天,他当着王元、马政的面,说有人反映我跟麻月娥的关系不正常,我当场就跟他翻了脸。无中生有,什么东西!"

"男女关系的事,顶风臭十里,这也是给你一个警醒。"范彩玉撇着嘴说,"你朝我瞪什么眼?你还是离麻月娥远点,越远越好。"

"身正不怕影子斜!"刘长水恶狠狠地说,"我看他姓牛的别有用心。"

范彩玉的心情一下子变得沉重起来,又有几分害怕,便抓住刘长水的手吓唬说:"长水,现在大刘庄形势复杂,我真有点害怕,你要好好保护我。"

刘长水没好气地说:"我保护你,谁保护我?"

"你一个大老爷们,怕什么?"范彩玉白了一眼刘长水,朝跟前靠了靠,小声说,"相公,我还是个黄花大闺女,一朵鲜花,打我主意的人有的是,叫你站个岗放个哨,你还不情愿,打花腔,笑话我,你还是个大老爷们吗?"

刘长水苦笑着,故意说:"哪天我把你这个黄花大闺女变成黄花大媳妇,不就得啦!"

"你先八抬大轿抬着我在大刘庄转几圈再说!"范彩玉哈哈笑着说,"你还得骑着高头大马,戴着礼帽,胸前挂着大红花,敲着锣鼓在前面开路。这些做不到,想叫我变成黄花大媳妇,不可能!"

虽然有刘长水这个"尾巴"跟着,但范彩玉的心还是放不下来。篱笆扎得再紧,也有透风的时候。当社长,应酬多,时常外出开会,参观学习,跟牛友亮在一起吃饭,范彩玉从不敢喝一口酒。范彩玉心里十分烦恼,女人一旦有了流言蜚语,就是跳到黄河里也洗不清了。

一天晚上,刘长水从县城买种子回来,已经是午夜时分了,回家怕惊动父母,想在办公室里凑合一夜,一看床上光溜溜的,还留个纸条,是范彩玉写的,叫刘长水回来后,无论早晚,一定到家里去找她,有要事相商。刘长水心里一阵着急,不知范彩玉出了啥事,就急匆匆地来到范家老院。范玉堂两口子和两个妹妹住在堂屋,范彩玉一个人住在东厢房,屋里还亮着灯,范彩玉正在屋里走来走去。刘长水推门进来,看到自己的铺盖放在了范彩玉的床上,吃惊地说:"彩玉,你搞什么名堂?"

"回来了。"范彩玉忙把房门关上,上前抓住刘长水的手,红着脸,小声说,"长水,我想做黄花大媳妇!"说着把脸扭到一边去。

刘长水心里一阵好笑,不由得拍拍范彩玉的肩膀说:"范大小姐,怎么了,熬不住了?就是做媳妇,也只能到我家做去,在你家算什么?"

"什么熬不住了?说话多难听。"范彩玉低着头,不敢正面看刘长水,"什么你家我家,都一样,你咋这么多事!"

刘长水看着范彩玉羞羞答答、情意绵绵的样子，心里也是热乎乎的，把嘴唇靠在范彩玉的耳根说："范大小姐，真不想坐八抬大轿了？"

"我想坐，你有吗？"范彩玉身子一歪，把头靠在刘长水怀里说，"这事要瞒着爹娘，等我们领了证再说！"

刘长水哪里知道，范彩玉刚刚受到了一场惊吓。

下午，范彩玉突然接到区里通知，参加党委扩大会议。会散得很晚，在区食堂吃了晚饭，她走出了大门。天气阴沉沉、雾蒙蒙，黑得伸手不见五指。牛友亮推着自行车突然出现在大门前，坚持要送范彩玉回家，看样子他已等了一会了。范彩玉再三推辞，牛友亮一再坚持，强行把范彩玉按在后座上。乡村土路，道路不平，天黑路滑，自行车行至半道，连车带人摔倒在路边。牛友亮双手拉着范彩玉，几乎抱在怀里。范彩玉感觉到了牛友亮急促的喘气声，浑身不由得打了个寒战，狠狠挣脱牛友亮，说："牛主任，你回去吧，我自己走回家！"说着，迈开大步消失在茫茫黑夜里。

范彩玉冒着夜雾一路奔跑，路上不知道摔了几个跟头，跑到办公室，才感到浑身衣服湿透了。

刘长水从小受爹娘的管教，传统观念很强，从不敢做出格的事，范彩玉今天的反常举动叫刘长水哭笑不得，他红着脸说："彩玉，搞什么鬼？我可不敢！"

范彩玉急了，一咬牙把刘长水推到床上。

"你想玩真的？"刘长水仰面朝天，以为范彩玉是在捉弄他，圈起两腿，两只手朝前推着，仍然讪笑着说，"你成了黄花大媳妇，我也成了黄花老爷们了！"

范彩玉噗一下吹了灯说："我今天就要把你变成黄花老爷们！"

一对多年的恋人，相会于床笫之间，范彩玉并没有给刘长水多少温存。事完以后，刘长水刚刚坐起，"快滚！"，范彩玉恶狠狠地一脚蹬过来，正好蹬在了刘长水的大腿上，咕咚一声，刘长水从床上滚下来。范彩玉拉起被子蒙上头，抽噎着哭起来。

既然是心甘情愿，为啥又是这样狠？刘长水不解范彩玉此时的心情，仰天长叹，暗暗叫苦，三九天吃冰棍——满肚子放冷屁。刘长水朝自己脸上狠狠地扇了一巴掌，今天这是干的什么事啊！

牛友亮来大刘庄蹲点时间不长，东、西两个社的干部对他产生抵触情绪。特别是范彩玉，看见他就想躲开，再不去给他汇报工作。牛友亮对范彩玉虽然使出浑身解数，但也难以抓住她的心，又生怕出了乱子，不好收拾，晚上就很少开会听汇报了。

这天，刘洪山领着一群男壮劳力到黄河滩打捞几车水草沤绿肥。牛友亮装模作样地走过来说："刘社长，这些草棵子、树叶子跟大粪搅和在一起，怎么能做肥料？"

刘洪山笑着说："牛主任，一发酵就可以做肥料了！"

牛友亮歪着头说："为啥一发酵就能做肥料？"

"你还真把我问住了，这是老祖宗传下来的办法。"刘洪山微笑着说，"牛主任你知道？"

牛友亮只是笑，不回答，看看天到晌午了，社员都下班了，他还是黏黏糊糊不走。刘洪山知道牛友亮是想吃了饭再走，笑着说："牛主任，你来西社检查工作，挺辛苦的，本来想杀只鸡，留你喝一盅。但前几天区里开社长会议，赵玉彪书记在会上说，要搞好增产节约运动，反对铺张浪费，谁要请上面的干部吃饭喝酒，就是拉干部下水，要严肃处理，所以我也不好留你吃饭，对不住了。"

牛友亮两只眼珠白瞪白瞪几白瞪，很不自然地笑着，没趣地走了。

刘四爷看着牛友亮一脸不高兴地走了，走过来小声说："洪山，你一向为人仗义，出手大方，今天咋变得这般小气？"

刘洪山笑着说："四叔，你是想叫我留牛友亮吃饭？"

"秋粮就要下来了，咱社里有粮有钱，一顿饭两顿饭吃不穷。"刘四爷看着牛友亮走去的身影说，"你这样怠慢他，小心他给你小鞋穿。老陈走了，对上面来的人，咱要当心点！"

刘洪山一边拌着肥料一边说:"四叔,我不是心疼一顿饭,十顿八顿咱也管得起,我是怕这小子吃馋了嘴。"

当天晚上下了一场大雨,天黑路滑,牛友亮回不了区里,临时在陈敬德住的房间搭个床铺休息。更深夜静,到处黑洞洞的。牛友亮在院子里转来转去,看着这高墙深院,不由得一阵感叹,麻乐行这样的大财主,黄河滩没有几家,土改挖浮财,也没有发现多少金银财宝,一定是提前转移了,或者叫他儿子带走了。听说,邱清泉的部队开往徐州,路过此地安营,麻乐行的儿子回家了一趟。金银珠宝能带走,可那把凤椅是不会带走的,那么大的一个物件,带着行军也不方便,一定藏在家里某个地方,不易被人发现。牛友亮走进屋里,举着一根蜡烛,这里敲敲,那里拍拍,跺跺脚下,总想有所发现,但到下半夜了,什么也没找到,心里一阵说不出的失落他多么期盼那把凤椅出现!

二十

　　刘小黑想利用牛友亮把刘洪山拉下马,结果牛友亮无所作为,动不了刘洪山一根汗毛,他心里说不出有几分哀叹、几分丧气、几分失落,一心在女人身上下功夫。

　　唐六媳妇刁婵梅,三十多岁,不高不矮,生得有几分模样,细细的腰,弯弯的眉,丹凤眼,薄嘴唇,惹人眼,乱人心。刁婵梅是唐瘸子用几两烟土从一个破落地主手里换来的,嫁给唐六时就有了身孕。有人说是唐瘸子的种,唐六的大闺女的模样确实像她爷爷。

　　唐家三兄弟因退社打伤人,蹲了学习班,没多久,唐四、唐五被放出来了,唐六因不服管教继续学习。刁婵梅一看两个大伯子哥出来了,自己的男人还关着,十分着急,站在院子里骂人。

　　王高担着狗肉挑子从门前路过,看到刁婵梅干骂着,不由得把扁担从左肩换到右肩,打着哈哈说:"刁大美人,叉开两条腿,张开蛤蟆嘴,高一声低一声,骂谁呀?"

　　刁婵梅甩着手绢说:"我说哪来一股狗腥子味,原来是你小子,你管我骂谁咪!"

　　"老四、老五都放出来了,老六还关着,熬不住了吧!"王高神秘地说,"你要买我的狗肉,我给你指条路。"

　　"你小子说的是真话?"刁婵梅歪着头问。

"骗你是这个。"王高搓开五指，做出王八样子。

"一斤狗肉，"刁婵梅摇晃着身子走过来，"有屁快放！"

"先把钱付了，"王高伸出手说，"包你马到成功。"

"不见兔子不撒鹰，老娘没少买你家的狗肉，不信问你爹。"刁婵梅掏出钱放在王高手上，"快说，到底谁能办成这件事？"

王高放下担子，拿块狗肉，在秤盘上比画一下，递给刁婵梅，小声说："小黑头跟牛友亮是哥们兄弟，他要出马，大事成矣！"

刘小黑正在办公室里坐着无聊，刁婵梅一晃身子闪进门来，把一包狗肉放在刘小黑面前说："小黑兄弟，嫂子求你来了！"

刘小黑撕一块狗肉扔进嘴里，头昂着，看着刁婵梅胸前晃着两个馒头似的奶子，眯着眼，吸溜着嘴，不说去，也不说不去。

刁婵梅看刘小黑瞪着两只贼眼在她胸前扫来扫去，心里暗暗骂着：这个黑蛋皮难道想到老娘怀里吃一口？身上一阵麻溜溜的，拿捏着嗓子说："小黑兄弟，远亲不如近邻，你六哥平时就夸你是个好社长，早想请你喝两盅。你看看他现在落难了，都说你的脸大，在区里能说上话，嫂子今天来求兄弟帮忙，把你六哥放出来。嫂子是个有情有义的人，不会白使你！"刁婵梅说着，眯着眼，伸出一根小手指，放在嘴角上，轻轻地挠着。

"嘿嘿……"刘小黑笑着，吃着狗肉，口水流出来，说起大话来，"你今天是找对人了，县里、区里都有我的哥们，放出唐老六就是一句话的事！"

刁婵梅挤挤眼，掏出手帕轻轻朝刘小黑脸上绕了一下，转身走了，刚走几步，便转过脸说："兄弟，鸡上树的时候，嫂子请你喝两盅！"

黄河故道一带有个奇怪的现象，太阳一落山，鸡就飞到树上过夜。

刘小黑吸吸鼻子，闻着空气中留下的刁婵梅身上的香胰子味，心里像猫抓了似的，猴急急地跳着圈儿，一心要会会这个女人。

月黑天，下着毛毛细雨，鸡不叫，狗不咬，村庄静悄悄的。

刘小黑走过两条胡同，进了刁婵梅家的院子，房门半开着，刚一进门，就被刁婵梅拉到了床上。从此，一有机会，刘小黑就到刁婵梅家串门。这件事被唐瘸子发现了，老家伙醋性大发，一瘸一拐来到六儿家门口指桑骂槐。

刁婵梅摇晃着身子走出来说："我说是谁在这里叫猫子，原来是头老叫驴。你想叫你儿子死在学习班里不成？！"

唐瘸子指着刁婵梅骂道："伤风败俗、不知廉耻的东西！"

"哎嗨，我说老狗，"刁婵梅一蹦多高，指着唐瘸子的鼻子说，"老娘的头一刀韭菜被你割了，你还想咋的？再想啃你也没牙口了，给我滚犊子！"

唐瘸子被骂得狗血喷头，唉声叹气，一瘸一拐地走了，再不敢招惹刁婵梅。

刘小黑并没有为刁婵梅办事，他巴不得唐六死在学习班，刁婵梅也不再催刘小黑帮唐六说情。

刁婵梅一旦夜门开放，野猫进来，再也关不上了。四邻有议论，亲友多言辞，她也装作无事，不以为耻，随心所欲，勾三搭四，搞得鸡飞狗跳，也不罢手。

刘小黑跟刁婵梅的风流事，大刘庄路人皆知。刘小黑走到哪里都有人指指点点，讽刺挖苦，特别是村里的一些老娘们常拿刘小黑开涮。这天，刘小黑顶头碰见几个老娘们收工回来，麻二强的女人李大喜撩起大襟褂子，露出一片白肚皮，扇着风说："刘社长，晚上我给你留着门。"

刘小黑朝地上吐一口说："你那一身尿臊味，还不把我熏死喽。"

大全的女人高二妮掀开大襟说："黑蛋皮，来来，老娘身上香，吃一口。"

刘小黑撒腿就跑，惹得一群老娘们哈哈大笑。

刘洪山数落刘小黑说："小黑，你是副社长，带着社员好好劳动，串女人行是要栽跟头的！"

"老子吃不上仙桃，啃口烂杏也值得你说三道四？"刘小黑龇着牙说，"不要想着点子挤对我，我大小也是大刘庄西社的二当家、贫雇农代表，我有权监督你，种好庄稼才是你的本事，管我什么闲事！"

"不好好劳动，地里长不出庄稼。你多少天没下地了，还照样记工分，社员有意见。有人提出下地干活就有工分，不下地干活就不记工分，干部、社员一个标准！"

"老子这一辈子，就是不想干活，你刘洪山能咋着我？"刘小黑急吼吼地说，"干部的工分是定死的，出工不出工都是满分，各社都是这样的，你搞什么新花样？"

"社员的意见只要对的就得听。明天开个社员会，叫大家举手定！"刘洪山指点着刘小黑说，"你再甩手不干活，别怪我对不起你了。"

"定也白定，我不吃这一套，少我一根汗毛我告你去！"刘小黑气急败坏地走了。

大刘庄西社按出工多少给干部记工分的分配方法被县广播站知道了，派记者来采访，稿子播出后，在全县引起不小的反响。

县委书记杜德雨听到广播后，来大刘庄视察工作，看看东、西两个社的庄稼，听到社员的反映，激动地对黄河区区委书记赵玉彪说："玉彪同志，我在县里就听说大刘庄的庄稼是黄河区最好的，刘洪山是个了不起的人物，我还不信，这一看，叫我口服心服。刘洪山这个社长选得好，选得准，是我官僚了，没有调查研究，坐在办公室里听听汇报，就把陈敬德同志调离了，还差点把一个好社长给弄掉了。"杜德雨说着又抓住刘洪山的手，诚恳地说，"老刘啊，我犯了官僚主义错误，我诚恳地向你和大刘庄的乡亲们道歉，大刘庄是咱县的一面旗帜，我一定把陈敬德同志请回大刘庄！"

刘洪山宽慰地说："杜书记，道歉就不必了，你能来俺大刘庄看一看，老百姓就吃了个定心丸，你跟沙县长一样是个实在人，刨红薯的时候，我派人给县里送一车去。"

"好啊！"杜德雨哈哈笑着说，"钱照付不误！"

围观的群众都大笑起来。

杜德雨当场拍板，县里奖励给大刘庄西社一辆马车和两头毛驴。

县委书记杜德雨走后，赵玉彪把陈敬德请到办公室说："陈敬德同志，闲得腰疼了吧，还想不想到大刘庄练练筋骨？"

陈敬德摆摆手，苦笑着说："赵书记，别拿我开玩笑了，我犯了路线错误，正在改造思想，大刘庄我是没脸回去了。"

赵玉彪笑着说："如果区党委决定叫你回去，你回去不回去？"

陈敬德苦着脸说："赵书记，牛友亮同志已经接替我了，我背着处分还能有什么作为？"

赵玉彪感到陈敬德还有情绪，难道说县委杜书记到大刘庄检查工作的事他不知道，思想疙瘩还没有解开？便开门见山地说："陈敬德同志，我今天是代表县委书记杜德雨跟你谈话，你的处分已经撤销，牛友亮已经回来了，再不去大刘庄了，你还有话说吗？"

陈敬德猛地站起来说："我服从黄河区党委的安排，马上到大刘庄干活去。"

陈敬德不声不响地来到大刘庄，恰巧在村口碰见刘洪山。刘洪山哈哈大笑说："老陈啊，昨天夜里赵玉彪书记就派人来通知我了，我一大早就在村口迎接你！"

陈敬德抓住刘洪山的手说："走，田野里空气好，咱先看看地里的庄稼去。"

一望无际的黄河故道滩地，刚下过一场透雨，各种晚秋作物茁壮地生长着，大豆、玉米、高粱、谷子籽粒饱满，红薯把土层拱出一个个裂缝，露出地面，丰收就在眼前。

陈敬德双手托着几个谷穗说："老哥哥，我一个多月没来，想不到西社的秋庄稼长这么好，你一定吃了不少苦！"

"不吃苦，哪来粮？"刘洪山满怀信心地说，"只要大家甩开膀子干活，吃饱穿暖是不在话下的。"

陈敬德深有感触地说："老哥哥，你能这么快把人心凝聚起来不易啊！"

刘洪山沉重地说："老陈，老百姓只要能看到前面的光景，就会一个比一个干得欢！"

范彩玉割了二斤猪肉，老远就高声喊道："娘啊，今天包饺子，我叫长水也过来吃饭。"

彩玉的娘吃惊地说:"不年不节的,吃啥饺子?"

二闺女彩莲走过来说:"俺姐一定有啥好事了。"

范彩玉指点着妹妹说:"谁说没有好事就不能吃饺子?"

刘长水突然走进门说:"饺子下好了吗?"

"看来你也是个馋鬼。"范彩玉一摆手说,"先到东屋等着去,一会就好。"

范彩玉说着,也卷袖子撸胳膊帮母亲和妹妹忙起来。一会工夫,饺子出锅了,范彩玉端着两碗饺子走进东屋说:"长水,饺子来了。"

刘长水伸手捏个饺子,塞进嘴里,烫得口水朝下淌。

范彩玉嗔怪说:"慢着点,咋像个孩子似的?"

"姓牛的滚蛋了。"刘长水笑着说,"彩玉,还别说,我这一撤岗还不习惯了。"

范彩玉红着脸说:"不习惯就继续站,我不反对,保护女人本来就是你们老爷们的事。"

"不站了,不站了。"刘长水大口吃着饺子,摆摆手说,"你都是黄花老娘们了,我还站哪门子岗?"

"小声点。"范彩玉脸一红,忙朝门外看看,用手指敲着刘长水的脑壳说。

这时,只听范彩玉的娘喊道:"大妮子,吃完了再来盛饺子。"

县委书记杜德雨来大刘庄检查工作,牛友亮回去,陈敬德回来,对刘小黑是一个沉重的打击,回到家里,他扑通倒在了床上,滚来滚去,一身不自在,爬起来,舀了半瓢凉水,咕咚咕咚喝了几口,扔下水瓢,又扑通倒在了床上,不住地唉声叹气。

王高夹着半瓶酒,拿着一只狗肚子,走进来说:"黑哥,这回玩儿完了!"

"玩儿完了?"刘小黑骨碌爬起来,拿过酒瓶,猛灌几口,咬着牙说,"我不会跟他们善罢甘休!"

王高撕下一段狗肠子，塞在嘴里说："现在是刘洪山的天下，咱要忍着点。"

"忍？老子这里就没有这个'忍'字。"刘小黑咬了一口狗肚子说，"你准备点东西，咱找牛友亮喝酒去，他点子多，叫他帮咱出出主意，我不信就没有出头的那一天！"

"拉倒吧！"王高抚摸着刘小黑的肩膀说，"姓牛的在大刘庄待了一个多月，屁事没干成。你现在得学会躲，学会藏，等待时机。现在跟他们对着干，吃亏的一定是咱兄弟。"

刘小黑瞪着眼说："叫我当缩头乌龟，没门儿，老子就给他来个破罐子破摔！"

这天，刘洪山找到陈敬德说："老陈，县里给咱送来了马车和两头驴，送一头驴给东社吧，马车放在西社，东社要用马车，可以随时来拉，你看这样可中？"

"中啊！"陈敬德鼓着掌大笑说，"杜德雨书记对你评价很高，在全县三级干部大会上表扬了大刘庄，我这个蹲点干部沾了你的光！"

"没有你陈敬德，我刘洪山也当不了社长；没有全社老百姓的苦干，也不会引来杜书记！"刘洪山满怀信心地说，"老陈，这些天我一直在琢磨干点啥，牲口的力量大了，又添了马车，能省出一些劳力。老黄河废堤口有几十亩荒地，高高低低、坑坑洼洼，长着荒草野树条子，土改时没有人要，虽说划给了大刘庄，但一直荒着，也不在社里土地账上。我跟刘四爷、二良、大妮几个人商量过了，他们也同意干，咱把这块荒地开出来，两年后就能养出一块好地。弄好了，有的地块今年秋季就能赶种一季蔓菁。冬季，蔓菁可以当菜吃，吃不完，明年还可以收菜籽！"

陈敬德皱皱眉头，担心地说："老刘，你说的那块荒地我知道，也是我当年差点被土匪活埋的地方。说老实话，那是我的伤心地，要不是你一口铡刀救了我，我恐怕现在还埋在那里。这块地实际上就是个乱葬岗，很少有人到那里。我在隔壁村搞土改，就带着人看过这块地，开荒难度大，恐怕种不成庄稼！"

"这是你的伤心地，也是你的活命地。"刘洪山信心十足地说，"老陈，凡是能长出草的地方就能长出庄稼，我在黄河故道生活一辈子，对土壤情况比你了解。我家有二亩地就是我跟我爹在盐碱荒地上开出来的，先平整后改土，开出几条深水沟，大量上土杂肥，把水塘里的黑泥挖出来，跟碱土一掺和，就成了莲花土，经过风化，就是一块好地，保证能长出好庄稼来！"

陈敬德还是摇摇头说："大刘庄两个社的耕地跟周围村庄比起来不算少了，开荒地如果用人力、畜力过多，耽误了现有的土地，影响了收成，得不偿失，我可负不了这个责任！"

刘洪山笑着坚持说："老陈，你要相信大刘庄的百姓，他们有这个劲头。放心好了，我既然敢揽这个活，就有八分的把握，耽误不了其他土地。"

"那好吧，我去问问范社长，看他们有啥打算！"陈敬德笑着说，"老刘啊，范彩玉干劲十足，东社还要跟西社比高低呢！"

李二良、马大妮带领青年突击队，一有空闲就到南堤口开荒，两个月时间就开垦出二十亩耕地。开垦较早的地块已经种上蔓菁，蔓菁苗破土而出，黄莹莹的一片。

给蔓菁立苗那天，陈敬德也来参加劳动，高兴地说："老刘，还是你有眼光，大刘庄西社一下多了二十亩地，这地不在统计之内，可以不用缴公粮卖余粮，对社员来说，是个很大的补充，咱们还可以多发展养殖业！"

刘洪山若有所思地说："老陈，等土地养好了，有了一定的产量，咱还是要上报，该交给国家多少就多少。"

"洪山的话我赞成。"刘四爷在一旁说，"陈组长，国家实实在在对待农民，农民也会实实在在对待国家，一心换一心！"

陈敬德深情地看着刘洪山和刘四爷，还有那些正在忙碌的乡亲，心中陡然生起一种震撼和敬畏，深深感觉到了，黄河故道人的胆略和气魄已经化成磅礴的力量，开创出新的生活。

1957年秋收以后，黄河区召开全区赛牛大会，大刘庄西社的大花牛评上全区第一名，两只牛角上拴着用红布扎成的大红花。饲养员李广胜被评上模范饲养员，牵着大花牛在大街上走了一圈，引得围观的人啧啧称赞。

东社什么也没有评上，范彩玉感到丢了面子，把饲养员唐四狠狠训斥一顿，还要罚他。

晚上吃饭时，汪玉兰对儿子说："长水，劝劝彩玉，唐、范两家本来就有疙瘩，彩玉是社长，能让一步就让一步，东邻西舍的，说几句就算了，别罚了。"

刘长水不满地说："唐四私心太重，家里养的一头大肥猪足足有二百斤，饲料哪来的？还不是克扣牲口的？都有人看见他朝家里拿饲料。原是他唐家的牛，他还能马马虎虎喂，不是他家的，草没有草，料没有料，这就说明他还是想着走单干的路子，彩玉罚他不冤。"

"老话说家和万事兴，一个社也是一样。"汪玉兰深有感触地说，"唐家爷们从学习班回来后还算安分，对人不能太狠，拿点饲料就拿点饲料。常言道，靠山吃山，靠水吃水。看园的摘个果子吃，只要不过分，不是啥大事，能放一马就放一马！"

"我以前还小看范家丫头了！"刘洪山脸上露出笑模样，深深吸了一口烟说，"这一年下来，东社也能吃饱饭，多多少少还有节余，牲口虽然受了克扣，但比起其他社来，也能说得过去！"

刘长水把饭碗一推，又出去了。

汪玉兰朝刘洪山身边拉拉板凳说："他爹，到过年把两个孩子的事办了吧，你不急，我还急着抱孙子呢！"

刘洪山使劲地磕着烟锅，想了想说："孩子的事你操办吧，我的活多。小麦播种虽然结束了，但我还想把村里预留的几十亩早春地再赶他一季，种上蒜苗、菠菜、芹菜，这几样蔬菜能抗寒过冬。"

刘洪山跟汪玉兰正说着话，陈敬德走过来说："老刘，听四爷说，西队打算种几十亩蒜苗、菠菜和芹菜，会不会影响明年春种？"

"就是留的早春地，一冬天也不能叫它闲着。"刘洪山把烟袋递给陈敬德说,"等年后春种开始,这几种菜就收完了。"

陈敬德还是担心地说:"黄河故道,冬季湿气大,气温低,再遇上大雪、冻雨,蔬菜会冻死的,白费工夫和肥料。"

"这你就外行了,家家烧锅做饭,都有草木灰,我打算都收起来。菠菜、蒜苗、芹菜,到天冷时,就撒上一层草木灰,就像盖床被子,上面撒上草,过冬不但太平无事,蔬菜还能见长哩!"刘洪山兴奋地说,"老陈,我想买几头半大猪,好好追追,到过年还有两三个月,养肥了,过年杀猪,给社员分肉!"

"今年秋粮多,还有几十亩晚红薯没收完,养几头猪没问题,你看着办吧!"陈敬德欣喜地看着刘洪山说,"刘队长,话要说在头里,大刘庄的土地里也有我的汗水,分猪肉的时候,有我的份吗?"

"按道理,猪毛也没有,你是吃国家供应的!"刘洪山微笑着说,"到时候我开个班子会,可以便宜点卖给你,还有王元、马正俩孩子!"

"你呀你……"陈敬德哈哈笑着,又突然皱皱眉头说,"范队长那边我还要去说说,东社也干起来,不能光西社吃肉!"

"不要说了,俺家专门有个送信的。"汪玉兰给陈敬德端来一碗茶,笑着说,"陈组长,你一手托两家,彩玉那丫头是个女孩家,年轻,没经验,你可要多帮帮她。"

"现在一切都步入正轨了,人心也顺溜了,高级社也基本稳定了。有件事一直在我心里压着,大刘庄的小孩子上学要跑好几里路,一天三趟,路上耽误工夫不说,下雪下雨天也不安全,大人们也都担心。我打算把东、西两个社的办公室撤出麻家大院,改造一下,办所小学。"

"这可是一件天大的好事,有了学校也可以教大人识字。"刘洪山高兴地说,"需要西社出人出钱,你说一声!"

"一个月以前我就跑这件事了,区里的批文下来了,还给了两个老师,但人手还不够,我想安排刘长水负责。"陈敬德端起碗喝了一口说,"老嫂子,啥时候接彩玉同志过门?喝喜酒可别忘了我哟。"

刘洪山、汪玉兰都笑起来。

刘洪山想了想说："老陈，入社后，你觉得唐家兄弟表现怎么样？"

"老哥哥，你怎么想起问这个？"陈敬德疑惑地看着刘洪山说，"要说他兄弟三个，我看唐五变化较大，干活也很积极，工分挣得也多，没听说跟谁发生过矛盾。你啥意思？"

刘洪山深深吸了几口烟，语重心长地说："老陈，说句实在话，唐家能入社也不容易，你看看，东社的牲口和那些大农具差不多都是唐家的。应该说东社的家底比西社好得多，几䩥牲口，个顶个。刚开始，唐家兄弟跟彩玉闹点意见，退社还打伤了人，兄弟仨也受了惩罚，我不也跟着陪斗吗？大家刚从单干走过来，好多事想不明白，做错事说错话，都是人之常情，对他们不能要求太高。人又不是神仙，谁能没点错？你们总不能记人家一辈子吧？唐家是个大户，差不多占东社人口一半，如果有个人能出来在班子里，唐家人就觉得有脸面，也会减少唐家跟社里的矛盾，还会提高他们的干劲，你说哩？"

陈敬德点点头说："这件事，我想过，能把唐家一族的积极性调动起来，对东社大有好处，还会给范社长减轻不少负担，起码是精神上的压力！"

刘洪山担忧地说："一个丫头，要让几百号人吃饱饭，不是件容易的事，社长这副担子压在她肩上太重了！"

"调整社里班子，工作组直接任命不好。"陈敬德从刘洪山手里接过烟袋说，"老刘，你跟唐五拉拉呱，摸摸他的想法。我给范社长吹吹风，最好她能同意，愿意把唐五吸收到东社的班子里来！"

陈敬德找范彩玉说这件事，范彩玉立马瞪眼，说啥也不同意，总认为唐家人是一群落后分子，唐五进班子不合适。

没几天，范彩玉到黄河区开会，在给区委书记赵玉彪单独汇报工作时，无意中提到唐家兄弟，还把陈敬德的意见说出来。赵玉彪开始没有表态，等送范彩玉出门时，又说道："彩玉同志，一定要注意团结大多数，尤其是新老中农，他们是一支不可忽视的力量，要调动每一个人的积极性。我们要用发展的眼光看待犯错误的社员，知错能改就是好社员。我看老陈的意见是值得考虑的，你们班子开会时，叫大家议一议，一定要统一思想！"

范彩玉的态度来个一百八十度大转弯，回来跟陈敬德打个招呼，就召开东社干部和社员代表会议，把唐五列入班子成员，主管饲养室和积肥工作。

唐家兄弟从学习班出来，一直抬不起头来，唐瘸子常常顺着墙根走，见人点头哈腰，很少在人前说话，只有唐六有时冒点泡，也少不了被唐瘸子一顿臭骂。唐五进班子，这对唐家来说无疑打了一针兴奋剂，唐瘸子跟几个儿子都非常高兴。唐六说："五哥，你好好干，早晚有一天把范彩玉的大权夺回来，东社的天下早晚是咱唐家的！"

"胡说八道！"唐瘸子使劲敲了唐六一指头，气呼呼地骂道，"狗小子，闭上你的臭嘴！你给我记住了，什么时候也不要忘记咱家是个老中农，在他们眼里，中农跟贫雇农还是有区别的。范彩玉以前没少整你兄弟几个，现在人家能不计前嫌，在大会上宣布你五哥进班子，也算是对咱唐家有大恩了。做人要知足，别得一望二，脑壳发热。你哥好不容易进了班子，咱只有好好做人的份，别想那些没用的！"

"爹说的是个理。"唐四笑着说，"老五分管我，以后你可要手下留情！"

"四哥，不要再朝家拿饲料了，省得人家说闲话。"唐五看着四哥说，"黄河区赛牛大会就是一面镜子，以后你再出事，别怪五弟不顾兄弟情分。"

"该收手就收手，"唐瘸子嘱咐说，"蝇头小利也发不了家，老四，别叫你五弟为难。"

唐四翻着白眼，脑袋耷拉下来。

刁婵梅拿捏着嗓门说："五哥，你六弟脾气不好，你在班子里要替你兄弟说说话，以后也混个小组长什么的当当，大小有顶帽子，就能遮风避雨！"

"滚一边去，"唐六横了刁婵梅一眼说，"我才不稀罕什么狗屁组长呢！"

唐五从口袋里掏出一包烟，分给大家抽，刁婵梅也要了一支，说："五哥，当了官，老烟袋也扔了，抽上这个了，还是当官好。"刁婵梅点着烟，鼻孔里冒出一缕青烟，飞到公公的脸上。唐瘸子用手遮着，很不自在，本想说儿媳几句，在几个儿子面前又不好张口，只好把脸扭到一边去。

唐五朝大家摆摆手说："宣布我进班子以前，刘洪山找我拉呱，话音里就有这个意思，我能进班子，恐怕是他的主意！"

"开批斗会时我听得清清亮亮的，刘老头子就帮着咱唐家人说话。"唐六歪歪嘴说，"我说她范彩玉没这个好心肠，五哥，你还是要防着她，这个女人毒得很！"

"爹以前跟刘家也没有啥，刘洪山年轻的时候到海州推过盐，我也做小生意，我还帮他卖过一口袋盐呢。豫东战役，解放军跟国民党区寿年兵团打仗，咱这里过队伍，我拉着大车朝家里跑，车轮子陷在泥沟里，怎么也拉不出来，几口袋粮食都在车上，急得我满头大汗。正好刘洪山牵着大花牛路过，二话没说，套上大花牛，一下子就把车拉上来了！"唐瘸子说着，眼睛湿了，深情地说，"孩子，人心换人心，以后刘家有什么事，你哥儿几个一定上前！"

二十一

唐五进村东社班子，范彩玉一直耿耿于怀，一肚子意见不知跟谁说，后来听说是刘洪山出的主意，心里一阵说不出的恼火。她不敢直接去找刘洪山，只好拿刘长水出气，把刘长水叫到自己的办公室，像审犯人一样审起刘长水来，板着脸质问道："刘长水，我问你，你爹为啥鼓动陈组长把唐五拉进班子里来？唐家给你们家啥好处了，这样为他说话？你爹的手伸得太长了，伸到东社来了，到底啥意思？"

刘洪山推荐唐五进班子，刘长水一开始也觉得不妥，但仔细想想，爹这样做也是有道理的，一是化解范、唐两家的矛盾，二是提高唐家大户的劳动积极性，说到底还是为范彩玉好。没想到，范彩玉不但不领情，反而是这个态度！他一时不知怎么说服范彩玉。

范彩玉步步紧逼，当当地敲着桌子说："唐家兄弟都是些什么人，这些年你也都看到了。你爹这样做，不是朝我眼里揉沙子吗？你们父子俩到底安的啥心？"

"好心。"刘长水挠着头皮说，"俺爹推荐唐五，自有他的道理，我看他是为你好！"

"屁！"范彩玉朝地上吐了一口。

范彩玉气呼呼地回到家里，娘早已把饭菜端到案上，说："大妮，吃饭吧！"

范彩玉嘴噘着说:"不吃。"

范彩玉的娘奇怪地说:"谁惹着你了?甩着个脸子!"

范玉堂看闺女气呼呼的样子,试探着问:"丫头,你还在为唐五进班子的事生气?"

"唐五这种人,能进班子吗?我真不知道陈敬德是咋想的,我看他是昏了头了,竟然围着刘老头子的指挥棒转,真能气死人!"范彩玉抓起筷子,又摔在案板上。

彩莲也噘着嘴说:"姐,听说唐六又是买酒又是割肉,还放鞭炮,说他们唐家要翻身得解放了!"

"死丫头,别听风就是雨,哪有你小孩的事,吃饭去。"范彩玉的娘端着几个咸鸭蛋放到案上说,"彩玉,你当社长,大权在你手里,你担心啥?唐五不就是个社委吗?按老理说,他在你面前就是个跑堂敲锣的。你正好看着他,他要干不好,唐家人再惹事,把他扯下来,还不是你一句话?"

"我不会叫他如意的!"范彩玉说着,从母亲手里接过筷子。

娘看着闺女吃饭,叹口气说:"孩子,得饶人处且饶人,做人不能一根筋。这些年唐家人对你有意见,两家的疙瘩一直解不开。你洪山叔推荐唐五,恐怕有他的用意,以后唐家门里人再出来生事,你就叫唐五去处理,也省得你大呼小叫地发脾气!"

"哎嗨,我的老娘咪,"范彩玉把饭碗放在桌子上,惊奇地说,"我咋觉得一下子不认识你了?没有想到你老人家有这么高的见识,比俺爹的水平高多啦!"

"老太婆这一招,叫借鬼打鬼。"范玉堂得意地说,"你娘的几个小心眼还不是跟你爹我学的?别忘了,这个家我才是掌柜的。"

"吹啥吹?"二丫头彩莲噘着嘴说,"爹,你能安心卖豆腐,这个家还不是俺娘把着?俺娘是哑巴吃饺子——肚里有数!"

范玉堂笑着摆摆手说:"好啦,好啦,你们都是好样的,就你爹我是个吃干饭的!"

娘儿几个都哈哈笑了。

范彩玉是全县为数不多的女社长之一，自然引起上级领导的重视，特别是县妇联，把范彩玉当成宝贝疙瘩。范彩玉一个月就受奖三面锦旗，挂在办公室的墙上，很耀人眼目。东社开会，听不到其他人发言，范彩玉从头讲到尾，等她讲完了，会议就散了。范彩玉对刘长水说话也改变了腔调，一会长水你干这去，一会长水你干那去，就像老师给学生布置作业，刘长水要无条件完成。

范彩玉得到这么多荣誉，陈敬德虽然高兴，但他隐约也有一些担心，在支部生活会上说："高级社的主要任务是依靠团结广大社员发展经济，粮食是第一位的，粮食生产上不去，其他工作就没有了依托，希望大家都能认识到这一点……"

散会以后，范彩玉、刘长水走进办公室，范彩玉皱着眉头说："陈组长今天说话是啥意思？难道说其他工作就不重要？东社得到这么多面锦旗，他怎么一个字也不提？"

刘长水微笑着说："上级号召增产节约，陈组长这也是抓主要矛盾！"

范彩玉最怕西社跟东社比产量，自己虽然想了很多的办法，但粮食生产怎么也赶不上西社。县、区领导来大刘庄参观，先去西社再去东社，社长是个女同志，大家有一种新鲜感，总想看看这位女社长的风采。范彩玉心生怨气，县里奖励给西社一辆马车和两头驴，她很不服气，西社的马车东社一次也没有用过，她心里暗暗抱怨陈敬德偏向西社。

刘长水看范彩玉一脸不服气的样子，有意说道："俺爹就不是一般人物，可以说是农业土专家，长沙老黄忠，你要好好学着点！"

"你叫我向落后分子看齐？"范彩玉脸唰地红了，"东社的哪一项工作不是走在前面？锦旗、奖状挂满墙，你是耳聋了还是眼瞎啦？"

"县长叫他当英雄，他不干，为了牲口，连劳模会都没有参加，一心想着土地、耕牛和粮食，老头子做的都是实实在在的事，一个萝卜一个坑，一条扁担两只筐，从来不搞那些虚头八脑的事。锦旗、奖状都是虚的，什么赛诗会、读书会、秧歌队一大堆，好看不管用，打出粮食才是实的。"刘长水兴奋起来，一时有点忘乎所以，自豪地说，"我娘说了，打算把东屋修缮一下，过年就用八抬大轿抬你过门！"

范彩玉脸木着，并没显露出她多年想做刘家媳妇的渴望，很不自然地笑了笑，轻轻地摇着头，淡淡地看了刘长水一眼，伸手理了一下散乱在额上的几根头发，牙齿咬着下嘴唇，眉宇间皱纹时聚时散，眼睛忽闪了几下，沉思了半天才说："长水，咱们都还年轻，很多革命工作等着我们去做，要好好干出一番事业。你也要进步，入党，当干部。"

刘长水看着范彩玉那游离的眼神，细细琢磨她的话，似乎感觉到一种从未有过的滋味，心里顿时产生一种说不出的陌生感，心绪一时有些慌乱，激昂的情怀好像遇到一股冷风，悠悠散去。他本想跟范彩玉合计结婚大事，话到嘴边又咽了回去，低下头，突然感到几分无趣和无奈，不想再跟范彩玉说什么，随手拿起钢笔帽，慢慢拧上，朝门外看了一眼，轻轻地说："彩玉，我恐怕要离开东社了。"

"你要离开东社？"范彩玉张着嘴，满脸惊讶。

刘长水淡淡一笑，平和地说："陈组长要在大刘庄办一所小学，已经开始筹备，师资力量不够，叫我去当老师！"

范彩玉从精神游离中清醒过来，急吼吼地说："办学校的事我知道，没说叫你当老师，你答应了？"

刘长水点点头。

范彩玉不高兴地说："你是东社的会计，没跟我商量，怎么就同意啦？"

"我干什么事还需要你批准吗？"刘长水看范彩玉的眼瞪得像铃铛似的，头不由得歪在一边，说，"你去跟陈组长说去吧！"说着走出门去。

范彩玉没有追赶刘长水，只是朝门外瞟了一眼，拿起桌上的水杯狠狠地摔在了地上。

刘长水回到家里，情绪一直不好，饭食也少了许多，晚上常常失眠，有时候半夜爬起来，一个人在院子里瞎溜达。

汪玉兰担忧地说："他爹，咱长水这是咋啦？跟掉了魂似的。"

刘洪山叹口气说:"他也老大不小了,有些事他应该能想得开,我估摸着,跟范家丫头闹别扭了。你不要多管他,就是说了,也治不了他的病。"

"我一提给他们办喜事,他就说放放再说,问啥也不说,急死人了!"

"叫我看,范家丫头红帽子一大堆,她的心思恐怕不在长水身上了,随他们去吧!"

"明天我要去找玉堂两口子。"

"拉倒吧!"刘洪山摆着手说,"范玉堂做不了他丫头的主!"

陈敬德自从第二次来大刘庄蹲点,像变了一个人,除了到县里、区里开会,就围着东、西社转悠,一会南地,一会北地,每一块庄稼他都看了个遍。谁有什么事找他,他总是笑脸相迎,从不摆架子。在大刘庄的社员看来,陈敬德是一个有情有义的人,也是一个有事业心的人,他所做的一切都是为大刘庄好。

1958年春季,大刘庄小学总算开学了,村里的孩子再也不用跑到几里路以外的村庄上学。刘长水作为学校临时负责人,工作十分繁忙,有时候就吃住在学校了。大刘庄东社缺少文化人,唐家一族虽有几个读了几年书的人,但范彩玉一个也不想用。刘长水还兼着东社的会计,为了工作方便,他就把账本拿到了学校,利用业余时间给东社做账。

范彩玉抱怨陈敬德不跟她商量就安排刘长水到学校教书。刘长水离开东社,范彩玉失去帮手,好多事情要亲自动手,一时忙得晕头转向。范彩玉也曾几次想把刘长水叫回来帮她做事,走到半道又折身回来。

刘长水虽说跟范彩玉思想上发生了隔阂,情感上还是放不下范彩玉,很想找范彩玉谈谈,说说心里话,又不知从何说起。

两家的老人来往也越来越少。范玉堂晚上做豆腐,白天遛乡叫卖,他把一部分卖豆腐赚的钱交到社里,换取工分,以保证工分粮不吃亏。

范彩玉跟刘长水的冷战持续了好长一段时间,双方都承受着情感的折磨。刘长水心里还是放不下范彩玉,每每想到跟范彩玉多年的相处,心里就有说不出的难过。多少年的交往,多少年的情感,多少年的梦想,不能付诸流水。

一个星期天，学校空荡荡的，只有刘长水一人，他跑到文家河边转悠了半天，又觉得无聊，就到附近小店买了一瓶酒和一盒饼干，回来路过东社仓库，恰巧范彩玉从仓库走出来。双方对视了一下，还是刘长水先说话："彩玉，忙完了吗？"

范彩玉看太阳已经落山，天黑下来，小声说："长水，有事吗？"

"该收工了，我买了一瓶酒。"刘长水把酒拿出来叫范彩玉看看，"星期天学校没有人，到我那里坐坐好吗？"

范彩玉没有多想，就跟着刘长水来到了学校。刘长水拿出两个从家里带来的咸鸭蛋，还有一包花生米，又把饼干摊开，斟上酒说："彩玉，辛苦了，喝一杯？"

范彩玉坐在那里，一副精疲力竭的样子，缩着脑袋，眯着眼睛，伸伸懒腰，无精打采，摆手推辞说："我都要累死了，哪有心情喝酒？你自己喝吧！"

刘长水站起来，拿出一只杯子说："我给你倒杯水。"

范彩玉双手捧着杯子，微微喝了一小口，心不在焉地看着门外。

刘长水看着范彩玉神情麻木的样子，以为还在生他的气，拉个板凳坐在范彩玉的对面，小心地说："彩玉，东社的情况还好吗？"

"好不好跟你还有多大关系？"范彩玉把杯子放下，双手扣在一块，"看来你在这里活得很滋润。"

刘长水讪笑着说："天天跟孩子打交道，吵吵闹闹就是一天！"

"我可没有你自在，"范彩玉白了刘长水一眼，叹口气说，"我命苦，千人嫌，万人烦！"

"大刘庄哪个敢烦你？不想好了？"刘长水站起来，搓搓手，知道范彩玉在抱怨他，打个转圈，又坐下来说，"我在区里开会，看到宣传栏里还贴着你的大照片呢，好风光，叫人好羡慕哩！"

"见鬼去吧，"范彩玉的脸唰地一下红了，"你没看见上面被人吐了一口！"

"哪个狗胆包天的，敢伤害我们的花木兰？"刘长水感觉屋里的气氛太沉闷，想调和一下气氛，故作生气地说，"这是阶级斗争新动向，把这个人挖出来游街、批斗，杀鸡儆猴！"

"杀鸡儆猴？"范彩玉苦着脸歪着嘴说，"姓刘的，你别落井下石好不好？"

"我是看花木兰受委屈，心里不平。"刘长水拿出几块饼干递给范彩玉说，"来，慰劳慰劳你！"

"拉倒吧！"范彩玉站起来要走。

刘长水一下子紧张起来，上去拉住范彩玉的手，满目含情地说："彩玉，咱不闹了，我知道你累，也知道你心里苦。春节这一段时间，我没帮上你什么忙，可我心里一直惦记着你。"

"屁话！"范彩玉眼里露出红丝，泪水不由得流下来，甩开刘长水的手说，"你好好当你的孩子王吧，我死我活用不着你操心！"范彩玉抖动着身子还是要走。

门外黑洞洞的，刮来一股风，凉飕飕的。

刘长水把自己的衣服披在范彩玉的身上，还想再试试范彩玉的心，看看门外，贴在范彩玉的耳根，小声说："亲爱的黄花大媳妇，天黑不好走，相公送你回家吧。"

"你又想啥好事？"范彩玉看着刘长水情意绵绵的样子，不由得扑哧笑了，用手指点着刘长水的脑瓜，咬着牙根说，"馋嘴的东西，急死你！"说着，抓住披在身上的衣服的两只袖子，噔噔噔地跑了。

刘长水站在学校大门口，看着范彩玉消失在黑夜里，苦笑着说："这个黄花老娘们越来越不像话了！"

"大跃进"激励着黄河故道每一个人，人们不停地变换着自己的心智，树立新的理念，追求革命生产最大化，迈向崭新的目标。

午收前夕，黄河区召开干部会议，上报粮食产量，会议开了一上午，也争吵了一上午。

散会以后，陈敬德没有直接回大刘庄，尾随区委书记赵玉彪来到他的办公室。

赵玉彪原是新四军彭雪枫纵队豫皖边界的地下交通站站长。日本人投降后，他在豫东、皖北一带做地下工作。豫东战役，他组织担架队抢救伤员负过伤，淮海战役结束后，留在地方工作。他跟陈敬德有着相同的经历，一见如故，可以说无话不谈。他知道陈敬德对今天的会议有情绪，把手里的文件摔在桌子上，一屁股坐在凳子上说："老陈，大家在会上都争着发言，上报粮食产量，我点你三次名，你都没说话，什么意思？装什么孬？看来你对我的工作有意见。咱俩都是从部队上下来的，扛过枪、打过仗、负过伤，你我之间，敞开心胸，有话就说，有屁就放，直来直去，藏着掖着不是好汉。办公室就咱俩，什么话都可以说，我一点也不烦你，也不会给你穿小鞋。"

陈敬德脸寒着，一点也不客气，啪啪拍着桌子说："赵玉彪同志，尊敬的赵书记，你是黄河区一把手，我在会上不发言，是给你留面子，我怕你下不了台。你家是农民，我家也是农民，战争年代，咱在这块土地上闯荡了多少年，天天跟农民吃住在一起，帮助农民种地、收割庄稼，一亩地能打多少粮食你能不清楚？心里能没有数？你到县里开会，带来什么精神，为啥不跟县里说实话，不去争一争？"

赵玉彪摆摆手，叹口气说："我十几岁就跟着俺爹拉犁子拉耙，一亩地能收多少麦子，当然清楚，好的三百多斤，一般的二百多斤，差的也就百把斤。"

"这不就结了？"陈敬德冷笑着说，"那为啥要叫大家上报一千斤？这样做，是哄骗上级、哄骗社员，还是自欺欺人！"

赵玉彪一阵火气上来，拍着桌子说："陈敬德，说话客气点，别蹬鼻子上脸。我大小是你的领导，说话要注意分寸。跟上级保持一致，这是组织纪律，是政治问题，难道说你小子不懂吗？"

"组织纪律我懂，不要你教我。"陈敬德不客气地争辩说，"实事求是是我党的优良传统，这个原则不能丢吧？"

"现在是'大跃进',特殊时期,多报产量是为了提高士气。"赵玉彪指点着陈敬德的脑瓜说,"形势变了,我们的脑瓜也得跟着变,什么事情都可能发生,胆子要大,步子要快,小脚女人怎么跟上时代的步伐?怎么赶英超美?这些问题你想过吗?你眼里不能光有个大刘庄,要有全局观念!"

"共产党员有反映问题的权利,我问你,上报数字要不要跟缴公粮卖余粮挂钩?"陈敬德勾着头问。

"你这不是废话吗?不挂钩报什么产量!"赵玉彪拉了陈敬德一把,把一杯茶递到他手里,叹着气说,"老弟,喝口水顺顺气,火大伤身。实话告诉你吧,我就是因为在会上提了不同意见,被杜德雨书记劈头盖脸训了一顿,当着全县干部的面,问我还想不想当黄河区的书记。他把当年团长的架势又摆出来了,就差没掏出抢来指着我的脑袋了,你说我咋办?我总不能跟老首长翻脸吧,他要揍我一巴掌我还真得接着。"赵玉彪呼呼喘着粗气说,"咱黄河区要说农业生产,大刘庄是最好的,你那里还有个全县都知道的劳动模范,加上一个花木兰范彩玉,那也是全县有名的,你要不带个头上报产量,我怎么去要求别人?你在会上装憨卖傻,一言不发,抱着葫芦不开瓢,能交代过去吗?"

陈敬德看着赵玉彪那不可辩解的样子,方知道上面的调子变了,这事怪不着赵玉彪,再争下去也无意义,只好苦笑着说:"老兄,我的话说重了,担待点,看来你遇到天大的难题了。杜书记压你,你压我,我去压社长,社长压老百姓,老百姓自己压自己,自然不能改变,咱就一层一层朝下压吧!"

赵玉彪离开板凳,上前抓住陈敬德的手说:"兄弟,服从大局,是一个共产党人的责任。办法总比困难多,要多做思想工作,克服困难。压是压,慢慢压,千万别压炸了!"

陈敬德冷笑着说:"我一定压出几个响屁来叫你听听!"说着,站起来要走。

赵玉彪严厉地说:"陈敬德,我警告你,大刘庄要是出了事,看我怎么揍你!"

"你最好现在就把我撤职了!"陈敬德说着朝门外走去。

陈敬德作为县下派工作组组长，对上级的精神只有认真贯彻执行。他心里明白，在这关键时期，自己要是动摇了，就会带来极大的负面影响，弄不好还要出乱子，首先召开东、西两个社班子成员和社员代表会议，统一大家的思想。

会前，陈敬德首先跟刘洪山通气。

"麦子还没有收割，"刘洪山微笑着说，"老陈，咱打算报多少？"

"我说了你一定要沉住气，不要发火，听我讲完。"陈敬德看着刘洪山，顿了一下说，"有的区上报亩产一千二百斤，受到了县里表扬。咱们黄河区的步子比较稳，赵玉彪书记考虑到形势的需要，一切从大局出发，根据黄河区的情况，要求上报一千斤！"

刘洪山打了个冷战，似乎不相信自己的耳朵，亩产一千斤？他霍地站起来，走到陈敬德跟前，先用手放在自己的脑袋上摸摸，再摸摸陈敬德的脑袋，吃惊地问道："老陈，人的正常温度是多少？"

陈敬德以为刘洪山感冒了，不由得也摸摸自己的脑袋，笑着说："大概36度吧。"

"老陈，不对吧，我看你有46度了，烧得说胡话了！"刘洪山拿起烟袋，当当敲着桌子，大声说道，"粮食还没有收上来，你咋知道亩产是一千斤？你是如来佛，还是张果老，能掐会算？土地爷可不听你的，你说多少是多少，你说有的公社上报一千二百斤，他们不是疯了就是傻了，这不是胡闹吗！你以前跟我说过，要讲真话，讲实话，咱不能跟上级侃空！"

陈敬德拉丧着脸说："老刘啊，一亩地能打多少粮，我能不知道吗？赵书记说，现在是特殊时期，气可鼓，不可泄，是革命形势发展的需要！"

"上报亩产多少，肯定按比例缴公粮卖余粮，这话没有假吧？"刘洪山急吼吼地说，"老陈，到时候咱把粮食都卖了，拿啥养活大刘庄这一千多号人？！"

陈敬德从刘洪山手里抓过烟袋，装上烟，划着火柴，深深吸了几口说："老哥哥，我的体温也没有到46度，真要到46度，我这一肚子下水恐怕可以下酒了。我在区里开会，为这个事就跟赵玉彪书记干了一场，事后想想，这事也怪不了他，他手里拿着县里的红头文件，叫咱服从大局，你说这事咋办？"

刘洪山是个明白人，知道怪陈敬德没有用，这事不是他能左右的。他沉闷了一阵，说："老陈，啥话也不要说了，一切我都明白了，你说报多少就报多少！"

这天晚上，东、西社召开全体干部会议，也邀请了部分社员代表参加，会议的气氛很沉重，很多人耷拉着脑袋不敢说话。

"我说两句。"刘四爷抖抖精神站起来说，"陈组长，文件我们听了，你刚才的话也说明白了，我就问一句话，缴公粮卖余粮之后，大刘庄老百姓吃啥？"

西社妇女队队长马大妮撇着大嘴说："咱们都把嘴缝上算了！"

刘小黑自作聪明地说："你们这些担心都是多余的，咱们把粮食都卖给国家，上级再每月发给咱粮食。咱们社员跟陈组长一样，也吃供应粮，省得分粮食、晒粮食，还要推磨，多麻烦呀。"

"做你的春秋大梦！"不知谁在后面说了一句。

"大家都吃供应粮，"陈敬德摆摆手解释说，"小黑同志，国家可没有这样的文件，你别借题发挥，胡思乱想！"

东社的干部和社员代表见社长范彩玉没说话，也不敢随便插嘴，只是在下边叽叽咕咕。

陈敬德看着范彩玉说："范社长，你一向工作积极，紧跟形势，思想超前，顾全大局，跟上级保持一致，你们社打算报多少？"

"陈组长，我看一千斤少了，保守了，河北几个村子报一千二百斤，咱们大刘庄报少了，人家会说咱是小脚女人，咱起码也得报一千二百斤！"范彩玉看陈敬德给她戴高帽，明白领导的意图，想叫自己支持他，毫不犹豫地说，"'大跃进'，咱大刘庄不能落在人家的后面！"

刘长水踢了一下范彩玉的板凳，范彩玉晃动了一下身子。

刘洪山一直坐在那里吸烟，本来不想说话的，忽然听到范彩玉要上报一千二百斤，不由得瞪了一眼范彩玉说："范家丫头，你要报一千二百斤，恐怕连麦秸捆上也不够！"

范彩玉脸上挂不住，又不好跟刘洪山争辩，气呼呼地走到门外。

陈敬德朝刘长水使个眼色，刘长水追了出去。

陈敬德严肃认真地说："大家的担心也是我的担心，我会跟乡亲们一起克服困难。范社长这种大局观念我还是赞同的，综合东、西两个社的意见，大刘庄上报小麦亩产一千斤！"

刘四爷坐在那里，一直愁眉不展，不停地咂嘴，大着胆子站起来说："陈组长，土改以后，经历了单干、互助组、初级社、高级社，无论怎么变化，农民还是土地的主人，农民有地种，有活干，就能过好日子。如果卖了过头粮，老百姓吃不饱饭，失去对土地的耕种能力，土地就会荒芜，粮食自然也会减少，不但自己没饭吃，还会减少对城里人的粮食供应，不能不叫人担心啊！"

陈组长走过来，拍拍刘四爷的肩膀说："老爷子，我们多卖粮食，是支援国家社会主义建设，国家强大了，也会反过来支持农村，人民也就富裕了。整个国家是一盘棋，粮食国家统一收购，统一调配，如果我们出现困难，国家也会救济咱们的，绝不会叫大家挨饿！"

刘四爷还是摇摇头。

这一阵子，刘洪山吃不下睡不安，一天到晚在地里转来转去，挖空心思，总想看看脚下这几百亩地能不能长出金豆子，天都过午了，还蹲在地里不回家。

刘长水跑来说："爹，回家吃饭吧，车到山前必有路，到时候再说嘛，你成天在地里转悠有啥用？"

刘洪山叹口气说："爹这个社长没法干了，我想了一百个点子，就是爹睡在地里，这一亩地也打不出千斤粮来，爹只有撂挑子喽！"

"洪山，你想撂挑子？"刘四爷走过来说，"我到你家找你，长水的娘说你一大早就出去了，我只好到地里来找你。看来你这个社长遇到了天大的难处，但再难你也不能撂挑子。你爱地如命，你就心甘情愿丢下这一千多亩地，看着大刘庄西社几百口人没有饭吃？"

这时，三奶奶、李二良、马大妮一些人也来到地里，把刘洪山围起来。

"咱自然上报了，说出去的话，就不是放屁，就得说话算数！"刘洪山看着大家说，"人不能叫尿憋死，咱不能等，光抱怨也没有用，大家都想想办法。午收过后，咱要好好抓住三夏，看看咱这黄河滩地能不能做点文章，秋季再有个好收成。"

刘长水抓抓头皮，拍拍脑袋，走上前说："我同学的父亲是县农科所的，他好像在搞什么套种实验，说产量可以提高两成！"

"以前怎么没听你说过？"刘洪山一下子来了精神，"这个法子也许能成，要套种也不难，必须提前育苗。育苗我搞过，俗话说，三月三，种的南瓜朝家担，就是说三月初才能种南瓜。有一年，我二月初就在屋里搞南瓜育苗，到三月初南瓜已经长出好几片叶子，再移栽到地里，可以提前二十多天结瓜！"

刘四爷高兴地说："套种要能搞成，咱黄河滩一年两季收成，就可以变成三季了。"

刘洪山担心地说："中间增加一季，要大肥大水，还要精心管理，不易啊！"

刘长水兴奋地说："爹，我去把同学的父亲请到大刘庄来，给咱当顾问。"

李二良卷着袖子说："洪山哥，俺们都听你的，你说咋干就咋干。我们青年突击队一定多搞肥料，乡下搞完了，咱到城里搞去。"

马大妮攥着拳头说："俺们老娘们也不比你们老爷们差，啥活都能干，流血流汗没话说！"

陈敬德笑呵呵地走来说："刘队长，搞啥名堂？一个个卷胳膊撸袖子，像是要打架似的。"

"牛皮吹上天，大风刮不走，早晚还得落在地上，砸在老百姓头上。"刘洪山手指着黄河滩说，"老陈，你看看咱这黄河滩能不能再多打点粮食？"

陈敬德红着脸说："刘社长，你一定有啥新主意，你们西社怎么干，我就叫东社范彩玉怎么干！"

为了保证套种成功，刘长水从城里请来技术员，很多农户还把自己的房子腾出来搞玉米、棉花、红薯和蔬菜育苗，黄河滩水资源丰富，又挖了几口水井，修了灌溉渠道。范彩玉也不怠慢，为筹集打井资金，要把她爹多年卖豆腐积攒的钱也拿出来投入生产。

范玉堂抱着钱罐子，说啥也不给。范彩玉急了，从爹手里夺过罐子，使劲地摔在地上，大票小票硬币撒落一地。范玉堂趴在撒落的钱上不起来，范彩玉跪下来，拉着爹的胳膊，哭着说："爹，我是你亲闺女，闺女知道你不容易，这都是你的血汗钱，到时候，我会一个钱还你两个钱！"

彩莲也拉着爹的衣服，哭着说："爹，你别难为姐姐了，东社几百口人的小命都在姐姐手心里攥着，她也不容易啊！"

范玉堂汪着两眼泪水，摇晃着身子慢慢坐起来，抓住两个闺女的手，抖动着嘴唇说："孩子，这钱你拿去吧，你娘手里还有一点。"

范彩玉的母亲也是泪水不干，手里攥着一个小布卷，塞到范彩玉手里说："本想留给你姊妹俩出嫁用的……"

彩玉、彩莲扑在娘的怀里抽噎着哭起来。

二十二

大刘庄千亩小麦就要开镰了。

刘洪山后背上别着一把镰刀走进麦田里。

这是一个人们盼望已久的早晨，太阳升出了地平线，金色的光芒照耀着大地，熟透了的麦子一眼望不到边，阵阵晨风掀起滚滚金浪。

刘洪山站在麦浪里，双手抚摸着沉甸甸的麦穗，遥望着这块熟悉的大地，心里翻起层层浪花。作为社长，为了小麦的丰收，为了大刘庄人吃饱穿暖，为了多给国家卖粮食，多少个日日夜夜，耗费了多少心血，洒下了多少汗水，满怀着多少渴望，这一天终于到来，他眼里不由得滚出泪来！

前来割麦的社员们成群结队地朝这里走来，脸上无不流露出丰收的喜悦。男队由李二良挑头，女队由马大妮带领，各自挥舞着镰刀，走进齐腰深的麦田里，只听一阵嚯嚯的割麦声，麦子整齐地倒下一大片。

参加捆麦子的社员多是妇女劳力和老人，汪玉兰打头，三奶奶随后，一字排开。汪玉兰从割下的麦子中抽出两束麦秸，在麦穗的方向对头打一个死结，形成一条麦秸束带。她两手分别抓住麦秸束带的两端，放在要捆的麦子中间，两只胳膊拦腰抱起，把麦子整个翻过来，用膝盖牢牢压住，拉紧麦秸束带，双手把两头死死拧在一起，打个结，压在麦秸束带下，一捆麦子就算捆绑成功了。捆麦子是汪玉兰的拿手活，麦捆子又大又匀称，扔到大车上也不散。麻月娥跟在汪玉兰后面学捆麦子，一不小心，手被麦秸戳破了，血流出来，急忙咬着手指，满面羞愧。汪玉兰撕下一个布条，缠着麻月娥的手说："月娥，捆麦子看似简单，实际上是个巧活，有人一辈子都捆不好麦捆子。这活你过去没有干过，慢慢来，别泄气，捆子小点，看我的手势，我咋捆你就咋捆，练几遍慢慢就上手了！"

三奶奶提着一捆麦子，走到汪玉兰跟前说："长水娘，你看看这麦捆子，好沉啊，麦粒像狗牙似的，喜人哩，就是不知道能不能吃到嘴里。"

汪玉兰笑着说："三婶，你是担心卖了粮食就没有社员分的了？"

"可不是呢，"三奶奶忧心地说，"听说今年的卖粮任务比哪一年都重！"

汪玉兰又捆好一个麦捆子，说："不管咋说，麦子大丰收总是个喜事！"

刘四爷、李广胜赶着大车拉麦子，青年大全光着膀子站在太平车上，下面几个小伙子朝车上扔麦捆子。一会儿，太平车上的麦子就垛了一人多高。

刘四爷在下面喊着："大全，站稳了，四个角一定把齐、压实，照直朝上走，才能装得多。"

大全在车上咋呼说："四爷爷，今年大丰收，缴了公粮卖余粮，人均还能分多少？我还想吃大馒头呢！"

"你小子，别光想着吃，粮食收到囤里再说！"刘四爷也抓起一捆麦子朝车上使劲地扔了过去，一捆麦子到半道滚落下来，刘四爷伸出两手抱住，不由得叹口气说，"想当年，我一手抓一捆麦子，一抖手，两捆麦子就扔到了车上，现在不行了，老了。"

李广胜赶着大车，笑着说："四叔，不是你老了，是这麦捆子太沉了，咱黄河滩哪见过这么好的麦子！"

"有人说，卖了余粮，社员就分不到麦子了，你说咱吃苦受累地图个啥呀！"剃头匠麻二毛扔了几捆，累得直喘粗气，一屁股坐在地上，"干脆叫麦子烂到地里算了。"

刘四爷批评说："二毛，说啥怪话？赶快装车。"

为帮助社里午收，大刘庄小学停课三天，一个女老师戴着草帽，领着一群挎着小篮子的孩子跟在大车后面,捡起掉在地上没有收净的麦子。女老师还领着孩子们高声背诵一首古诗:"锄禾日当午,汗滴禾下土。谁知盘中餐,粒粒皆辛苦。"

刘洪山听到孩子们背古诗,高兴地走过来说:"于老师,辛苦你了,太阳毒,孩子小,拾一会就带孩子们到树荫下歇歇,社里中午给每个孩子发个鸡蛋!"

于老师高兴地说:"刘校长带着一班学生去东社了,我带着二班来西社拾麦子。他安排我不要给社里增加负担,中午叫孩子们回学校吃饭!"

刘洪山笑着说:"干活就该受奖,晌午我派人把鸡蛋送到学校去!"

孩子们听说中午有鸡蛋吃,都高兴地拾起麦穗来,看谁拾得快、拾得多。

午收是农民一年中最为紧张的时节,大家中午不回家休息,各自带着干粮和水,在麦田里吃饭。太阳正南了,大家坐在麦秸上吃着馍馍。

刘四爷笑眯眯地走到刘洪山跟前,从怀里掏出半瓶酒说:"洪山,来来,抿一口,这东西能解乏。"

"四叔,这个你都带来了!"刘洪山高兴地接过酒瓶,抿了一口,又把酒瓶递给二良,"你也来一口。"

李二良光着膀子,满头大汗,脊背上都是汗道子,拿起酒瓶,张着个大嘴,咕咚咕咚直朝嘴里灌。马大妮夺过酒瓶说:"好啦,一人只能喝一口,看你的样子,慢一下就全灌进你肚子里了。"说着自己也抿了一口。

半瓶老酒,你传给我,我传给你,十几个人喝了,也没有喝完。

三奶奶拿出油馍递给刘洪山说:"洪山,这是我夜里烙的大饼,我放了几勺油,放了葱花,你尝尝。"

三响枪刘拐子拿着几只咸鸭蛋放在刘洪山跟前,激动地说:"我在黄河滩活了一辈子,南跑北跑放枪,第一回看到这么好的麦子。洪山,你是个大功臣啊!"

一会工夫,刘洪山的跟前就放了一堆好吃的。

面对乡亲们的热情爱戴,看着一张张喜悦的笑脸,刘洪山抓起一枝麦穗，数着一个个麦粒，捏一粒填在嘴里，慢慢地嚼着，脑海里不由得泛起层层浪花：在黄河滩生活了大半辈子，自己何时受到过这样的尊重？何时看到过这么多笑脸？自己都觉得不是自己了，自己的过去是封闭的、自私的。自己在一片很小的土地上劳动和生活，拼上老命维护着一个四口之家，心里眼里，只有自己和家人，一家人吃饱穿暖是自己最大的幸福。现在不同了，自己面对的是一百多个家庭，几百号社员。自己的过去已经过去，无论以前自己是怎样劳动，怎样生活，怎样喜悦和忧愁，都已不复存在，再无回来的可能。自己的命运已经和大刘庄乡亲们的命运融为一体，自己吃饱穿暖，也就意味着大刘庄人吃饱穿暖，自己的愿望就是大刘庄人的愿望，自己的追求就是大刘庄人的追求！刘洪山突然感到自己活着比以往任何时候都有趣味，都有光彩，都有价值。刘洪山望着茫茫的黄河故道和一片草舍的村庄，再看看一个个用期待的眼光看着他的乡亲，猛然间感到自己肩上的担子越来越沉重，前面的道路越来越远。这条路不管怎样走，都会碰到很多沟沟坎坎，但为了大刘庄人早日摆脱贫困，他都要义无反顾地走下去，就算拼完自己的余生，也要看到一个富裕幸福的大刘庄的出现。

一阵微风吹来，刘洪山的眉宇间微微展开，渗出一层汗珠，在阳光下闪亮着。

汪玉兰看着乡亲们送来的食物，眼泪汪汪的，拱拱双手，感激地说："老少爷们，俺也带着馍馍咪，你们的心意俺领了，谁的东西谁自己吃吧，吃完了还要收麦子！"

这时，只见范玉堂挑着两只篮子，颤颤悠悠地走过来，吆喝道："豆腐哟豆腐，范家哟豆腐，哟哟豆腐。"范玉堂掀开布盖，冒出两团热气，香味扑鼻。他大声说："老少爷们辛苦了，老范给大家送好吃的来了，刚刚出锅的五香豆腐干，不收钱，随便吃！"

大家呼啦一下围拢过来。

一阵自行车的响铃声，只见陈敬德推着自行车，后座上还夹着一个大纸箱朝这里走来，老远就高声喊道："乡亲们，辛苦啦，辛苦啦，我给大家送解渴的来了!"

李二良跑上前打开箱子,哦,原来是一箱新鲜的黄瓜,高兴地说:"陈组长,黄瓜还没有上市,哪来的?"

陈敬德兴奋地说:"这是县委杜德雨书记特意安排县蔬菜大队支持咱们的大棚黄瓜。大家收麦子,天又热,一定口干舌燥,吃黄瓜能败火。来来,一人一根!"

马大妮咋呼说:"陈组长,东社有吗?要不然,彩玉妹子会说你偏心眼!"

"有,"陈敬德擦把汗说,"我叫王元、马正给东社送去了!"

天气燥热,大家吃着清凉的黄瓜,心里有说不出的畅快!

经过几天的紧张收割,大刘庄西社的麦子全部上场了,接着打麦场开始紧张的晾晒、脱粒、扬场、入仓、打垛工作。刘洪山忙于夏种,场上的活由刘四爷负责,麦子上午晾晒,下午用石磙和片石碾压,傍晚扬场、过秤、入仓。打完麦子的秸秆全部垛起来,作为牲口一年的草料。

吃过晚饭,忙活一天的社员开始歇息了,看场的几个人也睡着了。刘四爷在场里麦秸上歪了一会,心里有事,怎么也睡不着,便朝刘洪山家走去。刘洪山还没有歇息,他正在修理几把扬场锨,打算一会送到场上去。见刘四爷走来,他忙说:"四叔,还没有歇着?"说着把烟袋递到四爷手里,"我忙着种玉米和大豆,没顾上到场上看看,听说今天一场麦子八千多斤?"

"是啊,过去一场麦子也不过五六千斤,今年是哪年也比不了的,喜人哩!"刘四爷接过烟袋,点点头说,"洪山,我来是想跟你说件事。社员辛苦一年,天天盼着分麦子,吃上大馒头。你说要缴了公粮卖了余粮,就剩下不多了,李二良他们鼓动我在麦秸垛里裹点粮食,这事中吗?"

"不妥!"刘洪山摇摇头说,"四叔,我知道您老的心思,是怕社员分不到粮食会闹起来。今年是成立高级社后第一个丰收年,县里、区里都看着咱们,咱们一定要稳住脚,大话既然说出去了,一口吐沫一个钉,咱就得认这个账。私藏粮食,对上对下影响都不好,到时候,社员虽说能多分点粮食,但人心就变了！"

刘四爷吧嗒吧嗒抽着旱烟，半天不说话，临走时说了一句："洪山，对上级要负责，对社员也要负责，你想两头圆，我看圆不了！"

汪玉兰看四爷不高兴地走了，担心地说道："长水他爹，村里这些天就不安静，有些人还骂天嚼地，你说老陈要是听见会是啥想法？"

"为卖余粮的事，他是天天朝县里、区里跑，总想着给社员多留点，这种时候，咱不能再逼他了！"刘洪山说着站起来，扛起修好的木锨，"他娘，你先歇着吧，我去场上看看！"

刘洪山刚走到村口，陈敬德也走过来说："老刘，还没有歇着，去场上吗？"

"我把修好的几把扬场锨送去！"刘洪山笑着说，"老陈，你也睡不着吧？"

"大丰收，大丰收，我怕老百姓分不到粮食，落个狗咬水泡空欢喜，社员会骂我八辈子祖宗！"陈敬德叹着气说，"老刘，今年的麦子到底能收多少？缴完公粮卖了余粮，还能剩多少？"

"走吧，到场上看看再说！"

两个人并肩朝打麦场大步走去。

县政府根据各区上报的数字，下达粮食征购任务，虽然做了一些调整，但仍然超过实际生产的承受能力。

大刘庄卖征购粮那天，社员一下把粮车团团围住，有人干脆四肢一伸躺在车轮子下。

这阵势把陈敬德吓了一跳，他站在一个高台上，扯开嗓门喊道："社员同志们，我理解大家的心情，卖余粮是支持国家社会主义建设，大家都散了吧！"

老百姓人多势众，闹哄哄，怨声一片，直朝前拥，陈敬德喊破嗓子也无人理睬。

三奶奶抓起一把沙土撒在陈敬德的身上，大骂出口："王八羔子，你还老八路呢，都说你是个清官，我看你就是祸害老百姓的赃官，站着说话不腰疼。当官的年供米月供面，老百姓就指望着午季分点细粮，你都拉走了，俺老老小小喝西北风去！"

陈敬德一看是三奶奶，强压住火气，软中带硬地说："老人家，过分了，不是看你上了年纪，我就不客气了。"

三奶奶还要朝前上，被马大妮一把拉住了。

大全、刘拐子还有一帮妇女动起手来，有人朝下拽麻袋，有人在车轮子前挖深坑，乱成一团。

眼看着要出大事，陈敬德急得头上直冒汗，高声喊着刘洪山的名字。

大家一听喊刘洪山，都住了手。

刘洪山一直在西社仓库里忙活，一身一脸灰尘，听到外面有人喊他，拍拍打打走出来。看到粮车被社员围住，陈敬德站在高处劝说着，他大步走过来，心情沉重地说："老陈，老百姓今天这个阵势你是第一回看到吧？天天喊着为老百姓办事，说老百姓是衣食父母，你是人民的儿子，现在父母不认你这个儿子了，心里的滋味不好受吧？"

陈敬德急吼吼地说："老刘，不要再恶心我了，赶快叫大家离开，说不定一会区征粮监察大队要来，到时候咱就更被动了。"

刘洪山并不着急，挖袋烟抽着说："区里来人也好，叫他们听听老百姓的意见，想想以后该怎么对待老百姓。"

陈敬德不解地说："老刘，这事不会是你鼓动的吧？"

刘洪山把头上的帽子朝上推了推，冷冷一笑，郑重地说："老陈，你看看，这老老小小站在你面前，还要谁鼓动吗？"

陈敬德无奈地说："先卖了再说嘛，我会想办法给社员补偿的。"

"粮食一旦被拉走，恐怕就由不得你了！"刘洪山扯住陈敬德的袖子，把他拉到一边说，"老陈，昨天夜里你到区里找赵书记，还有余地吗？"

"我说破嘴、撕破脸也没有用，他叫咱必须按区里下达的指标限期完成，没商量，你说我有啥办法？"陈敬德无可奈何地摊开两手。

社员要闹事，陈敬德事前有所觉察，但没有想到老百姓反应如此强烈，再这样僵持下去，弄不好会出大乱子，刘洪山要是不发话，谁也拉不走一粒粮食。陈敬德苦笑着，为难地说："老哥哥，乡亲们的心情我是理解的，可现在到了这个关口上，你要说话，劝劝大家。农民吃饭有困难，咱还可以挖点野菜、摘些树叶、捉点野鱼野虾补充，这不都是你以前说的话吗？城里人要是没饭吃，大街上可没野菜挖啊，弄不好要天下大乱啊！"

刘洪山正要发话，只见黄河区副区长牛友亮带领征粮监察大队走来，气势汹汹，耀武扬威，把现场包围起来。

老百姓并没有后退，一个个握紧拳头，怒目圆睁，紧紧围着粮车不动。

陈敬德颤抖着嘴唇小声恳求刘洪山说："老哥哥，牛友亮刚被提拔为副区长不久，新官上任三把火，他一直对大刘庄有成见，来者不善，再僵持下去，问题就复杂了！"

刘洪山看看这阵势，叹了一口气说："老陈，你看看，老百姓帮你们打天下，淮海战役时，冒着风雪饿着肚子给你们送粮食，这样对待老百姓，能不叫人寒心吗？"

"啥话也别说了！"陈敬德拱拱手祈求地说，"咱好汉不吃眼前亏，识时务者为俊杰。看在咱俩交情的分上，你再救我一回，等过了这一关，你揍我一顿我没有二话！"

有人站在人群里高声喊道："刘社长，快发话呀，再不发话，粮食真被他们拉走了！"

刘洪山看看陈敬德那煞白的脸，昂首望望天，深深咽下一口气，脸憋得通红，最后一甩手说："西社的老少爷们，缴公粮、卖余粮，支持国家建设，是咱们应该做的，大家都散开吧！"

老百姓一个个傻了眼，眼巴巴地看着征粮队把粮食拉走。

牛友亮看陈敬德傻站着，冷笑着走过来说："敬德同志，干工作黏黏糊糊不行啊，粮食征购，谁敢挡路，咱就把谁抓起来。我今天要不来，你这卖粮的任务恐怕完不成！"牛友亮说着，带着人到东社去了。

陈敬德小声骂道:"什么东西!"

刘小黑看到威风八面的牛友亮,感到机会来了,慌忙追了上去说:"牛副区长,我要举报!"

牛友亮歪着头说:"你有话说?"

刘小黑急不可待地说:"牛大哥,你升了官,权力大了,你可要为兄弟做主,我在大刘庄是八面受气。刘洪山是个老中农,思想顽固,带头退社,夺取大权,还私分自留地,一心走单干的老路,今天社员阻止卖粮,就是刘洪山一手策划的。"

牛友亮摆摆手说:"这些事我都知道,还有新问题吗?"

刘小黑看看四周,小声说:"刘洪山还在麦秸垛里私藏两麻袋小麦!"

"此话当真?"牛友亮瞪着眼说。

"我亲眼看到的!"刘小黑拍着胸膛。

牛友亮带着几个民兵杀个回马枪,果然从大刘庄西社打麦场上的草垛里翻出两麻袋小麦。牛友亮冷笑一声,当场训斥陈敬德说:"你这个组长怎么搞的?瞒报和私藏粮食就是犯罪!"

陈敬德脑袋嗡嗡响,一时不知怎么回答,暗暗埋怨刘洪山做事不周。

刘四爷正要上前说话,刘洪山把他拉到一边,走到牛友亮跟前说:"牛副区长,我是社长,这两麻袋粮食是我安排藏的,一切责任由我承担,这事陈组长压根不知道。"

刘四爷憋得满脸通红,张着嘴还要上前说话,又被刘洪山挡在了身后。

"刘洪山,好大的胆子!"牛友亮一甩手,恶狠狠地说,"先把两麻袋粮食拉走,事后再跟你算账。"

几个民兵把粮食抬到车上,拉走了。

陈敬德看牛友亮拉走粮食,感到大事不妙,大步走过来要说话,刘洪山一把抓住他说:"老陈,没有你的事,两麻袋粮食,叫他报功领赏去吧!"

陈敬德惊恐地说:"老刘,他拉走的不是粮食,是私藏粮食的罪证!"

"我是大刘庄西社的当家人,天塌下来我顶着,你什么也不知道。"刘洪山转过身来抓住刘四爷的手，说不出地埋怨和心疼，"四叔，您老千万不要再说话了。"

刘四爷眼含热泪，痛苦地说："洪山，你不该拦我，我老了，无所谓了，事是我干的，我就得承担。你和老陈不能出事，你们要是出了事，大刘庄咋办？"

陈敬德听刘洪山跟刘四爷说话，便走过来说："这是咋回事？"

"啥咋回事？"三奶奶走过来说，"姓陈的，你还有脸问！不是你向上级侃空、吹牛皮、说大话，能有今天这一出吗？"

"谁告的状？"李二良咬牙切齿，看着刘小黑说，"我一定揪出这个内鬼！"

刘小黑后退到一边，小声骂道："你小子也等着下油锅吧！"

牛友亮回到黄河区，向赵玉彪讲明了情况，要拿陈敬德开刀。

赵玉彪严肃地说："牛副区长，我们都是共产党人，实事求是地讲，咱们是收了过头粮，各村反映卖了余粮社员没有分到多少粮食，这都是事实，你恐怕也看到了。土改以后，老百姓从来没有这样激烈的反应，这就足以说明问题。这种时候，我们要保持清醒的头脑，客观公正地看待我们的基层干部，要看到他们面对千家万户是多么不容易。我相信，这件事跟陈敬德无关，他最多负一定的领导责任，写个检查就算了。刘洪山私藏点粮食是错误的，办他几天学习班，我没有意见，但我们也要调查清楚他私藏粮食的苦衷。大刘庄东、西两个社是咱县粮食生产的典型，县里领导都高度评价大刘庄，刘洪山是劳动模范，又是剿匪英雄，我们不能大张旗鼓地去处理大刘庄的问题，弄不好会造成更为严重的负面影响。"

"赵书记，你要认清形势，现在是'大跃进'时期，一切违背'大跃进'的做法，都必须批判，坚决打击，决不姑息！"牛友亮仍然坚持说，"刘洪山鼓动社员闹事，阻止卖粮，私藏粮食，应该在全区范围内开展批判，希望赵书记能坚持原则，对坏人坏事要敢于斗争！"

"刘洪山是坏人吗？"赵玉彪不由得拍着桌子说，"他是一个劳动模范，大刘庄是全县粮食生产的典型！"

牛友亮大声争辩说："赵玉彪同志，不是我冒犯你，作为一把手，你的思想很有问题，严重右倾保守，这样发展下去是很危险的，我要向县委有关负责同志汇报黄河区的问题！"

"这是你的权利，我无所谓！"赵玉彪气冲冲地走了。

由于牛友亮的坚持，刘洪山因私藏粮食，鼓动社员阻止卖粮，被暂时停职了。

刘四爷、三奶奶、李二良、马大妮来到刘洪山家。三奶奶还给刘洪山送来一碗鸡蛋，擦着眼泪说："洪山，你干社长大家还有个盼头，你一撒手，你说咱西社这以后的日子咋过啊！"

"这都是我惹的祸。"刘四爷一脸羞愧，不由得伸手打了自己一巴掌，老泪流了下来。

刘洪山上前抓住刘四爷的手说："您老这是干啥嘛！你又不是为你自己，既然做了，咱就该担得起！"

马大妮气愤地说："刘黑子四处扬言要当社长，真要变天了。"

李二良攥着拳头说："我去收拾收拾刘小黑！"

马大妮皱着眉头说："大叔，我去找陈组长了，要是叫那个黑东西当社长，我们都不干了！"

刘洪山向二良、大妮摆摆手，看两个老人可怜巴巴地看着自己，心里刀搅一样难受，沉闷了一阵，说道："四叔、老婶子，洪山叫你们操心了。卖粮那天，牛友亮一来，我就知道这个社长当不成了。我琢磨着，陈敬德这个人不坏，他的心还是向着老百姓的，在粮食这件事上，咱逼他是想叫他腰杆硬点，为老百姓说说话。他是下派干部，讲组织纪律，有他的难处。上报一千斤粮食，是上级给他画的杠杠，他一个小小的工作组组长顶不住，三婶那天骂他，冤枉他了！"刘洪山抓一把花生放在三奶奶手里，"卖过头粮的恐怕不光是咱西社，彩玉那边也好不了，河北的几个庄子的社员都嗷嗷叫，意见大着哪！"

刘四爷担忧地说："黑子上蹿下跳，牛友亮给他撑腰，我真担心啊！"

"老四，哪光你担心？一个社的人都担心，这龟孙儿就是个祸害。"三奶奶喊着汪玉兰说，"侄媳妇，该接范家闺女过门了吧？"

"老婶子，他爹这一倒霉，人家还愿意吗？"汪玉兰含着泪说。

刘洪山突然感到头有点晕，扑通一声坐在了地上。

大家一阵慌乱，李二良急忙上前要抱住刘洪山。

"你们都不要动，我自己摔倒的我自己站起来！"刘洪山摆摆手，运运气，提提神，双手按着地，慢悠悠地站了起来。

二十三

二更天了,刘长水从学校回来,见爹娘还没有休息,心疼地说:"爹,我看你不干社长也好,咱大刘庄你最累最苦,可你受到的批判也最多,你说都一把年纪了,图个啥?"

刘洪山吧嗒吧嗒抽着烟,过了一会说:"他娘,把墙上的葫芦拿下来!"

汪玉兰从墙上摘下葫芦,刘洪山双手接过来,抱在怀里,伸进手去,拿出一封信,递给儿子说:"儿子,念一遍给爹听听!"

刘长水慌忙接过信,看了几眼,吃惊地说:"爹,这是沙县长去年写给你的信,我咋不知道?"

汪玉兰说:"你爹一直当宝贝放着!"

刘洪山痛苦地说:"我对不起沙县长,他说要叫咱大刘庄人人有饭吃,有衣服穿,有房子住,过上好日子,爹做不到了!"

刘长水手里拿着信,看着爹那忧伤的脸,心里一阵说不出的难受,给爹挖了一锅烟,划着火柴给爹点上,深情地说:"爹,你虽说不当这个社长了,可你还是咱大刘庄的社员,老少爷们都信你,你照样能为咱大刘庄的发展出力!"

汪玉兰担心地说:"儿啊,社长要落在黑子手里,你爹恐怕有力也没处使了!"

刘长水站起来说:"爹,真金不怕火炼,我看,只要咱社的老百姓支持你，大权落不到黑子手里！"

刘洪山也站起来，挺挺腰杆说："儿子，爹今天叫你看这封信，也是想叫你明白一个事理——爹既然走上了这条路，是不会倒下的，也不会回头，只要还有一口气，爹的脚步就停不下来！"

刘长水激动地说："俺爹，您老听好了，儿子永远是你的帮手，我相信，不管遇到多少沟沟坎坎，大刘庄只会越来越好的！"

范玉堂虽说没参加闹事，可他心里还是一阵叫好，暗暗佩服刘洪山的胆量。他做了一套豆腐，叫人带话给刘长水，让他来拿点豆腐。刘长水本来不想去，但看看爹受到这样的打击，睡不安枕，茶饭不思，也想着给爹换个胃口，就来到范玉堂家。一进门，范彩玉也在家里，刘长水说："彩玉，咱俩虽然没结婚，但村里人都知道咱俩的关系，我爹被撤了社长，受到批判，心里憋屈，你是他未来的儿媳，是不是去看看俺爹？"

范玉堂两口子从屋里走出来，范玉堂说："彩玉，长水说的是个理，你要去看看，别叫人家说咱范家无情无义！"

范彩玉的娘也说："听你爹的话，端着豆腐，跟长水一起去看看！"

范彩玉皱着眉头，很不情愿地说："刘洪山阻止卖粮、私藏粮食，闹得全公社都知道了。牛友亮一直盯着他不放，还在村里放了眼线，这时候我去看他，有人会说我立场有问题，我一个党员干部要注意影响啊！"

范玉堂气愤地说："什么影响？胡说八道！"

范彩玉的娘也催着说："孩子，去吧，你要不去，你爹见了洪山脸上也不好看！"

范彩玉一转脸，刘长水已走出门外。

范彩玉生怕东社卖粮出问题，就跑到公社粮站，半夜开来两辆汽车，把粮食拉走了。

最早发现汽车拉粮的是唐老四，他跑回去告诉了唐六，唐六喊了唐家十多个人朝东社粮库跑去，刚走到半路，被装车回来的唐五拦住了。唐五气呼呼地说："老六，你带着人想干什么？找死吗？实话告诉你们，汽车已经出村子了，想攥也攥不上了，都回去吧。"

唐六骂骂咧咧地回去了。

范彩玉也扛麻袋装车，看汽车开走了，才松了一口气，带着满身尘土回到家里，感到筋疲力尽，扑通坐在板凳上，不停地摇晃肩膀，好像脖颈筋扭了，酸溜溜的，隐隐作痛。彩莲看姐姐累得够呛，心疼地说："姐，扛麻袋是老爷们的活，你指挥指挥就行了，干吗要自己动手？你看看，肩膀上的衣服都磨破了。"

"我不是着急吗？要是叫社员知道，围上来怎么办？"范彩玉拍拍肩膀说，"好妹妹，给姐揉揉！"

"不用揉，擀擀就好了。"范彩玉的母亲拿来一个烤热的擀面皮用的木棒，放在范彩玉的脖子上轻轻擀着，说，"你把粮食都拉走了，东社的人吃啥？"

"各家去年还有点余粮，再说不是还有秋粮嘛。"范彩玉歪歪头说，"这边也擀擀！"

"难道说秋粮就不用卖了？"范玉堂走过来说。

范彩玉叹口气说："走一步看一步吧！"

刘洪山被停职，刘小黑兴奋极了，跟王高两人喝得酩酊大醉。

大刘庄西社实行干部出工取酬的办法，这对刘小黑是一个很大的制约，上工钟声一响，他不得不下地干活，干一阵子就找个机会遛圈。陈敬德狠狠批评了他，并警告他，再不好好劳动，就要撤掉他的副社长。刘小黑敢怒不敢言，心里烦躁，西社的大权掌握在陈敬德手里，不把陈敬德拉下马，就没有自己的出头之日。

天色晚了，刘小黑躺在床上怎么也睡不着，爬起来在院子里溜达一阵，又觉得无聊。他下午听说唐六和几个人到河南换种子去了，路途远，夜里一定回不来，不由得一阵窃喜，悄悄溜了出去，翻墙头来到唐六家的院子里，轻轻敲门。

刁婵梅一人在家，吃过晚饭，冲了个澡，身上裹着一条单子，躺在床上，翻来覆去不能入睡。忽然听到有轻轻的敲门声，她听声音就知道是黑子进了院子，说不出地兴奋，晃动着身子坐起来，刚刚伸出一条大腿下床，心里不由得咯噔一下，又慢慢抽了回去，害怕唐六连夜回来。

唐六生性多疑，脾气暴躁，稍不如意，就拿刁婵梅发泄。从学习班回来，他很快闻到女人身上的野男人味，把刁婵梅拴在树上一阵暴打，刁婵梅几天下不了床。刘小黑夜半敲门，刁婵梅虽浑身燥热，欲火难忍，但想到挨打，不敢轻易开门。刘小黑以为刁婵梅睡着了，抓耳挠腮地来到窗户前，伸出手掌，轻轻拍着窗户。刁婵梅看小黑不走，生怕被人听见，骂了声冤孽，只好翻身下床，端起尿盆，朝窗户外泼去。刘小黑"哎哟"一声，慌不择路，翻墙跳到唐瘸子院子里。一只大黄狗扑来，刘小黑吓得魂飞魄散，撒丫子就跑，没想到撞到一棵槐树上，脑袋上起了个血泡，脸也被枝条拉破了。

刘小黑再也不敢招惹刁婵梅，心里愤愤的，总想出口恶气。没过几天，刘小黑看见刁婵梅端着一盆衣服朝文家河走去，便蹑手蹑脚地尾随其后。刁婵梅走到河边，坐在一块捶布石上，脱掉鞋，两只脚伸在水里，正要洗衣服，一块半截砖从身后飞来，落在了水里，水花溅了刁婵梅一脸一身。她大吃一惊，身子一仰，差点没滑到水里，转身一看是刘小黑猫着身子蹲在一棵树下，嘿嘿地朝她淫笑。刁婵梅扯开嗓门骂道："哪来的一条骚狗，还会扔砖头！"

刘小黑捏着鼻子喊道："老母猪打圈喽！"

刘小黑正在跟刁婵梅打情骂俏，忽然听到身后有咳嗽声，转身一看，刘四爷挎着粪箕朝这边走来，不由得大吃一惊，慌慌张张钻进河堤上一片小树林里。

王高充当刘小黑的眼线，暗暗观察村子里的动静。刘四爷、李二良在草垛里放点粮食，被王高发现，赶快报告给了刘小黑。刘小黑开始不信，半夜里偷偷跑到场上，用一根细棍使劲插进草垛，才知道王高的情报没错，暗暗骂道，刘洪山呀刘洪山，你的小尾巴总算攥在老子的手里了。牛友亮来大刘庄督查粮食征购，刘小黑总算抓住了机会。

刘洪山被停职，大刘庄西社要重新选举社长。

刘小黑上蹿下跳，四处活动，口口声声要当社长。这天夜里，他提着两瓶酒，来到陈敬德的住处。

陈敬德正在洗脚，看刘小黑神神秘秘地进来，知道他的来意，不动声色地说道："刘副社长，深更半夜的，你这是……？"

刘小黑把酒放在桌上，殷勤地说："我来看看陈组长，你太辛苦了！"

"不辛苦。"陈敬德微微笑着说，"无事不登三宝殿，有什么话直说吧。"

"刘洪山反对卖余粮，私藏粮食，鼓动社员闹事，当着那么多人的面让你下不了台，太不把你这个组长放在眼里了，我们大家都非常气愤。老中农就是靠不住，早就该撤掉他的社长，西社还要依靠我们贫雇农掌权。"刘小黑看着陈敬德的脸色说，"陈组长，你批评我，是关心、爱护我，我现在都想明白了，我一定重新做人，好好干工作。西社不能没有社长，你看……"

"你想当社长？"陈敬德扫了刘小黑一眼，擦着脚说，"要看社员会不会选你。"

"你是工作组组长，大刘庄的权力攥在你手里，你说谁干就是谁干。"刘小黑殷勤地端起洗脚盆，走到门外，一甩手把一盆洗脚水泼了出去。由于用力过猛，洗脚水泼到墙上，溅了他一脸一身，他忙用袖子擦着脸，回到屋里，脸上还挂着水珠子，看着陈敬德，尴尬地笑着。

陈敬德看着刘小黑的样子，不由得微微一笑，扯下一条毛巾递过去说："伙计，你慌手慌脚的，不是自找麻烦吗？"说着穿好鞋站起来，提起桌上那两瓶酒，放回刘小黑手上，"刘副社长，谢谢你帮我倒了洗脚水，我明确告诉你，只要西社的社员投你的票，我会支持你的！"

刘小黑抱着酒，无奈地走出门。

王元睡在隔壁，起来撒尿，看到刘小黑进了院子，急忙躲在一个阴影处，看到了这一幕。见刘小黑抱着酒走出大门，他走过来笑着说："陈组长，好不容易来个送礼的，两瓶酒喝了算了，你又叫他拿走了，太可惜了。"

陈敬德指点着王元笑着说："你小子不好好睡觉，躲在那里监视我，我要收了刘小黑的礼,不就落在你手里啦?"

王元挠着肚皮,打着哈哈说:"你只要给我喝二两,我不会告发你。"

"你小子恐怕以后也是个贪官。"陈敬德端起杯子里的茶根泼在了王元的肚皮上,哈哈笑着说,"我先给你泼点凉水,叫你小子清醒清醒。"

"谁在外边说话?还叫人睡觉吗?"马正在屋里喊叫着。

王元伸伸舌头,提提裤子,跑屋子里去了。

刘小黑提着酒,懒懒地回到家里,扑通倒在床上,骂道:"姓陈的,老小子,耍猴哩!"

刘小黑在陈敬德这里碰了钉子,心里十分烦恼,暗暗盘算,这个机会绝不能失去,不把社长大权抓在手,老子酒没的喝,肉没的吃,女人没的睡。他突然想到牛友亮,第二天一大早,就在牛友亮办公室门口等候。

牛友亮自从当上副区长以后,忽然像变了一个人,脾气日益见长,官架子也越来越大,大院里一般干部他都不放在眼里。午季征粮,他兼任粮食督查队队长,跑遍了黄河区各个村庄,耍尽了威风,提前一天完成粮食征购任务,受到县粮食部门的表扬,自觉督查有功,越发骄横起来。昨天区党委会上,因处理干部问题发生分歧,他当场顶撞赵玉彪,闹得会议不欢而散。

牛友亮见刘小黑站在门口,打开办公室门,把刘小黑叫进来说:"刘副社长,找我有事吗?"

刘小黑结结巴巴地说:"刘洪山下台了,社长位子空着,我能接替吗?"说着从背后拿出两瓶酒放在桌上。

牛友亮抬头看看门外,把酒放在桌下说:"两瓶地瓜酒就想换个社长,太便宜你了。椅子有线索了吗?"

"我天天都在找。"刘小黑靠近桌子说,"我要是上台,一定把那把椅子找到。"

"关键是陈敬德。"

"他说只要社员投票,他就支持我干。"

"他这是在耍你呢,你失败就失败在票上。"牛友亮站起来说,"你要抓住刘四爷,我再给陈敬德打个电话,成与不成,就看你的造化了。"

刘小黑从黄河区大院出来,天气炎热,口干舌燥,抬头望着大街,想到哪里喝一杯,眼前突然一亮,只见刁婵梅手里提着小布兜,摇摇晃晃地在街上走着。他高兴地大声喊道:"老相好,慢点走!"

刁婵梅喜欢逛街,每逢集日,必到集上溜达一圈,喜欢买些花生、瓜子、麻花之类的小吃,挤在人群里,听上一段柳琴、坠子、大鼓之类的唱段,自己也喜欢哼哼两句,她举止轻佻,跟街上一些闲人搭讪骂俏。今天虽不逢集日,但刁婵梅待在家里无聊,就打把小伞晃晃悠悠来到大街上,除买了几样小吃外,还买了一条粉红色的纱巾,缠在了脖子上,微风吹来,纱巾飘起来,很招人眼。她正一摇一晃地走着,听到喊声,抬头一看,见刘小黑从黄河区大院走来,不由得咂咂嘴,忙用脚尖点点地,小声骂道:"挨千刀的,在大街上叫猫子,不怕人家听见。"

刘小黑嬉皮笑脸地走来说:"你知道我在大院见到谁了?"

"见到哪个鬼了?"刁婵梅眯着眼问。

"老子马上就是大刘庄西社的社长了!"刘小黑得意地说,"看你个浪娘们开不开门。"

"看你烧的,唬人的吧?听俺家老五说,陈组长可是向着刘老头的。"刁婵梅撇着嘴说,"你是光腚猴打铁——滚一边去。"

"唐五知道个屁!"刘小黑扬扬得意地说,"姓陈的也是泥菩萨过河——自身难保,他敢不听牛副区长的?牛副区长马上就给陈敬德下命令,叫我当西社社长。只要我掌大权,你的好处大大的!走,咱俩找个饭店喝一盅去!"

刁婵梅摇摇头说:"我可不敢去,要是叫老六知道了,还不得扒我的皮?不跟你说了,老娘我要走了。"

刘小黑拉了刁婵梅一把说:"出门忘带钱了,借点给我,等我当上社长,双倍还你!"

刁婵梅本不想借,但怕刘小黑拉拉扯扯被人看见,只好哆哆嗦嗦掏出几张小票。刘小黑伸手夺了过去,直奔饭店而去。

"狗屁，做你娘的美梦去吧！"刁婵梅咬着牙根骂道，"老娘今天倒了血霉！"

刘小黑喝了一瓶地瓜烧，啃了两个咸猪蹄，醉醺醺地朝大刘庄走去。

农历七月天，日正当午，热风扑来，灼热烫人。

刘小黑把上身的衣服脱下来，搭在肩上，光着背，打着酒嗝，哼着小曲，踉踉跄跄来到老黄河大堤上。堤下是一块玉米地，正是抽穗扬花的时候，散发出一阵酸溜溜的清香。刘小黑走了几步，对着玉米地，扯开裤子撒尿，忽然看到一棵粗壮的玉米秆上缠着一条长裤和短褂，前面好像有动静，不由得朝里走去。玉米花弄他一头一脸，他只觉得一阵瘙痒般的难受，扒开几棵玉米一看，原来是马大妮，光着膀子，穿着大裤衩，撅着大屁股在薅草。刘小黑不由得浑身燥热，忍受不住，借着酒胆，慌慌张张朝马大妮扑了过去。

马大妮是河北马家庄人，爹是个铁匠，豫东战役那年她嫁到大刘庄，如今已是两个孩子的母亲。她三十多岁，人高马大，一身肥肉，犁田耙地、扬场打垛，像大男人一样干活。她为人豪气，说话直率，做事泼辣，不拘小节。她当妇女队队长一年多，干得出色，村里的老娘们又怕她又喜欢她。她家喂了两只绵羊，草料不够吃，马大妮就趁着午间休息，到地里薅些青草喂羊。由于天气炎热，地里无人，她就脱掉长裤短褂，光着上身，穿着大裤衩，钻到玉米地里薅草。万万没有想到，刘小黑像恶狗一样扑来，她还没来得及反应，就被刘小黑压在了身下。马大妮从小扛着大锤跟爹打铁，练就一身蛮力，大叫一声，一挺肚子，来个老牛翻身，骑在了刘小黑身上，甩开巴掌，左右开弓，劈头盖脸，足足打了十几巴掌，打得刘小黑口鼻流血，喊爹叫娘。马大妮恶狠狠地骂道："你撒泡尿照照你那熊样子，还想占老娘的便宜！"说着又是一巴掌。

刘小黑两手不停地抓挠着骂道："臭娘们，你敢打我，老子马上就当社长了，看我怎么收拾你！"

马大妮站起来朝刘小黑屁股上劈腚一脚，骂道："当你奶奶的，滚犊子！"

刘小黑连滚带爬，一口气蹿出玉米地跑了。

马大妮看着刘小黑狼狈逃窜的样子，哈哈大笑。

黄河故道乡村，老娘们在地里干活，特别是炎热的夏季，光膀子是常事，碰到这样的事也不足为怪，打骂一阵子也就了事了。马大妮满身泥水，头发散乱，跳到黄河滩一片水里，呼呼啦啦洗了个澡，穿上衣服，背着一捆青草朝村里走去。刚刚走过堤口，男人麻大狗披着衣服，脖子上挂着烟袋，哼着小曲走过来说："累死你个熊女人，你看太阳到哪里啦！"说着把一捆青草从马大妮身上接过来，自己背着。

马大妮理着湿漉漉的头发，发狠地说："天虎他爹，你去把刘黑子揍一顿，老娘在棒子地里薅草，他那王八羔子想我的好事！"

"我在村口碰到他，像个泥人似的，口鼻流血，脸都肿了，看见我撒蹦子就蹿了，是你揍的吧？揍得好，狠狠揍！"麻大狗背着草，大步走着，扯起嗓门唱起来，"西门外放罢了催阵炮，伍云召我上了马鞍桥……"

马大妮在后面哈哈笑着说："马鞍桥，驴鞍桥，号得像猪叫，跑调了……"

刘小黑跑回大刘庄，拐弯抹角，走出一条胡同，正要回家，没有想到顶头碰上了陈敬德，忙用手捂着脸。

陈敬德惊奇地说："刘小黑同志，你这是咋啦？"

"没啥没啥，摔倒碰的。"刘小黑说着想走过去，被陈敬德拦住了。

陈敬德把刘小黑扯到一个僻静处说："牛副区长给我来电话了，他说你找他，想当西社社长！"

刘小黑一听这话，也顾不上疼了，忙说："陈组长，你就赶快宣布吧！"

"你等不及了？"陈敬德笑着说，"牛副区长还说，一定要走民主程序，社长必须由社员选举产生！"

"做做样子嘛！"刘小黑着急地说，"只要你说话，哪个敢不投票？牛副区长现在官比你大，他叫我有事多向他反映。"

"向谁反映是你的权利，"陈敬德严肃地说，"区委书记赵玉彪也无权任命高级社社长，只有社员有这个权利！"

刘洪山被停职也波及大刘庄小学，老师们都在议论这件事。负责教学的张冬月问刘长水："长水,听人说刘小黑要当社长,真的假的?"

刘长水扬扬胳膊,没好气地说:"谁想干谁干去,与咱无关!"

"话可不能这样说。"张冬月小声说,"大刘庄办学校,刘小黑一直不痛快,这小子要上了台,还不把咱学校拆了?"

"我看他没这个狗胆。"刘长水大声说,"从今天开始,咱们成立护校队,大家轮流值班,从我开始,晚上我就住在学校里了!"

刘长水晚上没回家吃饭,汪玉兰知道儿子学校里忙,就提着饭菜朝学校走来,四周黑乎乎的,一片寂静。汪玉兰推开校门,看办公室里还亮着灯,儿子正坐在桌前看书,心疼地说:"水儿,都到啥时候了,也不回家吃饭。"说着把饭菜放到桌上。

"娘,黑灯瞎火的,送啥饭?一会我就回去了!"刘长水站起来,担心地说,"俺爹吃饭了吗?"

汪玉兰叹口气说:"你爹的饭量比以前小多了,我出门的时候,他又被你四爷爷喊走了,不知是啥事。"

刘长水拿起一个馍馍吃着说:"娘,既然不干社长了,就别叫俺爹出去了,好好在家歇着!"

"你爹就是个闲不住的人,说了也白搭!"汪玉兰倒了一碗汤放在儿子跟前说,"好多天没见彩玉了,没到你这里来吗?"

"提她干啥?各过各的日子。"刘长水一口气喝下一碗汤说,"随她去吧!"

汪玉兰不住地叹气,收好碗筷,嘱咐儿子几句,离开了学校。

刘长水站在校门口,看着娘离去的身影,眼里泪汪汪的,正要转身回去,有人轻轻喊了一声。刘长水一惊,只见从树影里走出一个人来。

"月娥!"刘长水迎上来说,"天这个时候了,你来有啥事?"

麻月娥揪住刘长水的衣角,扯到墙根,四下看看,小声说:"我跟你说句话。"

刘长水心里一阵紧张,说话有点结巴:"月娥,有啥话说吧!"

"你还记得于苗苗吗？"

"她是咱班里的文体委员，你俩关系最好，问她干啥？"

"苗苗的妈是县组织部的干部，你去找找她，也许能帮上忙。"

"帮什么忙？"

"我真害怕刘小黑上台。"麻月娥颤抖抖地说，"苗苗妈也许能管住这事，叫刘叔继续干社长。"

刘长水松了一口气，笑着说："月娥，你找我就是为这事？"

麻月娥点点头。

刘长水深情地看着麻月娥，不由得一阵激动，想拉拉她的手，手伸出去又收回来，慢慢地说道："月娥，你放心，大刘庄西社的大权落不到黑子手里！"

"那我走了！"麻月娥看了刘长水一眼，转身要走。

刘长水忙说："月娥，天黑，慢点走。"

麻月娥小跑似的走进树影里。

刘长水看着麻月娥走进小树林，痴呆了一阵，不由得摇摇头，正要关校门，啪嗒一声，远处飞来一个坷垃头，砸在了大门上。刘长水咋呼几声，没有动静，又围着学校转悠了一圈，连个人影也没看见，疑惑地说："今天遇到鬼啦！"

大刘庄召开西社社长选举大会，刘小黑以为有几分把握，站在会场上，昂着头，扫视着社员投票。很多社员把手里的豆子扔了，刘小黑只有几票，还没有李二良的票数多，李二良的票也不够半数，社长没选出来。

刘小黑气急败坏地说："陈敬德，你为啥不动员社员投票？我看你怎么跟牛副区长交代。"

"好交代！"陈敬德微笑着说，"把你得到的票数报给他，他就明白了。"

"我要跟你们斗争到底！"刘小黑咬着牙说。

"奉陪到底！"陈敬德仍然笑着说。

刘小黑气呼呼地走出会场，恰巧碰上马大妮，想跑没有跑掉，被马大妮一下子扭住耳朵，骂道："咋样？黑驴蛋，白做一场美梦吧！"说着，朝刘小黑身上踢了一脚，"天虎他爹叫我把你劁了！"

"泼货！"刘小黑骂着，一炮蹶子跑了。

陈敬德暂时代理西社社长，他对刘洪山说："老哥哥，你现在虽不是社长，可你还是大刘庄西社的社员，你可不能撒手不管，看我的笑话。"

"有你当家，大刘庄出不了圈。"刘洪山微笑着说，"有啥苦活累活，你打招呼就是了。"

在那艰难的岁月，生产力低下的年代，解决几百口人的吃饭问题，不是一件轻松的事。陈敬德干了半个月的西社社长就觉得吃不消，再干下去恐怕要出问题，找到赵玉彪说："赵书记，大刘庄社员阻止卖粮，要说错，首先是我们的错在前，工作没做好，责任不能让刘洪山一人承担。关于私藏粮食，我已调查清楚，是个别社员所为，刘洪山主动承担责任，说明他心胸坦荡，爱护百姓，是一个敢担当的人。"

赵玉彪心情沉重地说："老弟，你以为撤掉刘洪山，我心里就好受？区班子也有人打抱不平，为刘洪山喊冤呢！牛友亮咄咄逼人，私下向县里反映情况，竟有人支持他。为顾全大局，只好先委屈刘洪山，过些日子我会向有关部门说清楚的。"

"难道你叫我就这样代理下去？"

"你就再开一次选举会嘛。"

"这样的选举合法吗？"

"只要是公开选举，就是合法的，不搞候选人，完全是社员意愿，刘洪山要是选上了，上面再问起来，也有个交代！"

"好，好，那就选吧！"陈敬德苦笑着离开赵玉彪的办公室。

刘洪山又一次被社员选为社长。

刘小黑给县里写信，信转到赵玉彪手里，没有任何批示。黄河区召开党委会的时候，赵玉彪把刘小黑的信念了一遍，问大家有什么意见。

牛友亮说:"陈敬德欺骗群众,袒护刘洪山,操纵选举,问题的性质是严重的,既然有社员来信,就说明有问题,区里应该调查一下。"

赵玉彪看了牛友亮一眼,微微笑了笑,把信放到牛友亮面前说:"好吧,这件事就由友亮同志亲自负责!"

牛友亮像被马蜂蜇了一下,猛然站起来说:"赵书记,这是啥意思?我去不合适。"

赵玉彪笑着说:"友亮同志,你在大刘庄蹲过点,熟悉情况,现在又是分管组织工作的副区长,你要不合适就没有合适的了!"

参会的人都捂住嘴笑。牛友亮满脸通红,咬着牙,暗暗骂道:"姓赵的,你个老小子!"

大刘庄西社选举大会结束以后,陈敬德笑着说:"天降大任于是人,刘洪山同志,接着上套吧!"

刘洪山苦笑着说:"老陈,你还真把我当成牲口使了。"

"刘小黑不适合在西社干了,我想把他弄出去。"

"你有什么安排?"

"没别的地方去,东社范彩玉更不愿意要他,调到村民兵队吧。"

"不妥啊!"刘洪山摇摇头,拍拍陈敬德的肩膀说,"老陈,我知道你是为了西社少出麻烦,也是为了我,可你想到没有,枪杆子怎么能交到这种人手里呢?会出大事的。"

"在我权力范围内,确实找不到适合他的位子。"

刘洪山不住地吸着烟,沉闷了一阵说:"老陈,还叫刘小黑留在大刘庄西社,还给他挂着副社长,你不用担心,西社几百号人的眼睛会盯着他的!"

二十四

忽如一夜春风来，千树万树梨花开。

大刘庄工作组组长陈敬德从区里开会回来，连夜召开两个社的干部会议，宣布一件大事：黄河区改为黄河公社，高级社改为生产连队，社长改为连队长，实行军事化管理，同时开展全民大炼钢铁。

刘洪山开玩笑地说："老陈，我是连队长，社员就是战士，你就是营长，我们都是你的兵，是不是给我们每人发套军装？"

"发军装，你是不是还想要支枪？"陈敬德挥着手说，"高级社改成生产连队，并不是军队，主要目的是实行军事化管理，一切行动听指挥，提高生产效率嘛！"

大炼钢铁，刘洪山只安排一半的劳力建炉子炼铁，其余的劳力到地里干活。

黄河公社生产指挥部主任牛友亮派到大刘庄监工的马小环又把地里的劳力给赶了回来。

刘洪山气愤地说："马小环，铁要炼，地也得种，庄稼收不上来，秋种搞不好，国家的征粮任务怎么完成？老百姓吃什么？"

"种什么地？"马小环不知农时，没深没浅地讽刺刘洪山说，"刘队长，我没来就知道你，牛副区长给我介绍过大刘庄的情况，你一个老中农，小农经济，鼠目寸光，思想落后，没有觉悟，只知道面朝黄土背朝天！"

刘洪山看着马小环，乳臭未干，张牙舞爪，不由得哈哈笑着说："小乖儿，你小子是站着说话不腰疼。不看黄土只看天，天上能掉馒头吗？农民就是一门心思地种地，土里刨食，能吃饱喝足，心里不慌，比什么都强，土地没有了，只能喝西北风！"

马小环气得直跺脚，指点着刘洪山发威说："你这是什么言论？公然跟'大跃进'对抗，小心我整你！"

"我对抗？还要整我？"刘洪山大声说，"马小环，我问你，收了工，你干啥去？"

"这还用说吗？"马小环扬起手说，"吃饭去呗！"

"饭从哪里来？"刘洪山着急地说，"眼下正是秋种秋收的时候，一天不能耽搁，没有劳力行吗？庄稼没有了收成，你到哪里吃饭去？"

马小环指着刘洪山吓唬说："你个老家伙，强词夺理，思想反动！"

刘洪山叉着腰说："我是队长，西队我说了算，你就是说破天，劳力也不能撤回来！"

马小环怒气冲冲地找到陈敬德，要在大刘庄开批斗会。

陈敬德拍着马小环的肩膀，苦笑着说："小环同志，你的革命热情很高，值得表扬。你看看，现在正大炼钢铁，这是当前工作的重中之重，要排除一切干扰。批判刘洪山会耽误时间，完不成上级下达的炼铁任务，你我谁能承担责任？这样吧，西队由我直接负责；东队刚新建几个铁炉，正需要人手，你去负责，彩玉队长会配合你的！"

马小环在陈敬德的领导下，不敢违抗，抓着头皮，嘴里嘟嘟囔囔，很不情愿地走了。哪想到三天后，一个炼铁炉发生事故，马小环丢了一只胳膊。

刘洪山提着一篮子鸡蛋去医院看望马小环，马小环哭得像个泪人一样。刘洪山抚摸着马小环的肩膀说："孩子，好好养伤，你还年轻，以后的路还长着呢！"

"我太幼稚了，啥都不懂，就知道朝前冲。"马小环痛苦地说，"刘队长，我那样不尊重你，还要开你的批斗会，你还能拿着鸡蛋来看我，我真不知道说啥好！"

刘洪山若有所思地说："小环，你身上有一种火力，直来直去，干劲十足，我喜欢你这样的年轻人，我觉得咱爷儿俩有缘，等你伤好了，再到大刘庄来，叫你大婶给你包饺子吃！"

马小环眼含热泪，抓住刘洪山的手，久久不舍得松开。

刘洪山刚出医院大门，恰巧碰到陈敬德来看马小环，陈敬德说："老刘啊，你能来看马小环我很高兴。小环是个苦孩子，从小没娘，刚刚从部队转业回来，想不到就丢了一只胳膊，我有责任。"

"老陈，人心都是肉长的，跟赵玉彪书记说说，一定把小环安排好。不瞒你，俺俩现在是好朋友啦！"刘洪山突然沉下脸来说，"壮劳力都拉去炼钢铁，秋收秋种也耽误不得啊！"

"老刘，现在不好办，检查团走了一拨又来一拨，只好白天炼铁，晚上秋收秋种。"

刘洪山担心地说："活太重了，我怕这样人受不了。"

"非常时期，叫大家忍着点。"陈敬德又说，"还有一件大事，县里要求各生产连队大办食堂，军事化管理，这样可以节省时间。彩玉那边已经开始准备了，西队也不能落在后面。"

"办食堂？"刘洪山惊愕了半天，不解地画个圈说，"你是说一个生产连队都在一个锅里吃饭？"

"不好吗？"陈敬德笑着说，"部队、工厂、学校，大家不是都在一个锅里吃饭吗？"

刘洪山犹豫着说："这事不小，我得好好琢磨琢磨！"

"现在一切都要突出一个'快'字，你可不要拖全公社的后腿哟！"陈敬德说着，大步朝医院走去。

大刘庄西队的食堂是最后一个办起来的。刚开张没有三天，一下子来了一大帮吃客，坐在门口等着开饭。

刘洪山牵着大花牛恰好路过食堂，看到一群男男女女，有人还抱着孩子，不由得问："你们这些人是干啥的？哪个庄上的？"

一个三十来岁的男人站起来说："我们都是河北几个村的社员，听说你们食堂今天中午有肉，我们都是来吃碰食的。"

"吃碰食？"刘洪山摇着头苦笑着说，"眼下农活这样紧，跑这么远来吃饭，你们队里不干活啦？"

"现在吃大锅饭，到哪里都有饭吃，干什么活？"一个背着孩子的中年妇女走上前说，"不瞒你，这一阵子我们吃了十几家食堂了，今天特地来尝尝大刘庄的饭菜香不香，你们可不要小气啊！"

大全从食堂里走出来，接过刘洪山手里的牛绳说："队长，呼啦来了这么多人，咱们食堂的饭菜是定量的，不够吃。"

刘洪山对着人群大声说："我是大刘庄西队的队长，你们来这么多人，事前也没有打个招呼，我们按人头做饭，你们带来的孩子，一人一个馍，其他人回到自己队里的食堂吃饭去吧！"

人群哄闹起来，有人大声咋呼说："'大跃进'就是大口吃肉，大碗喝酒，谁不叫我们吃饭，谁就是破坏'大跃进'！"

刘洪山一看有人想撒野，毫不客气地说："你们再胡闹，我叫人把你们轰出去！"

那个背着孩子的中年妇女说："你要不叫我们吃饭，我们就告你去！"

刘洪山摆着手说："想到哪告到哪告，说破天也不管你们饭！"

这时，大全带着几个民兵跑过来，把住大门，大声说："你们再不走，就不客气了。"

"大刘庄西队的人真抠门。"人群里有人摆着手说，"走吧，咱们到东队吃去！"

东队的食堂事前没有防备，正赶上吃饭的时候，一下子拥来几十口人，几笼馒头一下给吃得干干净净，两大盆豆腐粉条也被吃个精光。

范彩玉带着一帮建高炉的人前来吃饭，看到这个场面，气得满脸通红，高声说："干什么的？谁叫你们来吃饭的？"

那个中年男子手里拿着两个馒头，满嘴油乎乎的，大声说："西队的人太小气，把着门不让我们进，我们只好到东队吃饭了！"

"哎哟哟！"背孩子的妇女笑着走过来说，"你就是传说中的穆桂英、花木兰吧，真是百闻不如一见，一表人才，真给咱黄河滩的女人长脸了。你们食堂的馒头又白又大，咬一口，筋硬硬的，好吃！"

范彩玉苦笑着，没有答话。

干活的人吃不上饭，又急又饿，眼看要跟那帮吃碰食的人吵起来。

范彩玉站在几块砖头上，没好气地摆着手说："你们都吃饱了吧，赶快走吧，以后不要来了！"

范彩玉以为是西队有意把这帮人赶来的，心里一阵说不出的懊恼。

老饲养员李广胜挎着一篮子馒头朝家里走去，嘴里还不停地嘟囔着，在一个巷口碰见刘洪山走来，叹口气说道："洪山，你看看，这些馒头都是我在东队食堂垃圾堆里拣出来的，吃到肚里不心疼，扔了叫人心疼。"

刘洪山抓起几块馒头放在鼻子上闻闻，又放在篮子里说："广胜哥，你把这些馒头晒干了，收起来，说不定以后能救急！"

"这样吃下去不得了！"李广胜说着，挎起篮子朝家里走去。

刘洪山步履匆匆地来到西队食堂，看到马大妮带着几个妇女正在打扫卫生，忙说道："大妮，看到咱队里有扔馒头的吗？"

马大妮停住手中的扫帚说："队长，咱队的食堂是按定量发馍，没有一个浪费的。刘小黑剩半碗汤没喝完，放到桌上，四老头子看见了，骂了黑子一顿，逼着黑子把剩下的半碗汤喝下去！"

"每一粒粮食都是大家的血汗，谁也不能浪费。"刘洪山说着，又看看几个盛潲水的木桶，用挠钩在垃圾里扒了扒，说道，"大妮，明天还要降低标准，能吃饱就行。"

西队的食堂办了半个多月，刘洪山就降低了标准，饭前登记，定量做饭，粗细搭配，干稀调剂，忙时吃干，闲时吃稀，把住大门，外人止步。

刘小黑意见很大，讽刺挖苦刘洪山说："刘老头，你咋这样抠门！什么叫大锅饭？大锅饭就是大吃大喝，吃得饱吃得香。国家有的是粮食，仓库都装不下，一火车一火车朝外运，咱的粮食吃完了，国家会给咱调来！"

"要这样吃下去，金山银山也得吃空！"刘洪山看着刘小黑吃得油光光的脸，质问道，"调粮，调粮，咱这里是粮食产区，粮食要是没了，还到哪里去调粮？"

"你这是公开反对'大跃进'，诬蔑大好形势！"刘小黑蹦起来说。

"你小子蹦到天上去也没有用。"刘洪山质问刘小黑说，"'三反运动'，你知道吗？有一反，就是反对铺张浪费。去年广播里还提倡增产节约，难道你忘了？"

刘小黑发狠地说："刘洪山，你敢停办食堂，我告你去！"

"你小子告我也不是一次两次了，有种你就使劲告，最好跑到北京去告。"刘洪山气恼了，指着刘小黑骂道，"狗东西，总有一天饿得叫你小子蹦不动！"

陈敬德到县里学习一个星期，马正临时被抽调到另一个村庄帮忙去了。王元一见二人走了，假说老娘有病，也请假回家了，大刘庄一时没有了工作组。刘洪山跟刘四爷、李二良、马大妮商量，很快就把食堂停了，有时中午开一顿，早晚各自回家做饭吃。

刘长水两头牵挂，看西队的食堂停了，觉得老爹这一步走得对，忍不住就去找范彩玉，希望东队也能学习西队。

大办食堂一开始，范彩玉就显得十分积极，她挨家挨户收粮食，有人把粮食藏在地窖里，也被翻出来。唐四养了一头一百多斤重的猪，不愿上缴，就藏到村西废窑洞里，生怕被人发现，不敢去喂。猪饿得嗷嗷直叫，挣断绳索，跑了出来，被人发现，报告给范彩玉。范彩玉派人把猪赶到队里食堂杀了，大家伙吃了一顿。东队的食堂比西队早办了十几天，公社检查团来大刘庄，都是在东队食堂吃饭，范彩玉感到脸上很有面子。

范彩玉气愤地说："长水，你是好日子不过，自找没趣，打什么横炮？连队办食堂，吃饭不花钱，大家都欢迎。你爹把食堂停了，追查起来，是要挨批的。"

刘长水还是坚持说："俺爹说，宁肯囤尖上留，也不敢囤底上愁。这样大吃大喝下去，他担心粮食吃完了要出问题，想细水长流过日子。我觉得俺爹的做法没有错，你是不是也灵活点？"

"什么灵活点？"范彩玉没好气地说，"你爹思想落后，跟不上形势，多次受到批评，你叫我向他学习，你这是对我好，还是害我？"

"放开酒量，喝个一醉方休；敞开肚皮，吃得满嘴流油！"刘长水一看范彩玉不买账，苦笑着说，"我看你范彩玉能吃到哪一天！"

"吃一天算一天，只要上级不发话，食堂就是不能停！"范彩玉不耐烦地说，"快走吧，老老实实在学校待着，别没事找事！"

唐五主管饲养室，经不住老四鼓动，找到范彩玉说："范队长，大办食堂，我双手赞成，社员也高兴。老四把猪藏起来，我狠狠批评了他，他也知道错了，请你原谅他。"

范彩玉说："知道错就好，我不会跟他一般见识的，养头肥猪也不容易，从队里账上划给他十元钱。"

"范队长心胸宽，叫人心服口服，上级多次表扬你，我们的脸上也有光。社员吃食堂，吃得饱吃得好。咱队的牲口也怪辛苦的，夜里还要出工，是不是增加些饲料，也叫它们享受一下吃大锅饭的快乐？"唐五看着范彩玉的脸，笑着试探说，"我就是这么一说，范队长你说了算！"

范彩玉不假思索地说："好吧，保护好耕牛也很重要，每头牛一天增加一斤饲料！"

西队的饲养员刘大孩看到东队给牲口增加饲料，其中还有黑豆和黄豆，想给刘洪山提个意见，给西队的牲口也增加饲料。

刘洪山正在跟刘四爷商量停办食堂的事，大孩走过来说："洪山哥，东队都给牲口增加饲料了，我们西队的牲口……"

"拨给饲养室的饲料已经不少了，保住牛膘没有问题，就是天天出活，饲料也够了。再说，牛以草食为主，料多了不一定是好事。"刘洪山看着大孩不情愿的样子说，"大孩，你小子噘什么嘴？你觉得现在的粮食多了吗？不多！一年下来，西队需要多少口粮，你算过账吗？人要节约粮食，牲口也要节约饲料，过日子要细水长流，到明年午季还早着呢！"

刘四爷也说："大孩，你洪山哥说得对。咱队的牲口，只要按现在的标准喂下去，一不影响上膘，二不影响出工，你喂好牲口是正事，跟人家比啥？不信，回家问问你娘，看她咋说！"

刘大孩红着脸说："四叔，你千万不能跟俺娘说，她要知道能骂死我！"

刘洪山咂咂嘴："范家丫头给每头牛每天增加一斤料，这一年下来，可就是几千斤粮食！"

刘四爷叹口气说："这么多的饲料就怕吃不到牲口嘴里！"

刘洪山吃惊地说："你是说唐老四克扣饲料？"

"不克扣饲料，他家指望什么养这么大的猪？"刘四爷生气地说，"有人看见他到黑市上偷偷卖黄豆！"

"不怕外贼，就怕家漏！"刘洪山气愤地说，"四叔，看来这大锅饭不能再吃下去了。"

刘四爷看看四周，小声说："洪山，咱把食堂停了，恐怕要惹祸！"

"四叔，我个人挨批挨斗不算什么，真要把队里的粮食折腾光了，那就不是批斗的事了。"刘洪山把手一摆，"这事我做主了！"

刘小黑又跑到公社告状。

黄河区区委书记赵玉彪吃惊地说："刘小黑同志，你知道刘洪山为什么要停办食堂吗？"

"还能为什么？他是个老中农，搞的还是土改前那一套，总想着单干，跟贫雇农不是一条心，炼钢铁，他只用一半劳力，还偷工减料。"刘小黑急吼吼地说，"退社的是他，阻止卖粮、藏粮的是他，不好好炼铁的是他，停办食堂的还是他，他再继续当队长，大刘庄真要变天了。"

赵玉彪看看刘小黑，听他讲的话，好像也有些道理，不由得拍拍刘小黑的肩膀说："刘小黑同志，你反映的这些问题很重要，你先回去吧，公社党委会认真处理这件事的。"

刘小黑刚走不久，牛友亮拿着材料走过来说："我也接到大刘庄西队的举报信，反映刘洪山私自停办食堂，社员很有意见，严重挫伤大家的劳动积极性。"

赵玉彪从牛友亮手里接过材料，里面写的跟刘小黑说的一模一样，严肃地说："友亮同志，大刘庄刘洪山的问题重大，我要亲自过问。这一段时间你再到其他村看看，调查研究，把具体情况搞清楚，不要一有来信就下结论！"

陈敬德不在，牛友亮想插手大刘庄的问题，听赵玉彪这样说，也不好再说什么，无趣地走开了。

赵玉彪把刘洪山叫到公社办公室说："老刘啊，我今天找你来，知道为什么吗？"

刘洪山掏出烟袋，挖着烟，诙谐地说："是不是给我再戴顶帽子？"

赵玉彪哈哈笑了一阵，脸色慢慢严肃起来，拍了一下桌子说："刘洪山，你好大胆子，你也不看看现在是啥形势！你一个小队长竟敢跟政府对着干，停办食堂，叫社员开小灶！有人已经把你告到公社了，说不定还要告到县里，有人提出抓你个典型，开你的批斗会。"

"现在就斗吗？"刘洪山吸着烟，站起来说，"我送上门了。"

"坐下，坐下。"赵玉彪咧着嘴，给刘洪山倒了一杯水，"我还没点头，哪个敢批斗你？说说大刘庄西队的情况吧。"

西队停办食堂，不是一件小事，很难瞒住，刘洪山知道早晚有一天他会被送到被告席上，少不了挨批挨斗，但只要能为社员省下粮食，自己受到批判也值得。刘洪山一不紧张，二不害怕，正想跟公社领导说一说心中的苦衷。

刘洪山打开了话匣子："赵书记，我刘洪山是啥人你不是不知道，说我反对'大跃进'，这顶帽子我刘洪山不能戴。大刘庄向国家卖了多少粮食，你心里应该有数。老百姓宁愿自己吃粗粮，也要把小麦卖给国家，利益受到影响，闹点情绪，发发牢骚，太正常不过了，割谁身上的肉谁不疼？机关干部的工资要是被扣了，你们就没有意见吗？谁要有点意见，马上扣顶帽子，吓死人哩！老百姓说话，不管是对是错，听听都有好处。我听老陈说过，毛主席在井冈山闹革命的时候，一有时间就坐在地头上跟农民拉大呱，听听老百姓都想些啥。高级社成立后，上面来检查的干部也不少，都是这里看看那里瞧瞧，讲讲大话，拍拍屁股就走了，真正坐下来跟老百姓拉大呱的不多。毛主席能跟老百姓拉拉呱、唠唠家常，咱们县里、公社的干部为啥就不能听听老百姓的意见呢？现在吃食堂，吃饭不要钱，敞开大门，没有节制，白吃白喝，有多少粮食吃不完？停办食堂，是想叫社员吃饭有计划，粗细搭配，干稀结合，细水长流。海吃海喝把粮食吃光了，到头来，还不是给国家增加负担吗？年前开队长会，你嘱咐我们，一要增产，二要节约，你的话我可都记得清清楚楚的。"刘洪山话说得太多，想喝口水，吸袋烟，听听赵书记怎么说。他掏出烟袋，挖了一锅烟，深深吸了一口，两股浓烟从鼻孔里冒出来。

　　赵玉彪没有想到一个老农民竟能讲出这样一番大道理，忽然想起老县长沙玉明在县干部大会上表扬过刘洪山，说他不但有惊人的胆略，还有超人的智慧，看来这个刘洪山不是自己想象中的人物。赵玉彪看着刘洪山那炽热的表情，深感他的话有些道理。自己也是农民的儿子，家在萧成县偏远山区，前些天回到家看望爹娘，兄弟是个连长，对大办食堂发了一大堆牢骚，自己隐约有些担心，国家的粮食并不多，老百姓真要断粮了，也难以救济。赵玉彪想了一阵，拍拍刘洪山的肩膀说："刘队长，为国家节约粮食，你的思想是积极的，想叫老百姓细水长流过日子，你的心是善良的、崇高的。你也知道，现在的形势，'大跃进'时期，全国一盘棋，执行政策是不能打折扣的，这是原则问题。你回去还是把食堂办起来，按照你的方法去管理，同样也能节约粮食。"

　　"赵书记，执行上边的政策没有错，我是尽量地去做，有时候拐点弯子你也不要见怪，总得给我们村干部一点自主权吧。各村的情况都不一样，大刘庄也有大刘庄的情况。"刘洪山说着笑了，"赵书记，你今天不开我的批斗会，说明你的心还是贴着俺大刘庄的，你说咋办我就咋办。你要能给我写个条子，说大刘庄的粮食吃完了，公社就会把粮食送来，我保证天天杀猪宰羊，到时候还请你去做客！"

赵玉彪禁不住哈哈笑了，摆摆手说："老刘啊，这个保证不了，我也不会给你写条子，就是写了，县粮食局也不认。我今天叫你来，一是听听你的意见，二是给你提个醒，自己要把握好政策！"

赵玉彪把刘洪山送到门口说："老刘，你是个很有想法的人，大刘庄两个生产队，这几年也为黄河公社争得不少荣誉，也是咱们公社为国家提供粮食最多的村庄。县里、公社都高看你们，不然的话也不可能今天把你弄下来，明天又把你弄上去。我们都觉得你是个能人。你也好自为之，大刘庄千万不能出问题，一出问题就会影响整个黄河公社。范彩玉是个女同志，也很能干，都说她是花木兰。你给我带个话，农村工作要依靠群众，团结群众，关心群众生活，注意工作方法！"

"看来你是个好官，说的都是人话！"刘洪山在鞋底上磕磕烟灰，把烟袋别在腰里，大步上了路。

赵玉彪看着刘洪山走去，摇摇头，苦笑着说："这个刘洪山，我也是个人，当然要说人话！"

陈敬德从县里学习回来，传达有关精神，讲了自己的心得体会。

刘洪山摇摇头说："老陈，你去年传达的精神我们还没有做好，你今天又说了一大堆，我都有点糊涂了。"

陈敬德惊奇地笑着说："去年什么精神？"

"你没忘吧，那天晚上，外边下着大雨，你给我们读文件。"刘洪山吸着烟说，"你说这个文件太好了，说出了大家的心里话。你说咱们国家很穷，各种物资都很匮乏，特别是粮食，好多地方还吃不饱，要搞增产节约运动。这一年来，产没增多少，运动却是一个一个来，现在又大吃大喝起来，我心里越来越没有底了。"

"老刘，我知道你的意思，公社赵书记都跟我说了，他还夸你了不起。正是因为咱们国家落后，才提出'大跃进'，就是为了加快社会主义建设嘛，尽快赶上发达国家水平！"陈敬德语重心长地说，"我在城里就听说你对办食堂有抵触情绪。办食堂也是为了给社员节省更多的劳动时间，大家一起吃饭，一起劳动,便于指挥,哪里不好?"

"一起吃饭,一起劳动,你想得好。你回来了,你到食堂看看,再到地里看看,饭是怎么吃的,活是怎么干的。"刘洪山站起来说,"我看了,要是照着这个路子走下去,要不了多久,社员非挨饿不可,社员饿着肚子,还怎么去'大跃进'?"

"我今天不跟你争论,也许你说得有道理,我看看再说!"陈敬德严肃地说,"当务之急要加快炼铁速度,提高炼铁质量,迎接全县大检查。"

大刘庄大炼钢铁,一个多月过去了,不但原料欠缺,燃料也高度紧张。刘洪山叫人到周边几个村去买木炭,结果一斤木炭也没有买到。

刘小黑带着王高几个人去扒麻乐行家的房子,被老师和学生拦住了,刘小黑强行要扒,刘长水和其他老师就蹲在墙根下。

刘小黑恶狠狠地说:"刘长水,你反对扒地主家的房子,就是反对大炼钢铁。"

刘长水争辩说:"刘小黑,不要胡说八道,这房子土改时就被没收了,是人民的财产,现在是学生教室,跟麻家没有任何关系。办教育是党的政策,你把房子扒了,这些孩子怎么办?"

陈敬德听说刘小黑带人扒学校去了,匆匆忙忙赶来说:"刘副队长,好不容易办个学校,扒了教室,学生怎么办?赶快回去,想别的办法。"

刘小黑来扒麻家老院另有目的——麻家当年是黄河故道有名的大地主,一定还有没找到的金银财宝,那把凤椅说不定就在房子里哪个地方藏着,扒了房子,自己也许能发笔横财。刘小黑房子没扒成,还挨了一顿批评,带着人愤愤地走了。

这天马大妮突然跑来说:"队长,不得了,四爷把他防老的棺材板拉到炼铁炉了,他闺女秀兰还在家哭着呢。"

刘洪山一口气跑到炼铁炉边,四爷已经把一块板子塞进炉膛里。刘洪山急忙把木板从火里拽出来说:"四叔,你把棺材板烧了,等你百年以后,睡在哪里啊?"

刘四爷因为炼铁缺炭少柴，心里十分着急，转悠了半天，再也找不到可以炼铁的燃料了，就把女婿满仓喊来，让他把棺材板抬出来。满仓不敢抬，就把这事跟媳妇秀兰说了。秀兰哭着趴在棺材板上说："俺爹，您老好糊涂啊，好不容给你攒下的木料，你要把它拉去烧了，等你百年之后，你叫闺女给您老黄土撒脸吗？"

刘四爷看闺女伤心，含着眼泪把闺女拉起来说："孩子，起来吧，爹知道你是个孝顺的孩子。人死了，有棺木没棺木，最后还不都是变成一把土？爹想得开。这几天，我看你洪山哥急得团团转，我想帮他一把，可我也没有啥好办法。爹只有这点本钱了，爹情愿拿出来，咱大刘庄总得过去这个坎啊！"

秀兰是个明事理的女人，她深知爹的脾气，爹认准的理，自己是改变不了的，她只好擦着眼泪，看着满仓把棺材板装到车上。

刘四爷看刘洪山抽棺材板，忙上前按住说："洪山，我老了，越来越没有用了，你把我放在村班子里，我也帮不了你太大的忙。今天到了这个时候，谁也想不出别的法子，你就叫我尽点力吧！"

刘洪山朝李二良使个眼神，李二良走过来把刘四爷拉走了。刘洪山于心不忍，最后还是留下一半。

三奶奶听说老四把棺材板拉去炼铁了，也咬着牙把自己的几件老嫁妆拆了，叫儿子给队里送去。

黄河公社书记赵玉彪、副区长牛友亮陪同县委副书记钱月丽来到大刘庄检查工作，从村东到村西转了一大圈。东队到处张贴着标语，几个铁炉干得热火朝天。而西队的铁炉停了一个，一幅标语也没有看到。钱月丽又来到沙丘平整工地，东队干活的有五六十号青壮劳力，任务已经完成过半，而西队只有李二良带着一群妇女在干活，完成任务不到三分之一，其他劳力都搞秋收秋种去了。

钱月丽立即召开现场会，首先表扬了东队，拉住范彩玉的手说："你是名副其实的花木兰、穆桂英，你是咱全县妇女的骄傲，我代表县委给你戴大红花！"说着从一个工作人员的手中拿过大红花戴在范彩玉的胸前，会场响起雷鸣般的掌声。

范玉堂站在会场后面，笑得合不拢嘴。刁婵梅扯扯范玉堂的衣角，咯咯笑着说："范老头，听见了吗？你闺女马上就要高升了，你在大刘庄真成了范老爷了！"

范玉堂头昂着，高傲地说："那是！"

钱月丽突然高声喊道："刘洪山同志到前面来！"

刘洪山架着烟袋，朝前走出几步说："钱副书记，我一直听你讲话呢！"

钱月丽脸色一变，厉声说："刘队长，现在是'大跃进'的关键时期，要多炼铁、炼好铁，支援社会主义建设。但是大刘庄西队看不到'大跃进'的样子，一张标语看不到，一句口号听不到，高炉停了一个不说，连沙丘平整工程完成任务也不到三分之一，你这样消极怠工，必须写出检查。"

刘洪山深深吸了几口烟，稳稳地站在那里，微微笑了笑说："钱副书记，不贴标语，我是为了给队里省钱，把钱用在生产上；炉子停一个不假，那是因为炉子设计有问题，我们正在改建，炼铁缺燃料，刘四爷把自己的棺材板都拉来当柴烧了，三婶把自己的嫁妆也拉来了，社员的劲头都是满满的；黄河滩上的沙丘基本上稳定了，我们在上面栽果树，也是为了固沙保土，县里技术员也是这样说的，现在把上面的树砍掉，把大量的沙土覆盖在地里，要是遇到旱季，会加重土质沙化，不合算，我正要向上级反映这个问题！"

钱月丽吃惊地看着刘洪山，眉头不由得皱了皱，疑惑地说："难道说是县委的决策错了？"

赵玉彪趁机说："钱书记，我也觉得刘队长说得有道理，他对黄河故道土质沙化知道得比我们深，我们应该相信他。"

钱月丽沉闷了一阵说："赵玉彪同志，也许刘洪山说得有点道理，县委以后会研究的，但是，炼铁、平整土地任务没有完成，还是要提出批评的。"

赵玉彪还想说什么，钱月丽摆摆手说："赵玉彪同志，你不要替刘洪山说话了，我们要从大局出发，这是政治任务。"

赵玉彪把刘洪山拉到一边，无奈地说："老刘啊，不要背包袱，想开点，按钱副书记说的办，你有意见以后再说！"

刘洪山苦笑着说："我都习惯了！"

检查组走了，刘洪山还站在那里吸烟，脑子里好像在想着什么。

王元走过来说："老爷子，别吸了，回家写检查去，好好洗洗脑子！"

"写检查？"刘洪山笑着对王元说，"我不识字，我说你来写。"

"我可没有闲工夫。"王元说着，甩手走了。

范彩玉戴着大红花舍不得摘下来，心里美滋滋的，正要去办公室，不料在大门口碰见刘长水。刘长水撇着嘴说："范家小姐，你今天好风光啊，姓钱的书记把你吹上天，把我爹踩到地下。听说还要提拔你到县里工作，我是真心地祝贺你！"刘长水说着朝范彩玉拱拱手。

"戴红花刺你的眼是不是？"范彩玉伸手把胸前的大红花拽下来，冲着刘长水说，"谁跟领导对着干谁倒霉，我范彩玉不做这个傻瓜！"

刘长水自嘲地说："俺爹是一个不识时务的人，我刘长水也是个糊涂蛋！"

范彩玉板着脸说："想明白了就好，以后别再做傻事。"

范玉堂一直跟在检查团的后面看动静，听到钱月丽表扬闺女范彩玉，批评刘洪山，心里说不出是个啥滋味，磨磨蹭蹭地转悠着，心里不停地打着算盘。在一个岔路口，范玉堂迎面碰见刘小黑，想躲开，没想到刘小黑拦住他说："小算盘，钱副书记的话你都听到了吧？刘洪山又要倒霉了。你再跟在他屁股后面跑，连你一块整，趁早滚回东队去！"

"我在哪个队不是你说了算！"范玉堂指点着刘小黑，瞪着眼说，"你小子自己也要小心点，不要想着点子坑害别人，洪山早晚有一天把你收拾了！"范玉堂说着气冲冲地走了。

范玉堂没有回家，想到村里代销店买点东西，刚到代销店门口，就听到挂在附近树上的大喇叭响了，正在播钱月丽视察大刘庄的报道，报道大大表扬了范彩玉，点名批评了刘洪山。

毛月霞拿着鸡毛掸子打扫着柜台说："玉堂，你今天真要好好喝几盅，听听，正表扬你闺女呢！"

范玉堂讪笑着说："丫头能干，上面的领导都高看她！"

毛月霞拿过一瓶酒和几盒火柴递给范玉堂说："玉堂，你这未来的老亲家麻烦大了，说不定哪一天队长又给撸了！"

"洪山也不容易！"范玉堂把一瓶酒放在怀里说，"他敢在县里大官面前说他的理，是个人物！"

范玉堂回到家里，心里是十五只吊桶打水——七上八下，拉着脸，坐在那里不说话。

范彩玉的娘说："老头子，拉丧着脸给谁看呢？"

范玉堂在院子里来回踱着步子，沉闷半天说："彩玉她娘，咱还是回东队吧。"

"老头子，你今天西队，明天东队，你就是棵墙头草。"范彩玉的娘甩着一条围裙，气呼呼地说，"大刘庄的人怎么看咱？长水爷儿俩怎么想？"

"爹，你这事做得不地道。"彩莲也生气地噘着嘴说，"当时你可是跟姐姐打手击掌参加西社的，现在说回来就回来，好马还不吃回头草呢！"

"水往低处流，人往高处走。你姐是啥？是咱县里的大红人，说不定哪天就提拔走了。刘长水是啥？他就是一个拿工分的小学老师，跟你姐比起来，一是鸭子，一是凤凰。我再跟着洪山混下去，会影响你姐进步的，现在已经有人说闲话了。"范玉堂点着一根烟，慢悠悠地吸着说，"至于这门亲，我看长水八成没有这个福分喽！"

"你就作吧，好好地作，作到你死。"范彩玉的娘骂着说，"你个老东西，要把这门亲给折腾散了，我跟你没完！"

彩莲敲着簸箕说："俺爹，俺姐也不一定同意你回东队，这事也太现鼻子现眼了！"

范玉堂瞪着眼说："小丫头片子，知道个啥？好好干活去。"

刘四爷听到广播，来找刘洪山说："洪山，咱成天累死累活，咋还落个批评？"

"我的脸都有城墙厚了，习惯了，无所谓了！"刘洪山苦笑着说，"四叔，他说他的，咱干咱的，我当这个队长一天，我就要管好一天的事！"

汪玉兰走过来说："四叔，你看看，为炼铁，您老连棺材板都搭进去了，还落个不是，这是咋回事嘛。"

刘四爷叹口气说："一副棺材板是小事，我担心咱这土炉子能炼出好铁吗？能造枪造炮吗？要是不合格，一切不就白瞎了？"

李二良跑来说："队长，沙丘还继续平整吗？咱的梨树大得都有擀面杖粗了。"

刘洪山问道："听陈组长咋说，你去问问他。"

"我问了，"李二良急吼吼地说，"他叫不要着急，先在没树的地方慢慢挖！"

刘洪山点点头说："就按老陈说的干吧，他要给上级有个交代，咱老是扯他的后腿也不合适！"

二十五

范玉堂倒背着手，在刘洪山家门前转了几圈，也没有进去。

三奶奶挎着一篮子青草走来说："玉堂，你是在推磨还是在经线？转悠个啥哩？咋不进去？"

范玉堂红着脸说："老婶子，您老也不是外人，我就不瞒你了。你说彩玉在东队，她爹在西队，一个家分两边，是不是不合适？有人要赶我走哩！"

三奶奶"唔"了一声，咂咂嘴说："玉堂，是你自己想走吧，你来找洪山，绕来绕去，不好开口是不是？"

"俺两家这样的关系，我怕洪山多心。"范玉堂苦笑着说，"您老人家觉得合适吗？"

三奶奶气愤地说："玉堂啊玉堂，不是洪山多心，是你这山望着那山高，打你自己的小算盘！"

三奶奶正说着，只见刘洪山扛着铁锨走过来，忙说："洪山，玉堂来找你，他想回东队！"

刘洪山打了个愣怔，把铁锨放下来说："玉堂，你要走？"

"哪里，哪里，"范玉堂红着脸说，"我在跟三婶说闲话呢！"

三奶奶指点着范玉堂说："玉堂，别装蒜了，就你那点小心眼！"

刘洪山早就估摸着范玉堂要走这一步，只是没有想到他这时候提出来，不由得笑了笑，点着头说："玉堂，你压根就不该到西队来，现在要离开，没人拦着你，想走就走吧！"

范玉堂皱皱眉头说："你真不想叫我在西队了？"

"不是我不要你，是西队这座庙装不下你了。"刘洪山冷笑一声，不客气地说，"玉堂，我刘洪山今天放句话在这里，你听好喽，鸡就是鸡，鸭就是鸭，永远成不了凤凰，到时候你别后悔！"

"谁后悔谁是王八羔子。"范玉堂脸色一变，心想俺家大妮说不定马上就到公社、到县里工作了，我跟你这个老落后分子成不成亲家，那还两说着，后悔？我后悔个啥啊！便红着脸说："洪山，今天咱俩这层纸既然捅破了，话就要说白了，咱都是土埋半截子的人啦，不要扯年轻人的后腿，当个落后分子。长水是你儿子，我管不了，要是影响了俺大妮的进步我才后悔呢！"

刘洪山生气了，摆摆手，大声吼道："别胡说八道了，要走就赶快滚吧！"

范玉堂跟闺女范彩玉商量，自己还想回到东队。

范彩玉哈哈笑了一阵说："爹，不是闺女说你，早知今日，何必当初？你现在明白过来也不晚！"

范玉堂走出这一步，事关刘、范两家的关系，闺女婚姻的成败。范玉堂从刘洪山家门口回来，心里像揣了只兔子，是福是祸，心里一下子没底了。要是走对了，万事皆无；要是这一步走错了，将给两个家庭带来永远抹不掉的伤痕。回家的路上，脚步声伴随着心跳，沉默伴随着烦恼，范玉堂不停地抓着头皮。这会看到闺女一脸不在意的样子，他心里越发毛躁起来，试探着说："孩子，你爹这一回来，心里没着没落的，你要知道，咱家跟刘家的关系可就越来越远了，你跟长水……"

"这不是你操心的事。"范彩玉摆摆手说，"既然回来，就在东队好好劳动，咱不搞特殊，别叫人家说闲话。豆腐暂时也不要做了，再说，现在粮食控制得紧，黄豆也不好买！"

范彩莲听了姐姐跟爹爹说话，皱皱眉头，插嘴说："俺姐，你跟长水哥是不是也动心思了？"

范彩玉木着脸，没有说话。

"你可别错了主意！"彩莲疑惑地看着范彩玉的脸说，"俺姐，你是不是想跟那个姓牛的好？听说他当上公社副社长啦。"

范彩玉用手指点了一下彩莲的头说："再胡咧咧，看我撕你的嘴。"

范彩玉的娘走出来，把围裙一把扯下来，摔在案板上，呸了一口，骂道："范玉堂，你个老东西，鬼打墙了，你昏了头！人要脸，树要皮，跟着你一辈子被人戳脊梁骨。我只当说说算了，你还真走了这一步，你这是成心拆散两个孩子，蛇蝎心肠，坏了良心，你还是个爹吗？我不想跟你个孬龟孙过了，你该死哪死哪去……"说着，扑通坐在地上，双手拍着地，大哭起来。

范彩玉慌忙把娘抱起来，放在板凳上坐下来，抱怨地说道："娘，你这是干啥哩？哪像你说的这样严重？咱一家本来就是东队的，爹回来就回来了，谁能说啥？不要生气了。"

范彩玉的娘狠狠朝闺女身上打了一巴掌，痛心地骂道："该死的妮子，你爹糊涂，你也昏了头，这个家也装不下你了，你也滚吧！"

"这个老太婆，简直疯了！"范玉堂说着，气呼呼地走出门外。

范彩玉眼里含着泪，呆呆地站了一阵，朝外走了几步，回头说："彩莲，哪里也不要去，看好咱娘。"

范彩莲头一昂，扭扭身子，"哼"了一声，坐在了娘的身边。

范玉堂回到东队，大炼钢铁已经开始一阵子了。

大刘庄东队，公社下拨的废铁、煤炭已基本用完，收上来的废铁也几乎没了，钢铁还要继续炼下去，东队开始砍伐各种树木。范玉堂家房后长着几棵合抱粗的楸树，楸树是上等木材，生长时间长，木质硬，有油性。范玉堂本来打算让楸树再长几年，给自己留块板，万万没有想到被闺女夜里派人刨去，等自己发现的时候，楸树已经被塞进了炉膛里。范玉堂两口子痛哭一场，也只好作罢。炼铁缺少原料，范彩玉带着民兵挨家挨户上门收集各种铁器。

范玉堂看到闺女要砸锅，吓了一跳，急忙拦住说："死丫头，你砸了锅，是想饿死爹娘不成？"

"队里办食堂，一天三顿饭，还要锅干什么？锅拿去炼钢铁，也能支持国家建设！"范彩玉话没说完，当啷一锤下去，把锅底砸个大窟窿。

范玉堂"娘哎"一声，顿时恼羞成怒，顺手抓起擀面杖，一蹦多高，恶狠狠地朝范彩玉头上打去。

在范玉堂看来，什么都能砸，唯独做豆腐的锅不能砸，砸了锅就等于砸了饭碗，辱没了范家祖宗，断了范家的生路，大不吉利。范玉堂大半辈子在黄河故道遛乡卖豆腐，时常烧香拜佛，请神灵保佑生意兴隆。现在范彩玉把他多年做豆腐的锅给砸了，他一阵惶恐不安，老两口跑到黄河滩一座被洪水冲过只剩几堵破墙的河神庙里烧香磕头，哭得鼻涕一把泪两行。彩莲怕爹娘出事，借一辆拖车，铺上门板，跑到破庙里，哭着把爹娘拉回家里。

范玉堂一时气糊涂了，以为自己还在西队，鬼使神差般地来找刘洪山抱怨说："洪山，你给评评理，彩玉这丫头中邪魔了，疯了，当啷一锤把我多年做豆腐的锅砸了，断了范家的生路，这不是要我的命吗？"

刘洪山也正为炼钢铁没有原材料犯愁，见范玉堂像塌了天似的，不由得哈哈大笑说："玉堂，这下你就不要做豆腐了，也省得南跑北跑吃苦受累了，天天当老爷子在食堂吃饭，有多自在。"

"吃个屁！"范玉堂拉丧着脸说，"我半夜想喝口热水，也跑到食堂要去？"

"你看看，我的锅也砸了。"刘洪山指着一口破锅说，"工作组的王元说过，打烂一个旧世界，换来一个新天地，咱的锅砸得值！"

范玉堂一看，果然不假，刘洪山家的锅也砸了。看到刘洪山也砸了锅，范玉堂心里多少平衡点，咬着牙半天没有说话。他哪里知道，刘洪山砸的是一口温水饮牛多年不用的废锅，做饭用的锅早叫汪玉兰藏在红薯窖里了。

"洪山，你看看，她砸了锅还不罢休，我做豆腐的那些家伙什，凡是带铁的，她全给我毁了。几棵楸树，长了十几年了，刚刚成材，也被丫头刨去当柴烧了，疼得我呀，唉，等我死了，连个棺材板也没有了……"范玉堂跺着脚，眼泪不由得落下来。

刘洪山看到范玉堂痛心疾首的样子，想到他离开西队，忍不住挖苦说："玉堂，我思想落后，跟不上形势，你的思想可不能落后，你要跟在你丫头后边，好好风光风光！"

"风光个屁！当初我也是昏了头，回到了东队，你看看这事闹的，看来我范玉堂这一步是走错了。"范玉堂控制不住自己，说话的嗓门变得沙哑了，干咳起来，摇摇晃晃地回家去了。

汪玉兰看着范玉堂离去，走过来说："他爹，你说玉堂走了没几天，跑咱家来，又是哭又是闹的，干啥呀？"

刘洪山吹吹烟袋杆说："他走麦城的日子恐怕还在后面。"

范彩玉回到家，看到爹还在为砸锅怄气，忙从包里掏出一瓶地瓜酒，放到爹的手上说："好啦，别生闷气了。一口锅、几棵树，也算你为大炼钢铁做了贡献。这是我奖励你的，将来我给你买口金锅。"

"金锅银锅也换不来我的豆腐锅，你爹恐怕活不到那时候了！"范玉堂气未消，抓起酒瓶要朝石头上摔，手扬到半截，便放下来，一转身把一瓶酒扔在了草堆上！

1959年进入夏季以后，没下一场透雨，天一天天炎热，地一天天干旱，风沙弥漫，遮天蔽日，多少年没有干涸的文家河已经断流，河床裂口，杂草枯黄。大刘庄西队田地里原来挖的几口土井也干枯见底。村里两口吃水井，虽然没有断水，但也只能勉强供全村生活用水。干旱还在持续，很多庄稼旱塌了叶子，一些高坡上的大豆、高粱、玉米已经枯死。

刘四爷焦虑地对刘洪山说："洪山，老天爷想要咱的命，再不下雨，秋季恐怕要绝收了！"

刘洪山看看天说："这场旱灾跟1942年那场旱灾差不多，看这天气，凭我多年的经验，近期也不会有雨。不能看着庄稼枯死，咱只有一个办法——在文家河底挖土井，挖个几米深，也许能出水。其他庄稼保不住，几百亩红薯一定要保住！"

大刘庄西队在文家河里挖土井，顺着河床一连挖了几十口土井。男女老少肩挑人抬，通宵达旦，人流不息，才给旱情最严重的地块浇了一遍救命水，保住了大半的秋庄稼。

立秋以后，黄河故道总算下了一场透雨。刘洪山积极抓住时节，想方设法搞好秋季生产，安排李二良跑到夏邑草湖镇买来不少小鱼和泥鳅苗，放在黄河滩的野塘和沼泽里，又在沟沟塘塘、河湖港汊、高坡荒地撒下不少蔓菁和雪里蕻种子，嘱咐刘四爷带领一帮老人在路边、沟沿、堤口、沙丘上栽了不少榆树、甜柳和香椿，鼓动大家在自留地和庭院中种植过冬蔬菜。妇女队队长马大妮组织妇女各家各户挖地窖，储藏红薯、土豆、洋芋、萝卜、南瓜和大白菜等。刘四爷负责打场，瞒着刘洪山和陈敬德，挑了几个嘴紧的人干活，把没有扬净的糠粮卷在了草垛里，为防止草垛漏雨，垛顶泥了三遍。

范彩玉见到刘长水，疑惑地说："长水，我看西队的人一个个都像地老鼠似的，白天忙，夜里也忙，干什么呢？"

"我要跟你说了，你不要到公社瞎汇报啊！"刘长水神神秘秘地小声说，"我爹在搞一场轰轰烈烈的秋季大生产运动！"

范彩玉瞪着眼说："县里又发出新的通知，黄河废堤大面积平整造田尚未完工，新的大型水利工程就要开始了。这都是关系到咱县全局的大事，是艰巨的政治任务，各村正在积极准备，你爹还在打自己的小算盘，搞什么小秋收运动。国家搞大运动、大生产，你爹搞小运动、小生产，弄不好还要挨批评！"

"彩玉，我警告你，你可不要充啥积极，卖了我爹！"刘长水说着气呼呼地走了。

范彩玉点着刘长水的背影，撇着嘴说："不开化的榆木疙瘩！"

县里决定，沿铁路和国道中间，开挖一条长达数十里的运河，连接几条南北走向的小河，一边跑火车，一边跑汽车，中间跑轮船，形成铁路、陆路、水路交通新格局。

大刘庄青壮年劳力都到工地上挖河去了。

刘洪山带着老人、妇女和半大孩子白天黑夜地干活，为了赶季节抢收抢种，只好过多地使用畜力，大花牛早、中、晚三上套，该干的活还是干不完。

刘洪山来到挖河工地，找到陈敬德商量说："老陈，挖运河我不反对，可家里地咋办啊？能不能抽一部分劳力，把麦子种上再来？"

陈敬德皱着眉头说："老哥哥，我是三个大队的工程总指挥，你是第五个来找我要人的队长了。牛友亮带一队人马巡回监工，昨天花寨队我放走二十人，没过半天就被追回来了，通报批评不说，还把黄旗插在我负责的工地上，大喇叭点名批评。"

刘洪山气得满脸通红，大声说："这个姓牛的疯了吗？秋庄稼歉收，麦子再种不上，他就不想想后果？"

"小声点。"陈敬德痛苦地说，"他没疯，他在刮风，是十二级台风！"

刘洪山狠狠地跺着脚说："我要找他去，难道老百姓的死活就不管了吗？"

陈敬德一把抓住刘洪山说："不能去，牛友亮可一直对你有成见。依他的意见，早把你的队长撤了，你现在去找他，不是自找没趣吗？"

刘洪山无奈地掏出烟袋，深深地挖着，老眼里含着泪花！

陈敬德抓住刘洪山的手，沉重地说："老哥哥，我知道，你但凡有一点办法，也不会跑到工地来找我要人，你受累了。我要给县委写信，大不了被撤职，大刘庄离不开你，你先回吧！"

刘洪山从挖河工地回来已是二更天了，直奔饲养室而去。

老饲养员李广胜刚刚把第二遍草倒进槽里，刘洪山就来牵牛，晚上要加班耙地。

李广胜拦住刘洪山抱怨说："洪山，别怪我多嘴，咱这样没日没夜地使唤牲口，会把牛累死的！"

刘洪山痛苦地说："广胜哥，大花牛是我一把草一把料养大的，它在我心里的分量，你不是不知道！一天要吃多少草料，干多少活，我心里能没数吗？壮劳力都在挖河，家里都是一些妇女和半劳力，整地又是个重活，实在是忙不过来。我到工地要人，一个也没有要来。眼看到寒露了，谚语说，寒露两旁看早麦，几百亩小麦还没有下种，我能不着急吗？只要能把麦子种上，大花牛就是累死也值了。老哥哥，没有退路了，咱只有拼一把，你就松手吧！"

"牛刚刚吃个半饱，第二遍草我刚倒进槽里，再等一袋烟工夫不行吗？"李广胜端起料斗，深深抓了几把，撒在牛槽里，伸出手，来回搅拌着，喃喃地说道，"洪山，应该叫牲口吃饱歇一夜，明儿一早再下地。"

"广胜哥，你也是种了一辈子地，往年这时候，麦子都快种完了，可现在地都没有整好，再拖下去会影响小麦过冬，造成明年午季减产！"刘洪山急得直转圈子，不住地看着大花牛吃草，心里猫抓似的难受。

李广胜看着刘洪山着急的样子，伸手又把料斗拿下来，把饲料全部倒在了牛槽里。

李广胜眼看着大花牛被刘洪山牵走了，追上几步说："洪山，过一会我送点温水去，这些天大花牛出汗太多了！"

汪玉兰参加马大妮领导的妇女队运肥料，回来天也很晚了，扒了几口饭，炒了一瓢黄豆，烧了半锅麸皮汤，急匆匆地送到饲养室。

饲养员李广胜正在唉声叹气，看到汪玉兰，吃惊地说："长水的娘，你咋来了？"

"广胜哥，我来给大花牛送点吃的，天天加班，太累了。"汪玉兰端着黄豆，提着木桶，走到槽前，吃惊地说，"大花牛呢？"

"洪山跑到挖河工地没要来人，回来就牵着大花牛耙地去了。"李广胜唉声叹气地说，"我怎么也拦不住。这样下去，会把牛累坏的！"

"他爹这样使唤牲口，这是要大花牛的命。"汪玉兰提着瓦罐，端起黄豆，小跑似的朝田野走去，刚刚出庄，碰上刘四爷、三奶奶、大全的爹、秀兰、三巧等几十个劳力。见他们扛着工具朝地里走去，汪玉兰忙说："三婶，黑更半夜的，你们这是干啥去？"

三奶奶叹口气说："长水娘，老四刚才看见洪山又牵着大花牛下地了，他心里着急，喊着我们大家耧地，能干一点是一点！"

"西队剩下的男女劳力，天不亮就下地干活，天黑才收工，一天就吃一顿饭，人困马乏，有两犋牲口都累趴窝了。"刘四爷走过来担忧地说，"洪山刚回来，又牵着大花牛下地了，我真怕他累垮了，长水娘，你劝劝洪山！"

汪玉兰心疼地说："他一辈子就这个脾气，干起活来不要命！"

大家来到地里，只见刘洪山、刘大孩正在赶着牲口耙地。过去耙地，都是人站在耙上，现在耙上放上两筐土，耙地的质量虽说受到影响，但可以减轻畜力，提高耙地的亩数。

汪玉兰走过来说："长水他爹，我给大花牛炒点黄豆，你给它喂了吧，大花牛食量大，我怕它没吃饱！"

"先放下，我耙一歇再说！"刘洪山说着，"哈嚓"一声，朝空中唰啦一鞭子，大花牛头一勾，拉着耙朝前走去。刘大孩也赶着两头牛和一头驴拉着耙跟在后面。

三奶奶嘱咐儿子说："儿啊，早点劝你洪山哥收工，他还没喝汤哩（黄河故道一带，吃晚饭叫喝汤）。"

"娘，俺知道了。"刘大孩"嗷"了一声，也朝空中甩了一鞭。

刘四爷伸手捧起松软的土，看着刘洪山赶着大花牛远去的背影，眼含热泪，手里的土慢慢撒落在地上。他朝大家摆摆手，各自挥舞着抓钩（三齿耙）耧起地来。

刘洪山刚刚耙一个来回，见李二良、刘大全、刘三唐、麻大狗等十几个青年人气喘吁吁地跑来，数落说："半夜三更，你们跑来干啥？跟陈组长请假了吗？"

李二良大口喘着气说："下午听说你来要人，我们知道家里活紧，不是万般无奈，你是不会到工地要人的。吃过晚饭，我们十几个就偷跑来了，天亮前我们再赶回去，谁也不知道。"

"胡闹！"刘洪山摆着手说，"工地上活重，吃得又差，一夜不睡觉，天明要干活，你们是铁打的？赶快回去！"

"来都来了，总得干一歇活再走！"李二良说着从三奶奶手里夺过抓钩，风风火火干起来。其他人也从老人妇女手中拿过抓钩，耧起地来！

刘洪山看着汪玉兰说："长水娘，你快回家炕馍，叫二良、大狗他们吃了再走。"

汪玉兰扯起三奶奶的手,朝庄里走去。

大刘庄西队几百亩麦地,明天就要开耧播种了,当天晚上,刘洪山把大花牛牵回家里,拿起一把刷子,不停地给大花牛挠痒,说道:"今天把你带回老家看看,这些天犁地、耙地把你累坏了,我要犒劳犒劳你。明天就要开始种麦子了,好几天不能休息,老伙计,你可要给我撑住了。等麦子种上了,我一定叫你好好歇几天,带你到河边啃啃青草!"

大花牛突然昂起头,好像明白主人的意思。

刘长水回来,看爹在跟大花牛说话,不忍心打扰,就来到厨房。见娘正在拉风箱烧火做饭,他叫娘离开,一屁股坐在了锅边,拉起风箱来,说道:"娘,俺爹今天把大花牛牵回家了,还跟大花牛说话!"

汪玉兰和着面说:"这一阵子把大花牛累坏了,你爹心疼。明天就要开耧种麦子了,全指着大花牛扛大梁,你说你爹心里能好受吗?"

刘长水使劲地拉着风箱,没好气地说:"种地、种地,东队的地,死活只耙了一遍,坑坑洼洼的,大坷垃到处都是,还有一些生茬子,就把麦种播下去了,有的地块干脆撒种子,一亩地比过去几亩下的种子都多,简直是胡闹。"

"种子下得多,不一定收得多。"汪玉兰和好面,放在案上。

刘长水惊奇地说:"娘,咋擀这么多面条?"

"咱家今天是四口人吃饭,"汪玉兰笑着说,"你爹要给大花牛改善生活,吃面条!"

第二天清早,晨雾刚刚散去,大刘庄西队,紧张的小麦播种开始了。大刘庄西队的牲口全下地了,几架耧子(传统播种机)同时开播。

刘洪山腰上扎着一条布袋,头上系着一块毛巾,赤着脚,裤腿挽到膝盖,上身穿着一件夹袄,脖颈下露出一片紫红色的胸口,双手抱着装满麦种的耧子;大花牛的牛角上系着一条红丝带,昂起头,显得十分威猛,等待着开播;刘四爷一手扯住牛绳,一手扶着牛背,引领着大花牛。刘洪山一声"开始",刘四爷"哈嚓"一声,大花牛一伸脖子,迈开四蹄,伴随着响铃声,播种开始了。刘洪山的身后,闪出两条笔直的垄沟。

刘四爷说:"洪山,你听说了吗?公社生产指挥部叫多下种子,有的队超几倍下种。彩玉那丫头也跟人家学,麦种不够,听说又派人买种子去了。"

刘洪山挺起手腕,匀称地摇着耧子说:"啥样的地,上多少肥料,下多少种子,都是有数的。过多下种,容易倒伏,麦粒偏小,非减产不可,再遇到大旱,肥水不足,就会绝收。四叔,你去说说范家丫头,别头脑发昏!"

刘四爷摇摇头说:"彩玉那丫头主意大着呢,我的话未必好使!"

这天下午,太阳挂到了树梢上,大刘庄西队的麦子播种已到了扫尾阶段,还剩下十多亩地没有耩完。

刘四爷担心地说:"洪山,从早晨到现在,大花牛干了整整一天,太累了,我看它的走起来腿都有点抖了。剩下不多了,叫大花牛歇一夜,明天再干吧?"

"早一天下种,早一天成色。"刘洪山看看天,再看看大花牛,停了一下说,"四叔,叫大花牛加把劲,几袋烟的工夫就完了。"

刘四爷咂咂嘴,一脸无奈,只好又扬起手中的鞭子。

刘洪山万万没有想到,耩了两个来回,大花牛哞的一声,四脚落地,扑通倒在地上,刘四爷也摔倒了,刘洪山驾着的耧子也歪在了一边,漏斗里的麦种撒落一片。

"不好!"刘洪山大叫一声,一屁股坐在了地上,不由得出了一身冷汗。他强忍着浑身的疼痛,大口地喘着粗气,两只手深深地抓着地,使尽全身的力气朝大花牛爬去,双手抱住大花牛的头,放在自己的怀里,哭着说:"大花,大花,我的个乖乖儿,别吓唬我,你这是咋的啦?眼看着活就要干完了,你咋就倒下了?"刘洪山眼看着大花牛口吐白沫,眼下现出两道湿漉漉的泪痕,没多久就咽气了。

刘四爷也爬到大花牛跟前,抚摸着浑身汗水的大花牛,哽咽着说:"洪山啊,大花牛活活累死了!"

刘洪山转过脸看着刘四爷满眼泪水,不由得说:"四叔,你别流眼泪,大花没有死,大花累了,歇一歇就缓过来了!"

刘洪山痴呆呆地抱着大花牛,嘴里不停地重复说着一句话:"大花牛累了……"大刘庄西队老老少少围着大花牛,黑压压坐了一大片,等待着大花牛醒来。

太阳下山去了,夜雾笼罩着大地,刚刚种上麦子的田地散发出土腥味儿,一阵晚风吹来,空中响起一阵大雁的哀鸣。

大花牛没有醒来!

刘小黑听说大花牛死了,急匆匆地从挖河工地跑来,要把牛带到工地上去。

刘四爷手里拿着一块砖头,狠狠地朝刘小黑砸去,大声骂道:"畜生,你要动大花牛一根毛,我就砸死你!"

刘小黑吓得魂不附体,转身跑了。

大花牛的尸体被几个老人拉着,埋在了老河滩上。

大花牛累死,刘洪山也病倒了,几天下不了床。刘洪山把大花牛的缰绳挂在了床头上,每每看着缰绳发愣。汪玉兰坐在床前,一直陪着刘洪山,两个老人时常泪水不干。

大花牛活活累死在黄河滩上,我不知用什么语言来表达刘洪山痛苦的心情。他强拖着病体,与汪玉兰两人,肩上背着一筐铡碎的草和纸钱,来到埋葬大花牛的地方,坐在那里,什么话也不说,只是一个劲地抽烟。汪玉兰满眼泪水,颤抖着手把带来的纸钱点着。纸钱燃烧起来,一团火苗蹿上来,纸灰飞上了天空,悠悠荡荡随风飘去。刘四爷、三奶奶、马大妮、李广胜,还有一些社员也来了,大家都闷闷不语,无不为大花牛痛惜、祷告!

刘洪山在大花牛的坟上栽了一棵桑树。几十年过去了,这棵桑树已有合抱粗了。有一年秋季,刘长水带着儿女到黄河滩上看桑树,给孩子讲述爹爹和大花牛的故事。这棵桑树,根深叶茂,本固枝荣,郁郁葱葱,葚果飘香,微风吹来,枝叶飘动,婀娜多姿,分外妖娆。这是一棵黑桑,几十年来,大刘庄人谁也不摘树上的一片桑叶、一粒葚果,都当宝贝一样护佑着这棵桑树一天天成长，逢年节，还有人到这里烧香。桑树的枝丫上还拴着不少红丝带，这飘舞的红丝带，寄托着大刘庄人对大花牛的无限思念。

大刘庄西队种完麦子，开挖运河的工程仍在继续。

陈敬德离开工地，骑着自行车直奔大刘庄而来。

范彩玉正带着一帮老娘们撒麦种，看见陈敬德推着自行车朝这里走来，一脸疲惫，比先前消瘦很多，肩膀上的衣服都磨破了，她忙喊道："陈组长，工程这样紧，你咋有空回来了？"

陈敬德按住车把，喘着粗气说："工地上快揭不开锅了，我找你们两个队要点粮食。"

"大型水利工程，县里下拨水利粮，怎么不够吃了？"

"原先还可以，现在定量一天天减少，细粮换成了粗粮，人均蔬菜也只有二两，都是大小伙子，咋够啊？彩玉，你们仓库还有多少麦子？"

"除了种子，细粮不多了，我给你们多送点玉米面、红萝卜吧。"

"我找刘洪山去，看看他们仓库里的情况，干重活，光吃粗粮可不行啊！"陈敬德推着车子正要走，突然看到撒到田里的麦种，不由得"啊"了一声，忙问道，"范队长，种麦为啥不用耩子？"

"来不及了，几个会耩地的又被抽到工地上去了，"范彩玉抓住一把麦种说，"还有几十亩晚麦，撒撒算了，再推迟几天，就出不了苗了。"

"一亩地撒多少种子，你们手里有数吗？"

"黄河公社生产指挥部叫我们多下种子，一亩十几斤吧。"

"胡闹！"陈敬德气呼呼地推倒自行车，大步走过来说，"刘洪山说，咱这黄河滩地，一亩麦种，少了六斤，多了也不能超过八斤。你们撒十几斤，到时候只能收把草。立即停下来，我叫刘洪山帮你们耩。"

范彩玉难为情地说："大花牛都累死了，老头子还病着呢，最近听说又在搞什么小秋收，我咋好意思找他？"说着又要撒种子。

"彩玉同志，刘队长到水利工地跟我商量过，西队搞小秋收的做法我是赞成的。你知道，这两年咱卖了过头粮，社员的口粮不足，今年又是个大灾年，庄稼歉收，粮食会越来越紧缺，社员今冬明春的日子不好过啊。希望东队能向西队学习，抓住年前这几个月，能多收点就多收点。"陈敬德看范彩玉一副魂魄不定的样子，笑了笑说，"范队长，大灾之年，挖到篮里就是菜，有棉袄就能过冬，有块红薯就能填饱肚子，不要犹豫了，你们也要行动起来！"

范彩玉站在那里，看着陈敬德朝西队走去，心里一阵阵敲鼓，说不出是个啥滋味。

刘洪山身体慢慢好转，刘四爷来家说："洪山，麦子好不容易种上了，都出苗了，整齐得很，看起来叫人高兴。你不是说还要赶种一些蔬菜吗？没肥料咋成！我家还有几车肥料，安排人来拉吧！"

刘洪山感到奇怪，疑惑地问："四叔，你家的情况我知道，你哪来的肥料？"

"不但有，而且还是好肥料。"刘四爷呵呵笑着说，"你到我家一看便知，够上十亩地的。"

刘洪山带着疑问来到刘四爷家一看，全明白了。原来，刘四爷叫女婿满仓、闺女秀兰把家里的老土墙院打倒了。

刘洪山心疼地说："四叔，您老这是干啥呀？多好的土墙院，说打倒就打倒了。"

"这个土墙院是光绪年间造的，说起来还是个古建筑。"刘四爷回忆着说，"当时筑这个土墙，我爷爷从几里远的地方拉来黏土，掺上各种各样的杂草垛成的，前后搞了两三年。这个土墙院一直到今天还是好好的，这墙土可是好肥料，特别是咱的沙土地，更适合，比大粪还壮哩。"

"不能拆啊！"刘洪山伸手拿起一块土坷垃，放在鼻子上闻着说，"还有一股清酸味，现在再想垛这样的土墙院也不可能了！"

"昨天我去坟上给爷爷烧了纸，希望他老人家能原谅我这个不肖子孙。"刘四爷眼里含着泪，摆摆手说，"洪山，啥话也不说了，派人拉走吧！"

三奶奶隔着墙头听到说话声，走过来说："洪山，咱西队有这样的土墙的还有几家，只是年头没老四家的长，土质也没他家的好。我家还有一段老墙土，也扒掉吧，上到地里，能多种几棵菜也是好的！"

刘四爷说："洪山，其他人家由我负责去说，你就组织劳力朝地里运吧！"

唐五看西队推倒了不少老土墙院，找到范彩玉说："范队长，西队为了多积肥料，搞好秋种，凡是有肥力的老院子都推倒了。我家过去的老牛屋早不用了，房顶漏雨，也快塌了，从我记事的时候就有，喂了几十年牛，不瞒你说，朝下挖三尺深都是好肥料。现在这屋子被老六占着，他说要给他一个劳力一年的工分才愿意扒掉。"

范彩玉把手一挥，干脆地说："六哥只要愿意把老牛屋贡献出来做肥料，我给他两个劳力一年的工分。"

唐五高兴地说："咱们东队要是有了这一屋子肥料，庄稼肯定能超过西队！"

刘洪山组织妇女连夜赶磨了几口袋白面，把陈敬德送到大路口，说："老陈，明天我再派人给工地送几车蔬菜去，都是些大小伙子，一定叫他们吃饱饭！"

陈敬德满怀深情地说："老哥哥，这一阵子你真的不容易，不但累死了你的大花牛，还把你累倒了，你还惦念着水利工地，我真不知道说啥好了。从眼下的情况来看，我总觉得以后的日子会越来越难。"

刘洪山提提精神说："老陈，不管以后的日子多难，只要咱俩能想到一起，大刘庄人攥成一个拳头，就没有过不去的火焰山！"

星云河汉，时光斗转。没过多长时间，运河工程和黄河废堤平整工程停止了，专区水利和农业部门提出不同意见，加上缺乏资金和粮食，工程只好半道下马，水陆交通网和再造黄河滩小平原的目标落空，造成了极大的浪费。

由于持续旱灾，黄河故道一带的村庄，庄稼歉收，陷入饥荒中。

二十六

1960年正月十五，西北风夹着雪花带着哨音，拍打着窗户纸，沙沙啦啦作响，冷空气钻进屋里，出奇地寒冷。

往年一到正月十五，家家户户点花灯、吃元宵，孩子们提着各种各样的花灯满村游玩。今年，一盏花灯也看不到，户外无人走动，村子一片寂静。

春节的时候，刘洪山为了每户人家都能吃上饺子，他跟刘四爷、李二良等人连夜扒掉了一个只有春季才开封的麦秸垛，重新滚压一遍，把散裹在麦秸里的残存的麦子收拾起来。汪玉兰、三奶奶、马大妮、刘秀兰等妇女把麦子连夜磨成了面粉，凡是吃不起饺子的人家，人均四两白面。刘洪山把事前派人到山东丰城县买的两只山羊连夜杀了，随面粉一齐分下去。春节是过去了，老百姓的生活困难却是一天天加重。刘洪山几乎每天都到各家各户查看情况，做到心中有数，他走起路来，老远就能听到脚步声。他穿着黑粗布棉袍，腰上系着一根布带，脚下穿着用芦樱编织的芦翁，头上戴着一顶独龙帽。大刘庄人都知道刘洪山有个脾气，一旦认准了事，从不让人，碰到不顺心的事就推帽子，只要一推帽子，准要发火，有人一看见他推帽子，就不敢跟他搭话。大灾之年，口粮短缺，人心惶惶，最叫刘洪山揪心的是村里的老人。

刘洪山来到三奶奶家，见三奶奶正在喝孩子们吃过饭的刷锅水，不由得要推帽子，三奶奶忙说："老侄子，不怪孩子，不怪孩子！"

三奶奶的儿子刘大孩哆哆嗦嗦地站在一边，媳妇三巧哭着说："大哥，不是俺不孝顺，做好饭娘先叫孙儿吃，剩多剩少自己吃……"三巧说着从两只扣着的碗里拿出一个窝头、一块红薯，扑通跪在婆婆面前，把窝头递到婆婆手里，带着哭腔说，"娘，您老再不吃一口，媳妇就跪死在你跟前！"

三奶奶含着泪，接过窝头，咬了一口说："孩子，娘吃，娘吃！"说着把儿媳三巧拉起来。

刘洪山看着三奶奶一家老老小小，本想对刘大孩两口子发火，又于心不忍，沉闷了一阵说："大孩、三巧，你们两口子听着，咱不能饿死小的，也不能饿死老的，对恁娘一定要照顾好，这个家能不能熬过春天，就看你们两口子了！"

刘洪山来到刘四爷家。刘四爷不在家，闺女秀兰正在做饭，一边烧火一边抹眼泪，看见刘洪山来了，忙站起来说："洪山哥，你咋来了？找我爹吗？爹昨晚就没回家。"

刘洪山没有说话，走进锅屋要揭锅盖，秀兰忙按住说："洪山哥，饭还没有熟呢，我一会就给俺爹送饭去。"

刘洪山一看情况不对，说道："秀兰，把锅盖揭开，我看看。"

秀兰无奈，只好把锅盖揭开了，一股热气带着一股草叶味扑到了刘洪山的脸上。刘洪山拿过勺子搅了一下，除一些红薯干以外，全是野菜，一粒米也看不到。他生气地说："秀兰，早几天各家分了一些粮食，锅里怎么一粒米也看不到？光喝红薯干菜汤怎么得了？你爹可是上了年纪的人。"

秀兰哭着说："俺家是有几斤小米，被俺爹拿到饲养室里去了。"

刘洪山再也说不出话了，回到家里对汪玉兰说："长水他娘，把咱家那只鸡杀了吧。"

家里就一只老母鸡了，汪玉兰舍不得，说道："他爹，你好上火，就靠这只鸡下蛋给你冲茶喝呢！"

刘洪山把刘四家的情况跟汪玉兰说了，汪玉兰不由得掉泪了，狠狠心从笼子里抱出那只老母鸡。

村庄里静悄悄的，由于吃不饱，很少有人出来活动。

刘洪山提着瓦罐，来到饲养室。刘四爷披着一件老羊皮棉袄，正在唉声叹气地给牲口拌草，见刘洪山来了，担心地说道："洪山，你咋来了？"

刘洪山打开瓦罐，端到刘四爷跟前。刘四爷闻闻，好香，吃惊地说："洪山，哪来的鸡汤？"

刘洪山把瓦罐放在刘四爷手里说："四叔，你先把鸡汤喝了。"

刘四爷无奈，只好喝了几口，看着刘洪山生气的脸，心里明白了几分。

刘洪山掀开刘四爷的铺盖，果然看到几斤炒好的小米，埋怨说："四叔，这是你跟孩子的口粮啊，我要是不到你家还不知道，你这是要一家人的命啊！"

"洪山，饿死你刘四叔不要紧，我担心的是咱队里的牛啊！"刘四爷眼泪唰地流下来，痛苦地说，"大花牛累死了以后，黑驴也瘸了一条腿，眼下就剩下这几头牲口了，一天天见瘦，我心疼啊！"

刘洪山看看牛槽，又抓抓牛的耳朵，宽心地说："四叔，您老放心，粮食再紧张也得保证牛一天一斤饲料。再说，这一阵牲口没有活，这些饲料维持着不会出大事。"

刘四爷转过脸来看着东队石槽上的牲口说："你看看，那头黑母牛，怀着崽，都瘦成啥样了？卧倒都爬不起来，我不忍心，就把家里的一点米炒炒拿来了！"

刘洪山一看，原来是唐六喂养的黑母牛，奇怪地说："难道说东队没有饲料了？"

刘四爷叹口气说："彩玉做事还算心细，就怕饲料出问题，过去一个月发一次，现在改成十天发一次。早几天唐四领了十天的饲料，夜里被人偷去大半。这几天没了饲料，唐四害怕，也不敢跟彩玉说，只能叫牲口干吃草。你说这头母牛光吃干草怎么能行呢？"

刘洪山来到东队石槽前，扒扒槽底，干干净净，连一点饲料也看不到，问道："老五呢？他知道吗？"

"老五来过，哥儿俩吵了半天，还差点打起来，也没个结果！"刘四爷挖了一锅烟递给刘洪山说，"洪山，你说咱的日子咋能过成这样？你常说一句话，庄稼人有土地能劳动就能吃饱饭，咱村人均两亩多地，还有一些不算数的河滩地，土地也不算少了。你是个种地行家，这两年虽说有旱灾，但庄稼总还能有个大半收，咋见不到粮食啊？"

刘洪山叹口气说："四叔，现在说啥也没有用了，要怪就怪我这个队长没当好，眼下最当紧的是要把这春荒渡过去！"

"好多天不见陈组长了，叫他多到上面说说咱这里的情况。"刘四爷渴望地瞪着两眼说。

"老陈家里还有老人，听说身体不好，无人照顾，他把自己一半的口粮送回老家了。我早几天见过他，大白天关上门睡觉，一天三顿饭换成两顿饭。"刘洪山说着，从怀里掏出一块煮熟的热红薯，塞在刘四爷手里，离开了饲养室。

夕阳挂在了树梢上，燃烧着一片晚霞。

刘洪山从饲养室出来，走到文家河的石桥上，范玉堂怀里抱着铲子，摇摇晃晃朝他走过来，说："洪山，入高级社时我可是跟着你走的，现在想起来，我都没有脸见你。没有想到，咱的日子能过成这样。你知道吗？东队死人了，唐二喜的爹！"

刘洪山惊奇地说："玉堂，听长水说，东队仓库里还有一些红薯干和其他杂粮，怎么会饿死人呢？"刘洪山看着范玉堂骨瘦如柴的样子，拍拍他的肩膀说，"玉堂，你能吃饱吗？"

"吃饱？"范玉堂撸撸裤角说，"洪山，你看看，我的腿都肿了，她娘的脚肿得都穿不上鞋了。我想到食堂多要个窝头，她死活不给，我舀一碗刷锅水，她还叫我倒回去。她当干部这些年，我可一点光都没沾着。"范玉堂心里很委屈，揉着眼睛，说着要走。

刘洪山拽住范玉堂的胳膊说："玉堂，天都快黑了，还上哪去？"

"我想到河堤上挖点野菜去，跟红薯干配着吃，不瞒你，我现在走路都头晕眼花的。"范玉堂看着刘洪山，惭愧地说，"洪山，我以前有对不住你的地方，说了一些不该说的话，你别朝心里去，你看看，我还能回西队吗？"

"玉堂，你的那份地早就划给东队了，你回不了西队了，再说，西队的情况也好不到哪儿去。"刘洪山从怀里掏出一把红薯干塞进范玉堂怀里说，"现在这个年景，谁家的日子都不好过，天寒地冻的，到哪里挖野菜去？还是回家吧。"

范玉堂把手伸到怀里摸摸，苦苦地露出一丝笑色，落下泪来。

黄河故道一带历来有挖地窖的习惯，几乎家家有地窖，有公用的，也有私用的，主要是用来储藏过冬的红薯、萝卜、白菜等。红薯窖有长方形的，也有椭圆形的，大多在院子的偏僻角落。一到冬季，红薯窖上盖上柴草，露出牛眼一样大的窟窿透气，一般不易被人发现。刘洪山当上社长以后，就鼓动社员家里多挖地窖。去年秋季，马大妮又带着妇女们多挖了一些地窖，有的地窖在村里，也有不少地窖在田野里。地窖附近搭着庵棚，夏天看庄稼，冬天看地窖。大刘庄西队有多少地窖，都在什么位置，里面储藏了什么东西，只有刘洪山、刘四爷、李二良和马大妮少数几个干部知道，大家都守口如瓶，谁也不朝外透出一个字。这天晚上，刘洪山不知从哪个窖里弄出几筐红薯，安排几个生产队队员煮了，趁着夜色，带着李二良、马大妮，挎着装红薯的篮子，上面盖上破棉袄，村里凡是六十岁以上的老人，每人两块，看着他们吃完才走。

陈敬德作为工作组组长，除了外出学习、开会以外，一般都吃住在村里，便于了解群众和指导工作。时间长了，群众看到工作组并没有给他们带来多少好处，还天天组织他们开会学习，就产生了抵触情绪，有的人还跑到工作组门前指桑骂槐。陈敬德也感到这样对立下去会出问题，就搬到隔壁村庄的队部住了，隔三岔五来一趟，有时也能带些救济粮回来。在会议上，他向队员保证，一定叫大家吃饱饭，没有粮食，就向上级申请要救济粮，对立情绪开始缓解。

有一天，陈敬德找到刘洪山，深有感触地说："老刘，不知咋的，这一段时间，我一想起那次虚报产量，头上就冒虚汗，睡不着觉。我愧对乡亲们，挖运河时我不该把全村的壮劳力都派上去，种庄稼没有了劳力，不但耽误了农活，还把你的心肝宝贝给活活累死了！"

刘洪山挖一锅烟递给陈敬德说："这两年，你在大刘庄也没少吃苦受累，大刘庄人都看在眼里。天灾粮食减产，就算有了收成，由于没有劳力，也做不到颗粒归仓，好多庄稼都烂在地里。老百姓现在挨饿了，谁来承担责任？几个月没见到检查团了，用八抬大轿请他们来他们也不来，恐怕也吃不饱肚子，跑不动了！"

"老刘，不瞒你说，我也跑不动了，我的脚也开始浮肿了，走一段路，就气喘吁吁，再叫我喊口号，我就会上气不接下气，说不定一口气就上不来了……"陈敬德说着，不由得鼻子一酸，眼泪汪汪的。

刘洪山拍拍陈敬德的肩膀，语重心长地说："老陈，西队的事，你少操点心，你要多朝东队跑跑，把你要的救济粮都给他们，帮帮范家丫头。她还是个女孩家，又怕事，又爱面子，脾气还犟，她有事不敢来找你，你要去找她，说啥也要把这一关闯过去！"

"听说上面给咱县拨下一些救灾粮，我明天去县里跑跑，说啥也得再弄点粮食回来。"陈敬德深深吸了一口烟。

刘洪山想了想说："老陈，你走的时候跟范家丫头说，要碰到啥难事解不开，来找我！"

陈敬德上前抓住刘洪山的手深情地说："老哥哥，有你这句话，我就放心了！"

春三月，青黄不接，日子难熬，天一扫黑，村子就安静了。

大刘庄的一个农家小院里闪出一缕微弱的灯光，这束灯光在茫茫的夜色里呈现出橘红色，透过门缝和窗户，照射得很远。饥饿的大刘庄人，看到这束灯光，肚里虽饿，心里却安慰了许多。小院里住着两位年近花甲的老人——刘洪山和汪玉兰。老两口相濡以沫，携手并肩，艰难地支撑着一片天。晚饭，汪玉兰喝了一碗红薯干糊糊，歪在锅边打盹。刘洪山怀里揣着一块煮熟的红薯，坐在汪玉兰身边，目光凝滞，面部浮肿，脸色蜡黄，一口接一口地吸着旱烟。烟雾在紫红色的灯光下缭绕着，一股寒风从窗户的缝隙里钻进来，烟雾很快散去，房屋里是说不出的清冷。汪玉兰有时发出一两声咳嗽，刘洪山就忙着把烟袋里的烟灰磕掉，把盖在汪玉兰身上的棉袄掖掖。不一会，刘洪山来到院子里，寒风顺着袖口、脖子直朝身上灌，不到一袋烟的工夫，浑身透凉，打了一个喷嚏，又回到屋里，歪躺着，吸着旱烟。下半夜，刘洪山突然觉得耳鸣眼皮跳，连打了两个喷嚏，心里一阵烦躁，好像今天夜里有什么事情要发生。突然想到生产队在麻家院子的种子仓库里还有一千斤玉米种，刘洪山激灵灵打个寒战，老天爷，粮库不会出事吧？那可是种子粮！刘洪山一骨碌爬起来，就要朝外走。

汪玉兰担心地说："他爹，黑灯瞎火的，外边又冷，你干啥去？"

"粮库我不放心，去看看。"刘洪山说着大步走出门外。

大刘庄西队的口粮，刘洪山是分散保管的，放在不同的地窖里，对外是保密的。种子粮一直放在麻家大院的仓库里，房子墙厚，门窗结实，外边又有一个墙院，不易盗走。刘洪山还不放心，新换了两把大锁，还安排两个人日夜守卫，干部轮流巡查。

天黑得伸手不见五指，下着蒙蒙细雨，村子里一片寂静。

刘洪山提着小马灯，一口气跑到仓库，库门半开，两个保管员不知去向，伸手朝粮食囤里一摸，一下子摸到了囤底，再摸摸另一个粮食囤，只剩下不到一半了。刘洪山踉跄地倒退几步，差点摔倒，忙扶着墙，稳稳神，看看门上的锁好好的，钥匙还在上边挂着，心里一下子明白了，没有家贼引不来外鬼，看来这事是有预谋的。

刘洪山没有声张，一个人在村里村外暗暗查访，没有发现任何动静，凭经验断定，偷粮人不会走远，事情安排得周密无缝，说不定就在哪里藏着。刘洪山拍拍脑袋，突然想到一个地方，村西五百步开外有一口废砖窑，有可能在那里分赃。

这口废砖窑原是地主麻乐行家的，是他爹当年修建的，被洪水冲过后，一直荒废着。离窑口不远还有一个烧砖取土留下的大坑，有几十亩，常年积水，有一人多深。刘洪山曾叫人撒下泥鳅、黄鳝和鱼苗。水坑和废窑周围长满荆条和茅草，一片荒芜，是黄鼠狼和野兔出没的地方，平时很少有人到这里来，是个隐蔽藏身的去处。在成立高级社的时候，唐六在废窑洞藏过牲畜和粮食；吃食堂时，唐四家的一口肥猪就藏在这里。刘洪山把下身半边棉袍反掖在腰带上，紧紧腰带，甩开步子直奔废窑而去。离窑洞还有十几步，只见洞口有个人影晃动，一闪不见了。刘洪山一个箭步冲上去，大喊一声，把洞口堵住了。窑洞里墙壁上有半截蜡烛在亮着，只见刘长水和两个看仓库的人还在窑洞里没走，地上散放着几只空麻袋，看来分到粮食的人都悄悄离开了。

刘洪山恼羞成怒，上去抓住刘长水的衣领，劈脸盖腮三巴掌，气得眼泪都流出来了，指着儿子骂道："长水，你个作死的东西，吃了熊心豹子胆了，竟敢私分种子粮！你要真有种，就去砸县里的粮库，在大刘庄闹腾算什么英雄好汉！"

刘长水脸上的肌肉暴跳着，他急忙捂住脸，疼痛难忍，一屁股坐在地上，还争辩说："爹，你是队长，下不了手，开仓分粮是我的主意，怪不了别人。反正粮食都分了，你说啥都晚了，揍死我也没有用，我一人做事一人当，你把我捆上送公安局吧！"

"有种，想进公安局还不容易？！"刘洪山见地上有根麻绳，一把拿起来，把刘长水五花大绑捆上了，又跺了两脚，狠狠骂道，"饿死爹娘，不吃种子粮！你个败家子！"

两个仓库保管员吓得浑身打战，一个是本家三叔刘唐，一个是民兵大全，两人跪在刘洪山面前。刘唐哭着说："大哥，偷分种子粮也有我俩的主意，我俩是内奸，仓库门是我俩打开的，要治罪也有我俩的份。"

大全也哭着说："队长，村里的困难户，是我提供的名单，我家也分了一份，我愿意到公安局投案自首！"

"有种，都是好样的！你俩一个跑不掉，都要送你们进大狱，说不定要砍脑袋！"刘洪山气得头脑发昏，也要把刘唐和大全绑起来。

大全抱着刘洪山的腿哭着说："队长，再不分点粮食，咱队也得死人。长水哥看到东队死人了，心里着急，没法子才走这一步，他也是为咱大刘庄西队的老百姓啊！"

刘洪山手一松，绳子扔在地上，叹了一口气，把跪在地上的大全扶起来说："孩子，饿死人也不能吃种子粮啊！知道不知道，私分种子粮，你们这是犯罪，要蹲监坐牢的。"刘洪山顺手抓起一只空麻袋，指点着刘长水说，"长水，爹是个队长，千斤担子都在爹肩上扛着，大刘庄西队要是饿死一个人也是你爹，还轮不到你，没有粮食咱想办法，你们不知道这样做是犯法吗？"

刘长水被绳子捆着，跪在地上，昂起头来："诗曰：天灾降世间，万物遭涂炭。家中无柴米，呼号怨苍天。饥民需解救，谁是包青天……"

"作死的东西！"没等刘长水说完，刘洪山又朝儿子头上敲了一指头，转身对刘唐和大全说，"你俩起来，把粮食都分给谁家了，一家一户给我找回来！"

刘长水跪在地上一歪脑袋，没打着，摇晃着身子，冷笑着说："找啥找？说不定都进了肚子啦！"

"吃到肚里也得给我掏出来！"刘洪山说着，带着刘唐和大全急匆匆离开窑洞。

刘长水"哎哎"喊叫说："我呢？"

刘洪山骂道："狗小子，你跪着诗曰吧，天明送你去公安局！"

刘长水身子一歪，扑通倒在地上，喊了几声也没人应，不由得长长叹了一口气，脑海里翻腾起来。

大刘庄小学，由于吃不饱，失学的孩子很多，老师们常常分头到家里找。几个老师合伙一口锅灶，馍越来越小，粥越来越稀。有的老师还要照顾家里的老人和孩子，每月省出几斤口粮给家里贴补。刘长水是负责人，既要关心老师，又要考虑学生，一天到西队，一天到东队，四处为学校寻找食物。这天，刘长水从一个孩子口里得知，他爷爷饿死了，吓得出了一头汗，一蹦子就跑到唐二喜家。唐二喜身穿孝服，一看刘长水来了，跪下来磕头，抽噎着说："刘校长，行行好，跟范队长说说，别扣俺家的口粮了。"

刘长水啥话也没有说，就急匆匆地找范彩玉去了。

刘长水对陈敬德有看法，对范彩玉更是一肚子怨气，两个人越来越说不到一块去。刘长水也曾想着跟范彩玉分手，一时又难以割舍，看到范彩玉那高高在上的样子，心里就有说不出的烦躁，就是分手，他也希望范彩玉提出来，最后再满足一下她的虚荣心。冷战拉锯，谁跟谁说句话都难。唐二喜的爹饿死，刘长水饱受刺激，再也沉不住气了，先是到了工作组，才知道陈敬德去县城了，就去找范彩玉。范彩玉正在办公室做救济粮表格。刘长水一步跨进来，拍着范彩玉的桌子说："范队长，你怎么还能坐得住？唐二喜的爹饿死了，你知道不知道？"

范彩玉拉丧着脸说："唐二喜的爹饿死，是唐二喜自己造成的。老头子年岁大了，有病走不了路，食堂的饭都是唐二喜代领，这小子两天没给他爹送饭，自己和孩子吃了，饿得老头子吃棉花套，人死了还不报丧，我非狠狠罚唐二喜不可，我已安排人帮他家料理后事了。你在学校教你的书，跑到我这里来咋咋呼呼，管什么闲事？"

"这个狗东西！"刘长水瞪着眼，指点着范彩玉说，"唐二喜是不孝，难道说你这队长没责任？我爹每天都到各家各户看一遍，你为啥不多关心关心队里的老人？老人的死，是你工作不到位造成的，这笔账你赖不掉。"还没等范彩玉说话，刘长水又大声吼道，"为啥要扣人家的口粮？"

"唐二喜两天不报丧，多领粮食，不应该受罚？"范彩玉也拍着桌子说，"现在是非常时期，谁也不能多吃多占，国家有法律，队里有制度，我罚他有错吗？"

刘长水哪里知道，春节以后，范彩玉为粮食的事简直都要急疯了。

去冬今春，东队的食堂前后办了几个月，眼看队里粮食吃光了，离午季还有两个多月。范彩玉以前总以为粮食吃完，公社会及时调拨下来，万万没有想到，多次向公社打报告，都没有消息，跑到公社问情况，不少办公室都空着，没有几个人上班，公社救灾办公室值班人员说报告送上去了，一直没有批下来。过了三个月，仓库里人均每天只有半斤粮了，食堂也越来越差，每天只能开一次伙了。社员的怨气越来越大，表面对她点头哈腰，背地里咬牙切齿，恨不得一口吃了她。

范彩玉在陈敬德临走前恳求说："陈组长，你这次去县城，绝不能空手回来，东队的粮食快吃完了，仓库里只剩下一些红薯干了！"

陈敬德还是笑着安慰说："不要担心，我直接去找杜德雨书记，他跟沙专员是老战友了，我也认识他，他要不给粮食，我就坐在他办公室不走！"

范彩玉抱怨说："今天说调拨，明天说调拨，就是看不到粮食到底在哪里，到时候饿死了人，我可负不了这个责任。"

陈敬德生气地拍着桌子说："范队长，不要丧气嘛，你铁娘子的精神哪去了？我们共产党人越是在困难的时候越要保持冷静，要体谅国家的难处，咱们自己也要拿出解决问题的办法。你的这种悲观情绪会引发群众对政府的不满，搞不好还会出大事。希望你振作起精神来，要做好群众的工作，不要被眼前的困难吓破了胆！"

范彩玉还是担忧地说："陈组长，你说的这些道理我都明白，我时刻以共产党员的标准要求自己，我对党忠心耿耿，对社员我是一碗水端平，我也从没多吃一个窝头。你也都看到了，老百姓人人都装着一肚子火，有人要出来闹事怎么办？"

陈敬德站起来说："大刘庄绝不能出现突发事件，如果有人出来捣乱，要坚决打击，绝不姑息！"

"陈组长，有你这句话，你放心好了，我范彩玉绝不是个尿包软蛋！"范彩玉说着，大步离开了办公室。

范彩玉听说唐四克扣饲料，怒气冲冲地来到饲养室，二话没说，甩手就给唐四一巴掌。

唐四踉踉跄跄倒退几步，不敢抵赖，战战兢兢地从身上拿出一小袋饲料来，扑通跪倒给范彩玉磕头，苦苦哀求说："范队长，我就这一回，再不敢了！"

"我早就盯着你了！"范彩玉训斥道，"贱骨头就是贱骨头，你要把牛喂死了，我扒你的皮！"

范彩玉扣了唐四两天口粮。

范玉堂抱怨闺女说:"丫头,咱跟唐家本来就有疙瘩,唐五进班子以后,咱两家矛盾比以前少多了,你现在又这样狠,仇不又结下了吗?刚才我看见长水和一个老师到唐四家去,我一打听才知道,唐四家的小子两天没上学了,一定是没有吃的。不就一把饲料吗?值得你这样惩罚他?"

"我不能拿社里的财物做人情,偷拿牲口饲料,唐四不是一回两回了,我是忍了又忍。现在粮食短缺,大家都吃不饱,我要再不秉公办事,就会出大问题。"范彩玉大声说,"陈组长临走有交代,对坏人坏事要坚决打击。罚他算轻的了!"

"你还想怎么样?非逼死人你才罢休?"范玉堂指点着闺女说,"丫头,你呀你,我咋生了你这个六亲不认的货!"

范彩玉跺跺脚,含着眼泪说:"俺亲爹,你别骂我了,你闺女现在已经站在了火山口上,没有退路了!"

一大早,范彩玉来到办公室,只见门上挂着一只饿死的小老鼠,还贴上一张白纸条。黄河故道的风俗,谁家死了人,门上才会贴上白纸条,这不是咒自己死吗?范彩玉恼得甩头找不到硬地,怀疑是唐六干的,可又找不到确凿的证据,也不敢轻易对唐六动手。

唐二喜的爹死了,事发突然,范彩玉比谁都紧张,虽然事出有因,但作为队长也脱不了干系,心中的苦楚无人诉说,刘长水的抱怨只能是火上浇油。范彩玉拿起桌上的茶杯,使劲摔在地上,指着刘长水的鼻子说:"刘长水,我警告你,你不要胡说八道,现在闹粮风声紧,东队要是出了乱子,我第一个饶不了你!"

刘长水看范彩玉哭丧着脸,不由得看着屋顶,摇摇头,缓和着语气说:"彩玉,这一年多来,我对你有看法,你对我有意见,看不起我这个拿工分的小学教师。说句心里话,人各有志,捆绑不成夫妻。你放心,我刘长水也是八尺男儿,我不想攀你这个高枝,更不想拖你的后腿,你要能上公社、上县、上省,我心里也会为你高兴的。咱俩相处多年,我不会忘记过去的日子,更不想看着你出问题,总希望你和东队的老百姓能平安无事。眼下什么最重要？人活着最重要，别看你是什么劳动模范、巾帼英雄、三八红旗手，帽子一大堆，真要饿死了人，一切都化为乌有，你会成为大刘庄的千古罪人！"

"你是救世主、活菩萨，我们都是害人精，大刘庄就你刘长水一个好人！"范彩玉说着，朝刘长水摆摆手，"你赶快滚吧，别在这里烦我，我不想听你教训我！"范彩玉心里难过，眼泪都要流下来。

刘长水看看范彩玉这个样子，气得再也说不出话来，走也不是，站也不是，心里像猫抓似的难受！

"我还得开会去。"范彩玉踢了一脚地上的茶杯，朝门外走去，走了几步，回头看看刘长水还傻呆呆地站着，不由得站住了，鼻子一酸，哽咽着说，"长水，以后别说这样的话了，你这是朝我胸口上捅刀子。眼下这个样子，谁的日子也不好过，谁的心情也不会好。我知道你是为我好，我是队长，你说我能咋办？学校的老师学生也在挨饿，我都看见了，陈组长没回来，我没有粮食给你们，抽屉里有两块煮熟的红薯，你拿去吧！"范彩玉说着，转脸走去。

刘长水看着范彩玉走去，想想她刚才说的话，也许是自己错怪她了。东队情况复杂，粮食歉收，卖粮过多，食堂浪费，积怨太深，人心混乱。一个女人，城府不深，经验不足，又无多少帮手，担这副担子也够难为她了。这两年，自己忙于学校，东队的事很少过问，自己看到的也许是表面现象，再一味地埋怨她恐怕也无济于事，只能加深她对自己的误解，增加她的烦恼。

二十七

刘长水无精打采地走着,不知不觉走到西队仓库门口,看见三叔刘唐和民兵大全蹲在墙根抓虱子,上前说:"三叔,西队有断粮户吗?"

刘三叔冻得鼻子通红,打着哈哈,袖起双手,捂在胸前,站起来,跺着脚,没好气地说:"别人家我不知道,我家反正没有隔夜粮。"

大全眼里噙着泪抢先说:"长水哥,俺家也快断粮了,俺娘一天只喝两碗菜汤,她的一份饭都叫她偷偷分给两个孙女吃了!"

刘长水奇怪地说:"听俺爹说,早几天每人分了几斤高粱米,这么快就吃完了!"

"肚里没油水,几斤米,不经吃。不瞒你,春节过后我就没有真正吃过一顿饱饭。"大全苦苦笑着说,"我要是放开肚子吃,那几斤米,两顿就吃光了。"

刘长水趴在仓库窗户上朝里看看说:"西队还有多少粮食?"

大全摇摇头说:"队长安排我俩看守玉米种,整整一千斤,谁也不能动一粒。听说队里的口粮都是分散保管,地下有,地上也有,就是不知道在哪放着!"

刘长水昂首看看天,沉闷了一阵说:"你俩不想饿死吧?"

"宁愿活着挨,不愿死了埋,哪个想死嘛!"大全苦着脸说,"长水哥,你跟洪山叔说说,能不能给俺家再分点粮食,要不,俺娘会饿死的。"

三叔刘唐插话说："长水，老人宁愿自己挨饿，也不能看着儿孙挨饿，大全的娘已经瘦成一把骨头了！"

大全不由自主地抽噎起来。

刘长水急不可待地问道："西队真正断粮的有多少户，你们知道吗？"

"前天我跟队长一家一户排查过，各家的情况我都记在了本子上。"大全说着从口袋里掏出一个本本，说，"都记在上面了，你爹说谁都不能看，叫我也不要说出去。"

"给我。"刘长水伸手从大全手里把小本子夺过来翻了翻，又递给大全说，"好好保管，千万别丢了。"

三叔刘唐着急地说："大侄子，黄澄澄的玉米在这放着，这么多户挨饿，你爹就是不敢动，他现在也变得越来越胆小了！"

大全跺着脚说："人要饿死了，要这些粮食还有啥用？长水哥，俺俩听你的，你说咋办？"

刘长水牙咬得咯咯响，在仓库门前转了几圈，沉闷了一阵说："你俩都听我指挥，现在就开始行动，出了事我一人负责！"

刘长水、刘唐、大全三人叽咕了一阵，就豁出去了，天一黑他们就把玉米种扛到废窑洞，剩下的也不过二百斤。三个人又分头偷偷喊开特别困难户的门，有的户不敢要，他们三人就分头送到家里。

刘唐和大全的话是有水分的，刘长水没有细作考虑，凭着年轻人的一时冲动，私分了种子粮。分到粮食的一些困难户知道刘长水、刘唐和大全是瞒着队长干的，无不诚惶诚恐，心里害怕，总觉得这粮食吃不得，还不知队长知道这事了会是个啥结果。因此粮食虽然到手，但大多数困难户不敢轻易吃掉，甚至还有人埋怨刘长水做事太荒唐，并不领刘长水的情。刘洪山领着刘唐、大全到分粮户家里，分粮户虽不舍得，但没有人说个"不"字，含着眼泪把粮食一粒不少地交了出来。

刘洪山三人来到三奶奶家门口停住了脚，犹豫起来。三婶一辈子寡妇熬儿，不知遭了多少罪。儿子刘大孩老实憨厚，唯唯诺诺，是个闷葫芦，三奶奶省吃俭用，求东拜西，好不容易给儿子娶了个媳妇。儿媳三巧也是个实心眼，过日子心里没有数，家务活做不好，地里活半拉松，只能拿半劳力工分。一个家里里外外还是三奶奶撑着，她是大刘庄最苦命的女人。大全见刘洪山犹豫，忙说："队长，三奶奶老人家够苦的，她家就算了吧？"

"不能算！"刘洪山犹豫了一下，还是走进门来。

三奶奶一家老少五口团团围坐在刚刚到手的几斤玉米边，两个小孙儿趴在盆边，小手不停地抓着玉米粒，放到嘴边，看着奶奶，也不敢朝嘴里填。三奶奶和儿子、媳妇谁也不说话，一动不动。见刘洪山走进来，三奶奶站起来说："老侄子，老婶子算着你要来，一粒不少，拿走吧。"

刘洪山啥话也没说，端起一盆玉米朝麻袋里倒，突然看到两个可怜巴巴的孩子，刚倒一半，停下来，把盆放回原处说："三婶，给孩子煮碗粥喝吧！"

"不，一粒不留！"三奶奶端起盆，抖着手把玉米倒进了麻袋里，颤抖着嘴唇说，"长水的爹，种子粮是啥？是脸面，是志气，是前程，吃了种子粮，大刘庄真要断子绝孙了。你就是不来，天一亮，老婶子也会把种子送到队里。几百张嘴对着你，你这个队长不易啊！"

刘洪山鼻子酸溜溜的，眼圈红了，嘴张了几张也没说出一个字来。

刘洪山、刘三叔、大全刚出三奶奶家的门，只见刘四爷的闺女秀兰抱着一小口袋粮食来到刘洪山跟前说："洪山哥，俺爹叫我给你送来的！"说着把粮食放在刘洪山的手上，抹着眼泪走了。

刘洪山双手托住粮食，轻轻地喊了一声"四叔"，不由得老泪横流！

刘洪山带着刘三叔和大全最后来到麻月娥家。

麻月娥成分不好，无依无靠，夹着尾巴做人，分的粮食不够吃，还要照顾隔壁村庄的舅爷，天天带着七八岁的闺女草妮到大堤上挖野菜，天气寒冷，地面上的野菜很少，只有刨野菜根。

一天下午，刘长水去公社教办室开会，回来路过堤口，看见麻月娥母女正在大堤下面刨芦根，不由得走过去。麻月娥看见刘长水，脸一红，忙扯起草妮就走。刘长水喊住她说："月娥，走啥？我又不是老虎。"

麻月娥停下来，哆哆嗦嗦地站着。闺女草妮衣服单薄，小嘴唇冻得发青，抱着娘的胳膊，两只凹陷的大眼忽闪忽闪地看着刘长水，一根手指在嘴里咬着。

刘长水看着一阵心疼，忙把围在自己脖子上的围巾拿下来围在草妮的脖子上，说："月娥，家里没一点吃的啦？"

"还有一些红薯干和两碗高粱米，细水长流，我想挖点野菜，配着吃！"麻月娥擦擦眼泪，从草妮脖子上扯下围巾，放在刘长水手上，扯起闺女走了。

"月娥，草妮该上学了！"刘长水喊了一声。

麻月娥好像没听见，只有草妮回过头来看了刘长水一眼。

刘长水要给麻月娥几斤玉米，大全担心地说："长水哥，麻月娥可是地主闺女、土匪婆子、劳动改造的对象，给她粮食好吗？"

"扯淡！"刘长水一摆手说，"她首先是个人，是个人就得活着，咱不能看她娘儿俩饿死吧！"

刘长水来到麻月娥家，把几斤玉米放在门口，敲了一下门就匆匆走开了。

麻月娥躺在床上，忽然听到敲门声，吓了一跳，问是谁，没有声音，慢慢下了床，拿起菜刀，轻轻把门打开，只见门口放着一瓢玉米，跑到门外看看，远远有个黑影走去。麻月娥凭着自己的感觉，想一定是刘长水送来的，泪水不由得流出来。

闺女草妮醒来，揉着眼说："娘，我饿。"

麻月娥把一瓢玉米端进来，把门关上，抓一把玉米放在一个熬药的砂锅里。这个砂锅是麻乐行给闺女留下的唯一财产，麻月娥是从一堆废墟里扒出来的，就像宝贝一样放起来。一到清明节，看到人家都去给老人上坟，麻月娥不敢给爹娘上坟，就抱着砂锅哭半天。大炼钢铁时，一口铁锅上缴了，无法做饭，麻月娥就把砂锅拿出来，放上几片红薯干，抓一把高粱米，加上野菜，熬满一砂锅，娘儿俩相对而坐，四只手捧着砂锅，你推给我，我推给你，你一口我一口地吃着，总算活下来了。草妮八岁了，要上学了，刘长水给麻月娥带了几次话，要她把草妮送到学校，麻月娥都没把孩子送去。

一天，麻月娥正在文家河边洗衣服，刘长水恰巧路过，走过来说："月娥，草妮这么大了，该上学了。大人再苦再累，也不能耽误孩子，咋不送草妮上学？"

"上啥学？爹是土匪，爷是地主，娘是改造分子，她本来就不该来到这个世上，能活下来就烧高香了！"麻月娥拧着衣服，转过半边脸，瞟了刘长水一眼，含着眼泪，委屈地说，"我读了多年的书，有用吗？"一句话把刘长水噎了回去。

刘长水于心不忍，自己掏钱，还是多订了一套小学课本，连同麻月娥送给他的钢笔，隔着篱笆墙扔到麻月娥的院子里。刘长水知道，麻月娥脑瓜聪明，天生勤奋，是班里学习成绩最好的，她在家教草妮读书，是没有问题的。

草妮从一年级到六年级，一天校门没进过，都是麻月娥教的。柳暗花明，时来运转。1977年国家恢复高考，二十五岁的草妮考上了县师范。拿到通知书的那天，草妮跑到刘长水家，眼含热泪，扑通跪下来，给刘长水连磕三个头，还把那支钢笔还给刘长水说："大爷，这支笔给你做个纪念吧！"刘长水看着这支笔，百感交集，不由得鼻子一酸，眼圈红了，在手里攥了半天，又把笔放在草妮手里说："孩子，拿着吧，到学校还能用上！"范彩玉感到莫名其妙，心里一阵酸溜溜的，疑惑地说："长水，草妮考上学为啥来给你磕头？"刘长水红着脸，看范彩玉打破砂锅问到底的样子，只好实话实说。"好你个刘长水！"范彩玉朝男人胳膊上使劲掐了一下，撇着嘴，点着刘长水的脑瓜说，"地下工作者，大刘庄原来还有一条看不见的战线！"关于这支笔的来历，刘长水并没有跟范彩玉说明，草妮也不知道这支笔是母亲送给刘长水的。世俗社会，人情冷暖，情感脸面，人的秘密总是藏着那么一点点！

这都是后话了，还回到那天夜里。

草妮看着玉米，抓几粒填在嘴里。麻月娥伸出手叫女儿吐出来，朝砂锅里添上两碗水，抓一把玉米放进去，正要生火，刘洪山带着刘唐和大全进来，叫麻月娥把水里的玉米捞出来。

麻月娥吓得浑身打战，跪下来给刘洪山磕头，哭着说："大叔，给孩子留半碗吧。"

刘洪山一粒玉米也没留下，全部拿走了，出门时说道："别怪大叔心狠，没了种子，以后就没了日子过。大刘庄西队虽然人人吃不饱，但还没饿到吃种子的地步。"刘洪山走出门不远，心里突然咯噔了一下，又回到屋里，看看面黄肌瘦的草妮，从怀里掏出那块带着他的体温本来是留给儿子的红薯，放在草妮手里，转身对麻月娥说，"孩子，你心里苦，大叔都看在眼里，你能撑着这个家不容易。你每天还要省半块馍、半碗汤，给你瘫痪的舅爷送去，你是个孝顺的闺女。明天早上，我叫食堂多给你一个馍馍，再难也要熬过去。"

麻月娥看着草妮吃着红薯，泪水唰地滚落下来，又跪下来给刘洪山磕头。

刘唐过去在麻乐行家打过短工，知道麻月娥跟她爹不一样，想到这孩子受麻牛的害，如今落到这般田地，心里说不出地难受，临出门的时候趁刘洪山不注意，还是偷偷抓一把玉米撒在麻月娥家门后。实际上，刘洪山看到了，只是装着没看见，心里说：小三，心善！

八百斤玉米种大部分回到仓库，刘洪山如释负重，长长出了一口气，不由得去摸烟袋，烟袋不在身上，便匆匆朝家里走去。一进门，他不由得一愣——范彩玉正在跟汪玉兰说话。

唐二喜的爹饿死了，唐六等人趁机造谣生事，不明真相的人大骂范彩玉，一时东队乱糟糟的。陈敬德没有回来，范彩玉心乱如麻，本打算派人到城里找陈敬德，没有想到刘长水从学校找来了。两个人话不投机，争执一番，范彩玉把安排人找陈敬德的事忘到了一边。范彩玉走在路上，想想刘长水刚才说的一番话，句句扎在自己的心窝上，心里一阵阵说不出的难受，一个人蹲在东队仓库门口抽泣了半天。没一会，副队长唐五、民兵队队长三娃、妇女队队长夏桂、小木匠魏宝，还有两个社员代表来了。范彩玉叫大家来，是想开个碰头会，听听大家的意见。吵吵嚷嚷半天，大家还是想叫范彩玉给几家特别困难户分点粮食。

唐五苦着脸说："范队长，你安排查看困难户，我和魏宝、夏桂一家一户看了，家里一点粮食没有的大概有八九户。"

"粮食都是按人头分的,他们怎么不省着点吃?"范彩玉瞪着眼说,"陈组长临走时有交代,没有他的允许,谁也不能动仓库里的粮食。咱们要是分给这几户,其他人家有意见怎么办?要是闹起来,怎么收拾?"

大家知道范彩玉的脾气,你看着我,我看着你,好半天没有人说话。

夏桂沉闷了半天,最后含着泪说:"彩玉妹子,咱活人不能叫尿憋死,大家都知道你难,咱也确实想不出啥法子……"

"啥话都不要说了,"范彩玉咬着牙猛然站起来,挥着手说,"打开仓库门,有事我担着!"

天黑下来,范彩玉带着几个干部,背着红薯干,访问了东队的特困户,班子成员每人分管几个老人,心情总算宽慰了一些。二更天了,范彩玉回到办公室,拉开抽屉,两块红薯还放在那里,想到跟刘长水发脾气,心里一阵说不出的滋味。范彩玉拿着红薯来到学校,一看刘长水不在,其他教师也都回家了。忽然听到哼哼声,她用手电筒一照,是一个无家可归的孩子,蹲在墙根下,身上裹着刘长水的旧棉袄,冻得浑身打哆嗦。范彩玉听爹说过,刘长水在大路上捡个没爹没娘无家可归的孩子,把他带到学校,几个老师你一口我一口省着给这个孩子吃。

范彩玉蹲下来问:"小孩,你家在哪里?"

孩子翻翻白眼说:"夏邑。"

"你爹娘呢?"

孩子摇摇头。

范彩玉明白了,这一定是爹娘讨饭,半路上故意把孩子丢下的。

"吃吧!"范彩玉把一块红薯放在孩子的手上说,"孩子,这里不能过夜,夜里冷,会把你冻死的。走,我送你到牛屋草窝里睡去,夜里多盖点草!"

那孩子眼里含着泪,狼吞虎咽地吃着红薯,跟着范彩玉走了。学校离饲养室不远,半路上碰到老饲养员李广胜,范彩玉把小孩交给了他。

"范队长,放心吧,草窝里暖和,我给孩子烧碗热水喝!"李广胜抓住小孩的手说，"昨天夜里是长水校长把他送来的，天这么晚了，我看孩子没来，正要到学校看看。"

范彩玉问道："广胜大爷，西队的牲口咋样？"

"没事，刘队长天天来看，挨黑的时候还给我送来两块热红薯。"李广胜说着，扯起孩子走了。

范彩玉看着这一老一小走去，思绪万千。刘长水收养这个被人丢弃的孩子，范彩玉的心里还是赞赏的。范彩玉总希望刘长水入党当干部，当个教师虽然也是拿工分的，但不在体制内，干得再好，还是个农民哥。范彩玉自己风光，也想叫刘长水风光，这样两人才般配，嫁过去才有脸面。两人的感情产生隔阂，范彩玉的心情是矛盾的、多变的。自己虽说是锦旗、奖状挂满墙，但一不当吃，二不当用，实际上还是个农家小大姐。范彩玉表面冷落刘长水，一旦坐下来，心里还是有说不出的思念。刘洪山因私藏粮食被停职，自己没去看望，事后也有些后悔，想找刘长水说说心里的苦衷。那天晚上，范彩玉站在学校墙外，她正想进去，突然看到汪玉兰提着篮子进了学校，忙躲在一个角落里看动静。后来又看到麻月娥站在墙根跟刘长水说话，麻月娥说话的声音虽然很小，但更深夜静，她还是听到了，暗暗赞赏这个小女人的心计。看麻月娥走进小树林，刘长水走进校门口，她心里不由得一阵毛躁，顺手抓起一个土坷垃，朝学校大门扔了过去，仍躲在一个角落里。看到刘长水手里拿个棍在校门外转圈子，她不由得一阵好笑，本想叫住刘长水，又不知说什么好，磨蹭一会就回去了。

送走孩子，范彩玉回到家里，歪在床上，怎么也合不上眼，披着衣服，在屋里走来走去。夜风吹破了窗户纸，一股冷风刮进来，身上一阵麻沙沙的。她想到眼下的处境，心里有说不出的无助和孤独，远处响起一声狗吠，更叫她惊恐不安。她虽然给最困难的几户送去了红薯干，但不知道还有没有遗漏，不知道今天夜里会不会再饿死人，不由得打了个寒噤。

下半夜了，范彩玉提着小马灯走出门来，到东队各家门前房后走动，有时蹲在墙根听听，生怕听到谁家有哭声。她转悠了一两个时辰，几乎走遍每一家,也没有听到什么动静,心里一阵说不出的安慰,还想到饲养室、仓库看看。不知不觉路过刘洪山家门口,本想走过去,一见外门半敞着,屋里还亮着灯光,范彩玉心里不由得一阵紧张,后半夜了,怎么还亮着灯?难道出了啥事?身不由己地敲敲门进来了。

汪玉兰正在家里走来走去,焦躁不安,见范彩玉来了,惊慌地说:"孩子,半夜三更的,你咋来了?出啥事了?看见长水和他爹了?"

"婶,我去查夜,路过这里,看家里还亮着灯,就进来了。"范彩玉吃惊地说,"我晚上到学校找长水就没有找到,以为他回家了。天都这时候了,他爷儿俩哪去了?"

"长水晚饭没回来吃,一等二等不来,他爹怕出啥事,就出门找他去了。有几个时辰了,爷儿俩一个也没回来,真急死人了!"汪玉兰带着哭腔说着。

范彩玉看着汪玉兰眼泪汪汪的,忙倒半碗水递给汪玉兰说:"婶,别着急,咱娘儿俩再等等,也许他爷儿俩马上就回来了。"

汪玉兰上去抓住范彩玉的手说:"孩子,你跟长水都老大不小了,一直说给你俩办婚事,没想到是这个光景,你看看,你看看……"汪玉兰哽咽着说不下去了。

范彩玉也含着眼泪说:"婶,您老的心我知道……"

刘洪山气呼呼地从外面回来了。

范彩玉急忙站起来说:"叔,长水呢?"

刘洪山叹口气,看范彩玉跟前放着马灯,知道她在巡夜,不由得问道:"彩玉,庄子里说啥话的都有,唐二喜的爹到底咋死的?"

范彩玉把脸扭到一边去,用手捂着自己的嘴,小声说:"唐二喜自私自利,两口子都不孝顺,从食堂领的饭根本没给他爹送去,也怪我工作有疏漏。"

"没人性的东西!"刘洪山推推帽子,气得直跺脚,大声说,"彩玉,这种时候,队里的干部要盯住每一个老人,稍不注意就会出事。东队仓库里不是有十几麻袋红薯干吗?听说你还有两窖红薯,为啥不拿出来?"

范彩玉委屈地说："陈组长临走时反复安排，动仓库一粒粮食都要他审批。红薯虽说还有两窖，但几百口人，分到每户没有多少。陈组长去城里一直没有回来，我正打算派人到城里找他去。傍晚的时候，他叫人给我带信，说明天回来，现在说，就是今天了，不知他要来救济粮没有。我巡夜路过这里，看家里亮着灯，就进来了。"

"他能不能要到粮食还两说呢。"刘洪山狠狠地看着范彩玉说，"彩玉，我说你啥好呢？你就是个死心眼，姓陈的不来，你们就等着吗？人死了，他就是要来粮食也没人吃了。救命要紧，孩子，赶快把仓库门打开，连夜给大家分点红薯干，说啥也不能再死人啦！"

范彩玉惊恐地看着刘洪山，摇摇头没有说话。

刘洪山见范彩玉苦着脸不说话，突然哈哈大笑两声，说道："彩玉，在咱这百里黄河故道上，人人都说你范家丫头是个女强人，什么花木兰、杨排风、穆桂英的帽子都给你戴上，我看你的胆子只有芝麻粒那么大。我儿长水平时看不出来，都说他是个白面书生，老实得像绵羊，胆小怕事。没想到这小子到了关口上，有了天胆了，有种，是我刘洪山的儿子，是咱黄河滩上的一条好汉，成了开仓放粮的大英雄了，比我当年一口铡刀劈还乡团厉害多了！"刘洪山的脸色一下子阴沉下来，憋了半天才说，"丫头，天亮你送他去公安局投案自首吧！"

刘洪山的话，活生生吓坏了范彩玉，她只觉得头晕目眩，魂魄走窍，头发梢子吱吱地冒出一股冷气。她双手捂住脸，失声痛哭，扑通一声坐在了地上。

"哎嗨！"汪玉兰一听这话，霎时气红了眼，一步蹦到刘洪山面前，大声说道，"你个老东西，折腾了一夜，跑到西家跑东家，耍你队长的威风，你还想大义灭亲，向自己亲生儿子开刀！不就私分点粮食吗？是塌天了，还是地陷了，值得你这样喝神断鬼的！"汪玉兰吓唬刘洪山说，"他爹，你要是把长水送去，我跟你拼命！你充啥积极？这几年姓陈的少整你了？公社少斗你了？今天给你戴这帽子，明天给你戴那帽子，你都成了'帽子王'了，人都快饿死了，你还怕再多戴几顶帽子！"

刘洪山心里一阵震惊，倒吸了几口凉气，瞪着眼看着汪玉兰，这女人一辈子从没像今天这样朝男人凶过，今天这是咋啦？听她说话，儿子偷分种子粮好像她都知道，想不到老太婆也能做出这惊天的事来。他心里一阵暗暗惊奇，苦笑着说："好，好！你们都是善人，就我是个恶人！"说着，倒背着手，大步走出了屋子。

刘洪山走后不久，妇女队队长马大妮来找刘洪山，跟汪玉兰说了情况。

汪玉兰心里一阵害怕，她一辈子就这一个儿子，儿子要蹲监坐牢，有个三长两短，自己的这条老命也就完了。她使劲抓住马大妮的手说："大妮，自从你嫁到大刘庄，婶对你咋样？"

"婶对我像待亲闺女。"马大妮含着泪说，"婶，您老有啥话就嘱咐吧，大妮我听你的。"

"长水这回惹了塌天大祸，你跟四叔、二良可都要担着点。"汪玉兰咬着牙说，"我儿子要是出了事，婶不认你这个闺女！"

"婶，您老放心，天塌下来，我们一块顶着。我得赶快去看看。"马大妮说着朝仓库跑去。

汪玉兰看着刘洪山那心神不定的样子，咬牙切齿地说："你个老东西晃来晃去烦死人，要送公安局就送我去，看能不能给你换顶乌纱帽。"

刘洪山这会儿并没生气，反而显得有几分平静，手里摇着烟袋杆，烟荷包在烟袋杆上转圈，点着头笑了笑说："老家伙，公安局不会收你。"转过脸来对范彩玉说，"彩玉，长水被我捆上了，在村西窑洞里，你是党的人，怎么处理长水，这事你看着办吧！"

范彩玉站起来，惊恐地瞪着两只眼看着刘洪山，一时不知所措。

汪玉兰伸手抓住范彩玉的手，命令似的说："彩玉，别怕，快去把我儿子找回来。你也别充积极，我儿子要有个好歹，我不认你这个媳妇！"

刘洪山看着范彩玉出了门，蹲在一边挖着烟，两眼看着汪玉兰，心里暗暗敲鼓：老太婆啊老太婆，这些年我真小看你了！

二十八

　　黎明前的黑夜，寒风刺骨，阴冷潮湿，令人毛骨悚然。

　　范彩玉心乱如麻，顺着一条田间小道，步履匆匆。夜风撕开她的头巾一角，朝后飘扬着，带出飒飒的响声，她顾不得有没有系好，发了疯似的朝前奔跑，几次差点摔倒。东队饿死人已叫她方寸大乱，刘长水开仓私分种子粮，无疑又给她当头一棒。她的神经几乎崩溃了，做梦也没想到，一个小小的教书匠竟胆大妄为，做出这种违法的事来，等待他的是什么，范彩玉不敢朝下想了。可令她不解的是，亲爹对儿子的行为并没有显露出恐慌，不知老头子葫芦里卖的什么药！汪玉兰的话又把她推到了悬崖上，眼看着一场灾祸朝两个家庭扑来。

　　春节前的一天夜里，范玉堂的弟弟范玉亮突然从东北回来了，兄弟俩抱头大哭一场。范玉亮一手扯住一个，连夜就把两个侄女彩云、彩凤带走了。范彩玉知道这件事，想追也来不及了，抱怨爹娘也无济于事。家里一下子走了两口人，范彩玉不敢隐瞒，马上向陈敬德汇报。

　　"走亲戚嘛，人之常情。"陈敬德微笑着说，"走就走了吧，东北地广人稀，劳动力奇缺，你两个妹妹到那里参加劳动，也是支援社会主义建设嘛！"

　　范玉堂到食堂打饭，本来想把两个闺女的饭领来，没有想到，在食堂供应登记簿上，范彩玉已经把两个妹妹的名字划去，范玉堂十分恼火，又跟闺女大吵一架。

范彩玉常常深夜才回家,天一亮就走了,家里平时就他老两口,每天从食堂领来两个窝头,窝头一凉就发硬,一咬一个白牙印。范玉堂牙口不好,啃不动咽不下,想烧碗菜汤泡泡吃,没有了锅,只好用一个和面的小黄盆烧水。没有想到,黄盆烧炸了,烫伤了范玉堂的脚,起了一脚面子燎泡,走路一瘸一拐的。

两个妹妹去了东北,不知是死是活;娘得了浮肿病,躺在床上;爹的脚烫伤,走不了路。范彩玉在队里急,回到家里也急,恨不得把自己掰成几瓣。万万没有想到,在这个当口上,未婚夫又把天戳个大窟窿,范彩玉心力交瘁,几乎支撑不下去了。

夜色苍茫,朦胧的天空中半明半暗闪出几颗星星。

范彩玉的脑海里像开火车似的呜呜叫,半思半想半埋怨,脚底下坑坑洼洼路不平,磕磕绊绊朝前走。她一口气跑到窑洞口,屏住呼吸,半步半步往里走,用手电一照,刘长水仍然被绑着,像一条死狗一样歪倒在地上,嘴里还咕咕哝哝说着什么。范彩玉急忙把刘长水身上的绳子解开。

"今夜无眠,相约在洞中。"刘长水一看是范彩玉,甩甩胳膊,攥攥拳头,伸伸腰,咧着嘴说,"范大小姐,外边刮的是哪阵风?"

范彩玉推了刘长水一把,急吼吼地说:"什么哪阵风?"

刘长水诙谐地笑着说:"我是说哪阵风把你刮来的?"

"死到临头了,你还有心说笑话?"范彩玉把绳子摔在地上,埋怨说,"你把天戳个大窟窿,我是你媳妇,能不来吗?"

"媳妇?什么媳妇?我还没用八抬大轿抬你呢!"刘长水苦笑了一声,又说道,"范队长,你把我送到公安局,保准能立功受奖,提拔重用。你做你的官,我坐我的牢,两不相干。听说大牢里有饭吃,比在家里饿死强哩!"

"哟嗨,还在胡咧咧!"范彩玉叫了几声,朝刘长水身上掐了一下,撇着嘴说,"在大刘庄就你敢腌臜我,我是狗熊,我无能,你是个英雄,是好汉,好吧!看把你美的,你有饭吃,我们都得饿死!"

刘长水听范彩玉说话不像要把自己送公安局,不由得心生几分得意,缓和着语气说:"媳妇,不,范队长,我劝你快去把东队仓库门打开,再不弄点粮食出来,说不定今夜还会饿死人!"

范彩玉赌气说:"谁饿死谁活该,我范彩玉不会干犯法的事!"

刘长水站起身来,拍打着身上的泥土说:"彩玉,你得学俺爹,灵活点,别一条道走到黑。这个时候,有粮才是天,不能再向工作组组长陈敬德看齐了。"又转过话题说,"你不要看我爹今天把我逮了,扇了我三巴掌,把我捆起来,我一点也不怨他,反而高兴。因为我明白了一件事,俺爹老谋深算,姓陈的哪是他的对手?西队一定哪里还藏着粮食,你信不信?"

范彩玉撇撇嘴说:"东队的粮食都在仓库里摆着,我可没敢藏一粒粮食!"

"这就是我爹的精明之处。"刘长水夺过范彩玉手里的手电筒,在地上照着,发现地上掉了几粒玉米,急忙捡起来说,"彩玉,民以食为天,你再不开仓放粮,以后你会后悔的!"

"你再胡说八道,我真把你送到公安局!"范彩玉拉着刘长水的手说,"赶快走吧,天要亮了,你娘在家都要急死了!"

刘长水跟范彩玉走出窑洞,东边天已经发亮了,刚刚走进村子,只见一群荷枪实弹的公安干警直向大刘庄扑来,派出所所长杨绪义拿着大喇叭高喊着抓人。

陈敬德和工作组其他成员也来了。

范彩玉吓出一身冷汗,忙推了刘长水一把,叫他快躲起来。刘长水撒开两腿就跑,转眼不知去向。

范彩玉理理头发,提提精神,走到陈敬德的跟前问:"陈组长,你可回来了,出啥事啦?"

陈敬德气呼呼地说:"唐六带人盗窃国家粮库,还打伤一名粮管员。"

"啊!"范彩玉吃惊地说,"唐六敢偷国家粮库?这不是找死吗?"

唐六这几天一直在村里暗暗串联,找了几个唐姓青年,去公社粮站偷粮。

唐六四处活动,被唐四知道了,他没敢直接去找唐六,就找到唐五说：“五弟，我看小六这几天有点不对劲，老是跟咱唐门的几个半大橛子嘀嘀咕咕，我看没啥好事。他胆子大，脾气坏，我不敢说他，你去说说他，别朝枪口上撞！"

唐五吃惊地说：“他想干啥？上次他用一根长竹竿，趁看窖人撒尿，从红薯窖里插出两块红薯，我揍了他，他一直生我的气，两口子看见我像乌眼鸡似的，连个招呼也不打。你知道他想干啥事吗？"

唐四小声说：“你四嫂听老六的媳妇说，老六去了几趟镇上，说啥去探探路。"

"探路？"唐五吃惊地说，"难道他想到黄河粮站偷粮？"

唐四叹口气说："老六，从小咱爹就惯他，一身的臭毛病，啥事都能干得出来。"

唐五担心地说："这是犯罪，逮住了可要坐大牢的。咱家的成分又高，老六这不是找死吗？说啥也得拦住他。"

唐五找到唐六，唐六说啥也不承认。

"你一不缺吃，二不缺穿，"唐五推了唐六一把，吓唬说，"你要干蠢事，谁也救不了你！"

"人活着就是几十年，我想做撑死鬼，不想做饿死鬼，黑窝头老子咽不下！"唐六摇晃着脑袋说，"五哥，你虽是队里干部，但没有权，啥好处也没有，有意思吗？姓范的丫头根本就没拿你当回事，你充啥积极？我的事以后你少管！"

唐五瞪着眼说："我不会看着叫你胡来。"

唐六回到家，抓住刁婵梅就是几个巴掌，骂道："臭女人，叫你嘴贱，以后再出去嚼舌头，坏我的事，我把你扔到河里喂王八去！"

刁婵梅被打得满嘴流血，睡在地上打着滚哭叫谩骂，口口声声要跟唐六离婚。

唐六咬着牙骂道："你本来就是我爹用二两烟土换来的，老子看见你就恶心，想滚就给我滚得远远的！"骂着，又是一脚踢在刁婵梅身上，疼得刁婵梅出了一身冷汗。

刁婵梅一拐一拐地来找范彩玉告状。

范彩玉看到刁婵梅一副狼狈不堪的样子，嘴角还流着血，脸也肿了，忙问："六嫂，你这是咋回事？"

"唐六是个畜生，没轻没重地打我。"刁婵梅哭着说，"我受不了啦，要跟他离婚，再过下去，他就要把我打死了，还要把我扔到河里去。"

"这个老六！"范彩玉从抽屉里拿出药棉，给刁婵梅擦着嘴角说，"为了啥事，打这样狠？"

刁婵梅本来想把唐六的事说出来，伸伸脖子，咕哝一声又咽了回去，抽抽噎噎地说不出个所以然来。

"新社会男女平等，虐待妇女就是犯罪。"范彩玉劝说道，"六嫂，你先回去，这事我知道了，有时间我找老六，看我怎么收拾他！"

范彩玉做梦也没有想到，唐六暴打刁婵梅是为了偷粮这件事。

昨天夜里，唐六伙同唐家几个年轻人，三更天到黄河粮库盗粮。他们从后墙打个洞，盗走几口袋面粉，刚要翻院墙逃走，被巡逻的粮管员发现，双方打起来，一个粮管员被打伤，唐六腿上也挨了一棍，躺在地上动不了，被捆了起来，其他人逃窜。黄河公社派出所接到报警，全体公安干警出动，很快追到了大刘庄。

范彩玉咬着牙说："唐六就是贼心不改，这回要狠狠治治他。人抓住了吗？"

"唐六受伤，被当场拿住！"陈敬德指着杨绪义说，"他们正在抓其他人。"

这时，几个公安干警押着几个参与盗粮的青年走来，杨绪义朝陈敬德招招手，带着人朝村外走去。

唐五吓得面色蜡黄，慌慌张张地跑来说："陈组长、范队长，事前我就感到小六不对劲，警告过他，没有及时向领导汇报，也没有看住他，我失职，我有罪，怎么罚我都行！"

陈敬德拍着唐五的肩膀说："唐五同志，你有这个态度，很好。你是你，你兄弟是你兄弟，谁犯罪治谁的罪，你不要背包袱。我当时叫你进班子，就是想叫你协助范彩玉管住你兄弟和你唐家的人，你尽力了，这事跟你没有关系。"

范彩玉担心地说道："陈组长，你说他们会被判刑杀头吗？"

陈敬德心情沉重地摇着头。

陈敬德在县里活动，为大刘庄争取救济粮，在县救灾办折腾一天，一粒粮食也没争取到。没有办法，他只好硬着头皮去找县委书记杜德雨，如实汇报了大刘庄的情况。

杜德雨并没有对陈敬德发脾气，吸着闷烟，心情沉重地说："小陈，前不久我到江南几个县参观，人家那里，老百姓虽说困难，有时也吃不饱，可不至于饿死人。咱县为什么会出现这样的局面？问题出在哪里？我通过调研才明白，就出在县、社两级干部身上。首先我要负主要责任，头脑发热，急躁冒进，不去积极主动帮助群众生产，看不到老百姓的苦，搞了不少形式主义的东西。一条运河就消耗掉一百多个生产队的人力财力，如今成了烂尾工程。在废黄堤上搞什么小平原，给本来稳定的黄河故道沙滩沙丘带来沙化的危险，无知透顶！官僚主义害死人，我对不起全县的父老乡亲！"杜德雨眼里含着泪，缓了缓，语重心长地说，"小陈，你知道，孟良崮战役，我带一个支队在外围山头阻击增援的敌人，为什么能坚持几天几夜吗？就是因为山下的老百姓冒着枪林弹雨给我们送来了水和大饼。现在老百姓生活有了困难，最需要我们帮助的时候，可我手里一无水，二无大饼，我心里有愧啊！"

陈敬德听了杜德雨的话，再也不敢提要救济粮的事，无奈之下，连夜跑到江淮专区，找到副专员沙玉明，汇报大刘庄的灾情。

"小陈，咱整个专区都缺粮，你们县是最厉害的，专区的救济粮也给了你们不少倾斜，现在我手里一斤粮食的指标也没有了！"沙玉明想了想说，"刘洪山不是大刘庄的生产队队长吗？我在县里时，他就是劳动模范、种田高手，你们村怎么还能缺粮？"

"炼钢铁、修水利、造平原，占用大批劳力，加上旱灾，造成粮食减产，秋收时缺乏劳力，也损失一些，吃食堂又造成粮食浪费……"陈敬德看着老首长变化的脸色，忙转过话题说，"当然，我在工作中也有缺点、错误，辜负了乡亲们！"

"老杜这个人任性，好出风头，我当时就提醒过他，不要收过头粮，不要随便开工程，要给老百姓留够口粮，炼钢铁要有计划地进行，不要把树都砍光了，办食堂也要有计划，严加管理，不要铺张浪费。现在出问题了，怎么向人民交代？"

陈敬德耷拉着脑袋不说话。

沙玉明从抽屉里拿出一盒饼干，放在陈敬德手上说："小陈，省里正在做南北调剂，国家也正在从东北等地朝中原地区紧急调粮，估计要有个过程。你刚从老杜那里来，我不便再给他打电话，你们县粮食局局长小赵是专区派下去的干部，也跟我跑过一段时间，我给他打个电话，你去找找他，看他能不能给你们想点办法！"

陈敬德连夜回来，找到粮食局局长赵大方。赵大方看在老首长的面上，答应想想办法，从其他渠道挤出一点给大刘庄，陈敬德的心里安慰了许多。几天不在家，还不知道大刘庄的情况怎样，陈敬德连夜从县城回来，刚要上床休息，黄河公社值班室的电话就打来了……

"唐六等人盗窃国家粮库，你是队长，脱不了干系，上级一定会追究责任。"陈敬德看范彩玉吓得脸色蜡黄，心里一阵说不出的难受，深深自责地说，"范队长，我是大刘庄的工作组组长、第一责任人，工作没有做好，出了这样的事，我要写检查。东队饿死一个老人，你不要太自责，主要责任在我。"

听了陈敬德的一番话，范彩玉心里总算好受一些，感动地哭了。

"范队长，是福不是祸，是祸躲不过。既然事情出来了，咱也不要怕，要积极面对！"陈敬德若有所思地说，"自古道，荒年出土匪，饥饿出盗贼。我们要分清是非，打击少数人，不能把他们都当坏人看。家属该照顾的还是要照顾，特别是老人和孩子，绝不能另眼看待他们。临来老首长嘱咐我，一定要关心人民的生死，实事求是办事。眼下到了最困难时期，我们干部是关键，要想尽一切办法渡过饥荒。赶快打开仓库和红薯窖，每人一斤红薯干、一斤红薯，马上发下去，叫全队人吃顿饱饭！"陈敬德走了几步又回过头说，"范队长，西队一个人没饿死，也没发生突发事件，咱得学学刘洪山，看看他都有什么办法！"

范彩玉心里的一块石头总算落了地，她暗暗庆幸，谢天谢地，刘长水私分种子粮也许能瞒过去，便喊着唐五，大步朝东队粮库走去。

西队食堂每天开一次伙，人均一个窝头。

刘四爷找到刘洪山，疑惑地说："洪山，各村的食堂都停了，彩玉他们的食堂也停了，咱队的食堂你怎么不叫停？"

"四叔，过去咱停办食堂是为了节约粮食，现在咱办食堂还是为了节约粮食。"刘洪山推推帽子，掰着手指说，"四叔，咱算算账，现在咱仓库的粮食人均半斤不到，要把这剩余的粮食一下子分给大家，有的能控制住，有的控制不住，要不了多久就会吃光。现在咱每三天给大家分一点粮，各家可以配些野菜煮粥，队里食堂一人一天保证发一个窝头，这样起码不会饿死人。"

刘四爷信服地点着头说："放开一手，留有一手，大锅里有，小锅里也有。这样好，这样好，我就没有想到。洪山，这样你要多操多少心啊！"

刘洪山苦笑着说："当干部，不怕麻烦，心眼放正，一碗水端平，老百姓才能安稳！"

虽然刘洪山精打细算，高度把关，万般节省，但口粮还是越来越紧，老百姓的恐慌一天天加剧！每天不到发馍的时间，就蹲满一院子人，一个个提着瓦罐、挎着小篮，等待着开饭的铃声。汪玉兰在分馍组，看见三奶奶挎着小篮一歪一扭地走来。老人骨瘦如柴，脸色灰暗，眼里含着泪，把自己的小篮子朝前推推。汪玉兰看见篮子里有一块旧头巾，四周看看人，转转身子，遮住篮子，眼疾手快，多拿了一个窝头放在三奶奶的篮子里，急忙盖上，提起篮子放在三奶奶怀里，催促说："老婶子，孩子都在等着，快走吧！"

食堂的窝头都是有数的，汪玉兰把窝头多给了三奶奶，自己就没有吃的了。看人都走了，她就刮刮案上的残渣面粉，兑半碗蒸馍水，搅搅喝了。

三奶奶回到家，数了又数，查了又查，感到奇怪，发现多了一个窝头。老人想想当时领馍的情景，一下子明白了。三奶奶把儿子刘大孩、媳妇王三巧叫到跟前，颤抖着嘴唇，含着热泪说："孩子，你俩给我记住这一个窝头，这是你洪山嫂从自己嘴里抠出来的，等俩孩子长大了，说给他们听，一辈一辈朝下说。"多少年过去了，一到过节，王三巧就带着孩子来给汪玉兰磕头。

麻月娥的老舅钱二行，过去在姐姐家当过大管家，跟着麻乐行干了不少坏事，土改后，蹲了两年监狱，出狱后回到小下庄一个人生活。麻月娥不忍心看老舅饿死，隔一天就要到老舅家走一趟，给瘫痪的老舅送点吃的，剩下一个窝头娘儿俩吃。麻月娥心里一天天恐慌，再这样下去，自己跟草妮都得饿死。过两天，麻月娥还想去看看老舅，见家里只有半个窝头了，她就跑到大堤上挖野菜，想煮碗菜汤给老舅送去。跑了半天，也没挖到几棵野菜，她就悄悄来到队里食堂，看看能不能捡点烂菜叶。

下午，食堂里只有刘小黑一人值班。刘小黑正在啃一块生红薯，见来人了，忙把红薯藏在屁股下，一看是麻月娥，脸色一变，瞪着眼说："你这个土匪婆，来食堂干什么，想搞破坏吗？"

麻月娥看是刘小黑值班，本来想回去，但走了几步又转身回来，给刘小黑扑通一跪，带着哭腔说："刘副队长，行行好，给我一个窝头吧，草妮饿得不行了。"麻月娥不敢说是给老舅要的。

刘小黑打着哈哈，眯着眼，咧咧嘴说："土匪婆，你还想多吃多占？窝头都是有数的，多给你一个，就对不上数了。刘洪山那老家伙可是六亲不认，谁也别想多拿一个。"

麻月娥跪着不起，苦苦哀求说："刘队长，只要给俺一个窝头，一辈子不忘你的大恩！"

刘小黑看了看麻月娥，这个小女人虽然瘦得皮包骨头，脸色蜡黄，但细看起来还有几分姿色。上次在你家你跟我拼命，今天送上门来，到嘴边的肉不能不吃。他不由得心中暗喜，皮笑肉不笑地说："要窝头可以，就看你识相不识相。天黑你到村西窑洞等我，我给你送一个窝头，去不去随你，老子可没逼你啊！"

麻月娥跪着老半天不说话，慢慢昂起头来，跟刘小黑对视了一下，她看到刘小黑那色眯眯的眼，激灵灵地打个哆嗦，知道刘小黑想干啥了。她愣了半天神，啥话也没说，双手按着地爬起来，擦着眼泪走了，走出几步，又无奈地回头看了刘小黑一眼。

天黑下来，风声乍起，树梢被刮得咯吱咯吱乱响。一只老鸹站在树枝上嘎嘎怪叫，田野里一片凄凉。

刘小黑戴着一顶破旧棉帽，腰里扎着草绳，怀里揣着一个窝头，顶着夜色，顺着田间小路，一路飞跑，一头钻进了窑洞。

麻月娥想到老舅实在太需要一个窝头了。太阳落下来，麻月娥站在村口，远远看着影影绰绰的窑洞，身不由己地走了过去。麻月娥面如死灰，双目痴呆，蹲在窑洞一角，见刘小黑走来，忙问道："带来窝头了吗？"

刘小黑轻轻拍拍怀里，满脸淫笑。

麻月娥脸对着墙，抽噎起来。

"老娘们了，害啥羞？快点！"刘小黑站在麻月娥的背后，急吼吼地催促着。

麻月娥扑通坐在了地上，刘小黑扑了上去。

"不！"麻月娥吼叫一声，双手推着刘小黑，瞪着两只血红的眼说，"你先把窝头给我。"

刘小黑忙从怀里掏出窝头，麻月娥把窝头使劲抓在了手里，脸一红，头一歪，喃喃地惨叫一声："爹！娘！"

这天，刘四爷叫闺女秀兰把刘洪山叫到家。刘洪山以为他家出了什么事，不由得一阵担心，一进门，刘四爷就神秘地把门关上了。

刘四爷在大刘庄社员眼里，说话是有分量的，人人都知道这老头子一辈子干干净净，为人忠厚，说话耿直，跟刘洪山交情深厚，能说上话。社员有事不去找刘洪山，先去找刘四爷，叫刘四爷给刘洪山传话。这一段日子，西队几个上年纪的老人都来找刘四爷，想叫刘四爷摸摸刘洪山的底，队里几百张嘴，问问刘洪山还有啥法子。刘四爷总是笑着安慰大家说："各位老兄弟、老姐妹，你们都好好在家趴着，哪里也不要去，只要我没饿死，洪山就不会叫你们饿死！"

刘洪山笑笑说："四叔，大天白日的，您老关啥门？"

刘四爷嘿嘿笑着，从床底下拿出一瓶地瓜老白干，摇晃着说："洪山，这一瓶酒还是成立高级社那年，你当了社长，小麦大丰收，咱庆丰收时买的。我留着一瓶，好几年了，一直藏在地窖里，没舍得喝。我今天把这瓶酒拿出来，你很长时间没沾这东西了吧？今天咱爷儿俩把它喝了吧！"

刘洪山看着酒，馋得口水流下来，打开瓶盖，用鼻子闻闻说："好香啊！想不到您老还有这东西。"

刘四爷擦着眼泪说："我知道你好喝一口。你忘啦，土改那年，我分到十多亩好地，你给我送来一口袋麦种，晚上，咱爷儿俩就着一碟花生米，喝了两瓶地瓜烧。"刘四爷咂咂嘴，回味着当年喝酒的情形。

刘洪山兴奋地说："您老第二年种的麦子，在大刘庄挂了头彩，你蒸了几锅白面馒头，叫一庄的老人孩子都来吃。抗美援朝，你主动捐献二百斤小麦，区里还给你戴大红花呢！"

"想想土改后那几年过的日子，心里真是个畅快，咋说没就没了呢！"刘四爷心里难过，一下子抓住刘洪山的手说，"洪山，你看看，你浮肿比我还厉害，你不能光顾大伙的嘴，你自己也得保重啊。在咱大刘庄，饿死你四叔无所谓，你要是倒了，咱队这老老少少几百号人就真没有活路了。"刘四爷又把酒瓶盖打开说，"洪山，这酒你今天一定把它喝了。"说着把酒瓶口送到刘洪山嘴边。

刘洪山拿过酒瓶，迟疑了半天，抿了一小口，又把酒瓶放在刘四爷怀里，心情沉重地说："四叔，你把这瓶酒带到牛屋，夜里要是饿醒了，就喝一口，酒是粮食做的，能救人。别担心我，我没有事。您老今天叫我来，你的心思不说我也知道，你放宽心，我不会倒下。"

刘四爷紧紧抓住刘洪山的手说："洪山，我也撂句话，你安排我到饲养室看看，你放心好了，只要咱队里的人没事，咱队的牛也就没事。你把这些宝贝交给我，就是我的命！"刘四爷的脸上突然露出笑容，"告诉你一件喜事，东队里黑母牛下崽了，小牛犊骨架子不小，就是太瘦了，如不好好伺候，怕保不住！"

"这样的年景，添头牛可不容易！"刘洪山站起来说，"走，我也到饲养室看看去。"

刘洪山、刘四爷来到饲养室，唐四不在这里。刘洪山抚摸着小牛犊，心疼地说："要不好好调理，牛犊很难活命。"说着站起来看看黑母牛，瘦得肋骨暴露出来，吊着瘪瘪的奶盘，担忧地说，"一缺工夫，二缺饲料，四叔，你要说说唐四。"

"唐四私心太重，克扣饲料不说，还常常半天不见他的人影，我说他两句，他还说我多管闲事。"刘四爷说着，从锅里舀出半盆温水，抓两把麸皮撒在水里，端到黑母牛跟前。黑母牛吱吱喝起来，小牛犊摇晃着四蹄，走到黑母牛的肚子下，使劲地拱着奶盘。

老饲养员李广胜挎着篮子走过来，把篮子放在刘洪山怀里，小声说："洪山，我本来想给长水送去的，现在交给你安排吧。听说学校里有个老师讲课时晕倒了，一定是饿的。"

刘洪山打开一看，是十几块晒干的馍头，颤动着双手，拿起半块馍头放在鼻子上闻闻，又放回篮子说："广胜哥，这几个馍头你留着吃吧，看看你的脸，也开始浮肿了，老嫂子的身体也不好，学校里，我来想办法！"说着把篮子递给李广胜。

李广胜推开篮子说："洪山，咱大刘庄好不容易办个学校，我虽然没有孩子上学，可我心里高兴，每次下地干活，路过学校门口，我都进去看看，千万不能把学校饿散喽！"

刘四爷激动地说："广胜，好几家你都送了干馍头，这个时候，你有这个心，不易啊！"

李广胜动情地说："我是个扛长工的，土改前谁能看得起我李广胜？这些年，洪山拿我当亲兄弟，赛牛大会上给我戴大红花，我才活得像个人样。人要知恩图报，现在队里有难，我能拿出来的就是这几个馍头了！"

刘洪山紧紧抓住李广胜的手，深情地说："广胜哥，这几个馍头，比金砖还重啊！"

刘洪山从饲养室出来，来到东队的场院。

范彩玉带着几个社员粉碎干红薯秧，看到刘洪山说："叔，你咋来了？有啥事吗？"

刘洪山抓起一把粉碎的红薯秧，放在鼻子上闻闻说："东队还有多少干红薯秧？"

"队里剩下的不多了，社员家还有点！"范彩玉也抓起一把干红薯秧说，"有的发霉了，我又叫社员洗了晒干。叔，这东西吃了不会中毒吧？"

"红薯秧发霉再晒干就苦了，少掺和点，吃的时候叫大家注意点。"刘洪山忧心地说，"孩子，夜里我叫人给东队送几筐红薯来，给六十岁以上的老人吃，你们一定看着叫他们吃完！"刘洪山走了几步又回头说，"现在的年景，添头小牛不容易，养好了，明年就是一头大犍牛。"

范彩玉点着头走过来说："叔，陈组长说，县粮食局局长带话来了，过两天就给我们送点救济粮来。"

刘洪山走了几步，又回头说："粮食啥时能到还不好说，东队要是实在撑不住，就把玉米种子给大家分了吧！"

范彩玉想到窑洞捆绑刘长水的事，不明白老头子怎么会说出这样的话。

范彩玉回到家已经二更天了，看见爹娘全身抽搐，说不出话了，奄奄一息，好像中了什么毒，慌忙喊人来。由于耽搁时间过长，在送往医院的路上，两个老人就绝了气。医生检查锅里剩下的一点残汤菜叶，发现里面有毒。

原来，傍晚范玉堂从大堤上挖来野菜，收拾东西的时候，在墙洞里发现一包高粱米，误以为是谁藏的粮食，没有多想，洗也没洗，就放在锅里跟红薯干、野菜一块煮了。老两口一人喝了一碗，一会就觉得肚里疼痛难受。范玉堂这才忽然想起来，闺女一年前好像在墙洞里放过一包老鼠药，不由得喊了几声，也没人应。

爹娘的死对范彩玉打击很大，她总觉得心里有愧，暗暗埋怨自己没有尽到做闺女的责任，坐在父母的坟前一直哭到天黑，眼都哭肿了，是刘长水把她背回家的。

灾荒过去了，范彩玉的两个妹妹才从东北回来，知道爹娘死了，恼恨姐姐没看好父母，姊妹俩又哭又闹，后来嫁人了，还跟姐姐不来往，范彩玉也无脸去看她们。这年清明节，姊妹仨给父母上坟，撞在了一起，范彩玉哭着给两个妹妹跪下来，骨肉就是骨肉，十指连心，两个妹妹扑上去抱着姐姐，姊妹仨抱成一团，哭得死去活来。

大刘庄西队食堂每天还是人均一个窝头，每到窝头出笼的时候，刘洪山就站在锅前看着数着，有时候顾不上，就安排其他干部值班。尽管这样，工作还是有疏漏的地方，隔三岔五会少一个窝头。问炊事员谁干的，都摇着头说不知道。刘洪山就纳闷了，这窝头被谁拿走的呢？只好放暗哨盯住食堂。没两天，大全报告说是副队长刘小黑干的，有人还看见刘小黑夜里进了村西窑洞。

这种时候，干部多吃多占就是犯罪，刘洪山想找刘小黑谈谈，问个究竟。天黑了，刘洪山来到刘小黑家，刘小黑不在，他就朝村西窑洞走去，一进洞口就看见刘小黑把麻月娥压在身下。

刘洪山怒火中烧，顺手抓起一块半头砖，朝刘小黑身上砸去。刘小黑"娘哎"一声，提着裤子蹿出了窑洞，消失在茫茫的黑夜里。

麻月娥出了这件事，一个劲地哭，草妮也抱着娘哭，母女俩哭成泪疙瘩。刘洪山给麻月娥送去了几斤红薯干，还怕她想不开，叫汪玉兰天天看着麻月娥。这天，汪玉兰要回家换件衣服，临走时嘱咐草妮说："孩子，奶奶一会就回来，你可不要离开你娘半步。"草妮七八岁了，是个懂事的孩子，哭着点点头。汪玉兰回到家，刘长水正在家里，问娘这几天哪去了。汪玉兰看瞒不住，只好跟儿子说了实话。刘长水啥话也没说，顺手抓起一把铁锹就要走。汪玉兰一把抓住刘长水说："儿啊，你干啥去？"

"我废了黑子这个狗东西！"刘长水挣扎着要走。

"亏你还是个读书人，你一闹，一庄子人都知道了。"汪玉兰把刘长水手里的铁锹夺下来，"你不叫月娥活啦？"

刘长水蹲在地上，痛苦地抱着头。

天黑打眼的时候，汪玉兰拿着几块红薯又来到麻月娥家，进门一看，大事不好，麻月娥母女吊在了一根绳上。

麻月娥感到无脸做人，万念俱灰，想一死了之，见汪玉兰回家去了，就要上吊。草妮抱着娘的腿，哭叫不止。麻月娥哭着说："孩子，松手吧，娘没脸活在这个世上了，娘就这一条路了！"

草妮泪流满面，抱住娘死也不松手，哭着说："娘，你死了，带上我吧，我给你做个伴。"麻月娥抚摸着草妮枯瘦的小脸，心里说，孩子，你就不该来到这个世上。想想自己死了，这苦命的孩子也活不了，狠狠地咬了一下自己的嘴唇，突然抱起草妮，娘儿俩的头伸进一个绳套里。幸亏汪玉兰及时赶到，才救了两条人命。

这件事，大刘庄没几个人知道。范彩玉只是感到有点不对劲，到底发生了什么事，也蒙在鼓里，少数知道的人也不敢说出去。刘洪山暗暗自责，一个女人但凡有一线生路，不到万般无奈，也不会走这一步。作为一个队长，刘洪山心里比谁都难受，每每看到麻月娥，心里都有说不出的愧疚。

大刘庄从此再也见不到刘小黑，跑哪去了，无人知晓。

二十九

1960年清明节前一天傍晚，刘长水给爷爷上坟回来，路过麻月娥家门口，站了片刻，走了进去。

麻月娥吃惊地说："长水，俺家不是你来的地方，赶快走吧！"

"我不怕，你怕啥哩！"刘长水笑着说，"我是小学校长，草妮是我的编外学生，我为啥就不能来看看？"

麻月娥朝草妮看了一眼，草妮忙着给刘长水搬板凳，拉着刘长水的手坐下来，高兴地说："大爷，你拿来的卷子，我全做了，俺娘给我打了一百分。"

刘长水抚摸着草妮的头，感叹地说："草妮聪明，跟你娘一样，等你长大，一切就好了！"

麻月娥蹙蹙眉头，催促说："长水，没别的事，你该走了，在俺家坐长了不好。要是叫彩玉知道了，会怪你的，我担待不起！"

"不要在我跟前提什么范彩玉，"刘长水赌气说，"自从她当上队长，得了几张破奖状，就看我不顺眼，我跟她说话也感到别扭。月娥，你说两个不顺眼的人能在一起过日子吗？"

麻月娥不由得一愣，嘴角微微颤动了一下，两只眼朝上翻了翻，马上又低下头，喃喃地说："长水，彩玉也许有她的难处，你跟她也不是一年两年了，两个人好一场不容易，你想开点，别怪她！"

"拉倒吧！"刘长水摆摆手说，"她看见你连个招呼都不打，还横鼻子竖眼的，你咋还替她说话？"

麻月娥苦笑着说："我不恨她，我恨我自己！"

刘长水看看麻月娥，又看看草妮，再看看两间草房，心里一阵说不出的滋味，沉闷了一会说："月娥，你这过的叫日子吗？啥时候是个头？我有句话，不知该说不该说？"

麻月娥朝闺女草妮使个眼色，草妮到门外去了。麻月娥看了一眼刘长水，小声说："有啥话你说吧。"

刘长水站起来，在屋子里走了几步，又看看门外，慢慢说道："月娥，找个人吧！"

麻月娥白了刘长水一眼，不由得脸色绯红，抽噎着说："我猜着你要说这句话，我一个地主崽子、土匪婆子，死不成，活着被人糟践。我就是一堆臭狗屎，我自己都觉得我臭，你还想叫我去臭别人？"

"你不要这样说自己，在我刘长水看来，麻月娥是最干净的女人。"刘长水深情地看着麻月娥，"咱们都还年轻，日子还长着，千万不要泄气，要看远点。要好好活着，只有活着，才能看到希望。草妮还小，你一定好好培养她长大成人，下半年，我打算把草妮安排到学校学习。"

"你的好意我领了。"麻月娥看看外边，天黑下来，着急地说，"长水，你该走了！"

"明天就是清明节了，给你爹娘上个坟吧！"刘长水说着，从包里拿出火纸放在了麻月娥的面前，"我给爷爷上坟留下的。"

麻月娥双手抱住火纸，不由得流下泪来，看着门外说："长水，天这样黑，我怕找不到爹娘的坟！"

"走，我陪你去。"刘长水说着一把拉起麻月娥，走出门外。

这是麻月娥第一次给爹娘上坟，怕被人看见，拿去的火纸也没敢烧，趴在爹娘的坟上，脑袋把坟头砸出一个坑。麻月娥由于悲痛过度，晕了过去，刘长水无奈，只好把麻月娥背了回来。

大地渐渐变暖，夏季慢慢来临，黄河滩，河堤上，道路边，野草和树木刚刚冒出几个芽尖尖，就被饥饿的人们弄走充饥了。

陈敬德这一阵一直跑着找粮食，东队每一家的情况他都记在自己的小本本上，一有点空闲就一页一页翻看，心里不踏实，就跑到人家里看看。他给自己下了死命令，再也不能叫大刘庄出任何问题了。

陈敬德好些日子没来西队了，很想到西队看看。他走到西队的牛屋，看到刘洪山跟刘四爷、李广胜坐在太阳下吸烟说闲话，不由得说："刘队长，好清闲啊！"

刘洪山笑着说："老陈，这些日子不见，我还以为你走了呢。听说不少村的工作组都撤走了，你还能在这里住着不走，真是难为你了。你要没有事就在屋里看看报纸，或者睡大觉。你不是说，人是一盘磨，睡倒也不饿吗？别出来瞎忙活了，你一个城里人指挥农民种地，只能是瞎指挥。庄稼人，地啥时种啥时收，心里一本账。现在大家都吃不饱，你看多少人得了浮肿病，能马马虎虎活着就不容易了，谁还有体力干活？你看天气多好，来来，坐下来晒晒太阳！"

陈敬德批评起刘洪山："老刘，这可不是你的作风，我看你思想有问题，不要泄气嘛！中央领导都下乡搞调查研究，总结经验教训。政策正在调整，说不定很快就有新精神。范彩玉工作比你有主动性，人家队的小麦都施了两遍肥了，春地也开始整理了，你怎么有工夫在这里晒太阳？是不是队长不想干了？"

"我是不想干，现在恐怕没有人愿意出来当队长！"刘洪山推推帽子说，"社员没饭吃，饿着肚子，你叫他们怎么干活？能扛动锄头吗？"

刘四爷坐在一旁微笑着说："陈组长，洪山干没干活，你到地里看看不就明白了吗？"

"听四爷的，看看去。"陈敬德拉起刘洪山的手，两个人来到地里，西队的几百亩小麦，绿油油一大片，已有膝盖深了。麦垄里一根草也看不见，麦秆粗壮，整整齐齐。麦叶像刀片一样，肥厚而坚硬，微风吹来，闪耀着绿色的光芒。陈敬德又看看几块整好的春地，地面平整，土质松软，散发出一股肥料味儿，就等着春播下种了。陈敬德看着，抑制不住心里的激动，突然把刘洪山抱起来，哈哈大笑说："老哥哥，我是真服你了！"

社员虽吃不饱，但刘洪山一刻也没有停止生产，无论是冬季还是春季，农活都安排得井井有条，不叫大伙大呼隆干活，以小组为单位，轮换着干，使用耕牛也是这样。对青壮劳力，每天增加一个窝头，以保证体力。安排一部分人挖野菜，一部分人干活，野菜平均分，干活的工分也平均分。每天晚上，就叫李二良带着几个身体好点的青年人到黄河故道野水里摸鱼捞虾，分给一些有浮肿病的老人。又组织几个有建筑技术的劳力，沿铁路各工地找活干，为队里挣了一些钱，补充由于炼铁损失的农具。

天刚蒙蒙亮，刘洪山带着二良、刘三叔、大全到地里撒肥料。河滩上出现两座新坟，一座是唐二喜爹的，一座是范玉堂夫妇的，土埋得很浅，大家给新坟添了土。

李二良咂着嘴说："多添几锨土，要是埋不严，死人就被野狗扒出来吃了！"

"二良，现在你还能看到狗吗？跑遍咱黄河滩恐怕也找不到一条狗。"刘三叔寒心地说，"人在饿死之前肯定先把这些畜生一个个吃光，我家的一条狗、一只猫，年前就叫我煮了吃了。"

大全笑着说："过年前，我还能用筐套几只麻雀解解馋，现在麻雀也套不到了，这东西不会绝种了吧？"

李二良说："马大妮家喂的几只鸽子，春节前飞走，就没有飞回来，大妮还四处找呢！"

大全笑着说："找个屁，不知从谁的屁股眼里拉出去了！"

李二良指点着大全说："不会是从你小子屁股眼里拉出去的吧！"

大全嘿嘿笑着不说话。

刘洪山来到范玉堂老两口坟前，看到棺材被雨水冲出半个角，就填上几锨土，心里有说不出的难受，叹了一口气，暗暗怨道：玉堂啊玉堂，你走南闯北，卖了一辈子豆腐，也算计了一辈子，你聪明过人，咋能误食老鼠药呢？你要不回东队，也许还活着，以后还可以做豆腐、卖豆腐。你就这样早早走了，以后黄河滩再也吃不上范家豆腐了。唉，玉堂，世事无常，这就是你的命，别怨你闺女，她一个女孩子，管着几百口人，也够难为她的。你是走了，一走干净，活着的人还要活下去！

民兵三娃飞奔跑来，老远就喊道："洪山大爷，村里出大事啦！四爷叫我来喊你。"

刘洪山扛起铁锨朝村里跑，刚到村口，只见村口站着好多人，两个民兵押着饲养员唐四走出村去。

"洪山救我！"唐四摇晃着身子朝刘洪山高声喊叫。

"为啥要把唐四绑起来？"刘洪山大声问。

"他宰杀耕牛！"押他的民兵回答说。

唐四家住在村口，只见陈敬德、范彩玉和刘四爷站在那里，还有两个陌生人，看样子是从上面来的，指手画脚地说着什么，唐四的女人正抱着痛苦不堪的孩子哭泣。

原来，唐四八岁的小儿子吃了棉种窝头，由于肚里没有油水，几天拉不下来，肚子发胀，疼得嗷嗷叫。唐六用一根筷子，从孩子的屁股掏，屁股都掏烂流血了，还是拉不下来。孩子浑身抽筋、嘴唇发青，翻着白眼看着爹，想喊却喊不出来……唐四长叹一声，泪流满面，哭着说："儿啊，爹没本事，你走了，爹也活不了……"唐四有五个孩子，前面四个全是丫头，四十岁才生了个儿子，看成掌上明珠、心肝宝贝。看到儿子这样，唐四心如刀绞，牙齿咬得咯咯响，傻站了一阵，一口气跑到饲养室，抡起铡刀朝小牛犊劈去，割下一块牛肉急忙朝家里跑去。他想烧碗肉汤，爷儿俩喝了一块上路……

陈敬德、范彩玉和两个前来调查灾情的工作人员正在办公室开会，民兵三娃跑来报告，唐四杀死了队里的耕牛。

那个年代，耕牛是不能随便宰杀的，宰杀耕牛要经过兽医站鉴定，耕牛确实生病或者老了，才能退役，私自宰杀耕牛是刑事犯罪，要坐牢的。

调查组组长一拍桌子，气愤地说："宰杀耕牛，这还了得，抓起来！"

两个民兵就把唐四捆绑起来，押往公社去了。

陈敬德想阻拦，没敢张口，范彩玉更不敢说话。

刘洪山看看孩子，瞪了几个人一眼，跺着脚骂道："没人性的东西，还不赶快把孩子送医院抢救！"

刘洪山一句话提醒了陈敬德，他不由得敲了一下自己的脑袋，顺手写个条子，掏出几块钱，叫范彩玉带着民兵快把孩子送到公社医院抢救。

范彩玉一把从唐四女人怀里抱过孩子，背在肩上，大步跑去，后面紧跟着三娃和大全。

调查组组长看着孩子被抱走，不由得愣怔了一下，忙问陈敬德："老陈，这人是谁？这么横，还骂人。"

陈敬德苦笑着说："他就是刘洪山，西队的队长，他就这个脾气，别介意。"

"哦！"调查组组长满脸羞愧，感叹地说道，"骂得好，骂得及时，多亏这位老英雄、老模范提醒，要不然我们就犯了天大的错误！"

由于去医院及时，孩子的生命保住了！

当天晚上，刘洪山叫汪玉兰煮了几块红薯，端了一碗菜汤，给唐四的女人送去。

唐四三番五次克扣饲料，这次还杀死耕牛，法不容情，但黄河公社考虑到情况特殊，陈敬德又再三说情，第二天唐四就被放了回来。

县调查组及时向县里打特情报告，县里很快调拨了一些救济粮，大刘庄东队队员的口粮得以缓解。

县调查组在大刘庄调查两天，将东队饿死人、唐六盗窃国家粮库、唐四宰杀耕牛，加上炼铁炉事故等一连串的问题集中在一起，向上级汇报。上级追究下来，要求陈敬德停职反省、留党察看，对范彩玉党内警告、队长撤职。

范彩玉难以承受这样的打击，她的理想、她的愿望、她的追求……她的一切都化为泡影，感到人生的失败。她怎么也想不通，回想自己当干部这些年，执行上级的政策从没有打过折扣，爹娘挨饿，自己也没拿回家一块红薯，自己到底犯了什么错误，为啥要拿我开刀！范彩玉不服，一肚子冤屈，跑到公社找领导说理。

牛友亮已是黄河公社副书记，分管组织工作，看到范彩玉一副狼狈相，再也看不到当年的威风，心里一阵窃喜，范彩玉啊范彩玉，当年你要嫁给我，怎么会有今天？嘴角不由得跳动着，假意同情地说："范彩玉同志，你以前的工作还是有成绩的，现在你受到处分，这是组织的决定。调查组的态度很明确，大刘庄东队的问题是严重的，陈敬德是工作组组长，你是生产队队长，你们不承担责任谁承担责任？总得给社会一个交代！"

范彩玉争辩说："我所做的一切，都是按领导意见办的！"

"不要狡辩了。"牛友亮不耐烦了，脸色一变，拍着桌子说，"范彩玉同志，一个共产党员要敢于面对现实，不要推脱责任，要相信组织，检讨自己的错误，你这种对待组织的态度是很危险的！"

范彩玉再也无话可说，回到家里，扑通一声坐在了地上。想到爹娘的死，她心如刀绞，泪水不干，一肚子忧伤不知该向谁诉说。两天过去了，一个人也没有来。范彩玉望着这个家，四壁空空，满目凄凉，想到远在东北的妹妹不知是死是活，又一阵说不出的孤苦。范彩玉把自己关在屋里，队里分的几斤救济粮也不去领，伴随她的只有委屈和眼泪。曾经风光百里黄河故道的范彩玉，万念俱灰，披头散发，眼含热泪，像个傻瓜一样坐在地上发呆……

刘长水还是年轻，处世不深，感情用事，一味地抱怨，总觉得范彩玉是自作自受，理应受到惩罚，要闭门思过，重新做人。刘长水一直没有去看范彩玉，汪玉兰催儿子几次，刘长水总是说，叫她自己好好想想吧！

两天过去了，没有范彩玉的消息，刘洪山问东队的干部，都摇着头不知道。刘洪山觉得不对劲，感到有事要发生，便对儿子说："长水，别管你俩以后啥样，亲事成不成，去看看范家丫头。她被撤职，听说跑到公社，又挨了一顿批评，她好强，要面子，别想不开了！"

刘长水没有明白爹的意思，仍没好气地说："这都是她作的，我一直在劝她，她一句话也听不进去，还骂我思想落后，不求上进。这下好了，自己酿造的苦酒自己慢慢尝吧！"

"你这孩子是说话还是放屁？没出息的东西，你一个大男人就这点心胸？我看你还没有长大。"汪玉兰气呼呼地数落儿子，又转脸对刘洪山说，"老头子，你也别装蒜了，彩玉再不好也是咱刘家没过门的媳妇。如今她落了难，人家看笑话，咱老刘家不能装孬种，儿子指望不上，你还是去看看丫头吧，她要是死了，你把她拉到咱家来！"汪玉兰说着把几块刚刚炕好的红薯面饼放在刘洪山手上，使劲推了刘洪山一把。

刘洪山最不想见的人就是范彩玉，他总觉得范家丫头过于张扬，过不了刘家的日子，想叫儿子退婚，又难以张口，今天这个结局，也是在意料之中。看到老太婆那不容分辩的脸色，再看看手里的红薯面饼，刘洪山长叹了一口气，把面饼揣在怀里。

天上淅淅沥沥下着小雨，西北风溜溜刮着，虽说是四月的天，但仍然叫人感到凉飕飕的。

刘洪山披着一件长袍，朝范家老院走去。

村里静悄悄的，一个人也看不见。

刘洪山走进范家老院，门半闪着，家里一点动静都没有，喊了一声，没有人搭话，便推门走进来。只见范彩玉坐在地上，头发散乱，面若死灰，两眼痴呆，手里攥着一个发了芽的胡萝卜。

范彩玉见刘洪山走来，忙把胡萝卜放在身后，勉强动动身子说："叔，你咋来了？咋不见长水？"范彩玉眼含泪水，渴求地看着刘洪山。

刘洪山心里像打碎了五味瓶，抖动着手从怀里掏出面饼放在范彩玉手上，说："孩子，吃吧，还热着，这是你婶给你做的！"

范彩玉抓住面饼，咔嚓一口，一只饼塞进嘴里，嚼了几口，百感交集，哇啦一声吐了出来，号啕大哭，说道："叔，您老不该来，我有罪，我活该，我就是死了，也还不清大刘庄东队的债啊！"范彩玉痛苦过度，身子一歪，晕了过去。

刘洪山打个寒战，哪敢怠慢？顾不上许多了，上前就要把范彩玉背起来。

"爹，我来吧！"刘长水不知从哪突然冒出来，把范彩玉背在身上。

范彩玉病了半个多月，要不是汪玉兰精心照料，也许已不在人间。

在这艰难时期，大刘庄东队不能没有队长，公社想下派干部，但没有人愿意来。

黄河公社书记赵玉彪来到大刘庄，找到刘洪山说："老刘啊，剿匪反霸时你是个大英雄，初级社时你又是劳动模范。我查看了这几年咱公社各生产队报表，大刘庄西队是上缴公粮最多的生产队，一个人也没有饿死，生产也搞得不错。看来你很有办法，不愧是个劳动模范。过去对你的批评处分有失公允，你是个心胸宽阔的人，过去的事就过去吧。现在到了最关键的时期，也是考验我们基层干部的时候，公社党委希望你能把东队队长的担子也挑起来，等有了合适的人选再替换你！"

刘洪山摆摆手，苦笑着说："赵书记，别给我戴高帽了，我头上的帽子够多了，一会红的一会黑的，叫人受不了。我就是个农民，一门心思把地种好，叫西队几百号人吃饱饭。这几年，一个西队已经让我累得丢盔卸甲，虽说没饿死人，但老百姓还是遭了不少罪，再把东队给我，我实在担不动这副挑子了。东队的唐五可以当队长，他年轻，也有文化。"

赵玉彪摆摆手说："老刘，事前我们也做了一些调查研究，听取了方方面面的意见。唐家兄弟这几年在大刘庄影响不好，东队出的好多事都跟唐家兄弟有关，唐五不能不受影响，当队长不合适，当个副手还勉强！"

刘洪山还是坚持说："一棵树的果子有甜有酸。唐五当时进东队的班子也是我向老陈推荐的，这几年，应该说干得不错，没跟他那两个兄弟搅和在一起，他当队长没有问题。再说唐家在东队是个大户，唐家能出个人当干部对稳定东队有好处！"

"老刘啊，别说我批评你，你这是老思想、老观念了。新社会，大家都是平等的，不是谁的家族大，谁就可以当干部！"赵玉彪轻轻拍了一下刘洪山的肩膀说，"老哥哥，你只挂个名，掌握大局，唐五作为副队长协助你，公社再给你派个人来，这样你没话说了吧？"

刘洪山也只能答应下来。

汪玉兰母子都反对刘洪山兼任东队队长。汪玉兰说："他爹，把两个队都交给你，非把你这把老骨头累散架不可！"

刘长水苦着脸说："爹，东队可是个烂摊子。"

刘洪山坐在那里不说话，一个劲地抽闷烟。

刘四爷走过来说："洪山，东队的事我都听说了，我想赵书记这样安排是有道理的，还不是想叫你带带那些人，等理顺溜了，有了合适的人，你就离开嘛！"

刘洪山磕着烟袋，忧心地说："四叔，我也一大把年纪了，一个西队，我都不能叫大家吃饱饭，加上东队，这不是雪上加霜吗？要出了问题，我担当不起啊！"

"不是有唐五给你拉套吗？大主意你拿，一般的活叫他们干去。唐五这小子有他爹的脑子，会算计。这两年，他在东队，做人做事大面上还说得过去。你再把李二良派过去，对唐五也是个牵制，又有长水兼着会计，一般的工作你可以放手，你的主要心思还是在西队！"

"四叔，你这一说，我心里亮堂多了。以后二良按人头分的口粮还在西队，工分粮在东队，这样也公平合理。"

刘四爷说："陈组长真的不回来了？"

"老陈受到处分，这一阵子就没在大刘庄露过面。我去公社打听，有人说他父亲病了，他回老家去了。"刘洪山含着烟袋说，"过几天，我叫长水到他老家看看。别管咋说，老陈这个人还算个好干部，这几年他也遭了不少罪！"

东队召开社员大会，老老少少全到齐了。赵玉彪推心置腹讲了不少安慰的话，会上哭成一片。赵玉彪也含着眼泪说："大刘庄的父老乡亲们，我也是农民的儿子，我的家乡也在挨饿，大家受的苦、受的累，我都知道。困难的日子就要过去了，大家要打起精神，重新搞好农业生产，过上吃饱穿暖的日子。我今天给你们请来一位劳动模范当队长，他就是你们熟悉的刘洪山，大家有意见没有？"

社员们一阵喊叫，把刘洪山围起来!

赵玉彪感慨地说:"老刘啊，我看也不要再投票了，社员们的举动已经说明了问题。"

刘洪山站在人群里，推推帽子，大声说:"东队的老少爷们，你们看得起我刘洪山，我就搭上这把老骨头。只要咱大刘庄人的精气神不散，就像赵书记说的，就一定能过上好日子!"

会场一片欢腾。

当天晚上，刘洪山召开了大刘庄东队全体干部会议，对班子成员重新做了分工。

自打唐六跟几个本家兄弟被抓起来，唐姓一族就担惊受怕，唐五更是提心吊胆，想想唐家爷们这几年的所作所为，心里说不出地愧疚，想去看看范彩玉，又感到没有脸面，想去找找陈组长，不知陈组长在哪里，心里像压着一块石头似的，喘不过气来。公社处理了陈敬德和范彩玉，再没有朝下追究，唐五心里平缓了许多。宣布刘洪山兼任东队队长，唐五没有想到，晚上召开班子会议，刘洪山提议他当副队长，唐五感动地哭了，感激和羞愧叫他难以自拔。刘洪山叫唐五讲话，唐五擦擦眼泪，哽咽了半天，才一字一句地说:"俺唐家爷们，这几年对不住大刘庄的乡亲们，更对不住范队长和陈组长。刘队长提议叫我干副队长，我唐五只有一句话，唐家人以后决不做孬种!"

散会后，刘洪山把唐五留下来说:"老五，心事不要太重，放得下，才能拿得起，挺起胸膛来，踏踏实实做事。你把东队每户的情况再仔细摸一摸，咱两天研究一次。眼看着就要麦收了，越是这个时候越容易出问题。"

唐五、李二良和新来的公社组织干事王山，一家一户查看情况，各家按人头每天早晨发一天的口粮。

这天晚上，唐五回到家，已是二更天了，饿得肚子咕咕响。女人走娘家没有回来，唐五揭开锅盖，见只有大半碗野菜稀粥，便添了半碗水，正要生火，突然有人敲门，开门一看，只见唐六的媳妇刁婵梅端着一碗小米粥走进来。

409

三十

　　唐六是盗窃国家粮库的主犯,又打伤仓库看守,被判刑三年,送到黄草湖农场劳动改造。唐六不服管教,经常跟管教人员发生冲突,夜里跳湖逃跑,结果淹死在湖里了。刁婵梅接到通知,干掉了几滴眼泪,恼怒地骂道:早该死!唐五有一个闺女,为读书方便,常年住在大姑家不回来。刁婵梅独自一个人生活,吃不下黑面窝头,喝不下野菜汤,又生怕自己饿死,就把从老地主家顺来的几件金银首饰偷偷拿到黑市上卖了,花高价买了几斤小米、白面。天天晚上,趁周围的邻居都睡了,自己就熬米粥或者擀面条吃。一个人住在空荡荡的院子里,刁婵梅心里又有说不出的孤苦。想到刘小黑,却不见刘小黑来,偷偷私下打听,方知刘小黑外出逃荒去了,心里又有几分失望。唐五当上副队长,刁婵梅心里一阵说不出的高兴,今天听说唐五的媳妇走娘家去了,夜里听到隔壁有动静,就搬个凳子,趴在墙头上看。见唐五家房里亮着灯,知道是唐五回来了,她就端了一碗刚刚煮好的小米粥,轻手轻脚地来到唐五家。

　　黄河故道乡风民俗,小叔子可以跟嫂子闹,没人笑话,大伯子哥跟弟媳妇还是很讲究尺寸的,绝不可越雷池半步,稍不注意,就会为世人耻笑。看到刁婵梅进来,唐五说不出地紧张,忙说:"她婶子,黑更半夜的,有啥事明天再说。"

　　刁婵梅把小米粥放在唐五手里,又推推说:"五哥当了副队长,你不知道我心里有多高兴,咱唐家总算又有了出头之日。这几天我看你忙得不着家,天这么晚才回来,一定还没有喝汤。五嫂又不在家,我煮了一碗粥给你送来,趁热喝了吧!"说完噘噘小嘴,乜斜了唐五一眼。

唐五颤抖着手端着小米粥,想叫刁婵梅端回去,又觉不妥,只好放在案子上说:"咱队没分过小米,你哪来的小米粥?"

"狗有狗道,猫有猫道,你就别问了。看你瘦的,眼都塌坑了,妹妹看着心疼,快喝了吧!"刁婵梅摇晃着腰身说,"五哥,我听人说,刘老头子不过挂个名,大权在你手上,你一掌权,咱一大家人就不会挨饿了!"

"上级看得起我,叫我当副队长,做人做事要公正,我不能自私自利。"唐五摆摆手,不耐烦地说,"小六家的,天不早了,你赶快回去吧,人家看见要说闲话的。"

"小六跳湖里淹死了,哪还有小六家的?只有婵梅妹妹。"刁婵梅说着,上去抱着唐五的腰,哭着说,"五哥,你兄弟不在了,你就疼疼妹妹我吧!"

当年唐瘸子在外做小生意,结识了不少三教九流。他在徐州认识一家破落地主,老两口都是大烟鬼,一时买不到烟土,老地主对唐瘸子说:"你要能到海州给我弄来烟土,我就把家里的丫鬟送给你,外加十块大洋。"唐瘸子平时做小生意赚不到大钱,感到发财的机会来了,就瘸着腿,打扮成要饭的,来到海州,找到老地主的朋友,弄来了烟土。老地主说话算数,真把丫鬟加十块大洋给了他。

唐瘸子带着刁婵梅来到大刘庄,当时唐五、唐六都没有成家,先大后小,唐瘸子打算把刁婵梅许配给唐五做媳妇。唐五也以为刁婵梅是自己的女人,一心盼着早一天跟刁婵梅入洞房。唐六也老大不小了,看刁婵梅长得漂亮,欲火烧身,按捺不住,趁爹不在家,就把刁婵梅压在了床上。唐瘸子就只好叫刁婵梅跟唐六成了亲。唐五总以为老六抢了他的女人,兄弟俩一直不和。斗转星移,时过境迁,唐五万万没有想到这个曾经令他陶醉的女人如今扑到自己怀里,一时乱了分寸,两只手不由得抱住了刁婵梅,推推拉拉来到了床前……

当啷一声，一块砖头从天而降，砸在了唐五家的门上。

唐五受惊，猛推了刁婵梅一把，跑到门外看看，什么也没有，只见一块半截砖落在了门口。

刁婵梅吓得魂飞魄散，又是摸头发，又是拽衣裳，一下子躲在了门后。

经过一场惊吓，唐五从情迷中清醒过来，催刁婵梅快走。刁婵梅无奈，依依不舍地离开了唐五家。

刁婵梅走后，唐五当啷把门关上，啪啪朝自己脸上打了几巴掌。

刁婵梅回到家，仰面躺在床上，不停地喘着粗气，骂道："哪个狗日的半夜扔砖头，坏了老娘的好事。"刁婵梅在床上躺了一会，心里慢慢平静下来，想到刚才跟唐五的事情，不由得咯咯笑了。她知道唐五心里还惦记着她，两只手轻轻拍着，只觉得身上汗津津的，翻身下床，想出去弄点水洗一洗，刚拉开一扇门，有人一头钻了进来。

刁婵梅吓得跟跄倒退，手里的盆当啷一声落在地上，吓出了一头冷汗，又不敢喊叫，小心翼翼地点上灯，原来是刘小黑傻笑着坐在了床上。

刘小黑在废窑洞欺负麻月娥被刘洪山发现以后，自觉罪责难逃，跑到几十里以外一个远房表叔家里躲起来。后来他跟着表叔在磨盘山石料场干活，打听到刘洪山并没有告发他，才放下心来。前不久他又从一个拉石头的人口里得知唐六死在了劳改场，不由得想到刁婵梅，就掏心抓肺地难受，终于打熬不住跑了回来。白天没敢进村，蹲在黄河滩的一片芦苇里。二更天，来到刁婵梅家的墙外，恰巧看到刁婵梅端着一只碗走出来，他尾随其后来到唐五家，趴在墙头上偷听，从门缝里看到两个人推推拉拉，不由得醋性大作，退到墙角，拿起一块半截砖，朝唐五家门上扔去，趴在不远处的一个柴草垛上看动静。

"你个孬种死哪去了？想死老娘了。"刁婵梅一口吹灭灯，上前抓住了刘小黑。

大刘庄下来最后一批救灾粮，人均只有六斤，而离新麦子下来还有二十多天。

刘洪山召集刘四爷、李二良、唐五、马大妮、夏桂、魏宝开会，商量分粮的办法。

刘洪山说:"大家看看这粮食怎么分?"

马大妮着急地说:"这有啥商量的?东、西队各一半,按人头分就是了。"

唐五说:"我同意。"

李二良说:"各家的情况也不一样。"

刘四爷吸着烟,没有说话。

刘洪山看看刘四爷说:"四叔,你也说说?"

刘四爷磕着烟袋说道:"要撒胡椒面,谁也无话说,可……"刘四爷话到嘴边又咽了回去,看着刘洪山,"这事洪山你定吧!"

刘洪山把烟荷包缠在烟袋杆上,沉闷了片刻,大声说:"我看这点救济粮都给东队吧!"

大家都瞪着眼,咂着嘴,吃惊地看着刘洪山。

"东队比西队困难,洪山这样做,我双手赞成。"刘四爷对唐五说,"人均十二斤粮食,能吃二十多天,派专人看管,每天发一次,万万不可一次分完!"

"西队最后一个开食堂,也是最后一个关食堂,我现在才明白刘队长的高明之处。"唐五又抓着头皮说,"把救灾粮都给了东队,西队的社员怎么办?"

刘洪山推推帽子说:"唐五,按四叔说的做!"

快到午收了,各个村庄都高度紧张起来,组织民兵二十四小时巡逻看守。小河村的几十亩大麦刚刚上浆,就被哄抢了。

东队社员家家户户分了救济粮,不少社员当场就大哭起来,有人跪下来给西队的人磕头。西队社员没有分到粮食,不少人对刘洪山很有意见,纷纷跑到刘洪山家来问个究竟。

刘洪山看到老老少少面黄肌瘦的脸,心里一阵说不出的难受,他不知怎么跟大家解释,见乡亲们不走,自己也蹲在一边抽烟。这时,刘四爷出来说话了。老人家眼含热泪，沙哑着嗓子说："公社送来的救灾粮都给东队了，咱西队吃了大亏，大家是这样想的，我也是这样想的。特别是这个时候，哪个傻瓜蛋舍得把粮食送人？老少爷们，人心都是肉长的，你们心里有怨气，洪山心里能好受？他的心比谁都苦，他去找谁说？他的苦只能咽到他自己的肚子里。春节时洪山跟我说过一句话，大刘庄西队要是饿死一个人，先饿死他，第二个就是我刘四，我们俩现在都还没有死，大家就不要心慌喽！"

大全说："洪山叔，大麦虽没长成，但已经上浆了，给大家分点麦苗不过分吧！"

刘三叔也说："洪山哥，就分点大麦苗吧，能煮糊糊了！"

刘洪山推推帽子，一下子站起来，脸一黑，大声说道："麦一棵不能动。"

大家你看看我，我看看你，谁也不说一句话，都不声不响地离开了。

刘长水看人都走了，劝爹说："爹，我可一个窨一个窨都查看过了，连一块红薯也没有了，虽说还有一些红薯干和杂粮，但也撑不了二十天呀！"刘长水看爹仍不动声色，又进一步说，"一千斤玉米种，就算种一百亩玉米，五百斤种子也足够了，还剩五百斤，干脆分了算了。"

"爹！"范彩玉自从被刘长水背回家里就改口了，听刘长水劝说刘洪山，忙端起一碗开水，放在刘洪山跟前，红着脸说，"您老人家把救灾粮都给了东队，这是帮儿媳还人命债，也是为儿媳赎罪，东队人会感激您老一辈子，儿媳一辈子也不会忘。"范彩玉又把水朝刘洪山面前推推，"您老过去常说我一根筋，做事不会转弯，吃了任性的亏。我现在是想明白了，我看长水说得对，人活着比啥都强，能分就分了吧。"范彩玉说着，眼里泪汪汪的。

刘洪山看着范彩玉抹眼泪，心里也不是个滋味，忙端起碗，喝了一口水说："孩子，你说得对，人活着比啥都强。咱仓库是有一千斤玉米种，西队也用不了，这账我也算过，可东队的仓库，我查看了，玉米种远远不够，麦子一上场，玉米马上就要下种，没种子咋行！"

"东队五百斤玉米种放在仓库里，夜里仓库后墙叫人打个洞，五百斤玉米种被偷去一大半。我向陈敬德报告,他叫我先不要声张,暗暗地查,到现在也没查到!"范彩玉擦着眼泪说,"爹,在东队粮食最紧张的那几天,你叫我把玉米种子分了,我当时就感到奇怪,你儿子私分了玉米种,你能把他捆起来,还要送公安局,为啥又叫我分种子粮?我现在才明白过来,可惜种子粮被人偷了。"

刘长水笑着说:"偷得好,没把你偷去煮着吃算便宜了你。"

"去去,滚一边去!"范彩玉狠狠地翻了刘长水一眼。

刘洪山笑笑,胸有成竹地说:"大麦苗不能吃,玉米种不能分,别的大话我不敢说,麦收前,我保证叫大家有饭吃。"

刘四爷没有走,咬着烟袋,笑悠悠地蹲在那里,慢腾腾地说:"这事除了洪山,只有我和二良知道——大刘庄的黄沙土里还藏着一碗饭!"

刘长水跺着脚,着急地说:"四爷爷,都到这时候了,您老还在这里卖关子,现在地里连一棵野菜也挖不到,树皮都被吃光了,哪里还有一碗饭?俺爹又不是孙悟空,会七十二变。"

刘洪山站起来,对儿子说:"你去找来李二良和马大妮,叫他俩一家一户安排,不要张扬出去,半夜一家来一个,带上铲子、筐子,到村口老槐树下集合!"

范彩玉和刘长水心里敲鼓,不知老头子这是唱的哪一出。刘长水也没有多问,看看范彩玉就出门去了。

农历四月初的夜里,西南风徐徐吹来,凉飕飕的,麦田里散发出淡淡的清香。天空中小片云穿行而过,东边天慢慢升起半个月亮,透过蒙蒙夜色,照在暗淡的大地上,田野里一片银辉。

一阵阵小声说话声伴随着轻轻的脚步声,两队社员三三两两,挎着篮子,带着铲子,会集到老槐树下。

刘洪山带着人来到去年栽红薯的一块春地,按照一尺半的深度,叫大家一点一点地挖,这时,大家才明白了。

去年收红薯时,公社"大跃进"生产指挥部要求红薯一个星期收完。

黄河故道是个红薯产区，收红薯是个慢工，把红薯从地下刨出来后，分拣下窖，剩下的加工成红薯片晒干。只有遇到晴好天气，才能晒出雪白的红薯干；要是碰上阴雨天气，红薯干就会发霉发烂。一季红薯收下来，少则二十天，多则一个月，一个星期把红薯收完，那是扯淡。公社两天检查三天汇报，哪个也不敢违抗。收红薯的时候，又逢阴天，刘洪山跟刘四爷商量对策，把犁铧头下放一尺半深，两头牛拉不动，就套上三头，李二良、马大妮力气大，也跟着拉犁，把几十亩红薯深翻起来。凡是露在地表面的红薯，收拾干净，有三分之一的红薯则深深埋在了地下。又在一个土坡下面深挖两个洞，藏了一些红薯，洞口处埋下一根通风的竹节。这样一来，既完成了红薯收获任务，又在地下深藏了红薯，留到来年渡春荒。刘洪山怕红薯冬天冻坏，又安排李二良带着青年突击队朝红薯地里拉坑泥，撒在红薯地的表面，厚厚一层，不知道的以为是上的肥料呢！埋在地下过冬的红薯，大部分虽然冻坏发酸，但能救人命，也有少量埋得较深的红薯挖出来仍然跟新鲜的红薯一样。就这样，刘洪山每天夜里带人挖埋在地下的红薯。为了保证春种不受影响，改变了种植计划，由种棉花调整为种玉米。

　　范彩玉拿着一块过冬的新鲜红薯，看来看去，放在鼻子上闻闻，深深吸了一口气，感触地说："俺爹，你真是个老鬼精。去年东队刨红薯就损失了三成，我当时一点办法也没有。大刘庄西队一个人没饿死，大家的小命都在您老一人手里攥着。儿媳今天算真服您老人家了，我范彩玉要有您老百分之一的心眼子，唐二喜的爹也不会死，我爹娘……"范彩玉说着又想哭，眼里泪汪汪的。

　　"政策是死的，人是活的，牛友亮这帮人瞎指挥，咱不能硬顶着。这几年我悟出一个道理，既要照顾上级的面子，又要想着老百姓的吃穿，他说他的，咱做咱的，等事情过去了，咱再向上级汇报，认打认罚。"刘洪山若有所思地说，"孩子，你跟长水都要记住爹说的话，从古到今，无论到什么时候，老百姓还是老百姓，是非成败就看你怎样对待老百姓，咱大刘庄人最终依靠的还是这两千多亩黄河滩地。老百姓想的是啥？老百姓想的是吃饭穿衣，谁能给他们衣食,谁就是天!爹老了,过几年,队长这副挑子就交给你了!"

范彩玉两眼含着热泪,难过得说不出话来。

这天夜里,刘洪山又领着一帮人挖红薯,只见远远地有一个黑影朝这里看。

一直在远处放哨的民兵大全气喘吁吁地跑来报告说:"队长,大事不好,快跑,陈敬德来啦!"

"不要慌,天塌不了!"刘洪山借着夜色也看见了陈敬德。他并没有靠近,两个人远远对视一阵,谁也没说话。一会陈敬德转身要走,刘洪山轻轻叫了一声:"慢着!"

陈敬德停住脚,刘洪山捧着几块尚好的红薯走过来,把红薯放在陈敬德手里说:"老陈,你是国家干部,也是大刘庄的最高领导,这事以后再跟你解释,一切罪过刘洪山一人承担!"

陈敬德受到严重的处分,他不像范彩玉感到委屈。他什么话也不说,什么人也不见,把自己关在屋里,闭门思过,暗暗流泪,深深自责,感到无法向上级和大刘庄的父老乡亲交代,又想到老首长交代自己的话,心里说不出地难过。他只要一闭眼,似乎就看到乡亲们一个个面黄肌瘦地站在自己面前,张着口,伸着手,不由得睁开眼,却一个人也看不到。晚上,公社炊事员丁一郎给他送来一个窝头和一碗稀粥,放在桌上就走了,第二天早晨来拿碗,窝头和稀粥还放在那里。丁一郎心疼地说:"老陈,人活着,都会遇到坎,干工作就会犯错误,这话可是赵书记说的。再难咱也得朝前活。你这样不吃不喝会饿死的,别忘了你家还有个生病的老爹。我听说,大刘庄的刘队长到处打听你的下落!"

陈敬德满眼泪水,颤抖着手,端起那大半碗已经凝固成糊状的稀粥,伸出两个指头,朝嘴里扒了两口。

陈敬德回到家,母亲早几年过世了,家里只有一个老爹爹,生活主要依靠住在邻村的妹妹来照顾。爹的病越来越重,妹妹坐在爹的床前不住地哭泣。爹抓着儿子的手,悠悠地还有一口气,微弱地说:"儿啊,爹一辈子就喜欢吃红薯,咱黄河滩上沙土地里的红薯最甜哩。"陈敬德明白,爹临死前想吃块红薯,但现在这个光景,到哪里去找新鲜的红薯啊!

妹妹哭着说:"哥,大家都挨饿,亲戚邻居家的红薯窖我都去扒了一遍,一块红薯也没有找到。"

陈敬德叫妹妹看着奄奄一息的爹,夜里直奔大刘庄而来。来到刘洪山家,一看门锁着,到刘四爷家,看门也锁着,人到哪去了?凭着多年在大刘庄工作的经验,他就来到地里四处找,从村北转到村南,果然看到黑压压一片人影,就慢慢走了过来。

陈敬德紧紧抱着红薯,像抱着一个十世单传的婴儿,含着热泪说:"老刘,我对不起大刘庄的乡亲们,我是个罪人。我爹快不行了,临死前就想吃块黄河滩上的红薯。"陈敬德说着竟失声哭了。

刘洪山上前抱住陈敬德的两只胳膊,满怀深情地说:"老陈,这几年你也不易啊,几上几下,吃尽了苦头,大刘庄人不会忘记你的。啥话都不要说了,眼看快到麦收了,老百姓就要有吃的了。"刘洪山把陈敬德送到路上说,"老陈,明天夜里我还在这里等你!"

陈敬德感慨地说:"你是老百姓的活菩萨!"

刘洪山摇摇头,满怀深情地说:"老陈,咱黄河故道碰上这样的大旱灾、大饥荒,真正救咱老百姓的还是共产党!"

芒种那天,太阳升起来,阳光普照大地,大刘庄迎来大饥荒后的第一个麦收。

三十一

1960年下半年到1961年上半年，大刘庄的农业生产基本得到恢复，大农具和耕畜也恢复了生产能力，老百姓从灾荒中走出来。

陈敬德一直在家里闭门思过，黄河公社书记赵玉彪突然找他谈话说："老陈啊，这一段时间，县里、公社都在开检讨会，总结近几年来的工作，大家都在反思，我也向县委写了检查报告。县委恢复了你的工作，让你担任黄河公社党委委员，协助我抓好全面工作。这些年你一直住在乡下，对农村农业比较熟悉，公社成立粮食生产组，由你担任组长，你有啥意见吗？"

陈敬德眼含着热泪说："谢谢党，谢谢赵书记，我只有一个要求：还到大刘庄工作！"

"哦？"赵玉彪吃惊地说，"好马不吃回头草，你在大刘庄栽了那么多跟头，那里应该是你的伤心地，为什么还要去大刘庄？"

"在哪里摔倒就从哪里爬起来。我欠大刘庄老百姓的太多，我要在那里赎罪！"陈敬德擦着眼泪说，"再说，我熟悉那里的社员干部，熟悉那片土地！"

赵玉彪犹豫了一下说："看来你很执着，好吧，我尊重你的选择。我跟其他同志打个招呼，公社党委委员仍然保留，你到大刘庄当党支部书记和大队长，代表黄河公社，把大刘庄的工作抓起来，什么时候想回来都可以。去年以来，大刘庄的生产恢复是全公社最好的，看来刘洪山的确有他自己的一套，很能干，也很务实。但是，刘洪山这个人主意多，脾气犟，难配合，我问了几个人，都不愿到大刘庄蹲点。你跟他是老搭档了，你去了，我就放心了。王山回来，再把你原来的两个伙计王元、马正派过去，协助你工作。东队原队长范彩玉以前的工作还是有成绩的，出了问题，她有责任，你有责任，我赵玉彪也有责任，组织对她的处理可能过重了，她一直心存不满，不但找到公社，还给县委写过信，领导也有批示。你要做做她的工作，凡事都要想开点，从大局出发，只要放下包袱，认真总结经验教训，组织还会考虑启用她的。"

陈敬德带着王元、马正，到大刘庄走马上任来了。

陈敬德来到大刘庄，马上就去找刘洪山。

"哈哈，太阳从西边出来了！"刘洪山一看陈敬德来了，心里一阵说不出的高兴，哈哈大笑说，"老陈啊，有人说你去县里工作了，也有人说你调到专区去了，还有人说你去农场劳动改造了，就是没有人说你还会来大刘庄。看来大刘庄是个迷魂阵，你'走火入魔'了，我看你这一辈子是转不出去了！"

"我是撞到南墙不回头，到了黄河不死心，宁愿淹死也不上船！"陈敬德诙谐地笑着说，"杨家将，焦不离孟，孟不离焦。你是我前生的冤家、今生的对头，要活活在一处，要死死在一堆！"

刘洪山上前抓住陈敬德的手，满怀深情地说："老陈，过去的事咱不说了，一场大风刮走了，眼下老百姓的心总算安定下来。大刘庄的情况，不说你也知道，老百姓的家底空了，有饭吃没有钱花。我一家一户都查看过了，有不少社员的房子透风漏雨，个别户还是危房。我跟四叔、二良、大妮商量过了，由生产队出草出工，把各家的房屋修缮好，凡是缺少锅碗瓢盆的，也由队里统一购买，东队也是一样。咱当年砸了人家的锅，刨了人家的树，扒了人家的房，现在队里手里活泛了，该还账啦！"

"欠社员的账要还，三年灾荒，受苦最多的是老百姓，我们决不能亏欠哪一家。听说县里有笔资金，我给公社打报告，争取每家发一口锅、一个盆！"陈敬德转过话题说，"二良不是调到东队了吗？唐五干得还好吧？"

"二良跟我一样，两头跨着，西队的活他可以不干，但会要参加。"刘洪山把烟袋递给陈敬德说，"唐五慢慢上路了，唐门家族再没出过什么事，到秋季我想把队长的担子给唐五，叫他放手干吧！"

"听说彩玉跟长水成家了，喜酒我还没喝呢，你得给我补上。她怎么样，还有委屈吗？我想看看她。"陈敬德说着，四下望望。

范彩玉一直在屋里听陈敬德跟刘洪山讲话，听到陈敬德提到自己，两手托着隆起的肚子，红着脸，羞答答地走出来说："陈组长，你来了。你看俺爹高兴的，天天盼着你回来，一见面就给你说了一大堆工作。"范彩玉眼圈红了，含着泪水说，"公婆待我像待亲闺女一样，不叫我干活，还天天给我做好吃的，你说我还有啥委屈？啥委屈也没有，一天的云彩早散了。我倒替俺老公爹抱不平，这些年，西队上缴国家的公粮、卖的余粮在全公社最多，一个人也没饿死，他却一次一次挨批评，你说俺爹屈不屈？"

刘洪山笑着摆摆手说："长水媳妇，爹的那些做法也不能说都是对的，批我斗我，我不觉得屈。爹当高级社社长时，老陈和你都在场，我就夸过海口，叫社员能吃上白面馍馍，住上好房子，到现在也没有做到，社员不怪我，我心里也有愧啊！"

陈敬德微笑说："彩玉同志，要叫你到东队继续当队长，你干不干？"

"穆桂英下不了山，花木兰也上不了马。范彩玉心死了，俺爹年纪大了，担不动两个队的担子，你还是另请高明吧！"范彩玉抚摸着隆起的肚子说，"我儿子长大了，我也不会叫他当干部。"

陈敬德很不自然地说："彩玉，看来你还是有委屈。咱都是党员，党员总要听党的话，叫你继续当东队队长可是公社赵书记亲口提议的。"

"县长提议我也不干，我现在的任务就是做个贤妻良母，孝敬公婆，安安稳稳做好刘家的媳妇。"范彩玉想想又说，"我还有一个心愿，就是把俺老范家豆腐做起来，传承下去。"

刘长水下班回来，听见陈敬德劝说范彩玉继续当队长，哈哈笑了一阵说："范家大小姐，十年河东，十年河西，此一时彼一时也，你要服从党的召唤，我这个杨宗保愿扶你上马！"

"就你话多！"范彩玉翻了刘长水一眼说，"你想叫咱儿子生在天门阵？"

汪玉兰两手粘着面，笑着走过来说："陈组长，彩玉有身子了，不方便，队长怕干不了。"

陈敬德安慰说："老嫂子，我不是说现在，等彩玉同志生过孩子满月后再上任！"

范彩玉看了老公爹一眼，没有说话。

陈敬德对着刘洪山说："老刘，你看呢？"

"老陈，这事我说了不算，长水媳妇是党员，她是听党的还是听我的？你叫她自己拿主意吧！"刘洪山拿起烟袋深深地挖着，语重心长地说，"一个县，一个公社，一个大队，一个生产队，就跟家庭过日子一样，要想把日子过好，就需要一个好当家的。"

"连年灾荒，东队亏空大，你看看，连棵碗口粗的树都没有了，社员对我恨到骨头里去了，我哪还有这个脸去东队当队长！"范彩玉拉着脸说，"如果上面再刮几阵风，我又不知东西了，说不定又干傻事，再给我来个党内警告，撤职拔黄，我只有跳黄河了！"

大家都哈哈笑了。

陈敬德一行三人在大队部支起锅灶，自做自吃。两个年轻人不会做饭，陈敬德做饭也是个二把刀，不是咸就是淡，有时馍蒸得外熟里生，咬到嘴里发黏，难以下咽。王元、马正经常背着陈敬德到街头小摊子上吃饭。

刘洪山要给工作组安排个做饭的，陈敬德摇着头说："老刘，不成啊，我们不能搞特殊化，再说也发不起工钱！"

"不要工钱，队里给做饭的记工分。"

"记工分也不行。"

"老陈，你吃饭可以凑合，两个年轻人不行，吃不好会影响工作的。"刘洪山犹豫一下说，"这样吧，你安排王元、马正空闲时间帮着队里会计算算账，晚上给识字班上上课，我安排一个人帮着做饭，这叫工换工，总行了吧！"

陈敬德勉强答应了。

谁也没有想到，来给工作组做饭的竟是麻月娥。

安排麻月娥给工作组做饭，刘洪山想了许久。刘洪山听儿子说过，麻月娥虽说是个地主家的大小姐，但从小就喜欢做饭，一放学回来就到厨房帮厨，学得一手好手艺。学校聚餐，麻月娥跟几个女同学帮厨，很受学校大师傅的称赞。

汪玉兰担心地说："他爹，我看这事不成，月娥成分不好，陈组长不会同意！"

"先叫月娥做几天，不行再换人。"刘洪山拿起烟袋说，"月娥有文化，也明事理，老憋在家，时间长了，就把这孩子毁了！"

"爹，叫麻月娥做饭，咱是无所谓，你这不是叫陈组长犯错误吗？"范彩玉撇着嘴说，"叫我看，叫大妮姐帮他们做饭去！"

"大妮粗手大脚的，只会煮红薯、蒸窝头，连面条也擀不成。"汪玉兰笑着说，"再说，你看她那个邋遢样，多远就能闻到她身上的汗味，做的饭人家吃吗？"

刘长水在一旁评论说："麻月娥煎煎炒炒、油炸清蒸、烙馍擀面条样样会做，在学校就很有名。"

范彩玉酸溜溜地挖苦说："刘校长，你啥时候把麻月娥叫到咱家来，也做几道菜给我尝尝呗！"

刘长水红着脸抓着头皮说："学校几个老师还想请麻月娥做饭呢，被我拦住了。"

"这是为啥？这么好的厨子你咋不用？"范彩玉欠欠身子，走到汪玉兰跟前，扶着婆婆的肩膀说，"在大刘庄，我就觉得俺娘做的饭最好吃。"

"那是。"刘长水笑着说，"麻月娥只是小打小闹，咱娘才是大手笔。刚吃食堂的时候，咱娘烧的红烧肉可是香满大刘庄，可惜就吃了一顿！"

汪玉兰高兴地说："想吃红烧肉还不容易？老头子，明天割二斤肉来，我再亮亮手艺！"

"我也馋了，现在就割肉去！"刘洪山摇着烟袋出了门。

范彩玉眯着眼，朝刘长水伸伸舌头，刘长水吸溜着口水说："吃红烧肉喽！"

第二天，刘洪山就带着麻月娥来到大队部。

王元扯扯陈敬德的袖子，眨着眼，小声说："陈组长，不中呀，麻月娥可是个地主子女，她要朝饭里下毒怎么办？"

陈敬德笑着说："我先吃，你们后吃，我吃饱了，要是不倒，你们再吃！"

两天过去了，王元、马正再也不到街头吃饭去了。王元咂着嘴对陈敬德说："陈组长，你还别说，真是没有想到，小寡妇做的饭还挺好吃！"

"什么小寡妇？臭嘴，亏你还是个国家干部，以后只能叫名字。"陈敬德指着王元、马正说，"从今天开始，谁要再胡说八道，我就处分谁！"

天有不测风云，没过多久，一场突如其来的风雨向麻月娥袭来，麻月娥陷入绝境的恐慌中。

陈敬德从公社开会回来，就直奔刘洪山家来了。

刘洪山一家正在吃饭，陈敬德进来也不客气，坐下来就吃。

刘洪山高兴地说："老陈，咱俩喝两口？"

汪玉兰站起来说："我再弄个菜去。"

"酒不喝了，老嫂子不用忙活了。"陈敬德拿起一张烙馍，卷起几棵小葱，使劲地咬了一口说，"老刘，给你说个情况，刘小黑找到了。"

刘洪山"哦"了一声，忙说："刘小黑出走后我就四处打听，也没有他的下落！"

"萧城县磨盘山派出所打来电话，说刘小黑一直在他们公社石料场干活，前不久因为偷卖国家修桥备用的条石给当场捉住，恐怕要送劳改农场劳动改造！"陈敬德又叹口气说，"你们可能不知道，黑子中间来过大刘庄，一次藏在刁婵梅家，一次藏在王高家。他还偷过人家的粮食、雨衣、鞋子等物，王高帮他销赃。"

"狗改不了吃屎！"刘洪山气愤地说着，心里不由得一阵犯嘀咕，担心地问，"老陈，他还交代啥了吗？"

"详细情况我也说不清，公社派出所也许知道！"

刘洪山"唔"了一声，没有说话。

汪玉兰生怕刘小黑说出麻月娥的事来，恨得咬着牙根说："刘小黑最好死在外面，葬不回来！"

范彩玉也气愤地说："刘小黑这种人，胡作非为，吃喝玩乐，欺压百姓，不如把他带到大刘庄狠狠批斗，抓住这个典型，好好教育社员！"

"拉倒吧，刘小黑跟刁婵梅有染，拉过来批斗，只能给大刘庄带来混乱。唐五还当着干部，唐家人的脸朝哪放？"刘长水狠狠地说，"多判他几年，作死的东西！"

"早晚要回来的。"刘洪山看着陈敬德说，"刘小黑干了坏事，还是咱大刘庄人，他一个寡汉条子，游荡在外，无人管教，哪有不出事的？老陈，能为他说句话就说句话！"

陈敬德感慨地说："老刘，你的心胸就是宽！"

刘长水摆摆手说："他要再回到大刘庄，还是个祸害！"

黄河公社派出所所长杨绪义来到大刘庄，针对刘小黑偷盗财物的问题找刁婵梅、王高核实情况。刁婵梅拒不承认跟刘小黑有染，一口咬定是刘小黑强迫她，王高从床底下拿出一双胶鞋和一件雨衣。

杨绪义来到陈敬德办公室说："老陈，刘小黑多次盗卖国家建设石料和群众财物，侮辱妇女，这不是劳教的问题了，恐怕还要判刑！"

陈敬德无奈地说："刘小黑走到这一步，我这个驻村干部还是有责任的。事实都摆在这里，那也只能依法办事了。"

黄河公社派出所来大刘庄调查刘小黑，全村传得纷纷扬扬。麻月娥听说了这事，吓得头皮发麻，半夜里来找汪玉兰，哭着说："大婶，工作组的饭不能做了，刘小黑要把这事交代出来，我就没脸活了！"

汪玉兰紧紧抓住麻月娥的手，劝说道："孩子别怕，这事不怪你，是刘小黑作孽。饭该咋做咋做,刘小黑要是真说出来,他的罪过更大。"

麻月娥生怕有人找她谈话,胆战心惊,六神无主,早晨没有去大队部做饭。

陈敬德三个人下班回来,发现没有饭吃。陈敬德以为麻月娥一定有事,耽误了,就自己把饭做了。晌午,三个人下班回来,又看不到麻月娥,锅灶还是冷的。陈敬德想着麻月娥一定生病了,就来到麻月娥家的柴草院门口,喊道:"麻月娥,为啥没来做饭?"

麻月娥心急火燎,正在屋里转圈子,听到外面陈敬德喊她做饭,方知没事,忙拿起围裙走出来说:"陈组长,对不起,我一早赶集去了,回来晚了!"

"我还以为你生病了,没事就好。赶集走了好远的路,一定累了,中午这顿饭我们自己做吧!"陈敬德说着转身回去了。

陈敬德回来,扎起围裙,卷起袖子,正要和面做饭,王元笑着说:"陈组长,你要下厨,俺俩就不吃了!"

陈敬德指点着王元说:"饿你小子三天,看你吃不吃。"

三人正说着,麻月娥系着围裙走过来,陈敬德朝后退了两步,麻月娥和起面来。

"麻月娥,跑哪去了?想饿死我们?"王元绷着脸说,"多做点。早上糊糊饼子,黏糊糊的,配一碟老咸菜,就没吃饱!"

麻月娥嗯了一声,又从缸里抓了一把面放到和面盆里。

马正不满地说:"王元,吃饭都是定量的,早上二两,中午、晚上四两,不能超标准。"

王元龇着牙说:"你就是个小气鬼!"

麻月娥咧着嘴小声说:"俺家红薯窖里还有几块过冬的红薯,甜得很,我晚上做饭带来,就补上了。"

王元高兴地拍拍手。

"我不同意,国家干部咋能随便要社员家的东西?"马正一本正经地说,"毛主席在井冈山时就说过,不能拿老百姓一块红薯。你小子还想多吃多占。"

陈敬德看两个小子在那里斗嘴,走过来笑着说:"王元,该吃饱还是要吃饱,总不能叫你饿着干工作吧,到月底不够,我来补!"

"你是老八路,一个月比我俩多几十块,你不补谁补!"王元大声说道,"马正,放开裤腰带吃!"

三个人都哈哈笑起来,麻月娥也扭着脸咧着嘴笑。

黄河故道下了一场大雨,田里的庄稼茁壮成长。

范彩玉生下一个男孩,刘洪山、汪玉兰高兴得合不拢嘴。

范彩玉抱着孩子说:"爹,给你孙子起个名吧。"

刘洪山笑着说:"叫麦穗吧!"

"麦穗?"范彩玉哼了一声,蹙着眉头,不太满意,"爹,听起来咋像个女孩的名字!"

"桑无附枝,麦穗两歧。张君为政,乐不可支!"刘长水惊奇地说,"爹,你不识字,这个名字你是怎么想出来的?"

"这是你四爷起的名字,"刘洪山掏出烟袋说,"你四爷读过几年私塾,学问大着哩。"

"麦穗就麦穗吧,"范彩玉抱起孩子朝上举举说,"麦穗长大做豆腐,爷爷天天有豆腐吃喽。"

"拉倒吧,做豆腐有啥出息?我要培养儿子上大学。"刘长水拍着胸口说,"儿子大学毕业,起码当个公社社长!"

"看把你张扬的。"范彩玉撇着嘴说,"咱爹可说了,干啥都不如种地安稳!"

"种地?"刘长水昂起头说,"就是种地,咱儿子也是个农场场长!"

刘家添了男丁,大刘庄一庄人都高兴,你家送点米,他家送点面,光鸡蛋刘家就收了好几盆。刘洪山看着这些东西说:"长水媳妇,要一家一家记清楚,这都是人情,咱要还账的。"

范彩玉高兴地笑着说:"爹,等你孙子长大了,叫他接你的班,当队长,好好为大刘庄的乡亲们干活!"

刘洪山抓着孙子的小脚丫,高兴地说:"这孩子是个当农民的料,你看这脚板,多厚实啊!"

陈敬德提着二斤红糖来看范彩玉说:"彩玉同志,儿子也生了,满月也过了,你这个穆桂英是不是要下山了?赵玉彪书记可问了几次了。"

范彩玉笑着说:"还需要选举吗?"

"你这个队长是被撤职的,"陈敬德严肃地说,"现在是公社党委恢复你的队长职务,意义比选举更大!"

"穆桂英下山可是有条件的,"范彩玉看着刘长水,笑着说,"杨宗保呢?"

"你是想叫我继续兼任东队的会计?"刘长水苦笑着说,"先行官两边作战,你就不怕累坏你的夫君?"

"老夫老妻并马行嘛!"范彩玉咯咯笑着。

刘小黑的案子了结以后,陈敬德叫唐五跟弟媳妇谈话,做女人要守妇道,好好劳动,希望刁婵梅能到妇女识字班学习文化。

大伯哥找弟媳妇谈话,唐五磨不开脸,难以张口,想叫媳妇去,又怕媳妇扯旗放炮,把事情闹炸,不好收拾。磨蹭了好几天,唐五趁着女人走亲戚,厚着脸皮来找刁婵梅谈话。

刁婵梅正在屋里换衣服,隔着窗户看见老五进了院子,心里不由得咯噔一下,老五来干啥?本想快点收拾一番,来不及了,领口的扣子也不扣了,露出一片雪白的前胸,打开半扇门,伸出半边脸,拿捏着嗓子说:"五哥,真是稀罕,哪阵风把你刮来的?你不怕寡妇门前是非多?"

"陈组长叫我来跟你谈话。"唐五说着把那半扇门也推开了,看到刁婵梅领口敞着,慌忙遮住半个脸说,"快把衣服穿好,像什么样子!"

刁婵梅扭捏着说:"这是在我家,有啥大惊小怪的?"

唐五吞吞吐吐地说:"刘小黑的案子牵扯到你,有人怀疑你没说实话。"

刁婵梅满脸通红，干哭几声，却没有掉泪，委屈地说："我这样说，还不是想给你老唐家留个脸，给你这个副队长留个脸？你要疼疼我……"

"别扯远了，"唐五拉着脸说，"不是陈组长说情，非把你带到派出所上大刑不可。你就安生点吧，做人要守规矩，爱惜自己的名节。"

刁婵梅哭着说："我是你爹用几两烟土换来的，那个老东西就不是个人……我还要什么名节！"

"陈组长叫你好好学习，好好劳动……"唐五说着就要走。

刁婵梅一把拉住唐五的手说："老五，你要走，我就把咱俩的事告诉给陈组长去。"

唐五拽开手，急吼吼地说："咱俩有啥事？"

"你抱我了。"

"我啥事也没干。"

"没有一砖头，你啥事都干了。"

"你要熬不住就嫁人，没谁拦你！"

"我本来就是你媳妇，物归原主，你赖不掉。"

"新社会，一夫一妻。"

"露水夫妻，胜过神仙。"

"不要脸皮。"唐五一甩胳膊走出门。

刁婵梅扶着门框，咬着牙根骂道："贼五，挨千刀的！"

范彩玉上班没有几天就感慨颇多，吃饭的时候说："爹，管理社员，没有政治挂帅还真不灵，特别是一些老娘们，你说她一句，她有八句等着你，不好好下地干活，说瞎话扯舌头，东家长西家短，搬弄是非。我查看了各家出工的情况，春节后，刁婵梅只有一百多分，王大美也不多，还有几个老娘们，不到正常劳力工分的一半。有人白天不干活，夜里偷偷摸摸，拔人家一棵蒜一棵葱，拾人家一个鸡蛋，虽是说不上口的小事，但影响了社员的劳动积极性，邻里关系也不安宁。"

刘长水咧着嘴说："干多干少都是一样分粮食，当然没人干活了。"

"高级社一开始，西社也是这个情况，别说社员，干部也有偷奸耍滑的，刘小黑就是这种人。"刘洪山叹口气说，"老六家的懒散惯了。老五的老丈人常年有病，他媳妇误工是有原因的。"

范彩玉皱着眉头说："我想给她们来点狠的，好好治治这些老娘们，又怕再犯错误。陈敬德说，干部要团结群众。西队的人干活这样积极，您老是咋团结他们的？"

刘洪山微笑着说："管理社员不能再耍你那穆桂英的性子，动不动就耍威风，那样只能带来怨恨，表面怕你，心里不服。社员不怕干部横，就怕干部一杆秤。提高工分粮比例，按计量发工分，看她们干不干！"

范彩玉担心地说："工分粮的分配比例是有政策要求的，您老知道，不能太高。"

"先公布比例，"刘洪山笑着说，"社员要都好好劳动，工分肯定也差不了多少，谁也不会有意见了！"

范彩玉从柜子里拿出一瓶酒，给刘洪山斟上一杯说："爹，生姜还是老的辣，你就是办法多。今天本来不叫你喝酒的，破例了，奖励你一杯。"说着，端起酒杯，恭恭敬敬端给老公爹。

"咨询要收钱的。"刘长水高兴地说，"爹，一条建议一瓶酒，你要想喝酒，就赶快说话！"

老两口脸上堆满笑容。

东队自打宣布提高工分粮标准，按计量取酬后，出工率几乎达到百分之百，过去几个干活稀稀拉拉的懒婆娘也按时出工了。干活分开小组，由组长负责监工，耍奸偷懒的少了，劳动质量也大大提高了。

转眼间到了午收，割麦打场，晒干扬净，东、西两个队在黄河公社第一个完成午季粮食征收任务，又上了县里的光荣榜！

三十二

"年代殊之民俗,风云更盛衰。"

黄河公社书记赵玉彪从县里开会回来,把陈敬德叫到办公室说:"敬德啊,县里来了新的精神,为推动粮食生产快速增长,尽快改善人民生活,要实行包产到户责任制,县里决定在黄河、陇海、河北三个公社搞试点,年底在全县铺开。咱公社先从大刘庄开始,夏种正赶上茬口,赶快把土地承包下去!"

"看来上上下下都饿怕了,包产到户就能保证多打粮食?"陈敬德很不情愿地说,"生产队刚刚缓过气来,干部群众也正有劲头,大干几年再说嘛。只要政策稳定,一样能丰收增产,叫老百姓吃饱饭,大刘庄就是个例子,关键的问题是干部的思想状态和分配制度,我看就别折腾了。"

"黄河公社有多少个刘洪山啊?"赵玉彪叹着气说,"老弟啊,实话告诉你,搞包产到户,县班子思想也不统一。报纸上虽然有几篇介绍包产到户的文章,但也不是中央文件,全国的情况也不一样。这是省里决定的,县委要执行省委的决定。"

"杜书记是个啥态度?"陈敬德迫不及待地问。

"他最积极,按他的意见,全县都得展开。"赵玉彪叹气说,"扩大会开了一天,也争吵了一天,最后决定先搞试点,你担心啥?"

陈敬德进一步说:"赵书记,把地分下去,是不是跟入高级社前一样搞单干?"

赵玉彪抓抓脑袋说："县里解释说，包产责任制，是一种新的生产形式，不是分田到户，土地所有权还在生产队，只是产量承包下去。生产队跟社员签合同，按比例缴公粮、卖余粮和其他提留。"

陈敬德还是担心地说："农民的情况千差万别，还有无劳动力户和'五保户'，不好弄啊！"

"他们解释说，土地按人头承包，一家承包可以，几户合起来也可以，生产队自己掌握。"赵玉彪扬扬手说，"别管哪种形式，先包下去再说，过几天县里要来检查，先到你们大刘庄，已经挂上号了。老陈，你可不能打退堂鼓哟！"

陈敬德站起来说："赵书记，你放心，既然公社决定了，我们服从就是了，大刘庄一定做好黄河公社包产到户的马前卒！"

陈敬德摇晃着脑袋走出门来，微微地笑着，不由得自语说："这跟土改后的互助组、初级社差不多，老刘一定会高兴，也许是当下农村走出粮食困境的一条路啊！"

晌午，刘洪山一家人刚刚端起饭碗，就看到陈敬德笑眯眯地走进来说："来得早不如来得巧，再添双筷子怎么样？"

范彩玉急忙站起来，搬来一个小板凳叫陈敬德坐下。刘长水拿一个黑白两种面结合的发面卷放在陈敬德面前。陈敬德也不客气，抓起筷子看了看，指点着说："生活不错嘛，一盘鸡蛋拌蒜，一盘小葱拌豆腐，一盘腊肉炒韭菜，一盘蒸葛花。"陈敬德咂咂嘴，夹起韭菜放在嘴里说，"好香，好长时间没吃到这么好吃的东西了！"

汪玉兰端着一盘炕好的知了猴放在桌上说："还有好吃的，都尝尝。"

刘长水急忙用手捏一个放在嘴里说："好香！陈组长，快吃。"

陈敬德夹起一个知了猴说："这东西年年有，年年吃，以前俺娘还剁碎用来包饺子。"

刘洪山看着陈敬德满脸心事的样子说："老陈，你今天不是来赶饭时的吧？"

"我听到广播了。"范彩玉也夹一个知了猴放在嘴里说，"陈组长，你到公社开会，带来的精神是不是广播上说的？"

"这么多好菜，本想吃饱再说，看来你们两个队长等不及了。"陈敬德大口吃着说，"省委来了新精神，县委杜德雨书记亲自传达的，把土地承包下去，搞包产责任制，就是分田到户，咱公社先在大刘庄试点！"

刘洪山一惊，手里的筷子掉在地上，瞪着两眼看着陈敬德，不敢相信自己的耳朵。

"在大刘庄搞试点？"范彩玉用筷子夹起蒸葛花又放回盘子里。

陈敬德看着刘洪山、范彩玉吃惊的样子，笑着说："包产到户跟过去的单干不一样，土地还是集体的，生产队仍然保留。社员按人头搞承包，实事求是地定产，跟生产队签合同，上缴了集体和国家的，剩下的都是自己的。"

"包产到户，就是一家一户种地，回到土改时的样子，我看跟单干没啥两样。"范彩玉撇着嘴说。

"你要这样认为，我也不反对。"陈敬德打着饱嗝说，"会议精神就这些，季节不等人，你们两个队长要赶快把土地承包下去！"

"土地包下去，我这队长也清闲了，省得我天天当当敲钟，震得我耳朵疼。"范彩玉伸伸胳膊说，"我以后就可以多抱抱儿子喽！"

刘洪山慢慢把筷子捡起来，轻轻放在案上，掏出烟袋，深深吸了一口说："老陈，看来这阵风又不小啊！"

搞土地承包，陈敬德认为刘洪山一定很兴奋，没有想到刘洪山却是忧心忡忡，没有一点开心的样子。他不解地说："老刘啊，搞互助组时你是单干户，初级社时你还是单干户，入高级社你带头退社，你不就是喜欢单干吗？现在新政策来了，把土地承包下去正符合你的口味。凭你的种田经验，要不了两年，你一定会是大刘庄最富裕的人家，我咋看你一脸不高兴呀？"

"老陈，我过去想单干，那是我骨头里面的事，陪斗游街我都不在乎，也没有后悔过！"刘洪山若有所思地说，"你现在叫我单干，搞土地承包，一家一户另起炉灶，我还真怕了，心里没底了。从高级社到生产队，我当队长也有好几年了，我这百十斤早跟西队的几百口人捆在一根绳上了。大家高兴，我也高兴；大家挨饿，我也挨饿；大家能吃饱肚子，我的生活也不差。这一年多，大家的日子一天天活泛了，你都看到了，干活没有一个缺工的，也没有一个调皮捣蛋的，做事都按规矩来，粮食照样能增产。刚刚有点热乎气，现在又要一棍子把大家打散，你说我能高兴起来吗？"

"老刘，你的这些想法，我也有，赵书记也有很多担心。"陈敬德坚持说，"咱的想法只能先放在一边，省里下达这样的政策，自有道理。早些年，南方有个县就搞过包产到户，我在报纸上看到过报道，效果确实不错，后来受到批判，县里主要负责同志靠边站，现在又肯定了这个县的做法！"

"老百姓选我当队长，我在这个位子上，自然就要天天考虑老百姓的饭碗里是稀的还是干的，夏天有单衣，冬天有棉衣。土地要是真承包下去，就很难控制了，各有各的主意，各有各的做法，是福是祸，我心里没底。"刘洪山吸着烟袋，在院子里走着，心里像塞进一团麻，怎么也理不出个头绪来。

范彩玉看刘洪山犹犹豫豫，着急地说："爹，上级既然叫咱这样干，说啥也没有用。我明天就把地分下去，谁有本事谁吃饭，这样也可以治治那些泼皮懒汉。"

刘长水笑着说："从哲学的角度说，无法改变这个世界，就得适应这个世界，适者生存嘛。唱反调，逆道而行，只能是自寻烦恼！"

刘洪山磕着烟灰说："那就包吧！"

大刘庄召开两个生产队的社员大会，陈敬德做包产到户动员，讲得口干舌燥，可会场下面没有几个叫好的，大家对这项政策产生了怀疑。

散会以后，陈敬德把刘洪山和范彩玉留下来开小会说："老刘，包产到户，我原以为社员会积极响应，怎么连一个鼓掌的也没有？"

"一朝被蛇咬，十年怕井绳！"刘洪山叹口气说，"老陈，从土改到现在，有十年了吧？政策变来变去，谁要提个意见，马上就给谁扣上大帽子，吓死人哩。你刚才说了这么多包产到户的好处，你说社员还会信你吗？"

陈敬德坚持说："上级的意图还是想叫老百姓尽快过上好日子。"

刘洪山若有所思地说："稳住人心，攒足劲头，种好管好，粮食才能增产。"

"无论怎么说，都要赶快包下去。"陈敬德担忧地说，"公社在大刘庄搞试点，我也答应了，社员不积极，干部在犹豫，这样不行，没法跟公社交代，赵书记说不定这几天还要来！"

"兵随将令草随风，老百姓随的是王法。"范彩玉着急地说，"跟社员不要说这说那的，讲少了听不明白，讲多了也是费口舌，干净利落一句话，说干就干。我明天就按人头分地，自由结合，土地薄厚均摊，谁要不干，就喝西北风去！"

"范队长，给大家一天自由结合的时间，后天量地也不迟。"陈敬德又看着刘洪山说，"老刘，只要你想通了，这事就好办了。"

刘洪山掏出烟袋，深深地挖着，苦笑着说："我还要琢磨琢磨！"

"以前收回的社员的自留地也要恢复，如数还给社员，自由种植，谁也不得干预。社员还可以养猪、养鸡，养牛也可以，还要发展农村贸易，剩余的农副产品可以到集市上交易。"陈敬德看着刘洪山忧愁的脸色，着急地说，"老刘，上级提出大力发展农村经济，形势变了，社员有顾虑，咱们可要有信心啊！"

刘洪山一到家，看到家里来了好多人，刘四爷、三奶奶、李二良、马大妮，还有几个社员。刘洪山笑着说："刚散会，你们又想在我家开会？有话为啥不在大会上说？"

"洪山，这是咋回事？"刘四爷疑惑地说，"土地按人头分，包产到户，这不又回头了吗？"

李二良走到刘洪山跟前说："老叔，你可要把住了，我一想起你陪斗的事，我的头皮就发麻！"

马大妮咂咂嘴说："听说还要给自留地，我可不敢要，那年俺自留地里的白菜刚发棵，就叫公社检查组给拔掉了！"

"洪山，大主意还是你拿！"三奶奶走过来说，"分也罢，合也罢，黄河滩的土地还是咱老百姓的。要我看，咱西队只要你来当家，大家心里就不怕！"

汪玉兰搬来几只板凳，刘洪山摆摆手叫大家坐下。大家谁也不坐，就想知道刘洪山的态度。

"要分咱就分个公平合理。愿意分组的，几家一组；不愿分组的，自己单干也中。"刘洪山也站起来说，"三婶的话说得好，土地在咱手里，咱不上心谁上心？只要咱们好好劳动，就能多打粮食，有吃有喝！"

刘四爷笑着试探刘洪山："洪山，你是单干，还是跟我们一组？"

"我肯定是单干。"刘洪山把烟袋递给刘四爷说，"四叔，我知道您老的心思，你要知道，我跟谁一个组都不合适，你们哪个组有困难我也不会看着不管的！"

刘四爷点点头说："洪山，啥话也不说了，咱连夜就做方案，后天就可以分地承包了！"

刘洪山摆摆手说："几十亩果园不承包，还是生产队管理。"

刘四爷说："各家各户都有自己的承包地，谁来管理？"

刘洪山想了想说："劳力多的户抽出人来，老办法，按工分计酬。"

范彩玉干事大刀阔斧、雷厉风行，由唐五牵头，组织一个班子，马不停蹄，说分就分了。丈量土地，很多社员脖子上套着绳子，扛着地界，拿着锤子、钢钎，带着白灰，吵吵闹闹地会集在地头上。

唐四兴奋地说："范队长，地原来是谁家的还是谁家的吗？还有牲口、农具啥的？"

"四哥，看来你在学习班没改造好，你真是个老中农，一夜醒来，你的思想又回到入社前了。我告诉你，搞包产到户，不是土改，也不是物归原主，你的地是你的，你的牛是你的，白日做梦，想得美！"范彩玉笑着把手一挥说，"人均三亩，凡是成立小组的，为方便耕种，土块连在一起，想种啥庄稼自己做主！"

唐二愣蹦起来笑着说："我想种大烟！"

范彩玉手指着骂道:"你小子要种大烟,我就把你送公安局去!"

"按人口分,俺唐家的地才只有一半到手。"唐五的老婆王大美咕哝说。

唐五扛着拐尺,肩膀上套着绳子,走过来推了王大美一把说:"熊女人,胡咧咧啥?滚一边去!"

刁婵梅拉拉王大美的衣襟说:"五嫂,分地种地,以后都是他们老爷们的事,咱回家去吧!"

王大美被唐五推了一把,感到很没面子,气呼呼地说:"要走你走,我不走!"

"小六嫂子,你加入我的组吧。"麻二强笑眯眯地对刁婵梅哼着小曲说,"树上的鸟儿成双对,绿水青山带笑颜,我耕田来你织布,我担水来你浇园,咱夫妻双双把家还……"说着要去抓刁婵梅的手。

刁婵梅打了一下麻二强的手,对着麻二强的脸上呸了一口吐沫,笑骂道:"我浇园,我先浇浇你的麻蛋脸!"刁婵梅说着咯咯笑着跑了。

麻二强擦着脸,呸呸吐了几口,骂道:"这个骚老娘们,吐沫真臭!"

大家都笑了。

唐五摆摆手,站在高处,抬高嗓门说:"好啦,不要闹了,一户一组来一个代表,开始量地喽。"

社员哗啦一声围拢过来。

唐五负责分地,一上午被吵得头脑发胀,十分疲惫,收工回到家里,想喝口水,吃口饭,喘喘气,再接着分地,屁股还没有挨板凳,刁婵梅风风火火地跑过来说:"五哥,包产到户我可不包,我不会种地,那几亩地给你吧,收了粮食扯半分。"

王大美还没有等唐五说话,就歪着嘴说:"老六家的,你包不包跟俺有啥关系?跑到俺家闹哄啥?这个门你还是少来,大伯哥管不了兄弟媳妇的事!"

"五嫂,咱不是一家人嘛!"刁婵梅摇晃着身子说。

王大美推了刁婵梅一把说:"你姓刁,我姓王,他爹姓唐,谁跟你是一家人?各人过各人的日子,你别来瞎掺和,俺家不欢迎你,你走吧。"

437

刁婵梅看看老五，有意气王大美说："我就想到你家锅里舀碗饭吃，我看你能把我咋样！"

王大美那天从娘家回来，发现家里多了一只碗，问唐五碗哪来的。唐五不由得脸一红，说是在生产队食堂里捡的。王大美拿起碗左看右看，好像在哪里见过，猛然想起这碗是老六家的，老六常常端着碗到大门口吃饭，自己见过，碗底较深，碗口有两道蓝边。王大美知道刁婵梅的为人，如今老六不在了，难道说她打熬不住，来缠大伯哥？再三追问，唐五还是一口咬定碗是在食堂里捡来的。王大美趁刁婵梅不在家，拿着那只碗偷偷跑到刁婵梅家的锅屋，一比较，这只碗果然跟刁婵梅家里的碗一模一样，顿时醋性大作，抓起刁婵梅家的两只碗，摔在了地上。

刁婵梅从街上回来，发现两只碗掉在地上烂了，还以为是谁家的狗猫扒掉的，也没在意。这时，王大美突然在墙头外边指桑骂槐，刁婵梅才知道碗一定是王大美摔的，后悔不该把盛小米粥的碗留在老五家。王大美个头高大，又恶又泼，骂人、干仗刁婵梅不是对手，就躲在屋里不出头，装作什么也没有听见。

今天刁婵梅找上门来，王大美恼了，突然从桌底下拿出那只碗，大声说道："我本来想给你留个脸，你是给脸不要脸，别怪老娘揭你的底了。"说着把那只碗使劲朝刁婵梅手里一放，撇撇嘴，气呼呼地说，"再不滚蛋，老娘就不客气了。"

刁婵梅看王大美要耍泼动手，不敢恋战，碗朝胳肢窝一夹，扭着腰身走了，走了几步又回过头说："五哥是个队长，我是他的社员，我想啥时候找他，你也拦不住，我下次就到高粱地里找他。"

王大美朝刁婵梅猛扑过去，刁婵梅一闪身，拔腿就跑，王大美没有抓住，还差点摔倒。刁婵梅一纵身走进自家大门，反手把门关上了。

王大美一边跺门，一边骂道："我看你个小骚货还朝哪里跑，抓住你，我把你的臭脸撕烂！"

刁婵梅在院子里喊叫说："老五本来是我男人，你是乌鸦占了凤凰的窝！"

王大美又是脚踢，又是头撞，刁婵梅就是不开门。王大美恼怒得上气不接下气，差点憋死！

唐五本来怕事情张扬出去，不想跟女人动气，看王大美还站在刁婵梅门口大骂不止，围观的人也越来越多，再也按捺不住，上去揪住王大美的头发，拽到家里，劈腔就是一脚，恶狠狠地骂道："臭女人，反了你了，老六家胡说，你还当真了！我好歹是个副队长，你给我留点脸面好不好！"

"我不活了！"王大美睡在地上打着滚哭骂。

"唐五同志在家吗？"陈敬德喊着走进来。

王大美见陈敬德来了，顾不上疼痛，急忙爬起来，跑到屋里去了。

陈敬德笑着说："咦唏，你两口子打架了？"

唐五讪笑着说："她自己滑倒的！"

陈敬德严肃地说："有几个社员找我提意见，说你分地包产不公，你唐家门里分的好地多，分到薄地的社员不愿跟队里签合同，咱要想办法纠正。"

唐五苦笑着，不停地抓着头皮，难为情地说："陈组长，是我太急了，一急就出错。"

"唐五同志，不要再抓了，再抓就把头皮抓烂了！"陈敬德郑重地说，"我跟范队长初步研究个意见，打乱重分！"

"众口难调啊！"唐五眉头皱成疙瘩。

"划分土地，包产到户，这也是考验我们干部能不能公正地办事，公社还要来检查。你把西队的分地方案要来，按他们制定的标准分配！"

陈敬德说完走了。唐五蹲在那里唉声叹气，双手抱着头，脑袋像炸了似的疼痛。

王大美委屈地走过来说："他爹，陈组长说啥了？"

"吵，使劲吵，熊女人，早晚叫你把我这个副队长吵掉！"唐五站起来，一跺脚走出大门。

刁婵梅趴在墙头上，听到老五骂王大美，小声叽咕说："臭女人，这下老实了。"

唐五一出门，顶头碰见唐二愣走来说："五哥，刚签了合同，怎么又要收回去了？"

"你吃了一块肥肉，还得给我吐出来。"唐五没好气地说。

"五嫂借俺十个鸡蛋，我说要能分块好地，鸡蛋就不要还了，现在不算数了，鸡蛋还得还！"唐二愣追着屁股说。

唐五朝唐二愣瞪了一眼，气呼呼地说："年前你偷队里几个萝卜的事，我马上告诉范队长。"

唐二愣吓得头蒙了一下，赶快抓住唐五说："五哥，俺亲哥，鸡蛋不要了。"

唐五一甩胳膊说："鸡蛋还是要还你的，我可不想欠你十个鸡蛋的情。"

刘洪山根据劳力强弱，队里协调，自愿结合，三五户一个生产互助小组，把土地承包下去，不愿意互助的，自己单挑。原来各家的自留地，归还原主，重新栽上了地界。集体的一切财产原封不动，有专人管理。各承包户需要使用耕牛的，提前打招呼，由生产队统筹安排。

大刘庄西队只剩下麻月娥一户，没有人愿意跟她一个组，麻月娥母女在家里抱着头哭。刘长水知道了这件事，跟刘洪山说："爹，月娥的事你得管。"

"就叫她跟大妮一个组吧！"刘洪山说着叹口气，"这几年，她娘儿俩能活过来不容易！"

汪玉兰说："月娥识文断字，也能帮大妮算算账。"

刘洪山说："多少地卖多少粮，合同上写得清清楚楚、明明白白，谁也不能扯皮！"

汪玉兰说："这跟以前单干差不多！"

"啥差不多？说白了，就是单干！"刘长水转过脸来说，"爹，咱的承包地种啥？"

刘洪山吸了几口烟说："陈组长刚一说分地我就琢磨了，全部栽红薯！"

范彩玉从屋里走出来摆摆手说："爹，全部栽红薯，那可不成。我安排社员，只能拿出一半的土地栽红薯，要不然秋季卖粮怎么办？"

"好办，有了红薯，到时候还怕换不来细粮？"刘洪山若有所思地说，"早两年，老百姓饿怕了，粗粮细粮，填饱肚子就是好粮。红薯这东西养人，产量高，好管理，劳力少劳力弱的农户也不怕。我想叫大家红薯沟适当放宽一些，里面种上晚玉米和高粱。"

范彩玉感慨地说道："爹，你就是办法多，这样玉米、高粱间距大，通风好，收成也不会少。我叫东队社员也按你的法子办！"

刘长水咋呼说："彩玉同志，赶快拿酒去。"

范彩玉不解地说："还没到吃饭时候，拿酒干啥？"

刘长水挤挤眼说："奖励啊！"

汪玉兰笑着说："早上你爹一起床就喝二两了！"

刘洪山想想又说："大面积栽红薯，红薯秧和红薯叶都是好东西，每家能再养一两头猪，也是一笔钱。"

范彩玉兴奋地说："我在县里开会，认识一个农场的场长，他那里办养猪场。小猪崽我来想办法，东、西队都养起来！"

刘长水高兴地说："这几年，学校教学欠账太多，我想利用暑假把耽误的课给学生们补起来！"

"给孩子补课是正事，地里活你不要管了。"刘洪山转过话说，"听陈组长说，要推荐你当校长，有这事吗？"

"临时负责变为正式校长，公社领导调整了分工，赵书记直接抓教育，给县教育局写了报告，批文很快就下来了。"刘长水看着范彩玉，笑着说，"我还打算加入中国共产党！"

范彩玉撇撇嘴说："入党就得历史清白，要跟党讲实话，我看你怎么讲实话，这几年你也干了一些不该干的事！"

刘长水知道范彩玉是说他私分种子粮的事，讪笑着："彩玉同志，你是党员，对党忠诚，应该实事求是，向党讲真话。上报粮食产量，你说的是真话还是假话？"

范彩玉脸一红，瞪了刘长水一眼说："你又揭我的短，我是被逼得没有办法！"

刘洪山磕着烟袋说："长水，你当上校长，名正言顺了，学校门前那十多亩地你们学校种，有了收成，也给老师、学生们贴补贴补！"

"好啊！"刘长水高兴地蹦了一下说，"学生劳动教育也有了基地，我要开劳动课，我敢保证，这在全县恐怕是第一家！"

刘洪山忽然瞪着眼说："我把丑话说在头里，你们要种差了，我可饶不了你！"

"拉倒吧！"范彩玉摆摆手，不以为然地说，"爹，学校就是学校，你给他地干啥？"

刘洪山吸着烟说："那十多亩地还没有人承包，学校七八个老师，家都是农村的，课余时间，干点农活，出出汗，有好处。"

"彩玉怕我累着，她这是心疼我。"刘长水朝范彩玉挤挤眼说。

"谁心疼你？"范彩玉红着脸说，"我是心疼那片地，交给你白瞎了！"

刘洪山找到麻月娥说："孩子，你的情况特殊，你还挂在大妮那个组，四叔、三婶、李广胜，还有大全，各管各的地，收、种时互相帮衬，平时管理靠自己。"

麻月娥脸上一下子露出笑容，上前说："大叔，我种啥？"

刘洪山笑着说："我种啥你种啥，我给你几车肥料。"

农历六月，晚上空气潮湿闷热。

范彩玉收工回来，儿子麦穗已经跟奶奶睡了，丈夫还没有回来。她呼呼啦啦吃了一碗面条，冲了个冷水澡，身子裹着一条床单，歪在床上，长长地出了一口气，如释重负，拿起一把蒲扇，轻轻地摇着，等待丈夫回来。

范彩玉忽然听到门外的脚步声，知道丈夫回来了，忙坐起来说："喝汤了吗？"

"我在学校喝了。"刘长水走进屋，扔下提包，高兴地说，"十多亩地，全部栽上红薯，大家一高兴，晚上来个小聚餐。"

"喝酒了？"范彩玉闻到了刘长水身上的酒味。

"喝了一小杯。"刘长水看见范彩玉露出半个膀子，轻轻地抚摸了一下，笑着说，"东队的地都承包下去了！"

"这下我清闲了。"范彩玉拉住丈夫的手，让他坐在自己身边，情意绵绵地说，"长水，我还想生个闺女，来个儿女双全！"

刘长水伸手轻轻刮着媳妇的鼻梁，笑着说道："麦穗他娘，包下去可不是万事大吉，你这个队长还有好多事要做，不怕累坏了身子！"

范彩玉把脸贴在男人的肩头上，深情地说："长水，那几年我可没少欺负你，你想过离开我吗？"

"想过，"刘长水把手按在范彩玉的腮帮上说，"你是一只凤凰，我是一只麻雀，追不上你喽。"

"我不是睡在你的炕头上了吗？"

"是我乘人之危，把你背回来的。"

"我可是心甘情愿嫁给你，你会疼我一辈子吗？"

"不疼你哪来的儿子！"刘长水伸手揽住范彩玉的腰，笑眯眯地说，"你要不嫌累，咱就生他十个八个的！"

"你把我当成老母猪了！"范彩玉朝刘长水胳膊上掐了一下，"上床吧，明天还要上课呢！"

三十三

榜样的力量是无穷的。

大刘庄人向刘洪山看齐，刘洪山栽红薯，大家也都跟着栽红薯，一下子栽了一千多亩，各家各户都养了猪羊。

天遂人愿，老天爷帮忙，红薯栽下地以后，接连下了几场透雨，成活率几乎百分之百。

刘洪山一家，一个东队队长，一个西队队长，还有一个小学校长，每到吃饭就像开会一样，各人汇报各人的工作。陈敬德一想开东、西队干部会，就跑到刘洪山家吃饭，不但干了工作，还省了自己的粮票。

王元抱怨说："陈组长，要是没有啥机密大事，你到刘老头家开会就带上我和马正，俺也能省出点粮票顾顾家。"

陈敬德指点着王元说："麻月娥每天做三个人的饭，我不在家，我的那份饭叫你俩分着吃了，你小子还不知足。"

王元仍然不满地说："吃了你的饭不假，可没酒没肉，听说你一到刘老头家还有酒喝。"

陈敬德用折起的报纸敲了一下王元的脑袋说："想喝酒自己买去。"

陈敬德又来到刘洪山家，说完事，汪玉兰就把饭菜端上来，陈敬德要走，刘洪山拦着说："老陈，嫌伙食不好？"

"不是，"陈敬德笑着说，"那两个小子提我的意见呢。"

刘洪山没拦住，陈敬德还是走了。

陈敬德回到驻地，六个馍馍被王元、马正吃完了，鸡蛋汤也喝光了。陈敬德假装生气地说："你两个臭小子，吃了我的馍，喝了我的汤，给倒出来。"

王元块头大，吃了三个半馍馍，拍着肚皮说："你咋回来啦？刘老头不管你吃了？"

"总不能天天吃人家的吧。"陈敬德瞪着眼说，"你两个狗东西是吃饱了，老子还饿着，赶快给我想办法，不然我叫公社扣发你两人的工资。"

王元、马正大眼瞪小眼，谁也不说话。

这时，麻月娥端着一大碗面条走过来说："陈组长，做好饭后我有事到刘队长家，他说你没吃饭就走了。我估摸着，王干事、马干事已经吃过了，刘队长怕你饿着，盛一碗面条叫我送来，趁热吃吧！"

"你两个小东西等着，我吃饱了再跟你俩算账。"陈敬德也不客气，双手接过面条，蹲在地上呼呼啦啦吃起来。

王元、马正互相递个眼神，伸伸舌头，打个手势，猫着腰，蹑手蹑脚地跑了。

麻月娥从陈敬德手里接过空碗，红着脸说："陈组长，对不起，差点叫你挨饿！"

陈敬德打着饱嗝，笑着说："我再去开会，提前跟你打个招呼，你就做两个人的饭，我看他两个小子还能多吃多占。"

麻月娥没有说话，抿着嘴笑。

刘四爷到饲养室牵牛下地，一看东队的牲口全没有了，大农具也不在了，一阵吃惊，不知东队发生了啥事，一收工就急匆匆地跑到刘洪山家问情况。

范彩玉哈哈笑着说："四爷爷，这有啥好奇怪的？上级既然叫咱包产到户，我就来个一包到底，我把牛和大农具全包下去了，粮种都叫我分了，队里就剩下几间破房子了，我这个队长也没啥事了。"

刘洪山扶着刘四爷坐到板凳上，说："四叔，牲口还是您老管着，饲料按人口地亩分摊，饲养员的工分不变，公平合理！"

刘四爷看着刘洪山说："洪山，早些天我就听说，不少生产队都包得干干净净，不光地分到户，农具也分光了，几户一头牛，牵回家轮流喂养。我当时还不信，你看东队也把大牲畜分了，我看咱西队也分开吧？"

刘洪山看着刘四爷那苍老的脸，想着老人家这几年跟着自己受苦受累，心里一阵说不出的难受。他拿出烟袋，挖了一锅，递给刘四爷说："四叔，人家咋折腾咱管不了，咱不跟着人家跑，西队咱爷儿俩说话还是算数的。长水媳妇说东队分光分净，一根草也没剩下，这样做我觉得不妥。西队的耕牛和大农具一样也不能分，仓库的种子粮更不能分，咱银行的账户上还有千把块钱，一分也不能动。包产责任制跟土改时不一样，也跟初级社、高级社时不一样。我估摸着，上级搞包产到户，主要是想解决粮食问题，先叫老百姓吃饱饭，吃饱了才能干别的事。咱这包产到户能不能长久，谁也说不准。你过去总跟我说一句话，共产党讲究人人有饭吃，家家有房住，我一直记着，啥时候也不能忘。土地分久了，穷富差距又拉开了，到时候，有的户说不定能住上楼房，大骡子大马，有的恐怕还住着茅草房，你说共产党能看着不管？再说牛分开了，大家轮流喂养，人心不同，草料也不一样，使用起来，活有轻有重，社员互相有意见，还会打架闹事，队里就不好管理了。这个家说啥也不能分干净！"刘洪山最后说，"四叔，土地是国家的，也是集体的，分得开还得合得上！"

"洪山，还是你想得周到。"刘四爷高兴地说，"咱队里有两头母牛怀着崽，春节就会添两头小牛！"

"长水家的，"刘洪山高兴地笑着说，"听说东队的牛也有怀崽的？"

"听饲养员说，有两头怀崽。"范彩玉走过来说，"一头是原来唐瘸子家的黑牛，一头黄牛，是我向县妇联要的。黑牛我安排唐五饲养，黄牛叫小木匠魏宝饲养！"

刘洪山赞赏说："叫他两家养，你安排得好。魏宝这个人实诚，他爹魏广郎土改前给河北的大地主周老八喂过牛，牛在他家亏不了。"刘洪山停了一会又说，"大青骡子呢？"

范彩玉叹口气说:"大青骡子老了,干活也没先前有劲了,我叫魏宝拉到集市上卖了,卖的钱买了头草驴。我一想起这事就觉得对不住俺爹!"

刘洪山点点头说:"你爹这一辈子风里来雨里去也不容易,孩子,有空就到你爹娘坟上看看!"

"农贸市场也开放了,"范彩玉忽然心血来潮,兴奋地说,"爹,这一段时间是个空闲,我想把俺家的豆腐坊开起来,您老看咋样?"

刘洪山担心地说:"范家豆腐那可是一门祖传的手艺,听你爹说,都传了八代了,传男不传女,你爹教给你了吗?"

"门里出身,不学懂三分,没啥难的。再说,我爹没儿子,他不想死了把手艺带到棺材里去,有意教了我几手。我十岁的时候就会下料、挑豆皮、包豆腐干,点豆腐是个绝活,我早学会了,我还担挑子卖过豆腐哩!"范彩玉咯咯笑着说,"您老一辈子就好吃俺家的豆腐,也没少跟俺爹逗乐子,咱干脆做起来,你尝尝还是不是俺爹做的那个味!"

刘洪山高兴地说:"我明天就去买黄豆,你做一套看看,你爹做豆腐的家什都在吗?"

范彩玉指着河东范家老院说:"红石磨、南山缸好好的,其他东西好弄,我找来小木匠魏宝,两天就能做成。"

"我看这事能成。"刘四爷高兴地说,"彩玉,豆腐做成了,可别忘了你四爷爷。"

"哪能啊!"范彩玉又看着刘长水说,"刘校长,到时候你要搭把手。"

"拉倒吧!"刘长水摆摆手,反对说,"我说范队长,看把你张狂的,想一出是一出,一阵风一阵雨的,你现在还能担着豆腐串村遛乡吗?"

"我不能出去,你星期天担着挑子去卖。"范彩玉咧着嘴,故意说,"你是个小白脸,只要你进村一喊'豆腐哟豆腐,范家哟豆腐,哟哟豆腐',那些小媳妇姑娘都会跑出来抢着买!"

"你说这话我信!"刘长水昂着头,得意地说,"我要在外边弄个小的回来,你打算怎么办?"

"咦唏！还想弄个小的，美死你吧！"范彩玉咂咂嘴，不由得亲着孩子说，"不要我管你，咱爹会一脚把你踢出去！"

刘洪山大口大口吸着烟袋，听儿子跟媳妇斗嘴，有点坐不住，磕着烟袋，干咳一声，拉着刘四爷一边说话去了。

范彩玉朝刘长水伸伸舌头，刘长水轻轻朝自己嘴巴上打了一下。

没过几天，范彩玉果真做了一套豆腐，她把新压好的水豆腐切出一小块，送到刘洪山嘴边说："爹，您老尝尝，儿媳的水平咋样？"

刘洪山慌忙接过来，送到嘴里，品品味道说："好，好，是范家豆腐那个味！"说着自己切下一块放到嘴里说，"长水家的，我看这一套豆腐就不要卖了，给大家分了吧，还有陈组长，他也好这一口！"

范彩玉端着一碗豆腐，坐在那里，眼里不由得落下泪来。

"孩子，别难过，明天叫长水陪着你给你爹娘上坟去，烧点纸！"汪玉兰说着把五元钱塞在范彩玉手里。

范彩玉擦着眼泪说："娘，我没事，我心里高兴，我想俺爹要是地下有知，知道范家豆腐在我手里传承下来，也会高兴的。"

"哎嗨，来得早不如来得巧。"刘四爷走过来说，"在大路上我就闻到豆腐味了。"

刘洪山把一只小板凳放在刘四爷跟前，忙着切下一块豆腐，送到刘四爷嘴里说："四叔，你尝尝。"

刘四爷嚼着豆腐，吧嗒吧嗒嘴，惊奇地说："好，跟玉堂做的豆腐一模一样。"刘四爷看着彩玉说，"彩玉，这真是你的手艺？"

范彩玉笑着说："四爷爷，以后我一个星期做一套，您老想吃可以来拿，剩下的叫长水挑着卖去！"

"不用长水挑出去，咱大刘庄上千口人，现在生活好了，一套豆腐不够吃！"刘四爷回味着豆腐的味道，随口说道，"洪山，彩玉现在是你刘家媳妇了，这豆腐我看就叫刘家豆腐算了！"

"不成！"刘洪山摇摇头摆摆手说，"您老这是说的外行话，这豆腐要是挂上刘家招牌,恐怕就没人吃了!"

刘四爷笑着说:"洪山,我来找你不光是为了吃豆腐,我刚从地里来,红薯秧好深了,该翻二遍秧了吧?"

刘洪山摆着手说:"四叔,不着急,刚下过雨,红薯正是发个的时候,翻秧过多,晃动根基,会影响产量。我昨天到红薯地扯扯秧子,看还没怎么抓地,过几天翻秧不迟。墒沟里的草要割掉,松松土,透透风,玉米、高粱长得快!"

大刘庄东、西两个队不但红薯长得好,玉米、高粱也长得喜人,玉米穗挑着红缨,活像一个个大牛角。

黄河公社书记赵玉彪来大刘庄查看包产到户的成果,看到红薯把土地都撑开了一个个大裂口,有的红薯还露出地面半截,高兴地拔出一块,有二斤多重。他喜得合不拢嘴,拍着刘洪山的肩膀说:"老刘,我要把这块红薯带到公社,再派人送到县里,叫杜德雨书记看看,说不定还会给你们村奖励大车和牲口什么的。"

"奖励就免了,只要政策稳定、人心稳定,过上三年五载,我敢保证,老百姓家家都能盖新房。"刘洪山咬着烟袋杆说,"赵书记,等刨红薯时你再来看,四五斤一个的红薯也不稀罕!"

赵玉彪拍着刘洪山的肩膀语重心长地说:"老刘啊,你说得对,政策稳,人心才能稳,生产才能大发展。不管是家庭生产还是社队生产,关键在人。你们的试验很成功,今冬明春,黄河公社包产到户要全面推开!"

陈敬德去了一趟县城,回来后总是闷闷不乐的。

这天,刘洪山叫老伴杀只鸡,把陈敬德喊到家里吃饭,酒喝了三杯,陈敬德就掉泪了。

陈敬德的父亲吃了儿子带来的红薯,当天夜里就过世了。陈敬德安葬了父亲,回到县城,媳妇叶丽红突然提出离婚,陈敬德傻眼了。陈敬德传统思想较重,总觉得这是一件丑事,不同意离婚,冷战了几个月,叶丽红就把离婚协议书送到了法院。

叶丽红原是邱清泉兵团的卫生员，卫生队队长的相好。邱清泉兵团撤退的时候，叶丽红行军掉队，投靠了解放军，在解放军战地医院当卫生员。陈敬德受伤住院认识了叶丽红。叶丽红有几分姿色，会说话，体贴人，深得陈敬德的好感，叶丽红也追着陈敬德不放。淮海战役结束后，她也提出来留在地方工作，就被安排在县医院当护士，土改前跟陈敬德结婚。陈敬德是个工作狂，经常不回家，加上几次受处分，叶丽红就身后背茄子——有了外心，跟一个副院长勾搭上了。法院经过三番五次的调解，叶丽红是吃了秤砣——铁了心，拖了几个月，判决书还是下来了，陈敬德只得痛苦地接受。除了一箱子书和几件旧军服外，他什么也没有得到，等于净身出户。结婚多年，他俩也没有孩子。如今，爹娘走了，媳妇也离了，两个家都没了，他孤身一人回到大刘庄，心里说不出地苦闷。有时他夜半醒来，披着衣服走到院子里，看着满天的星斗，想到受苦的爹娘，不觉泪水流下来。

　　陈敬德情绪的变化，还是麻月娥最早发现的，早上她来工作组做饭，看到陈敬德一脸疲惫，没有精神，知道他夜里一定没休息好。一连几天都是这样，麻月娥心里一阵不安，猜想着陈敬德一定有什么心事，又不敢多问，就悄悄告诉了汪玉兰。

　　酒后吐真言，陈敬德把心中的苦闷一下子倒了出来！

　　刘洪山一家人无不为陈敬德的事感到痛心。范彩玉气愤地说："叶丽红，什么女人，你在乡下工作这些年，她一次都没有来看过你，我看她心里压根就没有你这个人。既然人家不愿跟你过了，也没啥值得留恋的。"范彩玉越说越气，"从国民党投诚过来的人就是靠不住！陈组长，你一个精明人当时咋就瞎了眼？"

　　陈敬德摇摇头，猛地喝下一杯酒，苦笑着说："我也是鬼迷心窍，草率了，草率了，结婚前没有好好考察她！"

　　刘长水端起酒杯，跟陈敬德开玩笑说："陈组长，来，我敬你一杯，你是一个百分之百的布尔什维克，一个真正的无产阶级！"

　　陈敬德叹口气说："革命革到现在，两个家都没了，我成了光杆司令，大刘庄就是我的家,你们可不能赶我走啊!"

范彩玉大大咧咧地笑着说:"陈组长,你放心,我们都是你的亲人,大刘庄的乡亲们都是你的亲人。你要看上谁家的姑娘,我给你保大媒!"

"一人吃饱,全家不饿。"陈敬德眼含热泪,双手扶住膝盖慢慢站起来,"谢谢你们全家,谢谢大刘庄的父老乡亲!"

陈敬德走后,刘洪山对汪玉兰说:"老陈才四十旺岁,一个人也不容易,我想给他提门亲!"

汪玉兰笑着说:"他爹,我知道你是咋想的,你想把月娥说给他?"

"他娘,你看这事成吗?"

"月娥成分不好,还带着个孩子,老陈可是国家干部!"汪玉兰担心地说,"年龄差十多岁,倒也没啥,就怕人家老陈不愿意!"

"都是人嘛,是人他就该有饭吃,是人就该成个家。我还担心月娥不愿意呢,这要在土改前,月娥也是大户人家的闺女!"刘洪山想想又说,"咱先说一头,你去问问月娥,想不想走这一步。"

汪玉兰来到月娥家,看看娘儿俩过的日子,一阵心酸,慢慢说:"月娥,到秋季,这房子叫你叔帮你翻翻新,你看屋檐下还有个洞,咋过冬天!"

月娥是个聪明的女子,看着汪玉兰老是朝她脸上看,知道老人家一定有话说,叫草妮到厨房做作业,抓住汪玉兰的手,小声说:"婶,没有你和叔,俺娘儿俩也活不到今天,你有啥话嘱咐我吗?"说着,坐在汪玉兰跟前。

汪玉兰从鞋筐里拿起一把梳子,一边给麻月娥梳头,一边说:"孩子,你年纪轻轻的,啥时候能熬一辈子,我和你叔……"

月娥一听这话,再也忍受不住,趴在汪玉兰怀里抽抽噎噎地哭着说:"婶,谢谢你和叔,我这辈子带着草妮就这样过了!"

汪玉兰知道麻月娥心里的苦楚,抚摸着她的头发,老眼里不由得泪汪汪的,叹口气说道:"月娥,婶知道你心里苦,你娘儿俩能熬过来也不容易。麻牛、小黑就是两个畜生,现在一个被枪毙了,一个被关在大牢里,罪有应得。以后的日子会慢慢好的,把草妮拉扯大,她也是你的亲人!"

麻月娥还是一个劲地哭,哭得汪玉兰心焦,扯下头巾擦着麻月娥的眼泪说:"月娥,你没有了爹娘,你哥哥也没个音信,一个老舅也不在了,你就把我当成你的亲娘吧!"

麻月娥扑通跪下来,给汪玉兰磕头。

草妮见娘给汪玉兰磕头,也噔噔噔跑出来,跪在汪玉兰面前,哭着说:"你就是我的亲姥姥。"

汪玉兰把麻月娥和草妮紧紧搂在怀里。

汪玉兰回来跟刘洪山商量说:"他爹,我看这事不能着急,月娥这些年吓破了胆,叫孩子缓缓气,哪天把月娥叫来咱家吃顿饭!"

麻月娥每天还是坚持给工作组做饭,很少说话,谁跟她打招呼她也只是点头笑笑,从不多说一句话。饭做好,碗筷放在案上,她就回家去了,估摸着饭吃完了,就回来刷锅刷碗。

有一天,王元、马正跟公社参观团到外地参观去了,麻月娥不知道,还是做了三个人的饭。饭好了,她把碗筷放在案上,正要走,陈敬德走过来说:"麻月娥,忘了跟你说了,王元、马正出门参观去了,后天才能回来。留下来一块吃吧,三个人的饭我自己也吃不了。"

"陈组长,俺家有饭,你自己吃吧,一会我回来刷碗!"麻月娥说着还要走。

"没关系的,我不收你的钱,坐下来吃吧!"陈敬德笑着说,"自打你来做饭,我们三个人就像有个家似的,生活好多了,王元、马正也夸你做的饭好吃!"

麻月娥揪住围裙,低着头,不好意思地说:"我做得不好!"

陈敬德一边盛饭一边说:"好就是好,不好我们也会说不好。听刘校长说,你在学校学习都是前几名!"

麻月娥的脸红了,小声说:"他瞎说的!"

"月娥,在我们这里做饭,你不要有什么负担,放开一点。你虽说家庭出身不好,可你也是个社员,靠自己的劳动吃饭。党的政策是看成分但不唯成分，重在政治表现。你聪明，有文化，将来也可以为生产队多做事！"陈敬德深深看了麻月娥一眼，咬了一口葱花卷，"你要不吃，我可饿了！"

麻月娥抿着嘴走了。

这次简短的谈话交流，对麻月娥来说，就像一棵经过严冬冰霜的小草，忽然来了一场春雨，唤醒了她顽强的生命力，她心里有说不出的感激和温暖。自打爹娘死了以后，麻月娥回到大刘庄，总有流不完的眼泪，过着黄连拌苦胆的日子，无数次生出死的念头。自己就好像坐在一条漏船上在大海里漂荡，昏昏沉沉，迷迷茫茫，看不到前面的光亮，找不到人生的彼岸。几年来，刘洪山一家对她很是照顾，草妮也一天天长大，她虽然放弃了寻死的念头，但忧伤仍然锁住了她的心。常常夜半醒来，趴在窗户上，遥望着天上的星斗，听到沙沙啦啦的树叶声，闷闷地流着眼泪，期盼着黎明的到来！

麻月娥跟汪玉兰要了几块豆腐，跑到故黄河大堤挖了一把野韭菜，在家炖了一砂锅豆腐，双手用毛巾捧着，放在陈敬德的饭桌上。第二天，陈敬德把砂锅还给麻月娥，里面放着五元钱，还有一张纸条，写着："谢谢你的豆腐，以后不要给我开小灶。"

这件事，麻月娥告诉了汪玉兰。汪玉兰笑着说："一砂锅豆腐，几根野韭菜，五元钱，咱赚了！"

麻月娥噘噘嘴说："干娘，我才不想赚他的钱呢！"

汪玉兰抓住麻月娥的手说："我的傻闺女！"

野韭菜炖豆腐勾起陈敬德的馋虫，只要王元、马正两个小子不在家，陈敬德就叫人到刘洪山家买豆腐，自己跑到故黄河大堤上挖野韭菜，回来叫麻月娥给他做野韭菜炖豆腐。

马正心细，善于观察动静。有一回他捂住嘴小声对王元说："陈组长这段日子，烟吸少了，牙比以前白了好多，脸上还放光哩！"

王元不以为然地说："他就是个死老抠，一个老光棍儿汉，上无老人，下无孩子，不知他省着钱弄啥。哪天咱敲他一下，割二斤肉吃吃，老子馋了。"

马正推了王元一把说："你小子除了吃，还知道个啥哩！"

三十四

刘洪山派李二良赶着毛驴车到河南开封买种子，李二良回来就急不可待地跑到刘洪山家说："队长，我走了一路，问了一路，有包产到户的，也有没包产到户的，你说咱这里能长久吗？"

"这有啥奇怪的？咱县咱公社也有没搞承包的。"刘洪山看看李二良疑神疑鬼的样子，说，"二良，咱是农民，农民是干啥的？就是种地的。大刘庄这两千多亩地，谁也抬不走，还不都是咱种？既然种，就得把地种好。"刘洪山看李二良一脸汗，扔一块毛巾给他，说，"土地是分是合，不是咱想的事。安心种地，多打粮食。"

"话是这样说，可人的心不齐啊！"李二良还担心地说，"种地要增加投入，人心不定，这地恐怕也种不踏实。"

"二良哥的担心是有道理的。"范彩玉也走过来说，"爹，东队就有人该上粪不上粪，该锄草不锄草。我现在说话也不灵了，喊破嗓子没人听。我一了解，是刁婵梅造的谣，她说马上土地还要归大队，好多人就信了。这个女人无事生非，真该好好整整她！"

"赵玉彪书记前不久来咱大刘庄看庄稼，话说得明明白白，今冬明春包产到户要在黄河公社全面推开，怎么能说变就变了呢？就是归大队，再合起来，庄稼该管还要管起来！"刘洪山沉下脸说，"长水媳妇，别忘了你还是东队的队长，人家糊涂，咱不能糊涂。土地包到户并不是放手不管，你可不能喝大胆汤，该管的还是要管。到时候打不出来粮食，咱的饭也吃不安稳，还会给国家找麻烦！"

范彩玉笑着说："爹，你放心，我开过会了，谁要不好好种地，我抽了他的承包地，还要罚他！"

第二天，刘洪山起个大早，拉着满满一车上好的肥料，前面还有一头毛驴拉着，有意在村里转一圈，碰到人说话的嗓门很高，老远都能听见。路上看见刘四爷，刘洪山说："四叔，你问问大家是不是还想过挨饿的日子？"

刘四爷打了一个手势，笑着说："洪山，你拉着粪车在大刘庄走上一趟，啥话都不要说，你看着吧！"

这话叫刘四爷说准了，很多人一看刘洪山撅着腚朝承包田里拉粪，一家家都忙活起来。没过几天，刘洪山清早起来拾粪路过几片庄稼地，都是新锄的，还上了肥料，连一棵草也看不见了。

"老刘啊！"陈敬德见到刘洪山，深有感触地说，"榜样的力量是无穷的，这句话在大刘庄应验了，你的话比上级的指示好使多了！"

"别给我戴高帽了。"刘洪山寻思着说，"老陈，要稳住人心，政府要拿出实实在在的办法，不能光发号施令下文件，坐在办公室里瞎指挥，要想着点子支持社员，帮老百姓办点实实在在的事，这样才有保证。"

陈敬德笑着说："我一定把你的意见向公社赵书记反映！"

有个社员跑来报告说："刘拐子跟麻二强打起来了。"

"为啥？"陈敬德问。

"争地边子。"

陈敬德和刘洪山来到地里，见围着不少人，刘拐子跟麻二强都光着膀子，满身泥土，互相对骂，两家的女人也在蹦着骂，眼看着就要撕打起来。

刘拐子的承包地跟麻二强的承包地搭界，中间有一个墒沟。墒沟本来是两块地的界线，一般不种庄稼，刘拐子没经麻二强同意，在墒沟这边种上了玉米，秸秆十分粗壮，玉米根四撑八叉，伸出很远，玉米穗开始干缨，要不了多久就可以收获了。麻二强两口子来掰玉米，刘拐子拦着不让，土地是他承包的，玉米也是他种的，二人话不投机就动了手。

陈敬德看着墒沟说："麻二强，墒沟一家一半，这玉米明明是长在刘拐子承包地里，你为啥掰玉米？"

"上面不在我地里，下面在我地里。"麻二强一下子跪在墒沟里，用手扒开土层说，"陈组长，你过来看看，玉米根是不是扎到我地里了？拔走了我的地力，影响了我的红薯生长，你说这玉米我该不该掰？"

陈敬德看了看，果然不错，玉米根的确扎到了麻二强承包地里去了。他转过脸对刘洪山说："刘队长，你看这官司咋断？"

刘洪山正要说话，范彩玉气喘吁吁地跑来，看了看，指着刘拐子、麻二强说："为两个玉米棒子，你们两家打起来，不怕丢人现眼吗？我都替你们脸红。"

刘拐子、麻二强都耷拉着脑袋不说话，两个女人还在叽叽喳喳各说各的理。

"刘拐子没跟麻二强商量就种上玉米，犯错在先。麻二强没经过生产队调解，就私自来掰玉米，是一种严重侵犯他人利益的行为，自私自利。你两个都不是好东西。"范彩玉缓和了一下语气说，"你们两家互相认个错，玉米七成归刘拐子，三成归麻二强，谁要再有意见，打架斗殴，到公社派出所说去。"

麻二强拽着老婆，来到刘拐子两口子跟前，弯下腰说："拐子哥，对不起了。"

刘拐子也红着脸抓住麻二强的手说："二强兄弟，哥也是个小心眼，好占个小便宜，要知道你想吃玉米，我就该掰了给你家送去。这样吧，咱两家一家一半。"

范彩玉摆摆手，大声说："好啦好啦，一天云彩都散了，以后再发生地边纠纷，先到生产队反映，如果再打架闹事，就没有今天这样便宜了！"

陈敬德看着范彩玉处理问题，捂着嘴偷偷笑。

农历八月中秋，到了红薯收获季节，大刘庄的红薯人均能达一千五百多斤，套种的玉米、高粱、大豆也是大丰收。

这天晚上，繁星满天，夜风习习，空气清爽爽的，明天也一定是个好天气，正是切晒红薯干的好日子。

刘洪山一家人吃过晚饭就来到地里，刘洪山和刘长水切红薯片，汪玉兰和范彩玉晾晒，麦穗坐在小车里，手里摇着小鼓。范彩玉说："爹，今年咱家的红薯干这么多，朝哪里放？"

"老陈说，县里调整了粮食收购计划，粮站大量收购红薯干，你还怕没处放？"刘洪山高兴地说，"窖上三千斤，明年春天说不定能卖个好价钱！"

范彩玉高兴地说："过冬的红薯，大家都喜欢吃。特别是城里人，大米洋面吃腻了，就想吃块红薯调调胃口。"

刘长水咧着嘴说："过冬的红薯还能救人命哩！"

范彩玉知道刘长水又在挖苦自己，不由得歪歪嘴，狠狠剜了刘长水一眼。

刘洪山看到光溜溜的红薯，感慨地说："那年，红薯也像今年这样，本来是个好收成，公社生产指挥部硬要一个星期完成，大部分红薯埋在地里了，疼人哩！"

刘长水说："多亏埋在地里，要不然西队真要饿死人了。"

"损失太大了，"刘洪山痛心地说，"这样的傻事以后可不要再干了！"

范彩玉也难过地说："东队的一百多亩黄豆没有劳力收割，豆粒都炸到地里，后来下了一场雨，地里长出不少豆芽子。"

刘洪山叹口气，对汪玉兰说："长水娘，你到月娥地里看看，她的红薯长得也不错！"

范彩玉看着婆婆走了，站起来伸伸懒腰说："今夜没有觉睡了。"说着走到孩子跟前，抱起麦穗，解开怀，喂起奶来。

汪玉兰走到麻月娥红薯地头，忽然听到几个男人的说话声，仔细一看，陈敬德、王元、马正正在帮麻月娥晾晒红薯干。

大刘庄家家户户重新整理了红薯窖，不少人家还挖了新窖，要问窖了多少红薯，谁也说不清。

红薯多了，大部分农户打出淀粉，下了粉丝，大刘庄从东到西，到处挂满粉丝。

黄河故道一带，老百姓以红薯为主要口粮大致就是从这一年开始的。早上红薯饼子，中午红薯窝头，晚上红薯稀饭，红薯叶梗可以蒸食和炒菜。有民谣说得好：红薯面、红薯馍，离开红薯不能活。

红薯拯救了万千生灵，养育着黄河故道的百姓。

这天，陈敬德带着王元和马正到公社开会去了，麻月娥带着草妮来到刘洪山家。麻月娥刚刚三十岁，一头乌黑的头发，脸也红扑扑的，身材也丰满了，看上去还像个大姑娘，再也不是那个骨瘦如柴、脸色蜡黄的麻月娥了。

两个老人很高兴，汪玉兰还杀了一只鸡。刘洪山说："月娥，你今年收了多少红薯干？"

麻月娥笑着说："八百多斤，还有二百多斤玉米、高粱，够俺娘儿俩吃两年的，一窖红薯也有五百斤。"

"多俊的闺女。"汪玉兰抚摸着草妮的头说，"月娥，用红薯干换点钱，草妮也长个了，给孩子买身衣裳，别亏了孩子。"

草妮趴在汪玉兰怀里，昂着头说："姥姥，等俺娘有了钱，也给姥姥买衣裳！"

"多懂事的孩子。"汪玉兰揽着草妮，眼里潮湿湿的。

麻月娥高兴地说："长水哥说，他们学校也收了两万斤红薯，都晒了红薯干，要到永城、夏邑那边卖，说那边给的价钱高。叫长水哥帮俺带一麻袋！"

"老陈说，完成公粮后，红薯干可以到市场上去卖。我安排二良赶马车去，一家一麻袋。"刘洪山看了一眼麻月娥说，"公社要老陈回去当生产组组长，人家死活不去。"

汪玉兰笑着说："老陈不愿离开咱大刘庄，心里一定有挂念了！"

草妮高兴地说："姥姥，上星期陈大爷给我买了个书包！"

"干娘，我烧锅去！"麻月娥用手指点了一下草妮，红着脸，低着头，抱起柴草向厨房走去。

陈敬德跟麻月娥结婚之后，就搬到了麻月娥的草房里住了。王元、马正懒得做饭，三天两头到麻月娥家蹭饭。陈敬德感到这样下去也不是个事，叫他们自己学着做饭。王元牙龇着，生气地说："你娶媳妇俺俩一点都不眼热，现在麻月娥是我们的嫂子了，我们得尊重她。你天天有嫂子做饭吃，吃得有滋有味的，俺俩受不了，就赖在你家吃饭，看你怎么着！"

麻月娥笑着说："王元、马正兄弟，只要不嫌弃俺家的伙食不好，就来家里吃吧！"

"丑话说在前，"陈敬德半开玩笑说，"你们两个吃饭可以，把粮票和钱交上来，不然不管吃！"

王元哈哈两声说："吃一顿交一顿，伙食要是差了，一顿只交半顿的。"

陈敬德指点着笑道："两个小气鬼！"

陈敬德在大刘庄搞包产到户试点，做出了成绩，公社上报提拔他当副社长。政审时有人提出陈敬德主动跟地主子女结婚，阶级路线有问题，提拔的事就搁置下来了。

刘洪山一家人坐下来吃饭的时候，汪玉兰不解地说："陈组长这些年没少遭罪，自打来到大刘庄，就没见人家买过衣裳，两身破军装，补来补去。过年的时候，他还拿出半个月的工资，买了不少东西看望困难户，就连三婶家都去了，你说这样的人咋就不得重用呢？"

"秃子头上的虱子——明摆着。"范彩玉一手抱着孩子，一手拿着馍馍说，"我早就说过，谁沾上麻月娥谁倒霉！"

"麻月娥可没干啥坏事。"刘长水从范彩玉怀里抱过孩子说，"我们学校有两个教师，家里都是地主成分，我天天跟他们黏糊在一起，难道说我也要倒霉？"

"那可说不准，说不定哪天来股风，就刮到你头上。"范彩玉用筷子夹着半个鸡蛋黄朝儿子嘴里送，"离他们远点，只谈教学，不谈政治！"

"彩玉，别噎着孩子！"汪玉兰慌张地从刘长水手里抱过孙子，把半个鸡蛋黄拿下来，放在嘴里嚼嚼，嘴对嘴送到孙子口里。

范彩玉眉头皱着，咂咂嘴说："娘，你连口水都给孩子吃了。"

汪玉兰笑着说："长水和他姐都是这样喂大的。彩玉，你小时候没喝过你娘的口水？"

"喝过，俺娘生下我没有奶，是口水拌豆浆把我喂大的。"范彩玉说着眼里闪出泪光。

刘洪山喝了两杯酒，吃几口饭，就吸起烟来。

"长水他爹，你今天咋像个闷葫芦似的？老陈的事就这样拉倒了？"汪玉兰说着，把孙子放在刘洪山怀里，"噢、噢，叫爷爷抱抱！"

刘洪山把烟袋放在案上，接过孙子，朝头上举了举，又把孙子轻轻揽在怀里，伸出嘴巴，在孙子头上亲了一下，才慢慢地说："依我看，老陈不去公社，那是他的福气！"

麻月娥哭得两眼通红，说是自己连累了陈敬德，对不起他，提出要跟陈敬德分手。

陈敬德倒一杯开水放在麻月娥手上，微微笑了笑，掏出手帕擦着麻月娥的眼泪，一字一句地说："月娥，不要难过，不是你的错。这些年来，我就没想当什么官，要想当官，当年我就跟着沙县长走了。"陈敬德脸色沉重起来，"鲁西南战役，我被一个老乡从死人堆里扒出来，在他家养伤一个多月。淮海战役我又负伤，是农民担架队把我从战壕里抬下来的。土改时，是你老干爹一口铡刀救了我的命。我的命三次都是农民救的，我这一辈子哪也不去了，就跟农民在一起，死就死在大刘庄了！"

草妮咯咯笑着说："陈大爷，我姥爷说你是个土命，离不开土地爷！"

麻月娥扑哧笑了，红着脸，上前抚摸着闺女的头说："草妮，以后不能再叫大爷了。"

草妮点着头，有点害羞，轻轻地喊了一声："爹！"

"哎！"陈敬德一高兴，板凳坐歪了，一屁股滑到地上了。

麻月娥伸手拉起陈敬德说："看来你真是个土命了！"

陈敬德心里说不出地激动，拍拍屁股又坐下来，向草妮招招手说："来，闺女，跟爹坐在一起。"

草妮搬只小板凳坐在了陈敬德的身边，两只大眼看着陈敬德。

陈敬德抓住草妮的手，意味深长地对麻月娥说："月娥，你知道吗？我一想起我那些牺牲的战友，心就像刀割一样。在一次战斗中，我们支队的战士赵凯，才十八岁，被敌人的炮弹炸成重伤，血肉模糊，就死在我的怀里……我夜里常常梦见他们。你说，他们谁有我陈敬德的命好？不但有了个温暖的家、贤惠的媳妇，还有一个漂亮的好闺女！"陈敬德说着，豆大的泪珠滚下来。

根据公社下达的秋粮征收任务，刘洪山把各家各户缴纳的数字都张贴在墙上，由农民自行到公社粮站缴公粮卖余粮，生产队干部和大多农户几天就完成任务了，可还有一些农户没有动。

陈敬德找到刘洪山说："老刘，公社打电话催了，说大刘庄卖余粮进度较慢。"

刘洪山吃了一惊，暗暗埋怨自己，这件事考虑不周。本应该是生产队把粮食收齐，然后统一卖粮，自己图省事，总以为丰收了，社员会主动把粮食卖出去，没有想到会是这样。他连夜召开了班子会，叫大家分头到各家各户做工作，明天一定把任务完成。

第二天上午，刘洪山正在地里干活，陈敬德急匆匆地赶来说："老刘，活不用干了，赵玉彪书记叫咱到公社去一趟。"

"啥事？看你急的。"刘洪山不解地问。

"快走吧，我也不知道，好像出了什么事，我叫人通知彩玉去了，让咱们都去公社，看来一定有啥大事。"陈敬德说着已经走了。

刘洪山本想回家换件衣服，看陈敬德急吼吼的样子，也就跟着去了。

一到公社，刘洪山就看到大刘庄东、西两队的七八个社员都蹲在墙脚，东队有麻二强、唐二喜和刁婵梅，西队有大全、刘唐和王高，一个个耷拉着脑袋，像霜打的茄子似的，八九袋粮食放在那里。

原来，两个生产队的社员各自到粮站卖粮，粮站的同志经过检验，发现有一部分粮食不合格，掺杂了不少发霉的粮食不说，还有几袋粮食掺了沙土。粮站站长一看是大刘庄的，人数还不少，感到问题严重，就报告给了公社，公社叫粮站把粮食和人都送到公社来了。

赵玉彪正在跟粮站站长谈话，陈敬德和刘洪山走了进来。

粮站站长慌忙站起来解释说："陈组长、刘队长，千万别误会，我这不是告你们的状，其他村庄也有这种情况，只不过你们两个生产队今天比较集中。大刘庄卖粮一向先进，我们不好处理，就把粮食和人送到公社来了。"

赵玉彪很生气，拍着桌子说："陈敬德、刘洪山，你们先到外边看看，你们大刘庄卖的什么粮食！"说着伸头朝门外看看，"范彩玉怎么没来？躲是躲不过去的。"

陈敬德、刘洪山来到外边，打开袋子一看，确实存在粮食发霉和掺沙土的问题。刘洪山伸手抓住大全，扬了扬手，巴掌没有落下来，不由得叹了一口气，推了大全一把，怒斥道："你个东西，大刘庄的脸都叫你们丢尽了！"又指着其他人说，"你、你，还有你……"

大全跟跄地倒退着步子，伸出巴掌，朝自己的脸上狠狠打了几下，蹲在地上，抱着头抽噎着哭起来。

三年困难时期，社员饿怕了，收打干净以后都把粮食储存起来，高兴地盘算着，一冬一春的粮食没有问题了，春节也能吃上白面馒头和肉馅饺子了。可没有想到还要卖余粮，生产队把告示贴出来，好多人不识字，有人就是识字，看见了也装作没看见，直到昨天晚上队里干部上门，才知道粮食非卖不可。走到半路，王高心疼地说："我这黄澄澄的大豆，在粮食囤里还没有放几天，老子还没舍得吃，就要卖给粮站，真是想不通。"说着就到路边捧了几捧沙土撒在了粮食里，"这都是老子的血汗，我叫他们也吃不安稳。"看王高朝黄豆里掺沙土，有人就跟着学，抖抖袋子，表面上还看不出来，自以为得意。刁婵梅把发霉的粮食掺进去，以次充好，没有想到，粮食拉到粮站，没有瞒过粮食检验员的眼睛，露出了马脚。

陈敬德气得牙咬着，站在那里不说话。刘洪山难过地说："赵书记，这事不怪社员，主要是我的责任，事前没有把好关。大刘庄出了这么大的纰漏，给黄河公社脸上抹了黑，我向你赔礼了。我保证，三天内，把我们最好的粮食一粒不少地卖给粮站！"

赵玉彪拍着刘洪山的肩膀说："老刘啊，国家这么好的政策，公社也帮你们解决种子和猪崽问题，你们丰收了，也应该为国家着想。本想拿你们做个典型，向全公社推广你们搞包产到户的经验，你看看，这事做的，影响多不好！好在这事没有张扬出去，我给你两天时间，把卖粮任务完成。"

陈敬德惭愧地说："赵书记，我也有责任，我回去写检查。"

"检查就算了。"赵玉彪摆摆手说，"老陈啊，社员们这些年饿怕了，有了粮食不舍得拿出来，这是可以理解的，我们不要过多地责怪他们。对少数恶意肇事的还是要加强教育，要好好把握政策，吸取教训，提高社员爱国、爱集体的意识！"

陈敬德、刘洪山带着人刚出公社大门不远，范彩玉就气喘吁吁地跑来。她在路上就听说了这件事，气得满脸通红，一看大家都扛着粮食回来了，才松了一口气，忙问："陈组长，公社怎么罚咱大刘庄？"

陈敬德苦笑着说："彩玉同志，回去以后生产队统一把没卖的粮食收上来，检验合格后，再统一卖到粮站去！"

"狗改不了吃屎！"范彩玉朝王高屁股上踢了一脚，又看看跟在后面的刁婵梅，气呼呼地说，"怎么什么事都有你？回去等着挨斗吧，我不信治不了你！"

"我以后再也不敢了。"刁婵梅扑通跪倒，哭着说，"范队长，你就饶我这一回吧！"

范彩玉一把拉起刁婵梅，狠狠地训斥道："人要脸，树要皮，大刘庄女人的脸都叫你给丢尽了，不知羞耻的东西。"

刁婵梅被范彩玉臭骂一顿，哭着走了。

失之东隅，收之桑榆。否极泰来，卖粮事件给大刘庄人上了脱胎换骨的一堂课。

少数社员卖粮掺杂使假，对刘洪山触动很大，这是他做梦也没有想到的事。大刘庄为啥会出现这样的问题？刘洪山从自己身上刨根问底，自己一辈子珍惜土地，崇尚劳动，做人讲究诚信，没想到大刘庄一些人吃饱了肚子，却失去了真诚。刘洪山找到刘四爷说："四叔，您老是个文化人，你咋看这件事？"

"古语说，饥寒起盗心，饱暖思淫欲。这就是说，人不管是挨饿还是富足，都会改变人的本性。咱大刘庄有些人，自己吃饱肚子，却把不合格粮食卖给国家，就是人心变坏了。粮食掺假虽说是少数几个人，但一粒老鼠屎坏一锅汤，损坏了咱大刘庄的名声。"刘四爷若有所思地说，"洪山，咱不能光埋头种地，也要拢拢人心。小学课本上有句话，'吃水不忘挖井人，翻身不忘共产党'，咱大刘庄人不能忘本啊！"

一个冬季，大刘庄两个生产队除搞好冬季生产外，还在大刘庄小学办了两个夜校读书班。范彩玉负责妇女识字班，刘长水负责男人识字班，两个班合起来的时候，请县里农业技术员或者公社干部来给社员上课。刘四爷破天荒地把他知道的孔孟之道给乡亲们讲了好几天。

赵玉彪到县里开会时把这件事给县委书记杜德雨做了汇报，当时，杜德雨没有表态。一天晚上，杜德雨没打招呼，带着秘书，骑着自行车，到大刘庄听课，恰巧是刘四爷给大家讲诚、信、礼、义。下课以后，杜德雨上前抓住刘四爷的手激动地说："老先生，我还是第一次听这样的课，'诚信'二字讲得好啊，有空我还会来的。"

县委书记来大刘庄听课，在黄河公社掀起一阵读书潮，不少村庄也效仿大刘庄的做法，可惜没有坚持下来。

三十五

冰雪消融，万物复苏，春暖花开，万紫千红，黄河故道，生机勃勃。大刘庄的乡亲们忙了一冬一春，又迎来了小麦丰收。阳光灿烂，微风徐徐，正是打麦扬场的好天气。

陈敬德找到刘洪山说："老刘，缴公粮卖余粮马上开始了。"

刘洪山看看天气说："这几天晴得好，麦子多晒几遍，用牙一咬咯嘣一下才能出手。"

刘四爷走过来说："陈组长，大刘庄今年卖粮，一定把咱去年丢的脸拾起来。"

这天午后，陈敬德、刘洪山、范彩玉、刘四爷、李二良赶着马车来到黄河公社粮站，粮站大院到处都是人，几千平方米的水泥广场上晒满麦子，等待着验收。

粮食检验员王大河走过来说："刘队长，那边还有一片场地，你们队里的粮食是不是也晒两天？"

刘洪山笑笑没说话。

刘四爷走过来说："你检验一下再说嘛！"

"不会再出现去年的情况吧？"王大河心中疑惑，挑出几个麦粒，扔到嘴里嚼嚼，又快步到其他车上取了样，当场检验。他激动地笑了，把手一摆，高声喊道："大刘庄就是大刘庄，开磅喽！"

几个晒粮的生产队干部惊奇地跑来，捏着大刘庄的麦子扔到嘴里，不由得啧啧称赞。

大刘庄午季缴公粮挂了头彩，公社召开表彰总结大会，赵玉彪亲自把一面红旗交到刘洪山手里说："谢谢大刘庄的乡亲们！"

刘洪山微笑着小声说："我们还打算再卖点余粮！"

"好啊！"赵玉彪高兴地说，"老刘，到秋季我叫县委杜书记给你戴大红花！"

刘洪山没有戴上大红花，一场突如其来的变化给大刘庄来个措手不及，刘洪山也深深陷入旋涡中。

包产责任制刚刚在全县推开，政策就开始变了，而且风声越来越紧，本来就不稳定的包产责任制发生了动摇。

陈敬德是包产到户的积极推动者，在大刘庄干部和群众代表大会上说："终止包产到户，要稳妥收官，在保证农业生产不受损失的情况下进行。两个生产队自行掌握时间，不要操之过急。过急了，会影响社员的生产积极性，给生产带来损失，总的趋势是回归生产队，走集体化道路。"

陈敬德的态度，严重影响了大刘庄终止包产到户的进度。

黄河公社派干部来大刘庄督促，要求限期完成。

汪玉兰把饭菜端到桌上，刘洪山刚刚端起饭碗，范彩玉就气呼呼地走进家门，苦着脸说："爹，还是你有前后眼，你看看，包产责任制才一年多，又要走回头路，真叫人搞不懂方向。"范彩玉一甩手说，"再急，也得等收了秋庄稼再合起来。"

刘洪山把碗筷放到案上说："我看这势头不会给咱这么长时间，老陈恐怕也顶不住了。"

刘长水担心地说："爹，报纸、广播已经开始批判包产到户了。"

"赶快吃饭，吃饭，再不吃就凉了。"汪玉兰拿起桌上的筷子递给刘洪山，说，"上级叫你们咋干就咋干，咱别顶着风走。"

范彩玉给刘洪山碗里夹着菜说："爹，西队要合，比东队容易！"

刘洪山拿着筷子，慢慢端起碗来。

下午，刘洪山召集刘四爷、李二良、马大妮开碰头会，安排大家做好社员的说服工作。

刘四爷不满地说："洪山，秋后庄稼收完再合起来，你咋沉不住气了？"

"四叔，公社三番五次催咱，老陈也松口了，恐怕等不到秋收啦！"刘洪山担心地说，"大家分头跟社员说明道理，不然会闹起来！"

"洪山，这可不是你的脾气，怎么越来越胆小了？慌啥咪！"刘四爷瞪着眼说，"难道说他们要强行合并？"

李二良着急地说："合就合呗，一甩手，归大队就完了。"

"说得轻巧！"刘四爷瞪了李二良一眼。

刘洪山最后说："一听说要停止包产到户，有的社员就开始毁坏庄稼。二良、大妮，你们各组织一个组，到庄稼地日夜看守，绝不能毁坏一棵庄稼。"

刘洪山走到大刘庄村外的一个高坡上，望着黄河留下的这片广袤的土地，满眼绿油油的庄稼，心里掀起层层波浪，从土改、互助组、初级社、高级社到生产队，三年困难时期后的包产责任制，现在又回归生产队，不停地调整路线、方针和政策，这到底是为了什么呢？说到底，是因为一个"穷"字，国家穷，百姓穷，不摘掉这个穷帽子，国家安定不下来，老百姓安定不下来，外国人要看中国人的笑话，老蒋也要从几个海岛上打过来。自己作为一个农民，一个生产队队长，能干什么呢？也只能在自己脚下的土地上生产出更多的粮食来，保证这一方百姓吃饱穿暖，保证国家征粮任务完成。

陈敬德走过来说："老刘，在这里望风啊？"

刘洪山笑着说："老陈啊，一到秋天，黄河故道好看得很。"

"是啊！"陈敬德深深呼吸了一口气说，"老刘，你在想什么呀？"

刘洪山深深挖了一锅烟递给陈敬德，看他满脸忧愁的样子，不禁说道："老陈，从土改到现在，咱们都是走过来的人。十年了，农民就像推磨一样，转了一圈又一圈，你说转什么呢？就是围着土地打转转。过去你也说过，共产党带领人民建立新中国，一是靠枪杆子，二是靠土地革命，枪杆子是武装力量，土地换取人心。闹革命的时候围着土地转，和平年代，咱们搞建设，还要围着土地转，咱这一代人要围着土地转，下一代人恐怕还要转下去，转来转去，都是为了找出一条叫老百姓吃饱穿暖的好路子。我这几天就在想了，共产党是为老百姓办事的，只要共产党掌权，土地不管怎么转，哪怕是转一百圈、一千圈，土地不是在老百姓手里，就是在集体手里，大风刮不走，黄水冲不走，外国人也抢不走，咱还是这土地的主人！"

"你说得对！"陈敬德着急地说，"老刘啊，我是说眼前该怎么办？"

"去年你提出搞包产责任制，我心里就不落实，就做了两手准备。西队的牲口、大农具和仓库，一切都是完整的。集体的财产不但没有损失，还增加了两头牛、一头驴。梨园也管理得好好的，明年就可以挂果了。社员把粮食放到队里仓库保管，可以说是大囤尖小囤流，两个队加起来有近十万斤小麦。"刘洪山若有所思地说，"我现在不担心土地，我害怕人心散了。人心要是散了，土地不管在谁手里，也长不出好庄稼！"

"咱包产一年多，取得这样的成绩，多不容易啊！"陈敬德叹息说，"现在要是呼啦合起来，社员肯定有意见，弄不好还会出乱子，只能慢慢叫群众接受，保证每户人家的利益不受损失！"

范彩玉从一块玉米地里走出来，顶着一头玉米花，头发上还缠着一片玉米叶，看见陈敬德和刘洪山，一阵风地跑过来说："真能气死人，玉米、高粱刚刚上浆，有几户就开始砍了。陈组长，刚才广播上通知，说什么要一个星期内完成，还上纲上线，这是赵书记的意思吗？"

陈敬德说："赵书记被抽去到专区学习一个月，牛友亮副书记临时主持工作。"

范彩玉皱着眉头说："赵书记怎么把大权交给他了？咱大刘庄这回又捏在他手里了，有麻烦了。"

陈敬德摆摆手说："范队长，不用担心，赵书记很快就会回来。再说，咱跟牛友亮掰手腕也不是一次两次了，再掰一次又何妨？"

刘洪山说："老陈，你是公社党委委员，该出来说话就出来说话，牛友亮他没有你的资格老,怕他个啥哩!"

"其实公社党委其他同志也不赞成牛友亮的一些做法。"陈敬德转过话题说,"彩玉同志,毁坏青苗的行为要坚决制止。"

刘洪山磕着烟袋锅说:"我已经安排二良、大妮带人组成两个组,昼夜巡逻看守,谁也不能动一棵秋庄稼!"

范彩玉叹口气说:"爹,儿媳天天跟你在一口锅里吃饭,你的本事我还是没有学到。我得赶快组织人手,也给他来个二十四小时站岗放哨!"范彩玉说着,又大步朝田野里走去。

陈敬德也着急地说:"老哥哥,我也没时间跟你说话了,我还得到公社找牛友亮去,看能不能延长到秋收以后再回归生产队,也就一两个月了。"陈敬德说着,步履匆匆地走了。

牛友亮一见陈敬德送上门,就迫不及待地说道:"敬德老兄,你也是公社班子里的人,总得遵守公社党委的决定吧。大刘庄包产责任制为什么还没有停止?你们的工作拖了黄河公社的后腿。"

"友亮同志,我正是为这事来向你汇报的。现在正是秋庄稼成熟的关键时节,玉米、大豆、谷子、高粱抽穗不久,正在扬花上浆,红薯也只有鸡蛋大,生长期还有一两个月。承包户和承包组种植品种不一样,投入也不一样,收成肯定有差别。如果一下子划归生产队,归了大队,社员意见大,很难做工作,能不能到秋季收获完毕……"陈敬德还想再说下去。

牛友亮摆摆手,不耐烦地说:"陈敬德同志,我虽是临时主持工作,但也要负起责任。县里天天要报进度,我都拖了两天没报了,你们这样磨磨蹭蹭,消极拖延,是不会有结果的,必须赶快刹车。"

陈敬德仍然坚持说:"包产责任制不是我的发明,也不是老百姓自发搞起来的。县里专门开了动员大会,县委杜书记发表讲话,公社书记赵玉彪同志亲自抓落实,大刘庄两个生产队率先搞了试点。现在叫停下来,我们也表示赞同,但要考虑农业生产的实际情况。天有日月星辰,地有春夏秋冬,这是自然规律。庄稼从种植到收获,是有季节性的。俗话说,心急吃不了热豆腐,拔苗助长一把糠。如果现在就强行归拢土地，弄不好会给生产造成极大破坏，已经出现个别社员毁坏青苗的情况，眼下最紧急的是稳定人心，不是急着翻烧饼！"

"陈敬德同志，我告诉你，你这是在打自己的小算盘，是典型的小农经济，是一种不顾大局的政治表现！"牛友亮站起来说，"别拿几棵庄稼苗当借口，停止包产责任制，不是群众的问题，是干部的思想问题，是你这位公社党委委员、大队书记不顾大局的问题。我们要讲组织纪律，你今天就是说破嘴皮，我也不会同意大刘庄延期，你还是赶快回去落实吧！"

陈敬德垂头丧气地回到家里。

"老陈，吃饭。"麻月娥把饭菜端上来说。

陈敬德拉着脸，不住地唉声叹气。

麻月娥把筷子递到陈敬德手里说："吃饭吧，饭菜都要凉了！"

陈敬德把筷子狠狠地扔在饭桌上，赌气说："我吃不下！"

麻月娥捡起筷子又放在陈敬德手上说："老陈，你今天这是咋啦？到公社又挨批评了？"

"你娘儿俩先吃吧，我找洪山去。"陈敬德说着朝外走。

"不要找了，我和四叔来了。"刘洪山和刘四爷走进来。

刘洪山看陈敬德气呼呼的样子，就知道他去公社一定受了批评，无奈地说："老陈，老百姓的这季秋庄稼怕是收不稳当了。"

刘四爷气愤地说："早知今日，何必当初？这样做，不是拿俺老百姓当猴耍吗？"

麻月娥忙搬板凳叫刘洪山和刘四爷坐下。

"这个牛友亮就是一根筋，一点灵活性也没有，就知道上传下达，还给我讲大道理。"陈敬德拍着桌子说，"我要给县委杜书记写信……"

刘洪山摆摆手说："老陈，消消气，这时候给县里写信，不是拱火吗？"

陈敬德赌气说："大不了再叫我靠边站！"

刘四爷痛苦地说："看来这日子过不成了，那也只能……"

陈敬德愣怔了一下，摆摆手说："四爷，停止土地承包是县里的政策，可不能叫社员胡来。大刘庄好不容易有今天这个局面，公社再来人，社员要有过激的行为，会乱成一窝蜂，到时候就不好收拾啦！"

"一不能拖，二不能乱。"刘洪山深深吸了一口烟说，"咱们东、西两个队要赶快拿出办法，组织人手，给各个地块估产，到年底分红也就有数了。"

刘四爷担心地说："现在不是生产队，庄稼大面积种植，估多少是多少；现在土地分散，庄稼分散，给各家各户估产，多了少了，很难公平，弄不好会闹起来。再说，没有十天半月也估不出来，他们会给我们这么多时间吗？"

"咱抓紧时间，能估多少是多少。"陈敬德站起来说，"咱们这样做，也是一种态度嘛！"

月明星稀，乌鹊南飞，遥望故道，郁郁苍苍。

农历七月，天气闷热，傍晚飞来一阵暴雨，一顿饭的工夫，雨过天晴。河滩里，草丛中，各种小动物跳跃着。黄河故道大堤上下，内滩外滩，各种庄稼茁壮成长，晚风吹来，发出沙沙啦啦的响声。

刘洪山和刘四爷乘着夜色，来到黄河滩地。露水打湿了他们的衣衫，泥浆灌进了他们的鞋袜，田野里散发出的淡淡清香，依依不舍地缠绕着两个老人。

刘四爷指着庄稼，兴奋地说："洪山，今年的秋庄稼比哪年都好，品种齐全，光玉米、大豆、高粱就有七八个新品种。秋收时，咱要好好选种子，你不是常说吗？有好地还要有好种子，有了好种子就能多收几成。"

"凭我多年种地的经验，品种要年年换，年年新。"刘洪山抚摸着一棵高粱说，"沙县长那年来看我的麦子，就是我托人从河南开封买来的新种子，不知咋搞的，后来退化了，麦秸越来越细，麦粒越来越小。"

刘四爷想了想说："我估摸着，你的地打圈都是杂七杂八的种子，恐怕受影响了，到底是不是这样，我也说不清！"

刘洪山看着满天的星斗说："今年合了地，请来县技术员，咱专门搞出一块种子地，我就不信咱育不出好种子。"

两个人不知不觉来到了一块玉米地，忽然传来咔嚓咔嚓的声音，刘洪山大吃一惊，喊道："谁？"

只见刘唐和大全从玉米地里走出来，每人还背着箩筐，箩筐里放着玉米。

刘洪山四周看看，才知道这是刘唐和大全两户联合承包的责任田。他伸手把一根玉米拿在手里，撕开包皮，露出一段雪白的玉米瓤，刚刚长出扁豆大小的玉米粒，气愤地说："你两个败家子，不想过了？"

"监守自盗！"刘四爷也气愤地说，"派你们看庄稼，你俩就是这样看的庄稼？"

刘唐低头不语。

大全眼含着泪说："队长、四爷爷，俺也不想这样，俺心里也疼得慌，听说再不归大队就要铲庄稼……"大全哽咽地说不下去了。

"不要听人乱说。"刘洪山看着玉米，心疼地说，"大全，玉米刚刚上粮食，到能吃还要一个多月，现在就掰下来，糟践了。你们两个回去吧，我跟你四爷爷看着。"

刘唐和大全一步三回头，慢悠悠地回家了。

刘四爷说："咱们到那边红薯地看看，说不定有人来刨红薯！"

两个老人踏着夜色，来到一块红薯地，只见有两头半大白猪在拱红薯，已经拱掉了几十棵。刘洪山咋呼说："这是谁家的猪？"

这时，地头跑来一个人说："队长，我是麻顺子，猪是我放的，听说明天就把红薯犁掉了。"

"胡说八道！"刘洪山把猪绳抓起来说，"赶快牵回家，再动一棵红薯，我可要罚你。"

麻顺子很不情愿地拉着猪走了。

刘四爷心疼地说："洪山，咱要不来，顺子这一亩多红薯一夜就报销了！"

刘洪山、刘四爷从东地到西地，从南地到北地，对凡是来提前收庄稼的，都劝回家了，两个人一夜也没有睡觉。

天刚蒙蒙亮，晨雾笼罩着大地，给黄河故道带来神秘的色彩。

夏季的早晨，农民趁天气凉爽下地干活，三三两两地从村子里走出来。

李大锁和几个基干民兵骑着车子，带着铁锨来到大刘庄的一块玉米地，二话不说，稀里哗啦铲掉几十棵玉米。

干活的社员听说公社来人铲玉米了，你呼我叫，一下子围拢过来。

刘唐和大全举着锄头，双方对峙着。

刘洪山、范彩玉正和东、西队班子成员联合商量估产方案，满仓气喘吁吁地跑来报告，说公社来了几个人，扛着铁锨直奔玉米地去了。

范彩玉、李二良、马大妮、唐五直奔玉米地而去。

"大全朝后站，我来对付他。"李二良拉了大全一把，上去夺下一个民兵手里的铁锨，骂道，"小子，你再铲一棵，我砍断你的手。"说着，伸手掐住了那人的脖子。

李大锁抓住李二良的胳膊，大声吼道："李二良，你胆大包天，敢打执法队，我把你抓起来！"

"都给我住手！"刘洪山气喘吁吁地跑来，急忙拉开李二良，对李大锁说，"李队长，一大早，你这是唱的哪一出？曹操马踩庄稼，都知道割发代首，大宋朝都有个青苗法，为的啥？就是保护农民的庄稼，多打粮食。你不问青红皂白地铲青苗，还要抓人，我问你，你是领谁的令来铲庄稼苗的？"

李大锁指着刘洪山的鼻子说："牛副书记派我们来监督的，刘洪山，你敢阻拦吗？"

"阻拦？"刘洪山冷笑一声说，"监督就是铲青苗吗？你敢再动一棵庄稼，我叫你走不出这块庄稼地！"

社员们一个个把手里的铁锨高高举起，直朝前拥。

范彩玉站出来大声说："李大锁，当年我也是黄河区基干民兵，我的枪法排第一，你是最后一名。你小子敢在大刘庄撒野，看我怎么收拾你！"

有人咋呼起来："揍他！"

李大锁一看范彩玉攥着拳头对着他，不由得一阵胆怯。想当年黄河区基干民兵大队，谁不知有个枪法第一的范彩玉，还会几路拳脚？再看看社员们一个个怒不可遏的样子，再僵持下去恐怕要吃大亏，他一甩手带着民兵跑了。

大全抱着几棵被铲掉的玉米，对刘洪山抱怨说："队长，你说咋办吧？"

刘洪山拍着刘唐的肩膀说："少几棵我赔你几棵！"

刘四爷来到刘洪山家，方知刘洪山跟陈敬德外出考察小麦种子去了。

范彩玉抱着孩子走过来，赌着气说："四爷爷，叫我看，你作为大刘庄的社员代表、老贫协主席，干脆带着两个队的社员到公社找姓牛的去，问问他可是吃粮食长大的。"

"彩玉这点子妙，我是双手赞成。四爷爷，你用马车拉着小的老的到公社食堂吃饭去，叫他们赔社员青苗钱。"刘长水笑着说。

刘四爷一肚子火正没地方出，想想自己是七十岁的人了，一辈子做人低眉顺眼，穷困潦倒，老子今天就拼他一回，活出个人样来，大不了舍弃这条老命。刘四爷、三奶奶趁陈敬德、刘洪山不在村里，套上马车，拉着一车老老小小，还有一捆被铲掉的玉米，浩浩荡荡地来到公社大院。

刘四爷把一捆没有成熟的玉米棵从车上搬下来，摊开放在院子里，大声咋呼说："都来看啊！"

牛友亮正在主持开会，一看来了一院子人，慌忙走出会场，急吼吼地说："你们是干什么的？"

"找你要饭吃的。"刘四爷不慌不忙地走过来说，"我是大刘庄的老贫协主席、社员代表，庄稼苗被你派去的人毁了，我们是来要青苗钱的。"

牛友亮知道刘四爷不是一般的社员，心里暗暗叫苦，感到大事不好。他只说叫李大锁带人吓唬吓唬刘洪山、范彩玉，没有想到这个愣头青真把青苗铲了，后悔自己办事不周，一时又不愿意在众人面前认输，便郑重其事地说："走集体化道路，大刘庄拖了全公社的后腿，刘洪山、范彩玉不听招呼，是严重的政治问题，组织正打算处理他们。刘四爷你带人来闹事，问题是严重的，看你这把年纪，就不追究了，带人回去吧！"

"说得好轻巧。"刘四爷冷笑着说,"牛副书记,你睁大眼睛看看,老的老,小的小,像是来闹事的吗?借东西要还,毁坏东西要赔,'三大纪律八项注意'你学过吗?你们毁了社员的青苗难道就拉倒了?总得给个说法!"

"几棵庄稼苗子,要什么说法?"牛友亮脸一寒,怒气冲冲地说,"你带人围攻公社,我看你别有用心,你知道这样做的后果吗?"

"你别拿大话吓唬人,老百姓不吃这一套。"刘四爷朝空中甩了一鞭子,大声说道,"你今天要不给个说法,我不会跟你善罢甘休!"

三奶奶抱起玉米棵,走到从会议室里出来的几个干部面前,骂骂咧咧地说:"你们都是当官的吧,睁开眼看看,老百姓种地容易吗?庄稼被你们毁了,难道说你们都不吃粮食?"

后面跟着来的一群抱孩子的妇女也骂骂咧咧地拥进公社大院。大全的女人骂道:"哪个龟孙儿不吃粮食?难道你们都是喝西北风长大的?"

参加会议的人都面面相觑,唉声叹气地摇着头。有人从三奶奶手里拿起一棵玉米,咂咂嘴,小声道:"造孽啊!"

李大锁吹着哨子,带着几个民兵围拢过来,两个民兵拿着绳子,就要绑刘四爷。

刘四爷把两手靠在一起,对着李大锁骂道:"兔崽子,狗仗人势,就会欺压百姓!快把我绑起来,老子今天敢来,就没打算回去!"

"住手!"牛友亮走过来。

李大锁和两个民兵朝后退了几步。

牛友亮站在一个台阶上,红着脸,大声说:"社员同志们,停止包产到户,走集体化道路,是县委的决定,谁也阻挡不住。你们不要受少数人指使,上当受骗。你们都回去吧,公社党委会严肃处理这件事。"

"牛副书记,就是我指使的,跟别人无关,要杀要砍你冲着我来。"刘四爷向前走了几步说,"我问你,县里叫你们毁坏社员的青苗了吗?杜书记要是知道你小子毁坏老百姓的青苗也饶不了你,庄稼没了,叫老百姓喝西北风啊!"

一个年长的干部走过来说:"老人家,我叫王玉玺,是公社副社长,我们的工作可能有不妥当的地方,我给您老赔不是。你们先回去,青苗的事,我们研究一下好吗?"

"季节不饶人,我们就在这里等着。"刘四爷看着牛友亮说,"牛副书记要是解决不了,我就拉着人上县里,找杜书记去!"

牛友亮一下慌了手脚,忙走下台阶,赔着笑脸说:"刘四爷,老人家,我在大刘庄蹲点时,你是支持我的。你是个有影响的社员,我是很尊重你的,刚才一时气急,请您老见谅,我们想办法解决,你千万不要上县里。"

"看来你也有怕的人。"刘四爷冷笑着说,"为啥对老百姓这样狠?姓牛的,你给我听好喽,老百姓也不是好惹的!"

三奶奶摆摆手,叫孩子们都下了车,走过来笑着说:"姓牛的,我们这些老人和孩子早饭还没有吃,又走了一上午路,都饿了,就到你们食堂吃了饭再走!"说着带着老人孩子直奔公社食堂而去。

李大锁还要上前拦住。

牛友亮一步走过来,甩手一个巴掌打过去,骂道:"都是你小子惹的祸!"

三十六

黄河公社食堂十分热闹，几笼馒头和一锅猪肉炖萝卜，被大刘庄的老人孩子吃得干干净净。下班了，公社机关干部们当当敲着空碗，伸着脖子，吐着舌头，各自想办法去了。

刘四爷、三奶奶带老人孩子上访，演绎成"刘老汉大闹黄河社，三奶奶放粮吃馒头"的故事来，在黄河公社广泛流传。

范彩玉、刘长水知道这件事，都吓了一跳，深感大刘庄一场灾祸又要来临。

陈敬德、刘洪山从县城回来，听说了这件事，陈敬德哈哈大笑说："大刘庄又出一个老英雄！"

"你还好意思笑。"刘洪山气得直跺脚，怒气冲冲地找刘四爷去了。

刘洪山跟刘四爷交往一辈子，从没红过脸，总是你敬我，我敬你，村里无论出了什么事，两人对事情的看法虽有些偏差，但最后总能想到一块，走到一起。

刘洪山冲着刘四爷大吼起来："四叔，好风光啊，你还真把自己当成大英雄了，充什么好汉？我这个队长没发话，你凭啥带着人到公社闹事，还把人家食堂的饭菜都给吃了？大刘庄人的脸面叫你老头子给丢光了，咱以后还能出门吗！"

刘四爷在去公社的路上，看着这些老弱妇女和孩子，就觉得这事有点不妥，跟三奶奶商量说："三嫂，咱回吧，不知老陈、洪山会有啥想法。"

"开弓没有回头箭。"三奶奶抱怨说，"老四，你一个大老爷们，一辈子胆小怕事，总是这规矩那规矩，哪来那么多规矩！你就不能风光一回？你要害怕，我带着孩子们去，看能把我咋的！"

"我都七十了，土埋到脖子了，说不定哪天就见土地爷去了，还怕个啥哩！"刘四爷拢拢缰绳说。

三奶奶一扬胳膊，大声说："要不怕就赶快走！"

"孩子们都坐稳喽！"刘四爷咬着牙关，朝前唰啦甩了一鞭子，喔喔几声，大青骡子昂起头，摇晃着响铃，马车吱吱扭扭跑起来。

刘四爷只说给大刘庄出了一口恶气，万万没有想到刘洪山对他发这么大的火。他本来就一肚子气，刘洪山的话更是火上浇油，他老脸憋得通红，也冲着刘洪山发起火来："刘洪山，我是社员代表，我有权代表老百姓向公社反映情况。没有你刘洪山，难道我们就不活人了吗？"

"大刘庄人都要好好活着，要活就活出个脸面，活出个人样，活出个志气，我不能看着大刘庄丢人现眼！"刘洪山说话的嗓门越来越高，"四叔，有话在咱大刘庄说，有困难在咱大刘庄解决。你带着一村子老老小小跑到公社，耍哪家的威风？人家会骂咱大刘庄人是一窝子泼皮懒汉，大刘庄的孩子长大也抬不起头，直不起腰！"

刘四爷没有想到刘洪山会这样看待这件事，嘴张了几张，再也说不出话来，只感到浑身发麻，头脑发晕，站立不住，扑通一声坐在地上，委屈地流下泪来。

"洪山，你冲着老四发啥火！"三奶奶听说刘洪山跟刘四爷吵架，风风火火地跑来说，"庄稼被毁，一庄子人都窝一肚子火，老四还不是想为大刘庄出口恶气？他都七十的人了，你这样数落他，想叫他快死吗？"

刘洪山看着两个老人痛苦的样子，心一下子软下来，暗暗埋怨自己，不该这样对待刘四爷。他慢慢掏出烟袋，挖了一锅，放在刘四爷手里，挨着刘四爷坐下来，难过地说："四叔，我话说重了，您老想开点！"

刘四爷甩手把烟袋扔了,猛地站起来,赌气说:"我一人做事一人当,下油锅我也不怕,刘四不会向谁低头,以后咱各走各的道,你我互不相干!"说着,倒背着手,踉踉跄跄回家去了。

刘洪山呆呆地站在那里,心如刀绞一样难受!

"你看看把老四憋屈的。"三奶奶抱怨地说,"洪山,老四这些年可没少帮你,你要把老头子气死了,我也不能跟你算完。老人孩子都是我喊去的,饭也是我叫他们吃的,有火气你冲着我来好了。"

刘洪山看着三奶奶满头白发苍苍,脸上的褶皱像刀刻一样深,一双浑浊的老眼里含着泪水,心里说不出是个啥滋味。他上前抓住三奶奶的手说:"老婶子,洪山叫您老生气了。咱祖祖辈辈生活在这老河滩,什么苦没吃过?什么气没受过?遇到多少沟沟坎坎,咱不都过来了?在这百里黄河滩,谁敢小看咱大刘庄人!你说为几棵庄稼,你跟四叔跑到公社,还吃了人家的饭,上级会怎么看咱大刘庄人?"

"事情已经做了,我不后悔。"三奶奶含着眼泪,渴求地说,"洪山,我跟老四都是要入土的人了,大刘庄这几百张嘴还靠你啊!"

刘洪山深情地说:"老婶子,你放心,有我刘洪山一口饭,就有你跟四叔一口!"

吃晚饭的时候,范彩玉看刘洪山心事重重,不好意思地笑着说:"爹,也怪儿媳多嘴,就是跟四爷说句笑话,我跟长水也没有想到,四爷爷、三奶奶会立马杀到公社去了,还吃了公社的饭。不过,两个老人既然做了,您老也就别生气了。话又说回来,闹他一场,杀杀他们的威风,也不是啥坏事!"

刘长水看着刘洪山,小心地说:"爹,听我一个在公社上班的同学说,县委知道这件事也十分恼火,正叫黄河公社写汇报材料呢!"

刘洪山若有所思地说:"孩子,你们不懂,在大刘庄怎么闹,你爹我都不怕。可只要出了大刘庄的地界,咱再去闹,后果就不一样了!"

"四叔是个要面子的人,你没头没脸地数落他,他能受得了吗?"汪玉兰端来一碗豆腐说,"彩玉,你去看看你四爷爷,替你爹赔个不是。这几年,没有你四爷爷帮衬着，你爹也撑不起来！"

范彩玉端着豆腐来到刘四爷家，刘四爷还在床上睡着，闺女秀兰和女婿满仓站在床前掉泪。

刘四爷见范彩玉来了，瓮声瓮气地说："彩玉，豆腐端走吧，四爷丢了你爹的人，没脸再吃你家的豆腐！"

范彩玉咯咯笑着说："四爷爷，你跟我爹再吵再闹，咱也是一家人，走不出咱大刘庄。俺这豆腐，您老要是不吃，大刘庄就没人吃了！"范彩玉捏一块豆腐送到刘四爷嘴边，"四爷爷，您老尝尝，豆腐还是热的。"

"侄媳妇，给我吧！"秀兰擦着眼泪，从范彩玉手里接过碗来说，"俺爹没事，你忙去吧！"

傍晚时分，陈敬德来到刘洪山家，气呼呼地说："这个牛友亮，今天把我叫去，茶杯都摔烂了，硬说有人指使社员到公社闹事，真是有理说不清！"

刘洪山点着烟，摇晃着快要熄灭的火柴杆，深深吸了一口说："大刘庄掉片树叶都是咱的事，咱不能后退。四叔、三婶走出这一步，他们都是西队的社员，一切后果我刘洪山兜着。"刘洪山吐出一口烟雾，在袖子上擦擦烟袋嘴，递给陈敬德说，"东、西两队正常运转起来，特别是东队，把牲口和大农具收回生产队。原来谁家的庄稼分头管理，队里派人监管看护，秋收后算总账。眼下最要紧的，是准备麦种和肥料。"

"这样上面再来检查，咱也有话说了。"陈敬德点点头说，"我明天去趟黄淮农场，考察一下他们的小麦种子。"

范彩玉说："东队已安排人收拾仓库和饲养室，准备好喂牛的草料。"

刘长水走过来说："陈组长，你太忙，不好意思打扰你，没办法，学校东边三间教室漏雨，影响学生上课，怎么办？"

"安排小木匠魏宝几个人修房子，秋天阴雨多，安全过冬更重要。"陈敬德看刘长水皱着眉头，安慰说，"不用愁，教室修缮费我去找公社教办室解决，你只负责施工。"

刘长水拍着巴掌，深深地给陈敬德鞠了一躬。

刘洪山、汪玉兰推了一夜磨。

天刚蒙蒙亮，刘洪山赶着毛驴，驮着一袋白面，还有几只鸡，来到黄河公社食堂。

黄河公社食堂大厨丁一郎吃惊地说："刘队长，你这是唱的哪一出？"

"你认识我？"刘洪山惊奇地问。

丁一郎笑着说："大刘庄的刘洪山刘队长，在咱这百里黄河滩还有不知道你的吗？"

刘洪山摆摆手说："看来大刘庄臭名远扬喽！"

丁一郎看着刘洪山送来的白面和鸡说："刘队长是来还饭钱的吧？"

刘洪山把一口袋面粉搬下来说："吃饭给饭钱，住店给店钱，这是常理。大刘庄人吃了你们的饭，就该付饭钱。"

"老哥哥，看来你是个讲究人。大锁带人铲了你们的庄稼，孩子们在食堂吃顿饭，两清了，不用还了。"丁一郎摆摆手说，"大锁就是个愣头青、二百五。他不是公社的人，是南窑厂的工人，临时抽来搞执法的。听说是叫他去吓唬吓唬你们，谁知道他铲了你们的庄稼，被牛副书记扇了一巴掌不说，昨天就被赶回窑厂了。"

刘洪山咂咂嘴说："我们也有错。"

丁一郎帮着刘洪山把面粉卸下来，把鸡放在笼子里，哈哈笑着说："那天我看孩子们吃大馒头、吃猪肉，你不知我心里有多高兴、多畅快。不瞒你，我又朝菜里加了两大勺油，叫孩子们饱饱吃一顿！"

刘洪山苦笑着说："叫你看笑话啦！"

这时，厨房门口一下子来了很多人，公社副社长王玉玺走过来，握住刘洪山的手说："老模范，牛副书记被县委书记杜德雨叫去谈话了，我跟家里的同志在学习，大家听说你来了，都想来看看你。"

刘洪山不好意思地说："王副社长，大刘庄拖了黄河公社的后腿！"

王玉玺从会计手里接过钱，递给刘洪山，深表歉意地说："刘队长，我代表黄河公社向大刘庄社员道歉。这是公社赔给大刘庄的青苗钱，你一定收好了。"

"钱你收回去。"刘洪山把钱放回王玉玺手里说,"你给牛副书记带个话,大刘庄人不恨他!"说完赶着毛驴走出大门。

陈敬德听说刘洪山给公社食堂送面去了,急忙来到刘洪山家,看刘洪山不在,范彩玉正在喂孩子,哈哈大笑说:"范彩玉同志,你老公爹这出戏比刘四爷的还精彩!"

"俺爹跟俺娘可是推了一夜的磨。"范彩玉放下手里的碗,咯咯笑着说,"俺爹这是锦上添花,公社那些人吃了大刘庄的白面,也许能回过味来!"

正在这时,刘长水慌里慌张地跑过来说:"陈组长,我向你报告个情况:修缮教室,换吊顶时,发现东山墙上有一个木制的小阁楼,里面藏着一把藤椅!"

陈敬德匆匆忙忙来到现场,已经有不少人在观看,果真是一把做工精致的藤椅,椅子后背雕刻着一只凤凰。

陈敬德大声说:"马正,快去叫麻月娥来看看。"

麻月娥粘着两手面匆匆跑来。

陈敬德看着椅子说:"月娥,你以前见过这椅子吗?"

"见过。"麻月娥猛然想起,麻牛被逮捕时说过"东山上有高楼,王母娘娘上楼棚"的话,"过去俺家这三间老东屋是当仓库用的,没住过人,吊顶上面有阁楼我也不知道。这椅子是一对,听俺爹说,是爷爷花高价从杭州买来的。"

"这把凤椅一定是个宝贝,不然的话,也不会藏在这里。"陈敬德安排王元说,"你去打个电话给县文物局,马上派个懂行的人过来看看!"

当天下午,县文物局的郑老师及时赶来,看着椅子,稀奇地说:"陈组长,这椅子是咸丰年间的,材质优良,做工精细,确实是个宝贝,应该还有一把。"

陈敬德说:"月娥,你见过那把椅子吗?"

麻月娥皱皱眉头，想了想说："好多年前，刘小黑、王高到俺家找过椅子！"

陈敬德叫人把王高叫来，拍着桌子说："王高，老实交代，那把椅子哪儿去了？"

王高一看这阵势，吓得魂不附体，不敢隐瞒，就把刘小黑给牛友亮送椅子以及偷了麻月娥家两只鸡的事说了出来。

刘长水感慨地说："真是知人知面不知心，牛友亮成天装着一副高雅的样子，原来还是个盗宝贼。"

郑老师和派出所的干警在牛友亮家找到了那把龙椅，送到了县文物局。

牛友亮被撤销一切职务，下放到果园场当工人去了。

沙玉明被提拔为专员，上任不久，就来到黄河故道视察工作。黄河公社书记赵玉彪学习结束，陪同沙玉明一起来到大刘庄。

正在地里干活的社员轰一声围拢过来。

沙玉明四下看看，大声说："刘洪山哪儿去了？"

刘洪山红着脸，从人群后走出来，难过地说："沙专员，刘洪山犯了错误，没有脸见你了！"

"当年叫你当英雄你不干，叫你参加劳模会你又不到会，后来又是退社、私藏粮食，挨了不少批评，心里一定有不少委屈，听说最近你想撂挑子？"沙玉明走过来抓住刘洪山的手，满脸严肃地说，"老刘，咱俩也算是老朋友了，我今天到大刘庄，一来看看你和乡亲们，二来看看你们的生产情况。土改后，你们在这贫瘠的黄河滩上创造了不少奇迹，你热爱这片土地，汗水洒在了这片土地上。你把土地看成你的命，你真能把这片土地放下？打死我也不信！跟老朋友说句实话，到底还想不想干队长？"

刘洪山从公社送面回来，心情一直不好，总觉得大刘庄干了一件丢人的事，以后再难抬起头来。他几次上门找刘四爷，刘四爷就是不开门，找三奶奶说话，三奶奶也是爱理不理的，看来两个老人不能原谅自己，心里又增添几分烦恼。他一个人闷不作声地坐在院子里，一袋接一袋地吸烟，烟雾把他包围起来，愁闷的心情无法排解！

汪玉兰看着刘洪山满面忧愁的样子说:"他爹,自打你当了社长,就没有一天安宁的日子,吃苦受累就不说了,还惹得上级对你有意见,现在连四叔、三婶也不进咱的家门了。老头子,咱到底图个啥啊!"

刘洪山不住地叹气,也不说话,只是一个劲地吸烟。

刘长水也劝说道:"爹,你累了一辈子,苦了一辈子,现在年纪大了,社会变化快,跟不上趟了,队长这个担子能放下就放下吧,我跟彩玉能养活你们!"

刘洪山不由得看了儿子一眼,心里像塞进一团乱麻似的,理不出个头绪来。

这天,刘洪山找到陈敬德说:"老陈,合了队,一切都重新开始了,你就重新选队长吧!"

陈敬德吃惊地说:"为了啥啊?就因为几棵青苗吗?"

"队长这副挑子早晚是要卸的,晚卸不如早卸。"刘洪山说着,大步走了。

陈敬德多次去找刘洪山,刘洪山还是不干。

沙玉明要来大刘庄,刘洪山两天前就知道了,是赵玉彪提前派人告诉他的。刘洪山心里七上八下,两夜没有合眼。今天大家都围上来看沙玉明,刘洪山一直躲在后面,不是沙玉明喊他,他是不会上前的。

刘洪山看了沙玉明一眼,便扭过脸去,掏出烟袋,深深挖了一锅烟,划根火柴吸起烟来。

沙玉明着急地说:"老刘,来句痛快的。"

"不干!"刘洪山在鞋上磕磕烟灰,转身要走。

"你给我站住!"沙玉明大喊一声,"老刘,你看看,大刘庄几百口人都围着你,你能走出去吗?"

刘洪山见全村老老少少一个个用期待的眼光看着自己,不由得收住了脚。

这时，刘四爷红着脸走过来。这些日子，刘四爷一直在生刘洪山的气，他始终想不明白，刘洪山为啥对自己这样狠。不就是到公社反映一下情况吗？有什么大惊小怪的？值得你在这么多人面前大发雷霆？难道说我这张老脸在你眼里一文不值？心中的疙瘩一直难以解开。刘四爷听说刘洪山要撂挑子，心里不由得慌了，隔着墙头对三奶奶说："三嫂，你知道洪山为啥撂挑子？"

三奶奶没好气地说："叫咱这两个老东西气的呗！"

刘四爷若有所思地说："三嫂，要真是这样，咱俩的罪过可就大了。"

三奶奶叹口气说："咱都是快死的人了，洪山这样做是想叫咱两个老东西死得快点！"

刘四爷本想找刘洪山说说话，几次走到半道又折回来。

今天，刘四爷一直在后面注意着刘洪山，原以为沙玉明来了，刘洪山会回心转意，没有想到他把沙玉明的话一口回绝了。刘四爷再也憋不住了，走上前说："洪山，四叔在大刘庄老少爷们面前给你赔个不是，你就答应了吧！"刘四爷说着，朝刘洪山拱着手。

刘洪山上前抓住刘四爷的两只手说："四叔，您老这样是折我的寿啊！"

刘四爷眼含热泪地看着刘洪山说："洪山，四叔老了，快该死了，你想叫四叔死不瞑目吗？"

"您老说的这是啥话呀！"刘洪山眼含热泪，颤抖着嘴唇说，"四叔，洪山离开谁也不能离开你，这件事我听你的。"

人群中响起一阵鼓掌声。

沙玉明走近一步说："老刘啊，你听到了，也看到了，我的话你可以不听，民意不可违啊！"

刘洪山郑重地说："沙专员，我有个条件。"

"有话直说吧！"沙玉明微笑着说。

刘洪山看看社员，又看看站在沙玉明后面的杜德雨和赵玉彪，沉默了一会，突然大声说："我要入党！"

全场人都倒吸了一口气，无不为刘洪山的话捏了一把汗。

沙玉明哈哈笑着说："老刘啊，从入社到现在，你是走一路闹一路，你够共产党员的标准吗？"

刘洪山推推帽子说："沙专员，我是个老中农，入社前，我是想走单干的道路，只想着自己吃饱饭，过好日子，大家的事我没有想过。自从入了高级社，你说我走一路闹一路，我承认，可我没有私心，越闹我对大刘庄的老少爷们越亲，越闹我越觉得共产党还是为人民办事的。说句心里话，要不是共产党宽容我，要不是共产党派来的好干部陈敬德支持我，就没有大刘庄的今天，也没有我刘洪山的今天。你给我写的信，我一直保管着。"说着把信从口袋里掏出来，举在手里，"每次碰到难事，我就叫儿子拿出你的信，念给我听，我现在都能背下来了。实话告诉你，大刘庄现在一年收的粮食，比土改前五年的加起来都多，大刘庄的耕牛也增加一倍，两个队开荒一百多亩。现在，西队仓库里还有五万多斤小麦，东队也有四万多斤，社员们家里还储存了一些粮食，加上这满地的秋庄稼，你说还会挨饿吗？"

沙玉明走到刘洪山跟前，紧紧抓住刘洪山的手，激动地说："老刘啊，我是真心欢迎你加入中国共产党。"

杜德雨也走上前，拍着刘洪山的肩膀说："老刘，这些年叫你吃苦了。"杜德雨看看四周，"陈敬德哪儿去了？"

陈敬德从人群后面走出来说："杜书记，我在这里。"

杜德雨郑重地说："刘洪山同志的入党问题就交给你了，你要做他的入党介绍人。"

赵玉彪大步走上前说："毁了你们的青苗，我代表黄河公社向大刘庄的乡亲们道歉！"说着，面对前来围观的群众，深深鞠了一躬！

陈敬德走到沙玉明跟前，深深敬了一个礼，然后说道："沙专员，政策老是这样变来变去，基层工作实在不好干！"

"我在省里开会，省领导告诉我，'大跃进'出了问题，走了一段弯路，有国际上的原因，也有自然灾害问题，主要是我们工作上出了问题，急躁冒进，欲速则不达。搞社会主义建设，咱们走的是前人没有走过的道路，犯错误是难免的，以后还有可能走弯路。我们不怕犯错误，更重要的是敢于承认错误，坚持真理。只要我们牢记为人民服务的宗旨，总结经验教训，按实际情况办事，就一定能走出一条属于咱自己的社会主义道路来！"

陈敬德深有感触地说："我在农村工作多年，从土改以来，很多问题我也想不通，也解决不了。眼下的乡村，百废待兴，农业是国民经济的基础，搞好乡村建设，不是一件容易的事。我们缺少一支会经营又懂管理的高素质乡村干部队伍，完全依靠土生土长的贫雇农干部搞管理是有问题的。有些人过去饭都吃不上，又没有文化，素质不高，一旦当上干部，大权到手，就胡作非为，多吃多占不说，还打击新老中农，欺压贫雇农，严重影响农村、农业健康发展！"

"小陈，这是个沉重的话题，一时很难改变。培养乡村干部是个大问题，专区的不少同志都有这样的想法，得慢慢来！"沙玉明拍拍陈敬德的肩膀说，"中央下达了农村工作管理条例，调整工作思路，规范公社、大队、生产队管理，加快国民经济恢复，要使人们尽快过上安定的生活！"

沙玉明问陈敬德下一步有啥打算。

陈敬德深情地看着大刘庄的乡亲们说："我陈敬德哪儿也不去了，大刘庄是块热土，这里就是我的家，我的根就扎在大刘庄了！"

黄河故道的田野上响起雷鸣般的掌声。

刘洪山继续当生产队队长，粮食生产大刘庄一直是全县的先进典型。

二〇二一年十月写于北京
二〇二二年十二月改于小于庄
二〇二三年六月再次改于小于庄

后　记

黄河是中华民族的摇篮。中原大地，孕育了灿烂的华夏文明。故道乡愁，承载着无尽的思念。广袤的原野上，勤劳、纯朴、善良、勇敢的农民，正不断推动历史车轮隆隆向前。

我出生在黄河故道，吃着大河滩沙土里的红薯，顶着风沙长大成人，从小就喜欢听爷爷讲古黄河的故事。

古黄河流经苏、鲁、豫、皖交界地区，大致从金世宗大定年间开始，一路东南，走商丘，过萧砀，穿徐州，浩浩荡荡，夺淮入海。之后的岁月里，几乎一两年就要发一次洪水，豫东、皖北、鲁南、苏北大片土地成为水乡泽国。经过清康、雍、乾近百年的治理，黄河进入一段相对稳定的时期，人民生活有了一定的改善。晚清黄河失修，咸丰年间，在河南兰考改道，留下长达几百公里的黄河故道。沙滩、沙丘、沼泽是黄河故道的地理特征。每到春秋时节，黄河故道风沙弥漫，人民生存条件极差。在我儿时的记忆中，黄河故道有大片厚厚的沙土，细如面粉，这里的孩子都是用沙土包大的。孩子出生后，母亲在棉袍上铺一块尿布，把烘热的沙土摊在上面，小孩的屁股坐在沙土里，母亲包起棉袍，孩子拉屎撒尿都在里面了。换袍子时，把屎尿连同沙土一起倒掉，还孩子一个干净的光腚。我就是母亲用沙土包大的。黄河故道盛产红薯，在困难的年月里，是红薯养活了黄河故道人。我在上小学时，口袋里常装着煮熟的红薯。有歌谣道："红薯面，红薯馍，离开红薯不能活。"我每每看到红薯，心里就不由得涌起层层热浪。黄河故道人的创造——在沙土里培育出享誉中外的砀山酥梨，味道之美难以用语言表达，一个熟透的酥梨落在地上，就会变成一摊梨汁。酥梨膏清热解毒、滋润六腑，不必细说。

新中国成立后，黄河故道经过大面积治理，改沙造田，已建成我国重要的水果基地，风沙弥漫的黄河故道早已变成果海绿洲。我离开家乡四十余年，一天也不敢忘记生我养我的黄河故道，更惦念着父老乡亲，回味着那沙土里的红薯和黄澄澄的酥梨的滋味。新时期现代化"三农"建设，给黄河故道带来发展机遇，促使黄河故道百业兴旺。

黄河故道是中原大地的重要组成部分，黄河故道的兴衰记载着数代百姓的历史。长篇小说《大河滩》展现了新中国成立初期黄河故道的建设历程，前辈的血汗浸透了黄河故道的沙土，寄托着黄河故道的梦想。

这部小说是我对黄河故道几十年来思考的结果，写出来奉献给读者。

《大河滩》在写作出版过程中，得到多方面的关心和帮助。

著名作家陈世旭在百忙之中为本书写序《大河滩上的树》，语重心长，言浅意深，令我感动，受益良多。

安徽著名文化学者、作家李廉民为本书的出版提出许多宝贵意见。

家乡父老乡亲提供了黄河故道上许多令人动容的故事，丰富了创作素材。

安徽文艺出版社社长姚巍对《大河滩》一书的出版十分关心，多方指导。时代出版传媒股份有限公司编审白明对本书的设计提出了建设性方案。责任编辑秦雯和校对段婧为本书的编校做了大量工作。美术编辑张诚鑫几度修改封面设计，花费了不少心血。

在此，对支持《大河滩》创作和出版的同志、朋友及父老乡亲一并感谢！

张树国

2024年5月于北京